KB169856

민주
수업

民
主
課

원서 서지:
《民主課 A Lesson on Democracy》, 曹征路, 台北 : 台灣社會研究雜誌社, 2013.

민주 수업
2015년 8월 18일 초판 1쇄 발행
지은이 _ 조정로曹征路
옮긴이 _ 연광석
편집 _ 조정민 김삼권 최인희
디자인 _ 토가 김선태
펴낸곳 _ 나름북스
발행인 _ 임두혁
등록 _ 2010. 3. 16 제2010-000009호
주소 _ 서울 마포구 서교동 375-23번지 302호
전화 _ 02-6083-8395
팩스 _ 02-323-8395
이메일 _ narumbooks@gmail.com
홈페이지 _ www.narumbooks.com

ISBN 979-11-86036-05-1 03820

민주수업

民主課

조정로曹征路 지음, 연광석 옮김

한국어판 서문

한국의 독자들에게 중국의 문화대혁명은 어떤 모습일까? 홍위병 운동은 어떻게 일어났다고 생각할까? 명확하게 이야기할 수 있는 사람은 아주 적을 것이다. 아마도 많은 중국의 젊은이와 마찬가지로 홍위병이 군복을 입고, 허리에 혁대를 차고, 입만 열면 욕을 하는 흉악무도한 사람이라 여기지 않을까? 지금 세계의 주류 미디어가 전파하는 문혁의 모습은 이런 것일 테다. 문혁과 관련해 내가 볼 수 있었던 여러 종류의 기록, 묘사, 연구 저술들은 인터넷상의 개별적인 글을 제외하면 대체로 그러했다. 그러나 이러한 황당무계하고, 스스로 모순되며, 논리를 결여한 묘사들이 영원히 문화대혁명의 참모습을 은폐할 수는 없다. 반세기라는 시간이 흐른 지금, 차갑게 감춰졌던 역사적 사실은 갈수록 명료해져 젊은이들에 의해 다시 인식되고 있다. 중국과 한국의 문화적 배경은 다르지만, 평등과 정의를 추구하고 참모습과 진리를 갈망하는 것은 전 인류가 마찬가지라고 믿는다. 전 세계의 통치자들은 이미 묵계를 형성해 미국의 정객조차 중국의 문화대혁명을 성토하고 있다. 진정한 민주가 자본의 지구화에 이롭지 않기 때문이다. 각 나라 정부 사이의 쟁투가 매우 소란스럽지만, 통치 질서를 수호하고자 하는 점에 있어서 그들이 취하는 목표와 수단은 완전히 일치한다. 그래서 문혁을 악마화하는 것이 그들의 공통 선택이 된 것이다.

이러한 이치는 명백하게 한 마디로 얘기될 수 있다. 인류 역사에서 부자와 가난한 자, 억압자와 피억압자, 착취자와 노동자, 소수와 다수가 수천 년간 투쟁해 왔다는 사실이다. 극소수의 몇몇 역사적 순간에만 후자가 우위를 점했었다. 그 순간에 불편한 자는 전자였고, 유쾌한 자는 후자였다. 전자는 영원히 편안하려 하고, 전복되지 않기 위해 역사를 은폐하며, 후자를 악마화할 뿐이었다.

이는 처음엔 공개적이었다. 중국 공산당의 문건에서 "사회주의 문화대혁명"을 "무산계급 문화대혁명"으로 바꾼 것은 그 성격을 설명해 준다. 즉, 전 사회의 지지를 요구하지 않았다. 문혁의 핵심 목표는 '자본주의의 길을 걷는 당내의 당권파當權派를 숙청'하는 것이었다. 이는 중국에서의 운동의 실제상황이든, 중국 공산당 중앙 문건상의 표현이든 공개적인 것이었고, 명백하고 틀림없는 것이었다. 이러한 핵심적 문제를 은폐한 채 문혁을 토론하는 것은 익살극일 뿐이다. 마치 곰보를 향해 '이 사람이 귀신이다'라고 말하는 것처럼 거짓된 것이다. 중국에 '자본주의의 길을 걷는 당권파'가 있는가? 이제 이것은 이미 질문거리가 되지 못한다. 반세기 가까운 시간이 지난 지금 역사의 논리는 장엄하고 냉혹하다. 당초 무산계급이 정권을 탈취한 이후 혁명을 계속할 것인가의 문제가 비교적 추상적이었다고 한다면, 오늘날 대다수 사람이 직접 경험한 자본주의는 명백한 것이다.

2013년 중국에서는 개국원수開國元帥의 아들[1]이 "홍위병을 대표하여" 사과했고, 주류 미디어는 이 분위기를 띄워 한동안 시끌벅적했다. 그러나 이

---

1 중화인민공화국 10대 원수 가운데 하나인 진의陳毅(1901~1972)의 아들 진소로陳小魯(1946~). (—옮긴이 주 : 이하 본문의 주석은 모두 옮긴이 주입니다.)

들은 곧 제 꾀에 넘어갔다. 줄곧 감춰 온 역사의 장막 한 자락을 들춰냈기 때문이다. 결국 사람들은 홍위병이 원래 통일된 기호가 아님을 알게 되었다. 사람을 때리고, 집을 수색하고, 혈통론을 주창했던 홍위병들은 바로 문화대혁명의 반대자이자 파괴자였다. 비록 그들이 문혁 시기에 견책을 받는 대상이었다고 해도 말이다. 이들은 훗날 개혁 개방의 기득 이익집단이 되었고, 순식간에 모습을 바꿔 자본가이자 거대 기업가로 변했다.

동일한 의문이 소련 해체에 관한 역사 연구에서도 나타난다. 이 중대한 역사적 사건을 해석하는 저작 가운데 내가 접근할 수 있던 것들 중에는 '경제붕괴론', '전제독재론', '대중유리론', '서방음모론' 등이 있었다. 이것들이 마땅히 일정한 논리를 담고 있었지만, 모두 완전한 것은 아니었다. 최근 읽은 《위로부터의 혁명—소련 체제의 종결》[2]에는 경제학으로부터 출발해 얻은 또 다른 종류의 결론이 있었다. 즉, 소련의 해체는 그 체제가 "대다수 엘리트 자신에 의해 포기"되었기 때문이고, "수많은 소련 당·국가의 엘리트가 최종적으로 정권과 제도를 위해 분투할 가치가 없음을 인식하고 분투를 포기했을 때 이 정권과 제도 또한 붕괴되었다"는 것이다. 따라서 소련 사회주의 제도의 실패 원인은 근본적으로 경제적 측면과 사회적 측면에만 있는 것이 아니라 이데올로기적 영역에서 '위로부터의 혁명'이 촉진시킨 것이기도 하다는 것이다.

이러한 인식은 중국 사회에 대한 나의 관찰과 체험에 비교적 부합하고,

---

2 David Kotz(with Fred Weir), Revolution from Above : the Demise of the Soviet System(London : Routledge, 1997). 중문 간체 번역본은 大卫.科兹等著, 曹荣湘等译, 《来自上层的革命》, 北京: 中国人民大学出版社, 2008.

내가 가진 의문 덩어리를 풀어주기도 했다. 1세대 혁명 참여자가 목숨을 걸고 타도하려 한 그 사회적 폐단이 어째서 2세대와 3세대에게서 아주 쉽게 되살아나는가? 덜레스가 예언한 '화평연변和平演變'[3]은 어찌하여 그리 쉽게 실현되었는가? 나는 이로부터 공산주의 운동의 이론적 설계에 선천적 결함이 있는 게 아닌지 생각하게 되었다. 사유제에서 유산 문제는 아주 쉽게 해결된다. 직접 계승하면 된다. 그렇지만 공유제의 조건에서 혁명의 유산이라는 문제는 어떻게 해결할 수 있을까? 어떻게 혁명 참여자의 2세대와 3세대가 변질되지 않도록 할 수 있는가? 문화대혁명은 그저 한 차례의 실험이었을 뿐이다. 아마도 다음 번 공산주의 운동이 흥기할 때가 되어야 신뢰할 만한 이론적 답변을 얻게 될 것 같다.

《민주 수업》은 하나의 소설이다. 소설 속의 허구적인 이야기는 바로 이러한 문제에 대한 나의 사유다. 한 사람의 중국 작가로서, 그리고 직접 그 시대를 경험한 사람으로서, 나는 중요한 시기에 자리를 비울 수 없었다. 나 또한 시대적 고찰을 담은 역사서를 쓰는 것이 더 적합하지 않을까 고민하기도 했다. 그러나 자료를 수집하는 과정에서 이를 포기했다. 그것이 스스로 완성할 수 있는 작업이 아님을 알게 되었기 때문이다. 한편, 소설을 쓰는 것은 그 나름의 좋은 점이 있다. 자유롭게 그 역사적 현장 속으로 들어가 사건의 본질에 바짝 접근해 그 시대의 정신적 표본을 찾아낸다. 나는 당연히 절대 다수의 노동자 편에 서서 문화대혁명을 이해하고, 자신의 시각에 충실하고자 했다. 그리고 이 입장을 부정한 적이 없다. 나는 엘리트 집단이

3 Peaceful Evolution. 무력 개입의 방식을 취하지 않고, 사회주의 국가의 체제 변화를 유도하는 전략을 일컫는다.

좋아하는 것이 무엇인지 알고 있다. 그러나 그들에게 영합하는 것은 나 자신을 잃는 것이다. '어찌 굽실굽실 권세자를 섬기며 내 마음과 체면을 구기겠는가?'[4]

나는 올해 이미 예순 여섯이다. 앞으로 남은 날도 많지 않다. 이 일을 할 수 있게 된 것만으로 매우 행복하다. 중국에서는 당분간 이 소설이 출판될 수 없지만, 그래도 괜찮다. 그래서 '대만사회연구잡지사'에 특별히 감사하고, 한국의 '나름북스' 친구들에게도 감사하다. 그리고 당신, 이 책을 진지하게 읽을 독자에게 감사드린다.

2015년 국제노동절에

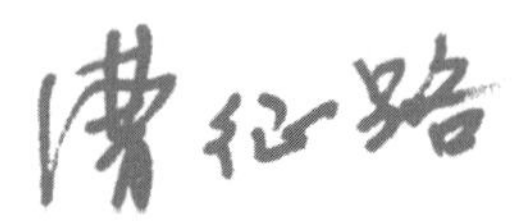

4 이백李白의 시 〈몽유천모음유별夢遊天姥吟留別〉에서 인용.

제 1 장

1.

예순 개의 양초. 횃불을 든 예순 개의 정령精靈. 그들이 춤추고, 노래하고, 기뻐한다…. 이내 평온하게 내려앉는 나의 그 휘황찬란한 순간을 환호하며 감탄한다.

갑자기 당황한 듯 조용하다.

누가 제안했는지 일을 마친 동료들이 모두 남았다. 다들 재밌고 즐거울 거라 생각했겠지.

동료들은 "조曹 형, 참 괜찮은 사람이야"라고 했다.

그들은 내 반응이 이렇게 굼뜰 거라고는 생각지 못했을 것이다.

방안이 어두워 질식할 것만 같다. 갑자기 거대해진 우리의 그림자가 벽 쪽에서 흔들린다. 마치 올림푸스 신들이 트로이 성의 살육을 감상하는 것 같다. 마지막 순간을 기다려 미리 준비된 선지자들의 결정을 천천히 선포한다.

나는 생명의 눈금과도 같은 휘황찬란함을 가다듬는다. 그들은 춤추고, 노래하고, 환호한다. 간혹 목메어 북받친다. 초의 눈물이 밝고 투명하게 흘러내리다가 천천히 부풀어 원을 이루고는 다시 늘어진다. 그런 다음 나선형 무늬를 따라 내려와 톡 하고 떨어진다. 불꽃이 떨며 경련을 일으킨다. 마치 크게 상심해 몸을 비트는 것 같기도, 긴 한숨을 쉬는 것 같기도 하다.

모두 조용히 숨죽여 기다린다. 내가 소원을 빌고, 몇 마디 말을 하기를. 그리고 촛불을 불어 끄기를. 그래야 불을 켜고 환호하며 케이크를 자를 것이다. 그런데 아무리 말을 꺼내려 해도 이 좋은 날에 걸맞은 말이 나오질 않는다. 참 칠칠치 못하다. 내 나이 예순인데. 눈 깜짝할 사이 벌써 예순 살이 되었다! 이런 생각만 홀연히 내 머릿속을 가득 메운다.

"영정양伶仃洋 강변에서는 영정伶仃[5]을 탄식하고, 황공탄惶恐灘에서는 황공해 한다."[6]

천고 이래 절창絕唱이니 불후不朽의 시인이도다. 나는 지금 시인이 한때 읊었던 땅 위에 있다. 그런데 내 감각은 어째서 모래 위에 쓰러진 술주정뱅이와 같단 말인가. 아래를 바라보며 발자국을 센다. 파도가 스르륵 한 번 덮치고 나면, 발자국은 사라지고 모래가 평평하게 골라진다. 나는 60년을 어떻게 살아온 걸까? 나는 어떤 일을 하고, 어떤 생활을 해 온 걸까? 왜 머릿속은 백지처럼 공허한 걸까?

옛날 그 사람, 정확히 말하면 첫사랑으로부터 며칠 전에 생일 축하 속달 우편물을 받았다. 그때 은근히 기뻤다. 참 애매한데, 그런 느낌이 매우 마음에 들기도 했다. 그러나 지금은 이렇게 공허하다.

눈앞은 활기찬 빛으로 가득하고 생기 넘쳐 보이지만, 사실은 재채기 한 번에 꺼질 만큼 연약하기 그지없다. 내가 무슨 말을 할 수 있을까? 벌써 이순耳順의 나이가 되었단 말인가? 철학적인 덕담 한 마디나 고전 한 줄이라도, 아니면 유쾌한 노래 한 자락이라도 하고 싶다. 무엇이든 괜찮을 것이다. 그러나 결국 하지 못했다.

사실 나는 매우 낙천적인 편이다. 한번은 병원에 입원한 적이 있는데, 병문안을 온 동료들의 얼굴이 아주 심각했다. 마치 장례식에 온 것처럼 말이

---

5 고독을 뜻한다.

6 남송 말기 시인 문천상文天祥(1236~1283)의 시 〈과영정양過伶仃洋〉에서 인용.

다. 나는 “포커라도 가져오지 그랬어? 얼마나 좋은 기회야”라고 말해 모두들 한바탕 웃기도 했다. 그런데 지금은…. 결국 아무 말도 하지 못했다!

“무슨 말이라도 좀 해봐요. 아무 말이나 좋아요.”

이 착한 동료들을 둘러보자니 갑자기 목이 멘다.

“하기 싫으면 대충 아무 이야기나 지어내 봐요. 그런 거 잘하시잖아요!”

누군가 벌써 웃기 시작했고, 모두가 바라고 있다. 이는 이 깜짝 파티의 정해진 순서이자 배경음악 같은 것이다. 예비 모의도 했고, 황당하게도 꾸몄다. 어쨌든 금융위기라고 떠들썩하지 않은가. 다들 너무 심각한 건 원하지 않는다.

하지만 역시 할 말을 찾을 수 없다. 게다가 그 순간 갑자기 눈이 붉게 충혈됐다.

‘길고 긴 60년, 황공한 일갑자一甲子, 공자께서 냇가에서 말씀하시길, 이런 빌어먹을.’

우리는 그토록 악랄하게 역사의 황당함을 비웃었다. 허리춤에 손을 얹고, 어깨를 당당히 펴고, 손가락 하나를 내민 팔을 길게 뻗어 찻주전자 모양을 만들어 보였다. 그러나 그 역사를 비웃었던 우리 또한 그토록 진지하게 황당한 역사를 이어 나갔다. 여전히 허리춤에 손을 얹고, 어깨를 펴고, 손가락 하나를 길게 내밀었다. 역사라는 것. 이것은 우리 누구와도 상관없어 보였다. 우리는 머나먼 우주 속 먼지였고, 막 첫발을 내딛은 외계인이었으며, 타고난 비평가였다.

마지막까지도 나는 마땅한 말을 할 수가 없었다. 하지만 다행히 모두가 이해해 줬고, 우리는 음식을 함께 먹으며 웃었다. 한 부서에서 오래 지낸 사람들이라 서로 모를 수 없는 법이다. 요즘 세상에 진실을 말하기 어렵다는 건 누구나 다 안다. 그래서 생각나는 것들과 말하지 못하는 것들을 한 글자씩 적어 내려가는 수밖에 없다.

요즘 세상엔 이미 참모습이란 게 없다. 기상예보가 사실이라 믿는 사람도 있지만, 내일의 일기예보가 거짓일 가능성을 증명하는 이가 당장 나올 수도 있다. 거짓말로 가득 찬 공기 속에서 내가 숨 쉬고 있음이 진실이라고 말하는 게 무슨 의미가 있을까? 순전히 개인적인 생각이지만, 내 말은 지금도 그다지 많은 공감을 얻지 못할 것이다. 사람들은 모두 현실 속에서 살고 있기에 그 누구도 자신이 가진 선택적 기억 상실의 본능을 인정하지 않는다. 그것은 자신감을 떨어트리고, 결국 생활에 스트레스와 파탄을 가져올 것이기 때문이다. '이 녀석은 감히 황제가 바지를 입지 않았다고 말하면서 우리를 바보라고 놀리는구나!' 사람들은 마음의 안녕을 위해 아무 의심 없이 눈을 감고 반복한다. '황제가 바지를 입지 않을 리 없어. 황제가 어떻게?'

나는 정신적으로 독립적이고, 영혼이 자유로운 사람이라고 떠벌리는 부류는 아니다. 내 생각의 많은 부분도 무엇인가에 영향을 받은 것이다. 신문이나 책에서, 텔레비전이나 생활 속 모든 모퉁이에서, 또는 늘 존재하는 공기에서조차 영향을 받았을 것이다. 그러나 나는 이미 예순 살이 되었다. 60근斤이 아니라…. 인생의 황혼을 마주하며 일찍이 찬란했던, 암담했던, 피비린내 났던, 곤혹스러웠던 그 경험들을 간단히 던져 버릴 수는 없다. 눈과 귀 중에 무엇을 더 믿을 수 있을까? 나는 눈을 더 믿는다. 훗날 어느 누구도 이 모든 것에 상처받지 않게 되면, 그 참모습이 드러날 것이라고 확신한다. 사람들이 이 책을 거론할 때, 마치 무거운 짐을 벗어던진 것처럼 이렇게 말할 것이다. '아, 그 시대는 정말 그랬었지. 그때의 비밀을 확실히 말하고 있네. 그런데 어쩌라고?' 이내 그들은 늘 그랬듯 오만할 것이다.

지금은 말해 봐야 아무도 믿지 않는다.

그해 겨울, 나는 내몽고에서 돌아오는 기차 안에서 죽은 지 몇 년 된 옛 전우를 만났다. 우리는 밤늦도록 과거의 많은 일과 사람에 대해 이야기했다. 당신은 믿을 수 있겠는가?

기차는 화북華北 평원을 질주했다. 거대한 울림은 뜨거운 피를 들끓게 했다. 가욕관嘉峪關[7]으로부터 불어온 찬바람이 창문을 때렸다. 매 순간이 너무나 진짜 같았다. 도수 높은 오량액五糧液[8] 한 병을 둘이서 다 마셨지만, 취기가 조금도 느껴지지 않았다. 마지막에 그가 계산했는데, 나는 그가 검은 가죽 상자에서 한 묶음의 청황색 고액권 지폐를 꺼내는 걸 직접 봤다. 그는 50원元[9]짜리로 보이는 지폐 한 다발을 다시 가슴팍의 가죽 지갑에 넣었다. 지갑엔 색색의 신용카드가 꽂혀 있었다. 상자 안의 돈은 어림잡아도 수십만 원은 돼 보였는데, 큰 뭉치가 여러 다발 있었다.

돌아와 사람들에게 말했더니 아무도 믿지 않았다. 아내는 "돈 생각을 너무 많이 하더니 미친 거예요?"라고 했다. 그때 나는 확실히 돈이 필요했다. 두 아이가 마침 대학을 다녔다. 하지만 미치지는 않았다.

회사의 젊은이들은 그런 일들에 대해 의심스럽다고 표현하진 않는다. 그

---

7 만리장성 서쪽 끝에 위치한 관문이자 지명.

8 다섯 가지 곡물로 빚은 사천四川성의 고량주.

9 중국 화폐 인민폐人民幣의 단위는 원元(위안), 각角, 분分이 주로 쓰인다. 10분은 1각, 10각은 1원이다.

저 늘 필요한 만큼의 미소를 유지한다. 그들은 확실히 그 수십만 원에 더 관심을 가졌다. "한몫 챙길 수도 있었을 것 같은데, 그 양반한테 돈 좀 빌려서 제대로 한탕 하면 얼마나 좋아요! 정말 바보 같아요." 그들은 이상야릇한 표정으로 웃으며 말했다. "참 답답하시네요. 정말이지. 참…."

재무부로 복귀한 곽 형은 나를 이해한다 했다. "요즘 세상에 뭔들 못 믿을까? 저번에 판촉부의 그 어린 녀석이 계약서를 가져와서 곤륜崑崙산을 팔아버렸다는데도 난 믿었어. 어떤 기적이라도 다 만들어 내는 세상 아닌가."

누구를 탓하겠는가. 그들에겐 의심이 직업적 품격인 걸. 쓴웃음이 나왔다. 그저 입 다물고 있을 수밖에.

하지만 내심 영 꺼림칙했다. 수상쩍은 엽삼호의 표정이 계속 어른거렸다. 멱살을 잡을 수도, 내팽개칠 수도 없었다. 게다가 그는 껄껄 웃어 댔다. 속으론 앞으로 무슨 일이 생길지도 모른다고 외쳤지만, 겉으론 미소를 지어 보였다. '그래. 차라리 웃어라. 크게 웃어.' 그러나 이내 알 수 없는 괴로움과 슬픔이 밀려왔다. 몇 번이고 진지하게 되돌아봐도 분명했다. 나는 일을 게을리하지도 않았고, 해마다 회사에 몇 백만 원의 이윤을 챙겨 주었다. 리베이트를 받은 적도, 동료들을 괴롭힌 적도 없다. 여자를 밝히지도 않았다. 그런데도 이 옛 전우는 끊임없이 달라붙어 바닷물처럼 감싸 안았다가 밀어 올렸다가 또 어루만진다. 진을 다 빼놓는다.

이런 느낌은 다른 사람들의 눈을 통해서도 알 수 있다. 눈동자가 바깥을 멍하니 응시하고 있어서 포도가 껍질 바깥으로 나올 때의 그 싱싱한 공포 같다. 그들이 웃는 것도 좀 이상하다. 목소리가 자동 소총 쏘듯 가슴 속에서 바깥으로 뛰쳐나온다. 그들은 "조 형, 왜 그리 심각해요? 혹시 맘에 드는 여자라도 생긴 거예요? 아니면 멋있는 척?"이라고 묻는다.

그 후 나는 평소처럼 출근하고, 퇴근하고, 밥 먹고, 옷 입고, 아내와도 다정하게 지냈다. 전과 같이 차를 마시고, 신문을 읽고, 사람들과 한담하고, 똑같이 출장을 가고, 회의를 열고, 업무를 봤다. 아무도 내가 괜찮은지 혹은 안 괜찮은지 묻지 않았다. 그러나 속으로는 분명 무슨 일이 일어날 거라 생각했다. 그때 난 이미 쉰 살이 조금 넘은 나이였는데, 왜 젊은 사람처럼 출장 가는 걸 그리 좋아했을까? 지천명知天命이어야 하는데, 아무런 답을 낼 수 없었다. 나는 땅을 밟고 싶지 않았다. 그저 날아다니고 싶었다. 때로는 일부러 시간을 지연시켰고, 다른 도시로 가는 차를 타기도 했다. 하지만 역시 날아가고 싶었다. 비행기에서 보는 구름과 안개, 혹은 아무것도 없는 곳을 가로지르는 그 느낌에 푹 빠졌다. 사실 나는 회사 사정을 많이 생각하는 편이다. 가장 저렴한 숙소에서 묵고, 목욕탕에서 자기도 하면서 남는 돈으로 비행기 표를 샀다.

곽 형은 영수증을 뒤적이며 작은 목소리로 묻는다. "괜찮은 거지?"

"괜찮아. 별일 없어. 무슨 일이 있겠어?"

"괜찮으면 됐어."

곰곰이 생각해 봤다. 대체 어찌 된 일이지? 정말 아무 일 없는 거야?

무슨 일이 있겠어? 사실 이게 다 이미 죽은 그의 얼굴 때문이다. 살구씨 같은 눈에 반쪽 눈썹, 매부리코, 각진 턱. 그 얼굴은 처음엔 그저 플랫폼에서 번쩍 하고 스쳤다. 넘치는 인파 속에서 떠도는 거품 같았다. 그래서 그다지 많은 인상을 남기지 않았다. 나중엔 플랫폼이 뒤로 미끄러지듯 멀어지고, 소란과 악취가 희미해지기 시작했다. 음악이 유쾌해질 때, 그의 얼굴이 점점 가까워지면서 진짜가 되었다. 구체적이었다. 첨예하고 심각한 일이 된 것이다.

그 후 우리는 길을 건너다 마주쳤다.

"나야, 나. 엽삼호葉三虎! 옛 전우를 잊은 거야?"

그를 주먹으로 내리쳤다. 주먹은 허공이 아닌 실물에 떨어졌다. 진짜였다.

"안 죽었어. 소문만 듣고 죽었다고 생각하면 쓰나? 사람 일생이 그렇게 간단하게 끝나지 않더라고. 안 그래?"

"그럼, 그렇고 말고."

우리는 부둥켜안은 채 길을 건넜고, 뜨거운 우리의 포옹에 뒤따르던 여행객들이 욕을 해 댔다. 우리가 확실히 그들을 방해하긴 했다.

"앉아요."

"앉아, 어서. 자네 먼저 앉아!"

그는 손바닥을 가지런히 펴고 네 손가락을 모아 천천히 아래로 늘어뜨리며 자리를 양보했다. 마치 포크가 식판을 향하는 것처럼 말이다. 팔꿈치는 용수철같이 늘어져 기울인 채 폈다 오므렸다 한다. 그 접대 자세가 영락없는 영국 신사의 표준이다. 이건 그 시절 봤던 영화에 등장하는 우리 정찰대 중대장의 동작인데, 뭐라 부르는지는 잊었다. 백호단白虎團을 기습하는 스토리였던 것 같다. 정찰대가 미군과 마주치자 캔을 접대하는데, 이 동작이 특히나 서양식이고 아주 멋스러워서 당시 부대에서 위아래 가릴 것 없이 따라했었다. 그 동작, 목소리가 모두 친숙했다. 느낌이 정말 제대로다. 막 훈련소를 나온 것 같은 그 느낌. 바로 그 시대에만 있었던 특별한 군대 문화라 한눈에 알아볼 수 있었다. 이게 바로 엽삼호야. 어느 누구도 모방할 수 없는 사람. 한눈에 그가 어느 시대에서 왔는지 알 수 있지.

얼굴을 자세히 보니 역시나 꿰맨 자국 가득이고, 상처투성이다.

"잘 지내요?"

"그럼. 괜찮지."

"출장 온 거예요?"

"출장… 그런 셈이지."

"늙었네요. 노인네가 다 됐어요."

"그래. 머리도 다 벗겨졌는걸." 그는 바람막이 재킷에 달린 홀쭉한 모자를 벗어 머리를 보여 줬다. 정수리가 계란 껍질처럼 반짝거렸고, 살구씨 눈 위의 짧은 눈썹은 정리했는지 확연히 더 짧아졌다. 그러나 그 매부리코와 각진 턱은 그야말로… 그야말로 옛날보다 더 선명했다.

이 얼굴. 허허, 이 얼굴!

이 얼굴은 정말 확실하다. 이 얼굴 때문에 당시 얼마나 말이 많았던가? 또, 얼마나 웃음거리가 되었던가? 물론 그도 이 때문에 너무 많은 대가를 치렀다. 지금은 이런 일이 문제의 축에도 못 끼겠지만, 당시 엽삼호는 정말 대단히도 운이 없던 사람 중 하나였다.

나는 그 세세한 이야기들을 한 편씩 회고했다. 조금도 틀림없이 말이다.

나는 감수성이 부족해서 텔레비전 드라마를 보며 눈물을 흘리는 법이 없다. 아내는 일찍이 내게 예술적 자질이 전혀 없다고 단언하기도 했다. 이런 내가 함부로 이야기를 지어내지 못할 뿐더러 삼십여 년 전의 인물을 꾸며 내는 건 더 어림없는 일이다.

이보다 조금 더 전의 일인데, 한번은 남방 어느 성의 중심 도시에서 군구軍區의 조직부 처장을 맡았던 사람을 만났다. 그도 엽삼호 얘기를 했었다. 이게 내가 얻은 가장 공식적인 소식인 셈이다. 그때 그는 공원 호숫가에서 낚시를 하고 있었다. 단숨에 나를 잡아 앉힌 그는 "난 당신을 알아"라고 했다.

그는 아는 사람을 만나니 붙잡고 놔주지를 않았다. 이런저런 이야기들을 주렁주렁 늘어놓다 보니 한도 끝도 없었다. 나는 그 옛날의 시시콜콜한 것들에 대해 생각하고 싶지 않았다. 그러나 우리는 아주 친한 사이였던 것처럼 한참을 이야기했다. 그는 좌파 지지 인원의 '뒷처리'를 맡았었다. 물론 자신 또한 '뒷처리'될 수밖에 없었다.

그는 "당신네 거기 엽삼호라고, 그 자가 제일 운이 없었어!"라고 했다.

그는 당신들 누가 어쩌고저쩌고하면서 자신이 과거에 큰 권력을 쥐고 있었고, 한때 잘나갔었음을 내세우기 좋아했다. "엽삼호가 제일 운이 없었지. 참 안됐어! 고향으로 복귀하게 돼서 한 푼도 못 받았으니까. 여기저기 끌려다니면서 반면교사도 됐지! 임표林彪[10] 같은 류의 사기꾼들이야 살아 있는 교재였지만, 어떻게 엽삼호한테 그럴 수가 있느냔 말이야? 그럴 줄 알았으면, 그를 돌려보내지 않았을 거야. 군구에 남아 있었으면 아무 일도 없었을 텐데."

그는 이렇게 큰소리로 이야기를 해 댔다. 다른 사람의 눈은 조금도 거리끼지 않았다. 말투로만 보면 자신은 당시 누명을 씌운 사건들과 전혀 상관

10 문화대혁명 시기 모택동의 공식 후계자로 부상했으나, 1970년 여산회의 이후 모택동과의 관계가 악화됐다. 1971년 9월, 쿠데타 시도 실패 후 옛 소련으로 망명하다 비행기 사고로 숨졌다.

없다는 듯했다. 자기는 줄곧 옳았는데, 엽삼호가 있던 야전 부대가 저질이라 사람을 산 채로 망가뜨렸다는 것이다. '엽삼호, 얼마나 훌륭한 군인이었던가.'

그는 "엽삼호는 자기 얼굴을 망가뜨리려고 냄비에 볶은 누런 콩을 얼굴에 문질러서 곰보가 되려고 하다가 제대로 데이기도 전에 발견됐다더군. 그렇게 해서 되겠나? 물론 얼굴을 바꿔서 벗어나고 싶었겠지만 말야. 처음엔 소도 몇 마리 줘서 기르게 했는데, 나중에는 그마저 안 주고. 완전히 살아 있는 구경거리가 돼 버렸지. 생산대에서 관람료도 받았어. 곡물로 내도 됐지. 엽삼호가 비판 투쟁 대회에 나오면 장사가 엄청 잘 됐다고!"라고 말하며 고개를 절레절레 흔들었다. 매우 고통스럽다는 듯이. '다 빌어먹을 문화대혁명을 하느라고!'

"지금까지 버텨 냈다면, 아마 영화계의 임표 전문 재연배우가 됐을 거예요."

"지금까지 버티기만 했다면야 당연히 그렇지. 그런데 버틸 수가 있었겠나!" 그는 마디마디 힘주어 큰소리로 말했다. 말마다 핵심을 강조하면서.

"아이가 죽고, 아내도 그렇게 미쳤으니 어찌 버텨 냈겠어. 버틸 수가 없지. 사실 죽는 게 그이에겐 제일 간단한 거였어. 아마 작전참모도 했다지."

"그 양반 군대 체질이에요. 태어날 때부터 군인이 될 운명이었다고요."

"그래서 그렇게 태연하게 죽었던 거군."

"태연하게…라구요?"

"태연했어. 막사를 태워 버리고는 미친 아내를 때려죽였어. 그리고 구덩이를 팠더라고. 아주 넓게. 둘이 들어가고도 남을 만큼. 그리고 군대용 이불로 아내를 감았어. 자기 자리에다가는 우비를 깔았지. 보급품으로 나오는 그걸로 말이야. 그러고는 산비탈에서 아래로 굴렀지. 혹시나 했는지 정맥을 미리 끊어 놓기까지 했어."

'자신이 누울 곳에 우비까지 깔아 놓은 마당에 왜 직접 들어가 누워 정맥을 끊지 않고 그리 힘들여 산비탈을 올랐을까?'

분명히 거기에 누워 봤을 그는 산비탈을 오르는 게 더 낫겠다고 판단했을 것이다. 누워서 죽는 건 너무나 평범하고, 군인답지 않다고 생각했을 수도 있다. 목숨이 조금씩 사라지는 걸 보며 죽는 것은 장렬하지도, 군인답지도 않으며, 자기한테 안 맞았을 것이다.

그는 우비를 버리고 산비탈에 올라 마지막으로 옛 해방구 고토의 홍갈색 산 무리를 본 후, 11월의 생경하고 냉랭한 바람 속에서 호흡을 몰아쉬며 힘을 다해 마지막 전술 동작을 상상했을 것이다. 이는 검은 포물선이 하늘하늘 홍색 띠들을 휘날리며 옛 고을의 척박한 푸른 천하를 넓게 수놓는 것이었으리라. 분명 그는 눈물을 흘리지 않았을 것이다. 심지어 아주 평온하게 자신을 끝냈을 것이다.

물론 이는 모두 섣부른 추측일 수도 있다. 그가 비탈에서 굴러떨어지는 걸 선택한 건 특별한 의미가 없을 수도 있다. 그저 성실하고 세심한 그의 습관에 따른 것일 수도 있다. 과거에 그가 무수히 겪은 일을 그다지 말하지 않았던 것처럼 말이다. 그게 바로 엽삼호의 작풍이다. 그는 마음이 정해지면 원한 따위는 갖지 않고 묵묵히 일하는 영웅이었다.

나는 이런 분석에 동의한다. 그의 죽음에 대한 내 호기심을 풀어주기에 충분했기 때문이다. 처장도 이 분석에 만족한다고 했다.

집에 돌아와 이 일을 아내에게 조심스레 털어놓았다. 아내는 좌파 지지가 영광스러운 역사라 할 만한 것은 아니니 이제 절대 누구에게도 말하지 말라고 했다. "좌파 지지든, 우파 지지든, 모두 빛나는 일은 아니에요. 어디 굴 파고 숨어 지내고 싶으면, 나가서 자랑스럽게 떠들어 보든지요."

나는 아내와 토론해 보려고도 했다. 하지만 그녀는 큰소리로 "좋은 사람은 많아요. 그런데 그게 무슨 소용이죠?"라고 말했다.

맞다. 좋은 사람은 아주 많다. 좋은 사람은 무능한 사람을 말한다. 무능한 사람이 무슨 소용이 있겠는가?

나는 그저 입을 다물 수밖에 없었다. 다른 누구에게 이런 말을 늘어놓을 수는 없었다. 직장을 여러 번 옮기며 수없이 이력서를 썼지만, 소대장, 부중대장, 간사 등의 직무는 모두 적으면서도 좌파 지지는 적지 않았다. 이것이 내가 4년의 역사를 숨긴 증거가 되지는 않는다. 아무도 좌파 지지가 역사의 일부라고 말하지 않았다. 나는 다른 이들도 나처럼 했을 거라고 믿는다. 회사의 젊은이들은 그저 문혁이라는 게 있었다고만 알지, 좌파 지지에 대해서는 전혀 모를 것이다. 그들이 이 말을 들으면, 아마 재채기가 나오다 만 것처럼 입을 벌린 채 멍할 것이다.

한참 더 지나 엽삼호는 역사의 모든 진실과 마찬가지로 뒤덮였다. 유기되어 버렸다.

그런데 20세기의 마지막 문턱에서 그가 비집고 나올 줄은 몰랐다. 게다가 이렇게 머릿속에서 튀어나와 나를 사로잡고 놓아주지 않을 줄은 몰랐다.

그날 기차 안은 매우 답답했다. 우리는 당시 좌파 지지 지휘부의 옛 사람과 옛 이야기들을 체로 거르듯 골라냈다. 결국 새로운 화제는 더 없는 것 같았다. 그런데 나는 그가 어디서 뭘 하는지, 어떻게 연락해야 하는지도 묻지 않았다. 내 주머니에 금박 명함이 들어 있긴 했지만 말이다. 나중에 그는 술을 마시자고 했고, 한 잔 두 잔 하다가 그가 내릴 때까지 마셨다.

사람에 대해 토론했던 기억이 난다. 그의 결론은 이렇다. "사람은 분명 괴물이야." 나는 엄지손가락을 치켜세우며 "맞아!"라고 맞장구쳤다. 식당 칸의 수준 높은 식사 분위기는 아랑곳하지 않았다. 누군가 곁눈질하며 흘겨봤다. 백인 두 명이 입으로 갈비를 뜯는 모습도 보였다. 심지어 나는 통로에 가래침까지 뱉었다. 이상하게 흥분됐다. 한동안, 아니 한평생 이렇게 제멋대로 즐거워 본 적이 없었다.

내가 물었다. "사람은 언제 가장 똑똑하죠?"

"죽지 직전의 순간이지."

"틀렸어요. 지금처럼 어질어질할 때가 가장 똑똑한 겁니다."

"자넨 죽어본 적도 없잖아."

그때 나는 경계심을 좀 가졌던 것 같다. 힘주어 눈을 크게 떴다. 그의 웃음에는 가식이 없었다. 눈 속에 사연이 가득했다. 어렴풋이 그가 죽었다는 게 생각났다. 사망 소식은 확실한 것이었다. 하지만 그는 내 앞에 앉아 있다. 그가 죽은 사람이라고 생각할 수 없었다. 우리는 식당 칸 제3열 좌석에 앉아 있다. 창밖으로 겨울의 움츠린 화북華北 대평원이 보이고, 쌓인 눈이 지붕 위를 뒤덮었다. 북풍이 불고 있지만, 실내는 매우 따뜻했다. 올라온 요리는 모두 대大자였고, 오량액에 맥주를 섞어 마셨다. 계산은 그가 했다. 그의 돈과 신용카드를 분명히 봤다. 바람막이 재킷 안에 모직 양복을 입었는데, 설백색 깃의 셔츠와 꽃무늬 넥타이는 고가임에 틀림없었다. 검은 가죽 가방에는 수십만 원이 들어 있었다. 토론한 문제들도 매우 실재적이었다. 사람에 대해. 삶과 죽음에 대해.

그가 말했다. "죽기 전의 그 찰나엔 조건이나 인간의 일에 얽매이지 않아. 이해관계도 없고, 사적인 잡념도 없어. 믿음에 대한 편견도 없지. 자넨 죽어 본 적이 없으니 이해가 안 될 거야. 아직은 한참 이르지."

그는 또, "T시에 가서 만나 보지 그래? 사람은 목숨이 두 개 있는데, 둘 다 여자가 준 거야. 첫 번째는 어머니가, 두 번째는 첫사랑이 준 거지. 돌아가 봐. 겁낼 것 없어"라고 말했다.

이 양반 정말 시인이 다 됐다! 마치 다시 태어난 느낌이었다. 나는 "당연하죠. 그까짓 걸 내가 두려워하겠어요! 이미 쉰인데 뭐가 무섭겠어요"라고 했다.

해가 뜰 무렵, 그가 나를 깨우더니 먼저 내린다고 말했던 기억이 난다. 나는 그를 문 앞까지 배웅하며 "잘 가요"라고 말했다. 그의 명함을 챙기는 건 깜빡했다. 기차가 움직였고, 그는 플랫폼에 선 채 움직이지 않았다. 기차가 멀어지는데도 그는 거기에 있었다. 그의 등은 조금 굽어 있었다. 그는 허리를 숙여 검은 가죽 가방을 들었다.

플랫폼의 불빛이 기울고, 그의 그림자를 멀리 밀어냈다. 그림자는 길바닥에 그려진 살아 있는 물음표 같았고, 가방은 물음표 아래 점처럼 보였다.

거짓인가?

이렇게 완벽한 이야기를 만들어 낼 수는 없다. 내겐 그런 재능이 없다. 게다가 내가 나를 속일 이유가 어디 있나?

2.

이후 나는 일부러 호북湖北 영산英山을 찾았다. 엽삼호의 본적지다. 계속 이렇게 사로잡혀 있을 수는 없었다.

현의 민정국民政局[11] 노인의 눈빛이 창구 유리 바깥으로 새어 나왔다. 경리 보는 선생처럼 날카로운 눈으로 나를 한 번 훑더니 "이 양반, 왜 사람 말을 못 믿어? 죽었다면 죽은 거지. 내가 당신을 속여 뭐하겠나?"라고 했다.

"두 달 전에 제가 그를 봤단 말…."

"그런 봉건 미신 같은 소린 그만두는 게 어떻겠나? 그 양반은 내가 기억해. 임표林彪 박해[12]를 받은 사람이거든. 우리가 보충 수사를 했어. 틀림없단 말이야."

"바로 그게 착오란 말이에요. 임표 박해를 받은 게 아니라 임표가 그를 박해한 거죠. 아, 아니. 그는 임표와 같은 류의 사기꾼이었단 말이에요. 아, 그게 아니라, 그는 사기꾼이 아니에요. 뭐라고 해야 하나? 그는 임표와 좀 닮아서…."

"어쨌든 임표랑 관련이 있지 않나."

"아니에요. 그는 임표와 상관없어요!" 나는 해명할 수가 없었다. 그럴수록 더 말이 꼬였다. 풀 죽은 나는 그저 홍탑산紅塔山 담배로 노인의 책상에 작은 홍탑산을 쌓아 올릴 뿐이었다.

---

11 호적이나 등본 등을 처리하는 관공서.

12 1971년 임표의 쿠데타 시도가 실패한 후, 많은 사람이 임표 관련자로 몰려 박해를 받았다.

"귀신을 봤을지도." 결국 내게 설득당한 노인은 주소 하나를 적어 줬다.

"그래. 전우였구먼! 나도 부대에 있다가 내려온 사람이라오. 전우라면 내가 이해해야지." 그는 큰소리로 퉁명스럽게 말했다.

하지만 나는 전우를 만나지 못했다.

돌조각과 잡초, 잡초와 돌조각이 이어지면서 주인 있는 묘지는 찐빵처럼 볼록하게 솟아 있고, 주인 없는 묘지는 돌조각과 잡초만 남아 있었다. 무리지은 산이 둘러싸고, 흰 구름이 유유자적했다. 몇 마리 마른 양이 아무도 없는 듯 풀을 뜯고 있었다. 산바람은 차갑고 처량해 이 협곡을 때리는 것 같았다.

"바로 여기." 촌장이 어지럽혀져 있는 돌들을 가리켰다. "부대에서 수습한 시체야."

"직접 보셨습니까?"

"아니. 그때 난 아주 어렸거든."

"수습한 사람은 누구죠?"

"죽었어. 좀 더 가면 그 사람 묘지도 보일 거야."

나는 머리를 들어 수백 척 높이에 매달린 마른 등나무가 바람에 흔들리는 걸 바라봤다. 일말의 석양이 그 위에서 몸부림치다 떨어져 사라졌다. 엽삼호의 마지막 전술 동작이 어떤 것이었을지 상상할 수가 없다. 어떤 자세였든 분명히 그를 소멸시키기에 충분한 것이었으리라. 그는 전에 제1중학에서 철봉 시범을 보인 적이 있다. 몸을 뒤집어 거꾸로 날아오르는 씩씩하고 힘찬 자태가 지금도 눈에 선하다. 그저 그런 동작은 이곳에서 적절하지 않았을 뿐이다.

나는 담배 몇 개비에 불을 붙여 어지러운 돌 틈에 꽂았다. 엽삼호는 담배를 피우지 않았다. 그러나 내가 할 수 있는 일은 이것밖에 없다. 그가 지금 내 심정을 이해하길 바란다. 처음에는 그가 이렇게 참담하게 바닥으로 내팽개쳐졌을 거라고 생각지 못했다. 그가 좀 더 너그럽고, 좀 더 융통성 있고, 또는 좀 더 담이 작았더라면, 이런 방식을 선택하지는 않았을 것이다. 만약 그가 좀 더 똑똑하고 좀 더 멀리 볼 줄 알았더라면, 또는 아예 좀 더 자유로웠더라면, 그것들이 그저 한차례 유희에 불과하고 유희를 진짜로 여겨선 안 된다는 걸 알았을 것이다. 내가 본 한 영화에서 유태인 부친은 늘 아이를 달랬다. 그들은 너와 한바탕 놀고 싶은 것이고, 그래서 넌 아우슈비츠 강제 수용소에서 계속 노는 것이라고. 안타깝게도 당시에는 누구도 엽삼호에게 이런 얘기를 해 주지 않았다. 엽삼호는 아이가 아니기 때문이기도 했다. 그는 군인이었다. 진지하고 열심이며, 헌신과 입공立功을 갈망하는 군인이었다.

전해지는 이야기는 들으면 그뿐이다. 몸소 그 상황에 들어가는 건 훨씬 더 충격적이리라.

좋은 담배다. 산바람에도 쓰러지지 않고, 계속 왕성하게 탄다. 연기는 모여들지 않고, 흔적도 남기지 않는다. 동그라미 하나 그리지 않는다. 그런데 하산하던 중에 나는 "와~" 하는 소리를 분명히 들었다. 전쟁 깃발이 흔들리는 것처럼. 마치 그가 무슨 이야기를 하는 것만 같았다. 사실 그도 해야 할 많은 이야기가 있다는 걸 나는 안다. 그저 자신의 직업 때문에 말할 수 없었을 뿐이다.

'당신은 진정한 군인이다. 우수한 군인이라는 점에 있어서 내가 아는 사람 중 누구도 당신만한 사람이 없다. 하지만 당신은 전장에서 쓰러질 기회가 없었다. 진정한 전투조차 참여하지 못했다. 무기를 들고 연설하지도 못했다. 누구를 원망하겠는가? 그저 운이 나빴을 뿐이다. 지금은 모두들 내가 귀신을 본 거라고 말하지만, 만약 진짜 귀신을 본 거라면 오히려 다시 한 번 보고 싶다!'

나는 그 어지러운 돌무덤에 절했다.

그리고 촌장에게 돈을 조금 쥐어 주며 묘지를 손봐 달라고 했다.

…기분이 많이 나아졌다. 풀린 부분도 있지만, 의문은 여전히 남았다. 당사자를 만나지 못했기에 마음속의 의혹을 지울 수는 없었다. 마지막 한순간에 그가 생각을 바꿨다고, 소멸한 건 그저 기호로서의 엽삼호이지 진정한 엽삼호는 살아남아 새로운 삶을 살았다고 생각해 보기도 했다. 이는 그 빈곤한 옛 해방구에서 아주 쉬운 일이다. 사람들은 이를 의협심에 따른 행동으로 여겼다. 시체를 매장한 당사자도 이미 고인이 됐다. 그렇게 엽삼호 또한 영원한 비밀이 된다. 이제 와서 그가 신분을 회복할 필요는 없다. 그가 미친 아내를 때려죽인 건 사실이니까.

그러나 만약 그렇지 않다면? 내가 귀신에 홀린 셈 치면 된다. 그가 원한다면 내 등에 업혀도 좋다. 나는 분명해졌다. 그 귀신이 내 아이만 건드리지 않는다면 상관없다. 귀신을 봤다는 말을 우리가 좌파 지지를 했던 그곳에서는 당귀蹚鬼라고 했다. "귀신을 밟았네." 재수가 없어 화를 입게 된다는 뜻이다. 결국 그도 귀신을 밟았고, 나 또한 귀신을 밟았다. 우리 모두 귀신을 밟은 것이다.

지금 60개의 촛불에 불이 붙여졌다. 60개의 불꽃이 60개의 열쇠가 되어 나를 도와 먼지 덮인 기억의 문을 열어 준다. 많은 옛 일이 연기 같고 꿈 같지만, 마음속에서 생생하게 꿈틀거린다. 나는 생각보다 그렇게 늙지 않았음을 알게 됐다. 딱딱한 내 삶 속에 엄연히 부드럽고 촉촉한 곳이 많음도 알게 됐다.

엽삼호의 말이 맞다. 사람은 두 번의 삶이 있다. 첫 번째는 어머니가 준 것이고, 다른 하나는 첫사랑이 준 것이다. 어머니가 준 것은 생명이고, 첫사랑이 준 것은 영혼이다. 그곳은 영혼이 재생되는 곳이다. 그녀의 작은 노트에서 봤는데, 과장된 성격을 가진 사람은 첫사랑을 마음에 새겨 고향으로 여기게 된다고 한다. 추측해 보건대, 솔직히 나도 그런 성향이 없진 않다. 나는 분명 젊은 시절의 가장 중요한 시기를 거기에 남겨 두었다. 차라리 나도 스스로 과장하기를 좋아하는 류의 사람임을 인정해야겠다.

나는 이 모든 것을 기록으로 남길 것이다.

상상 속에서 나는 거듭 장강을 날아 건넌다. 이런 상상은 매번 더욱 강렬해진다.

매번 그 연황색 강물이 갑자기 양 옆으로 갈라지고, 검은 리본처럼 늘어진 바지선, 흰 나비처럼 외로운 배, 그리고 익숙하면서도 낯선 도시가 나타나기도 전에 나는 질식하기 시작하고, 어떤 자극과 이유도 알 수 없는 도취를 만나러 간다. 지금은 눈에 의지할 필요가 없다. 눈 밑의 감각만으로도 강물이 이곳에서 갈라지는 걸 알 수 있고, 갈대로 가득한 강 한가운데의 모래밭에 자리를 내줬음을 알 수 있다. 빽빽하게 뒤얽힌 갈대들 속에서 은백색의 뾰족한 입을 가진 피라미와 배가 불룩한 초어가 갑자기 나타나 크게 우는 소리가 귀를 즐겁게 한다. 들오리와 백로는 이곳에서 유유히 밀월을 즐긴다. 당신들은 전혀 올 필요가 없는 곳이다. 연꽃은 늘 그렇게 말라 있고, 줄풀의 갓난 줄기는 늘 그렇게 살쪄 말랑말랑하다. 이곳의 모든 것은 절대적으로 황량하고, 절대적으로 비옥하다. 그야말로 숨을 쉴 수 없을 정도로. 모래밭에는 사람이 살 수 없고, 강물은 시시때때로 그곳을 가득 채운다. 그런데 이상한 것은 물이 불어나는 시기에도 이 모래밭은 잠기지 않는다는 것이다. 늘 연잎 두 쪽이 거기에 떠 있는 것 같다. 그래서 연잎 주洲라고 부른다. 이곳에 얽힌 신기한 이야기들이 많은데, 그중 하나는 이렇다. 일찍이 이곳은 두 덩이로 나뉘어 중간에 좁은 강물이 통과했다고 한다. 나중에 일본 순찰정이 이곳에 왔는데, 하룻밤 사이에 진흙과 모래가 강 길을 가득 채워 순찰정이 영원히 순찰을 멈춘 채 지금까지 그 주洲 아래 묻혀 있다는 것이다.

지금 나는 이 고토의 산하를 굽어보고 있다. 마치 자신의 손금을 자세히 들여다보는 것처럼. 비행기도 이곳에 오면 이내 속도를 줄인다. 마치 나를 보살피려는 듯 말이다. 봉황령 일대의 벌목장은 꼬불꼬불 길이 나 있고, 산등성이를 따라 층층이 펼쳐져 있다. 일곱 개의 항구, 여덟 개의 호수, 열여섯 줄기 강을 자랑하는 간척지가 이러한 녹색 선을 밑받침해 준다. 논, 안개마을, 좁다란 길, 그리고 갑각류처럼 삐걱거리는 경운기는 사람 마음을 두근거리게 한다.

우리가 처음 하향下鄕했을 때 바로 이런 경운기를 탔다. 2월 2일이었던 걸로 기억한다. 용대두龍抬頭라는 절기인데, 농촌에서는 신부를 모셔가는 날이기도 하다. 이따금 길에서 경운기를 볼 수 있었다. 신부는 혼수품으로 보내는 빨간 나무 상자 위에 앉아 있었는데, 흔들리는 모습이 매우 도취된 것처럼 보였다. 마치 평생의 억울함과 쾌락을 하루에 다 경험해 버리려는 듯했다. 신랑이 동해東海표 담배를 던져 줬다. 해방군도 함께 즐기라는 뜻이었다. 우리는 두 손을 모아 큰소리로 외쳤다. “축하합니다!” 마을에서는 악기를 연주했고, 아이들은 환호했다. 신부가 나와 외삼촌 등 뒤에 엎혔다. 눈은 울어서 빨개졌는데, 그래도 입엔 미소를 띠었다. 손에는 대나무 젓가락을 한 움큼 쥐고 있었다. 사람들이 외쳤다. "내려쳐, 내려쳐!" 신부는 눈을 돌려 웃음을 한 번 보이고는 젓가락을 몸 뒤쪽으로 떨어뜨렸다.

신부가 우리를 쳐다보더니 신랑이 메고 있는 노란 가방을 단숨에 낚아채 한 움큼씩 사탕을 꺼내 던졌다. 달콤한 입술로 그녀가 말했다. "좋은 게 별로 없네요. 사람 구실하기 참 어렵답니다." 신부의 빨간 저고리 안에서 솜이 내보이는 안저고리 소매가 보였다. 그녀의 가정 형편이 그리 넉넉하지 않음을 알 수 있었다. 새 솜저고리도 못 해 입을 정도였던 것이다. 그녀의 손가락은 마디가 굵고 튼튼했으며, 손등은 동상을 앓은 상처로 가득했다….

주인이 다짜고짜 우리를 끌어다 자리에 앉혔다. 고기도 실컷 먹고, 술도 한 사발 마셨다. 고구마 말랭이로 만든 술이었다. 그들은 모두 지주인 양 호탕했다. 집집마다 좋은 술을 열 독은 담가둔 것 같았다. 쌀 한 톨도 그리 쉽지 않은 곳임을 알지만, 거절할 수 없었다.

"마셔요, 마셔. 먹어요, 먹어. 손님처럼 사양 말고. 시골 사람들은 사양하는 법을 모른답니다. 어허 참. 뭘 그렇게 고상하게 굴어요."

결국 우리는 사양하지 못하고, 하나둘씩 비집고 들어가 자리를 잡았다. 그러고는 바보 같은 웃음을 지어 보였다. 조금도 고상해 보이지 않게 말이다. 사람 사는 세상에 가장 사치스러운 술자리가 어디에 있을까? 바로 노천에 있다. 가장 진귀한 정감은 어디에 있을까? 바로 농촌에 있다. 수년 동안 남북으로 뛰어다니며 둘러본 결과, 가장 공정한 시장은 바로 거기에 있었다. 계란은 한 개에 3분分, 게는 두 마리에 1모毛, 살아서 펄쩍펄쩍 뛰는 붕어는 한 근에 3모. 사고파는 일이 그야말로 선을 행하고 보시하는 것과 같았다. 비싸다고? 그러면 한 근에 2모만 받고는 버들가지로 생선을 꿰어 준다. 그러면 우리는 어쩔 수 없이 현재의 고액권과 같은 돈을 던지며 "잔돈은 됐어요. 괜찮아요"라고 연이어 말한다.

영안永安강은 당시 3년의 겨울과 봄, 50만 명의 노동력을 들여 만들었다. 모두가 조용히 그곳에 숨어 숨소리도 죽인 채 지냈다. 강물은 맑고, 물소는 게으름을 피운다. 평평한 수면 위에 기범선만 조금씩 흔적을 남길 뿐이다…. 당시 군대든 지방이든, 신 당권파當權派든 구 당권파든, 독재를 실행하는 대원이든 소귀신, 뱀귀신[13]이든, 더욱이 '좋다'파든 '개뿔'파[14]든, 아니면 민공[15]이든 그 가족이든 간에 모두들 30해리에 달하는 이 강 위에서 피와 땀을 흩뿌렸다. 모두 한솥밥을 먹으며 세 번의 봄과 가을을 함께 났다. 무엇이 모두를 함께 묶어 수십 쌍의 부부를 만들었을까? 무엇이 사람들을 서로 사랑하고 돕도록 했을까? 노동이다. 진정 노동이다.

이 말은 지금 듣기엔 참 낯설고 비현실적이다. 하지만 당시엔 그랬다. 황

---

13 소귀신, 뱀귀신(牛鬼蛇神)은 원래 저승의 잡귀신을 말하는 불교 용어였는데, 훗날 사악하고 흉측한 사물을 의미하는 말로 고정됐다. 특히, 문화대혁명 중에는 타도해야 할 대상을 통칭하는 말로 쓰였다.

14 '좋다(好)'파는 1967년 탈권으로 인한 '무정부' 상태를 수습하기 위해 건설된 삼결합(혁명 대중조직 대표, 현지 군사조직 책임자, 당정 기관의 혁명적 영도 간부)의 혁명위원회를 지지했던 홍위병 조직을 말한다. '개뿔(屁)' 파는 이에 대해 비판적인 그룹이었다. 삼결합 혁명위원회 주비처에 대해 '좋다'파는 '삼결합이 아주 좋다(三籌處好得很)'라는 구호를 내세운 반면, '개뿔'파는 '삼결합이 좋긴 개뿔(三籌處好個屁)'이라는 구호로 맞받아쳤던 데서 두 그룹의 별칭이 만들어졌다.

15 정부 사업에 동원된 민간 노동력.

폐한 토지 위에서의 공동 노동은 공정했고, 평등을 가져왔다. 불행은 잊었다. 나는 그것 또한 하나의 행복이라고 생각한다. 솔직히 말해 나는 자본이 보통 사람들에게 행복을 가져다준다고 생각하지 않는다. 이와 관련해 나는 여전히 주의主義를 강하게 믿는다.

이곳에서 나는 한 끼에 두 근의 쌀밥을 거뜬히 먹었고, 열여섯 시간을 일했다. 허벅지를 일곱 바늘 꿰매고도 오후에 삼태기를 들었다. 작업 중에 바퀴에 깔린 여자 둘을 구하고도 고맙다는 말을 들을 시간조차 없었다. 이게 나라고? 내가 그렇게 좋은 사람이었나? 이렇게 적고 보니 내가 마치 홍보대사 같다.

벌떡 일어나 매니큐어를 바르고 있는 옆자리 아가씨에게 말하고 싶다. '이 강이 왜 이렇게 곧은 줄 알아요? 이건 인공 강이에요. 내가 이걸 만들었어요!'

역사의 먼지가 모든 걸 묻어 버렸다. 자세히 생각해 볼 여유를 잠시도 주지 않는다. 인생은 흘러가고, 그 흔적 또한 점점 모호해진다. 마치 스쳐 지나는 뜬구름처럼.

3.

먼저 좌파 지지가 무엇인지 설명해야겠다. 아마 요즘 사람들은 전혀 모를 것이다. 또는 알아도 일부러 대충 얼버무린다.

그것은 1966년 문혁으로 각지의 당 위원회와 정부가 마비되고 엉망이 되자 1967년 1월 23일 중국 공산당 중앙, 국무원, 중앙군사위원회, 중앙문혁소조가 내놓은 〈인민 해방군의 혁명 좌파 대중 지지에 관한 결정〉을 말한다. 얼마 안돼서 모택동은 농민 지원, 노동자 지원, 군대 관리, 군대 훈련 등의 임무를 군대에 부여했다. 8월 19일에는 중앙군사위원회가 〈역량을 집중하여 좌파 지지, 농민 지원, 노동자 지원, 군대 관리, 군대 훈련 임무를 집행하는 것에 관한 결정〉을 내놓았고, 인민 해방군을 파견해 '삼지양군三支兩軍'을 행했다. 1972년 8월 21일에 당 중앙과 중앙군사위원회는 '삼지양군' 인원을 부대로 철수시켰고, 이 역사는 종료됐다. 대략 4~5년의 기간에 달했다. 이는 관방의 자료로, 내가 문서 보존관에 가서 직접 찾아본 내용이다. 사실 1969년 '9대'[16] 이후 많은 곳에서 혁명위원회가 건설되어 '전국 산하를 붉게' 만들었다. 그리고 문화대혁명은 기본적으로 종료됐다. 이와 같은 맥락에서 볼 때, 좌파 지지는 당 중앙의 결정이었고, 국가의 행위였다. 내 아내가 말하듯 그렇게 빛나지 못한 건 아니었다.

T시의 좌파 지지 지휘부는 당시 인민무장부로 불리던 시 무장부에 설치됐는데, 겹집으로 만들어진 사합원四合院[17]이었다. 현지 주둔군이 노선상의 오류를 범했기 때문에 그런 상황에서는 외부에서 파견된 중이 이 경전을 읽어야만 했다. 사실 현지 주둔군은 오류를 범할 수밖에 없었다. 시 위원회 서기가 해당 군대의 정치위원을 겸했는데, 그들이 정치위원의 말을 듣지 않았다면 더 큰 오류를 범했을 것이다. 그래서 그들은 좌파 지지를 위해 다른 지방으로 가게 됐고, 그곳에 도착해서는 당연히 모택동 주석의 혁명 노선을

16 중국공산당 제9차 전국대표대회.

17 'ㅁ'자 형태를 한 북경의 전통적인 건축양식으로, 가운데에 마당을 두고 본채와 사랑채 등 4개 건물로 둘러싼 구조로 되어 있다.

대표하게 됐다. 사실상 우리 지휘부에는 다른 곳에서 배치받아 온 무장부, 군분구軍分區[18]의 간부가 매우 많았다. 야전 부대 간부는 투쟁 수위가 높아짐에 따라 그 개입도 점점 늘었다. 다들 그랬다.

엽삼호는 다소 늦게 도착했다. 그때가 1967년 여름이었다. 어느 날 오후 지휘부의 정례회의가 시작되어 경축을 마치고 어록을 읽으려는데 밖에서 보고 소리가 들려왔다. 아주 큰 목소리였다. 당시 회의 순서는 이랬다. 무슨 일이든 먼저 모 주석의 만수무강을 축원하고, 임표 부주석의 영원한 건강을 기원한다. 그런 다음 모 주석 어록 한 단락을 읽어야 정식으로 회의가 시작됐다. 이러한 의식은 좋은 점도 있다. 규칙적이고 장엄해서 주의가 집중되지 않을 수 없는 것이다. 바로 그때였다. "보고합니다! 육군 제xx군 xx사단 군무과 참모 엽삼호, 도착했음을 보고합니다."

7월 중순의 뜨거운 태양이 바로 머리 위에 있었다. 벽 모퉁이의 이끼도 껍질이 일었고, 눈부신 뜰 가운데 병사 하나가 푯대처럼 꽂혀 있었다. 얼굴을 덮은 기름땀은 구슬처럼 유쾌하게 꿰어져 푸른 벽돌 위로 떨어지고, 눈 깜짝할 사이 증발해 흰 연기가 되었다.

지휘부 영도 소조 조장은 강요姜堯라는 사람이었다. 그는 매우 수준 높은 항일 출신 간부였다. 당시 강요 정치위원은 엽삼호를 안으로 불러들이는 걸 깜박한 채 그저 엄지손가락을 치켜세우고 머리를 끄덕이며 "좋은 병사로군"이라고 말했다.

엽삼호가 들어왔다. 그는 모자를 의자 모서리에 걸어 두고, 회의실의 유

18 사단급 부대를 지휘하는 성급 군구의 하위 단위로, 연대급 부대를 지휘하는 군사 관할 지역을 지칭한다.

일한 오래된 선풍기 앞에 앉아 여전히 경직된 상태로 허리를 꼿꼿이 세우고 있었다. 땀도 닦지 않고, 옷도 그대로인 채 그저 상관이 말하기만을 기다릴 뿐이었다.

바로 그때, 가느다란 눈이 동그래지고, 다물었던 입이 떡 벌어지며, 모두 대경실색했다. "이게 누구야?" 그는 앞머리가 약간 벗겨졌고, 매부리코에 살구씨 같은 눈을 가졌다. 그리고 굵은 눈썹은 마치 면도 중 실수로 한 마디쯤 줄어든 것 같았다. 특히 그의 아래턱은 정삼각형이 마름모꼴 홍색 휘장 위에 세워진 것 같았다. 이 자가? 엽葉? 삼호三虎? 이게 무슨 말이야? 당시 임표 부주석이 모택동 선집을 학습하는 사진이 막 유행하고 있었기에 엽삼호의 외모는 매우 인상 깊었다.[19]

10분이 지나니 엽삼호는 모두가 자신을 쳐다보는 게 불편했던지 얼굴을 숙였다. 이때 강姜 정치위원이 앞장서서 엽삼호를 맞이했다. 그러자 모두 우르르 달려들어 그의 배낭, 허리띠, 어깨 가방, 물통을 대신 풀어 내렸다. 엽삼호가 상의를 벗자 대흉근과 둥글고 까무잡잡한 어깨가 그대로 드러났다. 깔깔 웃음소리가 났다. 갑자기 모든 걸 깨달았다는 듯 소회의실이 유쾌함으로 가득 찼다. 매우 중요하다던 그날의 회의는 일찌감치 흐지부지됐다. 그저 마지막에 강 정치위원이 그의 손을 잡아끌고 자신의 사무실로 들어가던 모습만 잊히지 않는다. 엽삼호와 강 정치위원의 그 겸손과 그 자신감, 그 위엄과 그 친숙함, 그 황공함과 그 친화감. 나무랄 데가 없었다.

군분구의 송宋 간사는 이 상황을 여러 번 흉내 냈고, 이는 우리 병사들의

---

19 엽삼호의 외모가 임표와 닮아서 벌어진 에피소드인데, 엽삼호葉三虎의 이름 또한 임표林彪의 이름을 연상시킨다.

비밀 놀이가 되기도 했다. 물론 송 간사는 나중에 자신의 이런 꾀로 인해 대가를 치러야 했다. 사실 그의 과장된 연기가 없었다 해도 그날의 가장 멋진 장면을 세월이 지워 버리지는 못했을 것이다.

저녁이 되자 업무 분장이 선포됐다. 엽삼호는 지휘부 기밀 비서로 임명됐다. 별로 이상한 일은 아니었다. 각 소조는 대부분 자리가 다 찼고, 기밀 비서만 공석이었기 때문이다. 그래서 기밀 업무가 갑자기 매우 중요해졌다. 마치 그가 아니면 안 된다는 식이 되어버린 것이다. 그러나 뒤에서 한담할 때는 이를 두고 각종 예측이 분분해서 며칠 동안 시끄러웠다. 무장부 중대의 어느 병사는 내게 내기를 청하기도 했다. "분명 임표와 혈연관계가 있어. 대전문大前門 담배 한 보루, 어때? 내기할까?"

못할 것도 없었다. 그러나 불경스러웠다. 그렇다고 내가 대전문을 싫어하는 것도 아니었다. 하지만 "넌 누구 연줄이냐?"라고 묻는 건 누구에게도 쉽지 않다. 쉽지 않을 뿐 아니라 그러면 안 되는 것이었다. 고위층이 이름을 숨기고 가족을 부대로 보낸 건 그를 단련시키려는 것이다. 그런 관계 때문에 사람들이 그를 다르게 대하는 걸 원치 않을 것이다. 누가 이를 모르겠는가? 당시 이런 사례는 매우 많았다. 그는 고위층 가족임에도 그토록 스스로에게 엄격하고, 소박하며, 고상하기 그지없었다. 살갑게 사람을 대하고, 겸허하고 위대하며, 날마다 고된 노동을 하면서도 짠지와 고추장으로 때우니 안쓰러워 보일 정도였다. 그런데 그런 사람을 귀찮게 한다는 건 정말이지 상상조차 못할 큰 실례였다.

나중에는 그의 출신에 대해 더 이상 신경 쓰지 않았다. 그저 열심히 일할 뿐이었다.

한 달이 안 되어 우리 비서 소조의 동지 몇 명이 모여 의논을 했다. 현재 우두머리가 없는데, 엽삼호 동지가 나서 주는 게 어떻겠냐는 것이었다. 얘기가 나오자마자 바로 통과되어 그는 부조장이 되었다. 그의 태도에는 흠잡을 데가 없어 모두가 동의했다. 매일 새벽마다 그는 불이라도 난 듯 서둘러 맞은편 길가로 뛰어가 뜨거운 물 한 짐을 메고 와서는 보온병들을 모두 채웠다. 경비반의 병사들조차 긴장해서 그와 일 경쟁을 할 정도였다. 아침밥을 먹은 후에는 열람 문건마다 해당 호수를 표시했다. 복잡하고 방대한 조반파 조직의 정황과 동태 및 선언 전단지는 누가 봐도 골치 아픈 것이었는데, 그는 군무 참모의 세심함으로 이를 분류해 냈다. 강조점이 분명하면서도 빠트림이 없었다. 이것이야말로 그만이 가진 능력이었다. 매일 저녁 정치위원회 업무가 몇 시에 끝나든 끝까지 함께한 이가 바로 그였다. 그는 남들의 다그침에 겨우 의자에서 선잠을 잤다. 다음날 아침 정치위원들이 휴식을 취하면, 그는 다시 따뜻한 미소로 방문객들을 상대했다. 그의 인내심과 엄격함은 방문객들이 죽자 살자 매달리고, 대성통곡하며 난리 치는 걸 막아내기에도 부족함이 없었다. 옷이 찢기고 피를 본다 해도 그는 화내지 않았다. 그런 신경세포가 없는 듯했다. 늘 평화로웠고, 당황하는 기색이 없었다. 모든 이에게 겸손하고, 예를 갖춰 웃음 띤 얼굴로 대했다.

그가 오고 나서 이 작은 뜰의 분위기에 미묘한 변화가 생겼음은 말할 것도 없다. 혼란스럽기 그지없던 긴장 속에서도, 매일 무장투쟁이 벌어질지 모르는 상황에서도 내무 조례를 내세우는 자가 생긴 것이다. 우리는 어떻게 인민 해방군의 우수한 전통을 유지할 것인가? 지휘부는 아침 훈련을 계속해야 하는가? 강용회講用會[20]를 매주 한 번씩 할 것인가? 어쨌든 모두들 뭔가 보여 주고 싶어 열심이었다.

강 정치위원조차도 평소에 그다지 중시하지 않던 군용軍容과 풍기風紀에 주목하기 시작했다. 그는 일이 있든 없든 붓으로 〈재판 전언再版 前言〉[21]을 모사했다. 강 정치위원의 글씨는 그런대로 쓸 만했다. 이에 대해선 나중에 이야기할 것이다. 문제는 그게 아니었다. 그것이 하나의 정신교육이자 집체 의식이라는 게 문제였다. 강 정치위원은 회의 때마다 마지막에 기율을 준수하고, 민중을 사랑하며, 안전에 유의하라는 식의 말들을 하곤 했는데, 이제는 엽 참모처럼 노동 인민의 본성을 유지하라고 강조하는 것이다. 엽삼호의 본성이야말로 노동 인민에 닿아 있고, 그래야만 설득력이 있는 것 같았다. 당시에는.

그런데 엽삼호를 이렇게 치켜세워줬음에도 불구하고 그는 그에 걸맞는 태도를 보여 주지 못했다. 부조장으로 임명된 그날, 그는 얼굴이 빨개졌고, 입술은 떨고 있었다. 그는 우리 앞에서 계속 쓸데없는 소리를 해 댔다. "이게 대체 어떻게 된 거지? 난 계산적인 인간이야. 그런데 어떻게 내가 부조장이 될 수가 있어? 말도 안 돼."

겸손이 지나치면 다들 불편해 한다. 지나치다고 느낀다. 임무를 주면 그대로 따르는 게 옳다. 누가 엽삼호를 지지하지 않겠는가? 큰물에서 놀아 본 사람이 왜 저렇게 잔챙이처럼 구나 싶었다. 군복무의 관례로 볼 때, 진급을 하면 우쭐해하며 담배나 사탕으로 감사의 마음을 표시하기 마련이다. 그런

---

20 1960년대부터 문혁 시기에 진행된 학습 및 경험 교환 회의로, 모택동의 저서를 학습하고 활용하는 대중적 운동이다.

21 《모택동어록》 재판에 실린 임표의 서문.

데 그는 지나치게 황공해 할 뿐이었다. 모두들 허탈해했다. 자기는 진급이 기뻤는지 모르겠지만, 우리가 보기에 그는 부자연스러울 정도로 진지했고, 진급을 입에 담기조차 어려워했다.

이때부터 엽삼호는 더욱 엄숙해졌다. 매일 얼굴 보며 지내는데도, 지도부 판공실에 들어설 때마다 꼭 차려 자세로 외치며 보고하는 것이었다. 문건을 올릴 때도 꼭 두 손으로 받쳐 들었고, 복도나 식당에서 사람을 만나면 꼭 비켜서서 양보하는 등 본분에 어긋나는 경우가 없었다. 상급자에게는 반드시 직책으로 호칭하고, 하급자에게도 '이李 형', '장張 형'하면서 절대 하대하지 않았다. 열 살이나 아래인 나도 꼭 '조曹 형'이라 불렀다.

긴급 상황이 아니거나 또는 중요 인물이 참여하는 회의가 아니면 좌파지지 지휘부도 한가로울 때가 있었다. 바로 매일 저녁 더위를 식히는 시간이 그랬다. 당시 지방의 상황은 복잡했고, 모두들 고립을 자초하고 있었다. 이런 상황에서 제일 좋은 건 이야기를 나누는 것이었다. 각 부대에서 온 사람들은 모두 서로 다른 버전의 야한 이야기를 알고 있었다. 그때 방방곡곡의 이야기 성찬이 나름의 기분 전환이었다. 때로는 강 정치위원도 참여해 요리를 선보이곤 했다.

한번은 효도에 대한 이야기가 오갔다. 어머니와 중이 간통하기 편하도록 아들이 직접 나서서 강 위에 다리를 놓았는데, 나중에 어머니가 죽자 아들이 그 중을 죽여 피로 부친의 치욕을 씻었다는 이야기였다. 강 정치위원은 다리를 놓아 어머니의 뜻을 따르고, 중을 죽여 아버지에게 보답했다면서 이를 혁명의 단계론이라고 결론지었다. 모든 단계의 임무는 서로 다르지만 궁극적 목표는 일치한다는 것이다. 이 또한 원칙과 융통성의 결합인데, 효도는 원칙이고, 전략은 융통성이 있어야 한다는 것이다. 강 정치위원의 수준은 이런 데서 두드러진다. 솔직히 말해서 나는 진로를 바꾸고 난 후 그처럼 심오한 이치를 생동감 있고 재미있게, 그렇게 쉬운 말로 표현할 줄 아는 이를 만나본 적이 없다. 결론적으로 말하자면, 좌파 지지의 초기는 지낼 만했다. 저녁에 이야기를 나누며 더위를 식히는 일은 매우 여유로웠고, 모두들 웃다 지쳐서 흩어져 잠이 들곤 했다. 여자가 없던 시절에도 여자의 색채가 있었던 이유다.

그런데 엽삼호가 오고 나서부터는 우스갯소리가 더 이상 웃기지 않았다. 그는 뜰에서 일찍부터 물을 길었다. 파란 벽돌은 먼지 하나 없을 정도로 깨끗이 닦여 지휘부는 전혀 다른 곳이 되었다. 그런데 분위기는 예전만 못했던 것이다. 사실 그는 모여서 한담하는 걸 좋아하기도 했다. 별일 없으면 구석에 앉아 별 것 아닌 일에 군밤 터지듯 불시에 웃음을 터뜨리기도 했다. 그래서 모두들 어리둥절했고, 속으로 무척 당황해했다.

그러니 화제는 더욱 단조로워졌다. 무장투쟁이나 임표의 '1호 통령通令'[22] 또는 임립과林立果[23]의 '네 번째 이정표'[24]를 이야기했다. 지루해질 때쯤 강 정치위원이 갑자기 감격에 겨워 말했다. "허어…. 무장투쟁에 있어서 누

---

22 1969년 중소 분쟁 때 중국이 핵실험을 강행하면서 소련의 공격에 대비하기 위해 임표가 전군에 내린 전쟁 대비 태세를 말한다.

23 임표의 아들(1945~1971). 부친의 모택동 암살 시도 실패로 망명길을 떠나던 중 비행기의 연료 부족으로 몽골에서 추락해 부친과 함께 사망했다.

24 임표의 주변 인물들이 그의 아들인 임립과의 '강용講用 보고(이론을 학습하여 실제에 적용한 경험을 대중적으로 소개하는 활동)'를 칭송하면서 붙인 명칭으로, 이 보고에 대해 마르크스주의, 레닌주의, 모택동 사상을 잇는 네 번째 이정표라고 과장했다.

가 임 총사령관[25]만큼 투철했나? 배우면 배울수록 정말 대단한 것 같아. 좋은 놈이 좋은 놈을 치고, 나쁜 놈이 좋은 놈을 치고, 또 좋은 놈이 나쁜 놈을 치고…. 각종 타격 방법이 임 총사령관의 그 평범한 말에 다 들어 있거든. 캬….” 그는 몸을 흔들거리며 파초 부채로 하반신을 부쳤는데, 너무 심오해 알 수 없는 시 한 수를 반복해 읊는 것 같았다. 처음에는 다들 “그럼요. 그렇고 말고요”라고 했지만, 여러 번 반복되다 보니 어둠 속에서 눈빛을 교환하고는 하품을 하며 돌아가 잠을 자게 됐다.

저녁 한담 자리의 이러한 불협화음은 사실 엽삼호 때문이기도 했다. 그가 착실하다고 해서 바보 같은 건 아니었다. 어느 날은 갑자기 정말 우스운 이야기가 있으니 한번 들어보라고 했다. 아마도 자기로 인한 경색 국면을 돌파하기 위해 한참을 준비했을 것이다. 그는 이미 그런 고독을 참아 낼 수가 없었다. “군구의 문공단文工團이 한번은 〈홍색 여군紅色娘子軍〉[26]을 상연했습니다. 주인공 오청화吳清華가 도주하면서 강을 건넌 것으로 위장하는 장면에서 무대감독이 신발 한 짝을 남기는 걸 깜박했던 겁니다. 결국 앞잡이가 곳곳을 수색했지만, 그녀의 신발을 찾을 수가 없었습니다. 음악대는 쉬지 않고 ‘다다다다다다다다’ 연주를 했고, 앞잡이는 계속 같은 곳에서 원을 그리고 있었습니다. 관객들이 마음이 급해져서 함께 외쳤습니다. ‘신발! 신발!’ 무대에서도 외쳤습니다. ‘신발!’ 감독은 방법이 없었던지 자기 신발 한 짝을 던져 줬습니다. 그랬더니 앞잡이가 신발을 들고 뭐라고 했는지 아십니

25 1945년 ‘동북 인민자치군’이 결성될 때 임표가 총사령관을 맡은 데서 유래하는 호칭이다.

26 항일 시기 중국 공산당 홍군에 소속되어 있던 여군의 이야기를 다룬 극본으로, 문혁 기간에 양반극으로 상연되었다.

까? 젠장, 거 280은 되겠네!" 이야기가 끝나자 그는 껄껄대며 웃었다. 다 웃고 나서는 다시 물었다. "재미있지 않습니까?"

모두들 재미있다고는 했지만, 그건 억지웃음이었다.

나중에 생각해 보니 아주 재미없지는 않았다. 그가 재밌게 이야기할 줄을 몰라서도 아니었다. 모두들 너무 경직된 나머지 더 심오한 의미가 있을 거라 생각해 웃음이 나오지 않은 것이다. 당시의 그는 매우 조화로웠던 우리의 회로에 커다란 전기 저항처럼 억지로 꿰어져 있었다. 되돌아보면 사실 좌파 지지 시기 가운데 이때가 가장 살 만했던 짧은 시간이었다. 물론 그 시기 엽삼호의 머리에 후광이 비치고 있어 다른 이들과 하나로 어울리지는 못했지만 말이다.

엽삼호와의 어색한 사이는 한 번의 무장투쟁에 의해 열리게 되었다.

한번은 '연합 조반 총사령부'가 '죽음도 불사하는 병단'을 부두의 건물에 몰아넣고, 해가 지기 전에 무장해제하고 투항할 것을 요구했다. 하지만 죽음도 불사하는 병단은 원래부터 죽음을 각오했다는 듯 '머리가 잘리고 피는 흘려도 모택동 사상은 버릴 수 없다'고 선언했다. 그리고는 30여 명이 유서를 써서 건물 옥상의 깃대에 묶고 각자의 몸에 수제 수류탄을 장착했다. 죽음도 불사하는 병단은 시 운수업체의 노동자 조반 조직이었다. '공총사工總司'[27] 소속으로, 용맹하고 전투에 능했다. 이번에 연합 조반 총사령부가 인근 현縣에서 장갑차와 박격포를 빌려온 것은 이 '반혁명 독초'를 뽑아내고자 결심했음을 말해 준다.

이는 원래 엽삼호와는 별 상관이 없었다. 그도 강 정치위원이 그들에 의

---

27 상해 노동자 혁명 조반 총사령부.

해 건물에 갇혀 있다는 소식을 듣고 기관의 몇 명과 함께 급파된 것이었다. 그는 서둘러 이동했지만, 날은 이미 어두워져 있었다. 공격은 이미 시작됐다. 좌파 지지 간부는 이미 이 국면을 통제할 수 없었다. 운수 회사의 가족들이 울부짖으며 대로에 줄지어 누워 있어서 장갑차의 움직임이 지체되었을 뿐이다. 바로 그때 엽삼호가 돌연 서치라이트 불빛 아래 나타났다. 시끄럽게 울리던 기관총 소리가 멈췄다. 엽삼호는 "나는 해방군이다. 사격을 멈춰라!"라고 외쳤다.

잠시 조용해졌다. 한쪽의 확성기에서 소리가 들렸다. "해방군 동지는 비키시오. 우리는 반혁명을 진압하고 있소. 혁명 대중은 해방군을 치지 않소!"

엽삼호는 외쳤다. "또 쏜다면 네가 반혁명이다!"

다시 잠시 조용해졌다가 마치 큰 결심을 한 듯 수십 발의 총소리가 동시에 울렸다. 빛기둥 아래 노면에 흙먼지가 날렸다. 엽삼호가 뒤로 구르는 모습만 보일 뿐이었다. 그런 후 움직임이 없었다. 장갑차는 기세등등하게 다시 출격했다.

이때 엽삼호가 어떻게 장갑차 위에 올라탔는지는 모른다. 눈 깜짝할 사이 화염을 뿜는 경기관총이 그의 손안에 있었다. 총구의 방향이 바뀌자 모두 조용해졌다. 이어 후방의 간부들도 앞으로 나왔고, 한바탕의 전투가 끝났다.

엽삼호는 진정한 영웅이 되었다. 그가 유혈 사태를 막았기 때문만은 아니다. 천군만마 가운데 최고인 그의 용기 때문만도 아니다. 당시는 열광의 시대였기 때문이다. 헌신은 어려운 일이 아니었다. 모두들 언제든 헌신할 준비가 돼 있었다.

군인들이 우러러볼 정도로 대단하게 느낀 건 흠잡을 데 없고 군더더기 없는 그의 동작이었다. 그 아름답고, 우아하고, 위엄 있는 동작. 훈련 몇 년으로 기초밖에 없는 사람들은 절대 모방할 수 없는 것이었다. 그 솜씨는 대다수 사람은 평생 배울 수 없는 것이다.

그는 영웅처럼 받들어져서 무장부로 되돌아왔다. 모두들 "위에서 무슨 공을 내리든지 우선 우리끼리 취하도록 마십시다"라고 했다. 강 정치위원은 데어 문드러진 손을 치켜세웠다. "나도 오늘만은 단숨에 잔을 비우겠다." 그러고는 자신이 예전에 한 말이 좀 적절치 않아 보였는지, 그가 손권孫權을 따라했다는 게 아니라, 단지 우리 집체에 이와 같은 전우가 있다는 게 진심으로 자랑스럽다고 해명했다.

"역시 장군 집안에서 호랑이가 나오는 법이야." 다들 이렇게 생각했다.

시간이 좀 더 흘렀다. 그때 난 어려서인지 할 말을 참지 못했다. 사실 예정된 일이었다. 그저 내가 시작했을 뿐이다. 더위를 식히고 있을 때 엽삼호가 쪽잠을 자는 게 보였다. 내가 외쳤다. "엽 참모? 엽 참모!"

그가 갑자기 정신을 차리고는 포탄이라도 쏠 듯 '타닥~' 하면서 차려 자세를 했다. "상황이 발생한 건가?"

"그게 아니라, 당신 집에서 편지가 오는 걸 본 적이 없어서요. 당신이 여기 온 지도 꽤 됐는데." 이 말은 내가 한참을 생각해서 꺼낸 말이다. 아무래도 너무 노골적으로 물어선 안 되기 때문이다. '당신과 임 부주석은 무슨 사이요?'라는 질문은 수준이 너무 낮았다. 그래서 생각해 낸 이 질문엔 절대로 대답하지 않을 수 없다고 생각했다. '당신은 결국 털어놓게 될 거야.' 외지에서 군 생활을 하니 '가서저만금家書抵萬金'[28]이로다. 경험해 보지 못한 사람은 그 심정을 이해할 수 없다. 무쇠와 같은 사나이에, 합금으로 된 오장육부를 가졌다 해도 세 달 동안 집에서 편지가 없으면 똑바로 걸어도 삐딱해질 수밖에 없는 법이다. 긴장감이 돌고, 기운이 꽉 막힌 작은 뜰에서 가슴 뛰게 할 그 비밀이 열리기를 열심히 기다렸다.

한참이 지나 그가 웅얼웅얼하며 몹시 싫은 모양으로 한 마디 내뱉었다. "가족은…. 아무도 없소."

"네? 믿을 수 없어요. 절대 믿을 수 없어요. 천부당만부당한 소리! 아무도 없다고요? 정말 말이 안되잖아요. 끝까지 비밀을 지키려는 거예요? 당신이 말하지 않아도 우리는 다 안다고요. 잘 알고말고."

그가 급해졌다. 호흡이 빨라지더니 자신을 변호하듯 "우리 부모님은 일찍 돌아가셨어. 믿지 못하겠으면 당안檔案[29]을 찾아봐"라고 했다.

"친척은? 그래도 친척은 있을 것 아니에요?" 나도 초조해졌다.

그는 머리를 처마 기둥에 기대고 눈을 부라리며 별을 쳐다봤다. 그러고는 천천히 한숨을 쉬었다. "큰불이 나서 마을 사람들이 다 타버렸어."

이어서 울먹이는 소리가 들렸다. 숨이 막힐 듯했다. 정치위원의 엉덩이 아래 있던 등나무 의자도 신음했다. '죽음'은 함부로 저주할 수 없는 것이었다. 막말을 한 게 아니었다. 그는 막말을 할 사람이 아니다. 하지만 역시 실망은 어쩔 수 없었다. 마치 풍선에 바람이 빠진 것 같았다. 아주 확실했던 하나의 사실이 그의 말 몇 마디에 의해 거짓이 되었다. 그 시절은 기적을 갈

---

28 두보의 시 〈춘망春望〉의 한 구절로, '집에서 온 편지는 만금보다 값어치 있다'는 뜻이다.

29 개인 신상 파일.

망하고 환호하며, 거기에 심취해 있던 때였다. 엽삼호는 무례하고 무책임한 사람처럼 돼 버렸다. 심지어 모두를 놀리는 것 같았다. 이 이름에 이 얼굴, 그리고 그렇게 특출한 실력인데, 임표의 가족이 아니라 그저 하나의 신참에 불과했다니. 실망이었다.

분위기가 매우 긴장됐다. 사실 그에게 엄청난 배경이 없다는 게 무슨 상관인가? 왜 그가 보통 사람이면 안 된단 말인가? 하지만 당시에는 영 아쉬웠다. 기운이 빠졌다. 어떤 이는 공기가 습하다고 화를 냈고, 밤에 비가 올 것인지로 공연히 언쟁하기도 했다.

엽삼호 또한 분위기를 탔는지 상처 받은 기색이었고, 뭐라 중얼거리기도 했다. 참으로 처량한 모습이었다. 그는 산골에서 태어났고, 다섯 살에 비적들에게 마을이 털려 혼자 남았다. 사숙을 운영하는 노선생이 그를 거두어 줘 심부름하며 지냈고, 열여덟 살이 채 되지 않은 1955년 군에 입대했다. 노선생은 일찍 돌아가셨기 때문에 부대가 곧 그의 집이었다. 그러니 무슨 편지가 오겠는가.

나는 난처한 듯 말했다. "부인은? 부인도 없어요? 나이가 서른은 됐을 것 같은데요?" 그는 힘들어 보였다. 대답도 하지 않았다. 나는 그를 놓아주지 않았다. "제발 솔직해져 봐요. 성실하게요. 아직도 우리가 불편한 거예요?"

그가 말했다. "누가 나를 원하겠는가. 저팔계처럼 못생긴 놈을."

"저팔계도 고로장高老莊[30]에 들어갔는데요?"

30 《서유기西遊記》에서 저팔계가 사위로 들어간 마을 이름.

"몰래 들어가는 건 총으로 쏴 죽인다고 해도 싫어."

"그렇다고 너무 낙담은 말아요." 그제야 분위기가 좀 부드러워졌다. 한참 이야기하다 보니 재미가 생겼다.

이때 강 정치위원의 안색이 갑자기 안 좋아지더니 벌떡 일어나 서너 발짝 건너가 그 앞에 가만히 섰다. 엽삼호는 불안해서 어쩔 줄 모르는 듯 몸을 바로 세웠는데, 완전히 바보 같았다. 하지만 아무 일도 없었다. 강 정치위원은 아무 말도 하지 않았다. 그저 부채를 쥔 손으로 뒷짐을 지고 비틀거리며 숙소로 돌아갔다.

5~6분 정도의 시간이었다. 그동안 모두들 멍해 있었다.

거의 동시에 우리 농담이 너무 지나쳤다는 걸 깨달았다. 누가 말을 꺼냈는지 모르겠지만 "늦었는데 자자"라는 말에 모두 흩어졌다. 달빛과 함께 엽삼호만 남겨졌다.

요즘 젊은이들은 그 시절의 수많은 금기와 연상하기 어려운 일들을 영원히 이해하지 못할 것이다. 정치위원은 늘 모두를 일깨웠다. "군 생활을 함에 있어 외지에서 함부로 포를 쏘면 안 되고, 농담을 할 때도 정치에 유의해야 하며, 말을 할 때도 원칙에 주의해야 한다. 대중이 날카롭게 우리를 지켜보고 있으니 너희들이 주의하지 않으면 문제가 생겨도 도와줄 수가 없다!"

속담이 참 잘 들어맞는다. '아가씨를 알려거든 그 엄마를 보면 되고, 대머리에게 호감을 얻으려거든 전등을 밝히라는 말만 안 하면 된다.'

엽삼호. 당신 생긴 게 너무 심한 거 아냐?

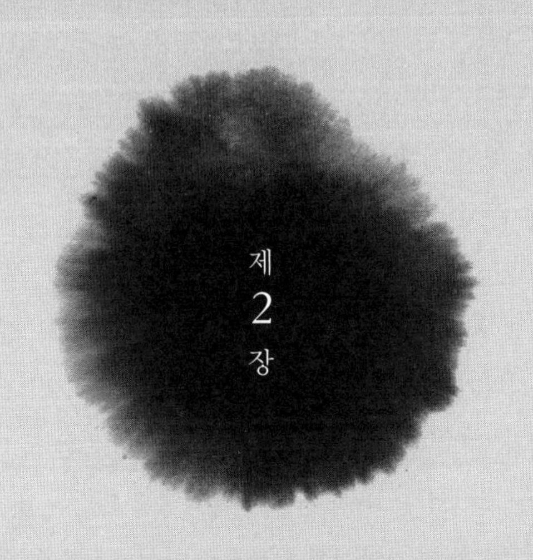

제2장

4.

이제 그 꼬마 사령司令 이야기를 해야겠다.

그녀는 진짜 사령은 아니다. 그저 '동방홍東方紅 공사'라는 중학 조반 조직에서 선전을 담당하는 녀석이었다. '꼬마 사령'은 강 정치위원이 부르면서 생긴 호칭이다.

당시에 1만인 대회가 한 번 있었다. 좌파 지지 부대 환영을 위한 것이었는지, 아니면 모 주석의 어록 발표를 위한 것이었는지는 잘 기억나지 않는다. 어쨌든 대회의 클라이맥스는 구호를 외치는 것이었다. 보통 구호를 외치는 박자는 이랬다. "모 주석… 만! 세! 모 주석… 만! 세!" 짧은 박자에서 긴 박자로 이어지다가 마지막에 이구동성으로 끝났다. 그러나 이날은 이 결정적 순간에 갑자기 '모 주석 만세'라는 누군가의 뾰족한 목소리가 청천벽력처럼 번쩍하는 것이었다. 마치 천둥이 폭풍우를 뒤덮는 것 같았다. 해산하려던 대중이 다시 한 번 격앙되어 새로운 클라이맥스를 열어젖혔다. 불협화음이지만, 오히려 화음처럼 원래의 선율을 바꾸어 밀고 나갔다. 그래서 곡 전체가 웅장해지면서 겹쳐졌다. 구호를 외치는 것 또한 지도자의 예술인데, 이 목소리는 정말 훌륭했다.

다음날 각 조직의 책임자 회의에서 목소리의 주인공을 만난 강 정치위원은 기분이 좋아 "꼬마 사령, 아주 훌륭해. 정말 좋았어!"라고 말했다. 그리고 담화를 발표할 때, 다시 한 번 그녀를 칭찬했다. "이는 위대한 영수에 대한 홍위병 소장의 특별히 두터운 무산계급 감정이며, 진정 감동적이었다"는 등의 말이었다. 아마도 강 정치위원이 이 일을 높이 샀기 때문에 그녀가

'동방홍 공사'와 좌파 지지 지휘부 사이의 연락책이 되었을 것이다.

모두가 그녀를 아주 좋아했다. 그녀는 올 때마다 지휘부의 메마른 생활에 색을 입혀 주었다. 혁명 대중의 최근 동태, 동학들이 좌파 지지 부대 간부에게 지어준 별명 등등, 작은 입이 재잘재잘 멈추지 않았다. 그녀는 처음부터 매우 눈길을 끌었다. 물론 외모도 예뻤지만, 그녀에게는 또 다른 것이 있었다. 일종의 지적인 느낌이랄 만한 것이었다. 그리고 그 시대 여자 아이들만이 가졌던 영민하고, 용감하고, 명랑한 성격도 있었다.

솔직히 말해 그때 나는 정말이지 한눈에 반했다. 그래서 마음속으로 늘 그녀의 신비한 몸짓을 되새겼다. 즐거울 땐 어떤 행동을 하고, 화낼 땐 어떤 모습인지를. 그녀가 발을 동동 구를 때도 있었다. 나는 그 모습을 특히 좋아했다. 결연하고, 의연해 보이려 하지만, 영원히 벗어날 수 없는 소녀의 자태. 그녀는 늘 낡은 군복을 입었다. 여러 번 빨아 해진 옷이었다. 그 외에 별다른 꾸밈이 없었다. 나중에 알았지만, 그건 진짜 군복이 아니었다. 진짜 군복은 간부 자제들만 입을 수 있었다. 그 옷은 흰 천을 염색해 군복을 흉내 낸 것으로, 평민 계층의 유행이었다. 그러나 그녀가 입으면 확실히 좀 달랐다. 나는 그녀의 꽁지머리 위의 고무줄 색이 부단히 변하는 걸 눈여겨보았다. 그건 아마도 그 시대 여자아이들만이 공유한 미묘한 심리 만족의 표시였을 것이다. 그녀의 꽁지머리는 위로 묶여 있었는데, 정수리 쪽은 아니었다. 머리카락이 양 뿔처럼 두 갈래로 흘러내렸다. 게다가 그녀는 걸음이 빨라 늘 작은 다람쥐 두 마리가 재주를 부리며 뛰어다니는 것 같았다.

그러면 안 된다는 건 나도 잘 알았다. 좌파 지지 부대엔 기율이 있다. 그러나 억제할 수 없었다. 조금이라도 그녀를 더 보고 싶은 마음에 끝이 없었다. 좋은 것은 좋은 것이다. 어쩔 수 없다. 이내 그녀에 대해 알 수 있는 것은 모두 알게 되었다.

그녀의 이름은 소명肖明이다. 원래 이름은 류민劉敏이었는데, 최근 개명하면서 어머니 성을 따랐다. 아마도 문화대혁명의 흐름을 틈타 아버지와 철저하게 선을 그으려 했던 걸로 보인다. 물론 여자아이의 모습을 버리기 위해서기도 했다. 그녀는 시의 1중학에 재학 중인 고급 중학 2학년이었다. 그녀의 아버지는 유색금속회사의 책임 엔지니어였는데, T시에 몇 명 안 되던 고급 지식인 중 하나였다. 1958년에 우파로 몰렸고 나중에는 복권됐지만, 그녀의 어머니와는 이미 이혼한 상태였다. 그래서 그녀는 늘 자신은 아버지와 완전히 선을 그었다고 강조했다. 그녀는 아버지 이야기를 하고 싶어 하지 않았다. 그러나 그녀는 늘 아버지의 그림자로부터 벗어나지 못했다. 이는 뒤에서 더 얘기할 것이다.

요즘 문혁에 대한 이야기를 자주 듣는다. 사람들은 문혁을 말할 때 군복을 입고, 허리띠를 휘두르는 여 홍위병 얘기부터 하곤 한다. 홍위병은 탐욕스럽고, 사람을 때리며, 심지어 사람을 먹는다고도 한다. 어떤 여 홍위병은 단숨에 일곱 명을 때려죽였단다. 하루는 회사의 어린 청년이 노벨문학상을 받은 책을 내게 보여주면서 "정말 참혹하고, 잔인해요"라고 말했다. 여 홍위병 한 명을 묘사한 내용을 보니, 그녀가 명사수고, 많은 사람을 때려죽였고, 나중에 붙잡힐 때는 난사된 총알에 하반신이 관통됐고, 몸 전체가 갈기갈기 찢겼다는…. 나는 노벨상이 뭔지 잘 몰라 "노벨상 수준이 이 정도인가?"라고 물었다. 이 정도 수준으로 문혁을 해석할 수 있고, 홍위병을 설명할 수 있다면, 그야말로 늙은 암퇘지도 나무를 탈 수 있을 것이다.

문혁 시기에 홍위병이 사람을 때리는 일은 실제로 있었다. 이런 일은 대부분 대도시에서 발생했다. 그들은 홍위병 중의 귀족이었다. 장교용 모직 군복을 입고 승마 부츠를 신었다. 하지만 그들은 목소리를 낮추고 종적을 숨겼다. 중소 도시 군대의 좌파 지지 간부인 나는 이곳에선 그런 일을 본 적도 들은 적도 없었다. 무장투쟁으로 말하자면, 두 파벌의 대연합이 파탄난 이후의 일이었다. 권력과 이익 다툼의 상황으로 접어들자 각종 추악한 일들이 나타나기 시작했다. 그렇지만 이때는 중학생이 주체가 된 홍위병이 이미 무대에서 내려와 '상산하향上山下鄕'[31]을 준비했었다. 개별적인 현상을 보편적인 사실처럼 말하는 건 좀 모자란 것이라고 할 수밖에 없다. 그 시대를 겪어 보지 못한 사람은 억압된 평등의 요구가 당시 어떻게 표출됐는지, 오랜 기간 누적된 간부와 대중 사이의 모순이 어떻게 충돌했는지 알지 못한다. 그걸 이해하지 못하면 왜 그렇게 많은 대중이 낮에는 일터에서 일하고, 밤에는 큰 길에서 대자보를 쓰며 대변론에 참여했는지 설명할 수 없을 것이다. 어떤 개인적 감정도 없이 단지 정치적 관점 때문에 친구끼리 다투고, 부부가 반복해서 헤어지게 됐던 것 또한 이해할 수 없을 것이다. 더욱이 그러한 투쟁 중 가장 냉혹하고 황당했던 단위가 지식인이 비교적 많은 곳이었다는 점은 더욱 인정하지 않을 것이다.

소명은 어려서부터 어머니와 함께 살았다. 어머니는 당시 사립 소학교의 교사였는데, 집안 사정이 상당히 좋지 못했다. 이 또한 이해하기 어려운 일 가운데 하나다. 그녀의 어머니는 우파로 몰린 적이 없는데도 반우파 운

---

31 1960~1970년대 문화대혁명 기간에 대규모의 도시 지식 청년을 조직해 농촌에 거주하면서 노동하도록 했던 정치운동을 이른다.

동 이후 단단히 고생했던 사람이다. 소련 전문가가 있던 시절의 T시에서 유색금속회사의 소형 세단을 탈 수 있는 여성은 몇 명 되지 않았다. 그녀의 어머니는 그곳에서 러시아어 통역을 맡았던, 우아한 풍모의 미인이었다. 그녀의 아버지는 비록 우파로 몰렸지만, 매달 120원의 임금을 받았다. 소명은 그런 아버지를 죽도록 미워했다.

소명은 운동 초기 시 위원회 공작조에 의해 어린 반혁명 분자로 몰렸다. 그래서 견실한 초기 조반파가 됐지만, 좋지 않은 출신 성분 때문에 쉽게 덜미를 잡히기도 했다. 그녀가 조반 조직의 핵심 성원은 아니었어도, 홍위병 가운데 위엄과 명망이 있었다. 그녀가 진정으로 '자산계급 반동 노선'에 의해 박해받았었기 때문이다. 이 이야기는 말로 설명하기 쉽지 않다. 그 역사를 경험한 사람만이 알 수 있는 것이다. 홍위병은 통일된 하나의 조직이 아니었고, 조반파와 보수파로 구분됐다. 보수파가 와해되고 나서는 '아주 좋다'파와 '좋긴 개뿔'파로 나뉘었다. 조반에 일찍 참여한 학생들은 비교적 사상을 갖추고 있다고 여겨졌다. 그러나 사실상 중학생에게 문화대혁명은 노래 부르고 춤추면서 여론을 만드는 정도였지, 그다지 실질적인 의의가 있진 않았다. 게다가 그들은 보편적으로 권력에 흥미가 없었다. 그저 신문을 만들고 선전하는 일을 잘할 뿐이었다. T시에는 전문대학 이상의 학교가 없었기 때문에 스스로 나서기만 하면 중학생이라도 곧 세력을 형성할 수 있었다.

이런 상황을 이해하기 어려운 건 아니었다. 문제는 내가 관심을 가지는 가에 있었다. 그녀가 속한 '동방홍 공사'에선 《전쟁터의 국화戰地黃花》라는 등사 간행물을 만들었는데, 그녀가 편집장을 맡고 있었다. 적지 않은 훌륭한 글귀들은 아마도 그녀의 솜씨였을 것이다. 나는 그 글귀 모두를 베꼈는데, 예를 들면 다음과 같다.

5월의 장미. 10월의 단풍. 모두 모 주석의 혁명 노선만큼 붉지는 않지.
팔각로의 등. 샛별. 혁명 조반파는 밤낮으로 너를 그리워한다!

이런 부분도 있다.

나는 차라리 유성이 되려 해.
불타올라 재가 되더라도
자산계급 반동 노선의 칠흑 같은 밤하늘을 갈라놓을 거야.
나는 차라리 불나방이 될 거야.
불바다로 뛰어들더라도
웃으면서 빛을 따라가지.
나, 모 주석의 충성스러운 호위병護衛兵은
큰 뜻을 품고 강철처럼 위엄 있게 굽히지 않기에!

이러한 시구와 내가 봤던 글들은 아마도 지금 보면 너무 과장돼서 그다지 미덥지 않을 것이다. 그러나 당시에 나는 그 글들이 진심임을 조금도 의심하지 않았다. 게다가 그녀의 삶의 이력을 알고 나서는 전적으로 감동받았다. 나는 그것이 반혁명으로 몰렸던 청년 학생이 훗날 조반파가 되는 심리적인 역정이었음을 굳게 믿는다. 지금에 와서도 공격받고 용납되지 않는 이들이 바로 이와 같은 조반파들이다.

그녀는 스스로를 구하려 했고, 또 남을 구하고 싶어 했다.

오늘날 적지 않은 사람들이 홍위병에 대해 '그저 시키는 대로 조반했다'고 조소한다. 마치 그 시대 사람들이 모두 바보였다는 듯, 자기들만 '생각 있는 사람'이라는 듯 말이다. 나는 이들이 문화대혁명의 진실을 이해하지 못해 핵심이 되는 역사적 과정을 생략했다고, 그래서 사상적 단절이 초래됐다고, 그 결과 있는 대로 받아 쓴 거짓말만 남을 수밖에 없었다고 믿고 싶다.

5.

사람이 무언가에 한번 사로잡히면 못할 일이 없다. 나는 얼마 안 가 그녀의 생활 패턴을 다 알아버렸다. 매일 새벽 그녀는 산에 오른다. 비가 오지만 않으면 거른 적이 없다. 그 산은 무장부 뒤편에 있었다. 우리는 늘 민둥산 꼭대기에서 여자아이 하나가 새벽 운동을 하는 것을 볼 수 있었다. 매일 저녁 그녀는 우물에서 물을 길었는데, 두 통일 때도 세 통일 때도 있었다. 때론 더 많기도 했다. 아침저녁으로 산책하는 내 습관은 그때 길러진 것이다. 나는 그녀를 그저 멀리서 바라보기만 했다. 그녀를 마주치기라도 하면 그저 고개를 끄덕일 뿐 별말은 하지 않았다. 그 당시 그녀의 열정은 모두 조반에 쏠려 있어서 '이 사람은 왜 늘 여기서 서성이나'하고 나를 경계했을지도 모른다. 물론 나는 그녀의 태도에 아랑곳하지 않았다.

그때 난 얼마나 대단했던가. 내 나이 겨우 스물둘이었다. 세월을 소중히 여길 줄 모르는 나이다. 나는 스무 살에 중대급의 간사가 되었는데, 그건 참 귀여운 역할이었다. 그 당시 내가 얼마나 득의양양했고, 또 얼마나 경박했는지 모른다. 나는 분명히 하느님보다 더 신비롭고자 했다. 하지만 그 모습은 아마 불가사의하고 엉망진창인 걸로 보였을 것이다. 나는 단추가 네 개 달린 상의를 여러 개 가지고 있었는데, 뜨거운 물을 담은 찻주전자로 이것들을 다렸다. 바지들은 모두 선명한 솔기를 유지했고, 가죽 신발도 늘 반짝반짝 빛났다. 군대 기율 또한 최고의 상태를 유지했다. 붉은 별 하나를 머리에 달고, 혁명 홍기를 양측에 걸었다. 나는 내 가치를 잘 알았다. 나는 기층사회와 접촉하는 게 좋았다. 대중 속으로 깊이 들어가고, 학교로 가서 여하한 복잡한 문제를 해결하기를 좋아했다. 나는 모르는 게 거의 없었고, 항상 정확했으며, 어디를 가든지 훌륭한 스승이자 도움이 되는 친구였다. 심판이었고, 법관이었으며, 모범이자 표준이었다. 나는 두 파가 배후에서 속임수를 쓰는 것에 대해 하나의 비유를 했던 적이 있다. 나는 그들이 물 위에 떠 있는 오리와 같아서 드러난 몸은 움직이지 않지만, 수면 밑으로는 마구 움직이고 있다고 말했다. 결국 이 비유는 고전적인 무기가 되어 전 시의 조반조직이 상대방을 오리라고 비판하기도 했다. 내 키는 180센티미터다. 가슴은 칼도마처럼 평평하고, 얼굴엔 적당한 미소를 품고 있다. 나는 왕자처럼 호사스러웠다. 월급은 54원이었고, 고통이 뭔지 알지 못했다. 그때 난 정말 젊었으니까.

그녀와 나의 진정한 시작은 바로 각 파 대중조직의 대연합을 준비하는 회의에서였다. 회의 참석자들은 밥을 사 먹었는데, 각자 매일 한 근에 4각角하는 배급표를 냈다. 나는 점심 식사 자리에 그녀가 없다는 사실을 발견했다. 저녁 식사 때도 마찬가지였다. 이 때문에 슬픔과 기쁨이 교차했다. 나는 그녀가 돈이 없어 식권을 사지 못했다는 걸 직감했다. 그녀의 어머니는 비판 투쟁[32]을 당했었고, 게다가 학교도 투쟁에 휘말려 월급을 한 푼도 받지 못했다. 이렇게 나는 그녀의 마음을 살 만한 기회를 얻을 수 있었다. 문제는 어떻게 그녀가 받아들이게 할지였다.

홍위병 소장인 소명은 고집불통이었다. 그녀라면 한 끼 밥값은 물론이고, 학교의 금고를 요구할 수도 있었지만, 그녀는 그러지 않았다. 나는 그녀의 교실에 각종 '사구四舊'[33]가 쌓여 있는 걸 봤다. 금은 장신구, 골동품, 글씨와 그림들이 모두 대자보 폐지로 덮여 있었는데, 좋은 물건이 매우 많았다. 하지만 때로 밖으로 튀어나온 것들을 발로 차 넣어 버리며 별것 아니라 생각했다. 특히 소명과 같은 '초기 조반파'는 운동 초기에 박해를 받았고, 지금은 대중의 스타가 되었기 때문에 스스로에게 매우 엄격했다.

예상한 것처럼 도도한 소명은 회의실에서 저녁 회의를 기다리고 있었다. 혁명이 무엇보다 더 중요하다는 것은 말할 필요가 없었다. 밥은 안 먹어도 그만이지만, 변론은 참가하지 않으면 안 되는 것이었다.

"왜 밥을 안 먹어요?"

"먹고 싶지 않아서요. 회의 시간도 다 됐는데 무슨 밥을 먹어요? 이 사람들 정말 못 말려." 그녀가 탁자에서 뭔가를 열심히 적으며 말했다.

당시에는 학생들이 회의를 할 때 재정적 보조를 받을 수 있는 규정이 없

32 문혁 기간에 홍위병이 우파에 대해 집행했던 정치 운동으로, 집회, 시위, 무장투쟁, 가택수색, 문물 파괴 등의 방식으로 진행됐다.

33 구사상, 구문화, 구풍속, 구습관을 통칭하며, 문혁 초기 홍위병이 벌인 '사구 타파' 운동의 대상이었다.

었다. 그래서 나는 즐거운 마음으로 그녀 대신 식권을 샀다. 일부러 회의 시작 전에 들어가서 "소명 동지, 잠깐 나와 주세요"라고 큰소리로 말했다.

그녀는 나와 함께 식당에 들어갔다. 그녀의 볼이 새빨갛게 물드는 걸 보면서, 또 그녀가 새하얘지도록 아랫입술을 깨무는 걸 보면서 내 마음은 미쳐 날뛰는 것 같았다! 마치 내가 밥을 사는 게 아니라 오히려 그녀가 은혜를 베푸는 것 같았다.

배고픔은 체면의 문제가 아니다. 결국 그녀가 고개를 들고는 "당신은 나가 있어요. 밥 먹을게요"라고 말했다.

그 후 나는 돈을 들고 그녀의 집에 찾아갔다. 물론 두 모녀에게 빌려 준다는 명목이었다. 처음에 나는 평상복으로 갈아입고 마스크를 쓰려고 했다. 이름도 알리지 않으려 했다. 그러나 생각해 보니 부적절한 것 같아 나는 좌파 지지 부대 사람인데, 당신네 집이 일시적으로 곤란하다는 걸 안다고 직접적으로 말했다. 무장부 뒤편의 오래된 주택에서 그녀의 어머니는 한참을 머뭇거리고 나서야 돈을 받았다. 그러고는 차용증을 쓰자고 집요하게 요구했다. 그녀의 어머니는 "규칙을 깰 수는 없다"고 했다. 이해가 갔다. 웬만큼 힘들어서는 이런 말도 하지 않았을 것이었다. 내가 그렇게 한 것은 소명의 마음을 사기 위한 것만은 아니었다. 과거에 내 어머니도 비판 투쟁의 대상이 됐었기 때문에 나는 배고픈 심정을 아주 잘 알았다. 1960년에 나는 한참 자라던 시기였다.

그리고 며칠 후 새벽, 그녀가 산에서 나를 붙잡더니 말했다.

"저기요."

"날 불렀나요?"

"부끄러운 줄 아세요. 난 누구에게도 신세 지고 싶지 않아요."

"무슨 뜻이에요?"

그녀는 고개를 돌리고 종종걸음으로 산을 내려갔다. 나는 낙담했다. 산꼭대기의 표석을 발로 차 부숴 버리고 싶었다. 그땐 청순한 아가씨가 타인과 거리를 유지하려는 본능을 정말 잘 몰랐다. 나는 그저 스무 살 남짓의 초짜였다.

얼마 후 하느님께 감사하게도 그녀가 다시 돌아왔다. 조금 숨이 찬 상태로 똑바로 나를 쳐다봤다. 직접 만든 노란 군복이 그녀의 가슴을 감싸고 있었다. 평소에는 눈에 띄지 않았는지, 아니면 이 순간의 느슨한 상태 때문인지 가슴이 파도처럼 일어났다가 가라앉았다.

"엄마가 일거리를 구했다고 당신에게 전하래요. 부두에서 광주리를 수거하면 20원 정도를 벌 수 있대요. 고마워요!" 그녀는 말을 마치고는 고개를 돌려 우스꽝스러운 표정을 짓더니 이내 사라졌다.

멍해졌다. 그 순간 갑자기 하늘빛이 밝아지고, 샛별이 환하게 춤추다 사라졌다. 하루의 아침노을이 모두 내 몸을 감쌌다. 가슴에서는 홍수가 터져 나올 것 같은 큰 기쁨이 꿈틀거렸다. 나는 급히 하산해 방으로 들어가 장편의 시를 멋대로 지었다. 그때 난 내 재주에 적잖이 놀랐다. 나중에 안 건데, 어린 녀석들은 대체로 이런 상황에서 몇 마디 지을 수 있는 법이다. 감정은 막 끓어오르지만, 출구를 찾지 못해 뱉어 내는 게 바로 시가 된다.

물론 그건 그저 잡문에 불과했다. 진정한 영혼의 충격은 그녀가 조반에 참여한 배경을 들었을 때였다. 이 일로 나는 시대를 인식하기 시작했고, 그것은 내 인생의 미망迷妄의 원인이기도 했다.

군 관할 지역의 송宋 간사는 좌파 지지 지휘부가 유임시킨 간사다. 그는 운동 초기에 대오를 잘못 선택해서 중용되지 못했고, 그래서 끊임없이 불만과 괴담을 퍼뜨렸다. 그는 당시 시의 1중학으로 파견되어 군사훈련을 준비했는데, 처음에는 연락원으로 불렸다. 그가 먼저 해결하도록 지시 받은 건 서로 다른 입장들 사이의 감정 문제였다. 이는 자산계급 반동 노선으로부터 선회해 조반파를 동정적으로 이해하는 것이었다. 물론 이런 난처한 일을 맡게 되어 그는 얼굴을 들 수 없었다. 나는 소명뿐 아니라 그 주변 사람과 사건에 대해서도 관심을 가졌다. 그리고 송 간사의 불평불만을 들어주는 사람은 나밖에 없었다. 그런데 어느 날 송 간사가 갑자기 변해 버렸다. 혁명은 죄가 없으며, 조반에는 이치가 있다고 외치는 것이었다. 마치 처음부터 조반파를 동정했다는 듯 말이다. 그는 내게 자산계급 반동 노선이 확실히 엿 같은 노선이고, 사람을 귀신으로 만드는 거라고 했다.

지휘부는 시 위원회 공작조의 '검은 자료'를 정리하는 과정에서 소명이 어린 우파로 규정됐던 이유를 발견했다. 시 위원회 운동 판공실이 건네 온 해명 자료였는데, 그 해명 주체가 바로 소명의 친아버지인 류사리劉查理였다. 류사리의 집안은 모두 국민당원인데, 거기에 그의 전처와 아직 태어나지 않은 딸 류민이 포함되어 있었다는 것이다. 확인해 보니, 류민은 소명이었다.

송 간사는 두 손을 펴면서 말했다. "이 류사리라는 인간이 개새끼라 압박을 못 견뎌 막말을 했다 치자고. 그런데 어떻게 공작조의 당 지부도 똑같이 개새끼일 수가 있어? 니들 그 많은 간부가 어떻게 이런 걸 믿었지? 아직 태어나지도 않은 애가 어떻게 국민당에 가입할 수가 있어? 이봐. 저 꼬마들이 어떻게 조반을 하지 않을 수 있었겠나? 그 아이는 첫날부터 공작조의 적극 분자였어. 그런데 바로 다음날 반혁명 분자가 되고, 학교 전체에서 비판 투쟁의 대상이 됐단 말이야. 이유를 듣지도 못하고, 스스로 죄를 해명하라고 요구당하는 식이었지. 그러니 그 아이가 상식적으로 이해가 됐겠어? 나라도 조반을 했을 거야. 조반하지 않고는 못 버티지. 수준이 너무 저질이야!"

내가 경악한 것은 두말할 나위도 없다. 전기에 감전된 것 마냥 두피가 얼얼했고, 머리카락이 쭈뼛 섰다. 이는 도대체 무슨 논리인가? 어디서부터 잘못된 건가? 아버지가 딸의 유언비어를 만든다? 친딸을 불구덩이에 밀어 넣는다? 당시 나의 사회 경험으로는 그런 상황을 당연히 이해할 수 없었다.

이날 밤의 정신적 고뇌는 아주 길었다. 소명에게 말할까? 아님 하지 말까? 이는 분명 중대한 문제였다. 좌파 지지는 기율이 있어야 했다. 말한다면 원칙을 상실하는 것이고, 말하지 않는다면 내게 양심이 없음을 의미한다. 소명이 이 사실을 모두 알게 된다면, 어떤 반응을 보일까? 정신적 붕괴를 겪게 될까? 친부가 그녀를 밀고해 천상에서 나락으로 떨어졌는데, 이 모두가 날조된 것이었다! 나는 밤새 생각했다. 어떻게 말을 꺼내고, 어떻게 진정시키며, 그리고 어떻게 위로할지. 어쨌든 무엇에도 구애받지 않기로 결심했다. 기율은 이미 머릿속에서 사라졌다. 나를 못 견디게 했던 건 소명이 이 충격을 받아들일 수 있을까였다.

그런데 소명의 반응은 정말 냉담했다. 그저 얼굴을 잠시 붉히고, 입꼬리를 살짝 올릴 뿐, 이내 평정을 되찾았다.

"난 이미 알고 있었어요."

"어떻게 알았죠?" 나는 좀 실망했다. 그런 내부 상황은 조직적으로 통제

되는 게 맞다.

"그들이 설명해 줬으니까요." 그들이라 함은 바로 공작조 조장과 학교 당 지부 서기를 말하는 것이었다.

"조금도 화가 나지 않았어요? 정말 대단하네요."

"대단하긴 무슨. 그때 난 정신을 잃었어요. 회의장에서 모두 구호를 외쳤는데, 한마디도 들리지 않았어요. 나중에 생각해 보니 내가 기절했었나 봐요."

"호랑이가 아무리 독해도 자기 자식은 먹지 않아요. 당신 아버지는 어떻게 그리 잔인했던 거죠? 게다가 공작조는 어떻게 그 말을 믿었을까요? 정말 신기하네요. 난 도무지 이해가 안돼요!"

"모두들 그랬죠. 아무도 이해할 수가 없었어요. 시 위원회 서기가 학교에 와서 조사하더니 우파로 몰렸던 우리 동학 열 명을 복권시켜 주겠다고 해서 다 같이 한바탕 웃은 적이 있어요." 하긴 누가 그들을 믿겠는가? 하지만 사회생활을 하고 경험이 많아지면서 지금은 그 일을 이해할 수 있게 됐다.

무엇을 이해하게 됐을까?

바로 그들의 사유다. 사실 운동 초기엔 모두가 이를 또 한 번의 반우파 운동이라 생각했다. 어른들도 그랬다. 그저 우리 같이 어리석은 중학생들이나 〈해서파관〉과 〈삼가촌〉[34] 등의 야화를 토론한다고 생각했던 것이다.

소명이 말했다. "이제야 이해가 돼요. 각 단위가 미리 안건을 만들어 놓

34 문혁 사인방 가운데 하나였던 요문원姚文元은 문혁 직전 〈해서파관海瑞罷官〉과 〈삼가촌찰기三家村札記〉를 비판적으로 평론한 바 있는데, 이와 같은 평론들이 문혁의 직접적인 배경이 되었다.

고, 죽은 호랑이를 친 다음 다시 살아 있는 호랑이를 잡아내는 거죠. 학교에서는 과거에 문제가 있거나 생활 태도에 문제가 있는 선생님이 먼저 투쟁 대상이 됐고, 단위에서는 옛 우파가 먼저 투쟁 대상이 됐죠. 우리 아버지는 바로 그런 놈팡이였어요. 투쟁이 아직 시작도 안 됐는데, 오줌부터 지리면서 헛소리를 해 대는 그런 놈팡이 말예요. 헛소리를 해 대면 그 관문을 통과할 줄 알았겠죠. 결과적으로 시 위원회 요약 보고에 오르게 됐고, 그렇게 해서 그들은 별 것도 아닌 걸 대단한 명령인 양 호들갑 떨었던 거죠. 운동이 심화되면서 그들은 전투 성과를 확대하려고 했어요. 공을 세워야 했으니까요. 한번은 우리 학교에서 열 명의 반혁명 분자가 나왔어요. 나는 별 것도 아녜요. 원래 출신 성분이 좋지 않았고, 공산주의 청년단원도 아니었으니까. 그런데 그들 중 몇 명은 학생회 간부였고, 그중 한 명은 당원이기도 했어요. 아마도 그들이 다른 보통 동학들보다 발육 상태가 좋았고, 사상적으로도 더 성숙했기 때문에 그렇게 된 게 아닌가, 나중에 모두들 그렇게 생각했죠. 무슨 이유를 찾을 만한 게 없었거든요. 근본적으로 그들이 필요로 했던 사람들은 줏대 없이 따르는 사람이거나 아첨쟁이였어요. 혁명 사업의 후계자 같은 게 전혀 아니었다고요! 자산계급 반동 노선이 비판된 이후에 공작조는 매우 억울해 했죠. 시 위원회가 자신들을 버렸다고 생각했어요. 사실 시 위원회도 뭐가 어떻게 된 건지 알지 못했어요. 이번에는 우파 같은 걸 잡는 게 아니라 주자파走資派[35]를 잡아야 했어요. 두 노선의 투쟁이자 두 사령부의 투쟁이었죠. 그들이 뭐라도 되나요? 야심가, 소시민, 한밑천 잡아

35 자본주의 노선을 걷는 당권파.

보려는 사람들일 뿐이죠."

소명은 말을 할수록 목소리가 커졌다. 그런데 나는 들으면 들을수록 기분이 가라앉는 것 같았다. 내가 보기에 소명이 아버지 얘기를 할 때와 당시 공작조의 주자파를 이야기하는 것 사이에는 별 차이가 없었다. 모두 다 꺼낼 가치도 없는 이야기라는 듯했다. 그녀 말대로 야심가, 소시민, 한밑천 잡아 보려는 사람들일 뿐이었다. 그래서 나는 다소 상실감에 젖었다.

잠시 침묵이 흐르더니 그녀의 눈꺼풀이 떨리기 시작했다. 그녀가 갑자기 깔깔 웃어 댔다.

"왜 웃어요?"

"이상해서요. 왜 이런 것에 관심을 갖죠?"

"어제 이 이야기를 듣고 마음이 너무 아팠어요. 정말 많이요. 어쩌면 좋을지 몰라서 밤새 잠도 못 잤어요." 나는 두서없이 말했다. 그리고 몇 마디 더 했는데, 기억나지는 않는다.

그녀는 어깨를 가볍게 흔들더니 아무 말 없이 혼자서 산을 내려갔다.

그 후 나는 맘이 편치 않았다. 몸도 편치 않았다. 그런데 그럴수록 더욱 어떤 희열이 느껴졌다. 비밀은 오래 간직할수록 조마조마해지는 맛이 있는 것 같다. 그 시절 우리는 거의 매일 만날 수 있었지만, 매일 대화를 나누지는 못했다. 내 손발은 얼어붙어 있었고, 그녀의 얼굴은 창백했다. 한번은 그녀가 내게 내일은 오지 말라고 했는데, 다음날 만나니 "왔어요?"라고 말하는 것이었다. 무장부 뒤편의 황량한 동산은 그렇게 해서 신비롭고 흥미로운 곳이 되었다.

하지만 집무실에서 만나면 우리는 마치 모르는 사이 같았다. 그녀는 다른 사람들과는 얘기도 하고 웃기도 했지만, 나는 거들떠보지도 않았다. 마치 우리 사이에 어떤 묵계가 있어 서로만 아는 비밀을 지켜야 하고, 친밀해질수록 더더욱 다른 사람들이 몰라야 한다는 듯 말이다. 적어도 나는 그렇게 이해하고 있었다. 이게 우리의 진정한 우정에 도움이 된다고. 만약 다른 사람들에게 들키면 곧 끝장이었다.

한번은 1중학의 교문에서 우연히 그녀와 마주쳤다. 전기에 감전된 듯 놀란 그녀는 안고 있던 선전물 꾸러미를 바닥에 떨어뜨렸다. 그녀의 호흡은 정말 가빴다. 얼굴엔 혈색이 없었고, 잿빛이었다가 다시 하얗게 질리기도 했다. 한참 지나서야 좀 나아졌다.

우리는 아무 말도 하지 않았다. 사랑에 대한 어떤 맹세 따위도 없었고, 심지어 손도 한 번 잡지 못했다. 그런데도 우리는 마치 삶과 죽음을 넘나드는 것 같았다. 첫사랑이 왜 그러한지 나는 알지 못했다. 하지만 그렇게 되니 정말 더 그럴 듯했다. 조금 알 것도 같았지만, 말로 표현할 수는 없었다.

수년이 지나서야 비로소 이해가 됐다. 진정한 사랑엔 원래 말이 필요없다. 그것은 하나의 아우라였다. 눈빛이자, 손동작이었다. 그리고 숨결이었다.

6.

이런 상황은 두 파벌의 대연합이 파탄 날 때까지 계속됐다. 일부 거리에는 방어벽이 설치되기 시작했고, 전면적인 무장투쟁이 시작될 것이었다. 그녀가 표정이 굳은 채 말했다. 더 이상 계속되어서는 안 된다고. 그녀의 냉담한 표정을 보니 매우 못마땅한 것 같았다. 박쥐처럼 양쪽에 다 잘 보이려 하는 좌파 지지 부대의 수법에 그녀는 실망을 표했다. 그리고 그때 그녀는 자신의 죄도 얼마나 엄중한지 잘 알게 됐다. 한간漢奸이나 역적보다 자신을 더 증오했을 정도였다. 그녀가 말했다. “나는 죽을 거예요. 전투에서 죽을 수 있다면 좋겠어요.”

나는 그녀를 놀리듯 말했다. “오오. 나의 만리장성을 망치려는 거예요?”[36]

그녀의 어깨가 잠시 떨렸고, 한참 지나서야 고개를 들더니 나를 한 번 노려봤다. 그러고는 어깨가 비스듬한 채 뛰어서 산을 내려갔다. 눈물 가득한 얼굴, 무척이나 억울해 하던 그 가련한 모습. 스스로 헤어나지 못했던 마음의 자책과 풀리지 않는 매듭. 그 표정이 지금도 눈앞에 아른거린다. 아마 평생 잊지 못할 것이다.

그때 나는 이미 그녀의 마음을 대략 알고 있었다. 그녀가 가장 원했던 일은, 시의 당권파 몇 곳을 처리하는 것과 좋은 대학에 입학하는 것이었다. 그러나 이 두 가지가 우리 같은 애송이들이 결정할 수 있는 것이었던가? 나는 원래 핵심 회의조차 참여하지 못하는 말단 간사였는데, 이때는 갑자기 별생각을 다하게 되었다. 우리 관계에 완전히 도취돼 그녀를 위해 황당한 연극을 하나 꾸몄던 것이다.

나는 빈 당안 주머니 몇 개를 가지고 산에 올라 유희를 벌였다. 이놈은 강제 노역, 저놈은 무기징역, 그리고 이놈은 바로 총살 등등을 그녀 앞에서 선포했다. 그리고 문화대혁명이 승리로 끝났음을 선포했다. 무산계급이 마침내 상부구조를 점령했고, 투쟁과 비판은 순조로웠으며, 3대 차이[37]는 곧 소

36 모 주석이 조반파의 군대에 대한 반대를 질책하며 군대의 안정성을 우위에 두고 했던 표현으로, ‘만리장성’은 인민해방군을 의미한다.

멸될 것이고, 혁명의 꽃은 승리의 과실을 맺을 것이라고 선포했다. 그리고 그녀는? 학교로 돌아가 공부를 하라고 했다. 청화대학, 북경대학, 복단대학… 아무 데나 마음대로 고를 수 있다고.

그녀는 멍한 채 내 얘길 들었다. 장난인 걸 알았지만, 이 유희는 그녀의 환심을 크게 살 수 있었다. 그녀가 다시 나타났다. 매일 새벽 우리는 이 당안 주머니를 토론하고, 각 방면에서 결석 심판을 진행했다. 그 가운데 특히 그녀가 음흉한 놈이라며 가장 증오했던 사람, 즉 그녀의 아버지를 우파로 몬 전前 시 위원회 부서기 양량재楊良才는 세 번 총살했다. 때로는 의견이 일치하지 않아 몇 마디 논쟁을 피할 수 없기도 했다. 그렇지만 논쟁이 끝나면 특별한 안정감이 마음에서 우러나왔다. 정말 즐거웠다.

그 동산은 나사산螺絲山이라 불렸다. 몇 개의 산의 품 안에 위치해 있었는데, 그 산들은 모두 좋은 이름을 가지고 있었다. 천관산天官山, 천아포단산天鵝抱蛋山, 필가산筆架山 등이었다. 나는 당안 주머니 위에 이 지역의 지형도를 그려 그녀의 집과 무장부 위치, 그리고 우리가 지금 서 있는 곳을 표시했다.

그녀는 눈썹을 치켜세우며 나의 방위감에 경탄했다. 나는 득의양양해서 이것이 군인과 일반인의 차이라고 말했다. 그러고는 이 산의 등고선을 표시했다. 그러다 보니 그녀는 점차 내 어깨에 얼굴을 기대게 됐다.

가을의 아침 햇살은 연한 회색이었다. 산봉우리들 사이에서 천천히 얼굴을 비추고 있었다. 햇빛은 실오라기처럼 따스하게 우리 몸을 비추었다. 어깨를 나란히 한 우리에게 조금씩 빨려 들어와 거대한 온기가 마음속에서

---

37 육체노동과 정신노동의 차이, 도시와 농촌의 차이, 노동자와 농민의 차이.

분출되도록 했다. 모든 것이 그렇게 가볍고 부드러웠으며, 또 그토록 하늘하늘했다. 단지 우리의 호흡만이 거칠고 무거웠다. 게다가 갈수록 가빠졌다. 장강은 우리의 정북 쪽에 있었다. 강바람이 물고기 냄새와 햇빛 아래의 볏짚 향을 우리의 얼굴로 느릿느릿 실어 날랐다. 그 느낌은 정말이지… 좋았다.

나는 카메라를 구해 이 아름다운 아침을 기록으로 남기자고 했다. 그런데 그녀는 완강하게 반대하며 나와 둘이서 사진을 찍으려 하지 않았다. 나중에 내가 보관하게 된 유일한 그녀의 사진은 무장부에 온 그녀와 몇몇 여학생이 번갈아 군복을 입고 권총집을 두르고 찍었던 것뿐이다. 그 가짜 여성 병사들은 표정이 굳은 채 입을 삐죽 내밀고는 뛰어나고 늠름한 자태가 어때야 하는지 궁리하는 듯한 모습이었다.

그 보름 동안 우리는 그 유희에서 그녀가 앞으로 공부할 대학을 몇 개의 도시로 옮겨 오기도 했다. 나는 정말이지 쓸데없는 일을 잘한다. 나도 대학에 갈 것이고, 그녀와 같은 전공에 같은 반에서 수업을 받을 거라고 생각했다. 그렇게 되면 우리는 매일 같이 있을 수 있고, 그녀를 한없이 볼 수 있을 것이었다.

그녀는 반박하지 않았다. 그저 믿지 못하는 아득함이 눈빛에 확연했다. 그녀는 물론 자신이 대학에 떨어질 것을 걱정하진 않았을 것이다. 성적이 좋았던 그녀에게 시험은 문제가 되지 않았다. 지금은 자산계급 반동 노선도 타도됐고, 혈통론도 타도됐으니 그녀에게 무슨 다른 문제가 있겠는가? 아무 문제도 없었다. 물론 그녀는 자신이 평생 대학과 인연이 없을 것이라고는 생각하지 못했을 것이다.

나는 매일 산에 오르기 위해 이야기 하나를 마치면, 곧 다른 이야기를 생각해 냈다. 영원히 끝이 없었다. 그래서 그녀가 다시는 산에 오지 못하게 됐을 때, 정말 섭섭했다.

한참이나 말을 빙빙 돌리던 그녀가 말을 꺼냈다. "정말 더 이상 올 수 없어요." 그녀는 학교에 머물기로 했다. 시 1중학이 그녀가 속한 파벌의 거점이 됐는데, 이미 그녀의 충성도에 의문을 표시하는 사람이 있었던 것이다. 이는 그녀가 절대 용납할 수 없는 일이었다. '머리가 잘리고 피를 흘려도, 혁명의 원칙은 내팽개칠 수 없는 것'이었다. 그녀는 사적인 감정과 잡념 때문에 부끄러워했다.

"조반은 무슨! 당신 어머니가 먹을 밥도 없잖아요!" 나는 결국 그녀에게 화를 내고 말았다. 이게 처음이었다. 그런 내 모습은 분명 아주 못나 보였을 것이다.

그녀는 한참을 어리둥절해 하더니 "좀 앉아 봐요"라고 했다. 그녀는 등을 맞대고 앉자고 했다. 그녀는 내가 자신을 보는 걸 원치 않았던 것이다. 하지만 그게 더 좋았다. 마침내 몸이 닿게 됐으니까. 등이 연결체가 되어 서로의 심장박동을 들을 수 있었다.

"우리 어머니를 불쌍히 여기는군요. 사실 하나도 불쌍하지 않아요. 그 여자는 그래도 싸요." 그녀가 고개를 들자 긴 머리가 내 목을 자극했다. 그녀의 향기를 맡을 수 있었다. 매혹적이었다. "어머니가 아버지를 폭로하지 않고 이혼하지 않았다면, 아버지도 그렇게 무너지지는 않았을 거예요. 나중엔 복권도 됐잖아요? 그랬으면 아버지도 우리를 폭로할 이유가 없었을 테고. 나도 이런 큰 죄명을 갖지 않았겠죠. 하지만 그랬다면 나는 조반에 참여하지 않았을 거예요. 어쩌면 대자병大字兵[38]이 됐을지도 모르죠. 물론 그랬다면 내가 당신을 알 일도, 이런 골치 아픈 일도 없었을 테죠. 이게 다… 귀신을 밟은 거예요!"

그녀는 한숨을 쉬며 자초지종을 털어놨다. 상전벽해를 겪은 듯한 모습이었다.

"나를 알게 된 게 어때서요?"

"어쨌든… 귀신을 밟은 거예요." 키득거리는 그녀의 몸이 떨렸다.

"됐어요. 과거는 됐어요. 그녀는 당신 어머니예요." 더 이상 그녀의 목소리가 들리지 않았다. 나는 그저 그녀를 안고 싶었다. 그녀의 둥근 어깨가 떨리는 게 느껴졌다. 확신이 없을 뿐이었다. 그녀가 화를 낼까? 그녀가 화내는 건 정말 무서운데. 나는 손을 뻗어 그녀의 머리 꽁지를 기습했다. 그녀는 아무 반응이 없었다. 숨이 막혀 죽을 것만 같았다.

"사실 내 아버지는 악질분자가 아니었어요. 당신은 잘 모르겠지만, 그는 그저 소심할 뿐이었어요. 가련하고 냄새나는 지식인이었죠. 이 말은 당신한테만 하는 거예요. 외부에서 나는 이미 아버지와 선을 분명히 그은… 듣고 있어요?"

나는 이미 외부인이 아니었다. 나는 그녀의 사람이었다. 물론 그녀의 얘길 듣고 있었다. 아니, 완전히 잘 이해하고 있었다! 나한테만 말한다는 건

---

38 조반파 홍위병이 보수파 홍위병을 풍자하는 표현. 교통이 발달하지 않은 문혁 초기, 북경과 먼 지역에서는 신문에 근거해 홍위병을 조직했다. 이들은 학교 당조직이 비준한 비자발적 홍위병이었다. 훗날 대연합을 통해 북경의 홍위병 완장과 비교하니, 완장의 '홍위병' 글자체가 북경의 것과 달리 매우 컸다는 데서 생긴 말이다.

틀림없이 나에 대한 격려라고 생각했다. 나는 몸을 돌렸다. 그녀의 보드라운 몸이 내 가슴 앞에서 즐겁게 웃고 있었다. 웃음소리가 팔다리로 졸졸 흘러내렸다.

그녀의 입은 끊임없이 말을 하고 있었지만, 그녀 자신도 무슨 말을 하고 있는지 몰랐다. 그저 멈출 수 없었을 뿐이다. 그녀는 러시아 데카브리스트들의 아내 이야기를 꺼냈던 것 같다. 그녀의 어머니는 그렇지 못했지만, 자신은 반드시 마음에 둔 사람을 따라 고난을 견디겠다는 뜻이었다.

나의 다른 한 손도 행동에 나섰다. 이때 그녀는 온전히 내 품 안에 있었고, 저항하지도 않았다. 아쉽게도 당시엔 키스하는 법을 몰랐다. 그저 얼굴을 맞대고 서로를 쓰다듬을 뿐이었다. 처음으로 맡아 본 그녀의 숨결을 그대로 받아들였다…. 몇 분 후, 그녀는 꿈에서 막 깨어난 듯 잠시 몸부림치다 갑자기 내 코를 꽉 깨물었다.

그녀가 외쳤다. "이 오리야!"

나는 바보였다. 그녀도 바보였다.

"맞아. 어쨌든 어머니야…." 그녀는 당황해서 어쩔 줄 모른 채 신음하다가 이내 엉엉 울었다.

갑자기 용기가 사라졌다. 어찌할 바를 몰라 그저 코만 비비고 있었다. 겁이 나 죽을 것만 같았다.

다 울고 난 그녀는 꽃봉오리를 맺은 채송화를 꺾더니 붉은 마노 돌멩이 같은 꽃봉오리를 하나씩 떼어 냈다. 나는 뭔가 해석했던 것 같기도 하고, 아무 말도 제대로 못했던 것 같기도 하다.

"됐어요. 이 장면은 영원히 패스한 거예요!" 그녀는 벌떡 일어나 외쳤다.

"무슨 문제든 그 핵심을 봐야 해요. 본질을 봐야 한다고요. 만약 모 주석의 혁명 노선이 없었다면 내 일생에 어떤 희망이 있겠어요? 그놈들을 타도하지 않고, 내가 대학에 가고 싶을 것 같아요? 꿈 깨요! 지금도 나는 어느 대학이든 갈 수 있다고요. 못 믿겠어요?" 그녀의 눈은 투우를 삼킬 기세로 불타올랐고, 그녀의 목청은 정말 컸다.

"믿어요."

"믿어요"라며 그녀가 내 말투를 흉내 냈다. 그러고는 익살맞은 표정을 지어 보였다. 화해의 표시였다.

산을 내려오며 그녀가 말했다. "당신이 무슨 생각하는지 알아요."

한줄기 부드러운 마음이 아지랑이처럼 떠다녔다. 나는 그녀와 계속 만날 수 있기를 기대하고 있었다.

'네 어머니나 걱정해. 비판 투쟁, 무장투쟁이라니. 네 집 상황은 나도 잘 알아.'

가망 없었다. 이런 생각을 해봤자 마찬가지다.

됐다. 개인이 조금 억울한 일을 당하는 게 뭐 대수람. 그녀가 나를 깨우쳤다. "모든 일은 대의를 생각해야 해요!"

졌다. 방법이 없다. 결국은 홍위병 소장이다. 그녀는 악수할 기회도 주지 않았다. 그저 고개를 저으며 혀를 내밀고 짓궂은 표정만 지었다. "안녕? 영원한 이별? 파시스트를 소탕하고, 자유를 인민에게!" 그런 후 주먹을 흔들고 양 뿔 같은 꽁지머리를 찰랑거리며 멀리 사라졌다.

제 3 장

7.

그녀가 소포를 보내왔다. 제본한 일기장에 40원이 동봉되어 있었다. 이는 긍정적인 신호였다. 그 시대에 여자 아이가 표현할 수 있는 사적이고 비밀스러운 모든 것이 내게 열린 것이다. 하지만 돈을 부친 건 달갑지 않았다. 그녀가 돈을 갚은 건 우리의 관계가 물질과 연관되는 걸 원하지 않는다는 표현이었다. 아마도 군자들의 교류는 여기가 끝이니 자중하고 기다리라는 암시일 수도 있다.

이하는 일기의 주요 내용인데, 모두를 완전히 옮겨 적는다. 나는 반드시 이 모든 것을 이해할 필요가 있었다.

x월 x일

오늘 고등부가 수업을 중단했다. 이후 학교 전체가 수업을 중단하고 사회주의 문화대혁명을 하며 〈해서파관〉과 〈삼가촌야화〉를 비판한다는 얘기를 들었다. 모두들 알 수 없는 흥분에 빠져 있다. 등교를 안 해도 되기 때문이다. 그리고 교사를 반동분자로 고발할 수도 있게 되었다. 선생님들은 원래 엄격하고, 진중하고, 미소를 지었었는데, 오늘 마주친 몇몇 선생님은 좀 이상했다. 허둥대고, 눈빛은 동요했다. 마치 갑자기 왜소해진 것 같았다.

오후에는 반에서 〈해서파관〉을 토론했다. 한 단락을 읽고 모두가 발언하는 식이었다. 몇몇 간부는 중언부언했다. 나중에 학교 지도부가 왔다. 곡曲 서기가 모두를 동원했는데, 역시나 중언부언이었다. '위대한 의의. 정확한 태도. 청렴한 관리가 꼭 좋은 관리는 아니다….' 청렴한 관리가 좋지 않다면 탐관오리는 좋단 말야? 말도 안 돼.

곡 서기가 나를 지목하더니 발언하라고 했다. 나는 이 극본을 읽지 못해 말을 꺼내기 어렵지만, 해서와 T시가 관련이 있다는 걸 알고 있다고 했다. 모두가 흥분했다. 해서는 남경南京에서 관리를 할 때 조운漕運 업무를 맡았다. 그는 비용을 절약하기 위해 현의 경덕진景德鎮으로 통하는 길을 만들었고, 다시 T시를 경유해 경덕진의 도자기를 남경으로 운송했다. 이렇게 해서 휘주부徽州府를 지나지 않아도 운송할 수 있게 되었다. 그는 길을 만드는 작업 과정에서도 매우 절약했다. 매일 급식 기준을 '기름 2전, 채소 4량'으로 했고, 이는 당시 표준 역할을 했다. 이는 석간신문에서 읽은 것이고, 현지縣誌에도 기재되어 있었다.

화장실에 다녀와 곽훼郭卉와 잠깐 얘기를 나눴는데, 방금 곡 서기가 내가 머리를 쓸 줄 안다며 칭찬했단다. 물론 기뻤다. 그는 나더러 적극적으로 나서서 소자산계급 사상을 극복하고, 올해 공산주의 청년단 조직 가입을 쟁취하라고 했다.

수업이 끝난 후에도 모두 집에 돌아가지 않고 대식당에서 1차 비판 대자보를 붙였다. 모두들 두근대는 게 보였다. 한 여자 동학은 담이 작아 목소리를 내지 못했지만, 얼굴은 온통 붉어졌다. 대자보에 이름이 적힌 교사는 그리 많지 않았다. 모두 평소에 잘 알고 있던 과거 문제였지만, 뜨거운 피가 끓어올랐다. 세 번 이혼한 허문흔許文欣 선생님은 만화로 그려졌다. 파리 한 마리가 그의 머리털 위에서 미끄러져 내려오는 그림이었다. 머리에 기름을 바르고 얼굴에 분칠을 한 바람둥이라는 뜻이다. 하지만 나는 참 재미없다고 생각했다. 정말 재미없었다.

x월 x일

연락원으로 선출됐다. 동학들이 선거로 뽑고, 학교의 당 지부와 공작조가 협의해 결정한 것이다. 학교 전체가 수업을 중단했고, 선생님들은 모두 대비판과 대적발의 단계로 들어섰기 때문에 저학년 반에 가서 연락 공작을 할 사람이 필요했던 것이다. 학교 전체에서 단 20명만이 선출됐다는 건 당 지부가 나를 신임한다는 뜻이다. 곡 서기는 특별히 내게 "열심히 해서 얼른 공산주의 청년단 가입 문제를 해결해야지"라고 했다.

나는 초급 중학 2학년 때부터 매년 공산주의 청년단에 가입 신청서를 냈지만, 늘 심사에 통과하지 못했다. 출신 성분이 좋지 않은 것 외에도 우쭐대고 응석 부리는 문제가 있다고 했다. 우쭐대고 응석 부리는 게 어떤 것인지 누구도 제대로 설명해 주지 않았다. 내가 사람들을 무시했나? 경박했나? 너무 나섰나? 고생을 두려워했나? 다 아닌 것 같았다. 아마 기질이겠지. 일종의 소자산계급 기질. 지금도 여전히 뭐라고 해야 할지 모르겠다. 그래도 운동 속에서 나를 단련하고, 당 조직에 좀 더 가까이 가야하는 건 확실하다.

x월 x일

내가 연락을 맡은 초급 중학 3학년 1반은 매우 활발한 그룹이었다. 간부 자녀가 많았고, 문화 오락 골간도 많았다. 하지만 〈해서파관〉에 관한 토론에서 모두들 별다른 의견을 내지 못했다. 그저 대자보를 붙이는 일에만 관심이 있었다. 그들은 음악 선생님이 수업 중에 건달처럼 말했다고 고발했다. 여자 아이가 크면 다 시집을 가야 한다느니, 음악을 아는 여자가 시집을 잘 간다느니 했단다. 이게 건달 같은 말이 아니고 무엇이냐는 것이다. 이 내용으로 대자보를 붙이려는 걸 내가 말렸다. 정치 운동은 시시하고 작은 일에 휩쓸려서는 안 된다는 생각에서였다.

공작조[39]의 의도는 우리 연락원의 정치의식을 제고하고, 학생들을 인도해 요문원 동지의 중요 문건을 토론하라는 것이었다. 아쉽게도 나 자신도 배움이 부족해 그 중요성이 무엇인지 제대로 말할 수 없었다. 나는 그저 〈해서파관〉이라는 연극의 줄거리를 소개할 수 있을 뿐이었다.

나는 해서와 서계徐階가 모두 봉건 관리이며, 봉건제도의 수호자라는 점은 맞다고 생각했다. 청렴한 관리가 거지의 구걸 봉지를 깃발로 삼았고, 그들의 엉덩이에 봉건주의 휘장이 있다는 것도 맞다고 봤다. 그렇지만 구체적으로 말하자면, 두 사람의 역사적 작용은 달랐다. 한쪽은 토지 겸병을 반대했고, 한쪽은 부패만 저질렀다. 오함吳晗은 이 측면에서 〈해서파관〉이 나름대로 이치에 맞다고 썼는데, 이는 봉건 왕조가 성했다가 쇠락한 제도적 원인을 보여준다. 물론 이건 내 해석일 뿐이다. 나도 제대로 공부한 건 아니다.

내가 발표를 마치고 수업이 끝날 때쯤 남학생 하나가 큰소리로 외쳤다. "해서파관의 핵심은 '파관' 두 글자다!" 나는 멍해져 왜 그런지 물었다. 그는 "당신이 알긴 뭘 알아!"하고는 나가 버렸다.

39 문화대혁명 시기 각 단위에서 집행을 맡았던 조직.

내가 잘 안다고 말한 것도 아닌데. 정말 영문을 모르겠다.

학생들이 그는 양지원楊志遠이고, 그의 아버지는 높은 간부, 즉 시 위원회 부서기라고 알려줬다.

저녁에는 종합 보고회가 있었다. 나는 반에서의 토론 상황을 간단히 보고했다. 공작조의 동佟 조장은 경계를 높이고, 주위를 잘 살피며, 새로운 동향에 주의하라고 지시했다.

x월 x일

이날은 아마 평생 잊지 못할 것이다. 1966년 6월 30일 저녁 8시. 나는 학교 대운동장에 2천여 명이 모인 전교 대회 중 갑자기 우파 학생으로 지목됐다. 학생 대오에 잠입한 어린 반혁명 분자라는 것이었다. 우파 학생 명단은 곽 서기가 발표했는데, 나는 그가 무슨 말을 하는지 알아들을 수 없었다. 하지만 어쨌든 내 이름이 그 안에 있었다.

이후 공작조의 동 조장이 알려 준 바에 따르면, 우리가 반으로 돌아가 요행을 바라지 않고 착실히 적발과 비판을 수용해 솔직하면 관용이 따를 것이고, 저항하면 엄벌에 처해질 것이란다. 그는 큰 접이식 부채를 '촥~'하고 펼치고 다시 접었다. 그는 매번 부채를 펴고 접을 때마다 한 마디씩 했는데, 그때마다 개미 새끼 하나 없는 듯 주변이 조용해졌다. 그저 부채가 '촥~'하고 펼쳐졌다가 접히는 소리만 들렸다. 몹시 무서웠다. 많은 사람이 고개를 돌려 나를 쳐다봤는데, 얼굴이 부어오르는 것 같았다. 조명이 비추고 있어 동학들은 감히 쳐다볼 엄두를 못 냈고, 보더라도 바로 눈길을 피해 버렸다. 눈을 다칠까봐 걱정했던 것이다. 오로

지 내 귀에는 모기가 윙윙거리는 듯한 소리만 들렸고, 나중엔 내가 모기가 된 것 같았다. 모두들 내가 미워서 때려죽이고 싶어 안달이 난 것 같았다.

산회가 선포된 후, 호명된 우리 열 명의 동학은 모두 그 자리에 섰다. 두려워서인지, 생각하는 법을 잊었는지, 아무튼 자리를 떠나지 않고 있었다. 텅 빈 대운동장에 선 우리는 열 개의 나무 말뚝 같았다. 아무도 움직이지 않았다. 동 조장이 다가와 "너희는 왜 돌아가지 않지?"라고 여러 번 물었다. 한 명이 울기 시작했고, 다른 몇 명도 정신을 놓고 울었다. 이상한 건 나는 울지 않았다는 것이다. 여자는 나뿐이었는데도 말이다. 나도 울고 싶었지만, 눈이 메말라 울 수가 없었다. 나도 울고 싶었다. 큰소리로 울부짖고 싶었다. 그렇지만 그럴 용기가 없었다.

곡 서기가 다가와 말했다. "너희도 집에 돌아가도록 해. 겁먹지 말고. 겁먹어 봐야 소용없어. 무슨 문제가 있으면 나중에 다시 얘기하고." 고급 중학 3학년 동학이 갑자기 입을 열더니 큰소리로 욕을 해 대기 시작했다. 상스러운 욕들이었다. 곡 서기가 다가가 그를 잡아채자 바닥에 뒹굴었다. 곡 서기는 나동그라진 그를 지켜봤다. 어리둥절했다.

동 조장이 오더니 그를 학교에 남겨두고 감시하라고 했다. 그는 "저 녀석은 이제 돌아가고 싶어도 돌아갈 수 없어"라고 했다. 곡 서기가 떠나자 동 조장은 황급히 이 동학과 함께 학교에 머물 학생을 정하고는 우리는 거들떠보지도 않았다.

우리는 그제야 울어봤자 소용없음을 알게 되었다. 해명을 해야만 살아남을 수 있다.

하지만 우선 부모님에게 설명할 방법이 없었다. 다들 비슷한 마음이었다. 집에 가서 어떻게 말하지? 다른 학생들은 어땠는지 모르지만, 내가 무엇을 잘못했는지, 무슨 말이 문제인지, 아무도 가르쳐 주지 않아 나 스스로 답을 찾아야 했다.

나는 우파라는 것이 얼마나 대단한 무게를 갖는지 잘 안다. 어려서부터 나는 맷돌 같은 돌덩이를 머리 위에 이고 자랐다. 지금은 돌덩이 아래의 콩나물이 커 버렸다. 우파가 되어 버린 것이다. 그저 어릴 뿐.

어떻게 집에 돌아왔는지 모르겠다. 어머니에겐 말하지 않았다.

삶이 그대를 속일지라도

슬퍼하거나 노여워하지 마라

설움의 날을 참고 견디면

기쁨의 날이 오고야 말리니

마음은 미래에 살고

현재는 언제나 슬픈 것

모든 것은 순식간에 지나가고

지나간 것은 또다시 그리움이 되는 것

—푸슈킨

이건 한바탕 오해일까? 혹시 며칠 지나면 없었던 일이 될까? 잘 모르겠다.

x월 x일

아침에 어머니가 나를 여러 번 곁눈질했다. 뭔가 이상하다는 걸 눈치챈 것 같다.

나는 어머니가 한 번 더 쳐다보면 털어놓으려고 이리저리 피하며 할 말을 준비했다. 물동이를 다 채우고, 갈아입은 옷을 가져다 빨아 널었다. 하지만 어머니는 더 이상 나를 쳐다보지 않았다.

어머니는 볶음밥 한 그릇을 남겨 두었다. 그리고 특별히 파를 넣어 애정을 표시했다. 당신 몫은 누룽지만 약간 챙겼을 것이다. 학교가 시골로 이사하면서 어머니는 일찍 출근해 밤늦게 돌아온다. 어머니는 자주 누룽지를 챙겨 버텼다. 지금은 나도 누룽지를 만들 줄 안다. 먼저 쌀밥을 덜어내 평평하게 한 후 따뜻한 물을 조금 넣고 형태를 갖출 때까지 기다렸다가 다시 누룽지 전체를 구워 바삭하게 만든다. 이렇게 하면 오래 보관할 수 있다.

집에 돌아오면 잠들어 있는 어머니의 얼굴을 자주 본다. 아침에 일어나면 어머니는 이미 나가고 없다. 우리는 메모를 남겨 대화를 나눈다. 어머니는 나와 얼굴을 맞대고 있을 땐 원망 외에는 별달리 말이 없다. 어머니도 내가 듣기 싫어하는 걸 안다. 그러다 보니 나도 말하기가 싫어졌다. 괜히 입을 열었다가 잔소리가 시작될까 두려웠다.

집은 그저 경제적 단위다. 사육장이다. 곽훼는 우리 집이 너무 조용하고, 이상하다고 했다. 조용해지면 질수록 나는 더욱 입을 열 수가 없다.

낡은 집으로 이사 온 후로 어머니는 몰라보게 늙어 버렸다. 살이 빠져서 옷도 한 치수 줄여야 했다. 하루 종일 비틀비틀한다. 눈가와 입가,

그리고 얼굴 곳곳에 주름이 가득하다. 원한이 독이 되어 그녀의 안색은 나날이 어두워진다. 평생 햇빛을 못 본 사람 같다. 어머니가 목욕할 때에야 그녀의 하얀 등을 볼 수 있다. 그 모습은 우아하고 아름다운 이리나를 연상시킨다. 어머니는 이미 더 이상 어떤 충격도 견딜 수 없을 것이다. 난 어쩌면 좋지?

볶음밥이 목구멍으로 넘어가질 않았다. 영원히 다 먹지 못할 것만 같았다. 못난이처럼 눈물이 났다. 눈물이 솟아나 흘러넘쳤다. 하지만 큰 소리로 울지는 않았다. 울어 봐야 소용없다. 나는 반드시 밥을 넘겨야 한다. 그래야 힘이 생기고 비판 투쟁을 견뎌 낼 수 있다.

곽훼의 집을 지나면서도 나는 그녀를 부르지 않았다. 그녀는 자주 늦잠을 자서 나더러 깨워 달라고 부탁했었는데, 멀리서 날 보더니 몸을 숨겼다. 문이 큰소리로 닫혔다.

마음이 떨리고, 너무 너무 아팠다. 내 마음이 닫힌 문짝에 낀 것 같았다. 내가 너무 예민한지도 모른다. 아무 뜻 없었을지도 모른다. 이건 배신이라 할 정도는 아니다. 나는 의심이 너무 많다.

x월 x일

곽훼에게 나쁜 의도는 없었다. 그저 선을 긋고 싶었던 것이다. 괜찮다. 오히려 부담이 없어졌다. 그녀를 만나 해명하려 했지만, 그녀가 먼저 피했다. 그녀의 집은 우리와 비슷하다. 지주에 상공업 쪽이다. 나보다 나아 봤자 얼마나 더 낫겠어? 아버지가 있다는 점은 나보다 좀 낫다고 할 수 있다.

그녀를 끌어들이고 싶지 않다. 나 때문에 그녀가 열한 번째가 된다면, 나 또한 제명에 죽지 못할 것이다.

지금 가장 힘든 건 어머니에게 얘기할 수 없다는 것이다.

x월 x일

오늘 하루는 전적으로 나에 대한 비판 투쟁을 하는 날이었다. 나보다 상황이 안 좋은 남학생 두 명은 한 사람당 이틀씩 했다. 그들은 농촌 출신인데, 사청 공작대에 대해 안 좋은 말을 했단다. 나는 하루만 배정됐다. 행운이다.

주로 내가 죄를 자백하면, 그 태도를 보아 결정한다고 했다.

내 문제는 주요하게 세 가지다. 첫째, 해서가 표준적 역할을 했다는 내 말은 당의 지도 간부가 해서보다 못하다고 넌지시 공격한 것이다. 둘째, 저학년 학생이 대자보 쓰는 걸 말린 건 운동에 저촉되는 것이다. 셋째, 저학년 학생은 더 배워야 하기 때문에 운동을 위해 수업을 중단해선 안 된다고 말한 건 공작조에 대한 불만이다. 공작조는 당이 파견한 것이고, 공작조에 대한 반대는 당에 대한 반대다.

일부는 내가 한 말이었지만, 그런 뜻이 아니었다. 일부는 보고회에서 나온 말인데, 내 생각이 아니라 동학들의 의견이었다. 내가 누구를 반대했다는데, 내가 그럴 만한 상황인가? 내가 왜 반대해? 내 아버지가 우파 딱지를 떼어 냈기 때문에? 아버지와는 이미 선을 확실히 그은 상태인데. 나는 물론 변명할 수 없었다. 그러면 내 태도가 불량해 보이기 때문이다. 먼저 비판 투쟁을 겪은 두 명의 사례가 준 교훈을 배워야 한다.

그들은 "일어나", "고개 숙여" 등의 명령을 받기도 했다. 태도가 좋지 않았기 때문이다.

"일어나!"

"고개 숙여!"

나도 물론 이러한 명령조가 무서웠다. 그래서 그들이 윽박지르기 전에 일어나고, 고개도 숙였다. 하지만 그들은 너무 자발적이라며 오히려 반항으로 받아들였다. 원래 복종하는 척만 하려 했는데, 그 의도가 한눈에 들켜 버린 것이다.

속으론 아니꼬웠지만 "그렇지 않습니다. 그런 뜻이 아닙니다"라고 했다. 그들은 "공작조가 너를 모함이라도 한단 말이야?"라고 했다. 나는 "당에 이견도 없고, 당에 반대하지 않습니다"라고 말했다. 그들은 "그럼 넌 왜 공작조에 반대하려는 거지?"라고 했다. 나는 "공작조에 반대하지 않습니다. 공작조에 반대해서 뭐하겠습니까?"라고 했다. 그들은 "방금 너는 공작조가 너를 모함했다고 생각했어"라고 했다. 이런 말장난식 심문에 나는 침묵할 수밖에 없었다. 어떤 질문에도 답할 수 없었다.

식당에서 식권을 팔던 조趙 선생님은 현재 공작조의 연락원인데, 이런 반문은 그녀가 발명한 것이다. 달변인 것처럼 보이지만, 사실 하나같이 가정이고, 동어반복이다.

예전에는 조 선생님이 노동자의 스승이라 생각해 모두가 그녀를 존경했다. 그녀의 남편은 우리 학교 화학 교사였고, 1960년 기근을 겪던 시절에 식당에서 밥을 펐다고 했다. 그는 한 대접의 보리죽을 걸으면서 마시다가 대운동장을 지날 때쯤 비워 버렸는데, 이 한 대접이 온가족의 저녁밥이라는 것을 깨달았을 때는 이미 늦었다. 아내와 아이들은 울고 불고 난리였다. 그는 치욕을 참지 못하고 그날 저녁 농구장 골대에 목을 매 죽었다. 학교는 홀로된 그녀를 보살피기 위해 그녀에게 식당 노동자가 되어 달라고 했다. 동학들의 이야기를 들어 봐도 모두가 그녀를 동정하는 것 같았다. 그녀가 이런 능력을 가지고 있을 줄은 정말 생각도 못했다. '날조하기'에 이렇게 능숙할 줄이야.

나를 가장 아프게 한 건 곽훼였다. 그녀는 자신의 발언 순서가 되자 소명은 영혼이 없다, 평소엔 잘 우는데 이번엔 눈물 한 방울 보이지 않으니 이게 반항이 아니면 뭐냐고 질책했다. 또, 내가 사람을 무시하고, 누구누구는 아첨꾼이라 말했으며, 출신 성분이 좋지 않으면서도 사상 개조에 주의하지 않는다는 등의 말로 나를 고발하기도 했다.

평소 우리는 둘도 없는 친구였는데, 그건 그저 고난이 닥치기 전에만 가능했던 건가 보다.

x월 x일

오늘은 초급 중학 3학년 1반에서 비판을 받았다. 그들은 특별히 다른 것을 적발하지는 않았다. 내가 대자보를 쓰지 못하게 했던 일도 가볍게 넘어갔다. 이상했다.

양지원은 내가 원래부터 문제가 있는 사람이라는 걸 알고 있었다고 말했다. 곧 다른 여학생이 물었다. "그런데 왜 미리 말하지 않았어?"

그 반에는 간부 자제가 많아서 학교도 그들에 대해서는 좀 봐주는 것 같았다. 조 선생님은 모두의 발언이 훌륭했다고 서둘러 선포하고는 끝내 버렸다.

x월 x일

어머니가 결국 알아 버렸다. 문을 열고 들어서니 어머니의 안색이 좋지 않았다.

학교 상황을 얘기했다. 그녀는 내게 "네 아버지처럼 뼛속부터 나쁜 녀석"이라며, "날 계속 괴롭힐 거면 차라리 죽어"라고 큰소리로 욕을 해댔다. 우리 모두가 '죽은 지 7일 됐다'[40]고도 했다. 이 욕이 어디서 온 말인지 나는 모른다. 우리 지역 말도, 외국 말도 아니다. 어머니의 입에서 나올 만한 말이 전혀 아닌 것 같았다.

어머니가 냄비를 내팽개쳤다. 절인 채소 한 그릇이 바닥에 흩어졌지만, 나는 주워 담지 않았다.

일찍 잠자리에 들었는데, 잠이 오지 않았다. 어머니도 잠들지 못했다.

어머니의 악독한 저주가 나를 자극했다. 가만히 앉아서 당하고 있을 수만은 없다. 반드시 모든 결정이 내려지기 전에 해명의 기회를 얻어야 한다. 안 그러면 나도 어머니처럼 살게 될 것이다. 당 중앙의 모 주석에게 편지를 써서 이 상황을 알려야겠다.

이 사태의 문제는 내가 당에 반대하지 않는다는 것이다. 나는 사회주

---

40 불교와 도교에서는 사람이 죽으면 7일째 되는 날 선악의 경중을 심판받게 된다고 전한다.

의 문화대혁명에 적극적으로 참여했고, 당 지부의 공작조를 수호했다. 내가 무슨 말을 잘못했다고 해도 그게 반당이라 할 정도는 아니었다. 내가 한 말이 아닌 것들에 대해서는 두 말할 것도 없다.

여기엔 논리적 오류가 있다. 어떤 관점의 구체적 부분에 찬성하지 않으면, 곧 반대인가? 어떤 특정한 사람에 반대하면, 곧 당 지부 공작조에 반대하는 건가? 당 지부 공작조에 반대하면, 곧 당에 반대하는 건가? 이런 식이라면 누가 감히 말을 할 수 있지? 당 지부 공작조의 모든 말이 정확하다고 누가 보증할 수 있단 말이야?

나는 꼭 이 편지를 써야 한다.

x월 x일

어머니가 겨우 냉정을 되찾았다.

밤에 무슨 꿈을 꿨는지 내가 마구 헛소리를 했나 보다. 눈을 뜨니 어머니가 내 침대 옆에 앉아 있었다. 깜짝 놀랐다. 달빛 덕분에 그녀 마음속의 괴로움을 잘 알 수 있었다. 그건 소리 없이 쏟아지는 눈물이었다. 기댈 곳 없고 하릴없는 황망함이었다. 그녀가 평소 내게 했던 불평과 원한, 그리고 매정한 질책이 그 순간 남김없이 사라졌다.

어머니는 나를 토닥이며 말했다. "민敏아, 잘 들어. 어떤 상황이 닥치든 절대 자살 같은 건 생각해선 안 돼. 사람은 죽으면 아무 희망도 없거든! 넌 아직 젊고, 희망이 있어. 지난번엔 나도 화가 나서 제정신이 아니었어. 엄마가 널 미워하거나 원망한다고 생각하면 절대 안 돼. 그런 거 아니야. 엄마가 어떻게 자식을 미워할 수 있겠니?"

그러고는 "정말 안 되겠다 싶으면, 우리가 여길 떠나면 돼. 시골로 내려가 농사를 짓더라도 말이지. 어쨌든 우리 둘이서 살 길은 있을 거야"라고 했다. 또, 내가 당신보다 강하고 능력 있다며 칭찬하기도 했다.

어머니는 어수선하게 왔다 갔다 하며 이런 말을 했는데, 정말 감동이었다. 아주 따뜻했다. 최근 2년 동안 내게 했던 말은 넉넉잡아도 이보다 많지 않을 것이다. 어머니는 정말 두려워했는데, 내가 죽으려 할까봐 걱정했던 것이다.

이상한 건 내가 죽을 생각을 한 번도 한 적이 없다는 것이다. 모 주석에게 편지 쓸 궁리를 하는 내가 왜 죽으려 하겠어? 아마도 어머니에겐 내 사정이 많이 심각해 보였을 것이다. 그녀도 경험이 있으니까. 절망이 뭔지 잘 아니까.

어머니는 해방되기 전 학생운동을 했다. 대학 졸업도 하지 않은 채 공작에 참여했으니 적극분자라 할 수 있다. 그녀는 야금부冶金部[41]에서 아버지를 만났다. 당시에 그는 막 귀국한 상태였다. 이곳에 유색금속회사를 만들 때, 그들은 야금부가 파견한 전문가였다. 아버지는 원래 은천銀川으로 가려 했는데, 어머니가 여기 사람이라서 고향으로 온 것이었다. 아버지는 채광採礦을 했고, 어머니는 기관 업무를 봤다. 당시의 부모님은 상상할 수 없을 정도로 신비로웠다. 어머니는 유색공사의 섭외처에서 일했다. 공사는 소련 원조의 첫 번째 큰 사업이었는데, 그녀와 소련 전문가 사이에 연락할 일이 아주 많았기 때문이다. 종종 통역을 맡

---

41 금속을 정제, 합금, 특수 처리해 금속 재료를 만들던 정부 부서.

기도 했지만, 사실 그녀의 러시아어 실력은 나보다 조금 나은 정도다. 그런데 당시 소련 전문가와 아버지의 의견이 일치되지 않아 자주 말다툼을 했고, 이것이 어머니를 힘들게 했다. 아버지는 영국에서 돌아왔기 때문에 지도부로부터 자산계급 방식이라는 핀잔을 쉽게 들었다. 게다가 아버지는 성격도 괴팍한 편이라 평소엔 아무도 그를 상대하려 하지 않았다. 반우파 운동 때는 조직이 어머니를 동원해 아버지를 고발했다. 사실 그녀가 별달리 고발한 건 없었다. 그저 채광 기술과 관련한 의견이 달랐던 점을 얘기했다. 하지만 당시에는 이것도 정치 문제가 됐다. 그리고 정치 문제는 이후에 감정 문제가 돼 버렸다.

어머니가 이혼하지 않았으면 좋았을 것이다. 그랬으면 뒷일도 없었을 것이다. 하지만 그들은 제 잘난 사람들이었고, 누구도 지고 싶지 않았다. 세상일 알 수 없다는 게 바로 이럴 때 하는 말일 테다. 소련과 중국이 등을 돌릴 줄 누가 알았을까? 아무도 소련에서 파견한 전문가가 갑자기 철수해 버릴 거라고 예상하지 못했다. 소련 전문가를 지지한 것이 수정주의 편에 선 게 될 줄은 더욱 몰랐다. 어머니는 소련 전문가의 연회에 자주 참석했다가 생활 방식에 문제가 있다고 의심 받았다. 그래서 1960년에 아버지가 복권 대상으로 선발되어 우파 딱지를 떼었을 때도 어머니는 무형의 딱지를 떼지 못하고 있었다. 아버지의 월급은 조금 적어졌지만, 그래도 120원 정도는 됐다. 어머니는? 62년 구조조정 때, 엉뚱하게 사립학교로 전보 발령을 받았다. 간부 신분은 여전했으나 월급은 하루를 버티기 위태로울 정도였다. 수년 동안 어머니가 편지로 상소하는 일이 반복됐고, 절망도 반복됐다. 절망하면서 상소했고, 상소하면서 절망했다. 그녀 스스로도 혹시 자기 자신에게 편지를 보낸 게 아닌지 의심했다고 했다.

"쓸데없는 짓이야. 민아, 누구에게 편지를 쓰든 소용없어."

"왜요? 모 주석에게 써도 소용없단 말이에요?"

"네 문제가 사실이든 거짓이든, 크든 작든, 네가 편지를 쓴다 해도 결국 그걸 처리하는 사람은 정해져 있어. 그들이 건재한 이상 너는 영원히 문제 있는 사람인 거야. 현실을 알아야지, 얘야!"

"그런데 어머니는 왜 상소했어요?"

상관없다. 나는 반드시 쓸 것이다. 나의 현실은 곧 하늘 같이 거대한 이 억울함이니까.

8.

x월 x일

모 주석이 수도 홍위병을 접견했다. 모 주석은 "여러분은 국가의 대사에 관심을 가져야 하고, 무산계급 문화대혁명을 끝까지 추진해야 합니다"라고 했다.

모 주석에게 보낼 편지는 절반 정도 썼는데, 더 이상 써 내려갈 수가 없었다. 펜 끝으로 손바닥을 여러 번 찔렀더니 피가 조금씩 흘러나왔다. 그러자 좀 편해진 느낌이었다. 어떻게 써야 정확하고 간명해서 한눈에 들어올지 생각나지 않았다. 그저 평소에 연습을 너무 하지 않아 글쓰기 경험이 적음을 탓했다. 내가 생각해 낸 방법은 편지지에 핏자국으로 글을 쓰는 것이다. 그러면 만발한 붉은 매화처럼 글씨마다 피와 눈물을 담을 수 있다.

원래는 자료를 좀 더 보충하고, 근거를 더 찾으려 했다. 그런데 학교에 미묘한 변화가 생겼다는 느낌이 은연중에 들었다. 뭐라고 말해야 할지 잘 모르겠지만, 아무튼 상황이 변했다.

먼저 우파 학생으로 지목된 우리에 대한 태도가 그렇다. 우리 반에서의 비판 활동이 이미 여러 번 미뤄졌는데, 열지 않겠다는 말도, 언제 재개한다는 말도 없다. 비판 일정에 대해 물어보면, 사람들은 "비판을 당하고 싶어 하다니 천박하다"고 한다.

얘기를 들어 보니 학교에 남겨졌던 고급 중학 3학년 동학을 집으로 돌려보냈다고 한다. 공작조는 그동안 그를 강제로 학교에 남겨 둔 것은 자살 방지를 위해서였다고 말했다. 그는 집에 돌아간 후 다시 학교로 오지 않았는데, 아무도 그를 추궁하지 않았다.

그리고 또, 학교에 홍위병 조직이 만들어졌다고 했다. 엄청 많은 학생이 홍색 휘장을 받았다. 내 몫은 당연히 없었다. 곽훼도 받지 못했다. 홍위병에 참가할 수 있는 친구들은 공작조가 신임하는 사람들이었다. 그렇지만 과거의 공산주의 청년단 조직과는 달랐다. 그때는 입단을 하면 비교적 우수한 학생으로 여겨졌고, 적어도 학업 성적이 너무 나빠선 안 됐다. 이번 기준은 출신 성분으로 선을 그은 것 같았다. 적극적으로 활동하는 아이들은 모두 간부 자제였다. 그리고 근정묘홍根正苗紅[42]도

42 '뿌리가 바르면 싹이 붉다'는 뜻으로, 혁명 이후 출신 성분에 의해 우대 받던 빈하중농貧下中農(빈농과 하중농의 통칭) 또는 군인 출신 가정 아이들의 호칭이다.

있었다.

게다가 나에 대한 친구들의 태도에도 변화가 생겼다. 고의로 나를 피하거나 눈빛을 피하지도 않았다. 아마 내가 생각보다 흉악하지 않고, 자기들과 별로 다르지 않다고 생각하는 것 같다. 곽훼는 운동장에서 내게 웃음을 보이기도 했다. 이런 웃음을 다른 이들은 알아보지 못하지만, 난 느낄 수 있다. 물론 조금 어색하긴 했어도, 어쨌든 얼음을 녹이는 봄바람 같았다. 내가 얼마나 봄바람을 갈망해 왔던지.

x월 x일

사구四舊를 타파하러 갔던 이들이 오후에 돌아왔다. 그들은 적지 않은 전리품을 어깨에 메거나 끌고 왔다. 북경 홍위병의 사구 타파가 보도된 이래, 학교에는 매일 사구 타파하러 가는 홍위병이 있었다. 곽훼가 그 뒤를 따라가는 것도 봤다.

전리품에는 불상 감실龕室이나 골동품과 서화, 치파오와 하이힐도 있었다. 이런 것들을 가져와도 아무도 제지하지 않았다. 학교에서도 이것들을 수거하지 않아서 그냥 교실에 쌓아 뒀다.

곽훼는 원래 사구 타파 무리에서 배제됐지만, 지금은 적극적인 태도를 보이려고 노력한다. 그녀가 나를 툭 치며 말했다. “오늘 큰 건이 있었어. 라디오 방송국이었어!” 고개를 들어 슬쩍 보니 한 사람이 서둘러 사무실 쪽으로 갔다. 손에는 네모난 상자를 들고 있었다. 요 며칠 새 처음으로 그녀가 내게 말을 건 것이다. 그래서 좀 의미심장하게 느껴졌다.

하지만 이게 나랑 무슨 상관이람? 난 판결을 기다리는 사람일 뿐인데.

x월 x일

그래. 이것들은 나와 관련이 있어. 햇빛, 공기, 물, 한 포기 잡초와도 관련이 있지.

이 변화들은 어떻게 생겨난 거지? 사회주의 문화대혁명에서 무산계급 문화대혁명으로의 진화는 뭘 뜻하지? 그저 신문에서 쓰는 말이 달라진 것뿐일까? 아니면 운동의 방향에 변화가 생긴 걸까?

어쩌면 내가 너무 예민한지도 몰라. 그래도 난 정말 전환의 계기가 발생하길 갈망해.

비가 한 차례 오고는 확연히 더워졌다. 태양은 지독했다. 가장 먼저 우파 분자로 적발돼 대중 앞에서 비판받은 허 선생님은 오늘 대머리가 아니라 밀짚모자를 쓰고 있었다. 공작조가 사무실을 드나들어도 아무도 상관하지 않았다. 오히려 평소보다 더 한가로웠다.

봄 강물이 따뜻해지는 건 오리가 먼저 안다고 했나?

x월 x일

오늘은 학교에 북경의 대학생들이 연합하러 왔다. 북경대학과 청화대학, 북경항공학원, 북경외국어학원, 그리고 지질학원의 학생들이었다. 그 가운데 두 명은 우리 학교 출신이었다. 그들은 공작조는 거들떠보지도 않고, 직접 인원을 나눠 각 반으로 가서 강연을 했다. 그들의 말은 더욱 놀라웠다. "이제 공작조를 타도해야 합니다. 당 위원회를 걷어차고, 혁명을 합시다! 대연합, 대변론, 대적발, 대비판을 해야 합니다!"

나는 감히 상상도 못할 말들이었다. 모두들 어리둥절했다. 눈을 뜬 채 멍해졌고, 뜨거운 피가 끓기 시작했다. "천하라는 것은 바로 우리의 천하이고, 국가라는 것은 우리의 국가다! 우리가 말하지 않으면 누가 말하고, 우리가 하지 않으면 누가 한단 말인가?" 그들의 연설에 몹시 흥분했다.

그들이 단 휘장도 멋졌다. 위쪽엔 작은 글씨로 모택동 사상이라고 쓰여 있었고, 아래쪽엔 모 주석의 친필로 홍위병이라 적혀 있었다. 빼어나면서도 적당했다. 학교에서 배포하는 딱딱한 큰 글씨와는 달랐다. 게다가 페인트칠한 느낌도 났다.

강연이 끝나자 많은 학생이 몰려들어 그들에게 이것저것 질문했고, 운동장까지 따라가 그들을 에워쌌다. 그들은 집체 무용으로 일정을 마무리했다. '혁명은 죄가 없고, 조반엔 이치가 있다.' 그리고 마지막 구절 '누구든 혁명하지 않는 자는 엿 같은 개새끼들이다!'에선 다들 죽어라 박수를 쳤다.

우리 학교 출신인 청화대학 여자 선배에게 물어보고 싶은 게 있었다. "학교에서 이런 말을 들었어요. 내가 어떤 사람의 구체적 관점을 찬성하지 않으면, 곧 그 사람을 반대하는 건가요? 구체적인 어떤 사람을 반대하면, 곧 당 지부와 공작조를 반대하는 건가요? 그리고 당 지부 공작조를 반대하면, 곧 당을 반대하는 건가요?"

그녀는 눈썹을 치켜세우며 "당신들은 그렇게 낙후되어 있나요? 그런 생각은 역겨워서 들을 수가 없을 지경이네요. 청화대학에도 그런 논조가 있었지만, 지금은 아무도 그런 말을 할 수 없죠. 그건 천하의 가장 반동적인 논리예요!"라고 말했다.

그 순간 쌓였던 눈물이 단숨에 쏟아져 나와 그녀를 붙잡고 엉엉 울었다. 어찌된 일인지 그녀가 세상에서 가장 가까운 사람 같았다. 그녀를 절대로 놓고 싶지 않았다.

내가 학교에서 어린 우파로 찍힌 일을 털어놓자 그녀는 잠시 눈시울을 붉혔다. 그녀는 나를 다독이며 "동지, 분명히 말하지만, 그건 자산계급의 반동 노선이에요. 특이한 현상은 아니죠. 이런 상황은 전국 도처에 있어요. 우리가 연합하는 건 전국의 학우들을 동원해서 그놈들을 조반하려는 거예요!"라고 했다.

북경의 대학생들은 정말 대단했다. 겨우 오후 몇 시간 동안 공작조가 두 달간 운영했던 진용이 완전히 붕괴됐다. 대운동장에는 대학생들을 둘러싼 여러 작은 원이 만들어졌고, 모두 그들이 떠나는 걸 원치 않았다. 그들이 한마디 할 때마다 학생들은 열렬한 박수로 응답했다. 주위의 선생님들도 박수를 치는 게 보였다. 공작조 몇몇은 그저 길옆에서 왔다 갔다 했다. 속수무책이었다. 그들도 넋을 잃었다.

x월 x일

어제 고급 중학 두 명의 '어린 우파'인 장우張宇와 왕흥원王興元이 찾아와 몇몇이 북경에 가서 연합하려 한다며 내게 갈 용기가 있는지 물었다. 함께 갈 사람들이 누군지 물었지만, 그들은 말하려 하지 않았다. 그저 나만 여자라고 했다. 내가 잠시 머뭇거리자 그들은 관두라고 했다. 그들은 나를 신뢰하지 않는 것 같다. 단지 '여자'이기 때문만은 아니다.

하지만 정말 가고 싶다. 물론 연합하러 가는 게 다른 사람들을 동원하려는 건 아니다. 그저 북경에 가서 깨우침을 얻고 싶다. 북경에서 어떤 일이 벌어지는지, 문화대혁명이 궁극적으로 무엇인지 직접 보고 싶다. 가능하다면 진정도 할 것이다. 이렇게 앉아서 처분을 기다릴 수는 없다. 방법을 찾아 우파라는 이 큰 딱지를 떼어 버릴 테다. 이런 상황이 개별적 현상이 아니라 전국 도처에 있다면 분명 어떤 해결책이 있을 것이다.

하지만 나는 돈이 없다. 어머니에게 돈을 달라고 할 수도 없다. 집 상황이 너무 어렵다. 밥을 제대로 먹을 수 있기만 해도 좋겠다. 물론 더 중요한 이유는 어머니가 절대 동의하지 않을 것이기 때문이다. 경험에서 나온 그녀의 소신은 명확하다. 상소를 한 번 더 할수록 고생도 한 번 더 해진다.

x월 x일

사람은 결심하기만 하면 어떻게든 방법이 생긴다. 며칠 전까지만 해도 갈지 안 갈지를 고민했는데, 지금 우리는 북경으로 가는 13차 열차에 앉아 있다.

상해의 접대참接待站[43]이 우리에게 끊어 준 차표는 남경까지 가는 것이었다. 원래 우리는 출발했던 곳으로 돌아가려 했다. 화동국華東局[44]에 진정을 하러 왔던 것이니 일이 끝나면 돌아가야 마땅했다. 하지만 기

43 문혁 시기 전국적인 대연합에 참여한 홍위병들을 접대하고 편의를 도왔던 각지의 기구.
44 중국 공산당 중앙의 화동華東 지역 영도 기관으로, 산동山東 분국과 화중국華中局(하남, 호북, 호남 등의 지역을 포함)이 합병되어 설립됐다.

차가 남경에서 다음 목적지를 향해 출발할 때 아무도 내리지 않았다. 이 기차가 북경으로 간다는 걸 모두 알고 있었기 때문이다.

우리는 북경으로 가자고 토론하지 않았다. 그저 머리를 창밖으로 내밀어 손짓으로 의견을 통일했는데, 모두의 손이 전방을 향했을 뿐이다. 지금 기차는 연락선에 닿아 있고, 몇 분 지나면 포구浦口에 도착한다. 아무도 차표를 검사하지 않았고, 불안했던 마음도 가라앉았다. 오늘 밤만 버티면 북경에 도착한다.

하지만 놀라서 운 아이도 있었다. 고급 중학 1학년 2반의 주영근周永根이다. 이렇게 간 큰 행동은 모두 처음이었다. 우리는 그를 안심시킬 수가 없었다. 우리 또한 심장이 미친 듯 뛰었기 때문이다. 이미 그는 충분히 대단했다. 어린 우파도 아니었던 그는 우리가 진정을 넣으러 가는 데 함께했다. 결정적 순간에 못 하겠다고 빠진 녀석도 둘이나 됐는데, 그는 그러지 않았다. 이건 의리라는 말로 해석될 수 있는 게 아니다. 우리를 동정해서 함께한 것도 아니다. 우리가 받았던 대우를 이해할 수 없어서 마땅한 이치를 찾아 증명하고자 했던 것 뿐이다. 이것만으로도 나는 그가 충분히 대단하다고 생각한다. 나는 절대 그러지 못했을 것이다. 한 번 운 게 무슨 대수라고. 그 울음은 그가 용기 있게 양심과 대면한다는 걸 말해 준다. 쏟아지는 완고한 눈물을 보며 나도 울었다. 하지만 누구도 눈물을 닦진 않았다. 우리는 그렇게 서로를 마주 보며 흐르는 눈물을 그대로 두었다.

곽훼에게도 고맙다. 그녀는 내가 떠나는 걸 응원하며 10원을 빌려 줬다. 어디서 들었는지 모르지만, 그녀는 움켜쥐었던 돈을 내 손바닥에 욱

여넣고는 아무 말도 하지 않았다. 사실 그녀의 집도 부유하지 않다. 10원 때문에 몇 날 며칠을 아껴야 할지도 모른다. 나는 많은 학생이 우리 편이라고 생각한다. 우리가 받은 처우가 불러일으킨 것은 동정이 아니라 분노였고, 정의감이었다. 우리가 방향을 바꾼다면, 그들은 안전할 것이다. 만약 우리가 실패한다면, 그들 또한 동병상련의 아픔을 다시 겪을 것이다.

10원 가운데 2원도 못 썼다. 내가 산 표는 5등석 페리였다. 우리는 서로 흩어져 부두로 들어갔다. 장우는 "우리는 이미 발각됐어. 감시를 피하려면, 지하 공작원처럼 행동할 수밖에 없어"라고 했다. 잔뜩 긴장했는데, 밖에 나와서야 비로소 알았다. 대도시에서는 일찍부터 연합을 했고, 각지에 접대참이 있어서 차비를 내지 않고 표에 사인만 하면 됐다. 용기 있게 들어가면 되는 것이었다.

하늘은 높아 새들이 마음껏 날고, 바다는 광활해 고기가 뛰어 논다天高任鳥飛, 海闊憑魚躍.[45] 북경아! 우리가 왔다.

x월 x일

북경역을 나오자 분위기가 다르다는 게 곧 느껴졌다. "전국 각지에서 온 혁명 동학을 환영한다! 모 주석이 초청한 손님을 환영한다!"라는 구호들이 도처에 있었다. 해방구의 하늘은 명랑했다.

우리는 매일 대자보를 보고 베꼈다. 손이 얼얼할 정도로 썼다. 나중

45 송宋 시대 완열阮閱의 《시화총귀전집詩話總龜前集》에 수록.

에 안 사실인데, 선전물과 소형 신문을 수집하는 게 더 효율적이었다. 장우가 비웃으며 내게 바보라고 했다. 모든 대자보 내용은 선전물에서 찾을 수 있었다.

우리가 북경에 온 목적이 모호해졌다. 거의 모든 소식이 우리가 틀리지 않았음을 증명해 줬다. 틀린 건 공작조와 당 지부였다. 그들이 집행한 자산계급 반동 노선이었다. 이렇게 된 이상 고소하고 진정하는 일은 이미 별 의미가 없게 됐다. 누군가 우리에게 답을 줘야 할까? 아니다. 원래부터 구세주 같은 것도, 신선과 황제도 없다. 이미 그것이 전국 범위의 자산계급 반동 노선인 이상 전국적 범위에서 적발하고 호되게 비판해야 한다. 무산계급은 전 인류를 해방시켜야만 마지막에 자신을 해방시킬 수 있다. 스스로가 스스로를 교육시킬 수 있고, 스스로가 스스로를 해방시킬 수 있을 뿐이다. 우리는 헤엄치면서 수영하는 법을 배운다.

천안문에도 가 봤다. 만리장성도 올라 봤다. 이제는 돌아가도 됐다. 그런데 다른 소식을 접했다. 모 주석이 곧 홍위병을 다시 접견한다는 것이다. 이런 기회는 절대 놓치면 안 된다.

이 기간 동안 우리도 대자보를 썼다. 절약에 대한 일종의 제안서였다. 북경의 만두는 아주 맛있는데, 낭비가 심각하다. 매우 많은 학교가 그랬다. 일부는 다 먹지 못할 걸 알면서도 그렇게나 많이 가져갔고, 먹다 남은 건 그냥 버렸다. 침상의 난방기 위엔 버려진 만두로 가득했다. 그래서 이 문제를 지적하는 대자보를 썼다. 몇 명은 정식으로 서명하기도 했다. 어쨌든 작은 지역 사람들의 목소리를 북경에 남긴 것이다.

북경의 홍위병 중에도 안 좋은 사람들이 있다. 특히 승마 장화와 면직 군복을 착용한 홍위병이 그렇다. 그들은 마치 신의 아들인 듯한 자부심이 있는 것 같다. 자주 몇몇이서 무리를 이뤄 고의로 유언비어를 퍼뜨리고 막말을 하거나 오토바이나 자전거를 타고 다니면서 소리를 지른다. 인상이 아주 안 좋다.

x월 x일

하룻밤 사이 봄바람이 오고 천 그루 만 그루의 배꽃이 피는 것 같다. 저녁에 우리는 방송에서 나오는 통지를 들었다. 내일 새벽 5시에 집합해 모 주석을 접견한다!

나는 이 영광스러운 날짜를 기록했다. 1966년 8월 31일. 모 주석 만세!

x월 x일

우리가 다시 학교에 나타나자 모두 동요했다. 대부분의 동학은 이상한 눈빛으로 우리가 아니라 공작조의 태도를 주시했다. 분위기는 긴장됐고, 또 미묘했다. 모두들 숨을 죽인 채 뻥튀기가 터지며 뚜껑이 열릴 때의 그 울림을 기다리는 것 같았다.

우리는 아주 침착했다. 달라진 게 있다면, 우리가 가슴을 곧게 펴게 됐다는 것이다. 오후에는 첫 번째 대자보인 〈우리는 모 주석을 만났다〉를 붙였다. 마지막 한 구절은 "우리는 누구의 비준도 필요하지 않으며, 우리는 모 주석의 홍위병이다"였다. 낙관은 '동방홍 공사'였다. 북경에 다녀온 우리 일곱 명은 별다른 상의 없이 바로 공사를 설립했다. 이로부터 우리는 그놈들에 대해 조반을 하게 된 것이다. 혁명은 밥을 대접하는 게 아니다. 꽃을 수놓고, 문장을 짓는 게 아니다. 혁명은 하나의 계급이 다른 하나의 계급을 뒤집어엎는 폭력 행동이다.

이는 분명 하나의 도전이자 우리의 진심이었다.

이 대자보는 그저 이번 봉기의 신호탄일 뿐이다.

x월 x일

우리가 외부로 나간 며칠 간 학교 분위기는 전에 없이 긴장됐다. 공안부에서도 사람이 나와 조사를 하고 갔단다. 그렇지만 공작조는 이런 일에 대해 어떤 의견도 내지 않았다. 마치 아무 일도 없었다는 듯이. 대외적으로 풀어 주고, 대내적으로 조이면서 외부의 영향을 받지 않겠다고 말했지만, 사실은 우리에게 이끌리지 않겠다는 뜻이다. 가을걷이 후에 결산하려는 것이겠지. 때가 되면 우리를 다시 손보려는 것이다.

다른 한편, 공작조는 서둘러 각 반별로 홍위병 대표 선출을 공지했다. 시 전체의 홍위병 대표를 조직해 북경으로 갈 것이라 한다. 이게 무슨 의미인지는 누구나 잘 알고 있었다. 자신들이 곧 권위이자 질서이고, 우리는 그저 잔챙이 미꾸라지에 불과하다는 뜻이다. 게다가 그들은 엄격한 민주적 절차를 거쳐 사람 수를 세고 감표인을 선출해 표수를 계산했다. 그리고 아주 많은 바를 정正 자를 그었다. 사실 이런 방식의 민주엔 당연히 의문을 가져야 한다. 개표 결과 한결같이 간부 자제들이 당선됐기 때문이다. 누구도 이에 대해 어리둥절해 하지 않았는데, 공작조가 하려는 게 뭔지 잘 알고 있었기 때문이다. 그들은 너무 노골적이어선 안 된다고 생각했는지 당선자 명단을 추가하기로 결정했다. 그래서 우리 학교에서 전체 60명의 대표가 선출되고, 시 전체에서 120명이 선출되어 버스 세 대를 대절해 시 중심 광장에서 환송 대회를 열었다. 이는 이러한 대자병이야말로 정통 홍위병이며, 대중적 기초를 갖고 민주적 선거를 통해 선출된 이들이 조직에서 신임을 얻는다는 걸 증명하려는 것이었다. "우리 몇몇은 그저 들러리야. 우리 견장은 관인도 찍히지 않았고, 규격도 안 맞아." 벌써 이렇게 말하는 사람도 있었다.

우리 공사의 토론 결과는 이랬다. 첫째, 그들이 입장을 표명하지 않는 것은 입장이 없기 때문이다. 밖으로 풀어 주고 안으로 조인다는 것은 내부 단속을 강화했다는 점에 한해 맞다. 둘째, 공안국을 통해 우리를 잡아들이지 않은 것은 그들이 상황을 단정할 수 없기 때문이다. 즉, 외부의 정세를 잘 모른다. 만약 한 달 전이었다면, 우리는 벌써 감옥에 갔을 것이다. 셋째, 대자병 대표를 조직한 것은 대중의 시선을 돌려 속이려는 것이다. 그들의 목적은 자산계급 반동 노선을 유지하고, 나날이 약해져 가는 구질서를 수호하는 것이다.

우리는 행동하려 한다. 그들의 진상을 폭로할 것이다. 이 또한 우리가 깃발을 들 가장 좋은 기회다. 하지만 어떤 행동을 취할지에 대해서는 의견이 갈렸다. 온건하게 갈까, 급진적으로 갈까? 대자보를 붙일까, 아니면 구호를 외칠까? 어떤 구호를 외치지? 대자병 동학의 정당한 요구를 고려해야 하나? 어쨌든 그들이 북경에 가서 모 주석을 접견하고 싶어 하는 게 잘못은 아니다. 한밤중까지 논쟁을 벌였지만, 결과가 나오지 않았다. 최후엔 플래카드에 '혁명무죄革命無罪, 조반유리造反有理'[46]라는 여덟 자를 써 넣기로 의견을 모았다. 누가 뭐라고 하든 우선 우리의 입장을 드러내야 한다.

x월 x일

몹시 흥분된 밤이었다!

이번 환송 대회는 그들이 공들여 준비한 것이다. 대형 트럭으로 교차로에 임시 주석 자리를 만들고, 세 대의 버스로 회의장을 둘러쌌다. 전선을 연결해 확성기를 설치하기도 했다. 모든 것이 그들이 충분히 준비했음을 알려 준다. 공식적인 행사장을 조성한 것은 그 형식 자체로 매우 의미가 있다. 행사장은 정사각형으로 반듯했다. 그들은 우리가 정통에 도전할 용기가 있다고 믿지 않았다.

물론 우리도 엄청 긴장했다. 외부로부터 보고 들은 바가 있었지만, 여전히 긴장됐다. 처음이었기 때문이다. 게다가 공복의 9월 날씨는 매우 추웠고, 종아리는 부들부들 떨렸다. 몸의 근육 안을 쥐가 헤집고 다니는 것 같았다. 누군가 크게 심호흡을 하라고 해서 우리는 몇 번 깊이 심호흡했다. 우리는 서로의 눈을 쳐다보며 확인했다. 플래카드를 들고 뛰어나가자는 것이었는데, 이는 서로 모의한 것이다. 우리는 반드시 그들이 대회를 시작하기 전에 들어가야 했다. 안 그러려면 유리한 위치를 확

46 모택동은 1939년 12월 21일 〈연안 각계의 스탈린 회갑 축하 대회에서의 담화〉에서 "마르크스주의의 이치는 얼기설기 뒤엉켜 있으나 그 근본에서 보면 한 마디 말로 요약된다. 바로 '조반에는 이치가 있다'는 것이다"라고 말한 바 있다. 홍위병은 문화대혁명 시기에 이 문구에서 "혁명은 죄가 없고, 조반은 이치가 있다"라는 구호를 제기했다.

보하기 어려웠다. 그런 다음 주석 자리 앞에 플래카드를 펴고 바닥에 앉는 것이다. 플래카드는 그들의 것과는 비교가 되지 않을 정도로 아주 작았지만, 우리의 것이 더 눈에 띄었다. 왜냐하면 흰 바탕에 최신 디자인이었기 때문이다. 대회가 시작되기 전, 그들은 어지럽게 무리를 이루고 있었다. 그리고 차에 올라 북과 징을 치고, 폭죽을 터뜨렸다. 하지만 그들의 생각대로 일이 흘러가지 않았다. 계획을 눈치 챈 시 위원회의 간부가 우리에게 다가와 제안했다. "플래카드 시위를 철회한다면, 대회에 참여해도 좋아. 학교에 이견이 있으면, 시 위원회를 통해 전달해 줘. 북경에 가고 싶다면, 시 위원회에서 배려해 줄 수도 있어. 너희가 지금 이러는 것에 대해 뒤탈도 생각하도록 해."

우리의 답변은 "지금 우리를 잡아들이려는 게 아니라면…"이었다. 우리는 명확했다. 그들은 우리를 잡아들이고 싶어 근질근질하지만, 감히 그러지 못하는 것뿐이었다. 그들은 겉으로는 힘센 척해도 속은 텅 비어 있다.

우리는 구호를 외쳤다. "혁명무죄, 조반유리! 자산계급 반동 노선 타도! 학생운동을 진압하는 자, 두고 보자! 몸이 찢기더라도 용감히 황제를 말에서 끄집어 내리자!" 구호를 외치며 우리의 목소리는 점차 울림을 가졌고, 일부 학생들이 함께하기도 해서 대오는 수십 명으로 늘어났다. 대중의 눈은 백설처럼 빛났다. 누가 자산계급 반동 노선을 집행하고, 누가 혁명 학생을 진압하며, 누가 인민대중을 보호하는지 명명백백하게 드러났다.

그들이 어떤 깃발을 들고 나오든, 말이 얼마나 화려하고 유혹적이든, 그들의 두 손이 닿는 곳은 모두 피가 낭자할 뿐이다.

연단 위는 잠시 혼잡했다. 각 학교의 홍위병 대표는 버스에 올라 인원을 확인하라는 소리가 확성기에서 흘러나왔다. 대회를 열지 않고, 바로 차에 타 출발하기로 결정한 것 같았다. 전혀 예상하지 못한 상황이 벌어졌다. 대회장이 혼잡해지자 우리도 정신없었다. 누가 무엇을 외치는지도 제대로 들을 수 없었다.

버스 세 대가 시동을 걸자 남학생 몇 명이 갑자기 정신을 차렸다. 그들은 정말 훌륭하게도 약속이라도 한 듯 플래카드를 들고 뛰어나갔다. 차가 조금씩 미끄러지듯 움직이기 시작하자 사람들이 점차 양쪽으로 물러섰다. 하지만 남학생들은 차에 몸을 더 바짝 붙였다. 버스는 '빵~ 빵~' 경적을 울리다 멈춰 섰다. 그런 후 플래카드는 첫 번째 차의 앞머리에 가로로 걸렸다. 이어서 둘러싸고 지켜보던 모든 대중이 버스 앞으로 밀려들었다. 버스 행렬이 멈춰 섰다.

우리는 노래를 불렀다.

고개 들어 북두성을 보라

마음속으로 모택동을 그리워한다

길을 잃었을 때 임을 생각하면 방향이 있고

칠흑 같은 밤 임을 생각하니 길이 비춰진다

……

고난의 세월 임을 생각하니 기운을 얻고

승리할 때 임을 생각하니 마음이 밝아 온다

불러라 불러. 시위하는 동안 밤은 깊어 그들이 연락선을 타기엔 이미 힘들어졌다. 차에 탔던 대자병 가운데 일부는 버티지 못하고, 차에서 내려 돌아가겠다고 했다. 한 사람씩 내려올 때마다 우리는 열렬히 박수를 보냈다. 그들의 혁명적 행동을 환영했다. 특히 감동적이었던 것은 주위를 둘러싼 대중 또한 박수로 격려했다는 것이다.

단결은 곧 힘이다. 이 힘은 쇠와 같다. 이 힘은 강철과 같다!

새벽 1시 20분. 시 위원회 사람이 와서 이번 단체 북경행을 취소하고, 이후로도 다시 유사한 행동을 조직하지 않으며, 학생들이 자발적으로 혁명대연합을 조직하는 것을 지원하겠다고 선포했다. 우리는 논의 끝에 철수를 결정했다. 누구도 시 중심의 교통이 마비되는 걸 원치 않았기 때문이다.

x월 x일

오늘은 시 위원회 부서기인 양량재가 학교에 와서 우리 '어린 우파' 열 명의 복권을 선포했다.

그는 학교 당 지부와 시 위원회 공작조가 방향과 노선 오류를 범했다고도 밝혔다. 시 위원회는 정식으로 우리 열 명의 학생에게 예를 갖춰 사과했다. 또, 홍위병 소장의 혁명 행동 일체를 지원할 것이며, 시 위원회의 오류에 대한 적발과 비판을 환영한다고 했다.

6월 30일부터 9월 30일까지 3개월 동안 나는 지옥에서 천당으로의 피말리는 과정을 직접 경험했다. 이 홀가분한 느낌을 말로 표현할 방법을 못 찾겠다. "어젯밤 시내에 갔다가 돌아오면서 눈물로 옷깃을 적시누나"? 아니면 "침몰한 배 옆을 천 척의 돛이 지나치고, 병든 나무 앞에는 만 그루의 나무가 푸르도다"?[47]

우리 몇몇 동지들은 동방홍 공사에 대해 양량재 부서기가 입장을 표시할 것, 우리 조직을 혁명 행동으로 인정할 것, 그들에 대한 조반파의 조반을 지지할 것을 반복해서 요구했다. 그리고 요구 중엔 직인을 파서 사무실로 가져오라는 것도 있었다. 이들은 이런 게 중요하다고 생각하는 것 같았지만, 나는 별로 흥미를 못 느꼈다. 그들을 조반하려는 것이라면, 왜 그들에게 지지 표명을 요구해야 할까? 게다가 사소한 일에 매달리다 보면, 큰 방향을 잃게 마련이다.

다행히 선생님 몇 분이 나서서 문제를 제기해 방향을 바로잡았다. 그들은 마음으로 입으로 모두 설득되어 무너졌다. 선생님들은 "이해할 수가 없어요. 가장 말이 안 되는 건 학생들을 어린 우파로 낙인찍은 이유예요. 나이가 가장 많은 학생이 스무 살, 가장 어린 학생이 열여섯 살인데, 무슨 근거로 그들이 당에 반대했다는 거죠? 도대체 어찌된 일인지, 무엇이 근거가 되었는지 공작조는 명확히 해명해 주길 바랍니다"라고 했다.

공작조의 동 조장은 핵심은 피하고 곁가지로 빠진다. 늘 시 위원회의 지시를 강조한다. 마치 자신이 피해자고, 시 위원회에 배신당했다는 식이다. 곡 서기는 계속 눈물을 흘렸다. 후회하며 괴로워하는 것 같았다.

곡 서기는 열 명의 문제 학생을 선포한 것은 정말로 낙인을 찍으려던 게 아니었다고 했다. 하지만 하나의 목적이 있었단다. 기세를 만들어 분

---

47 각각 송宋 시대 장유張俞의 〈누에치는 아낙蠶婦〉와 당唐 류우석劉禹錫의 《양주에서 오랜만에 낙천을 만나酬樂天揚州初逢席上見贈》의 〈전문全文〉 시구를 인용하고 있다.

위기를 형성하고자 했다는 것이다. 사청四清[48] 운동의 경험에 따르면, 운동이 심화되려면 돌파구가 필요하고, 돌파구는 새로운 대상을 찾는 것이어야 한다. 그 대상이 늘 지주, 부농, 반혁명, 악질분자, 우파만일 수는 없다는 것이다. 이왕에 문화대혁명이 우파를 색출하는 새로운 운동이라고 모두가 여기는 이상, 잠시 어린 우파로 정해놨다는 것이다. 왜 다른 학생이 아니라 특정 몇 명이었느냐는 질문에 대해서도 이유가 있었다. 그는 나를 예로 들었다. "시 위원회의 간략 보고에 과거 우파 류사리의 해명 자료가 있었습니다. 그는 영국에서 공부할 때 국민당에 참여했고, 자신의 아내와 아이 또한 국민당에 참여했다고 자백했습니다. 우리는 류민 동학이 류사리의 딸이라는 걸 알고 있습니다. 류민은 17세에 불과하고, 태어나기 전 국민당에 가입한다는 게 말이 안 되는 것도 압니다. 하지만 연구 작업을 할 때 자료가 있는 걸 믿지, 없는 걸 믿을 수는 없습니다. 왜냐하면 낙인찍는 것은 운동 후기의 일이고, 어쨌든 지금은 우선 기세를 만들어 내고 나중에 다시 얘기하자고 해서 이렇게 규정짓게 된 겁니다."

이쯤 되자 강당에 고함 소리가 터져 나왔다.

"방금 들었어?"라는 말이 울려 퍼지고, 사람들이 서로 수군거렸다. 마치 벌집을 불로 쑤신 것 같았다. "세상에 어떻게 그런 아버지가 있어?" "천하에 이렇게 나쁜 놈이 있나?" 모두들 그의 설명에는 더 이상 관심이 없었다. 그저 류민에게 어떻게 그런 아버지가 있을 수 있는지 놀

48 정치, 경제, 조직, 사상의 투명성을 말한다.

라워했다! 마치 회오리가 한바탕 불어 탄산음료 병뚜껑을 열 때의 펑 소리와 함께 눈 깜짝할 사이 지붕이 날아간 것 같았다. 회의장은 어수선했다. 눈앞에 하얀 빛이 어지럽게 번쩍이고, 코를 찌르는 악취가 났다. 그러고는 잠시 토할 것 같더니 나도 모르게 혼절해 버렸다.

나는 온몸이 땀범벅인 채 친구들 품에 누워 있었다. 대회가 계속되는 소리와 교장 선생님의 발언 소리가 들렸다. 그는 몹시 상심하며 분노했다. 많은 사람이 탄식했다. 그가 말했다. "그들은 어린 아이들이오. 당신들은 어떻게 그리 잔인합니까? 이런 딱지를 붙이면 애들의 장래는 뭐가 됩니까? 이렇게 함부로 아이들의 정치생명을 결정해 버리다니, 만약 당신 자식이면 어떻겠소? 우리 학교 2천 명의 학생들 인격엔 또 어떤 영향을 줬겠소? 앞으로 마음의 병이 생길 수도 있지 않겠습니까? 당신들은 이런 점에 대해 생각해 봤습니까?"

그들은 이런 문제를 고려하지 않는다. 그들이 고려하는 건 그저 자신의 관직을 위해 좀 더 챙겨야 할 작은 이익이다. 이것이 곧 반동파와 주구走狗들 일체의 논리였다.

이번 비판은 명실상부했다. 주먹을 휘두르거나 구호를 외치는 일도 없었고, 심지어 과격한 발언도 없었다. 하지만 많은 사람이 눈물을 흘렸다. 나는 무언가 영혼에 닿았다고 믿는다. 특히 곡 서기가 그랬다. 동 조장이라는 사람의 입에서 나오는 말은 여전히 완고했다. 하지만 그는 이후에 우리 눈을 똑바로 쳐다 볼 용기가 없을 것이다.

이런 몰염치는 단지 조직 방식의 문제가 아니라 그들 자신의 인격 문제다.

x월 x일

어머니가 이 소식을 듣고는 목이 잠기도록 통곡했다. '류사리는 금수만도 못하다, 호랑이가 아무리 독해도 자식은 먹지 않는데 친딸을 불구덩이에 밀어 넣었다'고 욕을 했다.

나에 대한 어머니의 태도도 완전히 변했다. 내가 집을 나갔던 것도 나무라지 않았고, 더 이상 간섭하지도 않았다. 멋대로 늦게 귀가해도 아무것도 묻지 않았다. 그녀는 매일 밖에서 대자보를 봤고, 전보다 눈빛이 훨씬 밝아졌다. 이제 그녀는 자산계급 반동 노선이 나를 박해했다고 확실히 믿고 있다. 그리고 '조반유리'를 완전히 믿는다. 사실이 웅변을 이기는 법이다. 우리가 저항하지 않았다면, 오늘 이런 상황이 올 수 있었을까? 물론 모 주석의 혁명 노선이 없었다면, 나는 아마 지금도 희망 없는 해명을 하고 있었을 것이다. 그리고 그 끝이 어딘지도 알 수 없었을 것이다.

어머니는 두 달 치 고기 식권과 두부 식권을 다 써서 냄비 가득 요리를 했다. 그녀는 내가 맛있게 먹는 걸 보고는 탁자에 엎드려 계속 울었다. 우는 것도 그렇게 달콤해 보였다. 사실 그녀는 강인한 여성이 아니다. 희망이 없다 보니 우울과 원한이 눈물이 되었던 것이다. 그녀는 나더러 좀 더 먹으라고 했다. 여자는 그 나이 때 잘 먹어야 한다며.

내 나이 때? 우스웠다.

아버지에 대한 그녀의 평가는 이랬다. "그는 원래 그런 사람이야. 자기 생각만 했어. 누구보다 이기적인 사람! 우리 둘을 팔면 자기는 빠져나갈 줄 알았겠지. 헛된 꿈이었어!"

하지만 사실대로 말하자면, 어머니가 먼저 아버지 문제를 폭로했다.

물론 처음엔 그녀가 옳았고, 조직의 결정이었다고 해도 나는 영 찜찜하다. 어쨌든 그게 우리 가족이 비극에 빠진 시작이었으니까. 정치 문제는 차치하더라도 나는 어머니가 이혼하지 말았어야 한다고 생각한다. 정치 때문에 이혼했다면 더욱 그러지 말았어야 했다.

x월 x일

나는 윗대의 감정을 이해하지 못하겠다. 하지만 어머니와 똑같은 상황이 소련과 관련된 역사에도 있었다. 즉, 러시아에서 데카브리스트[49]가 봉기에 실패한 후 니콜라이 1세가 아내들에게 범죄자 남편과 관계를 끊으라고 명령했던 것이다. 그리고 이를 위해 귀족의 이혼을 불허하는 법률을 고쳤다. 누구든 이혼을 제기하는 귀족 부인이 있으면, 법원이 곧 승인하도록 했다. 정말 의외인 건 절대 다수의 데카브리스트 아내들이 남편과 함께 시베리아로 유배시켜 달라고 결연하게 요구했다는 것이다. 니콜라이 1세는 정세의 압박으로 다시 긴급 법령을 반포해 그녀들을 통제하려고 했다. 남편과 함께 시베리아로 유배 가려는 아내는 자녀를 동반할 수도, 다시는 고향으로 돌아올 수도 없게 됐다. 또, 영원히 귀족의 특권을 박탈당하도록 했다. 시베리아로 떠나는 그녀들이 모스크바를 지날 때, 사람들은 성대한 환송 연회를 열어 주었다. 그 자리에 푸슈킨도 있었는데, 그 유명한 〈시베리아의 죄수들에게〉[50]에서 데카브리

---

49 1825년 12월 러시아에서 최초의 근대적 혁명을 꾀했던 자유주의자들.

50 알렉산드르 푸슈킨, 〈시베리아 광갱 깊숙한 곳(1827)〉, 《삶이 그대를 속일지라도》, 문이당, 1991, pp. 88~89.

스트와 그들의 아내를 깊은 정을 담아 칭송했다.

시베리아 광갱礦坑 깊숙한 곳

자랑스러운 참을성을 간직하리니

그대들의 슬픔에 찬 노동

생각의 높은 바람은 헛되지 않을 것이오

불행에 등을 돌리지 않는 정실한 누이

음침한 땅굴 속의 희망이

용기와 기쁨을 불러일으켜

고대하던 때가 찾아올 것이니

사랑과 우정은 어두운 철 대문을 통해

당신들에게 이를 것이오

나의 자유의 목소리가

당신들의 고역苦役의 굴에 이르듯이

무거운 족쇄가 떨어지고

옥사獄舍가 허물어지면 - 자유가

당신들을 기쁘게 맞이하며

형제들이 당신들에게 칼을 건네 줄 것이오

원래 그녀들의 혈통이 고귀해서 이렇게 고상하고 초연할 수 있었다고 생각하진 않는다. 그녀들은 이상을 위해 투쟁했고, 정치를 위해 유배당한 것이다. 정치가 사랑을 승화시키고, 사랑이 삶을 고귀하게 만들었던 것이다. 가장 먼저 시베리아 감옥으로 가 남편과 재회한 사람은 예카테리나, 이바노브나, 트루베츠코이 등이다.

내일은 전교 선거일이다. 일찍 자자.

x월 x일

하루 사이 우리 동방홍 공사가 전교적인 홍위병 조직이 되었다. 그래서 곧 공사의 지도부를 선출해야 한다. 〈16조〉[51] 두 곳에 파리코뮌 원칙과 관련한 언급이 있기 때문이다. 그래서 우리는 반별로 보통선거를 하기로 했는데, 정해진 형식이 없었다. 투표 결과 우리 일곱 명 모두 높은 득표수로 당선됐다. 이는 며칠 전 선거에서 대자병이 선출된 것과는 정반대의 결과다.

우리도 민주적 절차에 따라 인원수를 세고, 검표인을 뽑아 득표수를 계산해 아주 많은 바를 정正 자를 그었다. 이명박李明博 정치 과목 선생님이 와서 민주 선거의 3원칙을 해석해 주기도 했다. 다수결 원칙은 소수가 다수에 복종하는 것이고, 소수 보호 원칙은 서로 다른 의견을 가진 사람을 존중하고 보호하는 것이며, 일인일표제는 누구도 특권을 가질

51 〈무산계급 문화대혁명에 관한 중국공산당 중앙위원회의 결정〉(1966년 8월 8일 발표)을 말한다. 한국어 전문은 백승욱, 《문화대혁명–중국현대사의 트라우마》(살림, 2007)의 부록을 참고할 수 있다.

수 없다는 것이었다.

사실 사람도 똑같고 원칙도 그대로인데, 왜 며칠 새 결과가 달라졌을까? 사람들은 아마 의아해하고, 어이없어 할 것이다. 이것은 선거는 그저 형식일 뿐이고, 누가 여론을 선점했는지, 누구의 의지가 통치적 지위를 점했는지를 역으로 증명하는 것일지도 모른다. 민주는 누구나 원하고, 누구나 민주의 이름으로 말한다. 그런데 누가 민民이고, 누가 주主일까?

근무조는 열한 명으로 구성됐고, 선생님도 두 명 포함됐다. 나와 고급 중학 3학년의 왕훙원은 자진 사퇴했다. 이유는 우리 둘 다 출신 성분이 좋지 않아서였다. 우리는 새롭게 탄생한 조직이 공격받는 걸 바라지 않았다. 특히 투쟁이 첨예할 때 그러기 쉽다. 출신 성분이란 것은 헤스터의 이마에 새겨진 주홍글씨와 같다. 매우 황당하지만, 쉽게 이용되는 것이다. 물론 우리는 동방홍 공사를 위해 열심히 전투에 나설 것이다. 나는 선전조에 배속됐다. 매우 기뻤다. 나는 민民이 되고 싶다.

코뮌이 무너졌다고 해도 투쟁은 연기될 뿐이다. 코뮌의 원칙은 영원하고, 소멸하지 않는다. 노동자 계급이 해방되기 전에 이러한 원칙들은 반복해서 표현되어야 한다.

- 마르크스[52]

52 중문판《마르크스엥겔스전집 17권》에 실린〈파리코뮌에 대한 마르크스의 발언 기록〉의 일부.

x월 x일

우리가 우려했던 문제가 결국 터졌다. 북경에서 불어온 바람인데, 대자병들이 가져온 것이다. "아버지가 영웅이니 아들도 호한好漢이다. 아버지가 반동이니 아들도 개새끼다. 원래부터 그렇다." 이 대련對聯은 많은 곳에 나타났고, 선전물로도 나왔다.

물론 이때 나타난 이러한 여론은 호구조사 하는 것처럼 그렇게 간단하지 않다. 통치 질서를 수호하는 데 그 뜻이 있는데, 일종의 가상을 만들어 지주, 부농, 반혁명, 악질분자, 우파가 조반하는 것처럼 보이게 하려는 것이다. 이는 투쟁의 방향이 갈수록 명확해졌고, 당내 자본주의의 길을 걷는 당권파에 대한 투쟁이 되었기 때문이다. 그리고 방향이 명확해질수록 그들은 더욱 공포를 느끼고, 음모의 바람을 일으켜 귀신불을 붙이려 한다. 아버지가 영웅이니 호랑이 엉덩이는 만질 수 없다는 것이다.

누군가 정신적 부담을 떠안지 말라고 나를 위로하기도 했다. 나는 "부담 같은 건 없고, 내가 한 일이 무엇이든 스스로 잘 알고 있다"고 말했다. 계급 전선은 원래 그렇게 간단한 법이 없다. 그랬다면 호구조사하고 당안을 넘겨보면 곧 해결될 것이다. 굳이 문화대혁명까지 할 필요가 없었겠지. 공산당 지도부 가운데 누가 빈농이나 하중농 출신인가? 모 주석 혁명 노선 또한 줄곧 투쟁 속에서 형성된 것이었다. 누구도 태생적으로 혁명파일 수는 없다.

변론회를 열면 좋겠다고 말했다. 진정 평등한 대변론.

공사 사람들은 이 생각이 아주 좋다고 했다. 영향을 확대할 수 있기 때문이다. 그런데 상대방이 공개 변론할 용기가 없을까봐 걱정됐다. 왜냐하면 누구나 그들의 말이 쥐뿔만큼도 논리적으로 통하지 않는다는 걸 알고 있기 때문이다. 동학들은 몇 사람을 뽑아 혈통파인 척 할 수도 있고, 이를 계기로 쟁점을 심화할 수도 있을 거라고 했다. 그리고 변론은 시 중심 광장에서 제대로 절차를 갖춰서 하고, 쌍방이 충분히 의견을 개진할 수 있도록 해야 한다고 입을 모았다. 우리는 그들이 이를 반대할까봐, 또는 그들이 입장을 표명하지 않고 이틀이고 사흘이고 시간을 끌까봐 걱정했다. 일부가 목소리를 내고 일부가 겁먹는 것이 아니라 모든 사람이 공개적이고 평등하게 입장을 말할 수 있으면, 진리는 토론할수록 분명해진다. 이것이 비로소 진정한 민주다.

모두 깨달음을 얻은 것 같다.

x월 x일

맞붙기로 했으면 맞붙고, 행동하기로 했으면 행동한다. 동학들은 정말로 중심 광장에 경연장을 만들었다. '혁명 대중 변론회'라는 플래카드를 가로로 걸었고, 변론 제목은 '누가 조반의 자격이 있는가?'였다. 배경 설명 자료는 그 대련이었다.

시작할 때는 매우 썰렁했다. 문제가 제기돼도 별다른 반응이 없었다. 위장 분자 몇 명만 오르내릴 뿐이었다. 위장이었기 때문에 몇 마디 하지도 못했는데 더 할 말이 없었고, 오히려 우스꽝스러워지기만 했다. 9시가 되니 쪽지를 건네고 자발적으로 연단에 오르는 사람이 많아졌다. 사회자는 장우였다. 그 역시 의식적으로 쌍방의 발언을 평등하게 조율

했다. 일대일로 변론하게 하고, 발언 시간을 충분히 줬다. 그리고 서로 다른 의견이 있는 사람이 있으면 변론이 계속될 것이고, 오늘 다 못하면 내일 다시 열 것이며, 모두가 새로운 의견이 없을 때 끝날 것이라고 천명했다.

진리는 원래 변론을 두려워하지 않는다. 농간을 부려 사람을 현혹시키는 자들만이 힘으로 사람을 억압하는 법이다. 사실 공개적으로 변론을 하면 귀신과 요괴가 버틸 공간이 없다. '출신 성분의 영향이 있으나 성분이 다는 아니다'는 논리에서 '혁명은 선후를 나누지 않고, 진리 앞에서 모두가 평등하다'는 논리로의 이동은 이치로 볼 때 이해하기 어렵지 않다.[53] 혈통론파의 기량은 세를 만드는 것일 뿐이지 분석을 당해 내지 못했다. 대명大鳴, 대방大放, 대자보大字報, 대변론大辯論[54]은 문화대혁명

53 '혈통론' 비판은 문혁 중 고급 간부 자제가 중심이 된 노 홍위병에 대한 조반파의 비판 내용 중 핵심이었다. '출신론'과 관련해서는 급진 조반파와 온건 조반파의 해석이 갈렸다. '출신론' 해석의 분기는 '첫째, 성분의 영향이 있고, 둘째, 성분이 다는 아니며, 셋째, 그 태도가 중요하다'는 기존 논리에 대한 다른 해석이다. 온건 조반파는 '출신론'을 비판하면서 '성분'과 '출신'을 동일시하며, 출신 계급 '성분의 영향'에 소홀해진 것을 '우익적'으로 비판했다. 급진 조반파는 '출신'과 '성분'을 분리해 사고했고, '출신'과 관계없이 개인의 노력으로 '성분'이 달라질 수 있다는 논리를 제시하면서 '출신론'을 '좌익적'으로 비판했다.

54 중국 공산당은 1956년 '백화제방, 백가쟁명百花齊放, 百家爭鳴'이라는 이른바 '쌍백 방침'을 내세워 예술 발전, 과학 진보 및 사회주의 문화 번영을 촉진하고자 했다. 1966년 8월, 문화대혁명 조반 운동의 개시를 표지한 문건인 〈무산계급 문화대혁명에 관한 중국공산당 중앙위원회의 결정〉(이른바 〈16조〉)에서는 "대자보, 대변론과 같은 형식을 충분히 운용하여 대명과 대방을 진행해야 한다"고 밝히고 있다. 대명과 대방은 기본적으로 쌍백 방침의 두 글자를 따온 것이었다. 이로부터 '대명, 대방, 대자보, 대변론'이 '사대四大' 자유를 지칭하게 됐다. 1975년 헌법에 포함되어 문혁 종료 후에도 일정한 합법적 지위를 유지했다. 이후 1978년 헌법에도 기입됐으나 1980년에 폐기됐다.

의 기본 형식임이 분명하다. 그것이 좋은 이유는 사람은 모두 평등하다고 보고, 이치에 맞게 말하고, 인신공격하지 않고, 누구나 연단에 오를 수 있다는 데 있다. 욕을 하거나 상스러운 말을 하면, 즉각 야유를 받고 내려와야 했다. 말이 옳고 그른지, 대중의 옹호를 받는지의 여부는 박수 소리가 검증했다. 나중에는 청중이 점차 많아졌고, 옳고 그름과 위아래가 자연스레 구분됐다. 한 사회 인사가 무대에 올라 정치 풍자 개그를 했는데, 정말 수준이 높았다.

한번은 흐루시초프가 주은래 총리와 토론을 했다고 한다. "친애하는 주은래 동지. 당신은 말끝마다 무산계급 혁명을 말하는데, 내가 알기로 당신은 자산계급 출신이오. 오히려 내가 정통 노동자계급 가정 출신이거든요." 주 총리는 "친애하는 흐루시초프 동지. 당신 말이 모두 옳소. 우리는 공통점이 있어요. 우리 모두 자신의 계급을 배반했다는 겁니다"라고 했단다. 이 일화를 듣고 모두 박장대소했다.

x월 x일

교문 입구에서 누런 군복을 입은 동학을 만났다. 그중에는 초급 중학 1반의 양지원도 있었다. 시 위원회 부서기 양량재의 아들이다. 처음 내가 이 친구의 반에서 연락원을 할 때, 그가 좀 남다르다고 느꼈었다. 그는 냉랭하게 나를 쳐다보더니 고개를 돌렸다. 나는 곧 최근의 선전물이 어디에서 왔는지 알 수 있었다. 우습게 느껴져 일부러 고개를 꼿꼿이 추켜세웠다. '그래, 너희가 몇 벌 남은 군복 말고 자랑할 게 뭐가 더 있니? 우리 군복은 평상복을 염색해서 직접 재봉한 것이긴 하지만, 마음만은

진실하거든.'

곽훼의 손재주는 정말 대단했다. 우리의 군복은 천 한 장으로 만든 것이었는데, 다 합해서 3원이 들었다. 군복의 가슴 아래쪽은 수선을 해서 진짜 여성 군복과 다를 바가 없었다. 곽훼는 원래 어깨 쪽에 견장 구멍 두 개를 내려고 했었는데, 그렇게 했으면 정말이지 진짜 같았을 것이다. 지금은 거의 모든 여학생이 그녀에게 재봉을 부탁할 정도로 정말 인기가 좋다.

x월 x일

학교에 개명 바람이 불었다. 사구 타파 이후 파출소가 개방됐고, 호구를 가져가면 개명할 수 있었다. 곽훼는 이름을 곽조휘郭朝暉로 바꾸고 싶다면서 어떤지 물어왔다. 나는 "별로야. 남자 이름도, 여자 이름도 아니야"라고 했다. 봉건주의, 자본주의, 수정주의 색채가 있는 이름이라면 바꿀 필요가 있지만, 유행 따라 바꾸는 건 너무 바보 같은 짓이다. 모두들 요무要武, 홍우紅雨, 영자英姿라고 불리면 무슨 재미가 있겠어? 곽훼는 내게 이름을 바꿀 건지 물었다. 집에 와서 생각해 보니 정말 이름을 바꾸고 싶어졌다.

어머니에게 말했더니 "무슨 이름이 좋겠어?"라고 계속 물었다. 나는 "소명이 좋아. 어머니 성을 딸 것이고. 소민小敏이, 소명肖明이, 비슷해서 부르기도 쉽겠네"라고 했다. 그러자 어머니는 "너 정말 그 사람과 완전히 연을 끊을 생각이야?"라고 물었다. 나는 고개를 끄덕였다. 어머니는 "나도 출신 성분이 안 좋은데"라고 했다. 나는 "출신과는 상관없어요. 출신은 선택할 수 없지만, 내 앞길은 선택할 수 있어요"라고 말했다. 어머니도 더 이상 아무 말 하지 않았다.

어머니의 눈빛이 흐려졌다. 근심이고, 불안이다. 내가 태어났을 때, 그들이 어떻게 내 이름을 짓게 되었는지는 모른다. 아마 그때는 기쁘고, 자신에 차 있었을 것이다.

상처 입은 마음과 치욕으로 평생을 살고 싶지는 않다. 선을 긋는다는 건 단지 이름에만 해당하는 게 아니다. 나는 정말 새로운 삶을 갈망한다. '소명肖明'. 정말 좋다.

내일 가서 이름을 바꿔야지. 이제부터 류민은 죽었다. 새로운 사람이 태어난 것이다.

9.

x월 x일

해방군은 혁명의 큰 학교

모택동 사상의 홍기를 높이 들고

전투대, 공작대, 생산대

용감히 무거운 짐을 어깨에 짊어 메고

정치를 배우고, 군사를 배우고, 문화를 배운다

문과 무가 모두 온전하고, 의욕이 넘친다

군대와 학문, 군대와 농업, 군대와 공업, 군대와 인민

군대와 인민이 하나 되어

무산계급 문화대혁명의 새로운 공을 세우는 데 적극 참여한다

혁명의 홍기는 만천하에 휘날린다

요 며칠 학교 곳곳에서 이 노래가 들린다. 좌파 지지 해방군이 온 뒤로 학교에 새로운 열기가 생겼다. 이 열기는 정상화를 바라고, 혼란을 끝내길 원하는 것으로 이해할 수 있다. 어쨌든 우리는 학생이기 때문이다.

조반은 아마 영원히 지속될 수는 없을 것이다. 타격할 것은 타격했고, 폭로할 것은 폭로했다. 촉진할 생산은 촉진했고, 빼앗아야 할 권력은 빼앗았다. 노동자 조반 조직도 무대에 올랐다. 우리는 이제 어떻게 해야 할까?

학교에 많은 조직이 생겨났고, 각자 주장하는 바도 있다. 교실도 부족해져서 하나의 교실에 두 개의 사령부와 세 개의 병단이 생겼다. 제일 우스운 건 초급 중학 3학년 동학이 허리에 단 주머니를 내게 보여주는데, 그 안에 열 몇 개의 직인이 들어 있던 것이다. 이게 무슨 소용이냐고 물었더니, 그는 "이게 탈권 아냐? 봐봐. 경공국輕工局의 권력도 빼앗았어!"라고 했다.

직인을 빼앗는 게 탈권이라고? 이런 황당한 일들에서 그들의 마음속 혼란이 은연중에 드러난다. 조반유리라고 하지만, 조반파가 늘 '유리有理'한 건 아니다.

나는 북경에서 모 주석을 볼 수 없었다고 말했다. 배정 받은 자리가 뒤쪽이라 너무 멀어 전혀 보이지 않았다. 하지만 모 주석과 접견한 그 마음은 같은 것이다. 이 말이 틀린 걸까? 함께 갔던 몇 명은 그를 봤다고 말했지만, 나는 정말 보지 못했다. 그런데 그들은 내가 큰 국면을 고려하지 않고, 조직 얼굴에 먹칠한다고 했다. 어떤 사람들에게는 우리가 모 주석과 접견했다는 것이 가장 중요하다는데, 그러면서 진리 추구라는 게 중요치 않게 돼 버린 건 아닐까? 모 주석을 봤다는 건 마치 어떤 아우라를 얻은 것이고, 보지 못했다는 건 명분도 없고 당당할 수 없다는 것이다. 이건 봉건 미신 아닐까?

특히 걱정됐던 건 우리의 우두머리였다. 이미 그는 허세를 부리기 시작했다. 그날 내가 잠깐 나갔다 왔더니 장우가 버럭 화를 내며 얼굴을 찡그렸다. 어제는 모두에게 회의가 있다고 통지했는데, 장우가 한참을 기다려도 오지 않다가 나중에야 와서는 자기 자리가 준비되지 않았다고 곧바로 등을 돌리고 가버렸다. 처음에 우리는 아무것도 모른 채 대표인 그를 보좌했는데, 나중에 보니 그 녀석은 이런 식의 위엄을 원했던 것이다. '내가 아니면 누가 할 수 있겠냐?'는 식이다.

또 있다. 고급 중학 3학년의 왕홍원은 나와 같이 근무조에서 빠지기로 했었는데, 지금은 '까까머리 보통 사람'을 할 생각이 없어졌다. 결국 그는 '노老 조반 전투대'[55]를 만들었다. 아마도 그 친구가 옛 자격을 내세우는 건 그저 자기 위안일지도 모른다. 하지만 그런 식의 '홍오류紅五類[56], 흑오류黑五類[57]'로 선을 긋는 행위가 우리에게 얼마나 많은 고통을

55 문혁 초기 출현한 자생적인 반反 관료주의 조반파.

56 혁명군, 혁명 간부, 노동자, 빈농, 하중농 또는 그들의 자녀.

57 지주, 부농, 반反 혁명분자, 악질분자, 우파 또는 그들의 자녀.

가져다 줬는지 그는 완전히 잊은 것이다. 그는 지금 의식적으로 노 조반과 신 조반을 나누는데, 이 또한 선을 긋는 것 아닌가? 인위적으로 갖가지 등급을 만드는 건 좋지 않다. 원래부터 봉건 의식이고, 분명 혁명이 제거해야 할 대상이다.

〈16조〉에 따르면, 마땅히 대연합을 해야 하므로 혁명위원회를 건립해야 한다. 그렇지만 진짜 난관은 여기에 있을 것이다. 우리 학교는 그나마 괜찮은 편이다. 동방홍 공사는 세력이 커서 수십 개의 조직이 있다. 사회의 경우엔 아마 더 곤란할 텐데, 모든 조직에서 모두가 자신이 혁명위원회에 들어가야 한다고 생각할 것이기 때문이다. 그렇게 되지 않으면, 조반파는 곧 진압될 것이다. 특히 허리에 직인을 차고 있는 조반파가 이를 예감할 것이다.

'대중이 동원되고, 천하의 대란이 막 시작됐는데, 해방군이 와서 질서를 정돈하니 탈권해 봤자 무용지물이다. 이는 조반파에 대한 조롱이다. 좌파 지지는 거짓이고, 탈권이 참이다'라고 말하는 사람도 있다.

내 의문도 여기에 있다. 모두가 조반이 곧 탈권이라 생각하고, 여러 부류의 사람이 새롭게 대오에 서는데, 이는 어쩌면 문화대혁명의 본의가 아닐 수도 있다. 권력은 모두의 것이지 어떤 특정인의 것이 아니다. 인민은 언제든 불합격 받은 지도부를 소환할 수 있다. 이게 바로 파리코뮌의 가장 매력적인 정신이다. 천하의 대란은 적을 교란시키는 것이지 스스로를 교란시키는 게 아니다.

해방군이 무대에 등장할 것임을 여러 가지 징후들이 암시하고 있다.

x월 x일

좌파 지지 지휘부가 동방홍 공사의 연락원으로 나를 지목했다. 나는 물론 몹시 기뻤고, 그다지 감출 만한 일도 아니다. 그리고 연락원은 위에서 내려오는 내용을 아래에 전달하기만 하면 된다. 하지만 그들이 나를 꼬마 사령이라 부르는 건 기쁘지 않다. 내가 사령이 아니라 우리의 우두머리는 장우와 류국경劉國慶이라고 여러 번 말했는데도 그들은 여전히 나를 그렇게 부른다. 어제는 강 정치위원이 그랬고, 해방군도 따라서 그렇게 부르기 시작했다.

이 일에 대해 나는 장우에게 해명하기도 했다. 그도 그런 얘길 들은 적이 있지만, 나쁠 것도 없고, 아무렇지 않다고 했다. 하지만 그가 좀 찜찜해 한다는 걸 알 수 있었다. 물론 이런 일들은 사소한 것이다. 소심하게 따져 봐야 재미없다. 친하고 안 친하고는 노선에 의해 나뉜다.

강 정치위원이 직접 학교에 와서 좌담회를 열었다. 그는 매우 친화력 있는 우두머리다. 그는 우리에게 사회에 나가도록 격려했다. "여러분이 사회 실천에 참여해야 이 도시를 전체적으로 이해할 수 있고, 이 큰 장치가 어떻게 돌아가는지 알게 됩니다. 이 도시를 이해하게 되면, 곧 중국 전체를 이해하게 됩니다." 내가 얼마나 이 모든 것을 이해하고 싶은데.

이어 내가 발언했다. "홍위병의 우두머리가 매우 돋보이고, 조반파도 정말 위엄 있어 보이지만, 사실 우리는 평범한 중학생일 뿐입니다. 틀린 일이나 바보 같은 일도 자주 합니다. 앞으로 해방군이 우리를 많이 도와주시길 바랍니다."

강 정치위원이 말했다. "젊은이가 오류를 범하지 않는 경우도 있나요? 나도 젊었을 때 삼청단三青團[58]에 참가했었어요. 여러분은 오류를 범할 특권이 있습니다!" 말씀을 정말 잘하신다.

지난번 연락원 일은 공작조의 지정이었는데, 결국 아주 운이 없었다. 두 번째 연락원을 하게 된 건 해방군이 지정한 것인데, 세상이 바뀐 것 같다. 감개무량하다.

x월 x일

나도 대연합주비회에 참가해 발언했다. 핵심은 조반유리가 옳긴 하지만, 조반파가 '유리'하다는 건 틀린 말이라는 것이었다. 나의 곤혹, 학교와 사회에 나타난 현상, 그리고 파괴와 건설에 대한 인식도 말했다. "문화대혁명에 대해 우리는 확실히 이해가 부족합니다. 구 혁명이 새로운 문제를 맞닥뜨렸을 뿐만 아니라 작은 혁명이 맞닥뜨린 문제도 똑같이 새로운 문제입니다." 강 정치위원이 나를 칭찬하며 말했다. "소장小將은 참 진취적이네."

내가 도전하고자 하는 대상은 배고픔이다. 저녁 회의 때, 조 간사가 나를 부르더니 밥을 먹게 했다. 물론 나는 여러 가지를 생각할 겨를이 없었다. 하루 종일 굶었기 때문이다.

섭외처에서 회의를 하면 이런 곤란이 있을 줄은 몰랐다. 지금은 내 주머니 사정이 안 좋을 뿐만 아니라 우리 집도 체면을 차리기 어려운 상

58 국민당의 삼민주의 청년단.

황이다. 일찍 알았으면 회의에 가지 않았을 텐데. 이런 행사엔 내가 있건 없건 그다지 중요하지 않다. 섭외처의 밥은 정말 맛있었다.

어머니는 아직 돌아오지 않았다. 그녀는 아마 학교에 가서 돈을 구하려고 할 것이다. 하지만 학교는 어디서 누구에게 돈을 구한담?

혁명과 빵. 이것이 문제다.

x월 x일

그의 눈빛이 매우 이상하다. 그가 나를 쳐다본다는 걸 여러 번 느꼈다. 그때마다 마음이 떨렸다. 왜 그럴까? 불길하다. 이렇게 부끄러운 생각이 있어서는 안 된다. 꼭 피해야지.

매번 좌파 지지 지휘부에 갈 때마다 모두들 나를 열렬히 반겨 준다. 《전쟁터의 국화》를 드렸더니 그들은 내 글솜씨를 매우 칭찬했다. 정말 기뻤다. 모름지기 누구든 칭찬을 듣고 싶지, 비난을 듣고 싶지는 않을 것이다. 나 역시 그렇다.

나는 이번 호에 사설 〈꽃 피고 물 흘러 봄이 가누나 : 양량재의 3차 반성을 평함〉을 썼다. 양량재가 핵심은 피하고 곁가지로 빠졌다는 게 핵심 내용이다. 그는 늘 '전혀 이해하지 못했고, 능력도 부족했으며, 매우 적극적이지 못했다'라고 적었다. 마치 자신은 억지로 자산계급 반동 노선을 집행한 인물이고, 개인적인 잘못은 없다는 것 같았다. 이미 시 위원회 내부에 고발된 많은 자료가 증명하듯 그는 이 시에서 최고의 실권을 가진 인물이다. 또, 매번 운동이 있을 때마다 배후에서 부채질하고, 참말을 하는 간부를 한 무리 한 무리 타도해 왔다. 그런데 그는 줄곧 일인자를 맡지 않았기 때문에 중앙 기업과 지방 간부의 모순 속에서 특히 음흉하고 악질적이었다. 그는 늘 정치 운동을 이용해 개인적인 목적을 달성했고, 타인을 짓밟아야 자신이 올라설 수 있다고 생각했다. 이런 사람이 혁명에 참여하는 건 투기일 뿐이다. 천하를 탈취하면 자신이 그 위에 앉아야 하고, 천하 위에 앉아야 할 사람은 자신과 같은 능력자라고 생각한다. 무소불위의 '막료'가 되는 것이다. 인민을 위해 복무한다는 건 그저 듣기 좋은 구호일 뿐이다. 이런 자가 어떻게 실사구시일 수 있을까? 이런 자가 권력을 잡으면, 반드시 반反 인민의 길을 걸을 것이다. 대중을 박해하고 경계하며, 대중의 의견을 자신을 반대하는 것으로 간주하고, 개인의 통치 권위를 1순위로 놓을 것이다. 이러한 사상적 논리는 왜 그가 어린 중학생 우파를 잡아들이려 했는지 설명해 준다. 그는 학생들의 사상이 활발해지는 것을 용납할 수도, 지역과 학교의 실제 상황에 자신을 맞출 수도 없었다. 공작조의 말 한마디가 모든 것을 결정할 수 있게 함으로써 그들만 보면 벌벌 떨게 만들었다. 그가 모 주석의 혁명 노선을 반대했다는 것은 그를 너무 높이 평가한 것이다.

최근 《전강홍위병보錢江紅衛兵報》가 매우 의미심장하다. 절강浙江의 성 위원회 상임위원회 회의 때, 지地 위원회 서기는 당내 가장 큰 주자파가 왜 모 주석에 반대하는지, 이미 그렇게 높은 관직에 있으면서 모 주석을 반대할 필요가 있는지 이해되지 않는다고 했다. 당시 성 위원회 서기는 "당신, 천안문에 가 봤소? 천안문에 가 보면 '왜 내가 중립일 수 없는지'를 알게 될 것이오"라고 대답했다.

이것이야말로 문화대혁명이 진정으로 해결하고자 한 문제다. 궁극적으로 그들은 왜 혁명에 참여하려 했을까? 설마 그저 무대에 서기 위해? 그 중심에 서려고? 국민당을 내쫓은 게 그저 그 자리를 자신이 차지하려고? 그러면 대중은 왜 그들을 따라 머리가 깨지고, 뜨거운 피를 흘린 거지? 고작 너희를 새로운 우두머리로 만들기 위해서였나?

x월 x일

지금 내 심정을 형용할 수가 없다. 그는 결국 우리 집까지 찾아왔다. 낯짝도 두껍다. 어머니는 사람이 참 성실해 보인다고 했다. 하지만 그에겐 다른 속셈이 있는 것이다! 아니면 어떻게 해석할 수 있겠는가.

지난번 그가 섭외처에서 밥을 사 준 일에 대해 나는 이미 여러 번 고맙다고 했다. 밥을 얻어먹은 건 사실상 내 의지가 약하다는 걸 증명한 셈이다. 겨우 하루 굶었다고 버티지 못하다니. 옛날 방지민方志敏[59]은 어떻게 버텨 냈을까?

어머니는 그에게 40원을 받고는 빌린 것이니 갚겠다고 했다. 하지만 나는 참을 수가 없었다. 어머니의 눈빛이 정말 이상했기 때문이다! 만약 내가 크게 화내지 않았다면, 좋은 사람이니 그와 잘 사귀어 보라고 했을지도 모른다. 나는 그걸 알 수 있었다.

물론 나는 돈 벌 방법이 없다. 밥 먹는 문제를 해결할 수도 없다. 어머니가 말했다. "어쨌든 먹고 살아야지." 이 말은 틀리지 않다. 하지만 문제는 어떻게 해야 살 수 있는지다. 난 아직 학생인데.

---

59 중국의 혁명 열사(1899~1935).

아마도 정말 조직에 의존해야 할 것 같다. 내일 대외 연락조에 가서 물어봐야겠다. 만약 허드렛일이라도 할 곳이 있으면 해야지. 이것 또한 일하면서 공부하는 것이자, 학생이 공업을 배우고, 농업을 배우는 것이다.

x월 x일

운수회사의 '죽음도 불사하는 병단'이 나를 찾아와 물었다. "네 어머니가 부두에서 일할 생각이 있을까?" 나는 단숨에 동의했다. 그런데 집에 가서 어떻게 입을 열어야 할지 몰랐다.

부두에는 웃통 벗은 사내들이 많은데, 어머니는 아마 놀라 자빠질지도 모른다. 그들이 거칠어서 싫다거나 그들을 무시하는 게 아니다. 그저 우리 어머니 같은 사람은 누가 뭐래도 지식인이기 때문이다. 그렇게 마르고 약해서 운수회사 같은 데서 일할 수 있을까? 어머니는 어떻게 생각할까? 차라리 내가 갈까?

운수회사에서 벌써 집에 다녀간 줄은 몰랐다. 어머니더러 부두에서 대나무 광주리를 치우라고 했단다. 어머니도 바로 승낙했다. 어머니는 "사람들이 나를 미워하지만 않아도 좋겠다"라며, 광주리를 치우는 게 교단에 서는 것보다 훨씬 편할 거라고 했다.

사람이 친하고 안 친하고는 노선에 의해 나뉘고, 가난한 사람끼리 서로 도우면 한 가족처럼 친하다고 했다. 그런데 그는 나에 대해 전혀 알지 못한다.

나는 어머니를 끌어안았다! 전에는 어머니를 아주 많이 오해했고, 늘 그녀가 너무 어둡다고 생각했다. 사실 나에 대한 그녀의 애정은 어떤 다른 어머니 못지않다. 그녀가 굳이 말로 표현하지 않은 건 이미 절망했기 때문이었다. 그런데 지금은 모든 게 신기하다. 그녀조차 낙관적으로 변했다.

x월 x일

그 사람에게 싫은 감정이 있거나 그의 의도가 수상하다고 생각하진 않는다. 그래도 어쨌든 그는 나를 숨도 못 쉬게 만든다. 나는 아직 이런 문제를 신경 쓸 나이가 아닌데 말이다.

나의 소자산계급 사상은 확실히 좀 심각하다. 난 왜 이런데 신경을 쓰는 거지? 여학생들 가운데 나는 좀 씩씩한 축에 속한다. 그러나 내게도 역시 속물적인 면이 있다. 그녀들이 좌파 지지 간부에게 별명을 지어 줄 때, 나도 그 자리에 있었다. 나도 같이 웃었고, 게다가 아주 즐거워했다. 그가 나를 지켜보는 걸 잘 알면서 왜 산에 올라갔을까? 산에 오르는 대신 달리기를 할 수도 있었는데.

내일은 절대 산에 오르지 않을 테다. 스스로를 비판해야 한다. 시시때때로 자신을 점검하고 반성해야 한다. 나는 이 시대의 새로운 사람이 될 것이다.

x월 x일

연꽃은 향기 잃고 대자리는 시원한 가을

비단 치마 살며시 늦추어 놓고

나 홀로 목란배에 오른다

구름 속에 누가 편지를 보내었나

글씨 쓰는 기러기들 돌아올 때

달빛은 누각에 가득 흐른다

꽃은 절로 떨어지고 물도 절로 흐르는데

한 가지 그리움으로

두 곳에서 애태우네

이 그리움 지워 버릴 길이 없는지

이제 겨우 눈썹에서 내려갔나 싶더니

어느 사이 또다시 마음속에 올라앉네

–이청조李清照, 〈꺾인 매화 한 송이一剪梅〉[60]

x월 x일

오늘 어머니가 내게 눈치를 줬다. 정말 난처하다.

부두에서는 시급으로 임금을 주는데, 하루 일하면 8각角을 받는단다. 야근하면 돈을 더 받으니 여유가 좀 생겼다고 했다. "그게 무슨 뜻이에요?" "빌린 돈은 갚아야지. 안 그러면 오해를 산단다." "그럼 돌려주지 뭐. 빠를수록 좋겠네." 그런데 그녀는 나더러 직접 만나서 갚으란다.

---

60 이태형 편역, 《우리말로 읽는 송사 300수》, 이담북스, 2009, p.532.

"그 사람은 너한테 빌려준 거야." 정말 골치 아파 죽겠다. 내가 이런 함정에 빠질 줄은 생각지 못했다. 그녀는 "내가 보기에 그 녀석 괜찮던데!"라고까지 말하는 것이었다.

나는 쫑알쫑알 투덜댈 뿐이었다.

x월 x일

이건 분명 함정이다. 분명히….

지금 나는 마치 떠다니는 민들레 홀씨 같다. 나른하고 휑해서 무의식중에 심연으로 추락한다. 사방이 부드럽고 따스했다. 그리고 흐릿한 별빛이 있다. 그저 붙잡고 오를 손이 없었을 뿐이다. 벗어나고 싶었지만, 발버둥 칠수록 더욱 깊이 감싸였다. 마치 거미줄에 달라붙은 것처럼 벗어날 수 없었다.

일찍 잠이 깼다. 이른 아침이라 날은 아직 어둡고, 별도 빛나고 있었다. 옷은 벌써 입었고, 신발도 신었다. 그저 조용히 누워 날이 밝기를, 무장부의 기상나팔 소리가 나기를 기다렸다. 어머니를 놀라게 하고 싶지도, 내가 이상하다는 걸 알게 하고 싶지도 않았다. 꼭 평소처럼 나가서 물을 길어 와야 했다. 그런데 어머니가 뭔가 눈치챈 건 아닌지 의심스럽긴 했다.

내가 왜 도둑처럼 되어 버렸지? 어쩌다가 이런 지경이 된 거야?

결과가 그다지 좋지 않을 것이다. 나는 만 번이나 스스로에게 말했다. 이렇게 놔둘 수는 없어. 안 돼.

그런데 날이 밝기 전에 또 깼다. 질식할 것 같은 그 만남을 또 기다리고 있다! 그때 그 어떤 느낌이랄까? 사실 별 것도 없었다. 정말 이상하다. 말도 몇 마디 하지 않았고, 눈도 마주치지 못했지만, 보고 싶은 마음뿐이다.

난 자극을 원하는 걸까? 아닌 것 같다. 내가 그렇게 가벼운 사람이었나? 그건 더 아닌 것 같다. 동학들은 모두 내가 십대로 보이지 않는다고 했다. 다른 사람보다 좀 더 고생하고 단련돼서 특히 진중한 거라 했다. 교장 선생님도 고개를 저으며 한숨을 쉬더니 나더러 그렇게 조숙하고 눈빛이 깊어서는 안 된다고 했다. 그는 내가 천진하고 걱정 없는 청순한 여자 아이였으면 했다. 하지만 난 그런 아이가 아니다. 그러니 그가 한숨을 쉬었겠지. 하지만 교장 선생님은 내가 이렇게 유치하고 단순한 걱정을 한다는 걸 절대 모를 거야!

지금 내가 뭘 어떻게 할 수 있겠어? 자유낙하 하는 속도로 함정에 뛰어들 수밖에!

x월 x일

일 났다. 곽훼가 알아 버렸다. 아침에 이번 호 신문을 주러 가다가 교문을 나서자마자 조 간사와 마주친 것이다. 다시는 산에 가지 않기로 결심했는데, 그 결심은 다섯 시간도 못 버텼다! 나는 너무 놀라 정지된 채로 있었고, 신문은 모두 바닥에 떨어뜨렸다. 곽훼는 내 얼굴이 귀신처럼 새하얗게 변했다고 했다.

숨을 쉴 수 없었다. 감전돼 버렸다.

신기하게도 그 순간 문득 소설의 플롯이 생각났다. 경마장에서 안나

카레니나는 브론스키가 말에서 떨어진 걸 보고 놀라 소리 지르며 일어섰다가 눈 깜짝할 사이 자신의 연정을 들켜 버렸다. 이때부터 그녀의 생활은 엉망이 됐다. 물론 내가 그녀 같이 귀부인은 아니지만, 소자산계급 사상이 말썽을 부렸음은 부인할 수 없다. 그때 나는 소설 속에서 묘사한 것들이 완전히 이해가 됐다. 태양의 부드러운 빛과 그림자, 계단의 가죽구두 소리를 기다리는 것, 그리고 따뜻한 숨결. 곽훼가 말했다. "너 눈가가 까매. 잠도 못 잤지?" 그러고는 나를 뚫어져라 쳐다봤다. 내가 실토하길 기다리는 것이었다.

뭘 실토하지? 그저 사실 그대로 상황을 얘기할 수 있을 뿐이다. 사실 별 일도 없었다. 나 혼자 사랑에 빠진 걸지도 모른다. 우리는 서로 선을 넘는 얘기를 조금도 해본 적이 없으니까.

곽훼는 나를 껴안더니 머리를 맞대고 상황을 분석해 줬다. 그녀가 고수처럼 느껴져 나는 멈추지 않고 고개를 끄덕였다. 그녀는 "너, 그 사람 몸에서 어떤 냄새를 맡진 않았어?"라고 물었다. 나는 "담배 냄새가 났어"라고 했다. "그거 말고. 일종의 남자 냄새 있잖아. 그 아주아주 특이한 거."

그녀는 언니에게 들었단다. 여자가 이 냄새를 맡으면 반드시 사랑에 빠진 거라고.

그녀의 과장되면서도 신기한 이야기를 듣다 보니 어지러웠다. 잘 생각해 보니 정말 그 사람 몸에서 그런 냄새를 맡은 것도 같다. 그건 담배 냄새도 아니고, 땀 냄새도 아니었다. 몸에서 나는 어떤 냄새였는데, 정말 신기했다. 나는 확실히 그에게 끌렸던 것이다. 늘 가까이 가고 싶고,

한 번 더, 마지막 한 번만 더 만나자, 그러다가 결국 무너져 버렸다. 그러고는 그 숨결에 녹아 버렸다. 몸의 모든 관절이 즐거운 웃음소리를 냈다. 환각제를 먹은 것 같았다.

산에서 만날 때 그가 해 주는 이야기들이 아무렇게나 지어낸 것이라는 걸 잘 안다. 나를 즐겁게 해 주려는 것이다. 하지만 나는 그런 말들을 듣는 게 좋다. 계속 듣고 싶다. 그의 생각을 따라 환상 속으로 빠진다. 환상 속에서 죽을 때까지….

난 정말 미쳤나 보다.

x월 x일

나사산螺絲山에서의 기록.

이 산은 나사라고 불리는 산. 드넓은 우주 가운데 작은 산이로다. 높이는 300척에 못 미치고, 폭은 수십 경頃도 안 되어 이토록 자그맣지만, 어찌 이렇게 이름이 났는가? 어릴 적엔 놀기 좋아하고 말을 듣지 않아서 이곳에서 노닐 때 손발을 다 써가며 산을 올랐고, 진흙 위에 눕기도 구르기도 하며 산을 내려왔다. 지금 생각해 보니 특별한 재미는 없는 듯하다. 이 산속은 연기와 먼지가 가득하니 집이 있다면 풀로 만든 초가집일 것이고, 지나가는 사람은 봉두난발에 때 묻은 얼굴로 음식을 구하기 바쁠 것이매, 신화 같은 이야기가 있다면 아마도 옛사람의 물건을 말하는 것일 뿐이로다. 하늘이 이 산을 홀로 두고 다른 산만을 두텁게 했음을 슬퍼해야 하는가? 초아흐레 군대를 따르는 이가 다시 유람하니 황홀

한 가운데 도화원을 여행하는도다. 울창한 수목과 화려한 건물이 겹겹이 쌓여 소나무, 삼나무 그리고 편백나무 사이에 때때로 얇은 안개가 피어오르고, 새들은 구름 속을 비상하니 또 다른 도화원에 들어온 듯하다. 높이 치솟은 수목은 땅을 굽어보고, 나뭇잎은 가볍게 얼굴을 스치네. 꽃잎과 등나무는 잘 자랐고, 졸졸 흐르는 물은 생기가 넘친다. 길 위에 연인들이 서로 기대어 쉬는 정자와 까치 다리가 있어 녹음 속에 속삭임이 들리고, 매와 참새는 수목과 어울려 노래하니 그윽하기 그지없어라. 신화 속 인물도 이를 흠모할까? 이토록 나사산은 가관이어라. 하늘의 팔꿈치를 베고 그 교태를 자랑하고, 학 목덜미의 교묘함과 같아 붓 앞에 서니 그 내면의 수려함을 드러낸다. 황혼이 다가와 하늘가의 강물은 파도 되어 장관을 이루고, 문득 불어오는 웅장한 바람에 뜨거운 피가 꿈틀대니 이내 도취된다. 삶이 짧게 끝남이 아쉬워 탄식하니 상전벽해로다. 이후의 투쟁은 바로 우리 세대의 것. 산은 높음이 중요하지 않고, 물질은 많음이 중요하지 않으니, 기운이 있으면 곧 영험할 것이로다. 기운은 멀리 있음이 문제가 아니라 시세와 시기, 그리고 대중의 마음에 있음이라. 하늘의 이치나 사람의 마음 모두 어찌 이 도리를 떠날쏘냐?

x월 x일

타 지역에서 돌고 있는 모 주석의 애정시 〈하신랑賀新郎 · 별우別友〉를 입수했다.

붓을 들고 지난 일들 더듬어 보니

어찌 다 감당해 낸 일이었든

되살아나는 감회 거듭 쓰라리게 아려 오는구려

눈가엔 한 맺힌 듯 아려 오는 눈물에 젖어들지만

그나마 이런 글로써 서로를 헤아릴 수는 있지요

눈앞에 도도히 흘러가는 운무

천지간에 진정한 지기知己는 그대와 나뿐

사람이 앓는 온갖 병상病相을 하늘이라고 어찌 다 알까요

오늘 아침 동문로엔 하얀 서리가 두텁게 내렸지요

횡당橫塘에 비친 새벽녘의 반달은 쓸쓸한 모습 그대로일 테고

어디선가 들려오는 기적소리에

단장斷腸의 아픔이라도 씹어 삼켜야 할 지경이면

나는 그만 영락없이 천애 고아가 된 느낌이라오

사무치는 그리움은 이토록 달랠 길 없군요

곤륜산을 무너뜨릴 절벽처럼

아니면 세상을 휩쓸어 버릴 태풍처럼

더욱 샘솟아 오르는 우리 사랑의 열정이라면

구름과 함께 훨훨 날아오르고 남을 걸요[61]

혁명과 사랑, 어느 것이 더 중요한가? 답은 이미 명확하다.

---

61 《모택동의 시와 혁명》, 공기두 엮음. 풀빛, 2004, pp.54~58.

x월 x일

오늘은 쾌도난마快刀亂麻와 같은 날이다. 난 절대 이렇게 몰락할 수는 없다. 이러다가는 모든 게 망가질 것이다. 나는 그를 물어서 아프게 했다. 물론 나 자신도 물어서 깨웠다. 내가 고의로 그를 다치게 한 건 아니지만, 마음은 아주 명확하다. 그렇게 하지 않으면 모든 것이 통제되지 않기 때문이다. 자유낙하 속도가 너무 빨랐다. 나는 마음과 말이 일치하는 혁명가가 될 것이다.

체 게바라의 자취는 나를 극도로 흥분시킨다. 그와 같은 사람이 비로소 순수한 사람이고, 고결한 사람이다. 모든 세속적인 이해관계를 버린 사람이다. 죽음을 두려워하지 않았던 사람이다.

우리는 타고난 반역자

우리는 이 뒤바뀐 천지를 바로잡을 것이다!

우리는 불합리한 모든 것을 뒤집을 것이다!

오늘 우리는 갇혀 있지만

감옥살이가 무슨 대수인가?

다음 세대의 고난을 없애기 위해

우리는 원한다, 이 고통이 밑받침이 되길

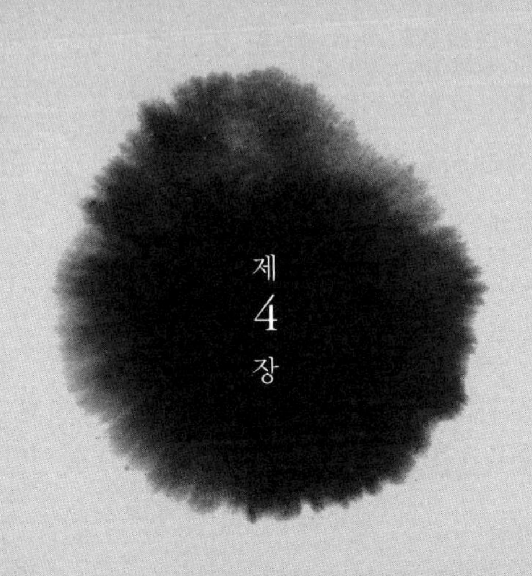
제
4
장

10.

사실 무장투쟁이라고 해서 매일 전투를 벌인 건 아니었다. 두 파벌이 각자 자신의 영역을 점거해 진지를 구축하고 스피커를 설치하고는 곧바로 적진을 향해 공격했다. 그리고 끝까지 혈투할 것 같은 자세를 취하고 있었다. 당시 "xxx 대 유혈사건, xx성을 피로 씻다!"라는 선전물을 자주 받아볼 수 있었다. 어떤 지역에서는 혁명 열사를 위해 기념비를 세우기도 했다. 비장하기 그지없었다. 나중에 안 거지만, 사실 과장된 것이었다. 두 파 간의 선전전일 뿐이었다.

그 시대의 무장투쟁을 회상해 보면, 하나의 공통적인 특징이 있다.

누구도 국가계획 하의 민생 단위를 건드리지 않았다는 점이다. 수도, 전기, 통신, 교통 등은 모두 정상이었다. 상점도 원래대로 영업했고, 광산도 평소처럼 생산했다. 하나의 단위에서 어느 파가 우위를 점해 권력을 잡건 모두 혁명을 하고 생산을 촉진하는 책임을 맡았다. 다시 말해 누가 혁명의 권력을 잡든지, 또 누가 생산 조정권을 갖든지 간에 양 파의 싸움에 생산을 파괴하는 상황이 발생하는 경우는 아주 적었다는 것이다. 나중에 선전된 것과는 달랐다. 가장 혼란스러웠던 그 몇 개월도 강 정치위원이 걱정했던 그런 심각한 일은 발생하지 않았다. 그 이유는 매우 간단하다. 누구든지 생산을 파괴하면 도의적인 합법성과 대중적 지지를 잃어버리기 때문이다. 당시 대중의 여론은 영향력이 대단했다. 그래서 조반파의 우두머리들은 보통 작업복을 입었고, 수시로 생산의 일선에 가서 일을 돕는 모습을 보여줬다.

1968년 여름, 중학생이 주체가 된 홍위병 운동은 사실상 이미 막바지로 접어들었다. 소명과 같은 소수의 우두머리가 사회 두 파벌의 투쟁에 개입했던 경우를 제외하면, 대다수의 학생은 기본적으로 군사훈련에 참여했다. 그들은 T시의 '계급투쟁과 노선투쟁'의 역사에 별다른 흥미를 갖지 못했다. 다시 몇 개월 후, 그들은 지식 청년으로 상산하향에 참여했다. 그리고 전문대를 비롯한 대학생들은 1968년부터 직장에 배속되기 시작했고, 그들의 관심은 개인의 미래와 관련한 방향으로 전환됐다. 그래서 요즘 사람들의 말처럼 문화대혁명의 주역인 홍위병이 충자무忠字舞[62]를 추면서 군복을 입고 혁대로 사람을 때렸다는 식의 '10년 동란설'은 완전히 어불성설인 것이다. 역사를 악마화하면 자신의 청렴결백이 증명될 수 있을까? 역사는 수많은 사람의 족적이다. 이러한 말들은 그저 후세대를 속이고, 자신을 현혹시킬 뿐이다.

문혁의 진정한 주역은 공산당 내부의 지도 간부 대오 속에 있었다.

사회 속의 두 파벌은 근본적 이념에서의 대립이 아니었다. 그들은 자신이 모 주석 혁명 노선을 지키기 위해 싸운다고 선포했고, 모두가 자본주의의 길에 반대했다. 그런데 문제는 자본주의에 대한 그들의 인식이 충분하기는커녕 너무 적었다는 것이다. 심지어 자본주의가 무엇인지, 사회주의가 무엇인지를 전혀 모르는 상태에서 자본주의의 길을 걷는 당권파를 적발하고자 했다.

T시의 역사는 길지 않다. 50년대에 만들어졌고, 지금까지 반세기 조금 넘는 정도다. 당시 이곳은 중국의 첫 번째 5개년 계획 중 소련의 지원을 받

62 문화대혁명 시기 광장이나 시위 대열 속에서 행해졌던 찬양 성격의 집체 무용.

았던 156개 대형 프로젝트 가운데 하나였다. 시라고 부르지만, 사실상 대형 연합 기업이었다. 20여 만의 건설 대군이 갑자기 이곳을 하나의 도시로 만들었다. 그 당시 T시의 경제적 지위는 안강鞍鋼과 비슷했다. 회사의 총경리는 야금부 부副 부장이 겸했다. 이곳이 잘 알려지지 않았던 이유는 당시 유색금속이 전략 물자로 여겨져 반공개 상태였기 때문이다. 그래서 행정 특구로 지정된 시기도 있었다. 정치와 기업이 일체가 된 영도 체제였다. 물론 지금의 연해 지역 경제특구와는 다르다.

시 위원회의 큰 마당은 숲 속에 있었다. 감탕나무와 백양이 줄지어 있어서 이 마당은 자연스레 외부와 분리됐고, 소란 속에서도 고요함을 유지하는 공간이 되었다. 마당에는 한 채씩 분리된 옛날식 단독주택들이 있었고, 주택들마다 주변에 나무가 원을 두르고 있었다. 벤자민과 부겐빌레아였다. 간혹 몇 그루의 태산목도 자랐는데, 봄날 이 일대의 태산목이 꽃을 피울 때는 매우 인기있는 장소가 되었다. 일찍이 50년대 이 큰 마당은 소련 전문가의 초대소였고, 이 시의 가장 훌륭한 건축물이었다. 당시엔 매년 백여 명의 소련 전문가가 오갔다. 소련 전문가가 떠난 후, 시 위원회의 섭외처가 이곳을 호텔로 사용했다. 그 다음에는 영도 기관의 사무실이 되었다. 이곳의 주인이 된다는 것 자체가 하나의 상징이었다.

이와 같은 이유 때문에 시를 건설한 역사가 짧았음에도 불구하고, 피바람의 참담함을 딛고 10여 년을 보낼 수 있었던 것이다. 한차례의 '계급투쟁', 한차례의 '노선투쟁', 한차례의 정치 운동을 할 때마다 한 그룹의 사람들이 거꾸러졌다. 북경에 어떤 '집단'이 있으면 바로 이곳에 그 지부가 있고, 북경에 어떤 분자가 있으면 여기에도 어떤 분자가 있는 식이었다. 심지어 북경에 '삼가촌三家村'이 생기자 이곳에는 '삼가점三家店'이 생겼다. 북경에 '군사 클럽'이 있다면, 이곳에는 '반당 클럽'이 있었다. 형을 받은 사람, 노동 교육을 받은 사람, 암살당한 사람, 핍박 받아 자살한 사람, 심지어 집단 총살당한 사람 등등이 모여 있었다.

T시의 역사를 제대로 이해하면, 거의 모든 투쟁과 상호 교살이 그 결과가 말하는 것처럼 그렇게 엄숙하지 않았다는 점이 명백해질 것이다. 그것들은 계급도, 노선도 아니었다. 정치투쟁이라 부르기에도 부족했다. 모든 투쟁은 그저 한 단어를 위한 것이었다. 권력. 누가 이 땅에서 말할 수 있었을까? 목소리가 크면 말할 수 있고, 진리의 해석권도 가질 수 있었다. 그렇게 되면 누구라도 엄혹한 환경에서 살아남을 수 있었다. 그들은 모두 매번의 정치 운동과 유행하는 구호들을 이용해 상대방을 타도했다. 그리고 원한이 높아지고 점차 누적되어 네가 죽어야 내가 산다는 식이 되었다.

시 위원회의 계급투쟁은 뚜껑을 열어 보면 별로 새로운 게 없었다. 두 파벌은 죽자 살자 싸우는 듯 보였고, 혁명위원회 주비위원회에 대해 '아주 좋다' 또는 '좋긴 개뿔'이라는 구호를 외쳤지만, 사실 투쟁은 역사적인 원한과 갈등을 둘러싸고 전개됐다.

'좋다'파와 '개뿔'파의 배후에는 간부들이 있었고, 우리는 그들을 '긴 수염'이라 불렀다. 그들이야말로 T시의 노선 투쟁을 좌우하는 내재적 역량이었다. 역사상 탄압을 받았던 사람들은 당연히 혁명위원회가 '아주 좋다'고 했고, 과거 탄압을 가했던 자는 당연히 '좋긴 개뿔'이라고 했다. 물론 조반파는 그 배후에 검은 손이 있다고 인정하지 않았고, 정신적으로 독립적이라고 생각했다. 그러나 내부적인 사상 논리는 역사적 중대 사건과 일맥상통하는 것이었다.

예순 살이 된 내가 보기에 이러한 상황을 초래한 원인은 복잡하다면 복잡하고, 간단하다면 간단하다. 근원은 경제활동의 단일성에 있다. 당시 T시에 시 위원회와 시 정부가 있긴 했지만, 정부에 재정적 도움이 된 건 유색금속회사 하나뿐이었다. 그리고 이 기업은 중앙 직속이었다. 기업이 크다 보니 간부의 직급이 매우 높았고, 지방 당 위원회는 안중에 없었다. 그들은 유색금속회사를 대단한 회사로 보지 말고, 자신들을 백화점이나 염업鹽業회사와 같은 등급으로만 대해 주면 만족한다고 했다. 하지만 마음속으로는 유색금속회사가 없으면 이 도시도 없고, 자신들이 시 위원회와 시 정부를 먹여 살린다고 생각했다.

문제는 지방 당 위원회가 존재하는 이상 지방 관료는 실적을 세우려 하고, 지방의 민생 발전을 희망했다는 것이다. 실적이 있으려면 돈이 필요했고, 돈이 있으려면 권력이 필요했다. 당의 간부 통제는 하나의 원칙이었다. 당은 돈이 없었지만, 간부를 통제할 수 있었다. 그렇게 해서 매 기수 시 위원회 서기는 반드시 핵심 역량을 기업의 당 위원회 개조에 투여했고, 자신의 사람을 심어 개인의 요구가 아닌 시 정부의 이익을 실현하고자 했다. 이와 같이 체제가 가져온 자연적인 모순은 역사적인 정치 풍파 가운데 숨겨져 있었고, 차례로 세간에 회자된 비극을 연출했다. 이와 같은 상황에서 문화대혁명에 진입하여 역사적으로 묵은 옛 빚을 청산하고자 하거나 인사人事 맥락과 얽히게 되니 그 결과는 예상 가능한 것이었다.

우리의 좌파 지지 간부는 외부에서 온 사람이라 역사적 갈등이 없었다. 그래서 이 흙탕물에 발을 담글 이유도 없었다. 게다가 역사적 원한과 갈등을 정리하는 게 불가능할 뿐더러 그럴 필요도 전혀 없었다. 물론 이러한 인식은 말로 내뱉기 어려웠다. 그들은 자신의 이익을 위해 전투를 벌이고 있다고는 인정하지 않을 것이었다. 모두가 겉으로는 모 주석을 보위하려 했고, 매우 고결했으며, 순결하기 그지없었다. 주의主義만 있을 뿐 공리功利는 없었다. 복잡성은 바로 이 지점에 있었다.

이제 혁명위원회 건설과 파리코뮌, 그리고 삼결합을 하려고 한다. 삼결합된 혁명위원회는 세 역량이 평균적으로 권력을 나눠 갖는 것을 의미했다. 몫이 커지면 곧 세력이 커진다. 그래서 두 파벌 사이의 투쟁은 까놓고 말해 주비위원회 속의 몫을 둘러싼 다툼이었다.

강 정치위원은 한 일화를 통해 좌파 지지 간부가 어느 한쪽에 치우지지 않으면서도 정책과 전략에 주의하도록 교육했다. 이야기는 이랬다. 몇몇 수재가 개들이 뼈다귀를 두고 다투는 것을 문학적 언어로 표현할 길이 없어 고민하고 있었다. 그들은 사물의 본질을 말할 순 있어도 직접 표현해 내진 못했다. 결국 그들이 생각해 내지 못한 문학적 언어는 한 농촌 여성에 의해 일갈됐다. "노란 장군과 검은 장군(개)이 나라(뼈다귀)를 두고 화가 나서 다투는구나." 어떻게 유출됐는지 모르겠지만, 조반파가 이 일화를 알게 되었다. 그래서 강 정치위원은 두 파 모두에게 비판을 받았다.

강 정치위원은 화가 나서 말했다. "너희 두 파벌은 한도 끝도 없이 싸우는군." 그는 T시에 군사관리제를 실시하고, 자신이 군사관리위원회 주임을 맡는다는 보고서를 썼다. 두 파벌의 우두머리가 모두 학습반에 와서 공부했지만, 여전히 서로를 고발하고 비판했다. 그래서 서로에 대한 감정이 사라지면 혁명위원회 설립을 다시 논의하기로 했다.

강 정치위원이 말했다. "이건 취객의 싸움과 비슷하다. 싸움을 말리는 사람은 누구의 주먹이 옳고, 누구의 발길질이 틀렸는지 구분하기 어렵다. 나는 어느 한쪽에 치우치지 않을 것이다."

한쪽에 치우치지 않는다는 것은 당시 좌파 지지 부대가 두 파벌을 대하는 내부 정책이었다. 나중에 이 경험은 성 좌파 지지 지휘부 수장에 의해 널리 확산됐고, 전국의 성에서도 이 정책이 실시됐다. 이 말은 모 주석의 칭찬을 받았다고도 전해진다. 이 수장은 공산당 제10차 전국대표대회에서 중앙 부주석으로 선출됐다.

강 정치위원은 확실히 수준이 높다.

원래 주제로 돌아가 보자.

11.

당시 가장 이해할 수 없는 사람이 강 정치위원이었다. 나중에 가장 원성을 많이 샀던 사람도 강 정치위원이었다. 그가 아니었다면 우리는 T시에서 절대 4년이나 시간을 끌지 않았을 것이다. 초기엔 좌파 지지 간부가 부대에 돌아오면 매우 환영을 받았다. 일부는 선발되어 중책을 맡기도 했다. 4년은 항일 전쟁 기간의 절반에 해당하니 연대장 정도 할 만했다.

그러나 상황이 달라졌다. 전역을 앞둔 내가 아무 말 없이 잔뜩 굳어 있는 걸 보고는 직공과直工科[63] 과장이 다가왔다. 그는 예전에 내 밑에 있던 영화 방

63 정치 공작을 담당한 기관으로, 직속공작과의 약칭.

영반 대원이었다. "간사님, 정 안 되겠으면 제 뺨이라도 때려서 화 푸세요."

하지만 강 정치위원은 T시를 떠나려고 하지 않았다. 그가 떠나지 않으면, 우리도 떠날 수 없었다.

과거 우리는 삼반三反과 오반五反[64]을 했고, 반우파 운동과 사청 운동도 했다. 그런데 왜 아직도 문제를 해결하지 못하는 걸까? 왜냐하면 아래로부터 우리의 어두운 면을 폭로하는 일종의 형식을 찾아내지 못했기 때문이다. 하지만 이제 우리는 그 형식을 찾아냈다. 바로 문화대혁명이다. 강 정치위원은 "동지들. 모 주석이 왜 이렇게 말하게 됐을까요? 모 주석은 왜 해방군을 지방으로 보냈을까요? 단지 우리더러 조반파를 지지하라는 것뿐이었을까요? 아닙니다. 모 주석의 통찰력과 탁견을 우리는 다 헤아리지 못했습니다. 동지들. 혁명은 아직 성공하지 않았습니다. 동지들은 여전히 노력해야 합니다. 나는 여러분이 부대로 돌아가고 싶어 한다는 걸 압니다. 부대 건설에 관심을 갖는 것은 좋지만, 우리는 정권 건설과 당 건설에 더욱 관심을 가져야 합니다. 가죽이 없어지면 털이 어디에서 자라겠습니까?"라고 말했다.

강 정치위원이 대단한 수완을 가졌다는 사실을 인정할 수밖에 없다. 그를 수렁에 빠트린다 해도 그는 영광스러워 할 것이었다. 당시 그는 아직 곤경에 빠지지 않았다. 그리고 그의 이런 말은 사람들을 매우 부추기는 것이기도 했다. 삼지양군三支兩軍[65]이 막 타오르고 있었고, 군사관리위원회는 대

64 삼반은 부패, 낭비, 관료주의에 대한 반대를 의미하고, 오반은 뇌물, 탈세, 국가 재산 도용, 원자재 사취, 국가 경제 기밀 절취에 대한 반대를 의미한다.

65 문혁 기간에 실행된 정책으로, 삼지는 군대의 좌파 지지, 공업 지원, 농업 지원을 말하고, 양군은 부문과 단위에 대한 군사 관리, 학생에 대한 군사훈련을 말한다.

중의 여망을 한 몸에 받고 있었다. 혁명위원회도 곧 건립될 예정이었다. 당권파의 운명은 강 정치위원의 손에 달려 있었다. 그는 누구와 결합할지, 누구를 배척할지 결정할 수 있었다. 만약 이때 그가 원 부대로 돌아갈 뜻이 있어서 일찍 빠지고자 했다면, 보고서 하나면 충분했다. 그러나 그는 그렇게 하지 않았다.

솔직히 말해 주자파라는 딱지는 쉽게 붙이기 어려웠다.

시 위원회가 폭로 회의를 몇 개월 열었는데, 한 무리의 시 위원회 우두머리가 서로 누명을 씌우며, 치고받고 합종연횡하면서 제 잘났다고 행세했다. 여자 문제 등 사소한 일을 멋대로 들춰내기도 했다. 그럴듯한 반당 반사회주의 자료는 하나도 없었다. 사실 요즘의 간부 중 이런 식의 낡아 빠진 스캔들이 없는 경우도 있을까? 체면을 구기게 하는 건 쉽다. 사생활을 들추지 않아도 이미 냄새가 펄펄 난다. 이 무리들이 자본주의의 길을 걸었다고? 그건 자본주의를 너무 우습게 본 것이다. 자본주의의 길을 걷는 게 그리 쉽지 않다는 점은 조반파도 인정한다.

그러면 무산계급의 계속 혁명 이론은 어떻게 체현하는가? 군대가 철수하면 누가 국면을 지탱할 것인가? 강 정치위원의 걱정은 모 주석이 군대를 파견해 지방에 개입한 것은 권모술수가 아니라 분명 더 깊은 고려가 있었고, 세계혁명에 대한 원로들의 전략 및 사상과 관계되어 있다는 데 있었다. 그렇지 않다면 문화대혁명이 꼭 필요했고 매우 시의적절했다고 어떻게 말할 수 있겠는가? 그가 늘 깊이 생각했던 게 바로 이것이었다. 만약 그가 그저 한 사람의 무인武人이었다면, 다들 하는 평범한 방식으로 혁명위원회를 만들어 냈을 것이다. 하지만 그는 분명 지식인이었다. 그는 현실이 삼지양군의 목표에 훨씬 못 미친다고 생각했다. 그래서 늘 더 적극적으로 사람의 마음을 움직일 모 주석의 호소를 기다리고 있었다. 그는 항상 이렇게 말했다. "오류를 범하는 것은 피할 수 없지만, 방향성에 관한 오류를 범해서는 안 된다." 나는 그처럼 당의 노선을 결연히 관철시키려 하고, 독립적으로 사고하며, 진지하게 책임지려는 간부는 중국 전체에 얼마 안 된다고 확신한다.

기존의 시 위원회 제1서기는 홍군 간부였다. 그는 교육 문화 수준은 낮았지만, 관록이 있었다. 그런데 여자 문제로 성 위원회에서 시 위원회로 강등되었다. 문화대혁명을 만나 여자 문제가 봉변을 당할 만한 일이 된 것이다. 성 위원회 기관에 남아 있었다면 혁명 대중으로 살아남았을 수도 있었겠지만, 그는 문혁 초기 고초를 받아 반은 죽은 상태였다. 폭로전이 시작되고 나서 부대로부터 보호를 받긴 했으나 그 수법은 이제 통하지 않았다. 이런 사람이 수정주의 · 자본주의의 길을 도모했다는 건 정말이지 말도 안 되는 것이다. 그래서 '삼결합'이라는 틈이 열리자 강 정치위원은 즉각 보고서를 써서 그를 다른 지역으로 보냈다. 그리고 그에게 혁명위원회 부주임을 맡도록 했다. 첫날 오후 군중대회에서 강 정치위원은 그가 T시의 자산계급 총대표라며 호되게 비판했다. 그러고는 저녁에 몰래 그에게 식사를 대접했다. 강 정치위원이 보고서 내용을 선포하자, 그는 바닥에 엎드려 일어나지 못했다.

그가 울면서 외쳤다. "'황육기의黃六起義[66]'의 노병은 나밖에 남지 않았는데, 내가 살아봐야 무슨 의미가 있겠소."

강 정치위원이 비통하게 대답했다. "내가 그 점을 알아봤기에 당신을 힘

66 황黃은 황피마성黃陂麻城 일대를, 육六은 안휘安徽의 육안六安 일대를 뜻한다. '황육기의'는 1920년대 이 지역에서 공산당이 지도한 무장봉기를 말한다.

들여 보호한 것이오." 이 말을 하면서 강 정치위원은 눈시울을 붉혔다. "혁명이 당신의 목을 자르게 됐구려. 이런 날이 오지 않을 거라고 누구도 보장할 수 없소."

그토록 주도면밀한 강 정치위원이 왜 갑자기 비통한 목소리를 냈을까? 그는 이미 자신의 앞날을 예상했던 걸까? 연기를 하는 것이었을까, 아니면 정말 감정이 북받친 걸까? 식사가 끝난 후, 그들은 악수하고 포옹했다. 그 세대의 정서를 우리는 정말 이해하기 어렵다.

둘째 날 아침, 강 정치위원이 내게 기차역까지 그를 배웅하도록 했다. 대중 때문에 성가신 일이 생기지 않도록 하기 위해서였다. 물론 강 정치위원 본인은 얼굴을 비추지 않았다. 그는 T시의 대의大義를 유지해야 했던 것이다. 시 위원회 서기가 낡은 장거리 열차에 비집고 올라타 대나무 보온병을 품에 안고 비굴한 미소로 내게 손을 흔드는 걸 보면서 형언할 수 없는 감정을 느꼈다. 몇 년 후 나는 부副 현장이 아버지의 장례식을 치르면서 동원한 대규모의 차량 행렬과 의장대를 보고 갑자기 하나의 영상이 눈앞에 떠올랐다. 대나무 보온병을 품에 안고 있던 노인이었다. 혁명을 추구하다 반혁명에 의해 대나무 보온병처럼 나약하게 개조된 늙은 홍군 전사였다.

혁명위원회를 조직하기 전날 저녁 겉으로는 정국의 기세가 높고 일사불란했지만, 나는 강 정치위원의 걱정과 불만을 알아챌 수 있었다. 이른바 '삼결합' 그룹은 거대한 잡탕이었다. 일할 줄 알고 비교적 정직한 간부는 자주 '해방'[67] 되지 못했고, 결합에 참여한 이들은 교활하고 간사하거나 못나고 쓸

67 1966년 9월 이후 문화대혁명이 '조반 운동'으로 진입하면서 당 '간부'들은 일차적으로 '탈권'의 대상이 되었다. 이들은 '삼결합'에 참여하면서 '해방'되었다고 표현된다.

모없는 사람들이었다. 그중에는 소명이 가장 미워했던 전 시 위원회 부서기 양량재도 있었다. 나는 당시 비서조에 있었는데, 소명이 관심을 갖는 일에 무관심할 수 없었다. 이른바 '여덟 개의 목숨'이라는 것은 반우파 운동과 사청 운동 시기 자살한 지식인이었지, 양량재와는 조금도 관계가 없었다. 그는 그저 중앙 기업과 지방 당 위원회 사이의 갈등을 이용해 득을 본 자였다. 작은 권모술수를 썼던 것 뿐이었다.

부대 간부는 조만간 철수할 예정이었다. 당시 T시에서의 문화대혁명은 헛수고가 아니면 무엇일까? 이 때문에 강 정치위원은 몇몇 좌파 지지 지휘부의 무능함에 불만이 아주 많았다.

그는 늘 묻고 있었다. "도대체 우리는 역사에 무엇을 남겼는가?"

12.

강 정치위원은 왜소했고, 눈썹은 이상하리만치 굵고 길었다. 제대로 씻기지 않은 붓이 이마에 붙어 있는 것 같았다. 그가 군복을 입지 않았다면 분명 민간에서 빈둥거리는 기인으로 보일 것이다. 요즘으로 치면 옷을 빼입고 텔레비전에 나와 사람들을 현혹시키는 인물일 수도 있다. 당시 좌파 지지 지휘부의 수장으로서 그는 이미 여러 상황 자료집과 전단지, 선전물에 대한 흥미를 완전히 잃었다. 그가 보고 싶어 했던 것은 《이백 시선》이었다. 담소를 나눌 때도 만년의 이백이 어떻게 이곳에서 실의에 빠졌는지를 자주 이야기했다. 예를 들어 이백이 오송산五松山에서 하룻밤을 묵으며 굶주리고 있을 때, 채소죽을 가져다 준 노부인에게 거들먹거리며 소란을 피웠다는 것이다. 물론 공식 회의석상에서도 이백의 말을 종종 인용했다.

화롯불은 천지를 비추고
붉은 별빛 자색 안개 속에 어지럽다
달 밝은 밤 낯 붉은 사내
노랫소리 차가운 냇가로 울려 퍼진다

그리고 송대 매요신梅堯臣의 한 수도 있다.

푸른 광석은 아직 출토되지 않았도다
청산을 파헤침이 쉼 없구나
청산을 파헤침이 쉼 없으니
귀신도 이를 걱정하는구나

이 시들이 그렇게 현실과 동떨어진 건 아니다. 모두 T시의 채광 및 제련 작업과 관련되어 있다. 하지만 좌파 지지와는 아무런 상관이 없었다. 그래서 지휘부들은 영문을 몰라 했고, 반발이 많았다. 그들은 이렇게 말했다. "우리 강요姜堯 동지는 계급의 해충을 고서에서 찾고 있군요." 확실히 그는 역사의 긴 강 속으로 잠입했다.

당시 나를 통해 입수한 명청 시대 현지縣誌[68] 두 판본은 40여 권에 달했

68 중국의 행정단위인 현의 역사, 지리, 문화를 체계적으로 정리해 기록한 책자.

다. 나는 그가 거의 매일 밤마다 그 당지唐紙[69]를 물어뜯는다는 걸 알고 있었다. 한번은 그가 한밤중에 흥분한 목소리로 우리를 불렀다. 희끗희끗한 긴 눈썹은 부르르 떨렸고, 얼굴 주름에서는 붉은 빛을 발산했다. 마치 복권에라도 당첨된 것 같았다. “이봐… 이것 좀 봐! 보라고!”

원래 그가 발견한 T현의 영안진永安鎮은 일찍이 명대 조운漕運의 환승역이었다. 당시 해서海瑞가 도자기 운송 비용을 낮추기 위해 경덕진에서 남경으로 통하는 산길을 만들었다. 영안진에서 해海 대인大人은 지방에서 자신을 접대하는 음식의 기준을 채소 4량兩, 기름 2전錢으로 명확히 규정했다. 강 정치위원은 이에 대해 매우 가슴 아파하며 말했다. “과거엔 봉건 관리가 변변치 않은 선행을 해도 역사에 기록될 수 있었는데, 우리 공산당원이 그들만도 못해서야 되겠는가?”

강 정치위원은 좌파 지지가 상황을 그냥 지나치는 걸 용인할 수 없어서 큰일을 계획했다. T시의 역사에 좌파 지지를 영원히 각인시키고자 한 것이다. 강 정치위원은 우리 몇 명을 데리고 T시의 모든 산 정상을 올랐고, 경내의 모든 자연촌을 방문했다. 모공산茅公山이라는 곳에서 그는 한 손을 허리춤에 얹고, 한 손으론 밀짚모자를 흔들며 산과 강 같은 기개로 말했다. “지방관 한 번 하면, 얼마나 큰일을 할 수 있겠나?” 그는 네 손가락을 뻗으며 말했다. “흥리제폐興利除弊[70], 바로 네 글자다!” 당시 그가 무엇을 생각하는지는 알 수 없었다. 하지만 이미 그에게 뜨거운 피가 끓어오르고 있음은 분명했다. 석양은 피와 같고, 봉우리들은 색을 잃는 느낌이었다. 그의 그림자가

---

69 색이 누렇고 찢어지기 쉬우나 먹물이 잘 흡수되어 묵객들이 애용하던 중국의 종이.

70 이로움을 흥하게 하고, 폐단을 없앤다.

갑자기 거대해져 위엄 있게 산봉우리의 절반을 가렸다.

T시는 전체 지형이 표주박과 닮았다. 강물이 불어나는 시기가 되면, 장강長江의 물이 흘러넘쳐 들어왔다. 역대 당권자들은 이 문제를 해결할 수 없었다. 그래서 "물은 산으로 흐르고, 대대로 제후가 나온다"[71]는 민간 속담이 생긴 것이다. 이 또한 옛 선조들의 익숙한 수법으로, 정신승리법[72]일 뿐이다. 강 정치위원의 재간과 박력은 다음과 같이 드러났다. 그는 이 영토에 굵고 붉은 선을 하나 그었다. 한쪽 끝은 산간 지역 저수지의 수문으로 연결됐고, 다른 한쪽은 장강과 그 지류가 만나는 배수 및 관개 설비로 연결됐다. 화살이 관통하듯 표주박 모양의 땅에 출구가 만들어졌고, 흘러넘치는 물을 사람의 힘으로 통제할 수 있게 됐다. 그가 말했다. "이렇게 하기로 결정했어! 해마다 홍수를 대비하지만, 해마다 홍수가 난다. 해마다 재해를 구제하지만, 해마다 재해가 난다. 이러한 국면이 더 이상 계속돼선 안 된다." 그는 동원 대회에서 "이 문제를 해결하지 못하면, 모 주석의 혁명 노선이 자산계급 반동 노선에 승리했다는 것을 증명할 수 없다! 이 문제를 해결하지 못하면, 우리 좌파 지지 간부는 양심에 부끄럽게 된다!"라고 했다.

그렇게 해서 만들어진 것이 세 번의 겨울과 봄을 거치며 의무 노동으로

---

71 무능한 당권자들이 자기 합리화를 위해 홍수가 나는 것을 두고 '물이 산으로 흐른다'며, 특이한 현상이 제후를 배출한다는 억지 논리를 내세웠다.

72 노신魯迅의 소설 《아큐정전》에서 유래한 말이다. 《아큐정전》의 주인공 '아큐'는 동네 깡패들에게 얻어맞고는 "나는 아들한테 맞은 격이다. 아들뻘 되는 녀석과는 싸울 필요가 없으니, 나는 정신적으로 이긴 것이다"라고 자위하면서 자기보다 어린 아이들을 때리고, 힘없는 비구니를 겁탈하려 한다. 노신은 당시 이러한 근성을 아큐의 '정신적 승리법'으로 표현했다.

파내 만든 영안永安 강이다.

그런데 그의 호언장담은 좌파 지지 간부들의 열렬한 반응을 끌어내지 못했다. 한편으론 그의 말에 옳은 면이 있다고 인정하고, 그의 웅대한 뜻에 감탄했다. 하지만 다른 한편으론 군인의 사심과 잡념이 작용했다. 당시 군대 내부에서는 삼결합에 참여한 군대 간부는 모두 현지에서 전업한다는 말이 떠돌았다. 그래서 모두들 자신이 어디에 정착하게 될지 불안해했고, 어서 빨리 좌파 지지가 끝나기를 희망했다. 당시 군사관리위원회에는 연대급 간부가 여러 명, 부사단장급이 세 명 있었다. 게다가 이들은 모두 항일 간부였다. 이치대로라면 강 정치위원이 부대 복귀를 고려하는 게 맞았다. 다른 사람의 사정도 고려해 줬어야 했다. 하지만 오히려 그는 한바탕 큰일을 벌일 결심을 했고, 다른 지도부의 의견은 전혀 염두에 두지 않았다. 이렇게 그는 스스로 앞길을 막아 버린 것이다.

그래서 나중에 그에게 문제가 생겼을 때 누구도 그의 편에 서 주지 않았다. 그가 세 번의 겨울과 봄을 나면서 전 시의 인력과 재력을 조직해 완성한 거대한 공정이 사실상 자신의 정신적 무덤이 된 것이다.

그가 생각했던 건 이뿐이 아니었다. 수리 시설 건설은 그저 농업의 일부로써 소규모로 진행될 뿐이다. T시는 중공업 도시라 공업에서 어떤 대단한 성과를 낼 때까지 그는 조용히 쉴 사람이 아니었다. 이 부분은 나중에 또 얘기할 것이다.

한번은 그를 찾아가 이야기를 나눈 적이 있다. 절대 다수 좌파 지지 간부의 의견을 전하기 위한 것이었다. 물론 내 생각도 포함되어 있었다. 당시 나는 정신을 못 차릴 정도로 소명과 복잡한 상황이었고, 부대로 돌아가야 관계를 만회할 수 있을 거라고 생각했다. 그래서 공적인 일을 빌려 사적인 뜻을 이루려고 했던 것이다.

"강요 동지, 나는 지휘부 제1 당 소조장의 신분으로 당신과 얘기하고 싶습니다."

"지금 뭐 하자는 거요?"

"오해하지 말고 들어 주십시오. 누가 당신을 제 소조로 보낸 겁니까?"

"알았어. 그래, 좋소. 내가 당신 밑의 평당원이라는 걸 인정하면 되는 거요?"

"당신은 우선 태도를 조심해야 합니다. 모두가 당신에게 이견을 갖고 있습니다. 당신의 권력욕이 너무 강하다고 생각한단 말이죠. 이건 본질적인 사상 의식의 문제입니다. 개인의 욕망을 시 전체의 인민에게 강요하는 건 너무 위험한 일입니다."

그는 돋보기를 탁자 위에 내팽개치고, 관자놀이를 한참 주무르더니 내게 말했다. "조 간사 당신의 잔꾀를 내가 모를 거라고 생각하시오? 뭘 알고나 말하는 겁니까? 이게 정치입니다! 나랑 놀고 싶다면 놀아 주지요. 못 믿겠으면 간부 전체를 모아 투표를 해봐요. 만약 다수가 군대 철수에 동의하면, 내가 두말없이 그만두겠소!"

"정말입니까?"

"그럼 물론이지! 회의가 열릴 때 언제든지 한번 해봐요. 민주적으로 무기명 투표를 하고, 그 결과에 모두 승복한다면서?"[73] 그가 미소를 지으며 말했

---

73 조반 운동에 도입된 파리코뮌 원칙의 하나였던 직접선거를 뜻한다.

다. "경험을 통해 교훈을 배우지 못하면, 물이 얼마나 깊은지 알지 못하지."

"뭘 거시겠습니까?"

"대중화大中華 한 보루."

이 일 이후 내 기가 죽은 건 결국 그가 이겼기 때문이다. 투표 전에 내가 여러 번 '이건 무기명 투표이고, 단지 생생한 의견을 알아보려는 것뿐이며, 지도부 정책 결정에 참고만 할 것이다'라고 천명하는 꼼수까지 부렸는데도 말이다. 강 정치위원의 '철수'를 선택한 사람은 없었고, 백 퍼센트가 무산계급 문화대혁명을 끝까지 진행하자고 했다.

물론 이것이 모두의 진심이라고 여길 순 없었다. 하지만 이것이 진짜 현실이라는 건 인정해야 했다. 사람들은 왜 평소 하던 말을 행동으로 옮기면 달라질까? 사람들은 왜 자신을 숨기려 할까? 왜 다른 이가 나서기만을 바라고, 자신은 앉아서 득을 보려 할까? 그래도 명색이 해방군 아닌가? 공산당원 아닌가? 이건 도대체 무슨 빌어먹을 상황인가? 순식간에 나는 인생을 비관하고 실망해 뼛속까지 시린 느낌이었다. 나중에 여러 번의 무기명투표와 여론조사를 통해 이 놀이의 진정한 규칙과 오묘한 방법을 알 수 있었다.

강 정치위원이 나를 위로하며 말했다. "난 쩨쩨하게 당신과 다투려는 게 아니요. 당신은 내 큰아들 또래라서 기본적으로 세상 물정을 잘 몰라요. 내 품에 안긴 아이가 내 얼굴을 때린다고 해서 내가 대수롭게 생각하겠습니까?"

그는 득의양양하게 대중화 포장을 뜯더니 한 개비를 건넸다.

내가 말했다. "이건 가짜예요!"

"이건 정치요."

그는 음흉한 눈으로 나를 쳐다봤고, 이마의 뷳 두 개를 조롱하듯 치켜세웠다. 그래서 이 정치라는 것은 내 마음속에서 풀리지 않는 매듭이 되었다. 마음이 무겁고 종잡을 수 없었다.

이 외에도 매우 정치화된 사실은 그가 아주 일찍부터 두 파벌을 거들떠보지 않았다는 것이다. '좋다'파든, '개뿔'파든 그가 보기엔 오합지졸이었다. 그는 겉으론 혁명 대중을 지지한다는 류의 말을 하지만, 속으론 이들을 완전히 무시했다. T시에서 두 파벌이 소란을 피우면, 그는 파벌의 우두머리를 가두고 학습반을 열었다. 잘 먹고 잘 마시면서 서로를 적발하고, 힘들어 지칠 정도가 되면 작업장에 보내 노동을 시키는 등 당권파와 같은 대우를 해줬다. 이 혁명 대중이 조만간 못 쓰게 돼 버릴 것을 미리 예견했고, 그들의 결말을 잘 알고 있었다는 듯이 말이다. 두 파벌의 싸움에 대해 그는 아무런 입장을 표명하지 않았고, 모두 지지하는 듯하면서 아무도 지지하지 않았다. 이러한 수법은 좌파 지지 지휘부 내부에서 통일되기 매우 어려웠다. 왜냐하면 모 주석이 말한 것은 좌파 지지였지, 절충주의가 아니기 때문이다. 일반적으로는 두 파벌의 시비를 가림으로써 누구를 지지할지 결정했다. 그것이 비로소 실사구시적인 것이기도 했다. 그도 이 문제를 연구했지만, 명확한 입장을 절대로 표명하지 않았다. 혁명위원회가 누구와 결합할지에 대해서도 그는 늘 모호한 입장을 취했다. 그가 보기엔 모두 똑같았다. 이 때문에 지휘부의 양梁 참모장은 그를 두 얼굴을 가진 사람이라고 비난했다. 그때 나는 소명의 영향을 받아 당연히 이에 대해서도 이견을 가지고 있었다. 하지만 1968년 말, 성 좌파 지지 지휘부는 그의 방식을 높게 평가해 성 전체에 보급했다. 강요 동지는 〈내부 통지문〉 상의 스타가 되었다.

하지만 강요 동지는 왜 그렇게 문화대혁명에 미련을 가졌을까? 이는 정말 역사의 수수께끼다.

1969년 당의 제9차 전국대표대회에서 강요는 대표로 선출됐다. 이 양반은 천재이거나 아니면 완전히 바보다.

13.

어느 날 큰길에서 소명을 붙잡았다. 도주범을 잡듯 말이다. 그녀는 몇 번이나 빠져나가려고 했지만, 그럴 수 없다는 걸 알고는 가만히 있었다.

나는 매우 주눅 들었다. 눈꺼풀이 떨리고, 코는 찡했으며, 목소리마저 바뀌었다. "이번에는 도망 못 가요." 나는 애써 웃음을 지으며 건들거리듯 행동했다.

"뭐하는 짓이에요?" 그녀가 발을 동동 굴렀다. 정말 싫은 얼굴이었다.

"나랑 같이 가요. 몇 가지 풀어야 할 문제가 있어요." 그녀의 동학 앞에서 나는 이렇게 말할 수밖에 없었다.

"가자면 가죠, 뭐." 그녀도 아무것도 아니라는 표정을 지었다.

어디로 가야 할까? 한참을 돌아다녔지만 마땅히 조용하고 외진 곳을 찾을 수가 없었다. 당시 나는 아늑하고 낭만적인 장소를 몰랐다. 구석진 모퉁이조차 찾지 못했다. 그래서 그녀를 무장부로 데리고 들어갈 수밖에 없었다. 당시는 군사관리위원회가 이미 시 위원회 뜰에서 철수한 터라 낮에는 무장부에 사람이 없었다. 나는 내심 미소를 지었다. 등잔 밑이 어둡다고 하지 않던가. 하지만 그녀의 표정은 마치 심문 받으러 끌려온 것처럼 보였다.

당시는 악질분자를 잡아들이던 때였다. "봐, 또 하나 잡아 들였어. 이번에는 계집애야. 제 발로 걸어 들어왔단 말이지."

참 행운이었다. 아무도 마주치지 않고 기숙사로 들어갔다. 그녀는 문에 기댄 채 가까이 오지 않았다. 그녀의 얼굴이 점점 창백해졌다. 가쁜 호흡에 그녀의 가슴이 오르락내리락했고, 계속 눈을 깜박였다. 그녀의 눈에는 어떤 빛이 있었는데, 검붉고 광속이 매우 짧아 상대방의 눈꺼풀까지 마구 떨리게 하는 그런 것이었다. 나는 자신을 통제할 수 없었다. 한 걸음씩 다가갔다. 나는 이 느낌을 그녀에게 말했다. "당신의 눈빛이 사람들과 어떻게 다른 줄 알아요? 당신이 사람을 얼마나 힘들게 하는지요? 그동안 내가 얼마나 힘들었는지 당신은 몰라요. 분명히 모를 거예요. 반년이나 됐는데, 당신은 한 번도 나한테 기회를 주지 않았어요. 왜 말을 못하게 하는 거죠? 난 계속 찾아다니고, 당신은 계속 숨어 버리고…. 편지를 그렇게나 많이 썼는데, 당신은 한 번도 답장을 주지 않았어요. 내가 얼마나 보고 싶었는지 알아요? 당신은 정말 모를 거예요! 왜 그랬어요? 말해 봐요."

"이유는 없어요. 아무튼 안 돼요."

"지금은 안 되더라도 나중에는 돼요. 우리는 아직 미래가 있잖아요."

"미래에도 안 돼요. 아무튼… 안 돼요."

나는 참을 수 없어 그녀의 몸을 덮쳤다.

그녀는 처음엔 발버둥 쳤지만, 얼마 안 돼 서서히 힘을 뺐다. 우리는 서로를 빨아들였다. 서로를 남김없이 빨아들여 없애려 했다. 하늘이 어두워지고, 땅이 꺼졌다. 세상 전체가 블랙홀이 되어 버렸다. 블랙홀은 스펀지와 같은 유두로 가득해졌고, 유두 사이에는 우리가 분쇄한 혼백들이 들어찼다. 조금씩 얼굴이 뜨거워졌고, 끈적이는 게 흘러내리는 걸 느꼈다. 그녀는 결국 눈물을 흘렸다.

"당신은 나와 가장 친한 사람이에요." 당시 나는 아직 '사랑'이라는 말을 하는 게 부끄러웠다. 나는 그녀의 귀에 속삭였다. 갈색의 가느다란 그녀의 귀밑머리가 떨리고, 눈가에 맑은 눈물이 흘렀다. 나는 자신의 애무에 도취되고 있었다.

그녀가 내게서 벗어났다. "친한지 안 친한지는 노선으로 나누는 거예요."

"감히 해방군과 친하지 않다고 말하는 거예요?"

그녀는 고개를 저으며 더 말하지 않았다. 그녀는 내 무릎에 앉아 내 가슴에 달린 단추를 만지작대고 있었다. 그녀의 눈이 다시 붉어졌다. 그녀가 말했다. "나는 정말… 강하지 못해요! 정말 쓸모없어요!"

"뭐라고요? 그게 무슨…."

그녀는 다시 말문을 닫았다. 우리는 다시 입을 맞췄다. 정신이 혼미해지고, 까무러쳤다가 깨어났다.

저녁 즈음 그녀가 가려고 했지만, 나는 좀 더 있어 달라고 애원했다. 우리는 다시 입을 맞췄다. 채워지지 않았다. 잠시 후 그녀는 배가 아프다며 바닥에 주저앉았고, 얼굴빛이 창백해졌다. 이마에선 굵은 땀방울이 흘러내렸다. 그녀는 화장실에 간다며 종이가 있는지 물었다. 나는 비서직을 맡은 사람에게는 널린 게 종이라고 했다. 그녀는 멍한 채 "그게 아닌데…"라고 했다. 얼굴의 보조개가 홍조를 띠었다. 그녀는 옆 참모장의 부인이 집에 있는지 묻고는 "맞은 편 아궁이에서 기다려요. 그리로 갈게요"라고 말했다.

나는 길가로 가서 그녀를 기다렸다. 가만히 생각해 보니 무슨 말인지 알 것 같았다. 우습다는 생각이 들면서 마음이 놓였다. 이제 우리 관계에 참된 돌파구가 생겼다. 그리고 이는 우리 사이의 유일한 절정이었다.

매화가 노란 빛을 띠고, 준치가 살찌고, 강남에 가랑비가 내렸다. 공기 속에 향기로운 우유 냄새가 가득했다. 봄은 가고, 강물은 이미 푸르렀다. 더할 나위 없었다.

나는 큰 연잎에 춘권春捲, 취두부臭豆腐, 오리발 등의 간식을 쌌다. 우리는 강둑을 산책했고, 강물의 환호성을 들었다. 실컷 먹으며 은밀하게 웃기도 했다. 웃음소리와 강물 소리가 어울려 우리를 에워쌌다. 온몸이 나른해졌다.

그녀가 말했다. “엽 참모 부인은 정말 재미있어요.”

“왜요?”

그녀는 더 말하지 않고, 윙크를 하더니 까르르 웃었다.

“내가 모를 거라고 생각해요? 그녀가 괜찮긴 해도 아름답다고 할 순 없죠.”

“누가 그녀가 아름다운지를 얘기했나요? 남자들은 그것밖에 몰라.”

“그럼 뭐죠?”

그녀는 뒤로 와서 내 허리를 안았다. 그러고는 얼굴을 등에 댄 채 소근소근 말했다. “방금… 그녀가 내게 한참 잔소리를 했어요. 자기는 처음에 뒤처리를 잘 못해서 몸이 깨끗하지 않았대요. 그렇게 계속돼서 그런지 엽 참모가 잘해 주지 않길래 잘 씻었더니 다시 잘해 주더래요.”

나는 이해가 가는 것 같다가도 잘 모르겠지만, 아주 잘 이해한다는 척 말했다. "엽 참모장 그 사람은 여자가 깨끗하지 않으면 안 좋아하는군요."

"그만둬요. 당신이랑은 말이 안 통해요." 그녀는 나를 세게 밀어제쳤다. 연잎이 진흙 위로 떨어졌고, 좌절한 내 모습을 보며 그녀는 또 박장대소했다.

"이렇게 좋은 음식을 물고기 밥으로 주는 건 낭비예요. 벌 받을 거예요."

"벌 받죠, 뭐." 그녀는 얼굴을 치켜세웠다.

다시 한 번의 질식할 것 같은 행복이었다.

"옷도 다 젖었는데 돌아가요. 네?" 그녀가 간청했다.

집을 나올 때 나는 우산을 챙겼다가 나중엔 버렸다. 내 작전에 지장을 주기 때문이었다. 한 손으론 우산을 들고, 한 손은 팔짱을 끼고 입을 맞추면 어떨까? 너무 식상한가? 하지만 그 계획은 완벽하지 못했음이 판명났다. 전체를 보는 전략적 안목이 부족했던 것이다. 그녀는 나의 낭패감을 알아챘는지 내게 꼭 기대어 집에 가자는 말을 다시는 꺼내지 않았다. 정말 귀여웠다. 우리는 옷을 뒤집어쓴 채 계속 걸었고, 끊임없이 이야기를 나눴다. 마지막엔 시 1중학의 대운동장에 다다랐다.

나는 내 계획과 구상을 그녀에게 말했다. 이런 지하활동이 곧 끝나게 될 거라고 확언했다. 너무 걱정할 필요도, 남의 눈을 신경 쓸 필요도 없다. 문화대혁명은 곧 끝날 것이고, 좌파 지지 부대도 곧 철수할 것이다. 그리고 학생들은 상산하향하게 될 것이다. 하늘은 높아 새들이 맘껏 날고, 바다는 광활해 고기가 뛰어놀게 될 것이다. 우리는 온 세상에 우리 관계를 선포할 것이고, 다들 깜짝 놀랄 것이다. "걔들 그동안 계속 만났던 거야? 혁명과 생산 모두를 그르치지 않았구먼? 허허. 찬란한 문화대혁명의 꽃이 행복한 무산계급 사랑의 과실을 맺었구나." 그런데 그녀는? 하향은 안 해도 그만이다. 잠시 대학 입학의 기회는 없겠지만, 곧 좋은 소식이 있을 것이다. 빵이 있을 것이고, 우유도 있을 것이다. 어쨌든 마음대로 고르면 된다. 내가 있으니까. 바로 그런 것이다.

그녀는 가만히 듣기만 하고, 내 말에 끼어들지 않았다. 그녀의 얼굴은 내 가슴에 포개져 있었고, 입가에는 미소가 걸려 있었다. 눈은 반쯤 감겨 있었는데, 도취된 듯한 그 모습이 정말 감동적이었다.

하지만 나는 그녀에게 주의를 줬다. 당장 우리는 조금 절제해야 했다. 조금만 조심하면 된다. 길어 봐야 몇 개월만 참으면 된다. 그 이후에는 모든 게 변할 것이었다. 우리의 미래와 근본적인 이익을 위해 약간의 눈앞의 이익을 희생하지 못할 것도 없지 않은가? 어쨌든 나는 뒤죽박죽이지만 가능한 스토리를 다 생각해 냈다. 그때 나는 그녀를 아무것도 모르고 애교를 부리는 여자아이로만 생각했지, 군사관리위원회와 일을 낼 조반파의 핵심 인물이라는 것은 완전히 잊고 있었다.

당시 소명은 T시에서 대단했다. 그녀는 풍운아라 할 만했다. T시에는 전문대학 이상의 고등교육기관이 없었다. 그래서 중학생들이 그럴 듯하게 세력을 형성했다. 조반 조직이 크게 분화하고 개편됨에 따라 소명은 점차 수면 위로 올랐다.

그녀는 직책은 없지만, 주요 인물이었다. 그녀는 직책을 원하지 않았고, 글을 쓰기만 했다. '좋다'파에서 가장 출중한 글쟁이였는데, 당시 대형 확성기를 통해 방송됐던 글은 대부분 그녀가 쓴 것이었다. 그녀는 우두머리가 아니라 두 파 우두머리의 학습반에 참여하지도 못했다. 그래서 악질분자 우두머리를 잡아들일 때도 무장투쟁에 전혀 참여하지 않은 그녀를 잡아들일 수 없었다. 그녀는 '구 조반'파였으므로 '아주 좋다'파의 입장에서 주비위원회를 옹호해야 마땅했다. 하지만 그녀는 자주 '개뿔'파의 입장을 발표했다. 일반적으로 파벌 의식의 가장 큰 특징은 이중적 기준이었다. 그래서 사람이나 사건에 대해 객관적인 평가를 할 수가 없었다. 좋은 일은 다 잘난 사람들이 한 것이고, 나쁜 일은 모두 못난 사람들 책임이라는 식으로 자신에게 유리한 말만 했다. 하지만 그녀는 그러지 않고, '좋다'파와 '개뿔'파 모두를 비판했다. 그녀는 문화대혁명을 추상적으로 옹호하고, 주비위원회는 구체적으로 비판하는 것 같았다. 나는 이러한 논리를 이해하기가 참 어려웠다.

요즘 표현으로 하면, 그녀는 원리주의적 '좋다'파에 속해서 현실주의적 '개뿔'파를 비판한 것이고, 절대적으로 순수한 진리를 추구한 것이었다. 그녀는 강 정치위원이 때에 따라 조반파에 행했던 담화를 재구성해 앞뒤가 안 맞는 발언을 지적하는 소책자를 사방에 뿌렸다. 이 때문에 강 정치위원의 안색이 매우 안 좋아지기도 했다. 그녀가 만든 지역 역사 《대사기大事記》는 두 파벌 우두머리들의 학습반에서 자주 인용되는 자료가 되었다. 그래서 그녀의 이름은 군사관리위원회 안에서도 자주 회자됐다. 그저 그녀가 곧 상산하향할 예정인 학생이라 그녀에 대한 심사를 대충 했을 뿐이었다. 강 정치위원의 표현대로라면, 애송이가 기어올라 뺨 한 대 때린다고 대수롭게 여길 수 있겠느냐는 것이었다.

밤이 깊었고, 사위는 조용했다. 가랑비가 흩날렸다. 학교 운동장에 사람 키 절반에 달하는 잡초가 빗속에서 흔들렸다. 학교 기숙사는 처량했다. 무장투쟁의 흔적과 새로 칠한 표어가 함께 눈에 들어왔다. 이 학교에서 멀쩡

한 유리창은 이미 보이지 않았다. '전장의 국화는 유독 향기롭구나.' 이는 그녀가 냈던 간행물의 이름이었다.

"빌어먹을!" 그녀가 갑자기 크게 소리쳤다. 나는 깜짝 놀랐다. 이 큰 목청은 그녀만의 특기였다. 욕하는 소리가 부서져 텅 빈 교실 사이에서 핏자국처럼 퍼져 나가 운동장을 관통해 앞 산자락에서 슬프고 공포스러운 메아리로 돌아왔다. "빌어먹을. 빌어먹을. 빌어먹을…."

"빌어먹을. 빌어먹을!"

"빌어먹을. 빌어먹을. 빌어먹을…."

그녀는 허리에 손을 얹고 눈을 무섭게 떴다. 다 젖은 머리카락은 얼굴 위에 흐트러져 있었다. 이 모습은 목소리의 울림과 어울려 절대적인 위엄이 되었다.

그녀가 말했다. "당신도 소리쳐 봐요."

"빌어…." 소리쳐 봤지만, 기세가 약했다. 이 놀이가 나는 좀 불편했다. 지나치게 늠름하고 씩씩해서 내 신분에 맞지 않는 것 같았다.

그녀가 박장대소하며 말했다. "무장투쟁 할 때 할 일이 없으면 우리 여학생 몇 명은 늘 이렇게 소리를 질러요. 누구 목소리가 더 큰지 시합하는 거죠. 가끔 다 같이 소리를 지르면 남학생들도 간담이 서늘해진대요."

"재밌네요."

막 조반이 시작될 무렵 모두들 춤과 노래를 배웠던 것으로 기억한다. 가사 중에 여학생들이 '반혁명은 썩 꺼져라'라고 부르는 부분이 있었는데, 너무 거칠고 저속해서 지나치다고 느꼈었다. 그런데 지금 생각해 보니 이렇게 욕을 해야 맛이 나는 거였다. 안 그러면 답답한 느낌이 든다. "빌어먹을! 빌어먹을!"

"빌어먹을. 빌어먹을. 빌어먹을…."

"왜 그런 놀이를 해요? 당신은 글도 아주 잘 쓰면서. 너도나도 당신을 칭찬하거든요. 게다가 문언문文言文[74]도 쓸 줄 아니 얼마나 대단해요. 물론 이건 나만 알지만. 그러니까 내 말은 '빌어먹을'이라고 욕하는 건 누구나 할 수 있지만, 글이라는 건 아무나 쓸 수 있는 게 아니라는 거예요."

"흥"이라고 그녀가 내뱉었다. "나는 사詞와 부賦도 지을 줄 알아요. 모방은 누가 못해요? 삼백 수를 익숙해질 정도로 열심히 읽으면, 쓰지는 못해도 대강 꾸며낼 수는 있어요. 그런데 이게 무슨 소용이죠? 아무렇게나 쓰는 건 소용없어요!"

"꼭 그런 건 아니죠. 문화대혁명은 곧 끝날 거고, 질서도 곧 생길 거예요. 앞으로 대학도 다시 열릴 거구요."

"열리긴 개뿔! 보세요, 지금. 망가진 사람들은 못 쓰게 됐고, 배반할 놈들은 배반해 버렸어요. 도피를 목적으로 하향할 친구들은 이미 결혼 예복을 준비하고 있죠. 사람들이 그렇게 떠나 버리니 건물은 텅텅 빌 거란 말예요." 그녀는 날카로운 웃음소리를 내더니 코를 훌쩍였다.

'망했어. 이런 얘길 왜 했지?' 나는 다른 화제를 찾으려 했지만, 이미 늦어 버렸다.

당시 나는 그녀의 현실적 처지를 잘 알지 못했다. 그래서 그녀의 진심도 이해할 수 없었다. 혁명은 이미 목표를 잃어버렸고, 혁명의 형식만 남아 있

74 구어체 중국어를 글로 표기한 백화문白話文과 달리 고전의 문구에 근거해 문어체로 쓴 전통적인 글을 말한다.

었다. 이 형식의 공전空轉을 유지하기 위해 그녀들은 맹목과 근심에 빠져 있었다. 그때 나는 자주 만나지 못하는 그녀를 좀 즐겁게 해 줘야겠다는 생각뿐이었다.

하지만 그녀는 즐겁지 않았다. 마치 내게 잠시 속았다는 듯 반발했다. 그녀의 분노는 수만 리에 다다랐다.

"당신들이 좋은 일을 많이 해서 그래요!"

"나? 우리? 무슨 농담을 하는 거죠?"

"당신, 당신들!" 그녀가 소리쳤다. "당신들이 주자파를 다시 불러들였잖아요? 당신들이 조반파를 진압했잖아요? 결국 당신들은 본색을 드러냈어요."

"T시에서 계속 군사 관리만을 할 수는 없어요. 게다가 위에서 삼결합을 하라는 정책도 내려왔잖아요."

"그럼, 파리코뮌 원칙은요? 혁명 대중의 의지는요? 모 주석의 지도는요?"

나는 그녀를 껴안고 싶었다. 하지만 그 어깨는 이미 강철처럼 차가웠다. 난 그저 한숨을 쉴 뿐이었다. 모 주석도 말했다. 지금은 당신네 소장들이 오류를 범할 때라고.

그녀 눈 속의 차가운 빛은 어둠 속에서 끊임없이 요동쳤다. 그제야 겨우 알 것 같았다. 그녀는 여전히 시 위원회의 부서기 양량재를 용서할 수 없었던 것이다. 사실 이 사람의 교활함과 비겁함은 모두 인정하는 바였다. 매번 비판 투쟁 대회에서 그는 자기 얼굴에 오물을 뒤집어쓰는 것도 참아 냈다. 가래침을 뱉으면 혀를 내밀어 닦아 낼 정도로 철면피인 사람이었다. 하지만 그 교활함 때문에 여기저기서 도움을 얻을 기회가 있었고, 결국 삼결합에도 참여할 수 있게 된 것이다.

소명도 이런 상황을 아주 잘 알고 있었다. 하지만 어쩔 수 없었다. 그녀는 찬 공기를 마시고, 뜨거운 불을 내뿜듯 말했다. "여덟 개의 목숨으로 바닥을 깔아 놓지 않았으면, 그런 사람들이 올라올 수 있었겠어요? 그가 돌아왔다는 건 바로 복벽復辟[75]이에요! 여덟 개의 목숨이에요. 피가 잔뜩 묻은 두 손이에요. 당신들이 그를 혁명 간부로 만들었다고요."

내 손안의 작은 손이 차가운 쇠주먹으로 변해 있었다. 그녀는 목숨 걸고 되돌리려 했고, 나는 한사코 그녀를 붙잡으려 했다. 우리는 그렇게 서로를 잡아당기고 있었다. 그녀를 말리고, 애원하고, 겁도 줬다. 우리는 그저 소인물일 뿐이니 고집부려 봐야 아무 소용없다고, 위험만 더해질 뿐이라고.

"그들과 우린 아무런 상관이 없어요. 우리가 그 사람들을 위해 살 순 없어요. 그가 있고 없고는 우리의 행복에 영향을 줄 수 없어요. 우린 우리만 생각해요."

"딱해요. 정말 딱하네요!" 그녀가 냉소했다. "당신은 원래 그렇게 이기적이었군요. 정말 몰랐네요. 당신은 군복 입은 소시민일 뿐이에요!"

그녀가 선언하듯 말했다. "혁명은 죽지 않아요. 혁명은 죽음을 두려워하지 않아요. 정의는 반드시 사악함에 승리할 거예요. 이게 혁명의 논리죠. 하지만 돌로 자기 다리를 찍는 게 바로 당신들 논리예요. 당신들은 곧 끝날 거예요!"

---

75 원래는 폐위된 왕이 복귀한다는 뜻이었으나 물러난 권력자가 복귀한다는 표현으로 쓰임이 확장됐다.

제 5 장

14.

x월 x일

영혼과 육체의 전쟁. 모든 것이 갑자기 내게 닥쳤다. 어디서부터 잘못된 걸까?

그가 날 좋아하는 건 잘못이 아니야. 내가 그를 좋아하는 것도 무슨 잘못이겠어?

자연을 따르자니 동지를 배반하는 것이고, 정의에 어긋나게 돼. 진리를 따르면 내 진실한 감정을 저버리게 돼. 나는 진짜 내 모습을 봤어.

난 정말 그를 좋아해. 그가 군인이어서도 아니고, 강력한 군사관리위원회가 뒤에 있어서도 아니야. 바로 그… 숨결. 밝고, 민첩하고, 눈이 부셔서 난 그를 똑바로 볼 수가 없어. 특히 그 눈을. 그에게 내 몸을 맡기면 닿기만 해도 마비되고 녹아 버려서 저항할 힘이 없어져. 그는 거울이야. 내 연약함을 비추는 거울. 그는 한 줄기 강한 빛이고, 하나의 비밀이야. 나는 거기에 매료돼서 그를 따라 움직이게 돼. 소자산계급 사상이 말썽부리는 거라는 것도 잘 알아. 하지만 난 원래 소자산계급인 걸. 하루아침에 무산계급으로 개조될 순 없어. 무슨 방법이 없을까?

그는 그저 한 인간이야. 군사관리위원회를 대표하지도, 더욱이 가식적인 강 정치위원을 대표하지도 않아. 게다가 우리가 반대하는 건 새로운 자산계급 반동 노선이지, 어떤 개인은 아니잖아. 강요薑堯 그 사람은 더욱 아니고.

사실은 그에게 다 말하고 싶었다. 우리의 선전 차량이 습격당하는 바람에 내 개인 자료를 빼앗겼고, 상대편이 그걸 이용하면 아마 당신도 곤란해질 거라고. 그런데 학교로 돌아오자 이유 없이 기분이 안 좋아졌다. 그래서 그렇게 화를 냈고, 매정하게 굴었던 것이다.

나는 일부러 거칠고 저속하게 행동했다. 나는 우리가 자주 "빌어먹을! 빌어먹을!"이라 외친다고 그에게 말했다. 사실 우리가 그렇게 외친 건 딱 한 번 뿐이었다. 게다가 그 한 번의 기억도 좋지는 않았다. 나는 그 가사를 좋아하지 않는다. "반혁명은 썩 꺼져라"라는 말은 논리에 맞지 않다. 그런데 그땐 왜 그렇게 말했을까? 아마 진실 속의 자신과 맞붙고 싶었던 것 같다. 나는 뭘 증명하려 했을까? 내가 평소에 부드러운 마음씨가 없었던가? 그리움이 없었나? 의탁할 곳 없는 고통이 없었던가? 그래도 나는 꼭 그렇게 말하고 싶었고, 일부러 그에게 그렇게 말했다.

지금은 알 것 같다. 그것이 영혼과 육체의 투쟁이었다는 걸. 한쪽은 내가 얼마나 지금의 모습을 좋아하는지 말해 준다. 홀가분하고, 낭만적이고, 따뜻하고, 은밀한 이야기를 나누고, 걱정과 근심 없이 계속 이렇게 지내면 좋겠다고. 다른 한쪽은 내가 지금 자신의 맹세를 잊었다고 한다. 스스로 입장을 배반하고, 타락했다고.

물론 그는 이 모든 걸 이해하지 못한다. 하지만 언젠가 모두 이해할 수 있기를 바란다.

지금은 해명할 때가 아니다. 앞으로도 해명할 필요는 없다. 난 그를 배신하지 않을 거니까.

어쩌면 이 모든 게 그렇게 심각하지 않은 건 아닐까? 나 혼자 과장하는 게 아닐까? 차라리 이것도 소자산계급 사상의 자기 폭로일 뿐이고, 이 착각에서 깨어날 수 있으면 좋겠다. 난 나르시시즘에 빠진 여자가 되고 싶진 않다. 나이가 들어도 원망만 하는 여자가 되진 않을 것이다.

x월 x일

그들은 내가 잃어버린 '개인 자료'가 그가 보낸 연애편지라는 걸 알고는 특별히 회의까지 열었다. 그들이 뭘 알고 싶어 하는지 모르겠다. 사실 내가 말하지 않으면 누구도 모른다. 하지만 나는 솔직하게 말했다. 아무것도 숨기고 싶지 않았다.

그들은 나를 경계하고 의심하기 시작했다. 심지어 언제든지 나를 버릴 수 있었다. 이는 물론 내가 용납할 수 없는 것이었다. 나는 끝까지 혁명을 할 것이다. 절대로 사적인 감정 때문에 문제를 만들고 싶지 않았다.

사실 진작 나를 의심하는 사람이 있었다. 내 글이 미적지근하고 말랑말랑해져서 영 흥이 나지 않는다는 사람도 있다. 하지만 나는 늘 사실 그 자체를 논리적으로 말하는 게 겁주고 욕하는 것보다 낫다고 생각한다. 적에게 모욕을 준다고 뭘 증명할 수 있어? 과격하게 말한다고 흥이 날 수 있나? 그건 그냥 나를 못 믿는 거다. 지금 그들은 날 배신자로 몰아붙일 수도 있다. 상관없다.

x월 x일

오늘 노동조합 총연맹 건물 앞에서 무장투쟁이 벌어져 두 명이 중상을 입고 입원했다. 이해할 수 없는 건 양쪽 모두 공총사工總司의 핵심 조직이었다는 것이다. 충돌 원인은 공총사의 사무실을 빼앗기 위한 것이었다. 황당함이 이 지경에 이르니 다들 말문이 막혔다.

애초에 무장투쟁은 왜 일어났고, 두 파벌은 어떻게 형성됐지? 어쩌다 이 지경이 됐을까? '자기 사람을 아프게 하고 적을 즐겁게 한다'[76]는 게 바로 이 상황을 말하는 게 아닌가. 하지만 실상은 네가 죽어야 내가 산다며, 화약 연기를 뿜어 대는 일촉즉발의 상황이다. 사실 모든 무장투쟁은 작은 일로부터 시작된다. 다른 편 대자보를 자기네 대자보로 덮었다든가, 상대방 영역을 침범해 표어를 칠했다든가, 또는 상대방 집 앞에서 시위와 행진을 했다든가 등등. 왜 이런 것들을 서로 조율하지 않고, 절대적으로 옳고 그른 문제로 만들었을까? 노선 투쟁과 관련이 있나? 무투武鬥를 하지 말고, 문투文鬥를 하라고 했는데. 모 주석의 말이 쓸모없어진 건가?

양대 파벌의 진정한 핵심은 구 조반파였다. 과거 자산계급 반동 노선으로부터 억압받았던 이들인데, 지금은 상대방을 질책하고 있다. 되돌아보면 광업 기계공장이나 노야령老鴉嶺 광산을 막론하고, 또 '7.5 참사'나 '11.6 사건'[77]도 모두 사소한 일에서 시작됐다. 〈우리는 왜 문투를 견지해야 하는가?〉라는 글에서 내가 말하고 싶었던 것도 바로 이것이다. 무장투쟁은 피부로 느낄 뿐이지만, 문투는 영혼에 가닿을 수 있다. 나는

---

76 무릇 일을 함에 있어 자기 사람을 아프게 하지 말고 적을 이롭게 하지 말라는 뜻으로, 출처는 한漢나라 주부朱浮의 〈위유주목여팽총서為幽州牧與彭寵書〉의 "凡舉事無為親厚者所痛, 而為見仇者所快"이다.

77 문혁 중에 영향력을 확대하기 위한 사건들이 각지에서 벌어졌는데, 상대방을 공격하기 위해 '참사'니 '사건'이니 불렀을 뿐 구체적인 내용은 없었다.

이것을 내 경험에서 우러나오는 절실함으로 설명했다. 우리에게 가장 큰 충격을 준 비판 중 하나는 바로 공작조 당 지부에 대한 학교 선생님들의 추궁이었다. 그러한 추궁만이 비로소 오류를 범한 사람을 교육시킬 수 있다. 이는 얼마 후 증명된 바 있다. 사실 곡 서기도 인민 대중에 대해 참된 마음을 갖고 있었던 것이다. 이 글의 영향은 아주 컸다. 군사관리위원회의 강 정치위원이 이에 대해 자주 이야기했다고 한다.

주자파가 영원히 뉘우치지 못한다면, 주자파를 교화하지 못한 조반파 자신에게 문제가 있는 건 아닐까? 내가 보기엔 그렇다. 가장 큰 문제는 자신만이 세상을 바꿀 수 있다고 보는 것이다. 자신이 천하제일이고, 호랑이 엉덩이는 만지는 게 아니란다. 언젠가는 이 때문에 반드시 큰 대가를 치르게 될 것이다.

혁명위원회가 어떻게 구성되느냐가 중요한 게 아니다. 관건은 시 위원회의 주요 오류가 청산됐는지 여부다. 분명 우리 파벌의 지도부를 포함한 우두머리들은 이런 관점이 탐탁지 않을 것이다. 그들은 입 밖으로 말을 꺼내지는 않더라도 자신이 혁명위원회에 들어가지 못하면 혁명은 성공한 것이 아니라고 생각할 것이다. 이는 가장 실망스러운 부분이다.

우리가 처음에 조반을 한 것은 궁극적으로 뭘 위해서였지? 말단 관직 자리를 얻기 위한 거였나?

역대 당내 기회주의 노선의 오류를 떠올려 보니 갑자기 한 가지가 분명해졌다. 어쩌면 이게 진리일 수도 있다. 초기 지도부가 처음 혁명에 참여할 때는 진정성이 있었다. 모두들 구국의 길을 찾고자 했다. 그러나 일정 단계에 이르러 수중에 일정한 권력을 쥐게 되니 그들은 변했고, 개인의 이익을 추구하기 시작했다. 이때 그들은 누가 더 혁명적이고, 누가 더 정확한지를 다퉜다. 내가 너보다 더 혁명적이고, 내가 너보다 더 정확하다며, 설득할 수 없으면 치고받고 죽였다. 그래서 모두들 좌파가 되려고 싸웠고, 누가 더 좌익적인지를 두고 경쟁했다. 그러다 반혁명에 이르렀다.

그래서 노신이 말한 것처럼 좌파는 아주 쉽게 우파가 될 수 있는 것이다.

이른바 잔혹한 투쟁과 무정한 타격은 이렇게 발생했다. 아니면 대별산大別山의 영웅 허계신許繼慎 같은 홍군의 군단장이 어떻게 갑자기 그렇게 쉽게 장국도張國燾에게 '숙청'될 수 있었을까?[78] 또, 중앙 소비에트 지역에서 그렇게 많은 'AB단'[79]이 숙청됐다는 건 어떻게 이해할 수 있을까? 소련에서도 이렇게 '숙청'을 했고, 태평천국 때도 이런 내홍이 있었다고 한다.

여기에는 분명히 어떤 법칙이나 논리가 작용한다. 혁명 대오를 절대화하고 순수화하는 건 불가능하고, 또 그것이 해롭다는 걸 알지만, 누구도 그로부터 벗어날 수 없다. 여기까지 생각이 미치자 사지가 떨려 왔

---

78 허계신(1901~1931)은 초기 노동자 · 농민 홍군의 장군이었고, 장국도(1897~1979)는 중국 공산당 창당 멤버였다. 허계신은 장국도의 지도에 불만을 품었는데, 서로 갈등 끝에 1931년 백작원白雀園 사건으로 장국도에 의해 숙청당한다. 장국도는 1938년 국민당으로 전향했다.

79 중국 국민당 가운데 반공주의자들이 제1차 국공합작 시기였던 1926년 12월 강서江西에서 건립한 단체로, 활동 기간은 길지 않았다. 주로 강서 성 지역에서 공산당과 당내 권력을 다퉜다. AB는 '안티 볼셰비키Anti-Bolševik'의 약칭이라는 설이 있다.

다. 누가 총구를 등에 들이대고 있는 것 같았다.

이는 아마도 혁명하는 이의 숙명일 것이다. 혁명가는 가슴을 쪼개 불타는 심장을 높이 들고 절멸을 향해 갈 수 있을 뿐이다. 혁명가는 아름다움을 창조하고 있지만, 몸은 추한 나락으로 빠져든다.

x월 x일

서 선생님이 내게 슬쩍 알려 줬다. 주비위원회의 지식 청년 정책에 따르면, 독자獨子일 경우 별도의 혜택을 받을 수 있단다. 나는 이미 이 정책을 알고 있었지만, 배려를 거부했다. 그동안 광활한 대지에서 했던 내 행동이 다 거짓이 되니까. 게다가 내겐 세 가지 선택지가 있었다. 병단의 농장, 교외, 노구老區[80]였다. 나는 세 번째를 선택했다.

서 선생님은 아무 말 없이 나를 뚫어져라 쳐다봤다. 학교 도서실의 관리원인 그녀는 더 이상 날 설득할 수 없었을 것이다. 지금 군의 대표가 그녀에게 이 일을 맡긴 건 어쩌면 나에 대한 마지막 한 번의 배려일지도 모른다. 서 선생님은 나를 참 많이 보살펴 줬고, 늘 책을 무제한으로 빌려 줬다. 평생 독신으로 살아온 이 여인은 나를 딸처럼 아꼈다. 나는 그녀의 호의를 잘 알고 있다. 하지만 그녀는 진정으로 나를 이해하지는 못한다. 나는 노구로 갈 것이다. 멀면 멀수록 좋고, 생활이 고될수록 좋다. 많은 동학이 하향 지역이 산촌인지 평지인지, 노동 점수는 얼마인지, 급여가 7각인지 6각인지를 물어물어 알아봤다. 정말 이상하다. 7각

---

80 중화인민공화국이 성립되기 전의 중국 공산당 건립 혁명 기지.

과 6각이 무슨 차이가 있담? 그러려면 하향을 왜 하지? 자기 이익을 챙기려고?

나는 학교에 매우 실망했다. 조반파에 대해서도, 좌파 지지 지휘부에 대해서도 실망이 컸다. 이 도시에 대해서도 실망이다. 마치 하루아침에 문화대혁명이 방향을 잃은 것 같다. 혁명 대상을 잃어버린 혁명은 형식은 있지만 내용은 전혀 없다.

사람 수를 다투고, 자리를 차지하려고 다투고, 구역을 두고 다툰다. 권력과 이익을 빼앗는 것 외에 그들은 무슨 관심이 있을까? 처음 조반파에 참여했을 때의 열정, 정의를 추구하려던 이상은 하나같이 거래 대상이 되었고, 구정물이 되었다.

장우는 내게 기어코 이렇게 말했다. 시 혁명위원회가 곧 건립될 텐데, 위원 자리를 하나 만들면 아마도 하향하지 않아도 된다고. 즉, 서둘러 하향을 신청할 필요가 없으니 추이를 보면서 판단하라는 것이다. 인간이 이렇게 빨리 타락할 수 있다고는 생각조차 못했다. 애초 그의 조반이 무슨 빌어먹을 위원 자리를 위한 것이었단 말이야? 만약 혁명이 새로운 한 무리의 어르신을 모시는 것이라면, 그게 무슨 의미가 있지? 우리가 양량재를 비판한 건 뭐가 되지? 이런 사상이 새로운 자산계급 반동노선 아닐까?

파리코뮌의 원칙은 영원히 존재한다. 파리코뮌의 지도부가 선거로 선출되기 때문만이 아니라, 그 지도부가 언제든지 교체될 수 있기 때문이다!

내게도 사심과 잡념은 있다. 소자산계급 사상도 있다. 하지만 인생의 커다란 길목에서 나는 나 자신을 잘 다잡으려 한다. 지식 청년이 농촌에 가는 게 큰 도움이 될지는 두고 봐야겠지만, 갈 것인지의 여부는 간단한 문제다. 노구는 구석지고 빈곤하니 그곳에 갈 이유가 충분하다.

어머니는 반대했다. 물론 반대할 줄 알았다. 그러나 소용없다. 나는 이미 과거의 내가 아니다.

유일하게 고마운 건 곽훼다. 그녀도 노구를 선택했다. 곽훼와 함께 간다고 하니 어머니도 마음을 좀 놓았다. 곽훼는 나와 영원한 친구가 되고 싶다고 했다. 정말 감동이다.

곽훼는 서둘러 헝겊신을 만들었다. 여섯 켤레를 만들 거라고 했다. 무장투쟁할 때 그녀는 내게도 신발을 만들어 준 적이 있다. 당시 가장 인기 있던 고무줄이 달린 신발이었다. 내 신발이 너무 낡고 촌스러운 게 못마땅했던 것이다. 그녀는 내 낡은 신을 보며 말했다. "넌 도망가려 해도 신발이 먼저 벗겨지겠어." 이 녀석!

x월 x일

장우가 레닌의 《공산주의에서의 좌익소아병》을 읽어 보라고 했다. 읽고 나니 그가 내 극단적 사상을 비꼰다는 걸 알게 됐다. 그는 나더러 '자산계급 의회'에 참여하는 게 자신의 성숙함과 풍부한 경험에서 나온 결정이라고 믿으란다. 만약 그가 상산하향을 회피하는 게 아니라는 걸 실제 행동으로 증명한다면, 확실히 내가 유치하다고 인정할 것이다. 그렇지 않다면 나는 차라리 유치한 채로 있겠다.

유치한 사람이어야 성장할 수 있고, 희망을 가질 수 있다. 그런데 그는… 이미 늙어 버렸다.

x월 x일

여기는 관내 대대大隊다. 관외 대대도 있다. 공사公社 사람들 말에 따르면, 관내의 경우 계급 성분이 복잡하고 조금 가난하다고 한다. 관내는 이미 외부 현과 인접해서 당시 신사군[81]이 일본군 및 역적 부대와 일진일퇴했던 지대였단다. 그들은 우리더러 관외 대대에 자리 잡으라면서 그래야 연락이 잘 된다고 했다. 물론 우리는 관내를 선택했다.

우리 일행은 남자 셋, 여자 둘이다. 다섯 명 이상이면 지식 청년 거점을 만들 수 있다. 곽훼와 나는 대대의 한 가옥에 자리를 잡았는데, 비교적 깨끗했다. 남자들은 관棺을 쌓아 놓은 곁채에 살기로 했다. 각자의 침대에는 두 묶음의 볏짚이 놓여 있었다. 첫날밤은 피곤해서 드러눕자마자 잠이 들었다. 아침이 돼서야 볏짚을 골고루 펼치지도 않은 채 잠들었다는 걸 알았다.

우리 5대는 관내의 중간 지대에 있었다. 관내의 대대 전체는 산골짜기에 접해 있는 열네 개의 작은 마을이었는데, 산비탈은 물이 많고 땅이 적었다. 5대에는 사당이 있어 상대적으로 정리가 잘되어 있었다. 대대부大隊部도 5대에 있었는데, 5대 대장은 예영창倪永昌이라는 중년이었다. 그는 이 일대에 사는 사람들은 대부분 예 씨이며, 예전부터 외부 사람들에겐 대예촌大倪村, 관내에선 소예촌이라 불린다고 알려줬다. 이른

81 중국 공산당이 이끌던 항일 혁명 무장 군대.

바 관내와 관외를 나누는 경계는 석관문인데, 강철 제련을 크게 벌일 때 석문의 절반이 폭발에 떨어져 나가면서 지금은 제대로 볼 수 없다고 한다. 이 이야기를 듣고 모두들 흥미가 생겨서 되돌아가 그 석문을 보았다. 들어올 때는 주의 깊게 보지 못했던 것이다.

우리를 데리고 참관을 시켜 준 청년은 대영大榮이었다. 아주 활발한 사람인데, 초급 중학을 졸업하고 고향으로 돌아와 농사를 짓는다고 했다. 공부하는 게 재미없었단다. 그는 이곳에 가볼 만한 경치 좋은 곳이 많다고 했다. 산속으로 좀 더 들어가면 폭포와 괴암이 있고, 계곡과 지하 수맥도 있다고 했다. 그리고 상사수相思樹도 있다. 나무의 몸체는 두 그루인데, 머리는 하나뿐이다. 공사에서 나온 사람이 단결수라고 이름 지었지만, 시골 사람들은 여전히 상사수라고 부른다. 가장 신기한 건 11대에 오랜 은행나무가 있는데, 매년 꽃을 피우는 어미나무지만 과실은 맺지 않는다는 것이다. 이유는 관외의 수나무가 벌목되어서란다. 그는 한참을 이야기하며 흥분을 감추지 못했다. 우리가 온 덕분에 지식을 한껏 뽐낼 수 있었던 것이다.

하느님의 조화는 과연 신기하다. 이 일대는 산골이라 불리지만, 사실은 구릉이다. 그런데 이 석문은 하늘에서 뚝 떨어진 거대한 둑처럼 산 지역과 구릉 지역을 나눠 버렸다. 관내의 진흙은 붉은 색이 두드러진다. 예전부터 길이 하나밖에 없어서 사람들이 산에 올 때 석문을 통과해야 했다. 그 석문은 두 개의 부채가 가리고 있는 듯했다. 짐을 옮길 때 가로로 메면 문을 지날 수 없단다. 이는 도연명의 묘사와 같다. "산의 작은 동굴이 마치 빛을 발하는 듯하여, 곧 배에서 내려 동굴 입구로 들어갔다. 들어갈 때는 구멍이 아주 좁아 사람이 겨우 들어갈 만하더니, 다시 수십 보를 걸으니 시야가 확 트였다."[82]

석문은 왕조의 교체를 막을 수 없었지만, 이제 한漢나라가 있었다는 사실을 모르는 유민遺民은 없다. 지금도 그들은 모두 모 주석 어록을 외운다. 1958년 강철 제련 사업을 크게 벌일 때, 벌목반의 불편을 덜기 위해 기어코 그 부채문을 폭파해 버렸다. 지금은 문의 위쪽 절반만 볼 수 있다. 거대한 비탈의 꼭대기 옆으로 쇄석과 잡목이 뻗어 있고, 잡초도 있다.

나는 맨 처음에 들었던 항일 무장 투쟁을 떠올렸다. 일대에서 일진일퇴를 벌였다고 하니, 아마도 이 부채문의 공로가 작지 않았겠다고 생각했다. 그래서 부서져 버린 게 좀 안타까웠다.

x월 x일

11월이 되었다. 산바람은 벌써 날카롭고, 또 차가웠다. 도시와는 확실히 달랐다.

우리의 노동은 주로 황무지 개간이었다. 매일 아침 산에 올랐지만, 명확한 계획이나 목표는 없는 것 같았다. 우리는 그날그날 팔 수 있는 만큼 땅을 팠다. 대장이 말했다. "봄이 되면 여기에 얼마나 심을 수 있을지 한번 봅시다." 그에게 어떤 구체적 목표가 있지는 않았고, 우리 또한 죽어라 서두르지 않았다. 열시쯤 되면 대장이 잠깐 쉬자고 했고, 다 같

82 도연명陶淵明의 〈도화원기桃花源記〉에 나오는 구절로, 원문은 다음과 같다. "山有小口, 仿佛若有光, 便舍船從口入, 初極狹, 才通人, 複行數十步, 豁然開朗."

이 쉬었다. 그리고 다시 점심때까지 땅을 팠다. 이런 노동엔 인내가 필요하지, 대단한 힘이 필요하지는 않다. 대장은 "일할 시간이 아직 한참 남았다"고 했다. 내가 보기에 공사 사람들은 남녀 불문하고 마찬가지였는데, 너무 열심이지도 않고, 한가롭지도 않았다.

요즘 우리는 배정된 농가에서 밥을 먹는다. 생산대 전체가 돌아가며 밥을 하는데, 순번이 돌아온 집의 여자들은 밖에서 일하는 대신 우리를 위해 식사를 준비한다. 물론 저녁밥이다. 그들은 맨밥에 토속적인 채소 볶음으로 하루 한 끼를 먹을 뿐이었다. 이른바 채소 볶음도 감자나 콩 꼬투리를 볶은 것이고, 여기에 계란탕을 먹는 수준이다. 녹색 채소가 있는 경우는 아주 적었는데, 그들은 이걸 숙채라고 불렀다. 숙채를 먹는 경우는 손님이 왔을 때다. 집집마다 자류지自留地[83]가 있었지만, 제철 채소를 심지 않았다. 오히려 그들은 겨자나 청경채처럼 절여 두고 오래 먹을 수 있는 걸 심고 싶어 했다.

아침에는 죽을 끓였다. 아주 걸쭉하고 맛있었다. 점심때는 남은 죽을 데워 먹었다. 부뚜막에서 불을 지펴 휘젓기만 하면 됐다. 그들은 이를 '죽을 볶는다'고 한다. 우리에게 준 건 소금물에 누룽지를 섞은 것이었다. 처음 며칠은 누룽지를 바삭하게 구워 보관했다가 우리 다섯 명이 오기를 기다려 먹었다. 형편이 나은 집엔 돼지기름도 있었다. 그런데 우리가 누룽지 먹는 모습을 아이들이 뚫어지게 쳐다보자 그 집 어른이 병아리를 몰듯 아이들을 내쫓았다. 마음이 정말 불편했다. 다시 볶은 죽을

83 국가 또는 집체에 귀속시키지 않고 남겨 놓은 토지.

먹으려 했지만, 입으로 들어가는지 코로 들어가는지 모를 지경이었다. 계속 이럴 수는 없었다. 공사 사람들의 부담이 너무 컸고, 우리도 불편했다. 우리는 손님이 아니다.

남자 셋이 우리 스스로 식사 준비를 하자고 주장했다. 그 말은 여자 둘이 번갈아 남자들에게 밥을 해 줘야 한다는 뜻이다. 꿈도 참 야무지다.

이 지역 사람들은 나이 든 여자를 누구누구 집 부엌데기라고 부른다. 나는 어려서부터 부엌일을 할 줄 알고, 전혀 어렵지도 않다. 내가 이런 분위기에 반감을 느끼는 이유는 우리가 밥하러 여기 온 게 아니기 때문이다. 결정을 기다려 보자.

x월 x일

배정된 농가에서 끼니를 해결하는 건 좋지 않다. 너무 갑갑하다. 반나절 일하고 나면 녹초가 되는데, 식사 준비가 됐는지도 모른 채 누가 밥 먹으라고 부르기만을 바보처럼 기다렸다. 밥상 앞에 앉아서도 바로 먹을 수 없었고, 먼저 모 주석에게 경축해야 했다. 도시에서는 거의 찾아볼 수 없는 의식이다. 왜 농촌에서 이런 의식을 더 중시하는지 모르겠다.

오후에 산에 올라 대영에게 이를 물었다. 그는 반쯤 눈을 감으며 웃었다. "너희가 원한 게 그런 거 아니었어?"라고 했다. 이상했다. 우리는 한 번도 그런 요구를 한 적이 없다. '세 가지 충실과 네 가지 무한'[84]처럼 정말 마음에서 우러나와 하는 건 막을 수 없는 법이다. 그렇다면 이견이

84 모 주석, 모택동 사상, 모 주석 무산계급 혁명 노선에 충실하고, 이를 무한히 숭배하고, 무한히 열애하며, 무한히 신앙하고, 무한히 충성한다.

없다. 하지만 그것을 의식화儀式化하는 건 무슨 의미일까? 우리가 신도들도 아닌데. 그가 내게 알려줬다. 각 가정에 보서대寶書台[85]를 해놓는데, 생산대에는 특별히 큰 규모로 하려고 한단다. 그게 다 지식 청년의 요구란다!

일을 마친 후 예영창 대장을 만나 우리는 그런 요구를 한 적이 없고, 원래 집에서도 밥 먹을 때 경축 같은 건 하지 않았다고 명확하게 말했다.

대장은 어리둥절해 하더니 길게 한숨을 쉬었다.

x월 x일

산에 오르니 공사 사원 예래복倪來福이 오늘 저녁 우리에게 생선을 대접하겠다고 했다. 자기네 부엌데기가 어제 저녁 차당車塘에 있는 친정에 다녀왔단다.

"먹을 게 없어서 참 민망하지만, 생선 한 마리를 얻어 왔으니 같이 먹어요!"

래복이 모두에게 외쳤다. 모두들 그를 선망의 눈으로 바라봤고, 우리의 배는 꼬르륵 소리를 내기 시작했다. 우리는 래복의 부엌데기 친정이 60리 밖에 있다는 걸 알고 있었다. 한 번 다녀오는데 120리나 되는데, 그게 겨우 생선 때문이라니.

래복의 처 이름은 소란小蘭이다. 그녀는 처음 이틀 동안 다른 집에서

85 당시 모택동이 신격화되면서 생긴 유행으로, 신전처럼 모택동 초상을 붙이고 앞에 탁자를 두어 《모택동어록》을 올려놓던 풍습을 말한다.

우리에게 어떤 음식을 대접하는지 알아보곤 했다. 마음이 내내 불안했던 것이다. 사실 그녀는 우리를 가장 정성스럽게 대접한 사람이다. 마을에 도착한 첫날 그녀는 나와 곽훼의 손을 붙잡고 칭찬을 멈추지 않았다. 그녀가 해방 초기에 향급 공산주의 청년단 지부의 서기를 지냈다는 사실을 나중에 알았다. 또, 백모녀白毛女[86]를 연기하기도 했단다. 아마 그녀의 가장 영광스러운 청춘 시절이었을 것이다. 그런데 이제 그녀는 여섯 아이의 엄마다. 얼굴은 메마르고 투박했고, 주름은 눈가에서 입가로 이어져 있었다.

점심때 일이 마무리된 후 바로 래복의 집으로 뛰어갔다. 멀리서도 그 집 아이들이 기뻐 방방 뛰는 게 보였다. 곽훼와 나는 특별히 세수까지 했고, 남자 셋도 드물게 손을 씻었다. 자리에 앉으니 연어 요리 한 접시가 상에 올라왔다. 소란은 서둘러 우리의 식사를 준비한 것 같았다. 연어 살은 뽀얬고, 곁들여진 파도 싱싱했다. 김이 모락모락 났다.

"어서 먹읍시다. 점잔 빼지 말고!" 래복이 외쳤다. 물론 우리는 점잔 뺄 생각이 없었다. 그런데 한 입 먹자마자 모두 말문이 막혔다. 비렸다. 심하게 비렸다. 곽훼는 토할 뻔했다. 그제야 집 전체의 열기도 다 비리다는 걸 느꼈다. 사실 우리는 배가 너무 고팠고, 생선이라고는 찾아볼 수 없는 시골에 온지 보름이나 되었기에 아무리 잘못 요리했더라도 두 팔 벌려 반기는 게 정상이었다. 그런데 정말 비렸다. 비려서 입에 가까

86 현대 중국의 가무극으로, 1945년 연안 노신예술학원의 하경지賀敬之와 정의丁毅 등에 의해 집단 창작되었다. 이 극은 지주에 의해 착취당하는 빈농이 '백모녀', 즉 백발의 귀신으로 억울하게 누명 쓴 이야기를 다루고 있다.

이 가져가기도 힘들었다. 어리둥절하던 래복이 맛을 보더니 비리고, 쓴 맛까지 난다고 했다. 소란은 그런 우리를 보고 잠깐 멍하게 있다가 생각났다는 듯 허벅지를 한 번 치더니 뛰어나갔다. 다시 돌아온 그녀는 돼지기름 한 국자를 들고 있었다. 신기하게도 돼지기름을 탕에 넣자마자 비린내가 사라지고 농후한 생선 향이 풍겼다.

"먹읍시다, 먹어요." 그제야 집이 활기를 띠었다. 우리는 풍토 때문이거나 생선이 먹이가 부족해 너무 말라서 그랬던 게 아닐까 슬쩍 토론했지만, 누구도 말로 내뱉진 않았다. 그저 약간의 돼지기름이 빠져서일 뿐이었다.

나는 소란이 부뚜막 뒤에 숨어 계속 얼굴을 비치지 않은 게 신경 쓰였다.

잠자기 전 곽훼는 안타까운 목소리로 말했다. "소란은 올해 겨우 서른다섯이래!" 곽훼의 얼굴에 두려움이 가득했다.

이 지역에는 민간 속담이 있다. '여자가 서른셋을 넘기면, 인생의 반이 지난 것이나 다름없다.' 아마도 그런 까닭으로 여섯 아이의 엄마가 120리를 달려 몇 마리의 생선을 가져온 것일 터다. 그녀는 우리의 노고를 위로하고, 또한 자신의 삶을 추모하려던 것이다.

x월 x일

예영창 대장에게 이야기했다. "이건 우리가 상의해서 정리한 의견이에요. 우리는 여기에 정착하러 온 거예요. 늘 손님 대접을 받으면서 공사 사람들에게 부담을 줄 수는 없어요." 대장의 눈이 반짝였다. 그가 얼마나 이 말을 기대했는지 알 수 있었다. 그는 한숨 돌린 듯했다. 우리의 식사를 준비하는 일이 확실히 그를 많이 힘들게 했던 것이다. 지난번의 경축이나 보서대寶書台는 오해였다. 도시에서는 다 그렇게 한다고 생각해서 우리가 불만을 가지진 않을까 걱정했던 것이다. 배정된 농가에서 밥을 먹게 하라는 건 위에서 내려온 임무라 그가 거부할 방법이 없었다. 무슨 손님 대접이 필요하다고.

게다가 살림하면서 생활하다 보면 집집마다 개인적인 습관이 있기 마련이다. 그런데 우리가 나타나서 이들을 혼란에 빠트렸다. 원래 그는 설날이 지나면 우리를 각 호별로 분산시키려고 했다. 그렇게 하면 지금만큼 부담이 되지는 않는다.

우리의 결론은 나와 곽훼가 식사 담당을 하고, 나머지 잡일들은 남자 셋이 번갈아 하는 것이었다. 우리는 예전처럼 일하러 나갔다. 부엌데기가 아니기 때문이다. 우리보다 나이가 어린 남자 셋은 반대하지 않았다. 우리는 전근 수당도 같이 사용하기로 했다. 집체 생활이 시작된 것이다. 원래 생산대의 가옥에는 부뚜막이 있다. 우리는 생활용품을 좀 더 갖추고, 기름, 소금, 간장, 식초 등을 샀다. 앞으로 어찌될지는 두고 봐야겠지.

소란이 절인 채소를 바구니 가득 가져왔다. 정말 착한 사람이다.

x월 x일

황무지를 개간할 때 땅 속에서 나무뿌리가 나오면 뽑아서 흙을 잘 털어 낸 후 따로 옆에 둬야 했다. 그날의 작업이 끝나면 나무뿌리를 집으로 가져간다. 처음엔 왜 이렇게 하는지 몰랐고, 사람들도 설명해 주지 않았다. 그들은 우리가 파낸 나무뿌리를 구걸하다시피 부탁해 받아갔다. 우리는 이게 농민의 이기심이라 생각해 그들을 비웃기도 했다. 그런데 우리가 직접 밥을 지어 보니 땔감을 구하는 것도 큰 일거리라는 걸 비로소 알게 됐다. 이곳이 산골이긴 했지만, 대부분 민둥산이라 땔감이 될 만한 잡목은 이미 얼마 없었고, 풀은 집체에서 베어 와 평등하게 나눴다. 잡목은 매해 생산대에서도 조금씩 벌목했고, 주로 숯을 굽는데 사용됐다. 이는 생산대 수입의 일부다. 노인과 아이들이 있는 집이 겨울을 날 때 난로에 사용하는 건 이러한 나무뿌리가 타고 남은 탄이었고, 목탄은 아까워서 쓰지 못했다. 그들은 "목탄을 땐다고? 차라리 돈을 태우는 게 낫지"라고 말했다. 우리가 이곳에 막 왔을 때, 거리낌 없이 솥에 물을 데워 따뜻한 물로 얼굴과 발을 씻었는데, 그들이 어떻게 생각했을지 모르겠다.

생산대의 도움으로 화장실도 만들었다. 큰 단지를 땅에 묻고, 위에 목판 두개를 대어 만든 것이다. 사방에 울타리를 쳤지만, 천정은 없었다. 용변을 볼 때는 허리띠나 스카프를 걸어 두고, 인기척이 나면 기침을 한 번 했다. 그리고 분뇨가 엉덩이에 튀지 않도록 목판 사이에 나무 막대기를 걸쳤다.

재밌는 건 공사 사람의 집에 기숙하는 세 녀석이 요 며칠 이쪽으로 건너와 용변을 보는 것이다. 이유를 물으니 '거름을 남의 밭에 흘려보낼 순 없다'고 한다. 소설 속에서나 봤던 이야기가 지금 우리에게 벌어지고 있는데, 봄이 오면 우리도 직접 채소를 심어야 한다. 그래서 우리는 물질의 영원한 순환에 대해 많은 기대를 하기도 했다.

x월 x일

오늘 남성 노동력은 분뇨를 수거하러 진鎮에 갔다. 분위기가 다시 한 번 무르익었다.

나와 곽훼는 농업기계관리센터 화장실의 분뇨 수거를 맡았다. 센터가 큰 길에서 가까웠기 때문인데, 우리가 힘들까봐 이렇게 배정한 것이다. 그런데 센터 화장실 앞에 용수철 문이 있을 줄은 몰랐다. 분뇨 탱크에는 거대한 철 덮개도 있었다. 분뇨 통을 하나씩 빼낼 때마다 저절로 용수철 문에 막혔다. 벽돌을 대서 문을 고정시키려고 했지만, 용수철의 힘은 정말 대단했다. 몇 개의 벽돌도 버텨 내지 못했다. 결국 한 사람이 문이 닫히지 않게 붙잡고, 다른 한 사람이 철 덮개를 열었다. 당연히 작업 속도에 영향이 있었다. 멀리 작업하러 갔던 남자들이 일을 마쳤는데도 우리는 절반도 다 못 치웠다. 대장이 달려와 말했다. "서둘러야 해. 날 밝으면 사람들이 화장실을 쓰러 올 텐데. 욕먹는단 말야!" 나는 "저 용수철 문 때문에 일이 늦어져요"라고 했다. 대장이 살펴보더니 깨진 벽돌을 아래에 받치고, 다른 한 조각은 문 아래쪽에 비스듬히 끼워 넣었다. 그렇게 하니 용수철 문이 거기에 단단히 끼어 움직이지 않았다. 게다가 더욱 조여지는 것이다.

우리는 멍하니 쳐다보고만 있었다. 그에게 큰절을 하지 않을 수 없었다. 곽훼는 환호성을 질렀다. "이게 바로 아르키메데스의 지렛대 원리지?" 생각해 보니 그렇게 심오한 지식도 아니었다. 대장은 아무렇지 않게 금방 해냈다. 아르키메데스!

돌아와서 진에 갔던 이들에게 분뇨 수거 작업이 어땠는지 물었다. 그들은 큰소리로 외쳤다. "빌어먹을 도시 놈들! 그 사람들 똥은 더 구리다니까!"

x월 x일

1968년 겨울은 이렇게 우리의 생활 속으로 들어왔다. 우리는 한 단계씩 크게 성장했고, 이는 도시에서의 성장과는 전혀 다른 형태였다. 행진과 시위도, 표어와 구호도 없었다. 무장투쟁과 고음 확성기는 더더욱 없었다. 일찍이 우리를 격정에 빠트렸던 사건들과 고담준론高談峻論도 우리로부터 멀어졌다. 이곳에는 메마르지 않는 달고 맑은 산속의 샘물, 빙심冰心[87]의 산문처럼 고요하고 우아한 아름다움, 상상할 수 없을 정도의 빈곤, 그리고 망치처럼 단단한 산바람이 있었다.

추위 또한 우리가 새로 배운 한 과목의 수업이었다.

나와 곽훼는 이불을 포개 각자 한쪽을 차지하고 잤다. 어젯밤엔 정말 추워서 온몸이 부들부들 떨렸다. 곽훼는 우는 소리까지 냈다. 왜 우느냐고 물었더니 우는 게 아니라 일종의 감각을 느끼는 중이라고 했다. 추운 바람이 가슴을 뚫고 지나가는 느낌이란다. 마치 살점이 붙어 있지 않은 몸에 바람이 뼈를 그대로 뚫고 지나가는 것과 같단다.

그리고 쥐도 있다. 이 작은 동물은 무리를 지어 천둥 치듯 뛰어다니

---

87 중국의 작가(1900~1999). 복건성 장락長樂 사람으로, 본명은 사완형謝婉瑩이다. 만년에 '문단의 조모'로 존경 받았다.

며 사람을 놀라게 했다. 곽훼는 쥐 한 마리가 내 머리맡에서 춤을 췄다며, 아마 내 호흡이 따뜻하게 느껴져서 쥐가 나를 사랑하게 된 거라고 놀렸다.

그녀는 책을 보라며 전등을 내게 양보했다. 발이 따뜻해지면 춥지 않아서 이렇게 추운 밤도 버틸 수 있었다. 아침에 사람들에게 추위를 어떻게 극복하는지 물었다. 집집마다 아이들을 한곳에 뭉쳐 자게 했단다. 농민들은 줄곧 이렇게 겨울을 이겨 냈던 것이다. 그들의 깨달음은 책에서 얻은 게 아니라 참고 견디는 삶의 극한에서 터득한 것이다.

x월 x일

한 뭉치의 편지가 와서 모두들 들떠 있었다. 우리 대대엔 이렇게 편지가 많이 온 적이 없었다. 그래서 집배원도 일주일에 한 번만 온다고 했다.

장우도 하향했다는 소식이 왔다. 옆 마을의 유수酉水 공사라는 곳이었다. 그 또한 시대의 흐름을 당해 낼 수 없었던 것이다. 그렇지만 편지에서 그들의 관심이 여전히 T시에 쏠려 있음을 느낄 수 있었다. 모두 생각은 다르겠지만, 이렇게 하향해 있으니 이미 나완 상관없다.

어머니는 편지에서 오히려 나를 격려하며, 자신이 처음 집을 떠났을 때의 경험과 주의할 일들을 얘기해 줬다. 그녀는 학교로 복귀했고, 밀린 월급도 받는단다. 만약 돈이 필요하면 부쳐주겠다고 한다. 뭐라고 대답하지?

서 선생님은 나를 제일 잘 안다. 책을 두 권 보내 주셨는데, 《고타강령비판》과 《마틴 에덴Martin Eden》이었다. 《마틴 에덴》이라는 소설은 '스탈린 문선'이라는 표지로 포장되어 있었다. 책 표지를 보면서 서 선생님의 걱정 어린 눈빛을 상상할 수 있었다. 좋은 책이 있으면 또 보내 달라 하고 싶지만, 그녀를 난처하게 할까봐 걱정되기도 했다.

물론 그의 편지는 없었다. 내가 그에게 편지를 쓴 적이 없기 때문이다. 사람은 이렇게 이상하다. 나 스스로 멀리하기로 결심했는데, 정말 아무 소식이 없으니 실망하게 된다. 나는 강해져야 한다. 강해져야지.

곽훼는 집에서 온 편지를 읽더니 매우 화를 내며 갈기갈기 찢어 버렸다. 그러고는 혼자 산에 올라갔는데, 아직도 돌아오지 않았다. 그녀의 집도 참 골치 아프다. 예전부터 그녀를 시집보내고 싶어 했는데, 지금은 또 어떤 새로운 수법이 등장했는지 모르겠다. 산에 가는 거면 땔감이라도 좀 해 오랬더니 그녀는 "죽으러 가는 거야!"라고 소리쳤다.

x월 x일

갈대 훔치기. 이는 우리의 하향 이래 가장 흥분됐던 일이라 특별히 기록해 둘 필요가 있다.

대장 예영창이 오후에 일을 쉬기로 결정했다. 대영은 저녁 때 남성 노동력을 데리고 갈대를 베러 가겠다고 했다. 그는 '훔친다'고 말하지 않고, '벤다'고 했다. 그런데 대영의 예사롭지 않은 눈빛에서 우리는 그 일의 심각성을 읽을 수 있었다. 곽훼와 나는 묵묵히 있을 수만은 없었다. 이렇게 흥분되는 전투에 어떻게 빠질 수 있어? 남자 셋이 자신들이 돌아오면 따뜻하게 먹을 수 있게 우리더러 밥 잘하고 있으라고 말한 건 더

참을 수 없었다. 나는 "우리 둘 다 어려서부터 노동이 몸에 밴 사람이지, 살림만 하는 여자가 아니야. 그렇게 오래 같이 있었는데, 아직도 모르겠어?"라고 했다. 대장이 곰곰이 생각하더니 우리의 동행을 허락했다. 대영은 함께 가는 건 좋은데 너무 욕심내지는 말라고 했다. 우리는 낫을 갈고, 자루와 끈을 준비했다. 출발할 때 대영은 우리의 바지춤을 직접 묶어 줬다.

사실대로 말하자면 우리 마을엔 밥을 지을 땔감이 없었다. 그런데 옆 마을인 호만湖灣 공사엔 몇 백 묘畝[88]의 갈대가 있었다. 얼굴에 기름이 흐를 정도로 부자였고, 물고기와 새우도 잡혔다. 우리는 아까워서 물도 데워 쓰지 못하는데 말이다. 부족함이 문제가 아니라 불평등이 문제다.

십여 리를 갔는데도 호숫가는 아직 나오지 않았다. 한참 더 가니 호수가 가까워졌는데, 비린내가 났다. 둥근 달은 환하게 빛났고, 몇 가닥 뜬구름이 흰 솜처럼 달 아래에 걸쳐 있었다. 먼 구릉이 몽롱하게 보였다. 반짝이는 호수면 옆에 사람 키만한 갈대가 있었다. 얇게 흰 서리가 내린 풀은 미동도 하지 않았다. 우리는 갈대를 헤치고 안쪽으로 들어가 베기 시작했다. 대영은 '토끼도 제 굴 옆의 풀은 먹지 않는다'며 눈에 띄지 않게 베자고 했다. 하지만 이는 물론 남도 속이고, 자신도 속이는 짓이다. 우리는 탈모를 앓는 머리처럼 갈대를 베어 버렸다. 머리카락이 조금만 빠져도 마음이 아픈데, 이만큼이나 갈대를 베었으니 반드시 그들이 알아챌 것이다. 물론 갈대가 그렇게 돈이 되는 것은 아니지만, 어쨌

88 중국식 토지 면적 단위. 1묘=666.67m².

든 그들의 영역이다. 분위기가 매우 흥분됐다. 굶주린 이리가 사냥감을 덮치기 위해 유순한 척 구애하듯 다가가는 것처럼 절대적으로 낭만적이었다. 삭삭 풀 베는 소리와 거친 숨소리만 들렸다. 한눈팔면 땔감을 남의 손에 빼앗길까봐 누구도 말을 하지 않았다.

대영이 "대충 된 것 같아! 빨리 가자!"라고 했다. 한 사람당 갈대 한 짐씩이었다. 한 사람씩 차례대로 아주 빠르게 좁은 길로 뛰어 나왔다. 그의 말에 따르면, 큰길만 건너면 전투는 끝나는 것이다. 뒤쫓아 와도 소용없다. 갈대가 증언할 것도 아니고.

그런데 3리 정도 되는 이 좁은 길에서 문제가 발생했다. 우리 여성 두 명에게 말이다. 우리의 짐은 가벼웠지만, 그래도 180근 정도는 됐다. 갈대를 곧추 세워 받치고, 자루 바닥의 매듭으로 멜대를 풀 속에 직접 끼우면 흔들리지 않는다. 이렇게 하면 틀림없다고 보고 배웠다. 처음에는 잘된 것 같았다. 그런데 매듭의 힘이 모자라서였는지, 풀 묶음이 튼튼하지 않아서인지, 중간에 갈대가 새기 시작했다. 특히 발각된 이후에 그랬다. 누군가 뒤에서 꽹과리 같은 것을 울리며 쫓아오기 시작했다. 횃불과 손전등 불빛이 흔들렸다. 심장이 튀어나올 것 같았다. 큰길이 눈앞인데, 짐이 다 풀어헤쳐졌다. 대영은 우리더러 짐을 버리고 잘 쫓아오기만 하라고 했다. 나는 곽훼에게 짐을 버리고 둘이서 하나만 나르자고 했다. 곽훼는 아까워했다. 모두 큰길을 건넜고, 그렇게 우물쭈물하다가 우리만 남겨져 포로가 되었다.

처음에는 괜찮았다. 그들은 우리가 하향 지식 청년이라는 걸 알았고, 게다가 곽훼가 엉엉 울자 어떻게 하진 못했다. 그저 우리를 자기네

공사로 끌고 가겠다고 엄포를 놓을 뿐이었다. 그때 대영이 돌아왔다. 대영은 "내가 대장이니, 그 지식 청년들은 놔 주시오"라고 했다. 죽이든 살리든 혼자서 책임지겠다며.

그는 "뭘 그렇게 호들갑입니까? 그저 풀 몇 짐 벤 것 가지고"라고 했다.

그쪽에서도 생각해 보니 틀린 말은 아니었다. 그렇게 해서 우리는 위험에서 벗어났다. 사람들마다 한 품씩 풀을 안고 처량하게 돌아섰다. 우리가 막 큰길에 다다랐을 때, 뒤에서 대영의 비명 소리가 들려왔다. "으악, 으아악! 정말 때리네. 엄마야. 사람 죽네. 아이고!" 그의 울부짖는 소리는 깊은 밤이라 더 선명하게 들렸다. 소리가 날 때마다 곽훼의 어깨가 움츠러들었다. 우리가 의기소침해 석문관에 돌아왔을 때는 이미 자정이 넘은 한밤중이었다.

오늘 오후까지 대영은 돌아오지 않았다. 대장이 공사에서 돌아와 말했다. "아무 일 없어요. 지식 청년이라는 얘기를 듣고는 일을 크게 만들지 않기로 했답니다. 대영이만 좀 고생했는데, 지금 위생원에 누워 있어요."

x월 x일

갈대를 훔쳐온 지 며칠 됐지만, 탈곡장에 쌓아 두고 아무도 건드리지 않았다. 정말 흥분되는 일대 전투였는데, 결과가 원만하지 못했다. 다들 좀 멋적어 하는 것 같았고, 그 일에 대해 말을 꺼내기 부끄러워했다. 특히 우리 둘은 모두에게 폐를 끼친 터라 갈대가 더욱 부끄러움의 표식처럼 느껴졌다. 작은 눈이 한 번 내리자 갑자기 키가 커진 수십 단의 풀이 백발의 노인처럼 거기 서서 우리를 싸늘하게 주시했다.

곽훼는 대장이 분배 문제로 곤경에 처해 우리 둘은 신경도 안 쓴다는 얘기를 들었단다. 원래 그는 연말에 각 호별로 볏짚을 더 보충해 주려고 했는데, 공사에는 지식 청년의 곤란을 해결하기 위해 볏짚이 더 필요하다고 둘러댔다. 이에 호만 공사가 볏짚 건을 더 추궁하지 않았던 것이기에 이제 와서 말을 바꿀 수 없었던 것이다. 대장이 처한 곤경은 이런 것이다. 우리는 처음부터 대장을 영웅으로 생각하지 않았기 때문에 그가 소심한 사람이라 해도 상관없었다.

곽훼는 나보다 훨씬 강하다. 어디를 가든 사람들과 어울려 말이 통하는 사이가 된다. 하지만 나는 이곳 부녀들에게 잘난 척하는 걸로 보인다. 내 마음은 하늘만 알겠지!

몇 차례 논의 후, 나는 볏짚을 공평하게 나누자고 건의했다. 우리 중 몇 명이 설을 지내러 집에 다녀와야 해서 그렇게 많은 볏짚은 필요 없다는 이유를 댔다. 대장은 내 말을 다 듣고 한참을 생각하더니 갑자기 고개를 들고 웃었다. 이 늙은 농사꾼의 웃는 얼굴은 참 재미있다. 빠진 앞니 때문에 정말 천진난만해 보인다. 예전에 그는 우리를 의심스러워했고, 우리가 꼬투리를 잡을까 겁냈다. 공사 사람들이 곤란해질까봐 걱정하기도 했다. 사실 내 의견은 진심이었다. 우리가 정말 그들에게 폐를 끼쳤으니까. 그의 배려는 충분했다.

오후에 창고를 열고, 쌀을 빻았다. 명절 분위기가 났다. 아이들도 활발해져 참새처럼 이리저리 돌아다녔다. 늦가을 벼를 빻았더니 솥에 들어가기도 전에 마을이 향기로 가득했다. 마을 사람들로부터 지식을 하나 얻었다. 늦가을 벼는 맛있는 대신 생산량이 적다. 그래서 지역 농민들은 이를 주로 종자용 메볍씨로 삼는다.

쌀은 사람 수대로 나눈다. 우리는 한 사람당 100근이고, 이는 일반 노동 수당과 같았다. 부녀는 80근, 아이는 50근이었다. 이 쌀로 봄이 올 때까지 버텨야 했다. 전에 공사에서 정착용으로 준 곡물을 보태도 너무 부족하다. 다행히 우리는 도시로 돌아가 설을 쇠기 때문에 상관없었다. 그래서 좋은 쌀이 생겼으니 먹어 치우자고 했다.

이어서 쌀겨를 빻았다. 우리는 물론 사양했다. 모두 1960년을 경험한 사람들이라 뱃속에 기름기가 전혀 없다. 우리 중 아무도 먹지 않으니 쌀겨는 가구별로 공평하게 나누기로 했고, 집집마다 광주리와 채를 가져왔다.

그들은 "쌀겨로 떡을 만들면 맛있어요!"라고 했다. 아무리 맛있어도 우리는 안 먹는답니다. 하지만 훔쳐온 갈대는 필요했다. 대장은 우리에게 갈대의 절반을 주고, 나머지는 가구별로 나누기로 했다.

이에 극적인 의식이 연출됐다. 대장은 쌀겨와 갈대를 열일곱 등분해 줄 지어 늘어놓고 물었다. "됐나요?" 모두 "네"라고 답했다. 대장은 가는 노끈으로 재빨리 하나씩 매듭을 만들었다. 그리고 가구마다 한 사람씩 나와 그 매듭에 표시하도록 했다. 우리는 그저 멍하니 보고만 있었다. 대장은 어린아이 같은 웃음을 지어 보이며 말했다. "아니면 학생들한테 하라고 하든가." 우리는 그제야 이게 제비뽑기란 걸 알았다. 가장 간편하고 빠른 방식이었다. 곽훼가 큰소리로 말했다. "내가 할게요. 내가!" 그런 후 그녀는 신발 밑창을 박는데 쓰는 끈으로 열일곱 개의 매듭을 만들어 내고, 두 손으로 비벼 순서를 흩트렸다. 그 다음 각 가구마다 한 사람이 손가락으로 매듭을 잡고 끈 앞머리를 잡아당기자 번호가 나왔다. 그리고 가구별로 순서에 따라 자기 몫을 가져갔다.

아마도 이건 논리적인 분배라 할 수 없을지 모른다. 하지만 그들이 자주 쓰는 이 방식엔 확실히 의미심장한 점이 있다. 평등과 정의는 인류 최고의 이상적 경지다. 그 때문에 인류는 몇 천 년의 참담한 대가를 치렀으니까. 그런데 이렇게 빈곤하고 구석진 작은 산골 사람들이 희희낙락하며 이를 완성했다. 이는 의식이었고, 동시에 일상생활이었다. 빈곤과 관련되고, 더더욱 인류의 가장 원시적이고 소박한 바람과 관련된다. 그리고 양식의 분배에는 절대 평등이 있을 수 없다. 그것은 수요와 관련된다. 또, 주의主義와 관련된다.

x월 x일

생산대는 우리가 귀향해서 설을 쇨 선물을 준비해 주었다. 땅콩 두 근, 노란 콩 두 근, 말린 고구마 한 봉지였다. 각자의 봉지에 붉은 종이가 붙어 있었다. 대장이 말했다. "별 거 아니지만, 정말 수고 많이 했어요." 하지만 우리는 이것들이 모두 각 가구에 분배된 부식이라는 걸 잘 알고 있다. 집집마다 다시 토해 낸 것이다. 선물은 보잘 것 없지만, 그 성의는 깊다고 했던가. 선물 자체도 보잘 것 없지 않았다. 이건 그들이 평소에 아까워서 함부로 먹지 못하는 것들이고, 설날이 되어서야 누리는 약간의 호사다. 하나의 생산대 또한 하나의 작은 사회다. 평소에 가구들마다 갈등이 적지 않았고, 자주 말다툼하거나 몸싸움을 벌이기도 한다. 하지만 그들은 우리에겐 늘 후했고, 조심스러웠다.

곽훼가 말했다. "소예촌과 대예촌은 예부터 의리를 중시해서 그렇게 가난해도 기본 틀은 무너지지 않는대. 격식을 너무 따지는 거야. 정말 그래."

의리를 중시하고 격식을 따지는 게 왜 나쁘지? 사람이 살아 봐야 어차피 한 목숨인데. 문제는 우리가 그들에게 외부인이나 손님으로 보인다는 것이다. 하향의 정착이라는 것이 그들에겐 완전히 가식으로 여겨진다는 것이다.

x월 x일

갑작스러운 소식이 들렸다. 유수 공사 지식 청년 하나가 제안서를 발표한 것이다. 지식 청년은 혁명적인 설날을 보내야 하므로 설을 쇠러 도시로 돌아가지 말자는 호소였다. 오후에 대장이 회의에 갔다가 그 제안서를 들고 돌아왔다. 아마도 장우가 그곳에서 소란을 피우는 것 같았다. 제안서를 직접 보니 정말 그랬다.

대장은 우리에게 어떻게 할 거냐고 물었다. 나는 "우린 이미 갈 준비를 다 했어요. 차표도 사 놨고. 다른 수가 있나요?"라고 했다. 그는 긴장된 표정으로 나를 한쪽으로 데려가 말했다. "공사의 주임이 각 대대에 왔을 때, 정말 모두 가 버리고 없으면 문제가 될 것 같아." 무슨 문제가 생기지? 귀신도 모를 일이었다.

우스운 건 공사 간부의 눈에는 T시에서 온 홍위병이 엄청 무섭고 대단한 인물로 보인다는 것이다. 나는 "정말 난처하면 전 남을게요. 다른 애들은 가게 두고"라고 했다. 대장은 빠진 앞니로 바람이 통하게 입을 헤 벌리더니 내게 말했다. "그럼 좋아. 네가 있으면 걱정 없지."

저녁에 공사 사람들이 다 모여 노동 점수를 평가했다. 이것도 위에서 내려온 조치였다. 여기에 덧붙여진 지시는 지식 청년에게 너무 낮은 점수를 주지 말라는 것이었다. 대장은 이를 조심스럽게 말하며, 여러 번 우리를 칭찬했다.

노동 점수 평가는 스스로 보고하고 함께 의논하는 식이었다. 최고 10점, 최저 6점이었고, 아이들은 참여하지 않았다. 우리 중 남자 셋은 잘난 체하며 스스로에게 10점씩 줬다. 분위기가 갑자기 굳어졌지만, 그들에게도 이유가 있었다. 개간을 하든, 비료를 나르든, 체력적 측면에서 농민들과 비슷하기 때문에 자신들이 한 일도 '정규 노동'으로 볼 수 있다고 생각한 것이다. 하지만 그들은 농사일도 기술이 필요해서 체력뿐만 아니라 지구력이나 경험도 중요하다는 걸 전혀 모르고 있었다. 나는 내게 7점을 줬고, 곽훼는 더 낮은 6점을 줬다. 그러자 분위기가 좀 나아졌다. 부녀자들은 모두 자신에게 8점을 줬기 때문이다. 적어도 모두가 보기에 우리가 공사 사람들을 이기려고 하는 건 아니게 됐고, 남자들의 자만심도 그저 아무것도 모르는 객기려니 하고 넘어갈 수 있게 됐다.

최종적인 평가 결과는 이랬다. 남자 셋은 모두 9점, 나와 곽훼는 8점이었다. 사실 이것도 아주 높은 점수다. 모두가 생각하는 거지만, 생산대 안에 10점을 받을 만한 경험 많은 농사꾼은 정말 몇 명 안 된다. 그래서 마지막에는 모두 승복했고, 논쟁도 거의 없었다. 어차피 앞으로 시간이 많으니 매년 한 번씩 평가를 할 테고, 정말 다른 사람보다 잘한다면 그걸 증명할 기회는 많다.

회의가 끝나고 한시름 놓았는지 대장은 한결 편해진 모습이었다. 그는 대문 밖으로 나가 어깨를 쭉 펴고는 손으로 허리를 짚고 홀가분하게 집으로 돌아갔다. 곽훼는 웃으며 "예 씨 아저씨, 오늘 한잔하려나 봐"라고 했다.

x월 x일

왕흥원이 갑자기 우리 마을에 연대 활동을 하러 왔다. 그는 외부 소식을 많이 가지고 왔는데, 우리에게 "너희는 정말 일을 하긴 하네?"라고 했다. 타지의 지식 청년들은 이미 노동 참가에 흥미를 잃었고, 그저 난동을 부리려고만 한단다. 특히 장우가 있는 곳이 그러한데, 유수 공사에서 뭔가 일이 터질 것 같다고 했다. 왕흥원이 있는 호만 공사는 비교적 풍요로운 편이고, 안정된 축에 속한단다.

그는 노란 숄더백에서 거위 한 마리를 꺼냈다. 아직 따뜻했다. 그는 "빨리 털 뽑고, 피를 빼"라고 했다. 오랫동안 고기 냄새도 못 맡은 상태이던 우리는 집에 돌아가려다 거위를 보고는 매우 흥분했다. 곽훼가 잽싸게 오리를 손질했고, 집엔 금방 고기 냄새가 퍼졌다. 다 먹고 난 뒤, 그는 우리에게 고백했다. "이 거위는 너희 공사에서 잡은 거야. 뭐, 잘못됐어? 그 녀석이 나를 보고 꽥꽥거리길래 그저 한 방 먹였는데, 이마에 적중한 거야. 그래서 목을 한 번 비틀어서 가방에 넣었지. 3초도 안 걸렸어!" 원래는 그를 나무랄 생각이었지만, 고기가 이미 우리 뱃속에 들어가 있고, 우리도 호만 공사에 가서 갈대를 훔친 적이 있어 모질게 뭐라고 할 수가 없었다. 같이 '하하' 웃었다. 서로 거래가 완료된 것이다.

x월 x일

섣달그믐엔 대장의 집에서 밥을 먹었다. 설날은 래복의 집, 그 다음은 대영의 집이었다. 대보름에 다른 아이들이 돌아올 때까지 이렇게 먹을 수 있을 것 같았다. 음식을 하지 않으면 일을 많이 던다. 그런데 좀 심심하기도 하다.

어머니께 쓴 편지는 곽훼가 가지고 갔다. 나는 편지에 어머니에 대한 그리움과 걱정을 담았다. 사실 그렇게 크게 마음 쓰지 않아도 된다. 어머니는 강한 사람이니까. 나는 그녀를 돕지 못하고, 그녀도 나를 돕지 못한다.

곽훼는 떠나기 전에 여러 번 나를 힐끔거렸다. 나는 그 뜻을 알았지만, 못 본 척했다. 결국 곽훼는 참지 못하고 내게 물었다. "그 사람한테는 정말 편지 안 쓸 거야?" 나는 그녀를 문밖으로 밀어 내고 대답하지 않았다. 쓸 게 뭐 있어? 이미 결심했으니 끝까지 밀어붙여야지.

사실 그가 나를 찾으려고만 하면 못 찾을 것도 없었다. 어디 있는지 알아보는 건 정말 쉬운 일이다. 게다가 그 사람은 지위도 있으니까. 그가 편지를 보내오지 않는다는 건 그 또한 주저하고 있다는 것이다. 우리 사이에 있었던 일이 모두 진심이라면, 시간이 흐르면 확인될 거다. 만약 일시적인 충동이었다면, 연기처럼 흩어져 버리겠지. 두 조각구름이 부딪혀 불꽃을 만들어 낼지, 비를 내릴지는 하늘의 뜻에 맡겨야지.

서둘러 이 책들을 다 읽어야 한다. 일도 안 하면서 밥만 축내선 안 된다. 왕홍원도 나를 이해해 주는 사람 중 하나다. 그가 책을 한 묶음 가져왔는데, 그중 한 권은 필사본인 《만청야사晩清野史》였다. 열 몇 종류의 필기 자료를 적은 것인데, 맹삼孟森, 고홍명辜鴻銘, 양계초梁啟超 등이 포함돼 있다. 오랑캐의 훌륭한 기술로 오랑캐의 침입을 막아 낸다는 것이 곧 양무운동인데, 이 사료들은 이홍장李鴻章이 오랑캐를 전혀 막아 내지 못하고, 오히려 자국민을 억눌렀던 점을 증명한다. 사람들은 보통 서태후가 해군 군비로 이화원을 만들었다고 믿는데, 이 부분에 대해서도 의혹을 던진다. 이유는 청조 조정 후기엔 국가의 군대라 할 만한 것이 없었고, 모두 지방 관료와 군벌뿐이었다는 것이다. 그렇지 않다면 '동남호보東南互保'[89]와 같은 기괴한 일이 생길 수 없었다. 그 돈은 어디에 쓰이든지 결국 헛수고였을 것이고, 이화원이라도 남긴 게 차라리 나았다. 참 재밌는 이야기다. 귀가 시원해진 느낌이다.

재상은 살찌는데 천하는 메마르고

사농은 늘 익었는데 세상은 배고프다

宰相合肥天下瘦, 司農常熟世間饑[90]

---

89 동남호보조약은 의화단 운동 시기 동남 지역 관료와 군벌이 서양 세력과 결탁해 맺은 조약으로, 이들은 열강에 선전포고를 했던 북경의 청조와 분리된 행동을 취했다.

90 여기에서 재상은 당시 외교정책을 주관했던 이홍장을 말하고, 사농은 내정을 담당했던 옹동화翁同和를 말한다. 둘은 갈등 관계에 있었는데, 이 대련의 앞 구절은 옹동화가 한 말이고, '합비合肥'는 이홍장의 고향이기도 하다. 뒤 구절은 이에 대한 이홍장의 반박이며, '상숙常熟'은 옹동화의 고향이다.

x월 x일

오늘은 산에 올랐다. 눈이 팅팅 부었다. 꼭 쉬어야겠다.

14대엔 일곱 가구밖에 없는데, 관내 대대의 가장 높은 곳에 있다. 이현의 시베리아라고 할 수 있다. 그들의 방언은 대별산의 말린 고구마 맛이 난다.

이른바 상사수는 두 그루의 늙은 홰나무다. 나뭇가지가 계곡을 사이에 두고 포옹하며 엉켜서 하나가 되어 있다. 얼핏 보면 꼭 한 그루에서 나온 나무 머리처럼 보인다. 계곡물은 오래오래 흐르는데, 특히 그 시작 지점의 절벽 위에 물이 있다. 지금은 갈수기지만, 봄에는 폭포가 생긴다고 한다. 내가 보기엔 두 그루의 홰나무가 포옹하고 있는 이유는 간단하다. 계곡물에 씻겨 지형이 변했고, 나무 몸체가 기울어진 것이다. 나무가 사랑을 한다는 민간의 전설은 좀 황당무계하지만, 분명 사람의 감정에 기대어 만들어진 것이다. 애정은 물론 아름답고 낭만적이지만, 생활은 그 나름의 법칙이 있다.

그 '어미나무'는 오래된 은행나무다. 물이 떨어지는 절벽 위에 있고, 녹색 정자처럼 오래된 나무다. 가지는 찬바람에 부들부들 떨고, 연노란 새순은 이미 줄기를 뚫고 나오고 있었다. 하늘은 씻은 듯 맑고 푸르렀고, 흰 구름은 수관 사이를 떠다녔다. 잎사귀가 부딪혀 소리를 내기도 했다. 관문 입구를 향한 두 갈래 가지는 특히 무성했고, 웃자라 떨어지기도 했다. 정말 신기했다. 우산 덮개 같은 수관 부분에 튼실한 두 갈래의 가지가 가로로 감겨 두 팔이 서로를 향해 뻗은 것처럼 보였다. 허리춤은 급격히 기울어 있고, 큰 산에 기댄 한 면은 매우 성글었다. 나무의 몸은 먼 산 입구 쪽으로 기울어져 있었다. 그 몸은 육중했고, 유연하고 아름답게 한들거리며 아직 남아 있는 눈서리를 떠받치고 있었다. 20여 년이 되었단다. 무엇을 원하는 것 같기도, 누군가를 기다리는 것 같기도, 뭐라 울부짖는 것 같기도 했다. 그렇게 손과 팔을 내밀고 있었다. '구름 뜬 파란 하늘, 낙엽 진 누른 땅, 가을빛은 강물 져, 물결 위로 차가운 안개 파랗다네.'[91] 옛사람이 묘사한 것은 아마도 이미 결실을 본 은행나무였을 것이다. 그런데 이 녀석은 불쌍하게도 20여 년 동안 열매를 맺은 적이 없다. 그런데도 매해 꽃을 피울 줄 안다. 과거에는 매해 열매를 맺었다. 십여 리 떨어진 수나무의 화분이 때마침 날아온 것이다. 그래서 그녀는 영원히 직녀가 견우를 기다리는 모습을 하고 매년 짝짓기를 기다린다. 이는 얼마나 완고한 삶의 갈망인가. 또 얼마나 황당한 성적 은유인가.

상사수로 얘기로 돌아와 보자면, 나는 늙은 홰나무들이 실재적이라 생각했다. 계곡물의 흐름엔 의도가 없고, 애정은 영원하다. 평생 머리를 부여잡고 우니 맑은 물도 감동을 받는다.

초목도 감정이 있는데, 사람은 두말할 필요도 없지. 나, 또 병이 재발했나 보다.

x월 x일

요 며칠 대영이 내가 있는 곳을 어슬렁대다가 말을 얼버무리곤 했다.

---

91 송대 문학가 범중엄范仲淹의 사작詞作 〈소막차蘇幕遮 · 벽운천碧雲天〉의 일부.

나도 내치기가 좀 그랬다.

나와 곽훼에게 대영의 인상은 나쁘지 않다. 일 잘하고, 열정적이며, 사상도 보수적이지 않다. 생산대의 가옥에 쥐가 많아 난리도 아니라고 말했더니 그는 냉큼 금강자金剛刺[92]를 몇 뿌리 꺾어 모기장 위에 묶어 주었다. 하지만 그가 이곳에 너무 자주 오고, 눈빛도 좀 그래서 불안하기도 했다.

《마틴 에덴》을 다시 조금 읽었다. 대단한 사람에 대해 생각해 봤다. 도대체 '대단하다'는 건 뭘까? 자존, 자립, 자강, 분투… 이런 덕목은 물론 대단하다. 소설에서 보면, 잭 런던의 답에는 성공이나 상류사회의 인정도 포함되는 것 같다. 루스 모어스의 통속으로 그 '대단함'을 떠받치는 것은 바로 인간이 분투할 때 얼마나 편협한지를 폭로하는 것이다. 그래 봐야 스탕달 식 휴머니즘이다. 그는 줄리앙처럼 상류사회에 진입한 이후 더 많은 허위와 추악을 봤고, 절망할 수밖에 없었다. 하지만 그는 자신이 '돌아갈 수 없음'을 느꼈다. 그는 이미 상류층이 되어 버렸고, 죽음으로써만 그것을 끝낼 수 있었다. '돌아갈 수 없음'은 곧 지식인의 우유부단을 폭로하는 것이다. 정말 돌아가려 한다면 돌아갈 수 없는 곳은 없다.

잘가, 1968년의 기억! 안녕, 1969년의 소망!

---

92 약재로 쓰이는 식물인 위령선의 일종.

15.

x월 x일

봄이 되자 일이 너무 힘들어 글쓰기도 게을러졌다.

허리도 아프고, 등도 쑤신다. 이상하다. 여자는 허리가 유연하면서도 강인하다고들 한다. 모내기할 때도 여자들은 그다지 힘들어 보이지 않는다. 모내기 의식이나 노래 부르는 모습만 보면 아주 쾌활해 보이는데, 실상은 그렇지 않았다. 여성의 허리 근육도 단련되어 만들어지는 것이었다. 그건 매년 반복되는 고된 숙련의 결과였다.

우리 앞에 놓인 또 다른 장애물은 바로 거머리였다. 이 조그만 녀석이 곱고 연한 살점만 골라 괴롭히는 듯했다. 이곳 여성들은 거머리에게 물리는 경우가 거의 없었고, 물리더라도 툭툭 쳐내면 떨어져 나갔다. 하지만 우리는 아무리 신발 밑창으로 내리쳐도 소용없었다. 거머리가 우리 피를 배부르게 뽑아 먹고 점차 피부 바깥으로 밀려 나와 살덩어리가 되는 걸 눈 뜨고 보고 있을 수밖에 없었다. 물론 우리가 이 흡혈귀를 봐주기만 한 건 아니었다. 대영이 가르쳐 준 방법대로 그 부푼 배를 풀대로 뒤집어 햇빛에 말려 죽였다. 최고 기록은 곽훼가 하루에 27마리를 잡은 것이다.

이번에 집에 다녀온 후 곽훼가 많이 변했다. 말수가 적어졌고, 잘 웃지도 않았다. 그녀의 이런 침묵이 나는 좀 두렵게 느껴졌다.

x월 x일

이곳의 봄은 놀랄 만큼 아름답다. 3월의 두견, 4월의 목단, 5월의 유채. 붉었다 싶으면 새하얘졌고, 또 금세 노란 빛을 냈다. 며칠 건너 구경거리가 바뀌었다. 이런 꽃들과 더불어 산을 가득 메운 춘수春水가 계곡을 흐르며 즐겁게 노래했다. 모든 고생이 시적인 느낌을 갖게 되었다.

목단화는 피는 기간이 짧아 4~5일이면 꽃이 진다. 꽃을 많이 따면 돈벌이를 망친다고 눈총을 받았다. 이곳의 목단 단피丹皮는 아주 유명해서 먼 상해까지 팔려 나갔다. 그런데 이상한 건 생산대에서 생산을 확대하려 하지 않고, 오히려 야생 상태를 보존하려 한다는 점이다. 여러 번 물었더니 대장이 내 코를 가리키며 말했다. "너희 학생들, 학생들은 잘 모른다니까…."

원래 약재 회사에서 목단 단피를 수매할 때 등급을 나누는데, 야생 단피여야 가장 좋은 가격을 받을 수 있단다. 희귀해서 비싼 것이다. 대영은 누군가를 흉내 내듯 말했다. "너희는 새우가 어디로 방귀를 뀌는지는 알아?"

대영에게 핀잔을 들었지만, 오히려 즐거웠다. 그들이 더 이상 우리를 손님으로 깍듯이 대하지 않고, 자기 사람으로 여기기 시작했다는 걸 의미하니까.

x월 x일

유쾌하지 않은 일이 발생했다.

유수 공사에서 십수 명의 지식 청년이 공사 사무실을 작살냈다. 공사의 우두머리들이 '9대'[93]의 정신을 관철하고 실행하는 것에 문제가 있다는 이유였다. 그 소식은 금방 우리가 있는 이곳으로 전해졌다. 우리 공사의 우두머리들 중 일부는 현성縣城의 병원에 입원했고, 일부는 집에 숨어 출근하지 않았다. 대대 간부조차 큰 재난을 맞닥뜨린 것처럼 목이 움츠러든 거북이 같았다. 왕훙원도 그 지식 청년들에게 선동돼서 우리 대로 연합하러 와서는 "다시 한번 적발하고, 비판하고, 조사하는 위대한 운동이 시작됐다"라고 말했다. 그는 흥분해서 팔을 흔들어 댔다. 두 눈에선 금빛이 사방으로 뿜어져 나왔고, 목청에선 종이가 갈기갈기 찢기는 소리가 났다. 겨우 며칠 쉬면서 노동 점수를 평가한 것뿐이잖아? 이럴 필요까지 있나?

이런 이빨 빠진 선동에 마음속으로부터 구역질이 났다. 이는 그저 두 글자로 표현할 수밖에 없다. '무료'해.

마침 봄 밭갈이 등으로 매우 바쁜 시절이었다. 아마 현에서도 이들을 어찌할 수 없었는지 T시로 병사를 데리러 갔다. 결국 강요 정치위원이 우리 현으로 직접 와서 T시에서 온 홍위병 소장들을 위문했다. 강요가 온다고 뭐 어쩌겠어? 분명 공허한 연기를 한 번 할 뿐이겠지. 그는 장우가 홍위병 우두머리이고, 혁명 사업의 계승자라고 할 것이다. 그러고는 장우의 어깨를 보듬어 안고 사진을 몇 장 찍을 것이다. 아마도 장우가 원하는 건 이런 효과일 것이다. 그는 T시가 자신을 잊을까봐 두려워한다. 그는 아직도 T시의 혁명위원회 한 자리를 염두에 두고 있다. 아마

93 1969년 4월 북경에서 개최된 중국 공산당 제9차 전국대표회의.

강요는 장우의 생각을 아주 잘 알고 있어서 적시에 그에게 암시를 준 것 같다. 그뿐이다.

장우는 어쩌다 이렇게 된 걸까? 예전의 그 광채는 어디로 갔을까? 처음에 우리가 그를 따라 행동한 건 그가 다른 사람보다 더 용감하거나 더 좌파여서가 아니라 그가 방향과 조류를 대표했기 때문이었다. 역사에서 왕명과 장국도도 모두 한때는 사랑스러운 좌파였다. 장우는 사실 상당히 정치적 감각이 있는 친구였다. 그런데 안타깝게도 그는 개인의 이익을 너무 중시했다. 학교에서도 이미 그런 부분이 드러난 적이 있었다. 처음 우리가 조반에 참가할 땐 씻기지 않는 원한이라는 개인적 동기가 있긴 했지만, 그때는 정의와 이상을 추구하고자 한 게 더 컸다. 북경에서의 우리 맹세는 평생 혁명 이상을 추구하는 것이었다. 지금 보니 이 두 가지 목표는 서로 엇갈리는 것이고, 때때로 고조되거나 침체될 뿐, 영원히 합치되기 어려운 것이다. 결국엔 분명히 각자 자기 길을 갈 것이다.

이는 마치 과거 연안에 갔던 열혈 청년들이 기꺼이 짚신을 신고 잡곡을 먹었지만, 일부는 중국의 희망이 됐고, 일부는 양량재처럼 신분 상승의 기회를 엿본 것과도 같다. 나는 그가 혁명 대오에 투신한 열정을 조금도 의심하지 않는다. 그러나 그의 열정은 투자였고, 일단 권력을 잡으면 이윤과 교환하는 것이었다. 나는 장우도 이런 사람이라고 믿는다. 그 또한 혁명위원회에 진입하게 된다면, 정통 관료가 될 것이다. 그렇게 되기 위해 치밀한 준비를 하고 있기도 하다. 혁명의 맹세, 노동 인민에 대한 약속은 입 발린 소리에 불과하다.

정신이 함락됐다. 이상은 퇴색했다. 노동만이 있다.

볼가강의 뱃노래

어기여차, 어기여차

다시 한 번, 한 번 더

어기여차, 어기여차

다시 한 번, 한 번 더

자작나무를 잘라 보세

잎이 무성한 자작나무를

아이다 다 아이다, 아이다 다 아이다

자작나무를 잘라 보세

잎이 무성한 자작나무를

어기여차, 어기여차

다시 한 번, 한 번 더

우리는 자작나무를 따라 나아가네

태양을 향해 노래를 부르네

아이다 다 아이다, 아이다 다 아이다

태양을 향해 노래를 부르네

에 헤이, 밧줄을 더 단단히 묶어라

우린 태양의 노래를 부르네

어기여차, 어기여차

다시 한 번, 한 번 더

에이, 그대 볼가여, 어머니 강물이여

그 넓고 깊은 강이여

아이다 다 아이다, 아이다 다 아이다

넓고 깊은 강물이여

에헤이, 밧줄을 더 단단히 묶어라

볼가, 볼가강은 우리의 어머니

어기여차, 어기여차

다시 한 번, 한 번 더

어기여차, 어기여차

다시 한 번, 한 번 더

어기여차, 어기여차

x월 x일

《반뒤링론》을 읽고.

뒤링이라는 사람은 많은 무지한 사람을 속였다. 많은 청년이 하나둘 그를 추종했고, 그의 '체계'를 수호했으며, 그를 새로운 '큰 스승'으로 모셨다. 첫째, 이 큰 스승은 담이 매우 커서 모든 과학을 통달한 듯한 자태를 뽐냈고, 모든 과학계에 도전장을 냈다. 둘째, 그의 언사는 이리와 같아서 새로운 자태로 세계에 군림하고자 했다. 셋째, 낯짝이 두껍게도 각종 거대한 입론을 모두 가상 위에 세웠는데, 엥겔스의 치밀한 분석과 반박을 통해 순식간에 붕괴했다. 베를린 대학도 뒤링의 비리 때문에 그의 교직을 박탈했다. 이에 대해 엥겔스는 이의를 제기했는데, 그런 이유로

한 사람의 교학教學의 자유를 박탈할 수는 없다는 것이었다.

물론 뒤링이 우습기만 한 건 아니다. 중국에 이런 류의 사람은 매우 많고, 익숙하다.

사실 자칭 큰 스승이라는 자들이 빈 수레가 요란했고, 자칭 우두머리라는 자들이 결말이 좋지 않았으며, 진정한 지도자는 늘 투쟁 속에서 자연적으로 만들어졌다. 이는 일찍이 역사로부터 증명된다. 뒤링의 사례가 말해 주듯, 그에 대한 엥겔스의 일갈이 없었다면, 세상에 뒤링이라는 자가 있었다는 걸 누가 알까?

x월 x일

《고타강령비판》을 읽고.

《고타강령비판》은 마르크스 혁명 강령과 기회주의의 첨예한 대립이다. 나는 당시 독일 노동운동 속의 두 파벌과 홍위병이 정말 비슷하고 유치하다는 걸 알고 있었다. 겉으로는 좌익이면서도 실제로는 우익인 라살레 파의 강령이 결국 통과되기도 했는데, 이 강령 초안을 마르크스가 비판했던 것이다. 당시엔 공개적으로 발표하지 않았지만, 1891년 엥겔스가 독일 당내의 기회주의 사조를 반대하면서 이를 발표했다. 이는 이론적으로 라살레주의를 청산해 과학적 사회주의를 발전시킨 것이다. 마르크스는 처음으로 '자본주의 사회와 공산주의 사회 사이에 전자가 후자로 변하는 혁명적 전환의 시기가 있고, 이 시기와 상응하는 것으로서 정치적인 과도기가 있으며, 이 시기의 국가는 그저 무산계급의 혁명적 독재일 수밖에 없다'는 것을 명확하게 제출했다. 마르크스는 사회주의 사회가 '방금 자본주의 사회 속에서 만들어진 것에 불과하며, 그래서 각 방면, 즉 경제, 도덕, 정신의 태내에서 함께 나온 구 사회의 흔적을 가지고 있다'는 점을 예견했다.

마르크스의 어법에 따르면, 무산계급이 사회주의 경제를 세우고, 자신이 정치와 경제에서의 주인이 되어야 비로소 착취와 억압의 근원을 제거하고 철저한 해방을 얻을 수 있다. 그래서 이는 상당히 긴 역사적 과정이며, 우리 세대에서는 그날을 볼 수 없을 것이었다. 그런데 우습게도 어떤 사람들은 혁명위원회에 들어가면 곧 성공했다고 생각한다.

착실하게 가자.

x월 x일

우리의 자류지는 4분分[94] 정도였고, 경작한지 오래된 땅이었다. 생산대가 우리를 배려해 준 것으로, 생산대 가옥의 뒤편에 있었다. 씨앗은 진鎭에서 사 왔는데, 배추, 비름 그리고 고추도 있었다. 이 새싹이 땅의 표층을 뚫고 나와 푸름을 조금씩 새롭게 더하고, 한 뼘씩 자라는 걸 보는 건 정말이지 즐거운 일이었다. 우리는 매일 밭에 가서 새싹을 둘러보았다. 거름통을 깨끗이 비우면서 '다 자라면 정말 이걸 먹을 모진 마음이 생길까?'라고 말하기도 했다.

하지만 사람은 역시 실수를 하기 마련이다. 모두 채소가 빨리 자라길

---

94 중국의 면적 단위이며, 4분은 266.8m²에 달한다.

원한 나머지 새로운 생각을 떠올렸다. 곽훼가 생산대 가옥의 화학비료 포대를 열고는 "이걸 뿌리면 더 빨리 자란대"라고 말했다. 몇 명은 그걸로 부족하다며 비료를 몇 번 더 퍼냈고, 세숫대야에 물과 섞어 채소밭에 몰래 뿌렸다. 하지만 결국 배추는 죽고, 고추는 시들었다. 비름은 이파리가 자라지도 않은 채 씨방을 맺었다.

하루는 유채를 베는데, 갑자기 대영이 큰소리로 웃으며 말했다. "너희가 농사를 짓는다고? 참 잘도 하겠다!" 그제야 비로소 우리가 화학비료를 잘못 썼다는 걸 알았다. 하지만 그는 참 즐거운 모양이었다. 우리의 난처함과 고민은 그의 웃음소리에 가볍게 스쳐 지나가 버렸다. 사실 사람들은 벌써부터 알고 있었는데, 그저 말해 주기 뭣했던 것이었다. 생산대도 우리를 나무라지 않았다. 대장도 늘 그랬듯 순박한 미소를 지었다. 그의 벗겨진 이마는 커다랗고 평평했다. 그래서 우리는 아르키메데스의 이마라고 높여 불렀다.

돌아와서 그 화학비료 포대를 살펴보니, 우리가 사용한 건 칼륨 비료였다. 질소, 인, 칼륨은 각각의 효용이 다르다고 초급 중학에서 배운 적이 있다. 하지만 안타깝게도 지식을 실생활에 사용할 때는 머리가 꽉 막힌다. 평술책平戌策[95]이나 종수서種樹書[96]보다 빈농과 하중농에게 착실히 배우는 게 낫다.

---

95 북송北宋 시기의 전략 저술.

96 나무 심기 서적.

x월 x일

가을이 금빛이라고 여러 번 감탄할 무렵 가을 수확기가 되지도 않았는데 즐거움이 이미 시작됐다. 밀을 벤 곳에서는 경단을 굽고, 참깨를 수확한 곳에서는 기름을 짰으며, 유채를 벤 곳에서는 노래하며 대를 묶었다. 곡식은 빼곡하게 양곡장에 펼쳐지고, 반나절 햇볕에 말린 껍질이 입을 연다. 평일에는 소리도 말도 없던 부녀들이 전혀 다른 사람이 된 듯 얼굴에 웃음이 가득하다.

대를 묶는 건 이런 식이었다. 아가씨들이 한 줄로 서고, 아주머니들도 맞은편에 한 줄로 서서 얼굴과 얼굴, 발과 발을 서로 마주한다. 허리를 한 번 돌려 대를 머리 위로 올리고, 공중에서 원을 그리며 박자에 맞춰 질서 있게 떨어뜨린다. 한쪽은 떨어뜨리고, 한쪽은 올린다. 이쪽에서 노래를 시작하면, 저쪽에서 후렴구를 한다. 더할 나위 없이 즐겁다. 산과 들에서 노래가 시작되고, 등에선 구슬땀이 흘러내린다.

어젯밤에 누이야 나무 밑에 기다리길 삼경까지
오빠야 어젯밤에 밤새 보고 싶어 날이 샜네

처음 시작할 때는 대가 잘 묶이지 않았다. 대끼리 자꾸 부딪혀 박자를 맞추지도 못했다. 그래서 소란이 직접 손을 잡아주며 가르쳐 줬다. 몇 번 하고 나니 조금씩 익숙해졌고, 몸의 각도와 속도, 그리고 힘쓰는 정도를 적당히 알게 됐다. 그렇게 하니 힘들지 않았고, 노동이 곧 춤이 되었다.

어젯밤에 누이야 꽃무늬 천 가져가 놓고 맘 변했니

오빠야 어젯밤에 엄마가 노려봐서 그랬던 거야

노동요의 선율은 매우 토속적이다. 가사도 솔직하고 분방하다. 야성적이고 제멋대로인 느낌이 충만하다. 이러한 산과 들의 민간 노랫소리는 대개 그들의 참모습이었다. 오래 억압된 갈망이 그런 장소에서야 비로소 맘껏 방출되는 것이다. 평소에 그들은 그렇게 생활하지 않는다. 그래서 대를 묶을 때 이렇게 감정이 폭발하는 것이다. 대대로 그녀들은 노래 속에서 영원히 얻지 못할 쾌락을 향유했다.

노랫소리를 집으로 데려왔다. 곽훼는 밥을 지으면서도 흥얼거린다. 그녀는 꽤 오랫동안 노래를 부르지 않았었다.

x월 x일

우리가 화학비료로 못난 짓을 하면서부터 대영은 더욱 '부풀리기' 시작했다.

'부풀린다'는 말은 경솔하게 과장하는 것을 형용하는 이 지역 사람들의 속어다. 온당하지 않고, 내세우기를 좋아한다는 뜻이다. 그는 교육자인 양 뽐내며 우리더러 자신에게 재교육을 받으라고 했다. 그럴수록 우리는 그런 그의 태도를 흉봤고, 그의 단점을 들추는 걸 우리 집체호[97]의 낙으로 삼았다.

---

97 여러 사람이 하나의 호구戶口를 이루는 것. 주로 외지인이 일정 규모를 갖추면 등록을 거쳐 형성된다.

'대영, 오늘은 또 무슨 짓을 했지? 순순히 솔직하게 말해!'

사실 대영은 우리를 많이 웃게 해 주고, 책에서는 절대 배울 수 없는 지식을 준다. "너희가 뭘 알겠어?", "너희는 새우가 어디로 방귀를 뀌는지는 알아?"라는 게 그의 입버릇이었다. 그리고 '누구도 자신의 농민을 잘라 버릴 수 없다'며, 끊임없이 잘난 체했다.

"너희는 대문이 몇 조각의 목판으로 만들어지는지 알아? 탁자는?"

우리는 정말 몰라 각 집마다 다니면서 세어 보았다. 심지어는 관의 판이 몇 개인지도 세어 보았다.

"일곱 개! 왜 이런 목제 가구는 다 일곱 개의 판으로 만드는지 알아? 여섯 개도 아니고, 여덟 개도 아니고? 우연일까? 이게 어떤 원리일까? 너희가 뭘 알겠냐?" 이 질문에 와서 그의 머리는 한참 치켜세워졌고, 흔들거리기 시작했다. 두 어깨는 으쓱였고, 양손은 열어젖혀 있었으며, 코도 호두처럼 주름이 졌다. 우리는 고개를 숙인 채 가르침을 청하며 기다렸다.

그는 내 손을 잡고 "잘 세어 봐. 먹을 게(吃)[98] 있다. 없다. 있다. 없다. 있다. 없다. 있다! 하하하. 있네!"라고 말했다. "시골에서는 모두 가난하기 때문에 모든 생각이 먹는 것과 관련이 있단 말이야. 그래서 일곱은 가장 길한 숫자인 셈이지."

먹는 것이 그들의 생활에서 이렇게 중요하니 숫자 자체도 덕담이 되는 것이었다. '7'은 확실히 그렇게 쓰이게 된 것이다. 나는 머리로도, 마

98 중국어에서 "吃(먹다)"와 "七"의 음가가 유사함을 이용한 언어 유희.

음으로도 설득됐다. 대영은 확실히 재치가 있다. 그렇지 않았다면 젊은 친구들 가운데 그렇게 돋보이지 못했을 것이다. 그는 일상생활에서 법칙을 발견하는 데 뛰어났다. 그로부터 삶의 의의를 찾기도 했고, 조상으로부터 전해 내려오는 생존의 이치도 떠올렸다. 만약 그가 도시에서 태어났다면, 분명히 학자나 전문가가 됐을 것이다.

"너희들 잘 봤어? 석문관의 기와집에 어떤 특별한 구석이 있는지? 어떻게 기와를 올렸는지 알겠어? 외지 사람들은 기와를 올릴 때 기왓등을 서까래 홈에 떨어뜨리는데, 우리 석문관만 기왓등을 서까래 볼록선 위에 세우거든. 이건 단순한 기술이 아니라 집의 채광과 통풍에 좋은 방식이야. 여기에도 학문이 있고, 생각이란 게 있단 말이지! 기와 조각 하나로는 서까래 볼록선 위에 제대로 세울 수가 없어. 조각이 하나씩 서로 붙어서 위쪽에서 잡아주며 하나가 될 때 조각들이 힘을 받을 수 있지. 이건 다 우리 선조로부터 내려온 교훈이야. '네 발로 걸으면 튼튼하게 설 수 있고, 어깨와 어깨를 서로 기대면 오래 살 수 있다. 석문관은 아무리 곤궁하더라도 자고로 인의의 고장이다!'"

그리고 "냉이, 고사리, 명아주. 물 타고, 소금 타고 모두 다 사랑이라"[99]라는 대묶기 노래의 구절이 있다. 대영의 해석은 이렇다. '그녀들은 고생을 두려워하지는 않지만, 고생 속에 낙이 없고, 고생이 한없이 반복될까봐 두려워한다.' 이런 가사에 보이는 남녀의 사랑에 대해 대영은 조금도 감추거나 꾸미려 하지 않았다. 자신이 직접 경험했던 것인 양

---

99 서로 입맛이 다른 부부가 상대를 배려해 음식을 만들고, 자기 몫엔 물이나 소금을 타 간을 맞췄다는 민간의 이야기다.

눈꺼풀에 옅은 안개가 끼었다가 희미하게 흩어졌다. 아마 그가 나서길 좋아하는 건 별로 나설 만한 곳이 없어서일 것이다.

나는 기나긴 세월의 빈곤한 노동 가운데 사람의 존엄 또한 늘 성장해 왔다고 믿는다. 그들의 선조 또한 도시 사람과 마찬가지로 커다란 정신세계를 가지고 있다. 노동이 사람을 창조하고, 문명을 창조하며, 그들의 유대 관계를 창조한다.

x월 x일

수확이 끝나고, 공사에서 지시가 내려왔다. 올해 반드시 계급 대오를 정돈해야 한다는 것이다. 원래 작년에 있었던 운동인데, 공사에서 실행하지 않아서 '보충수업'을 해야 한단다. 공사의 지식 청년 사무실은 특별히 우리를 공사로 불러 동원 대회를 열었고, 현 혁명위원회의 문건을 읽었다. 그리고 회식을 했다. 지식 청년 사무실의 주임은 대단한 뚱보였는데, 관내의 대대가 '복잡'하다고 여러 번 언급했다. 도대체 어떤 부분이 '복잡'하다는 건지 물으니 직접적인 대답을 회피했다. 그저 우리에게 좀 더 경각심을 가져 달라고 요청했을 뿐이다.

대대에서 비판 투쟁 대회를 열고 나서야 알 수 있었다. 여기는 확실히 빈농이나 하중농이 소수였고, 절반 이상의 농민이 토지개혁 중에 중농으로 판정받았다. 우리 소대의 열일곱 가구는 모두 중농이었다. 대대 전체에서 한 가구가 지주였는데, 해방 이전에 죽었단다. 이렇게 비판 투쟁 대상은 지주의 아내와 자수한 변절 분자밖에 없었다. 이 둘은 자진해서 큰 명패를 달고 출두해 고개를 숙인 채 비판을 기다렸다. 구호를 외치라면 외쳤고, 손을 들라면 들었다. 이것은 당연히 대대 간부와 바보 같은 우리 몇 명의 지식 청년을 힘들게 했다. 다행히 그들도 대응 방법이 있어서 상부의 문건을 한 번 읽고, 지시 받은 구호를 한 번 외친 다음 할당량을 맡겼다. 마지막으로 우리에게 다른 의견이 있는지 물었다. 우리가 무슨 의견이 있겠어? 보아하니 우리를 위해 연 적발 투쟁 대회였다. 우리에게 보여 주려고 연출한 것이다.

돌아와서 곽훼에게 들으니 요 며칠 우리의 노동 점수가 두 배로 기록되었단다. 정말 말도 안 되는 일이다.

x월 x일

이 대대에 무슨 일이 있었던 걸까? 도대체 그 '복잡'한 일은 뭘까? 이 마을 사람들이 간직해 온 역사를 마침내 오늘 분명히 알게 됐다. 그건 28년 전에 있었던 한차례의 학살이었다. 이는 석문관 영혼의 영원한 아픔이었다. 우리가 이런 곳으로 하향한 건 참으로 행운이다.

이 대대에서 자수했다던 그 변절 분자는 다른 사람이 아니라 바로 대영의 친숙부였고, 이름은 예영무倪永茂였다. 예영무는 3대 소속이었는데, 전에 만난 적이 있다. 그는 나이 먹어서도 원숭이 모자를 썼고, 말이 전혀 없었다. 그의 두 딸은 손꼽히는 미인이었다. 특히 눈이 맑고 빛났는데, 마치 물이 가득 고인 듯했다. 우리는 그녀들에게 여러 번 같이 놀자고 했지만, 그저 예쁜 미소로 화답할 뿐이었다. 그중 언니는 스물여섯인데, 시집을 갈 수 없다고 했다. 시집을 가려면 바깥 현으로 나가야 한단다. 지금은 쉽지 않아 보였다.

1941년 봄, '환남皖南 사변'[100] 이후 고축동顧祝同[101] 부대는 승리의 성과를 공고히 하기 위해 이 일대에서 '청당清黨 운동'을 벌였다. 공산당이 이곳에 갖고 있는 기초를 철저하게 궤멸시키기 위한 목적이었다. 당시 관내와 관외의 두 대대는 모두 석문향石門鄉이라 불렸는데, 향 지부 서기가 바로 예영무였다. 당시 석문향은 천문산 구역 전체에서 가장 붉은 홍구紅區[102]였고, 예영무는 중심 현 위원회의 위원이었다. 항일 무장 투쟁은 이 일대에서 일진일퇴했는데, 그 중요한 이유 역시 이곳에 공산당의 기층 조직이 있었기 때문이다.

고축동의 수법은 이랬다. 공산당에 참가한 모든 사람은 반드시 정부에 자수해야 한다. 그래서 진주하고 있는 군대에 정해진 기한 내로 자수하러 오지 않은 석문향의 청장년 남성을 매일 현지에서 두 명씩 처형했다. 자수하고 회개한 자는 향 전체의 보증을 받아 돌려보냈다. 군대가 에워싸고, 총검을 뽑아든 채 3일의 기한을 줬다. 5일째 되던 날, 석문관 앞에 시체 네 구가 쓰러졌다. 이 날 예영무는 3명의 당원과 함께 자수했다. 요약하자면 이렇다.

해방 이후 예영무는 당시 왜 자수했고, 어떻게 협상했으며, 어떻게 향 전체의 백성을 고려했는지 등을 현 위원회에 여러 번 호소했다. 하지

---

100 제2차 국공합작 중이던 1941년 발발한 사건. 공산당의 세력 강화에 위기감을 느낀 국민당이 공산당의 지휘를 받아 항일 전쟁을 수행하던 신사군을 공격해 궤멸적인 피해를 입혔고, 이로 인해 국공합작은 사실상 결렬되었다.

101 국민당 고위급 장성(1893~1987)으로, 참모총장, 국방부장 등을 역임했다.

102 중국 공산당이 장악한 지역으로, 이와 대비되는 백구白區는 국민당이 장악한 지역을 말한다.

만 거듭 비판만 받을 뿐이었다. 이미 승리해서 지도부를 맡고 있는 현 위원회 간부들은 예영무가 무슨 생각으로 자수했든 절대 인정하려 하지 않았다. 정부는 석문향이 노구라는 점은 인정했지만, 노구에 지도자가 있다는 것은 인정하려 하지 않았다. 물론 이 당원들의 간난했던 선택에 대해서는 더더욱 이해하려 하지 않았다. 그들의 손쉬운 결론은 그가 공산당 얼굴에 먹칠을 했다는 것이었다. '예영무를 봐주면 곧 반역자를 봐주는 셈인데, 누가 책임질 것인가?'라는 식이었다.

이 지점에서 드는 의문은 공산당의 적과 공산당의 목숨을 빼앗은 망나니는 다 용서가 가능한데, 어째서 자신의 동지는 용서할 수 없는가이다. 공산당은 인민의 이익을 최고의 이익으로 간주하지 않는가? 석문향의 백성들은 인민이 아닌가?

이 일의 후과는 곧 향 전체의 집단적 침묵이었다. 토지개혁 시기 가족 중 몹시 가난한 사람조차도 스스로 중농 신분으로 신고했고, 역사 속의 여러 운동 속에서도 유연한 저항으로 공작조를 속수무책으로 만들었다. 그래서 사람들은 가장 큰 포용의 태도로 예영무를 받아들였다. 그들은 정부에 대항하지 않고, 정부가 하라는대로 했다. 그렇지만 인심은 늘 살아 있었고, 이는 겪어 본 사람만 알 수 있는 것이었다. 비곗살이 없으면 가죽이 붙어 있을 수 없고, 살코기가 없으면 뼈에 닿을 수 없다고 하지 않던가. 마음과 뼛속에 다가가는 사랑과 미움에 대해 그들은 나름의 기준이 있었다. 아마도 이것이 공사에서 말하는 '복잡'한 일일 것이다.

놀랍다! 이게 나의 솔직한 느낌이다. 예영무의 몸은 산에 있지만, 마음은 산 아래 있고, 사지가 마비된 채 오장육부가 타버리는 걸 본 것 같다. 하산은 곧 혁명에 대한 배반이고, 상산은 인민에 대한 배반이다. 내려갈까? 아니면 오를까? 햄릿보다 더 어려운 처지다. 죽는 건 아주 쉽지만, 살아간다는 건 죽기보다 어렵다. 예영무는 사숙私塾에서 공부했던 사람이다. 의리의 논리도 잘 알고, 목숨을 버려 의를 취하는 것도 잘 안다. 그러나 그가 알 수 없었던 것은 앞으로 다른 이들이 어떻게 생각할지였다.

만약 그가 산으로 도망쳤다면 어떻게 됐을까? 아마 살 만했을 것이다. 지금쯤 아마 성 위원회 일급 간부가 됐을지도 모른다. 아주 풍족하게 살 수 있었겠지. 하지만 그는 집으로 돌아갈 수 없다. 그는 과부가 된 그녀들의 얼굴을 마주할 수 없다. 만약 그에게 양지良知가 아직 있다면 말이다.

사람이 드나들던 문은 단단히 잠겼고
개가 기어오르던 구멍은 열렸다
큰 목소리로 부르짖고 있다
기어올라 와 봐. 너에게 자유를 줄게
나는 자유를 갈망해
하지만 나는 아주 잘 알고 있어
사람의 몸으로 어떻게 개구멍을 기어 나올 수 있겠어

비판 대회 이후 이해가 안 되는 부분이 있었는데, 이제야 명확히 알게 됐다. 그날 대영은 자수한 변절 분자의 명패를 겨드랑이에 끼고 있었고, 몇 명의 청년들은 말없이 예영무를 부축해 돌아갔었다.

그것은 예영무에 대한 일종의 숭배이자, 일종의 전승이었다. 그들은 언어를 사용하지 않고, 몸을 사용한다. 어쩐지 대영이 늘 그랬다. '너희가 아무리 지독해도 우리 농민을 내쫓을 수 있을 것 같아?'

이는 그야말로 한 수의 시다. 마치 묵중한 첼로 음악 같다. 장중하면서 편안하고, 유창하면서 의미심장하다. 어둠이 짙어 가고, 걸음걸이는 비장하며, 영혼은 비상한다.

혁명은 바로 이것이다. 희생은 바로 이것이다.

이 일로 인해 생각하게 됐다. 결국 농민은 무엇인가? 농촌은 또 무엇인가?

x월 x일

이로부터 한걸음 더 나아가 생각해 본다. 도대체 왜 혁명을 하려고 할까? 인민은 혁명에서 무엇을 얻었나? 문화대혁명은 궁극적으로 어떤 문제를 해결하고자 했을까?

일찍이 전국이 해방되기 전 모 주석은 무장투쟁의 승리가 그저 만 리에 이르는 장정에서 한걸음 떼었을 뿐임을 예견했었다. 그는 두 개의 '반드시'를 제기했다. 그리고 이 '반드시'를 실현하기가 얼마나 힘든지 누구도 의식하지 못했던 것 같다. 아주 많은 사람, 아마도 상당한 규모의 사람이 근본적으로 자신이 승리자라고 여겼다. 천하를 때려 얻었으니 천하에 앉으려 했고, 자신의 고생이 헛되지 말아야 한다고 생각했다. 그들은 부상을 당했고, 피를 흘렸다. 자기 사람들과 동지들을 잃었다. 그래도 자신이 권력을 잡은 이날까지 힘겹게 버텨 냈다. '내가 누리지 않으면 누가 누리겠어?' 그들은 이미 인민의 지도자로 탈바꿈했다. 논공행상하며 작위를 세습했다. 무리를 짓고, 파벌을 만들었다. 대중을 기만하고, 억압했다. 타격하고, 복수했다. 이들이 '인민을 위해 복무'한다고 할 수 있을까?

그래서 모 주석이 이렇게 말했던 것이다. "과거 우리가 농촌 투쟁, 공장 투쟁, 문화계 투쟁을 하고, 사회주의 교육 운동을 했지만, 문제를 해결하지 못했다. 우리는 우리의 어두운 면을 아래로부터 위로의 방식으로 폭로할 형식을 찾지 못했다. 그러나 이제 찾아냈다. 대명, 대방, 대자보, 대변론이다. 이 형식이 곧 문화대혁명이다."

대략적 의미는 이렇다. 그는 혁명이 왕조를 교체하는 도구도 아니고, 우리가 노래를 부르고 자신이 무대에 오르는 것도 아니라고 했다. 혁명의 목표는 중국 사회의 기본 제도를 철저히 바꿔 인민이 진정 정신적 자립을 이룸으로써 국가의 주인이 되도록 하고, 이를 인민 전체가 인식하는 것이다. 이것이 바로 공산당원의 진정한 역사적 사명이다.

소련에서의 당의 변화와 사청 운동의 반복을 경험하면서 모 주석은 혁명이 변질될 위험이 있음을 감지했다. 이 위험은 외부에 있는 것이 아니라 당내 '관료주의 계급', 즉 당 내부의 자본주의의 길을 걷는 '당권파'에 있다는 것이다. 모 주석과 호남성 위원회 서기 장평화의 담화에 관한 선전물을 본 적이 있다. 대략적인 내용은 이런 것이었다. "중국은 농업 대국이다. 외부의 봉쇄 속에서 공업화를 실현해야 하는데, 우리는 자본이 없다. 따라서 우리는 혁명 정신에 의지할 수밖에 없으므로 집체화의 길을 걷는다." 그는 이렇게도 말했다. "만약 개별 생산, 삼자일포三自一包[103], 삼화일소三和一少[104]를 하고 자본에 의존하면, 중국은 제국주의의 속국이 될 수밖에 없으며, 다시 경제 식민지가 될 것이다."

모 주석이 생각한 것은 중국의 미래이자 노선의 문제였다. 그래서 계속 혁명하려 했던 것이고, 두 노선의 투쟁이 있었던 것이며, 문화 정신에서의 한차례 혁명이 필요했던 것이다. 이는 1840년 이래로 중국인이 슬픔과 고통을 되씹으며 피 흘리는 희생을 겪고, 여러 번의 부침을 거치면서 고난 속에서 모색해 낸 기본적인 이치다. '문화' 혁명의 의의 또한 바로 여기에 있고, 인민의 역사적 요구 또한 여기에 있다.

혁명의 성과는 얻었다가 다시 잃을 수 없다. 다른 한 무리의 사람이 어르신이 되는 방식이어선 안 된다. 이것이 바로 문화대혁명이 진정으로 해결하고자 했던 큰 문제였다. 안타깝게도 우리 조반파는 아직 권력을 잡지도 못했는데 어르신이 될 준비를 하고 있고, 이미 그 지위를 뽐내고 있다. 공산당 지도부들은 대체로 세도가 출신이 많다. 그렇지 않았으면 그들이 공부할 수 있는 경제적 상황이 못 됐을 것이다. 그들이 개인적으로 편하게 살고자 했다면 그럴 수 있었을 것이다. 굳이 멀리 돌고 돌아 많은 피를 흘릴 이유는 없었다. 대혁명 시기의 안휘성 서기 왕보문

---

103 1962년 대약진 시기 발생한 대기근에 대응해 유소기劉少奇가 제시한 농촌 경제 정책이다. '삼자'는 '자류지', '자유 시장', '손익 자체 부담'을 말하고, '일포'는 '농가 책임 생산(包産到戶)'을 말한다.

104 1962년 상반기에 중앙대외연락부 부장 왕가상王稼祥 등이 제출한 중국 대외 정책 건의로, 이후 "제국주의 · 수정주의 · 반혁명과 화해하고, 세계혁명에 대한 지원을 줄인다'로 개괄됐다.

王步文은 무호蕪湖라는 지방의 대 양곡상이었는데, 집안 소유의 쌀가게 네 곳을 모두 팔아 폭동을 지원했다. 그리고 방지민方志敏도 있다. 그는 산에서 산나물을 캐고 나무껍질을 먹었지만, 그의 허리띠 구멍은 황금으로 장식한 것이었다. 그는 그것을 손톱만큼도 건드릴 수 없었다. 그것이 성 전체의 당비였기 때문이다. 양정우楊靖宇, 조일만趙一曼, 류지단劉志丹, 그리고 형장에서 혼례를 선포한 진철군陳鐵軍[105]도 있다. 진철군의 집안은 화교 부호였다. 집안에선 그 지역 거상과의 혼사를 준비했지만, 그녀는 고학생 주문옹周文雍을 사랑했다. '반동파의 총성이 우리 결혼식의 축포가 되도록 하자!' 이와 같은 공산당원들은 '사람'을 중시해 저급한 취미에서 벗어날 수 있도록 했고, 인성의 아름다움을 극치에 다다르게 했다. 이로써 혁명의 이상이 고귀하고 찬란한 빛을 활짝 피워 내도록 했다. 또한 그들은 후세대가 우러러보는 대상이 됐고, 우리가 30년 먼저 태어나지 못했음을 한탄하게 했다.

x월 x일

어제에 이어 계속 생각해 본다. 나 또한 스스로 반성이 필요하다. "문화대혁명은 갑자기 혁명의 목표를 상실했는가? 집회를 하고, 구호를 외치고, 밤낮으로 애쓰면서 우리는 결국 누구의 '명命'을 '혁革'하려고 했던가?" 왜 모두가 이러한 마음을 갖게 됐을까? 나는 글을 쓰면서 늘 투쟁

105 1928년 2월 6일 두 명의 남녀 혁명가 주문옹과 진철군이 형장에 올랐는데, 여성 혁명가 진철군이 주위 대중에게 다음과 같이 선포했다. "우리는 혼례를 거행하려 합니다. 반동파의 총성을 우리 혼례를 위한 축포로 삼고자 합니다!"

의 큰 방향을 유지하려 노력하고, 새로운 자산계급 반동 노선에 반대해 왔다. 또, 좌파 지지 부대가 상황을 대충 수습하면 안 된다고 강조했다. 그렇지만 대다수의 동학에게 이것은 괜한 소란을 피우는 정도로 보였다.

곽훼는 "당권파는 언제까지나 당권파야. 네가 누구를 타도하더라도 난 널 제일 믿어. 나는 네 친구니까!"라고 말했다. 왕홍원의 말은 더욱 멋졌다. "이리저리 바쁘게 돌아다녔지만, 다 그들 몇 명 우두머리 대신에 일한 거 아냐?"

당시 나는 그들과 논쟁했지만, 자세히 생각해 보니 그들이 이렇게 생각할 만한 이유가 있었다.

주자파를 타도하는 건 쉽지 않다. 왜냐하면 우리 중 누구도 자본주의가 무엇인지 잘 알지 못하고, 누가 자본주의의 길을 걷는지도 명확하게 말할 수 없기 때문이다. 양량재? 어쩌면 그 자신도 자본주의가 뭔지 모를 것이다. 그가 박해를 하고, 음모를 꾸미고, 과장하고, 사람 목숨을 잡초처럼 여기고, 무리를 지어 파벌을 형성하고, 상부와 기층을 모두 속이고 특혜를 남발했다는 아주 많은 자료가 있지만, 주자파라고 뒤집어씌울 수는 없다. 그래서 삼결합도 그의 상황을 참작해 줘야 한다. 지금은 냄새가 아주 구리지만, 아마 몇 년 지나면 향기로울 것이다. 최종적으로 그도 끌어안고 가야 한다.

모 주석이 대중을 추동했고, 대중이 일어섰다. 어떻게 해야 할까? 모 주석이 생각한 것은 중국 전체 앞날의 문제이자, 노선의 문제였다. 하지만 기층엔 그렇게 큰 문제가 없다. 어떻게 하나? 모 주석은 자신의 손으로 세운 구질서를 뒤흔들었다. 그러나 좌파 지지 부대는 새로운 질서를 부여하지 못한다. 어떻게 하지? 모 주석이 몹시 증오하는 '관료주의 계급'은 새로 태어난 혁명위원회 안에 있다. 게다가 새로운 관료는 여전히 부단히 증식해 새끼를 치고 있다. 어떻게 하면 좋을까?

생각해 보니 우리가 어리둥절하게 된 진정한 원인은 바로 여기에 있었던 것이다.

x월 x일

모 주석의 그 말씀을 찾았다. 1965년 호남성 위원회 제1서기 장평화張平化에게 한 말이었다.

"나는 왜 농가 책임 생산을 그리 중요하게 보는가? 중국은 하나의 농업 대국이다. 농촌소유제의 기초가 한 번 변하면, 집체 경제를 복무 대상으로 하는 우리나라의 공업 기초가 동요할 것이다. 그러면 공산품은 누구에게 팔 수 있는가? 공업소유제도 언젠가 변할 것이고, 양극화가 아주 빠르게 진행될 것이다. 제국주의는 존재했던 첫날부터 중국이라는 이 큰 시장에 약육강식하려 한다. 오늘날 그들은 여러 영역에서 더욱 우세해져 안팎으로 공격한다. 이제 우리 공산당은 어떻게 보통 사람들의 이익을 보호하고, 노동자 농민의 이익을 보호할 것인가? 어떻게 자기 민족의 상공업을 보호하고, 발전시키며, 국방을 강화할 것인가? 중국은 크지만, 가난한 나라다. 제국주의가 중국을 진정 부강하게 할까? 그러면 저들은 무엇으로 무력을 뽐내고, 위세를 떨칠 수 있겠는가? 남이 시키는 대로 하면, 이 나라가 불안정해진다. 이러한 우리의

조건에서 자본주의를 택하면, 그저 속국이 될 수밖에 없다. 제국주의는 에너지, 자금 등의 방면에서 모두 우위에 있다. 서구 자본주의 국가에 대해 미국은 연합하고, 동시에 배척한다. 낙후한 중국이 독립적으로 발전해 우위를 차지하게 그냥 두겠는가? 중국은 과거에 자본주의의 길을 걸었지만, 그 길은 막혀 버렸다. 지금 자본주의의 길을 걷더라도 역시 길은 막혀 버린다. 그 길을 가려면 우리는 노동 인민의 근본 이익을 희생시켜야 한다. 이는 공산당의 종지宗旨에 위배되는 것이다. 국내의 계급 모순, 민족 모순이 모두 격화되고, 어쩌면 적에게 이용될 것이다."

모 주석 또한 고민 중이고, 그 역시 그럴듯한 생각을 내놓지 못하고 있는 것 같다.

x월 x일

노란 콩, 참깨, 땅콩, 고구마를 수확했다. 수확의 계절은 그야말로 아름답기 그지없다. 생산대의 작은 부업은 모두 그 자투리땅에서의 생산이다. 보기에 그리 대단하지도 않고, 수확해서 나누면 얼마 안 되지만, 우리의 입을 매일 향기롭게 해 준다.

우리는 수확하는 대로 먹었다. 이렇게 직접 생산하고 직접 소비하는 건 정말 재미있는 일이다. 대대에서 선생을 초빙해 고구마 조청 내리는 방법을 배웠다. 묽은지 진한지, 질긴지 연한지 등을 배우는 동안 산골 전체가 고구마 향기로 가득찼다. 고구마 조청은 설을 지낼 때가 되어야 먹는다. 그때 쌀엿이나 땅콩엿도 만들 수 있다. 대장은 그 선생을 조심하라고 했다. 그가 다 큰 처녀를 꾀어 갈 수도 있다는 것이다. 예전에 그런 일이 있었단다. 하지만 막상 만나 보니 그 선생은 늙은 가을 수세미 같았다. 그런 사람이 누굴 꼬신다고?

이 계절은 정말 아름답다. 매번 우리에게 이것저것 뜯어 가는 왕홍원은 한 자루의 소금물을 가지고 와서 누런 콩을 삶아 가져갔다. 곽훼가 소리를 질렀다. "너무 많잖아. 우리도 얼마 없다고!" 집안 살림을 하는 그녀가 없다고 하면 정말 얼마 없는 것이다.

아마 이것이 마르크스가 말한 아시아적 생산방식일 것이다. 생산은 판매를 위한 것이 아니라 배불리기 위한 것이다. 대장은 공사가 지식 청년에게 떼어 준 2묘 반의 논을 포함하면, 우리의 노동 점수는 5각에도 못 미친다고 했다. 그럼에도 불구하고 우리가 이렇게 잘 먹는 이유는 이것들이 '꼬불친 것'이기 때문이다.

'꼬불친다'는 건 생산량이 적은 것처럼 위장한다는 말이다. 이러한 자투리땅은 토지 면적에 포함되지 않기 때문에 상부에 감추고 개인적으로 나눈다. 이 또한 내부적으론 늘상 있는 일이고, 대대들 모두 이렇게 하고 있다. 소대는 대대를 상대로 꼬불치고, 대대는 공사를 상대로 꼬불치며, 공사는 현을 상대로 꼬불친다. "안 그랬으면 너희 논이 어디서 왔겠어?" 대장이 말했다. "그건 오랫동안 공사가 '꼬불쳐 둔' 거였어."

석문관 일대는 물이 차가워서 생산량이 적다. 1958년 대약진 때 최고 생산을 기록했던 호수변의 토지도 조생종 벼 수확량이 470근을 넘지 못했다. 그런데 향에서는 꼭 570근으로 보고하라 했고, 현에서 500근을 넘지 않으면 백기를 뽑아 버린다고 했다. 이른바 '백기를 뽑는다'는 것은 처벌의 대상이 된다는 것이었다. 누구나 처벌은 두려워한다.

대장은 "'꼬불치지' 않았으면, 60년에 벌써 죽었을 거야!"라고 말했다.

이곳은 예전에 너무 빈곤해서 노구가 됐다. 지금은 노구여서 더 빈곤해졌다. 왜냐하면 방대한 규모의 관료주의 계급이 존재하기 때문이다. 혁명은 정권을 탈취했지만, 관료를 타도하진 못했다. 윗물이 맑아야 아랫물이 맑다.

장양호張養浩는 〈산파양山坡羊 · 동관회고潼關懷古〉[106]에서 뼈에 사무치는 듯한 아픔을 썼다.

뭇 산들이 모인 듯

파도가 성이 난 듯

동관으로 가는 길 안팎은 산과 강이 둘러 있네

장안을 바라보니

마음을 진정할 수가 없구나

진 · 한 왕조가 통치했던 이곳

그 호화롭던 궁궐이 모두 폐허가 되었으니 가슴이 아프도다

나라가 바로 서도 백성은 고통받네

나라가 망해도 백성은 고통받네

---

106 《원곡 불우한 이들의 통곡》, 윤현숙 역, 천지인, 2010, p.124.

x월 x일

생산대장은 큰 가장 같다. 공사 사람들이 잘 지내는지, 분위기가 괜찮은지, 모두 대장에게 달려 있다.

대장을 관찰해 보니, 그의 신조는 상부엔 꼬불치고, 아래로는 사심과 잡념을 극복하는 것이다. 우리가 나눠 받은 농부산품은 모두 장부에 기록되지 않는다. 분배 방법은 역시 노끈으로 매듭을 만드는 절대 평균의 방식이었다. 단지 우리 지식 청년 집체호를 특별히 배려해 줘서 두 배로 쳐줬고, 이를 모두의 앞에서 공개적으로 얘기했다. 공사 사람들도 다들 평온하게 받아들이는 것 같았다.

대장에게 물어본 적이 있다. "가장 역할을 하느라 손해 보는 것 같지 않아요?" 그가 말했다. "그건 당연하지! 남들보다 일찍 일어나서 남들보다 늦게 자야 하고, 그 고생을 제대로 감당하지 못하면 생산대 전체가 어지러워진단 말이야. 세상에 어디 바보가 있는 줄 알아? 아무도 어리석지 않아. 눈알 하나하나가 개 불알보다 크거든!

내가 막 대장을 맡았던 그해에 큰 눈이 내렸어. 비탈의 나무 몇 그루가 넘어갔는데, 사람들이 그걸 베어다가 땔감으로 썼지. 거기엔 내 마누라도 있었어. 모두 쉬쉬하면서 집집마다 산에 가서 나무를 베어 오는 거야. 내가 알게 될 때까지. 비탈의 나무들이 이미 한 덩어리 베어져 버렸지."

"그래서요?"

"그래서 반환했지. 앞장서서 반환했어. 내가 안 그러면 누가 말을 듣겠어? 사람은 모두 사심이 있어. 누가 없겠어? 하지만 사람에겐 양심도 있지. 정직한 분위기가 만들어지면, 은근슬쩍 욕심 챙기는 일들은 자연스럽게 고쳐져. 고치면 좋잖아. 다들 한 가족인데."

"사실대로 얘기해 주세요. 토지개혁 때, 왜 대다수 사람이 중농 판정을 받았죠? 정말 그만큼 토지가 있었던 건 아니잖아요? 납득이 안 돼요." 그는 나를 한 번 쳐다보더니 한숨을 쉬었다. 마치 큰 결심을 한 것 같았다. "열 손가락도 가지런하지 않은데, 어떻게 모든 집이 똑같을 수 있겠어? 예영무가 중농이라고 판정받았으니 모두가 중농이라고 신고했어. 애초에 그는 보통 사람들을 보호하려다가 재수 없게 걸린 거고, 보통 사람들은 이런 방식으로 그에게 보답하려는 거지. 3대隊에 영왕永旺의 집은 가랑이가 찢어지도록 가난했는데, 자신이 빈농으로 판정됐다는 소식을 듣더니 현성縣城으로 뛰어가서 중농으로 바꿔 달라고 죽자 살자 우겼어. 그가 바보라서 그랬겠어? 농민의 의리는 교양 있지도 않고 기분에 따르긴 하지만, 사람이 어리석진 않아! 우리는 입으로만 떠들지 않고, 직접 행동한단 말이지."

농촌은 정말 흥미롭고, 농민은 정말 복잡하다.

근로, 절약, 은근한 인내, 이기심, 단견短見, 겁약怯弱, 가족과 고향과 국가 사랑, 그 모든 것은 다 이유가 있다. 그들이 '꼬불친다'고 탓할 수만은 없다. 그건 다 생존의 지혜다.

x월 x일

집으로 돌아가 추석을 쇠기로 결정했다. 어머니가 편지를 보냈는데, 몸이 좋지 않다며 내가 보고 싶단다.

곽훼도 집에 갈 줄 알았는데, 그러고 싶지 않다고 했다. 나는 그녀가 집 걱정을 한다는 걸 알고 있다. 그녀는 농촌의 노동을 점점 더 겁냈고, 종일 기운 없어 했다. 농민의 일은 단조롭고 재미가 없다. 힘들어도 불평할 수 없고, 소득도 너무 적었다. 만약 일 년에 사계절 수확할 수 있다면 훨씬 더 즐겁겠지.

그러니 그녀를 탓할 수만은 없다. 현장으로 온 사람들 가운데 그녀는 이미 충분히 강인한 편이다. 남자 세 명 가운데 유광근劉廣勤과 서휘徐輝는 반드시 돌아가서 겨울 징병에 참가할 거라 표명했고, 나머지 한 명인 호소천胡小泉은 이곳에 친척이 있어 현의 간장 공장에 임시 노동자로 가고 싶어 했다.

격정은 이미 사그라들었고, 실망감이 퍼졌다.

남경의 지식 청년이 지은 〈지식 청년의 노래知青之歌〉가 곳곳에서 불리고 있다.

태양을 따라 걷고

달빛과 어울려 돌아간다

무거운 마음으로 지구를 고친다

나는 두 손으로 지구를 붉게 수놓는다

우주를 붉게 수놓는다

행복한 내일

믿음을 갖자

반드시 오리라

이 노래는 묵중하고 우울해서 고향을 그리워하는 사람에게 잘 어울린다. 그런데 가사가 너무 별로다. 나는 과장하더라도 유머가 좀 있고, 독설을 내뱉더라도 지혜가 담긴 가사가 좋다.

곽훼는 한사코 집에 가기 싫다고 했다.

대영이 땅콩 한 봉지를 가져다 줬다. 집에 돌아가는 우리를 위한 '작은 선물'이란다. 나는 당연히 미소를 지으며 받았는데, 곽훼의 눈빛이 잠깐 매서워지는 게 보여 아주 어색해졌다. 그녀는 아무 말 안 했지만, 그 이상한 눈빛 때문에 불편했다. 내가 뭐 잘못한 게 있나?

x월 x일

어머니는 전보다 많이 야위었다. 그녀는 메마른 손으로 내 머리를 쓰다듬으며 내가 전보다 까매지고, 다 큰 처녀가 됐다고 말했다. 기쁨의 눈물이 용솟음치듯이 얼굴의 계곡에 넘쳐흘렀다.

내 기억 속의 어머니는 이런 사람이 아니었다. 그녀는 예전보다 부드러워졌고, 약해졌다. 어머니는 원래 강인하고 말이 없었다. 음울하긴 했지만, 눈물을 보이진 않았다. 이런 모습은 처음이었다. 나는 그녀가 얼마나 많이 고생했는지, 얼마나 고독하고 적막했는지, 세상이 얼마나 그녀에게 야박했는지, 그녀가 얼마나 억울하고 곤란했는지 안다. 문득 이런 생각이 들었다. 만약 어머니를 농촌으로 데려갔으면 어땠을까? 그러나 그렇게 말할 용기가 없었다. 나도 잘 안다. 어머니의 진심은 여전히 역사의 갈등 한가운데에 있다. 그녀가 희망을 버린다는 건 불가능하다. 그녀에게 희망을 남겨두는 게 그래도 낫다.

가져온 토산품을 반으로 나눠 곽훼의 집에 가져다주려는데, 어머니가 말렸다. “걔네 엄마가 널 엄청 미워하는 거 몰라? 가면 면박만 당할 거야. 곽훼가 말 안 했어?”

곽훼의 어머니는 내가 곽훼를 데려가 망쳐 놓았다고 생각했다. 곽훼가 말을 안 듣는 것도 다 나 때문이라고 생각한다. 어쩐지 집에 가기 싫어하고, 늘 뭔가 숨기는 것 같더라니. 내가 그녀를 난처하게 만들었다. 곽훼는 둘도 없는 친구인데.

바람이 어디에서 불어왔는지는 모르겠다. 이른바 실업자를 도시에서 쫓아낸다고 했다. 대자보가 먼저 나왔고, 나중에는 신문과 방송에 나왔다. 누군가 “우리도 일할 능력이 있고, 도시에서 공짜 밥을 먹지 않는다”라고 했다. 직업이 없는 사람들이 자원해서 농촌으로 돌아가도록 여론을 만들어 강제하는 것이다. 그러나 곽훼의 부모는 처음부터 도시 사람이다. 그들은 돌아갈 농촌이 없었다. 비록 공장 노동자는 아니지만, 그들은 자신의 시계 수리 기술로 좌판을 열어 생활했다. 이들도 노동을 했고, 공짜 밥을 먹은 게 아니다. 문제는 주민위원회 주임에게 있었다. 이 할머니의 멍청한 아들은 짝을 찾지 못했는데, 곽훼와 잘해 보고 싶어 머리를 굴리고 있었다. 곽훼가 만약 이 결혼에 동의한다면, 집에서도 걱정을 덜 것이고, 곽훼도 도시로 돌아와 ‘공짜 밥’을 먹을 수 있게 되는 것이다. 이런 우스운 제안은 결국 곽훼 부모에게 큰 압박이 됐고, 그녀에게 돌아오라는 편지를 여러 번 보내게 만들었다. 또 다른 이유는 이 주임이 방 세 칸짜리 곽훼의 집이 맘에 들어서 기회를 봐 집을 넘겨받으려 한 데 있다. 그러나 그녀의 아버지는 이미 가난할 대로 가난해져서 딸의 행복보다 집을 지키는 게 더 중요했다. 곽훼는 물론 이를 받아들이지 않았다. 그래서 그녀의 어머니는 나를 못마땅해 하는 것이다.

어머니가 말했다. "너, 아는 해방군 있잖아? 그가 좀 도와줄 수 없을까?"

나도 곽훼를 도와주고 싶지만, 어머니의 이상한 눈빛에는 다른 뜻이 있었다.

아니, 우리 사이는 순결했다. 나는 '해방군'과 어떤 의존적인 관계가 되는 걸 바라지 않았다. 만약 이 역시 사랑이라고 한다면, 이 사랑이 평등하고, 독립적이며, 자연스럽고, 또 어떤 대가도 기대하지 않길 바란다. 나는 나일 뿐, 다른 어떤 것과도 무관하다.

내일은 나가서 곽훼를 도와줄 친구를 찾아봐야지. 그녀의 집 문제는 어렵지 않다. 왜냐하면 그 조건이 너무 황당하기 때문이다.

x월 x일

죽음도 불사하는 병단의 하夏 형이 흔쾌히 약속했다. "별 문제 아냐. 내가 친구 몇 명에게 물어볼게. 그래 봐야 그 할머니는 주민위원회 주임 정도 밖에 안 되잖아. 채소 파는 곰보 황 씨가 문제가 될 수도 있겠지만. 걱정 마. 그 양반들 앞으로 방귀도 함부로 못 뀔 테니."

생각해 보니 하 형은 너무 막무가내였다. 상업국의 간부한테까지 연락을 했다. 그는 예전에 우리와 대립했던 인물이었지만, 지금은 매우 겸손하게 예의를 차린다. 그도 곽훼를 도와주기로 했다. "그 거리는 생산조가 관리하는데, 걱정할 거 없어." 내가 계속 미심쩍어 하자 "모레쯤 가서 알아봐. 그때 만약 그 사람 태도가 안 바뀌었으면, 나한테 침 뱉어도 돼"라고 했다. 그제야 마음이 놓였고, 웃음도 되찾았다.

나는 그에게 여러 번 고맙다고 했다. 문을 나서는데, 그가 갑자기 낮은 목소리로 말했다. "네게 빚을 갚고 사과하는 셈 치면 되니까. 예전에 우리가 나쁜 짓을 했잖아. 우리가 너희 선전용 차량을 부순 일 기억나? 그리고 개인 자료도 빼앗았는데, 듣자 하니 나중에 그게 군사관리위원회로 보내졌다고 하더라. 다 파벌 의식에서 벌어진 싸움이었지. 그놈의 파벌 의식!"

문득 이해가 됐다. 벌써 지나간 일이지만, 그의 말을 들으니 조금씩 또렷해지기 시작했다. 사실 그들은 우리의 글솜씨를 몹시 부러워했다고 한다. 경쾌하게 날아다니는 것 같았단다.

하지만 그 일들을 되돌아보니 이전의 무쇠 같은 군대가 생각나 격앙되고, 기운이 충만해지는 것 같았다. 내 개인 자료란 물론 그의 편지들이었다. 그리고 내 일기장도 있었다. 군사관리위원회로 보내졌다고? 이건 또 무슨 말이지? 어떤 후과가 있었을까? 혹시 뭔가 암시하는 걸까?

이런 생각을 하니 마음이 조마조마해졌다. 물론 '개인 자료'엔 알려지면 안 될 내용 같은 건 없다. 하지만 어디까지나 그가 군인인 이상, 군대는 군대의 기율이 있다. 혹시 내게 연락하지 않는 게 이 일 때문일까? 자신의 명예를 위해 오점을 제거하려고? 자신의 입장이 견고함을 증명하려고?

인민무장부를 지나가다 익숙한 그 구석의 문을 봤다. 심장이 미친 듯 계속 뛰었다. 일찍이 익숙했고, 질식할 것 같았던 그곳. 혼비백산하여 멈추고 싶었으나 그럴 수 없었던 몸의 느낌이 다시 제멋대로 용솟음쳤다. 조수가 범람하듯 물결이 이어져 일었다.

하지만 들어가 보진 않았다.

x월 x일

나는 그를 만날 수 없다. 정말 안 된다.

만약 그가 이 풍파로 인해 '옳고 그름'의 세계로부터 멀어졌다면, 그는 만날 가치가 없는 사람이다. 만약 그가 나 때문에 처벌 받는 게 두려워 도망친 거라면, 그는 만나 볼 만한 상대가 못 된다. 만약 오해가 있고, 그가 여전히 나를 사랑한다면, 나중에 그에게 사과하고 싶다. 하지만 만약 예전의 모든 일이 꿈이었다면, 나는 지금이라도 깨어나고 싶다.

원래의 생각은 이랬다. 나는 아직 어리니까 장래를 너무 일찍 결정하고 싶지 않았다. 그래서 일정 기간 떠나 있고 싶었다. 작은 시험이었다.

그런데 지금 보니 옳은 선택이었다. 처음에 나는 확실히 유혹을 버텨내지 못했다. 확실히 소자산계급의 들뜬 마음이 있었고, 확실히 흐리멍덩했다.

나는 진리를 갈망하듯 사랑을 갈망했다. 나는 기댈 만한 남자의 가슴이 있었으면 하고 바랐다. 어려서부터 집에 남자가 없었고, 집안의 음울한 분위기가 싫었다. 그래서 그가 그런 눈빛으로 나를 보면 마치 감전된 것 같았다. 쾌락인 동시에 부담이었다. 당시 조직의 동지가 내 마음이 딴 데 가 있다고 비판했는데, 맞는 말이었다. 나는 확실히 미쳤었다. 되돌아보니 정말 그래서는 안 되는 것이었다.

아직 늦지 않았다. 설을 쇠도 나는 겨우 스무 살이다. 미래는 아직 멀다. 너무 일찍 이런 일을 생각하는 게 아니었다. 그는 그저 우연한 침입자였다. 제발 이제부터라도 사이비는 멀리 사라지길 바란다. 그리고 그가 이 때문에 너무 큰 짐을 지지 않길 바란다. 우리 둘다 아직 젊으니까 오류를 범할 자유가 있다. '남녀 간의 정이 변함없다면, 어찌 꼭 하루를 함께하는데 집착하겠는가?'

만약 미래의 어느 날 그가 나를 찾아온다면, 아마 난 항복할 것 같다.

어머니는 날 여러 번 떠봤었다. 난 못 들은 척 했지만.

x월 x일

곽훼의 아버지와 어머니는 정말로 보호를 받았고, 모든 일이 해결됐다. 나는 곽훼에게 이 일을 알릴 생각이 없다. 그러게 나한테 왜 말을 안 했어? 꽁하기는.

어머니에게 말했다. "마음이 편치 않으면 농촌에 와서 잠깐 살아 봐요. 농촌 공기가 아주 좋아요."

"그래 좋아. 앞으로 우리가 갈 수 있는 농촌도 있겠지."

떠나기 전 서 선생님을 뵈었다. 그녀는 예전과 똑같았다. 그녀는 좋은 책이 있으면 보내 주겠다고 했다.

안녕, T시! 안녕, 일어났던 그리고 일어나지 않았던 모든 것, 유쾌하고 유쾌하지 않은 모든 것!

x월 x일

차가 사하沙河 진에 도착했다. 정류장 입구에서 여자들이 수다를 떨고 있었다. 미친 노파가 오늘 또 발작을 일으켜서 외지에서 온 여자가 적잖이 놀랐다고 했다. 그녀들은 길 입구를 가리켰다. 나는 궁금해서 따라가 봤다.

미친 노파에 대해서는 들은 적이 있다. 관내에서 아이들을 겁줄 때, "다시 울면 미친 노파한테 보내 버린다"라고 하면 울음을 그쳤다.

노파는 아직도 발작 중이었다. 옷을 열어 헤치고 홀쭉해진 유방을 드러낸 채 아이를 쫓아다니며 젖을 주려고 했다. 이 지역 아이들은 겁내지 않지만, 외지 아이들은 내막을 모르니 당연히 놀라 울었다. 그녀가 입은 옷이 누더기는 아니라 빈곤한 가정 출신 같지는 않았다. 사람을 때리거나 욕을 하지도 않았다. 오히려 얼굴 가득 비굴한 미소를 띤 채 누구에게나 "우리 강아지 뚝. 엄마가 젖 줄게. 착하지"라고 했다.

불쌍했다. 그렇게 늙었는데, 무슨 젖이 나오겠어? 아무래도 분명 어떤 일을 겪고 정신이 이상해진 것 같았다. 그러나 여자의 천성은 여전했다. 그녀의 정신은 어떤 시점에 머물러 있었다. 그로부터 여성과 남성의 차이를 생각했다. 여성 해방은 분명 남성 해방보다 훨씬 어려운 것이다.

곽훼는 나를 보고도 그다지 반기지 않는 듯했다. 그저 "왜 며칠 더 묵지 않고?"라고 했다.

나도 그녀의 집안일을 말하지 않았다. 그녀는 물론 최근 소식이 알고 싶었을 것이다. 하지만 그녀는 묻지 않았고, 나도 말하지 않았다. 누가 더 버티는지 보자는 식이었다. 이 계집애는 나랑 줄다리기를 하려는 것이다.

여자는 언제 남자처럼 대범해질까?

그런데 남자는 대범한가? 모르겠다.

x월 x일

어젯밤 곽훼가 울었다. 그녀가 잠을 못 자는 거라 생각했는데, 나중에 울고 있다는 걸 알았다. 나는 곧 그녀와 싸우지 말았어야 했다고 후회했다. 사실 그다지 불편하지 않아 상황을 즐기고 있었던 거다.

침대로 올라가 그녀를 안아 주며 달랬다. 그리고 그녀의 집안일을 처리한 경과를 솔직하게 말했다.

그러나 곽훼의 기분을 풀어 주기란 생각한 것처럼 간단치 않았다.

그녀의 진정한 스트레스는 앞날이 불투명하다는 데 있었다. 물론 집안 문제가 해결된 건 조금이나마 마음 쓸 일을 덜어 준 것이긴 하지만, 문제가 해결된 건 아니었다. 그녀는 두렵다고 했다. 앞날을 생각하면 무섭다고 했다.

앞날을 생각하면, 나 또한 지금 뭘 하고 있는지 잘 모르겠다. 현장에 오긴 했는데, 정착할 수 있을까? 처음엔 우리 모두 할 수 있을 거라 생각했다. 하지만 지금은 모두가 의심한다. 그래서 지식 청년 집단의 소란과 실망, 우울이 생겼다. 그러나 적어도 지금 나는 충실한 느낌이다. 적지 않은 것을 배운 것 같다. 미래에 대해 그렇게 고민하면 뭐 하나? 우리는 겨우 스무 살인데. 미래가 어떨지 누가 알겠어?

전투라도 한차례 일어났으면 좋겠다. 그때 나는 반드시 전선으로 나갈 것이다.

곽훼가 물었다. "그 해방군은 어떻게 됐어?" 내가 말했다. "안 만났어. 해방시킬 누군가가 있는 곳으로 갔겠지." 곽훼는 나를 쳐다보고는 더 말하지 않았다.

우리는 서로를 안고 아침까지 앉아 있었다.

x월 x일

겨울 징병이 끝났다. 서휘는 원하던 대로 징병됐고, 유광근은 제외됐다. 한 사람은 기뻐했고, 한 사람은 실망했다. 유광근은 곧장 집으로 돌아갔다. 호소천은 혼란을 틈타 현의 간장 공장으로 갔고, 우리는 작별 인사도 못했다. 순식간에 적막해진 듯했다. 꽹과리나 북도 치지 않았는데, 막이 내려졌다.

집체호의 남자 세 명이 줄자 우리는 빠르게 무너져 내렸다. 밥맛도 없었다. 평소 곽훼는 늘 그들에게 게으르다고 타박하거나 솥을 긁는 소리가 요란하다는 둥 잔소리하며 이래라 저래라 일을 시키곤 했다. 하지만 지금은 그녀도 게을러졌다. 밥 먹은 그릇을 솥에 그냥 담가 놓거나 옷도 대야에 담가 둘 뿐, 모든 것이 간소해졌다. 우리의 채소밭은 몇 그루의 고춧대만 남았고, 찬바람에 으스스하게 떨고 있다. 따지 않은 두 개의 쭉정이는 작은 촛불처럼 마지막 숨을 연명하고 있다.

x월 x일

어젯밤 갑자기 곽훼가 할 얘기가 있다고 했다. 아주 진지한 모습이었다.

그녀가 물었다. "너 아직 그 해방군 기다리지? 정말 지금은 생각하고 싶지 않은 거야? 앞으로 잘 될 순 있는 거야? 말해 봐. 우린 친구잖아."

"물론이지. 아닐 수가 없잖아?"

"그럼 대영을 내게 양보해 줘"

나는 한참 멍했다가 정신을 차렸다. 생각해 보니, 내가 돌아온 후 며칠 동안 대영이 오지 않았다. "대영이 내 것도 아닌데, 어떻게 양보를 해? 너 미쳤니?"

곽훼는 "그런데 대영은 늘 너만 쳐다봐"라고 말하고는 울어 버렸다.

정말 무슨 느낌인지 말로 표현이 안 됐다. 곽훼가 이렇게 약해져 버리다니. 보통 여자아이처럼 연약해지다니. 그녀는 한순간에 그렇게 된 것 같다. 나는 어떻게 그녀를 달래야 할지 몰랐다. 그녀가 이렇게 서럽게 울다니 너무 안쓰러웠다. "도대체 무슨 일이 생긴 거야? 뭐가 널 이렇게 만든 거야?"

곽훼는 고개를 저으며 말했다. "아무 일도 없어." 그저 그녀의 마음에 근심이 깊었던 것이다. 쓸개가 터진 것처럼 말이다. 그녀가 종일 안정을 찾지 못한 채 비실대는데, 마치 땅을 밟지 못하는 것처럼 보였다.

그녀가 말했다. "사람마다 달라. 나는 뭘 해도 너랑 비교가 돼. 너희는 내가 집안을 책임진다고 칭찬하는데, 사실 진짜 가장 역할을 하는 건 너라는 걸 누가 모르겠어! 너는 강인하고, 꿈도 원대하고, 여자아이 같지도 않고, 고생을 마다하지도 않고, 사람을 끄는 능력도 있어. 게다가 넌 매일 일기도 쓰잖아!"

"이건 도대체 무슨 말도 안 되는 소리야? 내가 일기를 쓰는 건 그냥 습관이지, 아무 목적도 없어. 네가 싫다면 안 쓰면 그만이라고."

"그게 바로 우리가 비교되는 점이야. 넌 생각하는 게 다 국가의 일인데, 난 머릿속에 집안일밖에 없어. 너는 무슨 고생을 해도 상관없잖아. 넌 왜못을 줘도 콩꼬투리라고 생각하고 먹을 거야. 하지만 난… 텅 비었다고!"

"너 혹시 대영을 좋아해? 좋아하면 잘해 봐. 난 상관없어."

"무슨 좋아하고 말고가 있어. 난 그를 좋아할 자격이 없어. 그냥 의지하고 싶을 뿐이야."

"그럼 나한테 의지해. 내가 여자아이 같지 않다며? 나를 남자로 생각하면 되겠네."

그래도 그녀의 기분은 좋아지지 않았다. 한 번도 웃지 않았다.

x월 x일

겨울이 왔다. 겨울의 발걸음은 흉악했고, 막무가내였다. 산바람이 휙휙 불었고, 땅바닥은 얼어 삭삭 소리를 냈다. 우리는 밤에 나무껍질이 찍하고 갈라지는 소리를 들었다. 며칠 새 관내에 얼음이 얼고 서리가 내려 온 세상이 하얘졌다. 유리창에는 스텐실 조각처럼 성에가 끼었다.

오늘은 일하러 나가지 않는다.

곽훼는 요 며칠 조용하지만, 조금도 나아지진 않았다.

그녀에게서, 또 많은 지식 청년이 전해 온 소식에서 진짜로 추운 겨울이 온 것은 아니라는 걸 알 수 있었다. 우리에 대한 검증은 이제 막 시작됐다. 하향은 쉽지만, 정착은 쉽지 않다. 마음이 정해지지 않으면, 모든 일이 정해지기 어려운 법이다.

우리는 농촌에 있지만, 진정한 농민과는 10만 8천 리의 거리가 있다. 우리는 스스로 '내려와' 고생한다고 생각했다. 하지만 여기 사람들은 조상 대대로 이곳에서 생활했고, 늘 이렇게 살아왔다. 그들에게 우리는 분명 이상할 테다. '이 사람들은 배가 불렀구나'라고 생각할 것이다.

모든 사람의 성장은 자신의 성격과 반대 방향으로 발전한다는 이명박 선생님의 말씀이 생각난다. 어릴 때 곽훼와 나는 많은 부분이 비슷했다. 잘 울었고, 감수성이 예민한 여자아이였다. 책 한 권이나 영화 한 편 때문에 한참을 울어 어머니께 여러 번 야단맞기도 했다. 어머니는 내 감수성이 '빈천한 집안의 아가씨 성미'라고 했다. 이상한 건 내가 울면 늘 곽훼가 위로하고 달래 줬다는 점이다. 그녀는 나의 두 번째 엄마였고, 내 수호신이었다. 아주 많은 측면에서 나의 계몽 선생님이었다. 처음 생리를 할 때도 나는 그녀의 도움을 받았다. 그녀는 내가 겁먹지 않도록 해 주고, 나를 데리고 학교 수돗가로 가서 발을 씻게 했다. 그녀는 "찬물로 발을 씻으면 피가 안 흘러"라고 말했다. 흥미를 갖는 부분은 서로 달랐다. 그녀는 이과에 가까웠고, 나는 문과에 가까웠다. 그녀는 수공예를 좋아했고, 나는 책 읽는 걸 좋아했다. 하지만 성격이 전체적으로 비슷하고, 학교나 동학을 대하는 시각도 거의 같았다. 우리는 손짓과 눈빛으로 서로가 무엇을 생각하는지 알 수 있었다. 집안 배경, 경제 조건, 그리고 공산주의 청년단에 들어갈 수 없다는 정치적 압력이 우리를 친구로 만들었다. 예전에는 그녀가 남자 같고, 내가 여자 같아서 그녀가 내게 영향을 줬지만, 지금은 완전히 반대가 됐다.

왜 이렇게 바뀐 걸까? 지금 생각해 보면, 내가 반혁명으로 몰려 작은 우파로 선포됐던 그때부터였던 것 같다. 그때부터 나는 눈물을 거의 흘리지 않았다. 예쁘게 치장하는 경우도 거의 없었다. 나는 커 버렸다. 맞다. 그때 나는 갑자기 커 버렸다. 나는 근원을 찾기 시작했다. 사물의 본질에 관심을 가졌다. 어떤 표면적인 현상도 내 관심을 끌지 못했다. 문화대혁명이 갑자기 나를 성장하게 했다. 사회에 들어와서는 각종 정치 세력과 상층사회의 작동을 보게 됐고, 시야가 확 트였다. 학교에 온 강 정치위원은 우리와 좌담을 하면서 "너희가 이 도시를 진정으로 이해하면, 곧 중국 전체를 이해하는 것과 같다"라고 말했었다. 그는 젊은이가 사회 실천에 참여해 여러 힘든 경험을 해보길 희망했다. 참 맞는 말이다. 물론 내가 뭔가를 이해했다고 말할 정도도 안 되고, 문제를 볼 때도 여전히 매우 유치하지만 말이다. 이런 측면에서 보면, 나를 반혁명으로 몰아 작은 우파가 되도록 해 준 그들에게 나는 감사해야 한다.

이런 의미에서 나는 차라리 남자가 되거나 남자도 여자도 아닌 존재가 되고 싶다. 절대로 슬픔에 빠져서 원망만 하는 여자가 되지는 않을 것이다. 영원히.

제 6 장

16.

아무래도 되돌아와서 이 이야기를 해야겠다. 사실 우리는 정치에 대해 아는 게 하나도 없었다. 단지 아득함이 감동보다 많고, 감동이 고통보다 많을 뿐이었다.

1969년, 북방의 진보도珍寶島에 총성이 울렸다.[107] 엽삼호는 갑자기 혈서를 썼다. 부대에서 혈서로 결의를 표명하는 일은 흔했다. 보통 바늘로 손가락을 찌른 후 한 방울씩 떨어트리는 식이었다. 어떤 때는 두 획도 쓰지 못하고 피가 굳기도 했다. 그래서 엽삼호는 이런 식으로 하지 않았다. 그는 주방에서 식칼을 가져다 손가락을 확 그어 상처 한 줄을 만들었다. 그리고 아무 일도 없다는 듯 사무실로 가서 종이 한 장당 한 글자씩 썼다. 그러고는 '착착착~' 강 정치위원의 문 앞에 붙였다. '나는 부대로 복귀해서 전투에 참여할 것이다.'

강 정치위원은 이 혈서를 보고 족히 10분 정도 인상을 쓰더니 아무 말 없이 혈서를 떼어 냈다. 공문을 내리지도 않았고, 칭찬의 말도 없었다. 화가 났지만, 폭발하지 않을 뿐이라는 걸 모두 알고 있었다. 강 정치위원은 엽삼호의 외모나 일하는 방식이 너무 특이해서 마치 그에게 속은 것처럼 불편하게 느낄지도 모른다.

엽삼호가 누구를 속인 적이 있나? 없다. 하지만 모두 그에게 속았다고 느꼈고, 그런 느낌은 말로 표현할 수 없었다. 단지 사람은 손해 본 것만 기

---

107 1960년대 중소논쟁이 진행되는 가운데, 1969년 3월 중국과 소련의 접경 지역인 진보도에서 중국 인민해방군과 소련군이 무력 충돌하는 사건이 발생했다.

억하는 법이다. 엽삼호는 무장투쟁을 저지하는데 맹활약했다. 좌파 지지 지휘부는 이미 표창을 한 바 있고, 엽삼호의 원 부대에도 공로 서한을 보냈다. 그러니 더 이상 어쩔 도리가 없었다. "큰 국면을 고려하지 않았어." 강 정치위원이 말했다.

사실 엽삼호에게 무슨 잘못이 있을까? 혈서를 쓴 건 좀 과장됐다 치자. 그러나 당시의 부대는 이렇게 그를 양성해 왔다. 그는 전투에서 공을 세워 난처한 처지에서 벗어나려 했는데, 이는 심정적으로 충분히 이해되는 것이었다. 강 정치위원 또한 엽삼호를 내버려 뒀다. 이 일도 방관자들의 마음을 불편하게 했다. 마치 모두가 모의해서 그를 내모는 것 같았다.

당시 엽삼호의 처지는 확실히 좀 미묘했다. 그가 대단한 집안 출신일 거라는 모두의 예측은 사실 정확한 것도 아니었고, 그저 추측이었을 뿐이었다. 누구도 그에게 어떤 압력을 가하지는 않았다.

"귀신이나 알지. 귀신." 엽삼호의 비밀이 밝혀진 그날 밤, 그는 밤새 고뇌했다.

내가 말했다. "어차피 당신 잘못도 아닌데, 잠이나 자요."

"내 잘못이오. 처음부터 솔직했어야 했는데. 스스로 못생겼다고 했을 때, 정말 속일 생각은 없었어요. 사람들이 무슨 생각을 하는지 어떻게 알았겠소?"

이 큰 기숙사가 엽삼호 때문에 편치 않게 되었다. 한 명이 해법을 제시했다. "엽 참모. 옆에 만세실이 있으니까 모 주석에게 속 얘기를 해 봐요."

그가 말했다. "사죄를 해야겠어요. 사죄하겠습니다."

만세실은 한때 유행했던 필수 시설이었다. 보통은 정중앙에 모 주석 석

고상을 두고, 그 앞에 웅문사권雄文四卷[108]을 놓았다. 벽에는 모 주석 기념 휘장이 수놓인 홍기를 가득 걸어 두었고, 모 주석 석고상의 맞은편에는 임표 부주석이《모택동 선집》을 학습하는 큰 사진을 걸었다. 무장부의 방은 너무 작아 기숙사의 큰 방을 벨벳 천으로 나누어 모 주석의 초상화를 붙였다. 이쪽에서 움직이면 천 건너편도 우당탕 울렸다. 늘 영원한 빛이 존재해야 하기 때문에 만세실의 불은 끌 수 없었다.

사죄하겠다는 엽삼호에게 만세실이 제공됐다. 날이 막 밝으려는데, 엽삼호가 노래를 부르기 시작했다. "경애하는 모 주석, 우리 마음속의 붉은 태양…. 흉금을 터놓고 당신에게 드릴 말이 얼마나 많은가!" 가까이 가 보니 엽삼호가 티베트 농노의 해방춤인 충자무忠字舞를 추고 있었다. 그의 얼굴과 목은 모기에 물린 자국들로 온통 빨갰다. 엽삼호의 군사 동작이 최고이긴 하지만, 그의 춤은 그야말로 이규李逵[109]가 꽃을 수놓는 것만큼 어색했다. 반복되는 그의 엉망인 동작을 보면서 누구도 웃지 못했다. 오히려 거의 모두가 감동받은 것 같았다. 더구나 그는 가슴에 피처럼 붉고 커다란 모 주석 배지를 달고 있었다.

엽삼호는 눈물을 반짝이며 말했다. "모 주석이 날 용서했습니다. 정말입니다. 모 주석이 날 용서했다고요!"

"맞아요. 당신을 용서했어요!"

"정말로, 모 주석의 눈이 계속 저를 보고 있었거든요. 어느 구석에 있든 날 보고 계셨습니다! 안 믿기면 직접 와서 보십시오!"

108《모택동 선집》총4권을 말한다.

109《수호전》의 호걸 가운데 하나로, 별명은 흑선풍黑旋風이다.

가까이 가서 봤더니 모 주석 초상화의 정면 모습은 정말 특이했다. 어느 각도에 서 있든 그의 눈빛은 우리를 주시했다. 예전엔 아무도 이 사실을 몰랐다. 엽삼호의 정성으로 우리 모두 감동적인 발견을 한 것이다. 마음이 확 트인 듯 새로운 경지에 다다랐다.

누가 엽삼호를 충성스런 전사가 아니라고 의심하겠는가? 누구도 그렇게 말한 적이 없다. 하지만 이젠 그가 죽을 먹을 때 치아가 사기그릇에 닿아 내는 팩스음 같은 소리가 거슬릴 뿐이다.

생각이 완전히 달라졌다. 이제 모두의 눈에 그는 더 이상 결점 없는 왕이 아니었다. 예를 들어 그의 일 처리는 세심했지만, 지나치게 융통성이 없고 자질구레했다. 일의 분배 역시 주도면밀했지만, 잔소리가 너무 많았다. 동지들을 똑같이 존중했지만, 조금은 작위적이었고, 지나친 느낌도 들었다. 지도부가 볼 때 그는 물론 근면했지만, 유연성이 부족해 보였다. 지휘부의 연례회의에서 엽 참모가 어떠어떠하다는 칭찬은 더 이상 들을 수 없었다. 우리 학생병들에게도 그는 그저 말더듬이 늙은 농민이었다. 그의 모든 장점은 갑자기 별로 특별한 구석이 없는 노동 인민의 진짜 모습으로 변해 버렸다. 모두들 그의 앞에서 이야기할 때, 전처럼 조심하지 않게 되었다. 훼방을 놓건, 농담을 하건, 막말로 욕을 하건, 더 이상 그의 안색을 살피지 않았다. 지휘부는 다시 과거의 일상을 회복했다. 두 파벌의 투쟁에 대해서도 무감각해졌고, 그다지 열성적이지 않게 됐다. 오히려 강 정치위원만 갈수록 안절부절못하는 심리 상태가 됐고, 툭하면 그에게 화를 냈다.

나중에야 알게 된 일인데, 강 정치위원이 그를 비서장으로 선발하려고 추천한 적이 있었다. 그는 하마터면 저 작은 귀신에게 속을 뻔했던 것이다.

한번은 우리 몇 명이 뜰에서 이 오해에 대해 토론하면서 천하에 어떻게 이런 닮은꼴 얼굴이 있을 수 있는지 감탄하고 있는데, 강 정치위원이 우리의 대화를 들었는지 갑자기 뛰어와 소리쳤다. "함부로 말하지 마. 아무리 농담이라지만 어떻게 그리 정치의식이 하나도 없어!" 마침 군사관리위원회가 건립된 지 얼마 되지 않았을 때였다. 좌파 지지 지휘부도 반대파가 있어서 부대 간부가 오류를 범했다는 통보가 계속 전달되었기 때문에 강 정치위원의 중압감이 매우 큰 상태였다. 잠시 후 강 정치위원이 다시 뛰어와 말했다. "너희들, 아무나 함부로 임 총사령관과 비교하는데, 그 비교가 가당키나 해? 내가 보기엔 엽 참모는 그 분과 조금도 닮지 않았어. 임 총사령관, 그들은 모두 정말…. 너희에게 미신을 얘기하는 게 아니라, 천재는 늘 있단 말이야. 천재를 발견한 사람 또한 천재고. 그들이 천재가 아니면 누가 천재겠어? 너희가 말해 봐." 그는 검지를 뻗어 모두를 가리켰다.

그 이후로는 모두들 함부로 말하지 않았다. 그런 다음 엽삼호를 다시 보니 별로 닮지 않은 것도 같았다. 그의 얼굴색은 더 붉고 윤기가 흘렀다. 얼굴과 볼은 훨씬 살쪄 있고, 머리도 조금만 벗겨졌다. 그는 더 이상 칭찬받지 못했다. 심지어 그에게 단독 임무도 주어지지 않았다.

9대 이후, 형세는 훨씬 안정되었다. 진보도에서 전투를 치른 손옥국孫玉國이 군단장이 됐고, 모두들 가끔 엽삼호에 대한 농담을 하기도 했다. 엽삼호가 진보도에 갔으면 군단장은 아니어도 연대장은 됐을 거라고. 물론 이때의 그는 이미 매우 평범해져 있었다. "전투 같은 건 하고 싶지 않습니다. 나는 계산적이라 기관에 남아 있을 순 없습니다"라고 어수룩하게 말했다.

그의 머리 위에 있던 광채도 사라졌다. 예전만큼 신비롭지 않았지만, 오히려 그래서 더 쉽게 어울릴 수 있었다. 심지어 무장부 중대의 신병들도 재미 삼아 그를 가지고 놀았다. 한번은 엽삼호가 빨래를 널고 있는데, 휴가 받은 병사 몇 명이 그를 가로막으며 말했다. "엽 참모. 엽 참모. 우리가 잘 몰라서 그러는데, 아프리카 대륙은 어디에 있어요?"

"남반구에 있지."

"그러면 당신, 그 그림을 잘못 그렸네요. 엽 참모!"

엽삼호는 진지하게 생각하더니 말했다. "무슨 소리야. 내가 너희에게 지리 수업이라도 했었나?"

"그럼요. 우리도 이상하게 생각했죠. 그런데 당신은 정말 아프리카를 잘못 그려 넣었다니까요. 보세요."

그들은 엽삼호의 속옷을 펼치더니 뒤돌아 도망갔다.

당시 부대에서 내려온 속옷은 모두 염색 천이었는데, 총기 기름이라도 묻으면 그 얼룩이 좀처럼 지워지지 않는 재질이었다. 그러니 누구든지 몽정을 하면 그 다음날 발각되는 것이다. 가속 아주머니들이 그런 흔적을 발견하면, 군인 건달들을 흉보면서도 우스워 배꼽을 잡았다. 엽삼호는 며칠 동안 얼굴을 들지 못할 정도로 곤혹스러워했다.

형세가 조금 좋아졌고, 작은 뜰에 가속들도 늘었다. 뒤뜰 철망에는 울긋불긋 꽃이 피었다. 왜 가속이 부대에 있는 게 허락됐을까? 듣자 하니, 어느 날 새벽 강 정치위원이 화장실 밖에서 큰일을 보려고 줄을 서 있다가 안쪽에서 대화하는 걸 듣고 돌아와 결정한 것이라 한다. 이 또한 유명한 일화다.

문: 왜 그렇게 다 죽어가듯 기운이 없어?

답: 어제 잠을 못 잤어.

문: 무슨 생각을 했기에?

답: 아이가 보고 싶어서.

문: 아이가 보고 싶다고…?

답: 아이와 애 엄마가 보고 싶어.

문: 아이와 애 엄마가?

답: 그래. 애랑 애 엄마가 보고 싶다고. 됐어?

강 정치위원이 밖에서 욕을 했다. "뭔 소리야? 겨우 며칠도 안 됐는데, 이 정도도 못 버티는 건가?"

욕은 했지만, 결국 문제는 해결됐다. T시에서 지구전을 하기로 결심했던 강 정치위원은 이 간부들이 오류를 범하지 않으리라 보증할 수 없었던 것이다.

그 당시 거의 모든 사람이 비밀 한 가지를 알고 있었다. 집에 남은 강 정치위원의 부인이 위생대 의사와 바람이 나서 남편을 부대에 눌러앉혔다는 것이다. 좌파 지지 지휘부의 몇몇 지도부가 일찍이 결의한 바 있는데, 강 정치위원이 매주 한 번 집에 다녀오는 것에 모두 동의한 것이다. 하지만 그는 한사코 집에 돌아가지 않았고, 사흘 동안 혼자 화를 삭이더니 냉정을 되찾았다. 좌파 지지를 위해 큰 희생을 했다고 해야 할 것이다. 하지만 그는 다른 사람도 자신과 같은 희생을 하라고 요구할 수 없었다. 그래서 좌파 지지 지휘부가 이사를 간 후, 무장부 뒤뜰이 개방되어 새로 온 가족의 뜰이 되었다.

엽삼호의 개인 문제 또한 화제가 되었다.

다들 "서른이 넘었는데도 이 노총각이 도통 결혼할 궁리를 안 하고 있네. 엽 참모는 성실한 사람이지만, 자기 문제도 해결해야지"라고 말했다. 가속들은 왁자지껄했고, 군인들도 시끌벅적했다. 그래서 가족들을 도시에 남겨 두고 혼자 농촌으로 내려온 동지들은 짝이 될 만한 처녀에게 마음이 가지 않을 수 없었다. 운동도 중요하지만, 이런 일을 걱정하고 해결하는 데 사람들은 한없는 열정을 가지고 있었다. 게다가 엽삼호는 정말 성실한 골칫덩이였다. 동지들이 도와주지 않으면, 그는 가족을 이룰 방법이 없다.

그래서 그 아가씨가 작은 뜰에 들어오자 모두들 엽삼호의 작전참모가 돼 주었다. 자그맣고 매우 수줍어하는 아가씨는 고개를 숙인 채 옷깃을 붙잡았고, 얼굴과 뺨은 붉기 그지없었다. 눈썹은 일자였고, 불안해하는 모습이었다. 가속들은 그녀의 손을 부여잡고 매만지며, 나지막이 말을 걸었다. 그녀는 빈농 집안 출신의 농민이며, 학력은 초급 소학교 수준이다. 즉, '엽 참모와 같은 바탕'이었다.

사람들은 화장실에 숨은 엽삼호를 끌어냈다. "어찌됐든 뭔가 보여 줘야지. 이 사람아." 모두들 그를 격려했다.

그해 군인이란 직업은 꽤 할만 했다. 농촌 아가씨는 물론이고, 자기 밥벌이하는 여성을 짝으로 찾는 것도 어려운 일이 아니었다. 단지 모두의 생각에 엽 참모는 농촌 아가씨가 어울렸던 것이다. "분수를 지켜야 하지 않겠는가. 앞으로도 같이 살림을 해야 하잖아. 사람은 성실한 게 최고야." 만장일치로 통과됐다.

나는… 별 이견이 없었다. 모두들 좋다니 좋은 것이다. 그를 힘들게 하지는 말아야겠지. 사람들의 말이 끝나자, 그는 다시 화장실로 숨었다.

한 번 결정하니 일사천리였다. 한 달 동안 준비해서 국경일에 결혼하기로 하고, 모두들 그를 대신해 혼주가 되었다.

하지만 일은 그리 간단치 않았다. 엽 참모의 결혼에 대해 상부에 열흘 동안 보고를 올렸는데, 아무런 반응이 없었다. 하루 종일 넋이 나간 듯한 엽삼호를 보니 모두 마음이 편치 않아 "왜 이렇게 못났나. 보고한다고 외치고 들어가서 직접 물어보는 일도 못하나?"라고 했다. 그러나 엽삼호는 감히 그러지 못했다. 매일 얼굴은 봐도 입을 열지 못했다. 그는 개인적인 일을 물어보는 게 적절치 않다고 느꼈던 것이다.

우리 몇 명은 더 이상 참을 수 없어 양梁 참모장과 난리를 좀 피우기로 했다. 양 형이 말했다. "개뿔. 내가 갈게!"

강 정치위원은 그제야 말을 꺼냈다. "너희는 좋은 사람 역할을 하려는 거지? 나쁜 놈 역할은 나 한 사람이 맡고."

양 형이 말했다. "젠장. 이번 한 번만 좋은 사람 돼 주면 안 되나? 한 번인데, 그것도 안 돼요?"

강 정치위원이 말했다. "투쟁이 이렇게 복잡한데 전쟁터에서 사위를 맞이하는 건 별로 안 좋잖아? 옛날 같으면 이건 금기를 어기는 거야. 좌파 지지는 전투와 같단 말이야. 결국 큰 국면을 고려해야 하지 않겠어?"

그 신비롭기 그지없는 '큰 국면'이 언급되자 양 참모장도 성질을 부리지 못했다.

17.

며칠 후의 작은 사건으로 다행히 이 혼인은 일정대로 진행됐다.

그것은 이런 일이다. 강 정치위원의 말썽쟁이 셋째 아들이 아버지가 있는 이곳에 휴가를 왔다. 열 몇 살밖에 안된 이 아이는 1급 유도탄과 맞먹었다. 낮에는 도시 전체를 휘젓고 다녔고, 밤에는 여자 목욕탕 창문을 기웃거리다 붙잡히기도 여러 번이었다. 그날 아침에 나는 마침 외곽의 당직실에서 총을 닦고 있었다. 막 조립을 마쳤는데, 이놈이 어디서 몰래 들어와 총을 잡아채 안쪽으로 들어가는 것이었다. 어떻게 탄창을 숨겨 들여왔는지 노리쇠를 제껴 고정시켰고, 탄창이 개방되면서 탄약이 장전됐다.

"큰일났다!"라고 나는 크게 외쳤다.

이 녀석도 크게 소리쳤다. "움직이지 마!" 마침 그는 총구를 자기 아버지의 뒤통수에 들이대고 있었다.

강 정치위원의 얼굴이 노래졌고, 다급하게 "가만있어, 가만있어"라고 했다. "셋째야, 총은 장난감이 아니야. 응? 셋째야?"

이 녀석은 옷깃을 세우고, 양자영揚子榮[110] 흉내를 내며 노래를 부르기 시작했다. "나는 인민을 대표하고, 당을 대표하며…." 강 정치위원은 벌벌 떨기 시작했고, 란평欒平[111]보다 더 란평 같았다.

---

110 1945년 팔로군에 참가해 '정찰병'으로 여러 전투에서 공을 세워 '정찰 영웅'이라 불렸다. 1947년 전투에서 사망한 뒤, 그의 활약상이 소설, 영화, 연극 등으로 제작된 바 있다.

111 혁명 현대 경극 〈지혜로 위호산을 얻다(智取威虎山)〉의 반면 인물인 란평은 완강한 비적으로, 교활한 인물을 상징했다.

엽삼호가 마침 맞은편 복도에서 물을 뜨고 있었는데, 이 소리를 듣자마자 달려와 1미터가 좀 넘는 창턱과 사무용 탁자를 순식간에 뛰어넘어 이 녀석과 정치위원 사이에 섰다. 엽삼호는 자신의 배를 가리키며 "여기를 쏴. 셋째야, 쏴 봐"라고 말했다.

이 녀석은 멍해지더니 두 걸음 물러섰다. 나는 그 녀석의 뒤로 접근해 총을 떨어트렸다.

강 정치위원은 이 일로 종일 몸져누웠다. 이 조그만 녀석은 다음날 집으로 보내졌다. 바로 그날 밤, 강 정치위원의 지시가 전달됐다. "곧 국경일이니 엽 참모의 혼사를 치르는 걸로 하지. 혁명 정신을 잃지 말고…."

이렇게 엽삼호는 자신의 군사 소질 덕분에 이 혼례를 혁명적으로 성사시켰다.

초대소의 방들이 이미 다 차서 신혼방은 임시로 당직실에 마련할 수밖에 없었다. 당직실과 강 정치위원의 침실 사이엔 유리가 없는 대화 구멍이 있었기 때문에 임시방편으로 빨간 종이로 막은 후, 아주 큰 기쁠 희喜자를 써넣었다.

신혼 첫날밤 또한 충분히 혁명적이었다. 요리 네 가지와 탕 하나로 한밤중까지 떠들썩했다. 모두들 축의금을 조금씩 걷었는데, 강 정치위원은 감사의 뜻으로 제일 많이 냈다. 우리가 생각할 수 있는 모든 생필품도 다 샀고, 챙길 부분은 다 챙겼다.

자정이 넘자 강 정치위원은 과음해서인지 아니면 마음에 걸리는 일 때문인지 매우 흥분한 상태였다. 그는 창문을 사이에 두고 큰소리로 외쳤다. "이봐! 엽 참모! 엽 참모, 넌 연애도 못해 봤으니 결혼도 모르겠지? 어록 공부는 언제든지 할 수 있잖아? 허허허…. 어록을 공부하다니!"

엽삼호는 가녀린 아내를 대하는 요령을 몰랐다. 옆에 앉지도 못하고, 잠도 자지 않았다. 그러고는 신부와 어록을 읽는 것이었다. '우리는 오호사해五湖四海[112]에서 왔다'부터 '천애약비린天涯若比鄰[113]'까지.

다음날 작은 뜰은 매우 즐거워졌다.

"엽 참모, 뭘 좀 배웠는가? 얘기 좀 해 주게!"

"당신, 군사기술이 좀 약한 것 같아. 목표가 앞에 있으면, 아래로 향하고 중앙으로 옮겨서 조준해 쏘는 거잖아."

아주머니들은 기어코 새댁에게 가서 잠자리 기술을 전수해 주었다. 그러자 새댁은 삼일 동안 얼굴을 비추지 않았고, 그동안 다들 제 일처럼 즐거워했다.

그건 진정한 낙이었다.

18.

…지금. 그 오래된 일이 이토록 선명하고 생생하다. 마치 어제 있었던 일처럼.

전등 빛이 아래로 쏟아져 내린다. 마치 회전 중인 생일 케이크처럼. 나도

---

112 '전국 각지' 또는 '세계 각지'를 지칭하는 표현이다. 모택동은 1944년 9월 8일 중공 중앙경비단 장사덕張思德 추도회 강연인 〈인민을 위해 복무하라〉에서 "우리는 모두 오호사해에서 왔으며, 하나의 공통된 혁명 목표를 위해 여기에 함께 왔다"라고 말한 바 있다.

113 초당 시대의 시인 왕발王勃(649/650~676)의 시 〈촉주로 부임하는 두소부를 떠나보내며(送杜少府之任蜀州)〉에서 인용된 구절로, '하늘 끝처럼 멀리 있어도 이웃처럼 친함을 느낀다'는 뜻이다.

위에서 회전하고 있다. 정말 우아하고, 낭만적이다. 젊은 시절 이러한 것들은 내 구미에 딱 맞았다. 때론 뻰쩍이고, 때론 흩어지고, 때론 별안간 들이닥치는 강한 불빛이고, 때론 혼돈이어서 내가 뭘 찾고자 하는지 확실치 않았다.

난 도대체 뭘 찾으려는 걸까? 난 도대체 뭘 원하는 걸까? 이는 마치 어린 시절 가지고 놀던 바람개비와 꼭 닮았다. 돌리고 돌리고, 바보처럼 박수를 쳤다.

엽삼호, 그는 내게 무슨 말을 하고 싶었을까? 그는 왜 나를 물끄러미 바라봤을까? 그때 난 아무것도 들으려 하지 않았다. 나는 그를 질투하거나 미워하지 않는다. 해명을 듣고 싶지도 않다. 왜냐하면 내가 그보다 더 행복했기 때문이다.

나는 예쁘고 귀여운 그의 처, 그녀의 고분고분한 미소를 본 것 같다. 매번 복도에서 만나면 그녀는 그 미소를 보여줬다. 그런 다음 고개만 까딱하고 옆으로 비켜 내게 길을 양보했다. 그녀는 누구와도 이야기하지 않았지만, 나는 그녀의 목소리가 매우 달콤하다는 걸 알았다. 나는 그녀의 두툼한 허리를 주시했다. 군복 바지 속의 보일락 말락 한 엉덩이도 주시했다. 물론 나는 엽삼호가 부러울 뿐이었고, 그녀에게 상처를 주려는 뜻은 전혀 없었다. 하지만 나는 그녀가 왜 나를 다치게 하려 했는지 알지 못했다. 그렇게 작고 예쁜 몸에 악독함이 숨겨져 있다고는 생각할 수 없었다. 나는 그녀를 방해한 적이 없다. 그녀가 아들을 낳았을 때도 나는 도움을 보탰다. 빨간 계란(紅蛋)[114]도 먹고, 뚱뚱한 아들을 안아주기도 했다. 또, 만국기를 달아 주기도 했다. 우리 모두 "아들, 아들"하며 그녀의 아들을 불렀다. 그녀를 무시

---

114 출산 후 친지들에게 붉게 염색한 계란을 나눠 주는 중국의 풍습.

하려는 뜻은 없었고, 그저 엽삼호를 좀 놀려 먹었을 뿐이다.

그 통통한 아들이 오늘까지 살아 있다면 분명 대장부가 됐을 것이다. 아버지보다 더 씩씩하고, 더 날렵하고, 더 위풍당당했을 것이다. 그리고 분명히 군인이 될 만한 소질을 가졌을 것이다.

나는 깊이 생각하고 싶지도, 은밀한 이 상처를 들추고 싶지도 않다. 이미 지나간 일이고, 그 일의 결말을 이미 알고 있었기 때문이다. 그 결말은 너무 참담해서 원인을 파헤치기 불편하다.

19.

소명이 말한 것처럼 나의 마지막 날이 왔을 때도 나는 놀라지 않았다.

그때 나는 거의 제정신이 아니었다. 시 1중학에서 헤어진 후, 나는 한참 동안 소명을 찾았다. 그녀의 집, 그녀의 학교, 그녀가 생활한 그림자와 그녀가 남긴 숨결이 어디에나 있었다. 그런데 그 어디에서도 그녀를 볼 수 없었다. 그녀는 나를 만나고 싶어 하지 않았다. 내 소식을 들으면 그녀는 곧 숨어 버렸다. 그렇다고 해서 그녀가 내 생활 속에서 사라진 건 아니었다.

어느 날 지도부가 나를 불러 그녀와의 정당치 못한 관계를 해명하라고 했을 때, 나는 아연실색했다. 심지어 강 정치위원은 수많은 좌파 지휘부 공작의 수동성과 오류가 나와 관련된다고 생각했다. 나는 이미 내부 첩자처럼 돼 버렸다. 군사관리위원회에 침투한 이질적 분자가 돼 버린 것이다. 나는 감찰을 받으면서 일했는데, 나에 대한 감찰을 책임진 이는 두말할 것도 없이 전 세계에서 가장 진지한 엽삼호였다.

'소명, 넌 사심이 없었을 뿐 아니라 정말이지 너무 무정했어.'

당시 나는 '정의로운 충동'이라는 말을 몰랐다. 그저 좌파 지지 간부의 기세를 납작하게 하려고 자신의 순결한 결백을 희생한다는 게 이상하게 느껴졌을 뿐이다. 이렇게 미친 듯 자신을 팔아먹을 만한 값어치가 있는가? 여러 해가 지난 후, 원래 희생이라는 단어는 동사가 아니라 명사라는 걸 우연히 사전에서 봤다. 그것은 바로 제단에 올리는 제물이었다.

엽삼호는 증거들을 여러 번 반복해서 보여주며 나를 압박해 죄의 '실체'를 인정하라고 했다. 나 혼자 정이 넘쳐 소명에게 쓴 편지 가운데 그녀에게 전해진 몇 통은 상산하향 주비위원회 파일과 관련이 있었다. 또, 엽삼호의 아내가 폭로한 몇 건의 간접 증빙 자료도 모두 사실이었다. 그렇지만 무슨 실체가 있는가? 어떻게 심각하라는 건가?

그런 나를 그가 일깨워 줬다. "환히 다 밝혀져 있잖아."

나는 그가 듣고 싶어 하는 실체가 무엇인지 알았다. 어떻게 바지를 벗고, 어떻게 잠자리에 들어 어떻게 그 짓을 했는지. 당시 남녀 관계와 관련된 수많은 안건은 이런 식으로 심리했다. 구체적 정황을 캐내면, 곧 실체를 찾아낸 게 됐다. 내가 이 실체를 인정해야만 감찰이 끝날 것 같았다. 하지만 우리는 정말 아무 일도 없었는데, 어떻게 인정하란 말인가?

군사 지역의 서 간사는 전에 지휘부에서 일했고, 문예선전대의 여성 배우와 엮인 적이 있었다. 내부 비판에서 그는 무대 뒤편의 천막 틈에서 그 짓을 했다고 해명했다. 양 참모장은 벌떡 일어나더니 그의 뒤통수를 쳤다. "너… 너, 서서 했어?" 결국 모두의 웃음보가 터졌다. 오히려 모두들 서 간사의 감찰이 제대로 됐다고 생각해 원래 단위로 그를 보내 처리하도록 했다. 그 일은 그렇게 끝났다.

엽삼호의 무표정하면서도 더할 나위 없이 진지한 의욕을 보며 나는 욕을 하고 싶은 생각도 들지 않았다. 엽삼호가 평범한 사람임을 알게 된 지 2년이 좀 더 됐다. 그는 지휘부에서 줄곧 시간을 때우면서 독립적으로 하는 일이 없었다. 지금 이 안건은 그에게 '책임'지고 처리하라고 맡겨진 일이다.

2년여 시간 동안 그는 총 노리쇠도 당겨 보지 못했는데, 손옥국은 군단장이 되었다. 군인으로서, 십수 년의 고난을 거친 노병으로서, 그는 자신을 증명할 기회가 없었다. 나는 그의 고뇌를 알았다. 그가 담벼락을 주먹으로 내리친 게 한두 번이 아니었다. 그는 아내에게 화가 나도 군인으로서 오점이 될까 감히 터트리지 못했다. 그는 '인맥 관리'를 잘하지도, 지도부 사이의 공방을 이해하지도 못했다. 그런 그에게 지금 천금 같은 기회가 온 것이다. 나는 그의 흥분을 이해할 수 있었다. 그는 분명 작전 방안과 실현 가능한 목표를 면밀히 연구했을 것이다. 심지어 그는 아내를 증인으로 내세우는 것도 서슴지 않았다. 내가 그에게 협조해 주고, 그 실체라는 걸 인정하면 그는 만족할 것이었다. 그 또한 나를 어떻게 하려고 했던 건 아니니 나는 반드시 협조해야만 했다. 그렇지 않으면 그는 절대로 멈추지 않을 것이다.

3주가 지나 그가 나를 불렀다. "조 간사. 당신, 이번 달 사상휘보思想彙報[115]를 아직 제출하지 않았던데." 이 얼마나 역겨운 말인가? 무표정하게 나를 보는 그의 얼굴에 분노가 서려 있었다. 그는 화를 내진 않았지만, 절대 멈추

---

115 입당을 신청한 사람 또는 당원이 자신의 사상 상황을 당 조직이 더욱 잘 이해할 수 있도록 의식적으로 당 조직의 교육과 감독을 쟁취하고, 정기적으로 서면을 통해 당 조직에 자신의 사상 상황을 취합해 보고하는 것을 말한다.

지 않을 것이다. 그는 반드시 내가 '실체'를 내놓기를 기다릴 것이다. 당시 많은 사람이 이미 이 일을 망각한 상태였지만, 그는 여전히 정기적으로 나를 역겹게 했다. 그래서 나는 일부러 제출하지 않고, 끝까지 가 보기로 했다.

내가 말했다. "그래도 그 편지들은 내게 돌려줄 수 있잖아요?"

"사건이 마무리되면 검토해 보겠소."

"검토해 본다고요? 말이 좀 듣기 거북하네요."

"당신, 태도를 좀 바르게 하시오. 지금은 조직적 차원에서 내가 당신을 감찰하는 거니까."

"엽 참모. 당신은 어떻게 마누라까지 써먹습니까?"

그의 얼굴이 붉어졌다. "그건… 그녀가 자발적으로 폭로한 거요."

"침대에서도 자발적이었습니까?"

"뭐라고?"

"개뿔."

다시 한 해가 지나고, 그에게도 일이 생겼다. 가족을 데리고 T시를 떠나기 2시간 전까지도 그는 이 '사건'을 잊지 않았다. 그는 내게 편지들을 돌려줬는데, 나는 그가 누군가와 이 일을 의논하지도, 누군가에게 인수인계하지도 않았음을 알았다. 사람들은 이미 이 일을 거의 잊었다. 그는 그저 군인 특유의 진중함과 냉정함으로 뒷일을 처리했던 것이다. 그는 봉투에 편지를 다시 잘 넣어서 원래 상태로 돌려주는 것도 잊지 않았다.

"잘 세어 보시오. 다 합쳐서 열일곱 통이오. 군사관리위원회 파일은 내가 제출했고."

태산이 무너져 내리기 전에도 그 색은 변하지 않고, 큰 고난이 닥쳐도 의

관을 바로잡는다더니, 이 양반 정말 진정한 군인이다. 당시 우리는 그가 이렇게 가 버리면 분명 안 좋은 일이 더 많을 거라는 걸 잘 알고 있었다. 그는 나보다 문제가 훨씬 많았고, 족히 백 번은 훼멸당할 처지였다.

나는 이미 자초지종을 알고 있었다. 내 '사건'은 소명의 폭로에 의한 것이 아니라 조반파의 투쟁에서 초래된 것이었다. 소명의 대립 세력이 그녀들의 선전 차량을 습격했는데, 그 과정에서 이 자료들을 확보했다. 두 파벌의 투쟁 속에서 치정 사건은 가장 눈길을 끌었는데, 이는 상대방의 졸렬함을 증명할 수 있기 때문이었다. 그래서 이 자료는 부패한 좌파 지지 간부를 끌어들일 증거로 좌파 지지 지휘부에 폭로됐다. 그런데 지도부가 보기엔 일찍부터 두 파벌이 어찌될지 명약관화했다. 강 정치위원을 포함해 누구도 이게 대단한 일이라 생각하지 않았지만, 그렇다고 처리하지 않겠다고 말할 수도 없었다. 그래서 기관 지부 서기인 엽삼호에게 이 일이 맡겨진 것이다. 그 뜻은 교육시키는 척하다가 무마시키라는 것이었다. 하지만 그저 엽삼호만 바보처럼 그걸 정말 '사건'이라고 생각했다.

자초지종을 알고 나서 나도 더 이상 그에게 원한을 갖지 않았다. 소명도 아마 무고했을 것이다. 하지만 엽삼호는 그런 사람이었다. 나는 목탁을 쳐서 사람의 뇌를 불러낼 수 있다는 희망을 가질 수 없었다.

심지어 나는 이 일이 지난 지 이렇게 오래된 이상 좀 더 끌어보려는 궁리를 하고 있었다. 이 '사건'을 오래 끌수록 내 억울함은 더욱 커질 것이고, 소명이 되돌아볼 가능성도 더욱 클 것이었다.

엽삼호. 난 감히 당신에게 용서를 빌지 못한다. 왜냐하면 난 분명 당신에게 음흉했으니까.

20.

하루는 지휘부의 유일한 여성인 의사 진陳 선생이 나를 찾아왔다. "가요. 나랑 게를 사러 가요." 진 선생은 85의원에서 온 상해 사람이었다. 그녀는 게를 '합哈'이라 불렀다. "여기 '합'이 전 세계에서 가장 싼데, 안 먹으면 아쉽지 않겠어요?"

"난 입맛이 없어요."

"참 이상하네요."

나는 그녀와 함께 가는 수밖에 없었다. 그녀가 나를 찾은 건 '합'을 먹기 위한 게 아니라는 걸 알고 있었기 때문이다. 그녀는 우리보다 2년 늦게 이곳에 왔지만, 우리보다 상황을 더 잘 이해하고 있었다.

그녀가 말했다. "괜찮아요. 그게 뭐 별일이라고 그렇게 고개 숙이고 그래요. 세상 다 산 것처럼."

"별일 아니죠. 그런데 그 사람들이 별일인 것처럼 보니까."

"사랑 때문이라면 하느님도 용서할 거예요."

내게 그렇게 말해 준 사람은 처음이었다. 갑자기 한없이 평온해지는 느낌이었다. "정말 그렇게 생각해요?"

"그렇게 나쁜 사람들은 아니에요. 굳이 그렇게 실망할 필요가 없단 말이에요."

우리는 큰 게를 한 줄 사 왔다. 게가 집게를 세우고 날뛰는 모습을 보면서 나는 강 정치위원과 엽삼호에 대한 불만을 드러냈다. 그들이 나를 속죄양으로 삼은 건 너무했다. 나는 좌파 지지가 시작될 때부터 강 정치위원을 따랐다. 성과가 없었다손 치더라도 내 딴에는 최선을 다한 것이다.

그녀가 말했다. "이제 강 정치위원은 예전만큼 현명하지 못해요. 처음의 군사관리위원회 때와는 달라졌어요."

"만약 그렇다면 그는 더욱 우리를 보호해야죠."

"왜 굳이? 당신 일은 별로 대단한 일도 아닌데요. 정말 그런 일이 있었다고 해도 그렇게 아무 내용도 없는 일은 아무도 신경 쓰지 않아요. 모두 다 마찬가지 신세인데요." 그녀가 웃기 시작했다. "그저 엽참모만 너무 진지해서 참 귀여울 정도죠. 아내까지 끌어들여서 뭐하는 건지."

"난 상관없지 않아요. 진지하게 말하는 건데."

"그럼 속은 거네요."

"당신 말은 누군가 군인들을 욕보이려 한다는 건가요? 소명은 단지 방아쇠를 당겼을 뿐이고? 그럼 그들의 진정한 목표는 누구라는 거죠?"

"별 뜻 없어요. '합'이나 먹어요. 어서."

가늘게 썬 생강에 설탕과 식초를 버무려 게를 찍어 먹으니 별미였다. 여자는 어떤 환경에서도 생활을 참 잘한다. 그녀가 말했다. "혹시 생각해 봤어요? 처음엔 우리도 지방 간부에게 좀 심하게 했죠. 혁명한답시고 사생활도 혁명의 대상이 됐어요. 그런데 결국 어떻게 됐나요? 타도됐던 그 사람들을 하나둘씩 다시 불러들였죠. 타도가 안 된다는 걸 잘 알면서 그렇게 쓸데없이 엉망으로 헤집고 다닐 필요가 있었나요?"

이런 지적은 당시 좌파 지지 간부의 보편적인 곤혹이었다. 그저 그녀가 좀 더 노골적으로 말했을 뿐이다. 그녀는 고급 간부 집안 출신이라 우리보다 아는 게 더 많았다.

"'좋다'파니, '개뿔'파니, 겉으론 대중조직이지만, 다들 모 주석을 받들었고, 실제로는 공개적인 당내 투쟁이었어요. 그러다 투쟁이 시작되면서 극악무도한 수법을 다 동원했죠. 57년, 59년에 한 번이라도 고초를 겪었던 사람들은 당연히 자신을 억압했던 사람을 타도하고 싶었겠죠. 그래서 그들은 '정말 좋다'라고 말했던 거예요. 과거에 억압을 가했던 사람들은 억압을 가하는 것 자체는 참 잘한 일이었다고 생각했어요. 그런데 자기가 억압을 당하게 되니 이건 틀렸다면서 '좋긴 개뿔'이라고 말했죠. 일반 백성들은 그저 늘 그 뒤꽁무니를 따라다니면서 소란을 피웠을 뿐이에요. 남들을 대신해서 소란을 피운 거죠."

"T시의 상황은 확실히 그랬어요. 상층에서도 그랬을 줄은 몰랐네요."

"위나 아래나 다 똑같은 뿌리에서 나온 병을 앓고 있잖아요? 대약진 때부터 당내 모순은 공개화됐어요."

"어쩐지 강 정치위원은 처음부터 두 파벌에 관심이 없더군요. 그 사람은 정말 전략적 안목이 있어요."

"전략은 개뿔." 그녀가 말했다. "그 양반 고참이라고는 하지만, 사실 부사단장급 직책은 그저 xx창고의 한직이었어요. 해방이 되자 그 자리에 앉아서 지금까지 온 거죠. 그 사람은 문화대혁명을 자기 운명을 바꿀 기회로 생각해요. 그래서 여기에 눌러 앉아서 떠날 생각을 안 하는 거예요. 농업을 촉진시키고, 공업을 촉진시킨다면서 마누라가 자기를 버리고 떠났는데 신경도 안 써요. 그저 자신을 위해 기념비를 세울 마음뿐이죠. 기념 동상을 세우는 건 소용없어요. 나중에 보면 알 수 있겠죠…. 어휴. 우리 같은 소자산계급이 이런 얘길 해서 뭐한담?"

이런 얘기를 들으니 깨달음을 얻은 듯 머릿속이 시원해졌다. 나는 이를 아무에게도 얘기하지 않겠다고 그녀에게 약속했다. 그리고 그녀는 내게 다음과 같은 대련對聯을 알려 주기도 했다.

네가 무대에 오르고, 나도 무대에 오르고, 모두가 무대에 올라 봤다
너도 사람을 억누르고, 나도 사람을 억누르고, 우리 모두 사람을 억눌러 봤다
(가로) 모두 같은 뿌리에서 나왔다[116]

갑자기 그녀의 눈시울이 붉어졌다. "말이 많았네요. 아무튼 좌파 지지가 너무 길어지고 있어요."

나는 그 '합'을 잊을 수가 없다. 진 선생은 정말 철학자 같았다. 이 큰 누이가 내게 준 온정과 위안, 그리고 정신적 자양분은 오랫동안 내게 무궁무진한 힘이 되어 주었다. 그 후 세상과 다투지 않는다는 게 내 좌우명이 되었다. 이건 진보인가, 퇴보인가? 뭐라 말할 수가 없다. 인생의 침하와 부상, 진보와 퇴보, 득과 실은 일상이다. 정말 투명하게 드러나는 건 많지 않다.

진 선생, 그녀는 지금 어디에 있을까? 나의 이 글을 볼 수 있을까?

엽삼호가 정색하고 나를 불러 이것저것 얘기할 때, 그에게 반감을 가질 필요가 없는 거였다. 그 또한 소자산계급으로서 소란을 피운 것뿐이니까.

하지만 그런 그에게 난 좀 음흉했다.

---

116 대칭이 되는 두 글귀를 양쪽에 세로로 세우고, 위쪽에는 'ㅠ' 모양처럼 글귀를 가로로 놓는다.

21.

1971년 9월 26일 오전을 잊을 수 없다. 정확히 바로 그날이었다. 무장부 중대가 시의 동방홍 극장 경비를 담당했는데, 36개의 자동소총과 두 정의 기관총이 모두 나타나 안팎을 향했다. 왜 이래야 하는지 귀신도 모를 일이었다. 강 정치위원이 성省에서 전화해 조치한 일인데, 이후의 수많은 중요한 판단 또한 이런 식이었다. 1976년 모 주석 서거로 열린 추도 대회 때, 내가 전업한 그 도시에서도 수많은 총구가 비통한 대중을 향했었다. 아마도 어떤 기세를 만들기 위한 것이었을 테다. 어찌 됐든 보고를 듣는 사람은 과科 이상 단위의 당원 간부였고, 이와 같은 3급 간부 대회는 오랫동안 열리지 않던 전달 방식이었다.

그렇게 큰 극장이 호흡이 곤란해질 정도로 답답했다. 홍기도, 징과 북도, 표어나 구호도 없었다. 선풍기도 틀지 않았다. 심지어 조명도 밝히지 않았고, 아무도 말을 하지 않았다. 그저 8와트 스탠드 등이 높은 연단 위에서 처량하고 희미하게 빛을 발하고 있었다. 극도로 질서 정연하고, 조용하기 그지없었다. 묘지의 그것과도 같은 적막이어서 입김으로 떨림을 감출 수밖에 없었다.

아무도 무슨 일이 발생할지 알 수 없었다. 군사관리위원회의 대다수 간부들도 상황을 파악하지 못했다. 강 정치위원은 간밤에 서둘러 돌아왔고, 당의 핵심 소조는 전날 밤새 회의를 했다.

9시 정각, 강 정치위원이 웅장한 보폭으로 연단에 올랐다. 그는 먼저 연단 입구에서 준엄한 눈빛으로 좌우를 살폈다. 부리부리한 눈이 훑고 지나갈 때마다 장내의 사람들이 왼쪽에서 오른쪽으로 차례로 고개 숙였고, 다시 한 줄씩 고개를 들었다. 마치 강풍이 보리밭을 지나는 것 같았다. 그는 응시하듯 연단으로 다가가 등나무 의자를 당겨 위치를 조정하더니 손가락으로 두 번쯤 털어 냈다.

"나는 지금 중공 T시의 군사관리위원회 핵심 소조의 결정을 선포한다."

군사 지역 간사 송xx가 당과 국가의 중요 기밀을 유출한 엄중한 과오로 새벽 4시 경 당적 박탈 처분을 받았다는 내용이었다.

장내가 오싹해졌다.

이어서 회의 기율이 다시 선포됐는데, 기록이나 외부 유출, 논쟁 등이 허용되지 않는다는 약간의 조항이 포함돼 있었다.

그 중대한 사변은 그렇게 이 도시에 도래했다. 나는 질식할 것 같았다. 시간이 멈추고, 지구의 자전마저 멈춘 듯했다. 중앙 통지를 다시 읽고, 10분 동안 얼어붙었다. 다시 한 번 읽고, 다시 10분 동안 얼어붙었다.

처음에는 옆 사람에게, 그 다음엔 무리지어 서로에게 물었다. "방금 누구라고 했어? 난 왜 무슨 말인지 모르겠지?" 어떤 사람은 손가락으로 그 사람의 이름을 손바닥에 써 보였다.

내 문제는 그때 시작됐다. 나는 내 귀를 더 이상 믿지 않게 됐다. 내가 말하려는 것도 그런 건 아니다.

강 정치위원이 당안을 선포하면서 〈작은 불꽃 하나가 들판 전체를 태운다星星之火, 可以燎原〉라는 이 빛나는 글은 임표를 비판한 것이며, 임표의 방해에도 불구하고 어떻게 발표되었는지를 감격스럽게 말하고 있었다. 그때 무대 뒤에서 사고가 났다. 당적을 박탈당한 송 간사가 갑자기 뛰어나와 소란을 피운 것이다. 그는 "당장 강요의 우황과 구보 같은 진귀한 물건들을 다 꺼내 보이자"고 소리쳤다. 결국 모두 뛰쳐나가 무력으로 그를 제압했다.

송 간사는 무대의 작은 휴게실에서 눈물 콧물 범벅이 돼 있었다. 그는 개처럼 사지가 묶여 구석에 처박혔다. 당시 혼이 나가 있던 나는 그에게 어떤 꿍꿍이가 있었는지, 아니면 적개심이 있었는지 알 수 없었다. 아마도 그건 하늘의 뜻이었을 것이다. 나는 그에게 다가가 비뚤어진 채 거품이 가득한 두 입술 속으로 대전문大前門 담배를 집어넣었다.

그는 점차 안정을 찾았고, 눈이 뒤집힌 채 나를 흘겨보며 말했다. "임표가 지금 비행기에서 기어 나오면, 그 개 같은 정치위원이 어떻게 할 것 같아?" 그러고는 껄껄 웃었다. "임표가 직접 올 것까지도 없어. 엽 참모만 와도 강 정치위원은 오줌을 지릴 걸."

나는 참지 못하고 웃음을 터뜨렸다. 그는 상상력이 너무 풍부했다.

이 소란은 제때 처리됐지만, 그 영향이 너무 컸다. 무대가 넓지 않아서 그의 소란은 강 정치위원을 방해할 수밖에 없었다. 강 정치위원은 계속 뒤돌아봤고, 평소 유창했던 말도 뒤죽박죽됐다. 그 '사건'은 바로 이때 일어났다. 원래 엽삼호와 아무 상관없던 이 일에 재수 없게도 그가 봉변을 당한 것이다.

사건의 내막은 이랬다. 엽삼호도 우리처럼 당안을 듣고 아연실색해 있었다. 그때 뒤편에서 송 간사의 소란이 벌어졌다. 소란이 잠잠해진 후, 고개를 들어 강 정치위원을 보니 뒤돌아 서 있었다. 이는 일반적으로 물을 원하거나 누군가를 찾는다는 표시였다.

그때 나는 귀신에 홀린 듯 엽삼호에게 다가갔다. "강 정치위원이 당신을 불렀어요, 엽삼호." 이 말을 한 뒤, 내 입가엔 음흉한 미소가 번졌다.

전업한 후 오랫동안 혼자 지내다 결혼한 후 아내는 종종 내 얼굴이 특이하다고 했는데, 나는 그게 영 마음에 걸렸다. 여러 번 추궁하니 그녀는 내 입가를 가리키며, 그것이 사람을 불편하게 한다고 했다.

나는 하늘의 이치에 어긋나지도, 양심에 부끄럽지도 않았다. 그저 짓궂은 장난을 친다고만 생각했을 뿐이었다. 나는 그다지 엽삼호와 원수진 것도 아니었다. 마음속에 확실히 좀 음흉한 구석은 있었지만, 그를 다치게 하려던 건 아니었다.

엽삼호가 강 정치위원을 향해 걸어갔다. 평소처럼 바른 자세였다.

그는 훈련이 잘 된 군인으로, 행진할 땐 가슴을 똑바로 세우고 배에 힘을 준 채 두 눈은 정면을 똑바로 응시했다. 두 팔은 내린 상태에서 몸의 움직임에 따라 움직였다. 두 주먹은 계란을 쥔 듯 오므렸고, 보폭은 크지도 작지도 않은 75센티미터였다. 속도도 빠르지도 늦지도 않게 분당 116걸음이었다. 모두 완벽했다. 내무 조례 규정에 따르면, 군인이 실내에 들어갈 때는 반드시 탈모해야 하고, 군용과 기율이 가지런해야 한다고 되어 있는데, 이런 규정에도 전부 합격이었다. 어쨌든 그는 매우 군인다웠고, 규정에 200퍼센트 부합했다.

하지만 문제는 엽삼호의 자세에 문제가 없었다는 데서 발생했다. 그런 환경과 분위기에서 강 정치위원은 가슴에 의심을 가득 품은 채 임표가 일찍부터 혁명에 투기적이었다며 비판하고 있었다. 강 정치위원이 다시 한 번 고개를 돌렸을 때, 갑자기 목 부위가 경직되더니 동공이 커졌다.

한 사람. 군모를 쓰지 않은 군인 한 명이 그를 향해 걸어오는 것이었다. 머리가 벗겨지고, 눈썹은 짙고, 살구씨 눈에 매부리코였다. 마른 얼굴에 삼각형 턱. 엄숙한 표정으로 조금도 미소를 띠지 않은 채 한 걸음씩 그를 향해 다가왔다.

엽삼호와 마주한 강 정치위원의 허리에 힘이 풀리고, 마치 관절의 연결고리가 빠진 듯 온몸을 부르르 떨며 등나무 의자에서 미끄러졌다. 무릎을 꿇은 그의 목에선 이상한 쉭쉭 소리가 났다. 정말 무서웠던 건 그의 얼굴이었다. 그게 어떤 얼굴이었지? 공포? 분노? 간사한 미소? 통곡? 모두 아니었다. 내가 본 건 광대뼈 아래쪽의 모든 근육과 주름, 그리고 모든 모공이 조여져 눌리다가 경련을 일으키고, 거품을 뿜어 대는 모습이었다. 마치 다 익어 팔팔 끓는 죽 같았다.

엽삼호는 끝장났다. 겨우 십 몇 초였다. 그 십 몇 초는 그가 연단 입구에서 임표를 연기하기에 충분한 시간이었다. 그는 완전히 바보 같았다. 뭘 해야 할지도 몰랐고, 뒤돌아 내려오는 법도 몰랐다.

누가 궁여지책을 냈는지 무대에 커튼이 내려졌고, 마침 연단 위의 스탠드 등도 쓰러졌다. 강 정치위원은 구출되었다….

22.

강 정치위원은 중풍이 아니었다. 회의는 일시 중지됐고, 강 정치위원의 과로가 누적돼서 그렇다는 해명이 있었다. 우리는 그가 적어도 중풍이겠거니 추측했었다. 하지만 그는 갑자기 오른 혈압에 휴식이 필요했던 것이었다. 다음날 아침 그는 앉아서 죽을 먹었고, 병원으로부터 좋은 소식이 전해졌다. 강 정치위원이 말했다. "나를 무너뜨리는 건 그렇게 쉽지 않아."

엽삼호만 고생하게 됐다. 그는 이틀 내내 자리를 뜨지 않았다. 밥을 먹지도, 잠을 자지도 않았다. 그렇게 앉아만 있었다. 수습할 도리가 있겠는가. 그는 가끔 발을 동동 구르며 울부짖었다. 마치 노래하는 것 같기도 했다. 눈물도 없이 큰소리로 울었다.

그 소리는 산산이 부서져 벽을 뚫고 나와 작은 뜰에서 비틀거렸다.

그는 모두에게 해명하고 싶지만, 마땅히 그럴 것도 없는 것 같아 뜰 밖에서 서성였다. 그의 아내도 남편에게 어떻게 된 일인지 듣지 못했다. 그녀도 그저 쓴웃음을 지은 채 오가며 괴로워했다. 나는 그녀에게 상황을 설명하고 위로해 주려 했지만, 당시 그녀가 나를 보는 눈빛은 마치 건달을 보는 것 같았다. 그녀는 처음부터 내가 좋은 놈이 아니라는 걸 알았고, 나에 대한 적발 비판에도 직접 참가했었다. 물론 나도 그들이 어떻게 그리 됐는지 알지 못했다. 그저 냉정하게 이 모든 걸 봐야 했다. 누가 알겠는가? 누구도 운명을 예지할 순 없는 법이다.

셋째 날, 엽삼호는 병원으로 불려가 강 정치위원과 이야기를 나눴다. 오전 내내 얘기하며, 두 사람 모두 눈물을 흘렸단다. 그는 돌아오면서 큰 노트를 한 권 샀다. 모두들 상황이 아주 심각하다는 걸 알 수 있었고, 불안해지기 시작했다.

나중에 들은 얘기로는, 그가 강 정치위원에게 약속을 했단다. 대국을 유지하기 위해, 좌파 지지 부대의 영예를 위해, 문화대혁명의 성과를 지켜내기 위해, 자신이 모든 책임을 지겠다고 했다는 것이다. 자신을 어떻게 처리해도 상관없으며, 온몸이 부서져도 괜찮다고 했단다.

그는 이런 말을 할 수 있는 사람이었다. 그는 확실히 그런 류의 사람이었다. 그는 늘 이와 같은 헌신의 기회를 기다려왔다. 가장 중요한 시기에 투신하는 것이다. 마치 모든 영웅이 그랬던 것처럼.

그런 후 그는 매우 정중하게 내 편지를 돌려줬다. 그러고 나서 기밀문서실의 열쇠를 부문별로 나눠 작은 종이봉투에 집어넣고 표식을 했다. 그 침착, 그 집중, 뒤돌아보지 않는 그 의로움을 나는 영원히 잊지 못할 것이다.

자신의 사단 참모장에 대해 그가 우리와 얘기를 나눈 건 한두 번이 아니었다. 그가 가장 존경하는 사람이던 그 참모장은 교육대에서 수류탄 수업을 하다가 불량 신관信管이 떨어져 수류탄이 점화되는 사고를 겪었다. 손을 놓을 수 없었던 상황에서 참모장은 신속하게 '전체 엎드려!'라고 구령하고, 뒤로 굴러 식탁 밑으로 들어가 수류탄을 왼손에 옮겨 쥐었다고 한다. 이 일련의 동작이 2~3초 안에 이뤄졌다고 하니, 이 얼마나 높은 수준의 정확성과 침착성인가! 참모장은 이 일로 한 손을 잃었지만, 전체 병사 중 아무도 부상을 입지 않았다.

엽삼호가 말했다. "이게 바로 군인이라는 거야. 우린 아무것도 아니지."

저녁을 먹고 나서 그는 가족을 데리고 떠났다. 그때 그는 조금 일찍 부대로 돌아가는 것뿐이라 했다. 어쨌든 처분을 기다려야 했고, 어떤 처분이든 나중에 내려질 것이었다. 군사 관리 지역에서 보낸 지프차로 좌파 지지 부대가 자발적으로 환송했다. 다행히 그는 짐이 별로 없었다. 당시엔 마땅한 선물이란 게 없어 전부 모택동 선집이나 노트뿐이었다. 그는 내게 "사해에 지기가 있으니 하늘 끝처럼 멀리 있어도 이웃처럼 친함을 느낀다"라고 써줬다. 내가 그에게 써 준 것은 "우리는 대중을 믿어야 하고, 당을 믿어야 한다"였다.

하늘엔 별이 빛났고, 구름도, 달도 없었다. 작은 뜰은 온통 어두웠다. 아무도 등을 켜지 않았다. 가을바람은 차가웠고, 조금은 애처로웠다. 모두 돌아가며 악수했고, 힘주어 손을 잡긴 했지만 한 마디 말도 없었다. 그는 여전히 군용과 기율이 꽉 잡혀 있었다. 물주전자는 오른쪽 어깨에서 왼쪽으로 메고, 군용 가방은 왼쪽 어깨에서 오른쪽으로 늘어뜨려 맸다. 그리고 허리띠로 이를 고정했다. 차 시동이 걸렸고, 차려 자세로 경례했다. 그 순간 그의 눈가에 빛이 번쩍했다. 그의 아들이 착하게도 때마침 울음을 터뜨렸다. 마치 유성이 모두의 마음속의 어둠을 가로지른 것 같았다.

얼마 지나지 않아 소식이 전해졌다. 원 부대가 엽삼호에게 내린 처분은 당적과 군적을 박탈하고, 고향으로 복귀시키는 것이었다. 죄명은 임표 비판과 정풍을 파괴했다는 것이었다. 처음엔 참 우습다고 생각했는데, 곰곰이 생각해 보니 이 역시 당시의 큰 국면을 위한 것이었다. 그가 일부러 농간을 부렸다고 말할 순 없었다. 그에게 내려진 처분은 확실히 너무 지나쳤지만, 그는 마음으로도 실제로도 승복했다. 그러니 다른 사람이 무슨 말을 할 수 있겠는가?

나는 그 후 엽삼호의 상황을 모른다. 만약 그가 당시 정치 상황에 관심을 가졌다면, 그의 영혼을 하늘이 알아줬다면 어땠을까? 그의 억울함을 풀기 위해 많은 전우가 호소했다는 걸 그가 알아줬으면 한다.

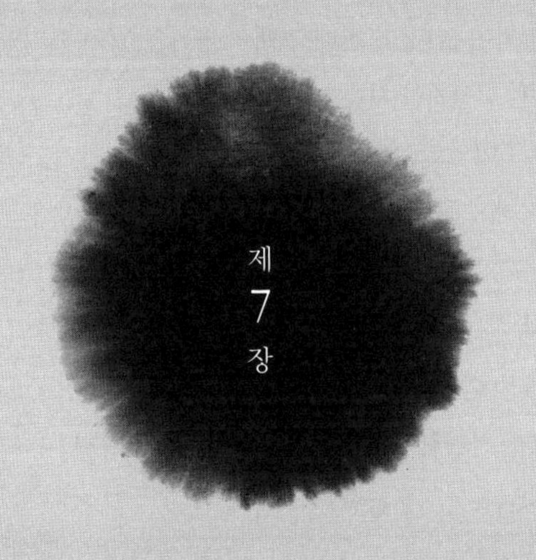

제 7 장

23.

머리는 이미 혼란스러워졌다. 이제 어떤 일 하나를 처음부터 끝까지 유창하게 설명할 방법이 없다. 사실 80년대 초, 아마 1983년이었을 텐데, 나는 소명을 한 번 만난 적이 있다. 그런데 그때 소명과 만났던 기억이 그다지 좋지 않아 엽삼호에게 그 얘기를 하는 게 쉽지 않았다.

그때도 출장 중이었고, 지나가는 길이었다. 그날 차가 정류장에 들어섰을 때, 느낌이 그다지 좋지 않았다. 그 복숭아나무를 보자 얼굴에 갑자기 경련이 일었고, 누군가에게 불시에 따귀를 맞은 것처럼 빰이 얼얼해졌다.

그 복숭아나무는 여전했다! 지금은 좀 늙어서 줄기는 뻗어 있지만, 풀이 죽어 있었다. 예전에 이곳은 복숭아나무 숲이었다. 봄이면 꽃을 피우고, 구름이 땅에 깔린 듯 찬란했다. 하지만 지금은 몇 그루만 남아 그저 내게도 역사가 있었다고 증언하는 것 같았다.

나는 천천히 걸어가 마른 가지와 나뭇진을 모두 떼어 냈다. 나무에 새겨진 두 글자가 드러났다. "쌍놈." 그 글자는 이미 구부러져 이빨을 드러내며 발톱을 휘두르고 있었다. 마치 얼굴에 문신을 한 귀신같았다.

이 글자는 그때 차가 오길 기다리며 내가 새겨 넣은 것이다. 당시 나는 몰래 넣어 둔 무기 중 정교한 비수를 하나 골랐다. 다룰 줄도 몰랐지만, 그냥 갖고 싶었다. T시에서는 더 이상 아무 생각도 할 수 없었다. 인연이 다했고, 이제 돌이킬 수 없다는 생각만 분명했다. 처량하지만 갑자기 뭔가 남기고 싶었다. 어느덧 4년이 넘었다. 전쟁의 시대였으면 벌써 연대장이 되었을 것이다. 그땐 비가 내렸고, 나무는 매우 미끄러워 비수로 한 획씩 새길 때마다 획이 끊기기 일쑤였다. 하지만 상관없었다. 남아도는 게 힘이었다.

아… '쌍놈'. '쌍놈', 도대체 누가 '쌍놈'이었을까? 나? 소명?

소명, 넌 잘 지내니? 누구와 함께 있니? 아이는 몇이고? 그땐 왜 그렇게 매정했어? 지금은 너도 후회하니? 넌 날 기억하니? 날 알아볼 수 있겠니? 이런 질문들, 그리고 이와 관련된 무수한 다른 질문이 더 이상 참을 수 없는 질문이 되었다.

교차로를 지나 남쪽으로 돌고, 다시 작은 골목을 통과해 무장부에 다다랐다. 무장부는 새총이 대포가 된 것처럼 변해 있었다. 입구의 건물은 6층으로 개조됐고, 유리 외벽을 설치해 놓았지만, 더 상점 같아졌다. 나는 계속 걸었다. 멈추고 싶지 않았다. 그러다 여행사 하나를 발견했다. 여행사 창문은 마침 무장부 뒤편의 작은 산을 향해 있었다. 산은 이미 푸르렀고, 사람 그림자가 은근히 흔들리고 있었다. 산 아래쪽에 그녀의 작은 집이 보였다. 회색 기와 위에는 여전히 푸른 이끼가 자라 있었다. 대문은 활짝 열려 있었고, 바닥이 보이지 않을 정도로 깊었다. 그러나 사람 움직임은 보이지 않았다.

심장 박동이 멈추고, 뜨거운 피가 정수리로 몰려들었다. 나는 한시도 지체할 수 없었다.

질문 하나가 머릿속에 터져 나왔다. "너 지금 뭐하는 거야? 그 나이에 할 짓이 그렇게 없어?" 나도 모른다. 내가 모르는 얼마나 많은 문제가 내게 있는지. 그러나 나는 그 집을 향해 계속 걸어갔다.

예닐곱 살쯤 돼 보이는 꼬마 아가씨가 진지한 눈빛으로 나를 살펴봤다. 그러고 나서 입을 쭈뼛거리며 고개를 돌려 외쳤다. "엄마, 누가 왔어!"

심장이 멎는 것 같았다.

나는 재빨리 방향을 돌려 뛰어서 근처 상점으로 숨었다. 갑자기 생각이 난 것이다. 어떻게 빈손으로 갈 수 있나. 과일이나 케이크 등등. 아이들도 먹어야 하고. 그래야 덜 난처할 테고. 출병出兵하려면 명분이 있어야 하는 법이다. 나는 그녀에 대해 여전히 자신이 없었다. 정말 그랬다.

"당신…이었어요?" 소명이 문 앞에 나타났다. 그녀는 갑자기 숨을 길게 내쉬었고, 얼굴도 조금씩 창백해졌다. 한참 동안 문을 가로막은 채 들어오라는 말도 하지 않았다.

"잘 있었어요? 소… 소명?"

그제야 그녀는 자신이 뭘 해야 할지 생각해 냈다. "어서 들어와 앉아요."

"얘, 넌 나가 놀아도 좋아." 그녀는 큰소리로 말하며 안으로 들어갔다. 그러고는 잠시 얼굴을 비치지 않았다.

꼬마 아가씨는 느린 걸음으로 내 옆을 지나갔다. 그녀는 까만 눈동자를 굴리며 다시 한 번 나를 살피고는 재빨리 뛰어나갔다.

나는 앉아서 거의 변하지 않은 이 작은 집을 살펴봤다. 안쪽에서 음식을 준비하는 소리가 들렸고, 한참이 지났는데도 그녀는 나오지 않았다. 그녀는 뭘 하고 있을까? 옷을 갈아입나? 화장을 하나? 그럴 필요가 있을까.

드디어 그녀가 나왔다. 옷은 갈아입지 않았고, 원래대로 그 헐렁한 작업복이었다. 자세히 보니 많이 말랐고, 피부도 까매졌다. 눈가에는 세월의 흔적이 남아 있었다. 파마를 하지도 않았다.

"정말 생각도 못했어요. 정말 뜻밖이네요!" 그녀가 두 손을 마주쳤다. "출장 왔어요? 지나가다? 아니면 나 만나러 일부러 왔어요? 정말…." 그러고는 웃었다. 깔깔 웃었다. 웃음소리가 이마로 뛰쳐나와 유리병이 깨질 것만 같았다. 그녀의 목청은 그렇게 컸다.

나는 말을 하지 않았다. 담배가 있는지 주머니를 만지작거리며 그녀를 봤다.

"피워요, 피워. 담배도 안 피우면 남자라 할 수 없죠." 그녀는 계속 양손을 비비고 있었다. 하지만 내겐 담배가 없었다. 그녀는 다시 웃었다. 정말 늙고, 초라했다.

그제야 나는 알게 됐다. 그녀가 사는 이곳에 없는 건 담배만이 아니었다. 이곳엔 남자와 관련된 물건이 전혀 없었다. 그녀가 잘 지내지 못하는 게 분명했다. 이 점을 의식하게 되자 어찌해야 할지 정말 몰랐다. 무슨 말을 해야 할지, 하면 안 될지. 무엇을 해야 할지, 하면 안 될지도.

재빨리 나 자신에 대해 생각했다. 난 잘 지낸다고 할 수 있나? 그녀가 없는 그 세월을 나는 어떻게 지내 왔던가. 어떻게 밥을 먹고 잠을 잤던가. 어떻게 출근하고, 어떻게 웃고 떠들었던가. 어떤 나날을 보냈던가. 이렇게 생각하니 갑자기 내 안락한 가정의 불행한 구석들이 떠올랐는데, 그래 봐야 행복한 어리광에 불과했다. 얼굴엔 다시 경련이 일었고, 이를 악물고 나니 시큰시큰 아파왔다.

"당신은 왜 말이 없어요? 무슨 문제라도 있어요? 말해 봐요, 정말."

난 그녀에게 웃음을 보이고 싶었다. 하지만 우물쭈물하는 게 마치 신음하는 것 같았다.

"내 상황은 보면 알겠죠. 집은 예전이랑 똑같아요. 모녀 둘이에요. 애 아버지는 내가 내쫓았어요. 그 사람은 어머니가 돌아가시자마자 떠났죠. 단지 지금은 내가 어머니 역할을 하고, 딸은 나와 틀어져서 싸우면서 살아요."

그녀는 헤헤 웃었다. 마치 자기와 상관없는 여자를 조소하는 것 같았다.

그녀가 말했다. "당신은요?"

"그… 그 사람은 어떤 사람인가요?"

"착실한 사람이에요. 지금 그 사람의 짝도 내가 소개시켜 준 걸요. 난 명령에 복종해 결혼했고, 그렇게 아이를 낳았어요. 안 그랬으면 어머니는 눈도 못 감았을 거예요." 그녀는 낡은 천을 들어 옷의 먼지를 털어 냈다. 그러고 나서 화로를 쑤시고, 고개를 돌리며 웃었다. "기억해요? 그래도 내 어머니잖아요."

나는 끙끙거리며 기억한다고 했다. 마음속엔 조금씩 슬픔이 넘쳐났다. 이전의 그 친밀하고 열정적이던 장면이 떠오르기 시작했다. 순간 아쉬움이 느껴졌다. 겉보기에 그녀는 별로 비참한 사연이 있는 것 같지 않았다. 마지못한 어떤 억울함이 있던 것 같지도 않았다. 모든 게 평범했고, 대단한 일은 없었다. 산다는 게 이렇다. 내가 없는 삶도 똑같은 삶이다. 설마 나는 그녀가 살고 싶지 않을 정도로 고통스럽거나 기뻐 날뛸 정도로 행복한 게 아니라면 만족하지 못한다는 건가? 난 언제부터 이렇게 옹졸해졌을까?

"됐어요. 안타까워할 필요 없어요." 그녀가 갑자기 다가오더니 내 머리에 손을 올리고 말했다. "내가 잘못해서 그런 거예요. 됐죠? 혁명이니, 정의니, 참모습이니, 진리니… 하하."

나는 그녀의 손을 잡아 천천히 얼굴로 옮겼다. 딱딱한 굳은살이 느껴져 과장되게 눈을 감았다. 그녀의 굳은살은 정말 두꺼웠다. 삶은 이미 그녀를 바꿔 놓았다. 그녀는 스스로 책임을 인정할 줄 알았다. 나로서는 참 고마운 일이었는데, 그녀 앞에서 자존심을 되찾게 해 줬기 때문이다. 그녀는 내가 체면을 중시한다는 걸 알고 있었다. 그저 그녀가 한 번도 이를 중요하게 생각하지 않았을 뿐이다. 그녀는 여러 번 스스로 '귀신을 밟았다'고 했었다. 나 또한 그녀가 옆에 없을 때는 보통 사람, 즉 엄숙하고 진지한 해방군 동지였다.

그녀가 흐느끼기 시작했다. 그러고는 등을 돌린 채 내게 말했다. "나는 정말 전생에 당신에게 빚을 졌던 모양이에요. 빚 독촉 귀신 같으니."

"도대체 무슨 빚을 졌다는 거예요? 하늘만 아는 얘기인가요?"

그녀의 두 손은 이미 작고 예쁜 옥처럼 둥글고 부드러운 모습을 잃어버렸다. 괜히 슬퍼져 다시 목이 멨다. 하지만 그 손은 참 실했다. 네 개의 단추 같은 굳은살이 손바닥에 박혀 있었는데, 두툼하면서도 탄력 있었다. 그녀가 지내 온 삶을 상상할 수 있을 것 같았다. 북받친 나는 그것들에 입 맞추고 싶었다. 하지만 시선은 계속 출입구를 살폈다. 닫힌 대문은 잠기지 않은 상태였고, 나는 모험을 하지 못했다. 분명 우스꽝스러운 모습이었을 것이다.

조금 후, 문 밖에 검은 그림자가 기웃거리는 게 보였다. 두 손이 감전된 듯 풀렸다.

그녀가 문 앞에 다가가자 입구에 몇몇의 얼굴이 보였다. 젊은 친구들이었다.

"들어와. 이분은 나의 옛 친구란다." 그녀가 나를 소개했다. "괜한 상상할 필요 없어. 그때 너희는 아직 엄마 품에서 젖을 먹고 있었으니까. 이분은 내가 말했던 그 해방군이야. 이 정도면 충분하지?"

그들은 서로 밀치락달치락하며 부끄러워했다.

"아이고. 안 앉을 거면 됐다. 다음 주에 하자. 고기는 가져왔어? 그래 좋

아. 돼지고기는 놔두고, 사람 고기는 꺼져!" 그녀는 웃으며 녀석들을 내쫓았다. 제법이었다.

그중 한 녀석은 불편할 정도로 나를 몰래 쳐다봤다. 곧 그녀가 이미 예전의 소명이 아니라는 생각이 들었다.

"다들 우리 대의 동료예요. 매주 여기 와서 술을 마시죠." 그녀가 해명했다. "괜찮은 녀석들이죠?"

"그렇네요."

"거친 사람들은 이래요." 그녀는 두 손으로 박수를 치며 웃었다. "얘기한다는 걸 깜박했네요. 난 지금 운수회사에 다녀요. 마대 200근은 아무것도 아니죠. 잔교棧橋[117]에도 오른 걸요. 재밌죠?"

잔교에 오르는 건 부두에서 가장 위험한 일이다. 어떤 기선은 아주 높아서 플랫폼을 여러 개 쌓아 만들고, 아래쪽은 대나무로 받친다. 그 위를 걷는 것은 마치 공중 묘기를 하는 것과 같다. 나는 그녀가 마대를 메고 휘청이면서 잔교에 오르는 모습을 상상할 수 없었다. 미끄러진 적은 없나? 이제 곧 마흔인데, 왜 좀 더 편한 일을 하지 않을까?

갑자기 당시 운수회사에 별명이 연대장이던 과부가 있었던 게 생각났다. 그 과부는 그때도 이렇게 구릿빛 피부의 부두 노동자들을 집에서 접대했다. 수많은 사람의 비난을 받던 이 과부가 무장투쟁 때 부녀들을 큰소리로 꾸짖었다. "너희들 멍하게 뭘 하는 거야? 다들 나처럼 되고 싶어서 그래?" 그래서 운수회사의 부녀들이 질서정연하게 장갑차 바퀴 아래 누워 학살을 막기

117 선박 접안 시 설치되는 가교架橋 시설.

도 했다. 그러고 나서 모두들 더 이상 그녀를 무서워하지 않게 되었다. 심지어 친해지고 싶고, 존경스럽다고 생각하게 됐다. 그녀는 교육을 받은 적이 없다. 그런데도 중요한 시기엔 일어나 행동했다. 우리보다 더 뛰어난 통찰력이 있었다.

지금 왜 이런 연상이 되는지 모르겠다. 그런 수치스러운 생각이 나니 더 부끄러웠다.

"나는 지금 명실상부한 노동계급이에요. 어때요?"

"할 말이 없네요." 나는 웃었다. "그래도 이미 나이를 먹었잖아요."

"당신은 근심이 참 많아 보이네요. 사실 난 별일 없어요. 그냥 가짜 대장 노릇을 하는 건데, 이상하게도 업무가 많아서 바빠 죽을 것 같은 거 빼고는."

"그래요? 관리자가 된 건가요?"

"관리자는 무슨. 하도급이에요. 내가 꼭 해야 한다고 해서. 노동자들 거래에선 의리가 중요하지, 머리 쓰는 건 별로 좋아하지 않아요."

이렇게 말하는 걸 보니 역시나 그 꼬마 사령이었다.

"원래 외지로 나가 회사를 차릴 수도 있었지만, 그 사람들이 못 나가게 했어요. 그런데 지금은 내게 회사를 차리라고 졸라 대요. 하지만 돈 버는 건 별로 재미가 없어요. 동분서주해서 돈다발을 한 무더기 번다고 무슨 재미가 있겠어요?" 그녀는 고개를 저었다. "그래도 노동자들과 함께 있는 게 좋아요. 그들이 먹는 밥은 힘을 써서 먹는 거고, 돈은 피땀 흘려 번 거죠. 할 일만 있으면 모두 친형제 같고, 아주 즐겁게 생활할 수 있어요. 굳이 즐겁지 않을 이유가 없죠."

"그들이… 당신을 사랑하나요?"

"사랑… 아이고. 질투가 심하네요!"

그녀는 쌀을 일고, 야채를 씻고, 고기를 썰었다. 조각내는 솜씨가 매우 날렵했다. 그녀는 시끌벅적하게 얘기했고, 빨개진 화롯불이 그녀의 뺨에서 춤췄다. 뜨거운 기운이 점차 방 전체에 퍼졌다. 그녀의 미간에서 과감하고, 영리하고, 사유가 명쾌하고 예리했던 익숙한 그 기운이 뿜어져 나왔다. 그녀는 역시 그 소명이었다.

그녀의 부모는 복권됐다. 그녀도 도시로 돌아왔다. 그런데 그 사이 옛날 집이 철거되고, 그 땅에 고층 건물이 세워질 예정이었다. 그녀가 몇 개월만 늦었더라면, 아마 이 집은 없어졌을 것이다. 그것이 인생이다…. 나는 그녀 뒤에 가만히 있는데도 마음이 바쁘게 허둥대는 것 같았다. 마치 집에 돌아와 못다 한 일과 못다 한 말을 했는데, 곰곰이 생각해 보니 어떤 일도, 어떤 말도 하지 않은 것과 같았다.

"기억해요? 그 부서기 양 씨라고. 죽었어요!" 그녀가 선포하듯 말했다. "식도암인데, 산 채로 굶어 죽었어요. 내가 병원까지 가서 봤어요. 나를 아직 알아보더군요. 그런데 말을 못했어요. 그 모습이 참 보기 안 좋더라고요. 주위에 친구 하나 없었어요. 생화도 가득하고, 머리맡에 선물도 가득한데. 마음속으로 생각했죠. 이 양반 평생 계산적으로 살더니 일인자가 돼 보지도 못하고, 그저 이런 물건들을 붙들고 버티다 굶어 죽는 건가? 참 불쌍하구나."

우리에게 여러 번 총살 당한 당권파들이 기억났다. 엄청 교활했던 그놈, 우리가 끝까지 함께할 수 없게 만든 그놈. 나는 웃는 얼굴로 말했다. "기억해요. 기억하죠." 하지만 좀 난감했다.

"생각해 보면, 참 어리석었어요. 그해에 난 당신들의 강 정치위원을 타도하려고 무척 노력했고, 고생도 많이 했어요. 결과가 그럴 줄 미리 알았더라면 집에서 기다릴 걸." 그녀가 희미하게 웃었다. 그리고 손으로 몸을 털어내며 말했다. "이리 와 봐요."

그녀는 안쪽 찬장에서 한 뭉치의 마분지를 꺼냈다. 당시의 당안 주머니였다. 내가 삐뚤빼뚤 쓴 흔적이 가득 찬 당안과 내가 내놓았던 여러 판결의 구절들이 펼쳐졌다. 연기 같은 옛일이었다. 옛일은 이렇게 연기처럼. 문득 마음이 아파 왔고, 이어 씁쓸했다. 긴 세월이 흘렀지만, 그녀는 여전히 이것들을 보관하고 있었던 것이다.

나는 당시 그녀의 환심을 사려고 유머러스했다. 그 작은 산꼭대기에서의 유희는 지금 보면 그렇게 재미있을 수가 없다. 이 당안 주머니는 정말 후졌다. 그렇지 않았다면 내 글자는 아마 더욱 거리낌 없고 멋스럽게 쓰였을 것이다.

"이것 좀 봐요. 이것도요." 그녀는 마치 여행 가이드처럼 꿈속 세계 같은 T시의 옛 사람과 과거 일들을 보여 줬다. 사람 이름을 읽어 주고, 그 사람의 변화, 말로, 그 시간과 장소 그리고 원인을 소개해 줬다. 그런 다음 다시 다른 한 사람의 얘기를 들었다. 그녀는 속속들이 다 알고 있었고, 조목조목 상세하게 분석했다. 말하는 얼굴엔 홍조가 넘쳤고, 목소리도 조금 갈라졌다.

마치 옛날 무성영화를 보는 것 같았다. 25년의 세월을 지하실에 묵혀 둔 영화였다. 그래서 곰팡이도 슬었고, 적절하지 않은 부분은 편집됐다. 해설은 그다지 고상하지 못했고, 조금은 낡아 빠진 어휘들로 가득했다. 이중 첩자, 5류類[118], 세 종류 인간[119] 등등. 그럴듯해 보였지만 애매했다.

"듣고 있어요?"

"듣고 있어요. 물 좀 마셔요. 목소리가 갈라졌네."

"그래요." 그녀는 흥이 좀 달아난 것 같았다. 물을 마시고 나더니 채소를 볶으며 혼잣말하듯 말했다. "당신은 여전히 그 무엇에도 아랑곳 않는 모습이네요. 도련님 같은 태도 말예요. 그런데… 처음에 내가 좋아했던 게 바로 그런 부분이었어요. 달콤한 밀어도 그렇고, 사기꾼 같은 말솜씨나 횡설수설하는 게 참 낭만적이었죠."

"그랬나요?" 내가 웃었다. "그런 평가는 아주 맘에 드네요."

"그건 당신 생각이고. 당신은 여자 꾀는 걸 참 잘했어요."

그녀는 채소를 그릇에 담아 상을 내왔고, "얘! 밥 먹어. 어딜 또 신나서 나갔대?"라며 큰소리로 딸을 찾았다. 그녀는 딸을 찾아 한 바퀴 돌고 나더니 내게 말했다. "분명히 그 녀석들이 데리고 나갔을 거예요. 신경 쓰지 말고 드세요." 그런 후 대문을 닫고 등을 기댄 후 조용히 나를 쳐다봤다.

나는 기침을 하며 말했다. "그래도… 좀 찾아보죠. 어두워졌는데."

그녀가 입술을 깨물며 말했다. "그 녀석들도 이제 다 컸어요."

"아… 그렇군요." 나는 의외의 기쁨을 느꼈다. 갑자기 속에서 뜨거운 게 올라왔고, 목소리도 조금 건조해졌다.

그녀가 작업복을 벗었다. 빨간 스웨터가 가슴을 조이며 감싸고 있었고,

---

118 홍오류, 흑오류 등을 통칭하는 표현이다.

119 임표, 강청 등 반反 혁명 집단을 따라 조반으로 출세한 자, 파벌 의식이 심각한 자, 파괴 분자.

두 볼엔 홍조가 나타났다. 훨씬 젊고, 예뻐 보였다. 역시 육체 노동자라 그런지 배가 조금도 나오지 않았고, 몸은 전보다 튼실해졌다. 상상 밖이었다. 아마도 조명에 그녀의 눈가 주름이 희미해졌기 때문일 것이다.

그녀는 묵묵히 상에 음식을 올리고, 술잔과 수저를 놓았다. 돼지고기와 두부찜이 큰 뚝배기에 기름이 동동 뜬 채 담겨 있었다. 그것은 마치 심장박동 같은 울림을 만들어 내는 것 같았다. 그녀는 탁자 아래에서 술을 한 병 꺼내 입으로 뚜껑을 땄다. 술을 따르는 손이 떨렸고, 흘러넘친 술이 탁자를 적셨다.

술잔을 들자 심장이 더욱 급하게 뛰었다.

"당신말예요." 그녀는 한숨을 쉬었다. "이제 그만 힘들어 하세요. 다 내 잘못이었어요. 당신을 받아들였어야 했는데. 그랬으면 오류를 범하지도 않았을 거고. 나는 한평생 오류투성이고, 바보 같은 짓을 하고 있어요. 너무 완전한 것과 순수한 것만 추구했던 거죠."

나는 웃었다. 억지웃음이었다.

그녀의 웃는 모습이 참 힘들어 보였다. "하지만 당신은 나중에 날 찾지 않았어요. 난 계속 기다렸는데…. 내가 기다린다는 생각 못했어요?" 그녀의 입술엔 웃음에 남아 있었지만, 목소리는 울먹이고 있었다.

나는 해명하고, 고백하고 싶었다. 그러나 내 무기력함이 곧 명백해졌다. 사실 나는 그녀를 기다리지 않았다.

"내가 아이를 낳고 나서야 어머니는 눈을 감았죠. 어머니는 그렇게 계속 재촉했어요…."

나는 그녀가 날 기다렸단 말에 감동받았지만 손을 먼저 잡아야 할지, 포옹을 해야 할지 몰라 주저했다. 이런 동작 자체를 잊어버린 것이다. 그래서 내 팔은 공중에 떠 있었다. 지금 우리 사이엔 어떤 앙금도 남아 있지 않다. 나는 말하고 싶었다. 우리는 아마 늦지 않게 잘못을 바로잡을 수 있다. 오류를 계속 범하지 않을 수도, 같이 지내면서 다시는 헤어지지 않는 방법을 생각해 볼 수도 있다. 정말 이 날을 너무 오래 기다렸다. 그런데 더 기다리란 말인가? 다른 것들은 사소한 문제였다. 그런 사소한 문제 때문에 받은 상처가 설마 아직 부족하단 말인가? 나는 그녀에게 말하고 싶었다. '지금 당신은 행복하지 않다. 내가 없는 당신의 삶은 매우 안 좋다. 당신은 반드시 새로워져야 한다. 내가 그렇게 만들어야 한다. 이 허름한 집, 이 가구들, 이 낡은 것들은 필요 없다. 어두운 그림자는 필요 없다. 당신은 햇빛 가득한 삶을 살아야 한다. 과거와는 전혀 다른 그런 삶.' 그녀에게 하고 싶은 말이 참 많았지만, 모두 목구멍에 걸려 나오지 않았다.

이렇게 생각하면서 나는 용기를 냈다. 그러고는 한 손으로 그녀를 감싸 안았다. 그녀는 한걸음 비켜섰다가 내 품에 들어왔다. 그녀가 재빨리 안쪽 방을 살펴보고는 천천히 내 몸에 기댔다.

"정말, 한참을 에둘렀네요." 그녀가 깔깔 웃었다.

"너무 가혹해요."

"거의 20년을 돌아왔어요."

"20년."

"난 벌써 마흔이에요."

"마흔이면 삶의 시작이죠."

"자, 한잔해요." 그녀는 내게서 벗어나 뛰어나갔다. 문을 잠그려는 것이었다.

"건배하죠?"

"우리의 재회를 위해. 멀리 돌아온 시간을 위해!"

우리는 잔을 부딪쳤다. 나는 이런 싸구려 술이 익숙하지 않았다. 하지만 그녀는 단숨에 다 마셨다.

"고마워요. 소명."

이름이 불려서인지 그녀의 눈에 눈물이 고였다. 우리는 다시 술잔을 부딪쳤다. 나는 드디어 예전의 그 빛을 보았다. 그녀 눈의 그 암홍색 빛은 줄기를 이루어 내 눈을 찌르고 경련을 일으켰다.

"기다려 봐요!" 그녀가 갑자기 날카롭게 외치더니 술잔을 들고 안쪽으로 뛰어갔다.

나는 의아해하며 그녀를 따라 들어갔다. 그녀가 벽의 액자를 마주한 채 바라보고 있었다. 마음이 쿵쾅거렸다. 곧 그것이 그녀 부모님의 초상화임을 알게 되었다.

예전에 그녀의 아버지 사진을 본 적이 있다. '유색공사 기술간부 인명록'에서였다. 지금 본 건 더 큰 연필화였고, 조금 누렇게 변색됐다. 이 초상화는 지나치게 윤곽이 선명했고, 매우 과장되게 그려졌다. 눈빛도 매우 부자연스러웠다. 공손하게 다가가 액자에서 꺼내 만져 보았다.

"조심해요!" 그녀가 놀라며 말했다. "겨우 이거 한 장인데, 쉽게 망가지거든요."

"걱정 말아요. 그걸 모르겠어요? 난 카메라 다룬 경력도 좀 있어요." 그러나 바로 그때 당황해 어쩔 줄 모르는 그녀의 눈빛과 맞닥뜨렸다. 처음엔 그녀도 무슨 상황인지 몰라 얼굴에 웃음이 가득했었다. 그런데 뭔가 조금씩 잘못되는 것 같더니 그녀의 웃음이 급속히 식으며 아래턱에 그대로 굳어 버렸다. 마치 입가에 연고를 바른 것 같았다. 그제야 분위기를 파악한 나는 허둥대며 재빨리 액자를 원위치에 되돌려 놓고, 절대 실수하면 안 된다고 되뇌었다. 그녀의 눈빛이 줄곧 나를 주시하다가 액자가 무사히 제자리로 돌아가자 그제야 안심하는 것 같았다. 그녀의 긴장된 얼굴이 조금씩 풀렸다.

괜히 한바탕 크게 놀랐다.

나는 내 술잔도 가져와 그곳에서 그녀와 한잔했다. 그녀는 술을 더 가져왔고, 다시 고개를 돌려 벽을 바라봤다. 그녀의 아버지 액자 옆에는 어머니의 액자가 나란히 걸려 있었다.

은연중에 불편함이 느껴졌다. 마치 내가 그 액자와 대치하는 것만 같았다.

"자, 재회를 위하여!" 그녀는 다시 흥겨워졌다.

나는 고개를 들어 술을 목구멍에 털어 넣었다. 벌컥벌컥 소리가 났다.

그녀는 헤헤 웃으며 조금씩 마시더니 이내 다 비웠다.

갑자기 사레들려 기침하기 시작한 내 눈앞에 그림자 하나가 흔들렸다. 그녀의 아버지였다. 나는 고개를 돌렸다. 여전히 벽에 걸려 있는 그녀의 아버지는 엄숙하고 차갑게 나를 쳐다봤다. 갑자기 가시방석에 앉아 있는 것 같았다.

"안주도 좀 먹어요. 사레든 것 같은데, 음식을 좀 더 가져올까요?"

"괜찮아요." 나는 힘주어 말했다. "기름진 고기는 많이 안 먹는 게 좋아요."

"당신은 왜 아직도 그렇게 물러요?" 그녀는 다시 한 잔을 비운 후, 깨끗한 술잔 바닥을 내게 보이며 말했다. "우리 노동자들은 당신처럼 무르지 않아요." 나는 한 잔을 더 비울 수밖에 없었다. 약해 보이고 싶지 않았다.

우리는 이제 꼭 붙어서 침대 위에 앉아 있다. 마땅한 말이 생각나지 않는다. 그녀도 그런 것 같았다. 그렇게 한참을 있었다. 그녀는 갑자기 얼굴을 가리며 말했다. "다음엔 오지 말아요."

"왜요?" 나는 당황스러워 얼굴을 가린 그녀의 손을 풀었다.

그녀는 고개를 돌렸다. "빚 독촉. 당신은 빚 독촉하는 거잖아요."

말문이 막혔다. 천천히 그녀의 둥근 어깨를 매만졌다. 마치 소파 등받이를 만지는 것처럼 손이 굳고 차가웠다.

"어쨌든 난 빚진 게 있어요!" 그녀는 입을 꼭 다물었고, 결심이 선 것 같았다. 그녀의 몸이 내 품으로 쓰러지면서 손으로 내 한쪽 어깨를 잡았다. 그녀는 고개를 돌려 이불을 쳐다보고는 내 얼굴을 스치고 지나 거울을 바라봤다. 그 순간 거울 속의 나는 그녀를 훔쳐보고 있었는데, 거울 속에서 눈이 마주친 우리는 순식간에 서로 어색해졌다.

그녀가 갑자기 물었다. "아이가 몇이에요?"

그녀의 웃음이 광대뼈 아래 절반 지점에 멈춰 움직이다가 멈추기를 반복하고 있었다.

나는 어색해하며 말했다. "둘. 아들 하나 딸 하나. 큰 애는 중학교에 다녀요."

"다 갖췄네요. 당은 원래 그렇죠. 무슨 일이든 깔끔하게 제대로 하니까. 내 상상대로네요." 그녀는 한 마디 한 마디 이어가며 결론을 내 줬다. 그녀는 얼굴을 치켜들며 최대한 나를 보지 않으려 했다.

"당신 말은, 내가 너무… 완벽주의라는 건가요?"

그녀는 큰소리로 기뻐하며 말했다. "지금은 괜찮아요. 이제 큰 어르신 역할을 해도 되겠어요."

"설마요? 요즘 아이들은 갈수록 키우기 어려운 걸요. 잘 먹여야 하고, 잘 입혀야 하고, 잘 놀려야 하고, 학교도 데려다 줘야 하고. 1학년 때부터 계속 그랬어요." 나는 큰소리로 유난을 떨었다. 그 억울함이 갑자기 어디에서 온 건지 모르겠다.

"그것도 맞는 말이네요. 우리 딸애도 신경 쓰이기 시작했어요."

"신경 쓸 일이 참 많죠." 나는 벌떡 일어나 큰 걸음으로 왔다 갔다 하며 말했다. "난 산전수전 다 겪었어요. 근심 걱정이 심하죠."

그녀는 넋 놓은 채 내 말을 듣다가 길게 한숨을 내쉬었다.

그 후 나는 여러 번 자문했다. '왜? 난 왜 갑자기 아무런 정념이 없는 듯 변했던 거지? 설마 그녀에 대한 내 그리움이 거짓이었을까? 그녀에 대한 걱정이 작위적인 것이었을까? 설마 내가 정말 완벽만 추구하는 사람일까? 설마 젊은 시절 물불 안 가리던 열정이 이미 사라졌단 말인가? 아니면 병이라도 생겼나?'

"무슨 생각해요?"

"어… 예전부터 여기 면 요리가 유명했는데, 아주 가늘고 길게 뽑은 면 말예요. 마치 실처럼 뽑았죠."

"아… 그건 공면貢麵이라고 해요." 그녀는 슬쩍 눈길을 주더니 고개 숙여 차갑게 웃었다. "지금 먹을래요?"

"급하지 않아요. 내일, 내일 먹죠." 나는 귀신도 알 수 없을 이상한 손동작을 하고 있었다. 마음속으론 임기응변을 잘했다고 생각했다.

그녀는 입술을 깨물더니 자연스럽게 머리를 들었다. "그래요. 내일은 공면을 먹을 수 있을 거예요." 그녀는 내 손이 주머니를 뒤지는 걸 보더니 말했다. "돈은 필요 없어요. 과일을 가져왔잖아요."

"그래요. 그럼 공면은 당신이 주는 선물로 치죠. 특산품."

"그 생각도 좋네요. 내일 공면을 가지러 가는 길에 부두 구경도 시켜 줄게요." 그녀는 줄곧 미소를 잃지 않았다. 정말 대단했다.

"당신이 혹시 관심 있다면." 그녀는 낯빛이 변하지 않은 채 말했다. "그때 일기도 빌려줄게요. 보고 나서 돌려준다면요."

"좋아요, 좋아." 큰 부담을 던 것 같았다. 내가 말했다. "어쩌면 산에 올라 볼 시간이 있을 것 같기도 한데요?"

"좋아요. 내 딸도 산에 같이 가자고 난리예요. 혹시 카메라 갖고 있어요? 요즘 산 빛이 참 예쁘거든요."

나는 그녀의 일기 뭉치를 들고 작별 인사를 했다. 그리고 내일 반드시 컬러 필름을 사리라 다짐했다. 심지어 어떻게 그녀와 함께 사진을 찍을지도 생각했다. 그리고 어떻게 아내 모르게 그녀에게 부칠지도….

24.

x월 x일

대영을 만나 이야기를 나눴다. 곽훼는 정말 지혜롭고, 마음씨 착하고, 영리하고, 재주 많은 아이고, 백 명 중 하나 나올까 말까 한 친구니 마음에 들면 과감히 접근하라고 했다. 대영은 깜짝 놀란 표정을 지었고, 한참 말을 얼버무리더니 물었다. "넌 해방군 짝이 있다던데 사실이야?

그런데 삼각형 관인[120]이 찍힌 편지가 오는 걸 본 적이 없네." 내가 말했다. "그건 너랑 상관없는 일이야."

곽훼에게도 말했다. 결혼이라는 건 큰일이니 잘 생각하고 결정하는 게 좋겠다고. 곽훼의 표정 또한 놀란 듯했다. 며칠간 말이 없었다. 그녀는 내가 부럽다고 했다. 그날 화낸 건 질투 때문이 아니라고도 했다. 내가 말했다. "내가 대영에게 무슨 말을 하든지 그건 네가 화를 냈기 때문은 아냐. 대영이 확실히 좋은 친구여서지. 정의감도 있고, 책임감도 있잖아. 능력도 있고."

내가 틀리지 않았기를 바랐다.

이 일을 마무리 짓고는 한결 마음이 가벼워졌다. 내가 중매를 선 셈인가? 아니다. 나는 계기를 만들어줬을 뿐이다. 내가 옳은 일을 한 건지 잘 모르겠다. 그저 거리낌 없어야 마음이 편한 것이라는 느낌이 들었다.

스무 살. 여자에겐 하나의 문턱이다. 석문관에선 여자가 스무 살이면 이미 아들이 마음껏 뛰놀 나이다. 곽훼의 여성성은 매우 강하다. 마치 꽃을 피우지만 열매를 맺지 않는 나무 같다. 성별은 부모가 준 것이다. 피하거나 숨길 수 있는 게 아니다.

하지만 난 정말 여자의 삶을 살고 싶지 않다. 정말 피곤한 일이다.

x월 x일

임금을 받았다. 127.5원. 내가 처음으로 번 돈이다.

120 당시 군인이나 그 가족의 우편물에는 삼각형 관인을 찍었다.

이번 설날에도 집에 갈 수 없다. 나는 꼭 곽훼를 시집보내야 한다. 곽훼는 결혼할 마음을 굳혔다. 어느덧 하향 1년이 넘었으니 있을 법한 일이 생긴 것이다.

어머니로부터 편지가 왔다. "곽훼 결혼을 꼭 말려야 해. 걔 엄마가 결혼식에 절대 참석하지 않는단다. 너희들 이러다 나중에 무슨 일이 생길지 알긴 아는 거니?"

하지만 내가 무슨 방법이 있나? 나도 곽훼가 이렇게 빨리 결혼하는 걸 바라지는 않는다. 솔직히 말해 그녀가 떠나면 내 생활이 훨씬 힘들어질 것이다.

그녀의 이번 결정은 나를 깜짝 놀라게 했다. 그녀는 마음을 굳힌 이유를 설명하지 않았고, 나 또한 캐묻지 않았다. 그녀는 이런저런 집안 사정을 말했지만, 충분한 설명이 되진 않았다. 집에서 또 누군가를 소개하면서 억지로 시집보내려 한다는 얘기 등이었다.

말릴 수도 없었고, 추측하기도 싫었다. 지식 청년들 사이에서 돌던 이런 저런 소문은 사실도 있고 거짓도 있었는데, 모두들 무책임하게 말했다. 곽훼는 나의 가장 친한 친구였고, 그녀가 결정했으니 그저 지지할 수밖에 없었다.

내일은 사하沙河 진으로 가서 그녀의 혼수를 골라야겠다.

x월 x일

진에 오니 겨우 8시였다. 상점은 아직 문을 열지 않았다. 그래서 여기저기 구경하며 다녔는데, 그 미친 노파를 맞닥뜨릴 거라고는 생각지 못했다. 미친 노파는 내게 "아가, 울지 말거라. 많이 컸구나. 젖 먹자, 젖"이라고 했다. 그녀는 말라비틀어진 유방을 받쳐 들고 내게 젖을 주려고 했다.

밀치고 갈 수도, 감히 웃을 수도 없었다. 그저 그녀의 윗옷을 입혀줄 수밖에 없었다. 주위엔 모두 하하 호호 난리 구경을 하는 사람들로 가득했다. 정말 난처했다. 다행히 그녀의 남편이 황급히 그녀를 끌고 갔다. 그녀는 몇 걸음 가다 말고 다시 고개를 돌리더니 내게 귀신같은 얼굴을 해 보였다. 온몸이 떨렸다. 원인을 알 수 없이 마음이 매우 아팠다. 문득 곽훼의 미래가 연상됐다.

상점에 마땅한 물건이 많지 않았다. 원래 곽훼에게 분홍색 베개를 한 쌍 사주려 했다. 꽃 테두리가 있는 종류다. 전에 다른 사람이 선물한 걸 본 적이 있다. 철제 보온병도 사주고 싶었지만, 아무리 찾아도 괜찮은 물건이 없었다. 그때 꿀벌표 재봉틀이 눈길을 끌었다. 사실 재봉틀은 곽훼에게 가장 잘 어울리는 것이다. 하지만 122원이라니 거의 모든 재산을 털어야 한다. 주저하고 있는데, 점원이 와서 말했다. "그걸 사려면 표가 있어야 해요. 설날 전에 진열하는 샘플이거든요." 이 말을 들으니 이걸 사지 않으면 곽훼에게 오히려 미안할 것 같았다.

뒤편 판공실로 가서 주임을 찾았다. "지식 청년이 농민에게 시집간다는 건 신생사물新生事物[121]이라 할 수 있어요, 없어요? 당신은 신생사물을 지지하나요, 하지 않나요?" 그 주임은 말이 통하는 사람이었다. 그

121 공산주의로의 이행 과정에서 새롭게 출현하는 진보적인 현상을 지칭한다.

는 상황을 알아본 다음 말했다. "재봉틀을 살 때 표가 필요하다는 건 사실이에요. 표가 이미 배포됐다는 것도 틀림없고요. 하지만 당신이 돈을 좀 더 낸다면, 당신에게 표를 양보하라고 말해 줄 수 있어요. 이러면 신생사물을 지지하는 게 되지 않나요?"

이 정도로 양보해 나를 궁지에 몰아넣으니 별 다른 퇴로가 없었다. 나는 주머니를 뒤집어 보였다. 돈을 모조리 탁자 위에 펼쳤는데, 140원이 되지 않았다. 주임은 돈을 한 번 보고 다시 나를 쳐다보더니 손을 저으며 말했다. "내가 책임지죠. 표 끊어 줄게요! 130원만 받죠." 그러고는 몇 원을 거슬러 줬다. 또, 내가 석문관에 있다는 걸 알고는 사람을 시켜 자전거로 배웅해 주기도 했다.

나는 자전거 뒤에서 지시를 내리는 지휘관 같았고, 마치 포로 하나를 끌고 가는 것처럼 득의양양했다. 곽훼가 좋아하는 수공예품을 재봉틀로 디디다다 만드는 걸 상상해 봤다. 마음이 놓였다. 또, 그런 나 자신 때문에 즐거웠다.

x월 x일

오늘은 섣달 28일이다. 곽훼가 결혼하는 날이다.

호소천과 류광근이 모두 남았고, 나는 왕홍원도 불렀다. 우리 네 명이 곽훼의 친정 식구인 셈이다. 우리는 곽훼가 외롭지 않았으면 했다. 그래서 매우 격식을 갖춰 일을 치렀다.

하지만 곽훼는 결국 눈물 투성이가 되었다. 새벽에 일어나 방을 정리하면서도, 유리창을 닦으면서도 눈물을 흘렸다. 친구 몇 명이 도착하자 눈물 끝에 주저앉아 버렸다. 나는 그녀를 안고 문을 나섰다. 나도 모르게 눈물이 났다. 이런 마음은 남자들은 느끼지 못할 것이다. 그들은 그냥 바보처럼 어쩔 줄 모르고 서 있을 뿐이었다.

왕홍원은 "혹시 억울하단 생각이 들면, 지금 마음을 바꿔도 늦지 않아"라며 바보같은 소리를 했다. 목소리까지 갈라지는 걸 보니 곽훼가 정말 시집가기 싫어하는 줄 아나 보다.

문밖으로 나온 곽훼가 갑자기 상자를 열어 새로 산 보온병을 꺼내며 말했다. "나 정말 네게 뭘 줘야 할지 모르겠어. 앞으로 날이 추워지면 여기에 물을 담아 두고, 내가 발을 녹여 준다고 생각해!"

이 말을 들으니 그 겨울밤이 떠올랐다. 그녀의 보살핌과 그동안 함께 했던 즐거움도 생각났다. 마음이 아프단 말로는 다 표현할 수가 없었다.

대영 쪽 또한 매우 정중했다. 가족 모두가 나섰는데, 성대하고 장중하다고 할 만했다. 신방은 옛집의 측면에서 연결돼 나온 두 칸의 쪽방이었다. 생산대 전체가 예식을 도왔다. 아마 그들에겐 도시의 며느리를 맞이하는 게 하늘과 땅을 놀라게 할 만큼 기쁜 일이었던 것 같다. 대영의 아버지는 곽훼에게 여러 번 말했다. "이 집은 아쉬운 대로 우선 쓰고, 나중에 돈이 생기면 꼭 세 칸짜리 기와집을 지어 줄게."

공사의 나이 든 지도부가 주례로 초청됐다. 그는 말을 잘하지 못해 더듬더듬 어록을 읽을 뿐이었다. "우리 공산당원은 씨앗과 같다. 인민은 토지와 같다. 어디로 가든지 뿌리를 내리고, 꽃을 피우며, 열매를 맺어야 한다." 대장 예영창은 늘 노련하고 신중한 아르키메데스의 두뇌를 가졌는데, 이 자리에선 좀 허둥댔다. 그는 "곽훼는 살아 있는 형연자邢

燕子고, 살아 있는 동가경董加耕이다"[122]라고 해서 큰 웃음을 주었다.

어쨌든 분위기가 매우 좋았다. 음식도 맛있었다. 생산대에서 돼지 한 마리를 잡았다.

나는 신방으로 들어가는 곽훼를 눈으로 송별했다. 그녀도 내게 눈길을 한 번 줬다. 붉디붉은 새 옷, 촛불, 그리고 커튼이 환희 속에서 사라졌다.

곽훼. 널 축복해!

x월 x일

그들이 나를 놀리며 "곽훼는 '정착'했는데, 넌 언제 '정착'할래?"라고 했다. "내 마음은 이미 정착했거든. 상대는… 좀 기다려 봐." 그들은 내게 해방군 짝이 있다는 걸 안다. '군혼'이 되는 것이다. 이런 간판은 농촌에서 꽤 써먹을 만하다. 번거로움을 많이 덜 수도 있다. 하지만 웃음

---

122 두 인물 모두 문혁 이전에 하방된 지식 청년으로, 문혁 시기 지식 청년의 원형적 특징을 갖는다. 문혁 전개 과정에서의 둘의 운명은 다소 대조적이었다. 먼저 형연자(본명은 형수영邢秀英)는 1940년 천진天津에서 태어났다. 1958년 소학교 고급반을 졸업한 뒤 고향으로 돌아가 농업에 종사했고, '형연자 돌격대'를 조직해 특출한 성과를 냈다. 그녀는 모택동으로부터 크게 칭찬받았고, 인민 대표로 선출돼 '9대'와 '10대'에 모두 참석하면서 문혁 시기에도 평탄한 길을 걸었다. 그러다 모택동 사망 후 개혁 개방으로 접어들면서 당무에서 배제됐다. 동가경은 1940년 강소 성에서 태어났다. 1961년 고등중학을 졸업한 후, 고향으로 돌아가 농업에 종사했다. 그 또한 지식 청년의 모범으로 인정되어 '9대'에 참여했으나, 1966년 문혁이 발발하자 '주자파'로 몰렸다. 1971년 문혁이 질서를 회복하는 과정에서 '5.16 골간분자'라는 판정을 받아 박해를 받았으나, 1974년 형연자의 도움으로 총리 주은래에 의해 복권됐다. 그러나 문혁이 공식적으로 종료되면서 다시 정치 소용돌이에 휘말려 장기간 수사를 받다가 1982년 봄 직무에 복귀했다.

소리가 사라지면, 특히 일을 마친 후 밥하다가 불꽃이 냄비를 달구는 걸 보면, 또 냄비 끓는 소리를 들으면, 마음이 엉망진창이 되는 것 같다. 저녁때는 그래도 낫다. 책을 보기도 하고, 그러다 지치면 자기도 했다.

고독은 벌레와 같다. 천천히 시간을 갉아 먹는다. 노동은 단조롭고, 반복되며, 재미없다. 벌레는 점점 커져 갔다. 이런 느낌은 힘들다기보다 공허한 것이었다. 마치 몸이 비어 가고, 텅 비어서 풍선처럼 된 것 같았다. 날고 싶어도 날 수 없는 풍선. 가라앉고 싶어도 가라앉지 못하는 풍선처럼. 벌레가 안쪽에서 물어뜯는다. 어렴풋이 곽훼를 이해하게 됐다. 그녀가 왜 그렇게 결혼하려 했는지.

이럴 땐 정말 그 사람이 그립다. 그가 왜 연락을 안 하는지 모르겠다. 설마 내가 더 적극적이어야 하는 걸까? 혹시 벌써 다른 사람이 생긴 걸까?

어젯밤 비 살짝 내리고 바람은 세차
깊은 잠도 남은 술기운을 가시게 못 하는구나
발 걷는 아이에게 물어보니
외려 해당화는 그대로라 답한다
알지 못하느냐?
분명 푸른빛 짙어지고 붉은 꽃기운 시들었을 터인데.[123]

될 대로 되라지.

---

123 이태형 편역, 《우리말로 읽는 송사 300수》, 이담북스, 2009, p. 535.

x월 x일

곽훼가 석문관의 이야기를 들려줬다. 물론 대영의 입에서 나온 것이었다. 예영무가 몇 번 자살 시도를 했다가 미수로 끝난 것, 토지개혁과 대약진 시기에 집단적으로 소란이 일었던 것, 생산대의 이익 분배에 관한 것, 그리고 집안의 자질구레한 일 등. 오늘은 사하 진의 미친 노파 이야기를 해 줬다. 내가 외로울까봐 걱정하고 애쓴다는 걸 나는 잘 안다.

그런데 오늘 이야기는 중요하게 여길 필요가 있다.

원래 미친 노파의 집안은 하방 간부 출신이었다. 그녀의 남편은 안安씨였고, 이 일대 사람들은 모두 그를 안 씨 어르신이라 불렀다. 그는 예영무보다 경험이 더 풍부했고, 대혁명 시기의 노 당원이었다. 그는 이유도 모른 채 중용되지 못했고, 감옥에 가서 노동 개조를 받은 후 문화대혁명 이전에 사하 진으로 하방된 것이라고 한다.

어쩐지 미친 노파는 좀 유별나 보였고, 이곳 농민처럼 보이지 않았다. 이 일대는 노구였고, 노 혁명이 많다는 게 이상하지 않다. 이상한 건 노 혁명도 줄곧 뜻을 이루지 못했다는 것이다.

x월 x일

오늘은 생산대에서 목단피를 팔았다. 대장이 내게 계산을 맡겼는데, 상점에서 내게는 못되게 굴지 않기 때문이었다. 지난번 자전거에 태워 재봉틀을 배달해 준 건 나를 믿을 만한 사람으로 여기기 때문이란다. 누구도 모를 일이다. 그곳에선 전혀 나를 알지 못하는데 말이다. 하지만 누군가 나를 높이 평가해 준다는 건 참 즐거운 일이다.

계산을 하고 난 뒤, 미친 노파가 상점 문밖에서 누군가에게 젖을 준다며 소란피우는 걸 봤다. 그녀 뒤에는 한 노인이 있었다. 아마 그가 안 씨 어르신일 것이다. 그는 무서운 얼굴을 하고 달래기도 하고, 겁을 주기도 했다. "공안국에서 왔어. 공안국이라니까!" 미친 노파는 어리둥절하더니 눈을 돌려 다시 웃었다. "거짓말." 그런 다음 다시 저고리를 걷어 올리고 아이를 안고 있는 여자를 쫓아가는 것이었다. "아가, 공안국은 무슨. 아가, 젖 먹자." 노파는 겁을 먹기는커녕 구경하는 주위 사람들과 함께 실실 웃었다. 어르신이 급한 마음에 그녀에게 달려들어 소리쳤다. "이 여편네야. 정신 좀 차려."

가까이 가서 어르신이 그녀를 말리는 걸 도왔다. 미친 노파의 힘은 매우 셌다. 그녀는 한사코 집에 가지 않으려 했다. 소란은 거의 정오까지 계속되다가 노파의 힘이 빠지자 잠잠해졌다.

안 씨 어르신의 집은 진의 동쪽 끝에 있었다. 붉은 벽돌에 큰 기와로 지은 집이었다. 이곳 주민의 집과는 다르다는 걸 한눈에 알 수 있었다. 방이 세 칸이었고, 뜰은 없었다. 하지만 집 앞에 작은 공터가 있고, 작은 대나무 의자도 있었다. 문은 열려 있었지만, 집 안엔 아무도 없었다. 어르신은 일흔이 넘어 보였다. 머리는 백발이었고, 수염은 더부룩했다. 힘이 드는지 계속 기침을 했다.

어르신 말씀을 듣고 찾아왔다는 말에 그는 한동안 멍했다. "우선 저 여자를 잘 모셔 놓고 자네와 이야기해야겠네. 내 마누라인데, 요즘 병이 다시 도졌어. 자꾸 밖으로 뛰쳐나가."

그는 아내를 부축하고 약을 먹였다. 아이를 달래듯 한참 동안 다독이

자 노파도 안정을 찾기 시작했고, 그 후엔 얌전해졌다. 그녀는 눈이 멍한 채로 한마디 토해 냈다. "배고파." 이 말을 들은 안 씨 어르신이 웃으면서 고개를 돌리더니 내게 말했다. "밥할 줄 아나? 자, 우리 밥해 먹자."

안 씨 어르신은 나를 외지인으로 생각하지 않았다. 그래서 금방 친해진 느낌이었다. 부뚜막에 앉아 끊임없는 그의 수다를 들었다. 이러한 행동은 분명히 나를 칭찬하는 것이었다. 그는 아내가 이런 정신병이 없었으면 벌써 죽었을 거라 했다. 병에 걸려 작은 희망을 가질 수 있었고, 그 희망 한 조각으로 저항력이 생겼다고 했다. 이것을 정신이 물질화되는 것이라고도 했다. 그녀에게 구정물을 먹여도 설사를 하지 않는단다.

그는 괘면掛麵을 요리했다. 계란을 일고여덟 개 깨서 파와 돼지기름을 넣었다. 그는 내게 사양 말고 마음껏 먹으라고 했다. 그런 다음 그릇을 받치고 건너가 아내에게 먹였다. 나는 집을 살펴봤다. 가구가 없었고, 바닥과 침대 밑엔 수많은 책과 신문이 쌓여 있었다. 내가 좋아하는 환경이었다.

밥을 먹고 나서 우리는 이야기를 시작했다. 그는 여러 번 지식 청년의 방문을 받았다고 한다. 자신들은 자식이 없어서인지 아이들을 특히 좋아한단다. 아내는 병을 얻기 전 학생들이 하방 오면 명절을 지내는 것처럼 기뻐했다고 한다.

내가 말했다. "저희는 하방 학생이 아니에요. 현장에 와서 정착하려는 거예요. 재교육을 받는 거고요."

"그게 곧 '하방'이지. 부인할 필요 없어. 임금을 받지 않는다고 하방이 아닌 건 아니야. 농민의 눈에서 보면, 너희는 위에서 내려왔거든. 너희들도 마음속으론 자신이 내려온 거라 생각하지."

"제 친구는 농가에 시집을 가기도 했어요."

"그것 또한 농가에 시집을 '내려 보냈다'고 해야지!"

이런 평가는 처음이다. 그는 한눈에 본질을 꿰뚫어 봤다. "가서 물어 봐. 그들이 뭐라고 하는지. 너희가 자신들과 똑같다고 생각하는 농민이 있을 것 같아? 너희는 그들보다 한참 더 높다고. 진심으로 정착하려는 친구가 몇이나 되겠어?"

내가 노구의 혁명 역사에 관심 있다고 했더니 그는 엄숙해졌다. 그의 눈빛에서 경계심이 엿보였다. "과거의 일은 다시 이야기하고 싶지 않아." 무슨 목적이 있는 게 아니라 그저 호기심이라며 재차 부탁했지만, 그는 말하고 싶어 하지 않았다.

나는 석문관 예영무의 이야기를 꺼냈다. 그리고 내 생각도 말했다. 그는 한참 머리를 끄덕이며 탄식했다.

헤어질 때 그는 다시 와도 좋다고 했다. "모 형이 학생들을 상산하향 보낸 건 참 고명한 일이야. 확실히 그래." 그는 모 주석이라고 부르지 않고, 모 형이라 불렀다.

그 이유를 물었더니 "자신을 농민으로 바꾸지 않고, 어떻게 농민을 이해할 수 있나? 농민을 이해하지 않고, 어떻게 혁명을 이해할 수 있겠어? 혁명을 이해하지 않고, 어떻게 중국을 이해할 수 있겠나?"라고 했다.

"요즘 많은 사람이 도시에서 취업할 방법이 없어 학생들을 속여 내려 보낸 게 상산하향이라고 생각해요."

그가 차갑게 웃으며 말했다. "제비와 비둘기가 어찌 백조의 마음을 알겠나? 손중산부터 중국에 얼마나 많은 능력자가 배출됐나? 공산당에서 얼마나 많은 이론가를 배출했어? 왜 다른 이들은 안되고, 모 형만 될 수 있었겠나? 그건 모 형에게 2천여 년 중국 농민의 조반의 지혜가 집중돼 있고, 마르크스와 결합했기 때문에 가능해진 거지!"

안 씨 어르신은 정말 수준이 높다.

x월 x일

요 며칠 계속 안 씨 어르신의 인생에 몰입해 있다.

나는 여러 번 그를 찾아갔다. 거머리처럼 붙어 있으니, 안 씨 어르신도 입을 열었다.

"먼저 내 아내 얘기부터 하지. 내가 아내를 왜 무서워하는지 알아? 아내는 왜 발작을 일으키면 사람들에게 젖을 주려고 할까? 그건 내가 지은 죄 때문이지. 난 아내에게 정말 미안해. 그녀가 공산당원임은 틀림없지만, 그녀도 어머니였어."

안명원安明遠, 1923년 안경安慶 사범 졸업, 1927년 공산당 가입. 1928년 상해에서 비밀공작. 그의 주요 임무는 당을 위해 자금을 마련하는 것이었다. 공개적 신분은 청홍방[124]의 '건달'이었는데, 영국과 프랑스 조계 경찰서 경계의 허술한 틈을 이용했다. 그는 '정가목교鄭家木橋[125]파'의

124 청나라 때 반청복명反清復明 활동을 중심으로 결성된 민간결사 조직. 청방青幫과 홍방紅幫의 통칭이며, 홍방이 먼저 설립됐다. 홍방의 원래 명칭은 '홍문洪門'이었는데, 청방青幫(또는 清幫)은 '안청방安清幫'이라고도 불린다.

125 원래 상해에 있던 교량이었으나, 1914년 소실된 후 지명으로 남게 됐다. 영국과 프랑스

두목이었다. 명목상으론 청홍방이 보호비, 상무비 등을 받았지만, 사실 그 돈은 당 조직을 위한 자금이었다.

"그땐 당 자금 조달처가 매우 적었어. 공산주의 인터내셔널은 돈을 얼마 대 주지 못했거든. 회의하고 밥 먹는데 돈이 필요했는데, 서양물 먹은 학생들은 걸핏하면 주점을 전세내고 백낙문百樂門(Paramount Hall)에 드나들었지. 돈이 어디서 나오든 결국 우리한테 달려 있는 거 아니겠어?"

1931년 고순장顧順章의 반란이 하나의 전환점이 됐다. 중앙 기관은 절단 나 버렸다. 철수 시기를 놓친 지도부는 이주 전입할 방법을 찾아야 했다. 그래서 집안 경제는 거덜 나고, 공개적으로 경영하던 몇 개의 상점도 저당 잡혔다. 어느 날 그는 당으로부터 무슨 일이 있어도 저녁때까지 은화 40원을 마련하라는 통지를 받았다. 지도부의 주요 간부가 꼭 떠나야 하는데, 이동 자금을 기다리고 있다는 것이다. 그는 이미 막다른 길에 몰린 상황이었다. 가족은 남의 다락방을 빌려 기거했고, 끼니 때우는 것도 이웃의 도움에 의존했다. 그런데 그가 어디에서 은화 40원을 구할 수 있었겠나? 도둑질을 도모할 시간조차 없었다.

"그때 내가 무슨 방법이 있었겠어? 방법이 없었지. 조금이라도 무슨 수가 있었다면 내가 그러지 않았겠지. 그땐 날마다 붙잡혀 가고, 날마다 누군가 반란을 일으켰거든. 하루만 지체해도 목숨이 날아가던 때였어. 반란은 수시로 발생했고, 누가 반란하지 않을지 아무도 장담 못했어. 긴

조계지의 분계선이었으며, 남쪽으로는 화계(華界, 중국인 거주 지역)와 마주하고 있어 세 측이 교차하는 특수한 지역이었다.

급하다는 게 뭐야? 긴급이란 건 1분 뒤에 어디에 있느냐가 죽고 사는 걸 결정한다는 거야. 긴급이란 건 조계지 경찰의 단속 호루라기 소리처럼 긴박하고 무시무시한 것이거든. 그렇게 다급해지다 보니 겨우 여섯 달 된 아들에게 눈길이 간 거야. 절강浙江에서 온 비단 장수 부부가 아이를 낳지 못했는데, 우리 애를 참 좋아했어. 자주 우리 집 문 앞에 와서 농담을 하곤 했지. 아이를 달라고 장난도 치고 말이지. 내 아들은 확실히 재밌는 녀석이었어. 잘 먹고, 잘 자고, 게다가 밤에도 얼마나 조용한지. 자다 깨면 울지도 않고 제 손가락을 빨았어. 쉬하고 싶으면 소리 내서 사람을 불렀고. 낯선 사람을 만나면 웃으며 박수를 쳤어. 보는 사람마다 좋아했지. 싫어하는 사람이라곤 없었어."

그는 아내에게 편지를 부치고 오라고 했다. 사실 그 편지는 아무 의미가 없었다. 아내를 심부름 보낸 건 그저 그녀를 따돌리기 위한 것이었다. 그런 후에 아이를 안고 비단 장수 부부를 찾아갔다. 그는 도박으로 돈을 잃어 급전이 필요하다며, 정말 아이를 갖고 싶으면 당장 돈을 달라고 했다. 그들은 그를 '건달'로 알고 있었다. 그러니 굳이 도박했다고 얘기할 필요도 없었다. 말도 안 되는 얘기로 돈을 뜯어내고, 안면을 바꿔 모른 척하는 경우는 건달들에게 흔한 일이었다. 비단 장수 부부는 아이를 산 후, 밤을 틈타 고향집으로 돌아갔다.

그가 은화 40원을 부쳐 준 덕에 지도부는 안전하게 출경했다. 그러고 나서야 그는 자신이 평생 가장 큰 잘못을 저질렀다는 것을 알았다. 그의 아내는 당시 아직 수유기였고, 생리적인 스트레스에 정신적 충격이 더해지자 한순간에 무너져 내렸다. 길거리에서 만나는 사람마다 아이를 팔아 버렸다며 뺨을 때렸고, 어린 아이를 보면 젖을 꺼냈다. 그는 어쩔 도리가 없었다. 그저 평생 감수할 수밖에.

그녀는 어쨌거나 여자이고, 어머니였다. 그녀는 가정환경이 나쁘지 않았다. 대도시에서 태어나 여자고등중학을 졸업했고, 그다지 고생한 적도 없었다. 그런 나약함은 어느 정도 당연한 것이었다. 그도 다시 아이를 낳아 키우면 되겠거니 생각했다. 다시 하나 낳아 키우면 그녀의 관심도 옮겨 갈 거라 생각했다. 그들은 명의를 찾기도 했다. 하지만 그녀는 결국 아이를 갖지 못했고, 겨우 30세에 폐경이 왔다.

그녀도 공산당원이었다. 정신이 온전할 땐 그런 이치를 잘 알았다. 혁명은 고통스럽고, 투쟁은 잔혹하며, 희생은 피할 수 없고, 개인의 시점에서 문제를 보면 안 된다는 것도 인정했다. 그런데 이런 이치가 정신병자에겐 아무런 효과가 없었다. 당시 그도 더 이상 버티지 못할 지경이었다. 하루 종일 정신 나간 상태였다. 스트레스가 정말 심했다. 그는 건달 조직에서 탈퇴하려 했지만, 이미 자신에게 비밀 임무를 내린 상급자를 찾을 수조차 없었다. 나중에 그는 교외로 가서 교사가 되었다.

생각지 못한 일은 해방 이후 어떤 사람이 그가 조계지의 '건달'이었음을 알아보고, 그를 깡패라고 정부에 신고한 것이었다. 해방 초기엔 매우 혼란스러웠고, 줄곧 비밀공작을 했다고 해도 내막을 아는 상급자를 찾을 수 없어 그의 신분을 증명해 줄 사람이 없었다.

"비밀공작이라는 게 이래. 일반적인 지하공작에 비할 수가 없지. 일대일 연락 체계인데다 당안도 없고, 만약 체포라도 되면 알아서 뒤집어써야 해. 모든 책임을 혼자 져야 한단 말이지. 이건 다 조직에 스스로 맹세한 거야. 그래서 법원에서 노동 교양을 판결했을 때도 항소를 포기했어.

사람이 그렇더군. 함께 힘든 건 쉬워. 그런데 함께 안락하긴 어렵지. 저 젊은이들은 전혀 이해할 수 없을 거야. 내가 공산당을 모욕한다고 생각하겠지. 그들은 공산당이 어떻게 건달 조직에 들어가 깡패가 될 수 있냐고 생각해. 그런 3류 저질 같은 일은 국민당만 했다고 생각하지. 상해에서 벌어진 여러 번의 무장봉기에 건달 조직의 가난한 형제들이 있었다는 걸 완전히 망각하고 있어. 혁명은 말 타고 적을 무찌르고, 신들린 솜씨로 글 쓰는 것처럼 광명정대하고 떳떳하기만 한 걸로 알지. 공산당이 피와 얼룩 속에서 떨쳐 일어나고, 시체들 속에서 헤쳐 나오며, 오욕을 버텨 내 살아남았다는 걸 믿으려 하지 않아. 이게 사실이라 해도 공산당에 대한 모욕이라고 생각하지. 아무리 있었다고 해도 인정하지 않는 거야. 그러니 내가 무슨 말을 할 수 있겠어?"

1961년 전국에서 대규모의 명예 회복 심사가 있었다. 백모령白茅嶺 농장에서 온 장군 한 명이 안명원 부부를 지명해 만났고, 즉석에서 안명원 동지의 복권을 선포했다. 물론 그 후 그는 다시 우여곡절을 겪고, 1963년이 되어서야 고향으로 돌아갔다. 17급 간부로 퇴직한 것이다. 퇴직한 후에도 대단한 영예가 있다고 생각하지 않았다. 과오가 없다는 게 공로가 있다는 건 아니었다. 성 위원회는 이 일을 쉬쉬했다. 그는 1922년 집을 떠나 외지에서 41년을 떠돌았다. 연락할 친척 하나 없었다.

이 얘기는 매우 충격적이었다. 예영무의 일보다 더 놀라웠다. 입 안 가득 뜨거운 피가 끓어올랐다. 정말 끓고 있었다.

x월 x일

요 며칠 마치 젊고 예쁜 여인이 눈앞에 스쳐 지나간 것 같다. 치파오를 입은 그녀의 머리는 헝클어져 있고, 단추가 풀려 새하얀 가슴을 드러낸 채 상해의 크고 작은 거리에서 미쳐 활보하고 있다. 그녀의 눈은 까맣고, 눈빛은 흐렸다. 자세히 보면 두 개의 블랙홀 같다. 엄마 품에 안긴 아이만 보면 갑자기 눈이 뒤집힌다. 목소리는 쉬어 있고, 거칠게 무슨 말을 내뱉는다. 자세히 들어 보면, 이런 말이다. "아가, 아가. 엄마가 젖 줄게!"

그녀는 사나흘 동안 아무 것도 먹지 않았지만, 젖이 흘러 넘쳤다. 치파오의 앞가슴은 늘 흠뻑 젖어 있다. 마시는 물이 모두 입에서 가슴으로 이어져 밖으로 분출되는 것만 같다. 처음에는 그래도 하얀 색이었다. 그러나 나중엔 그냥 물이었다. 먹은 만큼 그대로 물이 되어 나왔다.

"아가, 아가. 엄마가 젖 줄게!"

그녀에게 열은 없다. 체온은 늘 정상이다. 의사도 이상하다고 했다. 그녀의 몸에 별도의 통제 시스템이 있어 젖을 통제하고, 왕성한 삶의 욕망을 통제하는 것 같았다. 주사를 맞고 나면 죽은 듯 잠들었다. 며칠을 자고 나서야 천천히 깨어났다.

"나를 또 속여서 편지 부치러 보내지 말아요."

젊은 안명원은 울었다. 땅바닥에 주저앉아 울었다.

"나는 정말 괜찮았어요. 마지막으로 젖을 줄 수도 있었는데, 당신이 그 마지막 기회를 내게 주지 않았어요! 당신은 내 각오가 부족할까봐 걱정했죠. 사실 내 각오는 당신보다 더 대단하단 말예요!"

공산당원인 안명원은 또 다른 공산당원에게 그저 머리를 조아릴 수 밖에 없었다. 마룻바닥이 울리도록 조아렸다. 마치 상해 농당弄堂[126]의 정자 사이에 시계탑이 생겨나 종을 치는 것 같았다. 그 깊은 밤 뼈에 사무치는 고통으로 그는 그렇게 했다.

x월 x일

안 씨 어르신과 이야기를 계속 나눴다.

나는 혁명은 폭력이고, 투쟁은 잔혹하며, 피비린내로 가득 차 있다는 걸 모두 잘 알면서 왜 인정하지 않는지 궁금했다.

"그건 승리했기 때문이지." 안 씨 어르신이 말했다. "승리자는 자신을 포장해야 하거든. 승리한 사람 중에 다른 사람에게 피투성이, 진흙투성이인 모습을 보여 주고 싶은 이가 어디 있겠나? 처음 나를 잡아들였을 때 안명원을 잘 아는 사람이 상해에 한 명도 없었겠어? 군사관리위원회에는 있었지. 적어도 그들은 안명원이라는 이름을 알았거든. 하지만 그들은 증명해 주려 하지 않았어. 내가 건달 양아치라고 믿고 싶었겠지. 그런 일이 있었다고 인정하더라도 그건 혁명하는 데 건달 양아치를 이용한 정도밖에 안 되는 거니까.

이게 바로 문화야! 이 문화라는 게 참 대단해. 사람들에게 말하지. 통치자는 통치자다워야 한다고. 그래서 예를 만들고, 음악을 짓고, 존귀

126 중국 전통과 서구의 영향이 결합된 건축 양식으로, 상해 지역에서 두드러진다. 작은 길을 사이에 두고 주택이 밀집되어 길게 대열을 이룬 것으로, 북경의 호동胡同과 비교될 만하다.

한 자의 이름을 보존하려 하지. 또, 위는 지혜롭게 하고, 아래는 우매하게 하는 거야. 머리 쓰는 사람이 다스리게 되고, 옛 규범으로 조반을 부인하고, 순종하며 노재奴才[127]가 되어 주기를 부추길 수밖에. 혁명이 조반이라는 걸 인정하면, 자신에게 반역하라고 사람들을 부추기는 꼴이 되지 않겠어?"

"혁명은 추상적인 게 아니에요. 구체적인 내용을 갖는 거죠."

"맞아. 그들이 혁명을 추상화했던 거야! 혁명인이라는 말은 곧 유리같이 투명한 사람이라는 말이거든. 모 형의 위대한 지점이 바로 그거야. 그는 정권을 탈취했다고 혁명이 완성된 건 아니라고 봤거든. 공산당이 승리했지만, 혁명이라 하기엔 아직 한참 이르다고 생각했지. 그가 문화대혁명을 하는 건 문화를 혁명하려는 거야. 이 문화를 전도시키려는 거지. 이게 바로 사회주의 국가가 오래도록 잘 다스려지기 위한 근본적 방법이야. 인민에게 조반의 권력이 있음을 승인하고, 통치자는 영원하거나 태생적이지 않다는 걸 인정하는 거지. 인민이 직접 주인이 되고, 권력자는 인민을 위해 복무하며, 자격이 안 되면 소환되는 것. 바로 이것이 민주야. 만약 계속 혁명만 오가면, 어르신의 얼굴만 계속 바뀔 뿐이거든. 그저 다른 방식으로 포커를 하는 것일 뿐이지. 그런 혁명이 무슨 의미가 있겠나?"

그는 자신의 아내를 가리키며 말했다. "그녀의 집에 대대로 거인擧人[128]

127 청나라 때 신하가 황제 앞에서 자신을 낮춰 부르던 표현. 한족은 스스로를 노재로 부를 수 없었다는 점에서 일종의 예속 관계 속의 특권을 표현한 것이었다.

128 명청明淸 시대 과거 시험에서 향시에 급제한 사람.

이 있었거든. 줄곧 어르신 같은 출신 배경을 갖고 있었단 말이야."

x월 x일

근래 곽훼를 만나지 못하다가 길에서 우연히 만났는데, 펭귄처럼 뒤뚱뒤뚱 걷고 있었다. 그녀는 아이를 가진 후 너무 게을러져서 나를 보러 오지 못했다고 했다. 어쩐지 들에 나오지 않더라니. 어수룩하고 조금은 어색한 그녀의 모습을 보면서 즐거운 얘깃거리가 잠시 생각나지 않았다.

소련의 유화 중 청년 여럿이 생화를 손에 들고 아이를 어르면서 막 어머니가 된 산모를 축하하는 그림이 있다. 화풍은 밝고, 웃음으로 찬란했다. 제목은 아마 '개간지의 1세대 시민을 환영하며'였던 것 같다. 그 그림을 찾을 수 있다면 참 좋을 텐데.

사실 요즘 난 매우 바쁘다. 회계를 맡아 대대와 장부를 맞춰 보느라 분주하다. 이제 우리는 당당한 석문관 사람이다. 잡담을 해도 다 마을 일들에 대한 것이다.

그녀가 말했다. "네가 재봉틀을 선물해 주는 바람에 요즘 잠도 못 자고 힘들어 죽겠다니까." 집집마다 바느질할 일이 있으면 그녀를 찾아온다고 한다. 사양할 수도 없고, 하자니 끝이 없어서 매일 밤 열한 시나 열두 시까지 일한단다.

"가사일이나 바느질은 어차피 한도 끝도 없어. 건강이 제일 중요해."

내 말에 그녀는 자신의 생각을 말했다. 아이를 낳고 나면, 자신이 재봉틀이 된 셈치고 마을의 재봉일을 모두 책임지겠다는 것이다.

"그게 말이 돼? 정말 가정주부가 되려는 거야?"

"노동 점수로 쳐줄 수 있을까? 그럼 난 할 거야."

결국 문제는 그거다.

"그건 예 대장과 얘기해야 해." 그런데 생각해 보니 가능할 것도 같았다. 이 또한 부업으로 칠 수 있다. 왜냐하면 다들 설을 쇨 때 어차피 외지로 나가 돈 들여 옷을 맞춰 입었고, 어떤 생산대에서는 재봉사를 불러들이기도 하기 때문이다. 나는 곽훼의 솜씨를 의심하지 않는다. 이 또한 아시아적 생산양식이라 할 수 있겠지.

문제는 부업과 주업, 집체와 개인이 늘 모순된다는 것이다.

대장도 가능하다고 했다. "생산대 하나에 일이 그리 많지는 않겠지만, 대대 전체의 재봉일감을 받아 오면 정말 하나의 부업이 될 수 있겠네. 옷을 만들어 주는데 돈을 받아도 되고, 노동을 교환해도 되고, 땔감을 받아도 돼. 다들 이견은 없을 거야."

"만약에 모순이 생기면 어떻게 하죠?"

"관건은 책임자가 공과 사 어느 쪽이냐는 거지. 바깥에서 닭과 오리를 키우는데도 충돌이 생기잖아. 그래서 자본주의의 꼬리를 자른다느니 하며 난리법석을 피우지. 사실 농촌엔 부업이 없으면 절대 안 돼. 땅을 일궈 얻은 곡식으론 몇 푼 남기지 못하거든."

"닭과 오리를 키우는 게 자본주의 노선이랑 무슨 상관이에요?"

"그건 당연히 간부에게 사심이 있기 때문이야. 솔직히 말해 공과 사가 분명하지 못하고, 공적 권력을 개인적으로 사용한 거지. 농민은 가장 불쌍하고 고분고분하거든. 간부가 정말 청렴결백하면 감히 소란을 피우겠어? 시끄러운 곳에선 기관에 개인 가축 사료를 타 내려 하거나 오리를 일부러 논에 보내 곡식을 먹이기도 했거든. 남을 이용하면 당연히 누군가 손해 보는 법이지. 농민은 사실만 갖고 싸워. 마을에 사돈부터 팔촌까지 사는데, 모른 척할 뿐이지 다 보이거든. 대놓고 말하지 않는다고 속셈이 없겠어? 발로는 따라가면서 손은 원래처럼 하는 거란 말이지. 그러면 싸우지 않을 수 있나? 싸움이 끝나면, 어차피 다 별 차이 없거든. 다 그만두고, 그냥 자본주의라는 모자를 씌우는 거지. 누가 무슨 주의라는 건 다 이런 식이야."

배운 게 없다고 예 대장을 무시해선 안 된다. 정말 생각할 줄 아는 사람이고, 추진력도 있다.

내일은 곽훼에게 가보려 한다. 그녀더러 적극적으로 나서 보라고 할 것이다.

x월 x일

하향 후 두 번째로 맞는 국경일이다. 나는 안 씨 어르신 부부를 초대해 행사를 치렀다. 다행히 추수를 약간 해 둬서 땅콩과 깨가 있었다. 닭도 한 마리 샀다. 알밤과 함께 매운 닭고기 요리를 만들어 나름 풍성했다.

그들을 데리고 적수애滴水崖, 상사수相思樹, 노모수老母樹를 보러 산에 갔다. 노파는 매우 즐거워하며, 카메라가 있었으면 좋았겠다고 했다. 하지만 아쉽게도 우리는 그녀를 만족시켜 줄 수 없었다.

산을 내려와서는 예영무를 만나러 갔다. 예영무는 골치가 좀 아픈지 뭘 물어봐도 얼버무리기만 했다. 큰딸 소연小燕이 아직 시집을 안 갔는데, 둘째 딸이 먼저 시집을 가 버렸다는 것이다. 큰딸은 시집을 안 가고 부모의 남은 인생을 돌보기로 결심했단다. 마음이 아파 뭐라 위로할 말이 없었다.

돌아오는 길에 안 씨 어르신이 갑자기 몸을 돌려 산꼭대기를 바라보며 한참을 숙연히 서 있었다. 석양 끄트머리가 그의 몸에 떨어져 내렸다. 은빛 머리카락이 빛을 내고 있었다. 그의 긴 그림자가 큰길까지 드리워졌다. 가을바람이 홀연히 일었고, 꽃잎이 바닥에 가득 떨어져 야심차게 하늘을 우러러 탄식하는 듯했다. 마치 천리마의 풍채를 보는 것 같았다.

그가 몸을 돌렸다. 눈가가 촉촉했다.

"그날 억울하지 않은지 물었지? 그땐 말하지 않았는데, 지금은 대답해 줄 수 있을 것 같구나. 정말 억울했어. 나도 소란을 참 많이 피웠지."

"그럼 지금은 어떤 결론을 내렸나요?"

"오늘 예영무를 보고 나서 느낀 게 있어. 그는 나보다 통찰력이 뛰어나! 봐. 나는 아무리 뭐라 해도 17급 간부거든. 아무래도 보통 사람보다는 더 나은 삶을 살지. 그런데 그는 어때? 그가 어떻게 살고 있냐고. 내가 부족한 게 뭐가 있나. 그 양반이나 죽어 간 사람과 비교하면, 난 이미 천국에서 사는 거야."

"고생을 그렇게 했으면서 이런 말을 하는 걸 보면, 참 대단하세요."

"그렇지 않아. 나는 '난쟁이'거든. 여기엔 일정한 이치가 있어. 나도 방금 깨달은 건데, 진짜 영웅과 가짜 영웅을 어떻게 구별하는지 알아?

수난이야! 진정 큰 영웅은 모두 그 시대에 수난을 겪었어. 혁명이 고조될 때는 매우 근사하고 힘들지 않아. 하지만 물이 빠지면 돌이 드러나듯 뭍에 올라서야 두 발의 진흙이 드러나는 법이거든. 진정한 영웅은 반드시 그 시대의 가장 힘든 문제를 어깨에 짊어지고, 진심으로 죽음과 수난에 임하면서 그 고난 속에서 스스로 버티려고 하지. 공산당이 왜 국민당에 이겼겠어? 국민당은 왜 졌지? 바로 공산당이 수난을 자처한 사람들을 진심으로 사로잡았기 때문이야. 수난은 반드시 치러야 하는 대가이고, 누군가 꼭 짊어져야 하는 것이지."

"그 근사한 사람들은 혁명적이지 않은가요?"

"이 이치를 거꾸로 적용하는 게 맞는지 난 몰라. 바로 보면 반드시 옳지만. 예영무가 그렇지. 허계신許繼慎도 그렇고. 허계신을 아나?"

허계신은 대별산大別山의 영웅이다. 학교에서 들어 본 적이 있다. 그의 발자취가 입에서 입으로 전해졌는데, 정부에선 계속 복권해 주지 않았다. 하지만 그는 민중의 마음속에 살아 있다.

"허계신과 나는 원래 아는 사이야. 안경安慶에서 만났지."

"정말요?"

"그는 나보다 두 살 많아. 나는 사범학교를 다녔고, 그 사람은 공업학교에 다녔지. 당시 그는 청년단의 핵심 분자여서 강연을 자주 했어. 그는 1930년에 상해를 떠나 대별산으로 돌아갔는데, 우리 안휘安徽 출신 몇 명이 술판을 벌여 성대하게 그를 환송했지. 그는 이번에 가면 돌아올 수 없다는 걸 알았어. 반드시 죽을 거였지. 그 얼마 전엔 그의 남동생 머리가 잘려 성벽에 걸렸어. 그는 죽음을 결심했지. 만취해서 통곡했어.

그 사람 아내는 담관옥譚冠玉이라는 사람인데, 신기할 정도로 냉정했어. 아이를 안고 쉼 없이 그의 눈물을 닦아 줬지. 담관옥도 대단한 여자였어. 강인하고, 침착하고, 정세를 볼 줄 알았지. 그런 후 그는 다시 아이를 안고 아이가 울 정도로 뽀뽀를 퍼부었어. 그 장면은 지금 생각해도 참 억장이 무너지듯 가슴 아프네.

물론 그는 죽었지. 그런데 적의 총이 아니라 동지의 칼에 죽게 될 줄 누가 상상이나 했겠나? 그렇게 큰 공을 세우고 근거지를 만들어 낸 홍군의 군단장이 알 수 없는 이유로 숙청당했단 말이야!"

"그것도 많은 친구가 궁금했던 점이에요. 혁명 대오에 왜 늘 그런 일이 일어날까요? 병사를 이끌었으니 장국도張國燾를 상대하기는 손바닥 뒤집는 것만큼 쉽지 않았을까요? 그가 조금만 경계심이 있었어도 그렇게까지 되진 않았겠죠?"

"그게 바로 수난이야. 우리는 장국도나 왕명 같은 서양 학생들이 별 볼일 없다는 걸 상해에 있을 때부터 알고 있었어. 그런데 그가 중앙을 대표했잖아. 훗날 그가 반란을 할지 누구도 몰랐겠지. 중앙은 반혁명을 숙청하려 했어. 개조파改組派[129]를 치고 AB단을 치는 것에 모두 동의했어. 총알을 아끼려고 대도로 베었다더군. 허계신만 숙청당한 게 아니야. 악예환鄂豫皖[130] 근거지에선 1~2천여 명의 간부가 숙청 당했어. 서향전徐向前의 아내인 정훈선程訓宣도 숙청당했고. 그때 그는 전방에서

---

129 1920년대 말부터 1930년대 초 중국 국민당 내의 정치 파벌. 왕정위汪精衛를 정신적 지도자로 삼아 국민당 내부의 권력 투쟁에 참여했으며, 국민당 내 최대 문인 파벌로 간주됐다.
130 호북湖北, 하남河南, 안휘安徽 지역을 약칭하는 표현.

전투를 지휘하고 있었는데, 돌아와 보니 아내가 없어진 거야. 그런데도 말 한 마디 못하고 다시 전방으로 갔지."

"왜요?"

"넌 아직 어리고, 그 시대를 살아 보지 못해서 이해할 수 없을 거야. 지금 와서 보면 나도 이해 못하겠어. 누구도 그런 방식을 따르지 않겠지. 그런데 그 시대엔 투쟁이 너무 잔혹했고, 앞날도 정말 아득했거든. 반역자가 너무도 미웠지. 모두들 대오가 좀 더 고결하길 바랐어. 누구도 서로를 보증할 수 없었고. 허계신이 결점이나 오류가 없었을까? 당연히 있었지. 병사를 데리고 전투하는 사람에게 특별한 점이 없을 수 있나? 하지만 혁명에 대해 그는 늘 충심으로 임했어. 군단장을 맡기지 않으면 사단장을 맡았을 거고, 사단장을 맡기지 않으면 병사가 돼 전방에 나가 싸웠을 거야. 당시엔 적지 않은 당원이 이상한 생각을 했어. 죽음을 요구하는 것이었지. 마치 죽어야 자신을 증명할 수 있다는 듯. 물론 가장 좋은 죽음은 적의 손에 죽는 거고. 죽음은 하나의 경계야. 이런 말이 있지. 만약 우리 민족이 고난을 당한다면, 내가 고난을 당하지 않을 이유가 없다. 이게 바로 수난이야."

"마치 신앙 같네요?"

"비슷해. 당시 장국도가 지방 간부를 숙청해서 자신의 독립 왕국을 세울 거라고 누구도 믿지 않았지. 그가 순식간에 돌아서서 국민당의 마차를 탈 수 있다는 것도 아무도 알 수 없었어. 장국도 류의 사람들은 말솜씨가 뛰어나고, 국제적인 배경도 갖고 있는 이론가들이었어. 여러 방면의 원인들이 합쳐져서 이런 참극을 만들었던 거야. 모 형은 9할을 잃었다고 했지. 내가 보기에도 그랬어. 슬픈 건 지금까지도 철저하게 바로잡지 못하고, 큰 꼬리가 남아 있다는 거야."

"왜 바로잡지 못하죠? 이미 판가름 난 거 아닌가요?"

"그게 바로 문화야. 추한 걸 보이고 싶지 않은 것. 혁명의 어두운 부분이나 엉덩이를 드러내고 밥을 구걸하며 추한 일을 했다는 걸 인정하지 못한단 말이야."

"말씀하신 수난이 그런 뜻 아니었나요? 잘 볼 수 없는데 책임을 담당해야 하니 죽음을 하나의 경계로 봤던 것 아닌가요? 내가 지옥에 안 가면 누가 가겠나, 이런 것?"

"대강 그런 거지. 대별산에 대대장이 있었는데, 당시 개조파로 몰렸어. 그는 감찰받을 때 어깨가 잘렸지. 그도 아픈 게 두려웠어. 아파서 소리를 마구 질렀지. 울기도 했어. 어머니도 그립고, 집에 돌아가고 싶었겠지. 하지만 부대가 이동할 때 적을 유인하려고 기어코 산꼭대기에 혼자 올라가서 수류탄을 터뜨리고 죽었어. 그 사람 마음은 아주 분명했어. 그는 장국도 때문에 그런 게 아니야. 장국도는 아무것도 아니었지. 그는 누구 때문에 그런 게 아니라 그저 혁명 사업을 엄호하고, 가난한 사람을 위해 세상을 바꾸려고 죽음의 수난을 기꺼이 받아들인 거였어. 억울함을 다 끌어안더라도 그만한 가치가 있다고 생각한 거지. 이런 각성이 없으면 누구도 혁명을 지속할 수 없었거든. 하루도 못 버텨."

이 말을 듣고 그의 모습을 보니 갑자기 내가 참 행복하게 느껴졌다.

그래서 정말 그에게 말하고 싶었다. '저를 딸처럼 생각하세요. 양녀로 삼으면 되죠. 저는 당신 같은 아버지, 정신적인 아버지가 필요해요.'

하지만 나는 그가 거들떠보지도 않을 것임을 안다. 이건 봉건적인 생각이니까. 철저한 혁명가가 답할 필요가 없는 거니까.

x월 x일

문화대혁명에 대해 안 씨 어르신은 이렇게 평가했다.

"사회주의 문화대혁명이 왜 무산계급 문화대혁명으로 바뀌었는지 아나? 사회주의가 아직 자신의 문화를 갖지 못해서 현재의 문화가 모두 남의 것이기 때문이야. 무산계급이 정권을 탈취하는 건 쉬워도, 자신의 문화를 건설하는 건 어렵거든. 그래서 무산계급 문화대혁명은 정확한 것이지. 모 형은 이 점과 관련해 명확하면서도 갈팡질팡하기도 했어. 그래서 자기가 직접 세운 조직 체계를 망가뜨리기도 했고, 정말 망가지자 두려워서 다시 수습하려고도 했어. 수습하면 곧 죽고, 그냥 놔두면 곧 혼란에 빠졌지. 게다가 국제적 환경이 복잡다단하기도 했어. 어려웠지."

"그러면 언제 승리할 수 있나요?"

"승리? 왜 승리라는 걸 생각하게 됐지? 여러 번 기복이 있지도 않았고, 긍정적이고 부정적인 교훈도 없고, 전체 당원의 각성도 없는데, 어떻게 승리를 이야기할 수 있겠나? 무장투쟁이 얼마나 많은 피를 흘렸지? 전사한 자는 얼마나 되지? 또, 죽은 사람 가운데 억울한 이가 얼마나 많겠어? 마지막에 가서야 승리라는 두 글자를 이야기할 수 있어. 우리 세대는 볼 수 없을 거야.

모 형은 시인이었어. 그는 이미 혁명을 시로 만들었지. 혁명은 원래 심오하고 철학적인 시야. 두고 봐. 모 형은 최후에도 시 쓰는 곳에서 상처를 입게 될 거야."

"그게 무슨 말이죠?"

"그는 너무 낭만적이야."

안 씨 어르신은 정말 고명한 사람이다.

x월 x일

공사에 전보가 하나 왔다. "부친 류사리에게 사고가 발생했으니 속히 복귀하기 바란다." 낙관은 T시 혁명위원회 주비회 생산 지휘조였다.

곽홰에게 보여주며 말했다. "이게 도대체 뭐지?"

곽홰는 나를 보더니 아무 말도 하지 않고, 다시 소리나게 재봉틀을 밟았다.

잠자리에 들려는데, 곽홰가 대영을 데리고 와 문을 두드렸다. 곽홰는 "사망 소식일까봐 걱정돼서 왔어"라고 했다. 잠시 후 예 대장도 왔다. "아무래도 가 보는 게 좋겠어." 그들은 이유를 말하지 않았다. 말해도 내가 믿지 않으리라는 걸 알고 있었다. 잠시 후 래복과 소란도 왔다. 집이 가득 찼다. 모두들 나를 보면서도 아무 말 하지 않았다.

나는 더 이상 참지 못하고 왈칵 울음을 터뜨렸다.

내게 언제 아버지가 있었나? 그 오랜 시간 동안 내게 아버지가 있었으면 하고 바라지 않은 적이 있었나? 그런데 지금 그에게 사고가 났다. 죽었다. 그리고 내게 '그 사람은 네 아버지다'라고 한다. 그들은 무슨 생각을 하는 걸까? 왜 이렇게 내게 관심을 갖는 걸까?

가 보는 건 상관없다. 대단한 것도 아니다.

먼저 어머니를 만나야겠다. 그녀의 마음도 아마 나와 비슷할 것이다. 나와 상관없는 사람이지만, 어쨌든 피로 맺은 인연이다.

대장의 말이 맞다. "어찌 됐든 그는 네 아버지야."

x월 x일

집에 와 보니 어머니의 초췌함이 가장 먼저 눈에 들어왔다. 어머니는 말없이 일어나 밥을 지었다.

내가 밥 먹는 걸 보며 그녀가 말했다. "얼굴 보니 좋네."

"제가 내일 가서 무슨 일인지 알아볼게요."

어머니는 고개를 끄덕였다. 몹시 피곤해 보였다. "생산 지휘조 사람이 나더러 처리하라고 했는데, 내가 동의하지 않았어. 나는 이미 그 사람이랑 아무 관계도 아니거든. 그런데 너는 다르단다."

"뭘 처리하는데요?"

"뒷일 말이야. 가족이 서명해야 한대."

"그럼, 정말 죽었다는 거예요?"

어머니가 고개를 끄덕였다. "얘기를 들어 보니 여기저기 비판 투쟁대회에 끌려다니다가 못 견디고 광산 탱크 속으로 뛰어들었대. 아직 시체도 못 찾았다는구나."

나는 온몸에 전율이 와서 무슨 말을 해야 할지 몰랐다.

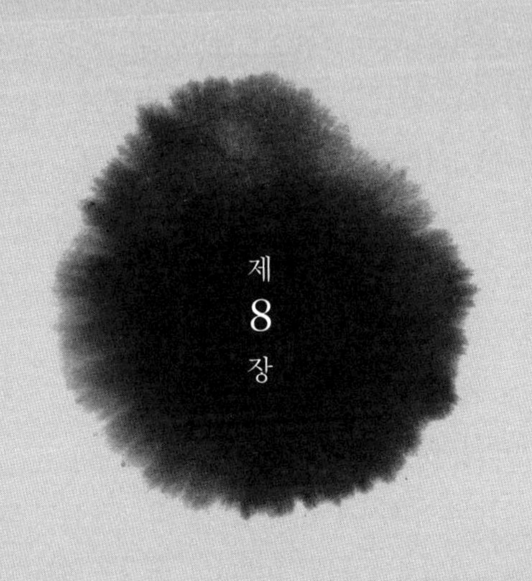

제 8 장

25.

1983년 소명 집에서의 낭패스러운 내 모습을 다시는 마주하지 못할 것 같다.

한 번의 반성으로 끝난 건 아니었다. 그리 오랜 시간을 떨어져 지내다 만났는데, 왜 감정은 사라지고 아름답던 추억이 평생의 유감으로 바뀌었을까? 이럴 줄 미리 알았더라면 그냥 멀리서 그녀를 평생 그리워하는 게 나았을 것이다. 그녀도 마찬가지일 것이다. 마주할 용기도 없으면서 옛정을 다시 풀어놓을 필요가 어디 있나? 매일 마주보며 함께할 수 없다면 애정을 오래 간직하고 있는 것만 못하다.

나중에 나는 그 액자 때문이 아니었을까 생각했다. 그 액자가 없었더라면 결과는 아마 달랐을 것이다.

액자 속에는 그녀의 아버지가 있었다. 그는 그다지 늙어 보이지 않았다. 과거에 봤던 그 모습이었다. 윤곽이 선명하고, 표정은 엄숙하며, 눈빛도 침착했다.

한참을 생각했다. 고지식한 표정의 엔지니어가 액자에서 걸어 나왔다. 기민해 보였고, 생동감이 느껴졌다. 그는 심지어 소리까지 냈다. 마치 쥐가 구석에서 찍찍거리는 것 같았다.

"긴장緊張, 피동被動, 낙후落後…."

"뭐라는 거요? 무슨 말이야!"

"긴장, 피동, 낙후…."

20년이 지난 후 이 여섯 글자는 하나의 열쇠와 같아졌다. 갑자기 그 시대의 기억을 열어젖혀 그때의 냄새를 다시 맡을 수 있게 해 줬다. 그 시대는 특유의 냄새가 있었다. 당시 우리는 이를 전혀 이해하지 못했는데, 역사적 방치와 발효를 거쳐 이제 조금은 이해하게 된 것 같다. 이는 떠나 버린 정신이다. 물론 일종의 유행으로 해석할 수도 있다. 그 시절의 유행은 '국가의 일을 자신의 일로 삼는 것'이었다.

맞다. 시대의 전모가 느리게 드러나기 시작했다. 고의로 망각된 역사가 다시 명료해졌다. 맞다. 만약 액자 속의 류사리가 그런 표정이 아니었다면 내가 왜 좌불안석했겠는가? 어떻게 갑자기 그리 식어 버렸겠는가? 맞다. 그것은 전형적인 지식인의 표정이다. 중압 속에서의 비겁이다. 불가능함을 아는 주저함이자, 통제되지 않는 내심의 충돌이다. 맞다. 이 모든 것이 그 시대의 한 고리를 형성해 역사를 함께 구성했다. 이 민족은 체제 바깥의 사상 충돌에 익숙하지 않아서 혁명을 하려면 하나로 통일돼야 하고, 늘 하나의 경향이 다른 경향을 압도하기 때문이다. 개성적인 사상으로 타인을 구제한 경험이 정말 희박하다. 그런 사상은 그저 문화대혁명 초기에 한 번 반짝했다 사라져 버렸다. 그래서 그의 목소리가 그렇게 귀에 거슬렸던 것이다.

이 여섯 글자는 강 정치위원이 개괄한 것이다. 그는 그리 명료하게 말하진 않았다. 사실 당시 그는 우물거리며 얼버무렸고, 주저했다. 혼잣말 하듯 말이다. 하지만 그 뜻은 틀릴 수 없었다. 바로 그 여섯 글자다.

그가 말했다. "갱정에서의 채굴은 광산 설계 능력을 초과해서는 안 됩니다. 아무것도 고려치 않고 생산량만 원하면, 3급 광량[131]의 수급을 긴장시킵

131 '생산 광량'이라고도 하며, 광산의 채굴 과정 중에서의 절차와 방법에 따라 정해지는 양

니다. 장기적인 발전을 피동적이게 만들고, 적절한 관리 측면에서 낙후됩니다. 결국 아무런 장점이 없습니다.”

바로 이 여섯 자가 6연발 포탄처럼 유색공사 광산 생산 조절 회의를 폭발시켜 버렸다. 군사관리위원회도 날려 버렸고, T시 문화대혁명의 긍정적인 형세도 뒤집어 버렸다. 이는 T시의 계급투쟁에 전에 없던 일치된 새 목표를 부여했다. 또한 이로 인해 ‘좋다’파와 ‘개뿔’파 모두 자신들이 존속해야 할 필요성을 느끼게 됐다.

물론 이 여섯 자는 그 자신, 소명의 부친, 반동 기술 권위, 새로운 형세 아래 인민의 공적인 류사리를 결국 호랑이 입으로 집어넣었다.

호랑이 입은 은유다. 사실 그건 거대한 광석 분쇄기였다. 광산 생산 과정은 이랬다. 채굴된 광석은 바로 금속으로 전환되지 않으므로 각각의 갱도를 통과해 유정溜井에 적입된다. 유정의 아래쪽에는 광석 분쇄기가 있는데, 마치 입처럼 생겨서 광석을 잘게 쪼갠다. 분쇄된 광석은 다시 수직 탱크를 통과해 지상으로 올려 보내지고, 선별 작업장에 보내져 제련과 선별을 거쳐 최후에 금속이 된다. 이 광석 분쇄기의 이빨은 모두 탁구대만한 크기다. 그 입이 얼마나 웅장하고 위엄 있는지 상상하기조차 어렵다. 그것을 호랑이라 부르는 것은 오히려 그 저작 능력을 저평가하는 것이다.

소명의 부친인 류사리는 이 큰 입이 자신을 씹어 삼키게 해서 죽었다.

십여 년 후인 지금 이 사건은 이미 그렇게 놀라운 일은 아니다. 소명은 이 악령을 다시 깨웠고, 악령은 그렇게 잔혹한 모습으로 우리 사이에 서 있다.

이다. 개척開拓 광량, 채준采準 광량, 비채備采 광량 등 3등급을 총칭해 3급 광량이라 불린다.

소명이 의도한 건 아니다. 내가 액자를 건드릴 때 망가지지 않게 조심하라고 그녀가 강조한 건 무의식중에 자신의 삶에서 액자가 갖는 중요한 의미를 드러낸 것이다. 마치 부모에게 서약한 것처럼 말이다. 그리고 내가 와서 소명은 비로소 해명을 얻었다. 마치 부모가 살아 있을 때는 계속 반항하더니 부모가 죽고 나서 배 이상으로 보상하려는 것 같았다.

그리고 내게는 공연히 특별한 낙담이 더해졌다. 마치 류사리의 매서운 눈빛이 등에 낙인찍혀 나를 불편하게 만드는 것 같았다. 마치 채찍이 주변에서 춤추는 것 같았다. 몸에 닿지는 않지만, 혼비백산하기 충분했다.

물론 류사리의 죽음은 나와 상관없었고, 누구의 책임도 아니었다. 그는 스스로 뛰어들었다. 그는 자신의 목숨을 지배할 권리가 있었다. 그런데 정말 상관없었을까? 그렇지 않은 것도 같다. 그렇게 류사리는 그가 나, 우리, 우리의 그 시대와 모두 관련이 있으며, 누구도 벗어날 수 없음을 일깨워줬다.

그것은 한 사람이었다. 피비린내 나는 영혼이었다. 그는 완강하게 그 시대의 문턱에 가로누워 있다. 그리고 나와 소명 사이에 가로누워 있다. 나는 건널 수 없다.

40년이 지나서야 나는 그 의미를 알았다.

26.

내가 류사리를 처음 만난 건 주비위원회의 생산 지휘조 회의에서였다. 그 때 경제 공작은 매우 조잡했지만, 그러면서도 효과적으로 둘로 나뉘어 있었다. 공업과 농업이었다. 공업을 책임지고, 회의를 소집하는 역할은 양 참모장이 맡았다. 그는 늘 나를 끌어들여 회의를 여는 걸 좋아했다. 그가 제출할 요약 보고를 쓰는데 내가 도움이 됐기 때문이다. 한편 나는 개인적인 이유로 류사리에게 특별한 관심과 호기심이 있었다. 늘 좀 더 알고 싶었고, 많이 알수록 좋았다.

류사리 또한 양 참모장이 발굴해 낸 인재다. 그가 말했다. "이 사람은 이름이 듣기 안 좋은걸 빼면 다 좋아. 그 사람 아버지는 왜 그런 서양식 이름을 지어 줬을까? 그래도 사람은 참 열심이고, 아는 것도 많고, 진짜 전문가야. 매일 기층에서 작업하거든. 광산 다섯 곳에 몇 천 개의 갱도가 있는데, 마치 손금 보듯이 다 알아. 사람 참!"

그때 자산계급 반동 노선은 이미 비판을 받을 대로 받은 상태였다. 사람들은 모두 문화대혁명이 지주, 부농, 반혁명, 악질분자, 우파를 대상으로 하는 게 아니라 당내 당권파를 대상으로 하는 것임을 알게 되었다. 오늘날 일부가 얘기하는 것과는 달랐다. 운동 초기에 류사리를 겁줘 오줌을 지리게 했던 그런 흐름은 이미 지나갔다. 그리고 실제로 유색공사에서 제대로 채광을 아는 간부는 많지 않았다. 총통제실 역시 류사리가 받쳐 주고 있었다. 그는 총엔지니어였기 때문에 그만한 적임자가 없었다. 그래서 주비위원회도 류사리를 묵인했고, 군사관리위원회는 다시 이 묵인을 연장했다. 그는 직책이 없어 류 공工이라 불렸는데, 그의 말은 영향력이 매우 컸다. 광산 생산의 구체적 고리는 사실상 모두 그의 지휘 아래 있었다.

이 점에 있어서 소명은 부친과 매우 닮았다.

그날은 회의에서 분기 생산 형세를 분석했던 것 같다. 물론 양 참모장은 비전문가였다. 몇 마디 말이 끝나기도 전에 그가 질문했다. "류 공, 당신이 보기에 어떤가? 이렇게 하면 되겠는가?"

류 공은 고개를 끄덕이며 "괜찮습니다"라고 말했다. 양 참모장의 목소리는 우렁찼다. 사실 류 공은 말수가 적었고, 그저 자료를 제공할 뿐이었다. 때론 칠판에 그림을 그려 설명하기도 했다.

휴식 시간에 나는 일부러 그에게 농담을 걸었다. "류 공, 당신이 아예 업무 분장을 해 주면 될 것 같아요. 매번 회의하느라 낭비하는 시간도 줄일 수 있잖아요."

류사리는 갑자기 일어나 손을 휘저었다. "그건 안돼죠. 안돼요!" 그는 나보다 키가 크고 마른 편이었다. 두 뺨은 쏙 들어갔고, 광대뼈 전체가 붉었다. 말할 때의 목소리는 가늘고 날카로웠으며, 바람만 불어도 쓰러질 것 같았다. 몸은 그다지 안 좋아 보였고, 정신적으로 문제가 있는 것처럼 보이기도 했다.

나는 "다른 뜻이 있는 게 아니에요. 그냥 당신이 확실히 전문가인 것 같다는 거죠. 말이 똑 부러지잖아요"라고 해명했다.

그는 고개를 떨군 채 허리를 굽히며 말했다. "부끄럽습니다. 정말로."

놀라 어쩔 줄 모르는 그의 모습을 살펴보니 눈빛은 안경알 뒤쪽에 숨어 빛나고, 누군가를 자극할까 전전긍긍했다. 나는 오히려 부끄러워졌다. 그에게 다가가고 싶었지만, 늘 벽 하나가 중간에 놓인 것 같았다. 뭐라 할 말이 없었다.

그의 딸 얘기를 꺼낼 기회가 마땅치 않았다. 당신의 사위가 될 수도 있다는 말은 더더욱 감히 하지 못했다.

나중에 여러 번 이 부녀의 개성을 곰곰이 생각해 봤다. 한쪽은 조심스럽기 그지없고, 한쪽은 격렬하기 그지없다. 혈연관계라고는 상상할 수가 없었다. 아마도 소명의 지금이 그의 과거였을까? 혹시 소명의 미래가 그의 현재일까?

나중에 다시 류사리를 몇 번 더 만났다. 별로 많은 얘기를 하진 않았다. 그저 멀리서 바라보며 이 이상한 채광 엔지니어와 그만두려 해도 그러지 못하도록 나를 진퇴양난에 빠트리는 그의 딸에 대해 곰곰이 생각했다.

유명한 그의 발언은 1년이 지나서였다. 1970년 가을, 한 차례 중대 사고가 나고 나서였던 것 같다. 그가 발언했다. 날카롭고 가는 목청으로 우물거리고, 속삭이며, 주저했다. 그가 자발적으로 발언하는 일은 드물었다. 발언 후에 그는 후회했다. 두려워했고, 붕괴됐다. 이런 의미에서 보면, 그의 입장에선 큰 목소리로 결연하게 혼신의 힘을 다했던 것이다.

이 점에 있어서 부녀는 정말 닮았다. 고집스러우면서 어떤 것에도 얽매이지 않는다.

27.

9대가 성공적으로 열린 후 군사관리위원회 앞에 놓인 임무는 더 이상 두 파 간의 평형이 아니게 됐다. '좋다'파와 '개뿔'파는 모두 혁명파이고, 단결해서 더 큰 승리를 쟁취한다는 게 핵심이었다. 더 큰 승리란 무엇인가? 물론 혁명위원회를 건설하는 것이었다. 좌파 지지도 끝날 것이었다. 군사 관리를 계속할 필요도, 주비위원회를 유지할 필요도 없어질 것이었다. 전국의 산과 강은 홍색 일색이었으니까. 둘이 싸우더라도 우리는 말을 섞지 말아야 했다.

당시 절대 다수의 군인이 모두 이렇게 짐작하고 있었다.

하지만 강 정치위원의 생각은 달랐다. 그는 늘 문화대혁명이 그렇게 간단하지 않으며, 좌파 지지는 꽃을 피워 내야 한다고 생각했다.

농촌 공작은 좀 쉬운 편이었다. 정치적 업적을 생각한다면 수리 시설을 만들면 됐다. 눈에 보이는 거니까. 말하면 누구나 다 아니까. 목표도 명확하고, 일할 때도 화끈하게 할 수 있다. 그래서 봄, 여름, 가을, 겨울을 다 털어 영안永安성을 손본다고 했을 때, 아무도 반대하지 않았다. 당권파와 조반파 모두 눈에 보이는 성과가 없어 근심했고, 종일 여는 학습반 활동도 그들을 매우 답답하게 했다. 그 시절엔 노동과 땀이 가장 인기 있었다.

그런데 도시의 공작은 골치 아픈 일이 많았다. 다리나 길을 놓으려 해도, 생산을 증대하려 해도 돈이 없었다. 때맞춰 받아야 할 임금도 얼굴에 철판을 깔고 요구해야만 했다. 1969년 설을 쇨 때, 강 정치위원은 내몽고 군구의 노 전우를 통해 양고기를 알아봤다. 돈을 다 모았으면 시 전체의 주민 가구마다 한 근 넘는 양고기를 돌릴 수 있었을 텐데, 역시나 재정상 집행이 힘들었다. 돈을 쓰지 못한 그는 화만 더 냈다.

역시 같은 해였다. 강 정치위원이 군대 간부 학습반에 참여하기 위해 북경에 갔다. 그 기간 유색공사의 재무 상황이 긴박해 야금부에서 돈을 구해 월급을 주려고 했다. 당시 야금부도 탈권돼서 '좋다'파와 '개뿔'파의 영수들이 점령하고 있었고, 강 정치위원은 그들을 어떻게든 '구워 삶아' 보려 했다. 그런데 신 당권파든 구 당권파든 T시에 대한 야금부의 태도가 똑같을 줄 누가 알았겠는가.

그들이 말했다. "무슨 명분으로 온 거요? 당신들은 50년대부터 국가에 손이나 벌리고 아직까지 국가에 한 푼도 도움이 못되면서 너무 지나치군요. 간부가 돼서 쓸 돈이 떨어질 때만 야금부를 찾고, 운동하고 토론할 때는 왜 야금부가 있다는 걸 생각하지 않습니까? 당신들, 그 도시는 어떻게 생겼어요? 유색공사가 없으면 지도상에 그 도시가 있겠습니까?" 야금부 새 우두머리의 말은 더 가관이었다. "당신들은 도대체 스스로 먹고 살 수는 있는 거요?"

'스스로 먹고 살 수 있나?' 확실히 이건 문제긴 하다.

강 정치위원은 야금부를 나오며 얼굴에 온통 침 세례를 받은 것 같은 모욕을 느꼈다. 좌파 지지 해방군에게 이렇게 무례하게 나올 줄은 생각지 못했던 것이다. 불그스름한 돼지 간 같던 그의 얼굴은 이제 간장에 절인 돼지 간처럼 돼 버렸다. 경서京西 호텔에서 빌린 홍기 지프차가 지안문地安門에서 공주분公主墳까지 강 정치위원을 계속 뒤따랐다.

'혁명을 움켜쥐고, 생산을 촉진한다.' 이것이 어떻게 해야 하나 고민하던 그가 얻어 낸 고통스러운 결론이었다.

동원 대회에서 강 정치위원은 북경에서의 수치스러운 대접을 침통하게 말하진 않았다. 반대로 그는 승리에 대한 동경에 도취돼 있었다. "장강이 기쁘게 흐르고 흘렀습니다. T시 인민은 9대를 무엇으로 경축할 것입니까? 적의 눈이 번쩍 뜨이고, 적의 입이 딱 벌어질 만한 좋은 성적을 냅시다! 우리는 9대를 승리로 개최하고, '쌍3만'을 실현할 것입니다! 바로 70년대의 첫 번째 봄, T시 구리 광산 제련의 역사에서 본 적 없는 3만 톤의 구리 생산과 3만 톤의 조동粗銅 생산을 실현할 것입니다. 우리가 스스로를 먹여 살리지 못한다는 이들이 있지 않습니까? 녀석들에게 제대로 보여 줍시다! 우리는 잘 살 뿐만 아니라 역사를 창조할 것입니다!

우리는 사회주의 국가입니다. 동지들, 우리는 다른 이를 침략하거나 착취해선 안 됩니다. 동지들, 우리는 다른 이에게 구걸하거나 눈치를 봐서도 안 됩니다. 동지들, 우리의 두 손으로 자신을 먹여 살릴 수 있어야 합니다. 힘들게 노동해서 좋은 날을 만듭시다! 달 밝은 밤 노동자의 얼굴은 난로에 붉게 물들고, 그 노래에 차가운 강물은 꿈틀거립니다.[132] 동지들, 뜨거운 불이 하늘로 향하는 정경을 생각해 봅시다. 돈이 있으면 길을 놓을 수 있고, 빌딩을 지을 수 있으며, 장강 대교를 건설할 수도 있습니다. T시에 좋은 날이 올 겁니다!" 그의 목소리는 한껏 고조되어 있었다.

강 정치위원이 막말을 한 건 아니었다. 당시 유색공사는 제3차 5개년 계획 중 이미 5개의 광산과 2개의 제련 공장 건설이라는 기본 건설 목표를 실현한 바 있고, 힘이 더욱 세지는 청춘기로 접어든 상태였다. 특히 새로운 두 개의 광산과 한 개의 공장이 막 가동되어 이미 완전한 산업 사슬을 형성했다. '쌍3만'을 실현할 경우, 중앙과 지방의 이윤 분배 비율에 따라 T시의 재정 곤란 국면에 근본적인 전환이 있을 것이었다. 왜냐하면 중앙에서 하달한 생산계획은 2만 톤도 되지 않았기 때문이다.

그런데 계획을 초과하는 생산량은 어떻게 달성할까? 강 정치위원이 말했다. "이는 나무에 달린 과실에 비유할 수 있습니다. 손이 닿는다면 따는 게 힘들지 않죠. 하지만 더 많이 따려면 더 노력해야 합니다. 뛰어서 따고, 쭈그려 앉아 따고, 뭉개진 것도 따야 합니다. 그러면 더 많이 얻을 수 있지

---

132 이백李白의《추포가秋浦歌》14十四에서 인용.

않겠습니까?”

이는 강 정치위원이 생각 없이 한 말이 아니다. 이를 제안한 사람이 있었다. 바로 양량재다.

9대 이후 앞으로의 혁명위원회 구성 인자에 대한 예측이 매우 많았다. 몇 가지 그림은 이미 아주 구체적이었다. 주임과 부주임, 정치사상 공작조, 생산 공작조 등. 강 정치위원은 이에 대한 입장을 드러내지 않았다. 입장을 드러내지 않는다는 것이 생각하지 않는다는 건 아니다. 그저 그의 생각을 누구도 알 수 없을 뿐이었다.

당시 유색공사에는 이런 중간 고리가 없었다. 2급 공장 및 광산은 직접 군사관리위원회에 대해 책임을 지고 있었다. 그래서 유색공사의 우두머리와 시 위원회의 우두머리는 학습반에 참가하거나 생산조에 가서 일을 도왔다.

요즘 많은 이가 문혁 기간 동안 지도 간부가 외양간에 갇혔다고 생각하는데, 이는 완전한 헛소리다. 극도로 혼란스러웠던 1966년 하반기를 제외하면, 짧은 ‘격리 감찰’과 ‘대중 독재’가 출현했을 뿐이다. 1967년 좌파 지지 부대가 개입한 후, 이 우두머리들은 그저 탈권되었을 뿐이다. 임금도 원래대로 받았고, 일상도 원래대로였다. 대다수가 적극적으로 일했다. 당연히 직무는 없었고, 비판이 없을 수 없었다. 그들 스스로도 조반파 조직에 참가했고, 생각했고, 관찰했다. 때로는 건의 사항을 내기도 했다.

당시 가장 목소리를 낮췄던 이가 바로 양량재였다. 학습을 하라면 학습에 참여했고, 일을 도우라면 가서 일을 도왔다. 선전물 인쇄도 했고, 플래카드 드는 일도 했다. 어린아이들도 함부로 그를 부려 먹었다. 그는 시종일관 똑같은 자세로 행동했다. 의견을 발표하지 않았고, 누가 좋다고 하면 아주 좋다고 말하고, 누가 개뿔이라고 하면 좋긴 개뿔이라고 말했다. 그는 사실 생각이 없는 사람이 아니었다. 그가 '막료'라는 걸 모르는 자는 없었다. 운동 초기 대자보는 그가 T시에서 배후 선동을 하고, T시 역사의 중대한 사건이 모두 그와 관련 있다고 제기했다. 그게 아니라면 성 위원회 판공청의 비서가 십여 년 안에 시 위원회 부서기가 됐다는 걸 상상할 수 없다는 것이다. 그 시대엔 항일 간부가 과장 직급이 된 경우가 아주 많았다.

이런 현상은 강 정치위원의 주목을 끌었다. 단지 그가 갈피를 못 잡아 제대로 파악하지 못했을 뿐이다. 1969년 말, 강 정치위원이 북경에서 퇴짜를 맞고 웃음거리가 됐다는 소문이 퍼졌다. 그가 영광스러운 9대의 대표라는 사실도 소용없었다. 군사관리위원회에 이견이 있던 간부들은 이 사건을 부풀렸다. 그것이 중앙의 태도라 했다. 이는 분명 강 정치위원과 군사관리위원회를 꼴불견으로 생각한 것이다. 9대가 이미 열려 국면이 정해졌으니 돈이 있어도 그에게 주지 않고 새 지도부에게 줄 거라고 했다. 논란이 일었다.

그즈음 줄곧 침묵하던 양량재가 갑자기 얼굴을 들고 소리쳤다. "T시는 이런 운명이야. 늘 금으로 된 밥그릇을 가지고 구걸한단 말이지. 구걸 좀 하면 재수 없다고 소금 세례를 받았어. 이건 재능이 있어도 때를 못 만나는 삼국지 인물이나 마찬가지야. 인재가 능력을 펼 지도부를 만나야 하는데, 재목을 알아볼 좋은 주인을 만나지 못하니까 울면서 개탄하는 거지." 그가 기관의 식당에서 한 말인데, 당시 그곳에 사람이 많지 않았음에도 불구하고 이 비유는 신속하게 강 정치위원의 귀에 들어갔다.

당시 강 정치위원은 좌파 지지 지휘부의 당 핵심 소조 회의를 열고 있었는데, 이 말을 듣고는 눈살을 찌푸리며 긴 한숨을 쉬었다. 그러고는 냉큼 쪽지를 주면서 양량재를 불러오라고 했다.

두 사람은 방 안에서 종일 이야기를 나눴다. 그리고 강 정치위원은 그를 데리고 저녁 식사를 했다. 무슨 이야기를 했는지는 정확치 않다. 그 후 군사관리위원회 당 핵심 소조가 3일 동안 확대회의를 열었고, 시 위원회와 유색공사 당 위원회의 당권파 전체가 참여했다. 모두 할 말을 마음껏 하라는 것이었다. 이 회의가 끝난 후 '쌍3만'이라는 구호가 제출됐다.

사실 무슨 구호를 내세웠는지는 중요하지 않다. 무엇을 하려는지가 중요했다. 계획을 초월한 생산량은 재정수입만을 의미하는 게 아니었다. 그것은 중앙 권위에 대한 도전을 의미했다. 중앙의 계획은 아무렇게나 나온 게 아니라 생산능력에 따라 절차를 밟아 계산된 것이었다. 게다가 T시에서 이런 방식으로 일하는 건 처음이 아니었다. 이는 비참했던 역사와 관련된다. 1953년 '3인 소집단 안', 1957년 '반反 소련 전문가 안'이 사실상 계획 외 수입을 둘러싸고 전개됐던 것이다. 좀 더 하든, 좀 덜 하든 개인의 주머니로 들어가는 게 아니라 지방의 재정으로 들어가는 것이었다. 당시엔 부패라는 말이 없었고, 좀 더 생산한다고 해서 개인에게 이득이 될 거라고 누구도 생각하지 않았다.

그러나 분명한 것은 생산량 계획을 둘러싸고 연이어 여덟 명의 노 간부가 죽고, 수십 명의 우파가 처형됐다는 것이다. 강 정치위원은 이 역사를 모르지 않았다. 하지만 그는 돈이 급했다. 그가 이렇게 하기로 결정한 것은 그가 전 시 위원회 지도부의 입장에 섰다는 걸 의미하기도 했고, '양량재'들이 완전히 해방되었음을 의미하기도 했다.

다시 말해 '쌍3만'을 한다는 건 야금부와 한번 해보겠다는 것이었다.

식사 자리에서 강 정치위원은 무거운 분위기를 해소하기 위해 가벼운 질문을 던졌다고 한다. "어디, 여러분이 말해 보세요. 우리에게 돈이 생기면 어떻게 쓸까요?"

이 질문은 매우 신선하고 자극적이었다. 줄곧 구걸하고 소금 세례를 받는 가난한 나날을 보낸 T시 사람들에게 어디에 돈을 쓸지, 게다가 아주 큰 돈을 어떻게 쓸 건지라는 질문은 확실히 누구도 받아 본 적 없는 것이었다. 식사 자리는 이내 활기를 찾았다.

'만세관萬歲館'[133]을 제안한 사람, 혁명위원회 빌딩을 짓자는 사람, 길을 내고 부두를 만들자는 사람도 있었다. 그저 양량재만 고개를 숙인 채 눈앞의 음식을 헤집고 있었다.

그는 자신이 대답할 차례가 오자 비로소 입을 열었다. "냉동 창고를 하나 지읍시다. T시에 산업 노동자 십만 여 명과 상주인구 수십만 명이 있는데, 고기 안 먹는 사람 있습니까? 대형 냉동고가 없다는 게 말이 되나요?" 그리고 이어 말했다. "방직공장과 손수건 공장도 만듭시다. 많은 광산 노동자가 연애도 하고, 결혼도 하고, 아이도 낳아야 하는데, 여성 노동력이 없으면 안 되니까요."

결국 '쌍3만'은 완전히 실현되지 못했다. 하지만 T시에 육류 연합 가공 공장이 건설되기 시작했다. 이후 거의 모든 관심은 양량재가 어떻게 될지에 쏠렸다. 모두들 앞으로의 T시 혁명위원회 주임은 분명 그일 거라고 생각했다.

---

133 문혁 시기 지어지던 건축물로, '모택동 사상 승리 만세관'의 약칭이다.

제 9 장

28.

세월은 점점 말라가는 강 같다. 물이 메마르면 하상河床의 면모가 드러난다. 아쉽게도 우리 중 그 누구도 결론을 내기 위해 물이 다 마를 때를 기다리지 않았다. 모두가 앞 다투어 답을 내고, 높은 점수를 얻으려 했다. 하지만 누가 누구보다 더 총명하단 말인가?

40년이라는 시간이 흘렀고, 많은 사건의 내막은 이미 모호해졌다. 하지만 생활의 논리는 틀릴 수 없는 것이다. 큰 줄기는 틀릴 수 없었다. 이미 여러 번 내 맘대로 생각해 봤다. 만약 이 일기들을 좀 더 일찍 봤다면, 우리는 지금의 이 모습은 아니지 않았을까? 그러나 나는 아주 빨리 자신을 부정했다. 정말 그랬다면 나는 또 어땠을까? 나는 시대에 저항할 용기가 있었을까? 나는 소명을 변화시킬 능력이 있었을까?

지나간 인생은 다시 돌아오지 않는 법이다. 한번 시기를 놓치면 곧 잃는다. 우리가 지금과 같은 식견이 있었다면, 정말 후회할 일을 하지 않았을까? 꼭 그렇진 않을 것이다. 아마 사람으로서 길을 좀 덜 돌아갈 수는 있었겠지만, 다른 곳에서 꼭 두 배로 벌충해야 했을 것이다. 삶 전체에서 마땅히 치를 대가는 반드시 치르게 된다. 이는 거스를 수 없는 법칙이다. 역사인 이상 가정할 수 없는 법이다.

일기는 소명이 내게 보여준 것이었다. 그녀는 조금도 후회하지 않았다. 결국 그녀는 원하던 것처럼 대학에 가진 못했다. 그럴 듯한 단위에 취직하지도 못했다. 개인의 인생으로 보면 엉망진창이었다. 그녀는 그 시대의 열차를 모두 놓쳐 버렸다. 그녀는 그렇게 솔직하게 자신과 대면했다. 그녀는 영원히 스스로를 애처롭게 생각하거나 연민하는 원망 가득한 여성이 되고 싶지 않아 했는데, 확실히 그건 해냈다.

지금 다시 한번 이 일기들을 정리하면서 60세 노인의 눈으로 이 역사의 편린을 되돌아보니 일찍이 모호했던 것들이 갑자기 또렷해졌다. 고의로 숨겨졌던 그것들이 갑자기 모습을 드러냈다. 나는 드디어 그 진주와 같은 기억들이 사실은 흩어지지 않았음을 알게 됐다. 그것은 우리 주변에, 우리 삶 속에, 상처로 누누이 덮인 우리 민족의 몸 위에 있었다. 그리고 이러한 구슬을 꿰는 붉은 실은 몇 세대가 진심으로 원해 바친 것들이었다.

나는 이 일기들을 모두 기록하진 않았다. 세세한 가계부 같은 내용들은 삭제했고, 가장 중요한 기억만 부각시켰다. 이는 왜곡이라기보다는 시간을 절약하고, 읽기 좋게 한 것이다. 노신은 타인의 시간을 낭비하는 것을 재물을 탐내 목숨을 해치는 것과 다름없다고 했다.

계속해 보자.

앞서 '쌍3만'에 대해 말한 바 있다. 그것은 9대 이후 T시가 실현해야 할 첫 번째 임무였다. 3만 톤의 구리와 3만 톤의 조동粗銅 제련은 단순한 생산 목표가 아니었다. 그것은 정치였다. 주비위원회의 실패, 혁명위원회의 난산, 군사관리위원회의 난처함은 모두 아름답고 큰 동작으로 변화될 필요가 있었다. 그들은 강 정치위원이 철수하려 하지 않는 것에 큰 불만을 가졌지만, 한 번의 아름다운 전투를 갈망했다. 역사와 소인물은 이렇게 우연히 같은 길을 걷게 되었다.

'제국주의자, 수정주의자, 반혁명분자를 매장시키기 위해 피로써 구리와 맞바꾸는데 마음을 다하자!'

이는 당시 노동자 조반 총사령부가 외친 구호였다. 노동자 조반 총사령부는 '좋다'파의 조반 조직이었고, 군사관리위원회의 호소만 있으면 두 배로 호응했다. 노동자 조반 총사령부가 원래 광산을 주요 사업으로 했고, 그들의 우두머리가 광공이었음은 더 말할 것도 없다. 우두머리 하나는 늘 기쁜 소식을 전했는데, 개인당 기계 하나를 맡는 방식을 바꿔 부단히 새로운 기록을 세웠다는 것이다. 10미터, 11미터, 12미터! 다른 노동자들은 당연히 승복할 수 없었고, 기를 쓰고 경쟁했다. 이렇게 해서 개인당 기계 두 개를 맡는 새로운 작업 방식을 창조했다. 갱도 아래쪽 채굴 작업의 노동강도는 매우 높았고, 노동자들의 건강에 큰 해를 입혔다. 정면으로 맞붙어 폭약을 넣을 여러 구멍을 한 번에 내야 가장 빠르고 효과적으로 뚫고 나갈 수 있었다. 여기에는 암층 구조를 고려한 끊임없는 탐색이 필요했다. 하지만 일부 노동자가 진도를 나가기 위해 폭약을 터뜨린 후 분진이 남아 있는 상태에서 폭약 구멍을 계속 내는 경우가 자주 있었다. 수많은 환자에게 발생한 진폐증은 필연적인 직업병이 아니라 안전 조치 규정을 위반한 결과였다. 규정에 따르면, 한 번의 작업에 몇 개의 폭약을 놓고, 몇 번 터뜨릴지 반드시 전문가의 심사를 거쳐야 했다. 하지만 속도를 높이기 위해 이는 잘 지켜지지 않았고, 그로 인해 사고가 여러 번 났다.

'300일의 전투를 치르고, 쌍3만을 쟁취하자. 부지런히 그리고 솜씨 좋게 일해서 옛 모습을 버리고 새 얼굴로 바꾸자!'

이는 연합 조반 총사령부의 응답 구호였다. 연합 조반 총사령부는 '개뿔'파의 조반 조직이었다. 이들은 제련 운수업을 주요 사업으로 했고, 군사관리위원회의 일부 작풍에 대해 유보적이었다. 그렇지만 생산을 촉진하는 측면에서는 뒤떨어지지 않았다. 결전의 과정에서 노동자 조반 총사령부에 적극적으로 협력했을 뿐 아니라 효율을 높이는 측면에서도 창조적이었다. 당시 비교적 선진적이던 갱도 하단의 착암 적재 설비는 모두 스웨덴에서 가져온 것이었는데, 광산 설계가 달라 제대로 사용할 수 없었다. 이 문제를 해결한 '서양 설비 개조'는 그들의 가장 뛰어난 업적이었고, 큰 성과라 자주 선전됐다. 그러나 서양 설비는 한 번 개조되면 원래의 부품을 더 이상 쓸 수 없어 큰 낭비와 혼란을 불러오기도 했다.

하나의 일화가 있다. 새로운 광산인 노압령老鴉嶺 광산 작업장에 필요한 폐기물 처리장을 선정하고, 토지 수용 수속까지 거의 마쳤는데, 농민에 대한 배상이 제대로 이뤄지지 않았다. 그러자 현지 농민이 이 오목한 땅 위에 다시 경작을 한 것이다. 그래서 생산량이 증대된 후 폐기물을 처리할 곳이 없어졌다. 노동자 조반 총사령부의 우두머리들은 이 이야기를 듣고 왁자지껄했다. 이내 32톤 불도저를 몰고 가 반나절 만에 채소밭을 밀어 버리고 폐기물 댐으로 만들었다. "누구든지 감히 쌍3만을 반대하면, 그의 머리통을 박살낼 것이다! 누가 무슨 근거로 쌍3만을 저지하려 하는가! 누가 음흉한 바람을 일으켜 귀신불을 붙이려는가? 계급의 적이 파괴 공작을 하는 것 아닌가? 제대로 찾아내자!" 이후 이 일대 농민은 더 이상 아무 말도 하지 못했다.

신문, 라디오, 홍기, 징과 북…. T시 전체가 극도로 흥분해 있었다. 사람들의 화제는 더 이상 파벌 투쟁이 아니었다. 문공文攻과 무위武衛는 이미 광산 생산량에 자리를 내줬다. 혁명을 움켜쥐고 생산을 촉진한다는 것이 매일 생산 진도에 반영되었다. 시 전체의 인민은 T시에 좋은 날이 곧 올 거라 믿었다. 좋은 날이란, 표, 집, 장바구니를 의미했다. T시 인민은 그날을 위해 이미 십여 년을 힘들게 버틴 것이다! 강 정치위원이라는 사람은 북경에서 밥을 구걸했고, 북경 사람들은 그 얼굴에 온통 침을 뱉었다! 이 이야기는 하나의 가락이 되어 시 전체 인민에게 수치심을 느끼게 했다.

가속들도 행동하기 시작했고, '57대대'를 만들었다. 그녀들은 과거에 폐기됐던 품질 나쁜 광석을 수집했고, 고대 갱도의 흔적 일부를 발굴해 청춘을 되찾아 주기도 했다.

성 전체의 중학생과 소학생도 산에 올랐다. 그들은 산 위에 드러난 '광물'을 주웠다. 채송화가 자란 곳이면 다 헤집었다. 아이들은 쌍3만에 공헌할 권리가 있었다. 이런 노래도 있었다.

붉은 작은 병사, 눈은 초롱초롱
붉은 풀과 꽃은 방향을 가리켜
광석은 작지만, 웅심은 장대하네
쌍3만, 나도 양보하지 않아

요즘 젊은이들은 아마 이해하기 어려울 것이다. 특근비를 주는 것도 아니고, 심지어 점심도 제공하지 않는 대중운동이 무엇에 기대 3백여 일 동안 지속될 수 있었을까? 그들은 그 시대를 격정이 불탔던 시대라고 곤혹스럽게 말한다. 불타고 나면 반드시 재가 남는다는 뜻이다. 사실 그런 격정이 반드시 비이성은 아니었다. 모든 사람이 어떤 사회 목표와 자신이 관계가 있다고 생각할 때, 자신이 역사를 창조한다고 생각할 때, 자신이 이 도시의 주인이 되었다고 생각할 때, 그들은 사고할 줄 안다. 그들은 바보가 아니었다.

당시 강 정치위원은 늘 아래층으로 내려와 기쁜 소식을 보고하는 대오를 맞았다. 그는 직접 이 영웅들에게 붉은 꽃을 달아줬다. 거의 매주 라디오로 담화를 발표하면서 노동과 휴식의 결합과 안전에 주의할 것을 당부했다. "여성 대오도, 아이들도 도전하니 영웅이 도처에 있고, 저녁연기가 피어오른다." 울먹이는 그의 두 눈은 뜨거운 눈물로 가득했다. 그의 얼굴은 더욱 붉어지고, 진지해졌다. 미래에 대한 자신감도 더 생겼다.

그때 T시의 크고 작은 거리와 골목에는 고정적인 프로그램이 있었다. 지금 우리가 뉴스 중계를 듣는 것처럼 주말마다 방송을 듣는 것이다. 조건이 되는 곳은 라디오를 들었고, 조건이 안 되는 사람들은 밥그릇을 들고 스피커를 들었다. 강 정치위원이 쉰 목소리로 출연하면, 성 전체가 고요해졌다. 더위를 식히며 한담하는 사람들, 자전거를 타고 서두르는 사람들 모두 최근의 진척 상황을 들었고, 어떤 영웅적 업적이 세워졌는지 들으려 했다. 특히 귀주 말씨의 강 정치위원이 문언 시구를 섞어 격정적으로 강연하는 걸 듣고 싶어 했다.

1970년 8월, 강 정치위원은 50세 생일을 맞았다. 병사 몇 명이 그를 위해 술자리를 몰래 마련했다. 생일을 축하하는 자리였다. 문을 닫고 나서 강 정치위원 역시 기분파가 되었다. 기쁨과 노여움이 모두 얼굴에 나타났고, 농담과 욕설도 마음껏 했다. 그는 그날 밤 술을 마시고 즐거워 사詞를 한 수 지었다.

청옥안青玉案 · 50세에 하주를 모방함五十歲戲仿賀鑄

연못에 이는 파란에 그림자가 흔들리고

비분강개는 속세와 담을 쌓았도다

그 누가 아름다운 청춘을 허송세월했겠는가?

갑옷은 벗지 않았고

혁명은 계속되니

다시 장정長征의 길을 걸으련다

옛 연기와 새 깃발은 부단히 교체되고, 나는 충심의 피를 토한다

반세기는 그렇게 격변하여 하늘과 땅이 뒤집혔다

수줍은 이가 내 열정이 얼마큼인지 물으니

공평하고 치우침 없이

'3만'을 움켜쥐고

영웅의 나무를 도처에 심으리라

이는 그 지역《동방홍》신문에 실렸다. 이 사는 한때 성 전체를 뒤흔들었고, 사람들은 경쟁적으로 전하며 칭송했다. 여러 비평이 뒤따르기도 했다. 수십 년 후 옛 신문 더미에서 이 사를 나시 읽있는데, 여전히 격정적이고 감개무량했다. 강요薑堯가 좌파 지지를 위해 이혼하고 업무에 심혈을 기울였던 일, 가족과 나라의 일, 애정 문제, 정치 · 경제 · 역사 · 문화, 새로운 풍속과 옛 규범들이 이 68개 글자에 담겨 있었다. 그의 포부는 둘째 치고, 그 문화적 소양만 봐도 요즘 지도 간부 중 이만한 사람은 많지 않을 것이다.

강요라는 사람은 이미 자신의 뜻대로 다 이룬 것에 만족해 사리 분별을 못하게 된 걸까? 정확히 말해 좌파 지지 부대의 개입으로부터 두 파벌에 대해 '치우치지 않는다'는 것까지, 다시 영안성을 손보는 일까지, 그리고 '쌍3

만'을 실현하는 일까지, 그가 50세 되던 그해 그는 이미 그의 업적의 최고봉에 올랐다.

만약 그가 적절한 때에 물러섰다면, 그의 인생이 좀 더 훌륭하지 않았을까? 모르겠다.

당시 그는 자신의 외모에 신경을 썼다. 신문에 실린 사진에선 기본적으로 외투를 걸치고 있었다. 허리를 짚고 영안성 공정을 순시할 때, 허리를 굽혀 늙은 노동자의 이야기를 들을 때, 그리고 산꼭대기에서 강산을 가리킬 때 모두 군복 외투를 걸치고 있었다. 초유록焦裕祿[134]은 지방 간부였기 때문에 외투를 걸치는 게 매우 자연스럽다. 하지만 강 정치위원은 군인이었기 때문에 외투를 걸치는 게 격에 어긋나는 것이었다. 그래도 그는 일부러 그렇게 했다. 거기엔 물론 다른 뜻이 있었다. 사실 그런 모습은 현지에선 이미 익숙한 것이었다. 많은 지방 간부가 의식적으로나 무의식적으로 이런 자태를 따라했다.

그런데 무서운 일이 발생했다. 봉황령 광산에서 갱도의 채굴 구역 전체가 함몰된 것이다. 당시 탄광 지지대를 제거하던 7명의 노동자가 희생됐다.

허스키한 목소리의 채광 엔지니어 류사리가 다시 한번 전면에 등장했다.

29.

객관적으로 말해 류사리는 '쌍3만'에 반대한 적이 없다. 물론 그가 반대해

134 중국 혁명 열사(1922~1964).

봤자 소용없었다. 그의 목청은 가늘고 날카로웠다. 무시해도 될 정도였다.

T시의 매해 계획을 보고할 때, 강 정치위원은 늘 생산량을 좀 낮추려 했다. 또, 임무를 마무리 지을 땐 늘 좀 초과하려 했다. 이는 이미 역사적 관성이었다. 모두가 이해했기 때문에 지적할 필요가 없었다. 재정이 곤란해지기 때문이었다. 류사리도 사람인지라 밥을 먹어야 했다. 그가 이해 못할 리 없었다.

류사리가 보기에 '쌍3만'은 구호에 불과했다. 그저 의욕을 불러일으키는 것일 뿐이었다. 그것을 완성하고 말고는 중요한 게 아니었다. 3만을 완성하든 못하든 사실 2만만 달성해도 성공적이었다. 어차피 다섯 개의 광산 중 세 개는 그가 직접 참여해 건설했고, 설계에서 기초 건축까지 그가 심혈을 기울인 것이었다. 그런 그가 어떻게 '쌍3만'에 반대할 수 있었겠는가? 이는 모두 훗날 그가 해명한 내용이다. 이 해명은 기본적으로 믿을 만하다고 생각한다.

광산 갱도 아래에서의 채굴은 조건적 제약과 나름의 규칙이 있었다. 노천의 채굴이라 해도 마음대로 팔 수는 없었으나 설비를 가지고 인해전술을 할 수는 있었다. 하지만 200미터 아래의 갱도라면 다르다. 어떻게 함부로 막 파낼 수 있는가? 지금 다 파내면 내년엔 뭘 팔 것인가? 설계에 따르면, 갱도 내에서 채굴할 때 반드시 3급 광량의 균형을 유지해야 했다. 즉, 굴진 광량, 저축 광량, 채굴 광량이 합당한 비율을 가져야 했다. 이렇게 해야 균형적이고 지속적인 생산능력을 가질 수 있고, 최대한도의 자원 생산의 효율로 광산의 수명을 연장시킬 수 있었다. 이러한 이치는 복잡한 게 아니었다. 유색공사 사람 모두 알고 있었다. 그래서 매해 계획을 세울 때 계획에 따라 생산을 조직했던 것이다. 그런데 지금은 좀 더 생산하려고 한다. 좀 더 생산하는 건 큰 문제가 아니지만, 너무 지나치면 안 된다. 그러면 내년의 양식을 올해 먹어 치우는 셈이고, 닭을 죽여 계란을 취하는 셈이다.

류사리의 직위는 총통제실에 속했다. 이곳엔 매해 각 광산의 생산 총액 자료가 있었다. 그는 현장에 있지 않았지만, 채굴의 연결 고리들의 구체적 장면을 손바닥 보듯 알고 있었다. 그래서 생산량을 달성해야 할 기간이 반 정도밖에 남지 않은 6월이 되자 다들 매우 조급해 했지만, 그는 오히려 봉황령의 채굴을 중지할 것을 요구했다.

그는 군사 대표를 찾아가 말했다. "이 지역은 더 파내면 안 됩니다. 어서 빨리 광산 폐기물로 덮어야 합니다. 폐기물로 덮는 시간이 적절하면 꼭대기층 전체가 가라앉진 않습니다. 광산 생산도 계속할 수 있을 겁니다." 군사 대표가 이 말을 듣고 놀라 급히 상부에 보고했다.

하지만 그게 어떻게 가능하겠는가? 지휘부가 받아들이지 않은 건 차치하더라도 봉황령의 노동자들이 이를 받아들이지 못했다. "채광 구역 지지대는 좋은 품질의 구리야. 그렇게 많은 구리 지지대가 받치고 있는데, 우리가 왜 겁을 먹어야 하지?" 사람들은 그저 조금이라도 더 파고 싶었다. 지지대가 한 층씩 얇아지는데도 멀쩡해 보이면 다시 한 층 파냈던 것이다. "이게 다 구리야. 구리는 '쌍3만'이란 말이야. '쌍3만'은 좋은 세상이잖아."

이렇게 7월이 되었고, 목표량은 절반을 넘겼다. 하루는 류사리가 지휘부를 등지고 총조정실 명의로 야금부에 예비 경고 전보를 보냈다. 정말 호랑이 엉덩이를 만지는 격이었다. 강 정치위원은 재빨리 달려와 탁자를 내리치고 의자를 내던지며 류사리를 철수시키려 했다. 양 참모장이 류사리를 보호해 일이 더 커지지 않았을 뿐이다. 강 정치위원이 말했다. "염라대왕은 쉬워도 작은 귀신은 다루기 어렵다더니, 위험하다고? 어디가 위험한데? 우리가 눈뜬 장님인줄 아나?"

위대한 목표 앞에서 일체의 반대 목소리는 매우 사소한 것이었다.

결국 언젠가 탄광 지지대는 버티지 못하게 된다. 광산이 버티지 못한다. 모든 것이 임계점에 다다르면 전환은 시작된다.

사고는 류사리의 예비 경고를 증명했다고 한다. 사고 분석은 원래 분석 경험의 교훈을 총결하는 방향에서 전개돼야 옳았다. 지도부는 당초 확실히 그럴 뜻이 있었을 것이다. 그러나 류사리의 목소리는 정말이지 너무 귀에 거슬렸다. 게다가 당시 사람들 마음속에 정말 급한 건 사고 예방이 아니라 '쌍3만'이었다. 그래서 류사리의 진정성은 다르게 받아들여졌다.

류사리도 화가 났다. 누구든 만나면 소란을 피웠다. "내가 벌써 경고했잖소. 내 말을 안 듣고 말이지. 결국 사람이 죽어야 믿는다니까!" 날카롭고 가는 그의 목소리는 정말 귀에 거슬렸다. 삽으로 녹슨 솥을 긁는 것처럼 불편했다. 사람들은 우파를 바로잡아 줬더니 다시 꼬리를 치켜든다고 느꼈다. 일곱 명의 노동자 형제를 잃었지만, 류사리가 하는 말이 마음이 아파 우러난 말로 들리지 않았다. 오히려 자신이 이겼음을 증명하려 드는 것 같았다. 이겼다고 해서 뭐가 어떻게 되는가? 옳다는 걸 증명하면 또 뭐가 달라지는가? 죽은 사람이 돌아올 수 있는가?

이렇게 9월이 되었다. 4분기 임무 실행과 다음해 계획을 토론하는 대회에서 류사리는 결국 '참지 못하고 뛰쳐나왔다.'

그가 말했다. "긴장, 피동, 낙후…."

"뭐? 당신, 뭐라고 했어!"

그가 또 말했다. "긴장, 피동, 낙후…."

"말하지 마! 당신 지금 크게 실수하는 거야!"

그러나 그는 또 말했다. "긴장, 피동, 낙후…."

사실 류사리에게 정직과 감찰 처분을 내릴 필요는 없었다. 이미 대중이 비판 대자보를 썼으니 말이다. 당연히 대중은 그에게 잘해 주고 싶은 마음이 사라졌다. "이 빌어먹을 엔지니어 같으니. 국민당에 가입해서 공부한 놈이 어디서 감히 우쭐대? 당과 인민이 네게 미안해할 것 같아? 우파였던 놈이 100원을 받다니, 우리 두 명이 받는 것보다 더 받잖아! 사고가 나서 사람이 죽으니 신나 죽겠지? 노동자 계급의 생명이 이렇게 값어치 없어 보이지?"

"'쌍3만'을 반대하는 건 군사관리위원회를 반대하는 것이고, 군사관리위원회를 반대하는 건 문화대혁명을 반대하는 것이며, 문화대혁명을 반대하는 건 모 주석을 반대하는 것이다. 누구든 모 주석을 반대하면, 그 대갈통을 박살내야 한다."

곧 이어 노동자 조반 총사령부와 연합 조반 총사령부가 엄중한 성명을 발표했다. "류사리는 처음부터 본 조직의 구성원이 아니었으며, 류사리 사건은 T시 계급투쟁에 대한 새로운 도전이자, 문화대혁명에 대한 자산계급의 반격과 만회 시도다. 절대로 류사리가 '쌍3만'의 큰 방향을 간섭하고 탈취하게 할 수 없다."

좀 더 지나 다시 대자보가 붙었다. "류사리는 대두大頭에 문제가 있는 것뿐만 아니라 소두小頭[135]에도 문제가 있다. 그는 천관산天官山 광산의 가속공

135 생식기를 뜻한다.

家屬工[136]과 오랫동안 비정상적인 남녀 관계를 유지해 왔다. 이는 이 가짜 서양 귀신이 원래부터 양아치임을 증명하기에 부족함이 없다. 그 여자는 광산 노동자의 유족인데, 그녀의 경제적 곤란을 이용해 끌어들였다. 이는 노동 계급을 타락시킨 것이다."

이 일을 지금 와서 찬찬히 되돌아보면, 그 원인과 결과, 서로 다른 시각, 대립적 사유, 역사의 편린이 하나하나 모인다. 비로소 마음이 은근히 아파왔다.

하지만 당시엔 나 또한 류사리가 불장난을 한다고, 즉 도전한다고 생각했다. 그의 관점의 옳고 그름 때문이라거나 그가 소명의 부친 때문이라서가 아니었다. 사실 소명 또한 아버지를 수치스러워 했다. 그녀는 늘 그에 대해 언급하는 걸 원치 않았다. 나도 그가 좀 이상하다고 생각했다. 당시의 그는 좋고 나쁨을 구분하지 않고, 괴상하게 행동해서 우리와는 전혀 다른 사람 같았다. 마치 비로소 중년의 아주머니가 된 며느리가 여기저기 시비를 걸기 시작한 것처럼 보였다. 처음에 군사관리위원회가 '쌍3만'을 제기한 것은 한편으론 큰 공을 세우고 싶어서였고, 또 한편으론 법칙을 넘어선 것이었다. 하지만 강 정치위원은 자신을 위해 일을 벌인 게 아니었고, 단 한 푼도 자기 몫으로 챙기지 않았다. 오늘날 지도부 간부가 자기 체면을 세우려고 일을 벌이는 것과 비교하면 정말이지 천양지차였다. 그는 부대에서 급여를 받아 지방의 일에 마음을 썼던 것뿐이니, 이는 T시 인민에게 해명이 되는 것 아닌가?

136 문혁 후기의 산물인 가속공은 정식 직공의 아내 또는 자녀로, 노동 부문의 지시가 없거나 임시공 소개장이 없는 상황에서 공작 단위의 동의에 따라 노동에 참여한 노동 인원을 말한다. 가속공은 정식 직공에 비해 임금과 노동조건에서 매우 낮은 대우를 받았다.

류사리의 처리를 고민할 때, 양 참모장이 개인적으로 뒷일을 봐줬던 게 기억난다. 그가 말했다. "지식인은 그런 거야. 체면 차리길 좋아하고, 옹졸하지." 류사리가 말했다. "반성하라면 하겠습니다. 악의는 없었어요. 우리 모두 반성하고 있잖아요?"

하지만 강 정치위원은 고개를 저었다. 그는 피곤한 표정으로 눈초리가 흐릿한 채 말했다. "수박과 조롱박이 한 넝쿨로 모이진 않아. 우리와 그들이 어떻게 같을 수 있나?"

강 정치위원은 류사리가 사고에 대해선 반성하려 하지 않고, '쌍3만'에 대해 반성하려 한다고 생각했다. 또, 경제문제를 정치화하려 하고, 사고를 기폭제로 삼으려 한다고 믿었다. 우리가 '쌍3만'을 하려는 것이 객관적 법칙에 도전한 것이고, 광산의 균형을 파괴하는 것이며, 방향과 노선에 문제가 있다고 생각하니 그에게 반격을 가하지 않을 수 있느냐는 것이었다.

이 말을 하는 강 정치위원의 생각이 소명에게까지 미쳤을까? 늘 그의 얼굴에 대고 선동하던 그 홍위병 소장을 떠올렸을까? 아마 그는 마음속으로 생각했을 것이다. 그는 소명의 글솜씨를 참 좋아했다. 그는 그 부녀가 하나의 넝쿨에서 나온 오이라 여겼다.

그해 결국 '쌍3만'을 실현했다. 연말에는 냉동고도 가동을 시작해 집집마다 내몽고에서 온 양고기 다리를 먹었다. 시 전체가 환호했다.

그런데 강 정치위원은 흥이 나지 않았다. 얼굴은 점점 망가져 더욱 까매졌다. 그 사건은 좌파 지지 부대가 T시에 개입한 이후 유일하게 맞닥뜨린 계급투쟁이었다. 이 일 이전에는 비판의 목소리가 있어도 부대는 늘 중간에서 파벌에 반대하고, 이성을 유지하며 '치우치지 않는다'는 원칙을 주장했다. 그런데 최후엔 결국 경도돼 버렸다. 왜냐하면 류사리가 죽었기 때문이다. 간부 일부가 다시 강 정치위원의 반대편에 섰기 때문이다.

제 10 장

30.

x월 x일

생산 지휘조에 갔지만, 아는 사람을 만나진 못했다. 나는 그저 유족일 뿐이었다. 나를 도울 수 없다는 걸 알지만, 아는 사람을 만나길 기대했었다.

어떤 이는 이미 기억이 흐릿한데, 마주쳐도 서로 못 알아봤겠지? 아마 그랬을 거다.

30분을 기다려 판공실에 들어갈 수 있었다. 그리고 다시 30분을 기다려서야 간부가 하나 나와 말했다. "운송부로 가서 장 씨 아저씨를 찾아요. 그가 당신을 봉황령에 데려가 줄 거요. 다른 일에 대해선 전담 공작조에서 얘기해 줄 겁니다." 나는 다른 일이 무엇인지 알지 못했다. 익숙한 복도는 휑하니 비어 버렸고, 찬바람이 쌩쌩 불 뿐이었다. 급히 고개를 돌리니 문 여러 개가 머리를 내밀었다가 다시 닫혔다.

장 씨 아저씨는 달변가였다. "난 자주 네 아버지를 배웅했어. 나도 널 알아. 시 위원회에서 조반하고, 구호를 외치던 홍위병 소장이잖아." 그는 봉황령에 가서 유품을 받고 서명하고 오면 되는데, 진정한 담판은 공작조와 지어야 한다고 알려줬다.

"담판이라뇨?"라고 물었다. '담판'이라는 두 글자가 의아했다. 내게 돌아오라고 한 게 협상을 위해서였다니.

"조건을 얘기하는 거야. 뭐든 요구해. 네 아버지는 총엔지니어였으니까 너한테 불리하진 않을 거야." 그가 나를 힐끔 보고는 말을 멈췄다.

그 짧은 말이 분명히 "안타깝게도 그는 자살했어"라는 뜻이라는 걸 알 수 있었다.

털가죽 구두 한 켤레와 열쇠 꾸러미 하나. 이게 유품이었다. 녹슨 듯 누런색과 혈흔처럼 붉은 색. 그것이 내 아버지의 상징이었다. 이제야 알겠다. 뒷일을 처리하라는 말은 이걸 수령하라는 것이었다. 그러고 나서 요구를 내세워 협상을 할 수 있었다.

나는 어떤 요구도 하지 않을 것이다. 이 사람이 나와 무슨 관계가 있다고? 멸시를 받았던 그 기억도 이미 내게서 한참 멀어졌다. 나는 그늘 속에서 살고 싶지 않다. 나는 성장했고, 건강하고 독립적인 인격이 있다.

하루밖에 안 됐는데, 석문관으로 돌아가고 싶어졌다.

x월 x일

나는 아무 요구도 하지 않았는데, 그들이 외려 조건을 제시했다. "규정에 따르면 자살하면 가족에게 위로금이 지급되지 않는데, 지도부가 사정을 참작해 너희 가족에게 위로금을 주기로 결정했어. 지금 정세가 매우 좋아. 조금 좋은 정도가 아냐. 쉽게 오지 않을 이 정세를 모두가 소중히 여기고 있어. 넌 공부도 했고, 이치를 잘 아니까 뜬소문을 믿어선 안 돼. 이치에 맞지 않게 소란을 피워서도 안 되고" 등등…. 이렇게 말하는 이는 재무 담당자라기보다 오히려 정치가 같았다. 장 씨 아저씨가 말한 담판 공작조는 역시 대단했다.

갈피를 잡을 수 없었다. 그의 말을 다 듣고 "볼일 끝났으면 그만 갈게요"라고 했다.

그제야 그가 당황했다. 돈을 받아 가라는 것이었다.

수속을 마친 후 바람을 쐬고 싶어 산길을 넘어 집으로 가는 중이었다. 그런데 두 사람의 전직 간부를 만날 줄은 몰랐다. 그들은 나를 붙잡더니 공작증을 꺼내 보여 줬다. 유색공사 사람들이었다.

그들이 말했다. "네가 어렸을 땐 류민이라 불렸지. 우리도 너를 안아준 적이 있어!"

이렇게 말하니 의문은 풀렸는데, 친근감이 들진 않았다. 오히려 경계심이 들었다. 그들은 무슨 말을 하고 싶은 걸까?

"너희 모녀가 류 형에게 안 좋은 마음이 있다는 건 우리도 알아. 류 형도 문제가 있었으니까. 하지만 그는 좋은 사람이었어!"

"네가 돌아오길 줄곧 기다렸어. 네가 진상을 좀 알았으면 했거든. 다른 뜻은 없어. 그저 네가 네 아버지를 좀 이해할 수 있길 바랄 뿐이야."

"류 형은 좋은 사람이야!" 이 말은 참 서글펐다. 정말 이상했다.

산 위에 바람이 거셌다. 그들은 한 마디 한 마디 외쳤다. 한참을 들었지만, 이해되지 않았다. '류사리의 죽음에 대해 유색공사에 다른 의견이 있는가 보다'라고만 생각했다.

x월 x일

어머니가 나를 불러 세워 누가 찾지 않았는지 물었다. 나는 어제 산길에서 있었던 일을 얘기했다. 어머니는 요 며칠 계속 누군가가 자신을 찾는다면서 물었다. "정말 진상을 알고 싶지 않아?"

"알고 싶지 않다면 거짓말이구요. 하지만 알고 싶다는 것도 진심은 아녜요. 귀찮아요."

"누가 뭐래도 그 사람은 네 아버지야."

이 말은 예 대장도 했었다. 내가 말했다. "아버지도 아버지 나름이죠."

어머니는 한숨을 쉬더니 눈물을 흘렸다. 얼굴은 창백했고, 몸을 가누지 못했다. 어머니를 부축해 눕히고, 흑설탕 물을 조금 마시게 했다. 어머니 얼굴에 식은땀이 송송 맺혔다. 저혈당이다. 오랫동안 영양 상태가 좋지 않아 생긴 것이었다. 점점 마음이 아파왔다.

어머니를 데리고 시골로 가고 싶었지만, 말을 꺼내지 못했다. 그 순간 수척한 어머니가 매우 아름다워 보였다. 내 기억 속의 표정이 전혀 아니었다. 그녀가 젊었을 땐 정말 매력적이었겠다고 생각했다.

어머니가 말했다. "넌 아마 내 영향을 받았을 거야. 그래서 그에게 아무런 감정도 없는 거야."

"아마도요."

사실 어머니가 어떻게 내게 영향을 줄 수 있었겠나? 만약 감정이 없다고 한다면, 그건 내가 그를 무시하는 것이고, 수치스럽게 생각한다는 것이다. 나는 아빠라는 두 글자도 말할 줄 모른다. 그 말은 입 밖으로 나오지도 않고, 말하면 토할 것만 같다.

"사실 너도 알아야 해. 내가 그를 미워하는 건 그가 매정하게 연을 끊었기 때문이야. 그의 이기심 때문이지 정치 때문은 아니야. 그런데 넌 달라. 그는 딸을 사랑했던 사람이거든."

"하. 사랑! 내가 국민당에 가입했다고 둘러댄 게 나를 사랑해서라고요?"

“그건 네가 잘 알아 둬야 할 부분이야. 넌 그를 이해하지 못해. 그는 투쟁의 대상이 돼서 겁을 먹었고, 피하고 싶었던 거야. 그래서 대충 아무 말이나 했던 거지.”

“나도 투쟁 대상이 돼 봤어요. 그런데 난 아무 말이나 막 하지 않잖아요?”

“그건 투쟁의 시간이 짧아서이지, 네가 특별히 강인해서 조반에 참여했기 때문은 아니야. 투쟁이 길어졌으면 너도 마찬가지였을 거야. 사람은 다 똑같아. 그가 왜 그렇게 해명했을까? 그건 중요하지 않다고 생각했기 때문이야. 대충 넘어가면 된다고 생각했던 거지. 그를 놓아 준 적도 있지만, 유색공사에 그가 없으면 안 된다는 걸 알았어. 그게 바로 류사리의 교활하고 이기적인 부분이야. 그는 늘 다른 사람을 신경 쓰지 않았어. 그는 바보가 아니었지만, 그들이 그걸 믿을 만큼 정말 바보일 거라곤 생각지 못했지. 네게 해가 갈 거라는 점도 생각지 못했고. 그가 고의로 딸을 불구덩이에 밀어 넣었다는 건 날조된 죄명이야. 그건 사실이 아니야. 나도 믿지 않는 걸.”

“어머니, 정말 전혀 다른 사람이 됐네요!”

그녀가 한숨을 쉬며 천천히 말했다. “지금 그 사람은 이미 없는 사람이고, 내게도 책임이 있어. 요 며칠 여러 가지를 생각해 봤어. 조금은 알겠더라. 아직 이해 안 가는 것도 있지만.”

“이제 그를 미워하지 않아요?”

그녀가 고개를 저었다. “그건 다른 문제야. 하지만 넌 그를 미워하면 안 돼. 그는 네 아버지야. 그리고 그는 훌륭한 사람이었어. 그렇지 않다면 내가 그 사람과 결혼하지 않았을 거야."

이렇게 말하는 걸 보니 나도 결국 사랑의 결실이라는 건가?

x월 x일

어머니는 진상을 알고 싶은 일이 주요하게 두 가지라고 말했다. 하나는 당시 그녀가 속임수에 넘어가 조직의 말을 믿고 류사리에 대해 폭로했다는 점이다. 그녀의 폭로는 그들이 회의를 열었다는 걸 증명했을 뿐, 실제 내용은 없었다. 그러나 류사리를 우파로 만들기에는 충분했다. 두 번째는 이제 와 생각해 보니 어머니에 대한 류사리의 원한 역시 속은 것이라는 점이다. 왜냐하면 어머니는 5~60명을 우파로 만들 만한 큰 수완이 없었기 때문이다.

이해되지 않는 것도 두 가지였다. 하나는 이혼이 지도부의 종용에 의한 것이었고, 그와 선을 분명히 그었는데도 어떻게 우파 가족이라는 딱지를 떼어 내지 못했느냐는 것이다. 우파 본인들도 딱지를 떼어 냈는데, 그 가족은 어째선지 우파보다 더 비참했다. 게다가 아이까지 연루됐다. 이는 생활 작풍과 관련이 있다. 일의 성격상 어머니는 소련 전문가와의 접촉이 많을 수밖에 없었다. 또, 자주 그들의 연회에 참석했기 때문에 류사리도 그녀가 사상에 문제가 없다는 걸 잘 알고 있었다. 그런데 왜 그녀를 위해 증언해 주지 않았을까? 그가 나서서 사실대로 말했다면, 어머니의 일은 해결됐을 것이다. 우리 집의 상황도 더 좋아졌을 것이다. 그가 침묵한 건 도대체 무엇 때문이었을까?

사실 어머니가 말한 이 일들은 진상이 명백하든 그렇지 않든 개인의 시각에서는 영원히 불분명하다. 2년 전《대사기大事記》를 편집할 때, 나는 이미 기본적인 맥락을 알게 됐다. 그것은 내 생각이 아니라 당안관의 문건에 의한 것이었다. 조사를 받은 수많은 노인이 기록한 긍정적이거나 부정적인 객관적 사실이었다. 만약 문화대혁명이 없었다면, 이러한 고발자들이 없었다면, 그것들은 아마도 영원한 비밀이 되었을 것이다. 다행인 것은 이제라도 그것들이 밝혀져 진실이 빛을 봤다는 것이다.

그러나 나는 어머니가 이 아픔 속에 침잠해 있는 걸 바라지 않는다. 그래서 더 말하지 않았고, 그저 나와 함께 시골로 가자고 청했다. 청산에 사방이 향기로운 꽃인데, 왜 기운 빠진 채 시든 꽃을 묻고만 있을까?

정말 이해할 수가 없다. 류사리는 도대체 무엇이 문제였을까?

x월 x일

첫 번째 이미지는 청년 인재다. 류사리는 당시 28세였다. 옥스포드의 채광 엔지니어 박사였고, 공업이 나라를 구할 거라는 맹목적인 믿음이 있었다. 1946년 귀국해 국민정부의 자원위원회에서 능력을 발휘했다. 북경대학 여학생인 심숭沈崇이 미군에게 강간당하자 류사리는 좌익으로 선회했고, 내전 반대와 기아 반대의 시위 행렬에 여러 번 참가했다. 바로 그때 어머니를 알게 됐다. 결론은 그는 정의감이 있으며, 겁이 많은 사람은 아니라는 것이다.

두 번째 이미지는 기술 권위다. 초기 유색공사는 손꼽히는 규모였고, 중국의 첫 번째 대형 핵심 사업에 속했다. 총경리는 야금부 부副 부장部長이던 고양문高揚文이 겸직했다. 류사리도 국무원이 지명한 총엔지니어였다. 대우는 부 총경리급이었다. 말하자면 그는 성공한 사람이지, 천덕꾸러기는 아니었다는 것이다.

세 번째 이미지는 고생을 참고 열심히 일했다는 것이다. 당시 지도부는 집에서 취사하지 않고, 작은 식당을 이용했다. 이는 공산주의 사상의 영향을 받은 것이다. 그는 의식적으로 늘 갱도로 내려가 작업했다. 돌아와서도 공동 식당에서 밥을 먹었다. 고구마도 껍질 채 먹었고, 밥을 다 먹으면 다른 사람들처럼 끓인 물로 밥그릇을 헹궈 마셨다. 그가 늘 진보하려 했고 시대에 융합되고자 했지, 개조를 거부하지 않았다는 뜻이다. 어머니가 말했다. "당시 그는 심지어 당에 가입하고 싶어 했어."

네 번째 이미지는 카멜레온이자 비겁자라는 것이다. 1953년 유색공사에서 '3인 반당 소집단'이 색출된 이후 그는 침묵하기 시작했다. 그 세 명은 안강에서 전근 온 노 간부였고, 그에게까지 불똥이 튀진 않았다. 하지만 그중 그에게 관심을 많이 쏟았던 한 간부가 권총으로 자살하자 그는 큰 충격을 받아 집에서 며칠을 앓아누웠다. 1958년 '소련 전문가 반대'의 출현으로 인해 정식으로 우파가 된 다음, 그는 완전히 겁 많고 의심 많은 신경질적인 사람으로 변했다. 받들어질 줄만 알았지, 보통 사람이 되어 본 적은 없었기 때문이다. 하늘에서 땅으로 지위가 추락한 그는 목숨이 위태로워졌다. 어머니가 말했다. "당시 그는 사람을 쳐다보지 못하고, 시선이 늘 아래를 향해 있었어. 위축돼 피하는 눈빛이었지. 자살하려는 마음도 있었고. 그는 늘 자기만 생각했지, 가족을 돌볼 생각은 전혀 하지 않았어."

이상은 류사리에 대한 어머니의 인상이었다.

내가 보기에 그런 말들은 충분하지 않다. 왜냐하면 사람은 늘 부분밖에 보지 못하고, 표면적인 현상만 보기 때문이다. 류사리는 그저 그 시대의 물보라 가운데 한 방울일 뿐이다. 수없이 많은 희생물 중 하나일 뿐이다. 개인 성격상의 장점과 결점으로 역사를 해석할 수는 없다.

자세히 살펴보니 역사의 비극을 초래한 원인은 아주 많았다. 모든 사람이 나름대로 고생했다. 운동 과정에서 그렇게 많은 대자보가 나오고, 그렇게 많은 원인을 분석했던 건 모두 나름의 이치를 갖지만, 동시에 정확한 건 아니었다.

만약 내가 농촌에 현장 활동을 가지 않았다면, 농민을 이해하려 하지 않았다면, 나도 그렇게 생각했을 것이다. 아마도 바로 이것이 애초 내가 실망했던 원인일 것이다. 나는 조반파에, 군사관리위원회에, 문화대혁명에 실망했다. 그들은 결국 어떤 문제를 해결하려 했던 걸까? 어떤 목표에 다다르려고 했던 걸까? 막막함뿐이다.

하지만 지금은 그렇게 생각하지 않는다. T시 역사에서 벌어진 비극의 원인을 개괄한다면, 한 마디로 '돈'이고, 두 마디로 '돈이 없다'이다. 좀 길게 말하면, '돈을 확보하기 위해 권력을 확보해야 했고, 권력을 확보하기 위해 이질 분자를 타격해야 했으며, 이질 분자를 타격하기 위해 각종 정치 운동과 정치 역량을 빌려야 했다'이다. 어떤 구호를 쓰느냐는 사실 상관없었다.

사실 이 관료들도 이념이 없었다. 좌파가 무대에 오르면 누구보다 왼쪽에 서려 했고, 우파가 무대에 오르면 누구보다 오른쪽에 서려 했다. 예를 들어 류사리 부류들은 당초 '관료주의에 반대하고, 교조주의에 반대하며, 소련 모델 이식에 반대'하려 했다. 이는 명백히 좌파의 입장이었고, 그를 좌파로 몰아야 옳았다. 그런데 왜 우파가 되었을까? 당시 정치적 분위기가 '반우파'였기 때문이다. 예를 더 들면, 나중에 류사리를 선별 복권해 줬는데, 친소련 사람들에게 인기가 없었던 그때의 류사리와 같은 사람은 철저히 복권돼야 하는 게 옳았다. 그런데 왜 여지를 남겨뒀던 걸까? 왜 류사리의 아내에게 책임을 물었을까? 류사리를 활용하기 위해서는 적당히 꼬투리를 남겨 둬야 했던 것이다. 이는 조잡한 실용주의다. 꾸며 낼 필요가 없었다.

이 모든 건 T시의 생산방식과 관련된다. T시의 경제는 광산 경제고, 경제의 기초가 상부구조를 결정했다. 구리 광석은 지하에 매장되어 있고, 채굴을 하려면 지하 갱도가 필요했다. 갱도 건설은 전문적 지식이 필요했다. 그래서 갱도의 방향은 기술 문제일 뿐만 아니라 경제 이익의 문제이기도 했다. 갱도는 광상鑛床[137]을 따라 연결됐고, 구리 자원은 순서에 따라 채굴돼 이용됐다. 그러나 그 성과는 매우 더뎠다. 갱도가 광상으로 직접 나 있으면 구리를 빨리 돈으로 바꿀 수 있지만, 손실이 너무 컸다. 국가 규정에 따르면, 갱도 건설 과정 중에 생산된 구리 수입은 부수입으로 삼을 수 있었고, 이윤에 계상되지 않았다. 그래서 채광 엔지니어 류사리는 어쩔 수 없이 정치적 엔지니어가 되었다. 다시 말해 갱도 건설이 쟁탈의 초점이 되었던 것이다. 쟁탈하려는 것은 기술적 방안이 아니라 경제적 이익이었다. 이는 훗날 정치적 권력으로 진화하기도 했다.

---

137 땅속에 유용한 광물이 많이 묻혀 있는 부분.

당시 T시는 막 건설되어 지방 재정 수입이 없었다. 그래서 유색공사의 공헌이 매우 절박했다. 시 위원회는 갱도의 방향에 대한 지도를 강화해야만 했다. 유색공사는 중앙이 투자한 것이었고, 간부는 야금부가 파견한 사람들이었다. 그들은 국가 이익을 지키려 했고, 갱도의 방향에 대한 지도를 강화해야 하기도 했다. 이 각축 속에서 지방 당 위원회는 최후의 승자가 되었다. 왜냐하면 당 위원회가 당을 대표하고, 공사는 기업을 대표하기 때문이다. 1953년 '3인 반당 집단 안'에서 다퉜던 일도 갱도였다. 1957년 '소련전문가집단 반대 안'에서 다툰 부분 역시 갱도였다. 갱도를 둘러싼 이런 설전의 배후에 모두 '돈'이 있었다.

문화대혁명은 이 뚜껑을 열어젖혔다. 그 후 조반파는 크게 실망했다. 여기에 계급이란 것도, 노선이라는 것도, 주자파도 없었기 때문이다. 그저 유치함과 광기, 그리고 박해와 냉혹만을 볼 수 있었다.

이른바 소련 전문가라는 부분은 더 우스꽝스럽다. 당시 전문가 집단에는 채광을 배운 사람이 하나도 없었다. 갱도에 들어가 본 사람이 두 명 있었는데, 중등전문학교[138]를 나온 수준이었다. 그들은 규칙과 제도를 만들고, 여러 권의 규칙 매뉴얼을 편찬했다. 식당 및 요양원에 관한 사항도 포함됐다. 그 외에는 춤을 추고, 여자를 꾀었다. 당시 소련 전문가에게 지불한 임금은 2만 근의 좁쌀과 맞먹었다. 당시 국가 주석의 임금이 좁쌀 3천 근 정도의 액수였고, 부장급은 2천4백 근이었으니 소련 전문가 하나를 모셔올 때의 부채가 여섯 명의 국가 주석 임금과 맞먹었

138 기술전문대학에 준한다.

던 것이다.

물론 전문가 류사리에게는 다른 사람을 내려다볼 만한 이유가 있었다. 그래서 늘 말다툼이 있었다. 그런데 시 위원회는 갱도의 주도권을 이용하려 했고, 당연히 소련 전문가를 치는 패를 내놓았다. 소련 전문가들이 말했다. “당신들은 왜 우리를 반대합니까? 당신들이 소련 전문가를 반대하면, 그것은 곧 당에 반대하는 겁니다.”

객관적으로 말해 지방 당 위원회가 돈을 벌려고 했던 건 개인을 위해서가 아니었다. 그것은 많은 간부에게 임금을 줘야 했고, 많은 사업에 돈이 필요했기 때문이었다. 소가 아직 자라지도 않았는데 젖을 짜려 한 꼴이었다. 1955년 임금제가 시행됐고, 간부들 사이의 격차가 갑자기 벌어졌다. 그런데 돈은 어떻게 하나? 그들은 무엇으로 공로의 많고 적음을 측정할 수 있나?

대자보 한 장이 묘사한 시 위원회 서기는 도적 같았다. 웃통을 벗고 광산 해부도를 치면서 “내 말대로 이렇게 파!”라고 하는 그림이었다. 다른 한 장의 대자보는 성 위원회 서기 증희성曾希聖을 폭로한 것이었다. 중앙에서 남경에 장강대교를 건설하는데, 그가 권총을 차고 국가계획위원회로 가 다투어 거의 공사를 따낼 뻔했다고 한다. 그런데 결국은 주총리에게 불려가 혼쭐이 났다는 것이다.

돈 때문에 이 공산당원들은 이미 자신을 철저히 배신했다. 그들은 돈을 벌기 위해 눈이 벌게져 있었고, 동지를 때려 죽여서라도 자신의 정확함을 증명하고자 했다.

어머니가 원했던 답은 대략 이런 것이다. “이해가 안 되는 부분은 없어. 그들이 자신의 잘못을 인정하길 기대할 수 있겠니? 류사리가 그들에게 뭘 증명하든지 그들의 시선이 또 어디를 향하겠어? 문제가 사실이든 아니든, 크든 작든, 그가 누구에게 편지를 써서 알리든, 최후에 그를 처리할 사람은 바로 그 몇 사람이야. 그 몇 사람이 여전히 있는 이상 그의 문제는 사라질 수 없었지." 이 말은 어머니 스스로 한 말이다.

그럼 정작 어머니 당신은 아직 여기에 얽매여 자신을 괴롭히고 있진 않나요?

x월 x일

저녁에 노 간부 두 명이 집에 찾아왔다. 어머니도 그들을 알고 있었다. 모두 함께 앉아 탄식하며 눈물을 흘렸다. 특별히 더 할 말은 없었다. 그저 흐느낄 뿐이었다. 나중엔 잘 지내라며 서로 격려했다.

서로 돌아볼 뿐 아무 말 없이
하염없는 눈물만 천 줄기로 흘러내리네
생각건대 그대는 해마다 애간장을 태우고 있겠지
달 밝은 밤
키 작은 소나무 늘어선 언덕에서[139]

소나무 언덕이라도 있으면 추모라도 할 수 있겠지. 그런데 류사리는

---

139 〈江城子〉, 《소동파 사선》, 소동파 지음, 조규백 옮김, 문학과지성사, 2007, pp.54~56.

그저 털가죽 구두밖에 남기지 않았다. 소나무 언덕? 없는 셈 치자.

x월 x일

무장부에 가서 그를 보려 했는데 만나지 못했다. 무장부엔 초소가 하나 더 생겼고, 많이 변했다. 전화기도 많아졌고, 위엄이 더해졌다. 그가 출장 갔다는 말을 전해 들었다. 하지만 말한 사람의 표정을 보니 정말인지 의심스러웠다.

2년 넘게 연락을 안 해서 정말 그와 이야기를 하고 싶었다. 이전엔 내가 그를 멀리했는데, 지금은 만나려 해도 힘들다.

2년 사이에 사람의 변화가 참 크다. 변하는 게 정상이다. 그런 관계가 없었다고 해도 나는 그와 이야기하고 싶었다. 결국 사람은 모두 과거가 있는 법이다.

그렇지만… 그렇지만 다른 이유라면?

거리에 온통 '쌍3만' 표어와 구호로 가득하다. 류사리가 자살했다는 걸 그가 모를리 없다. 내가 류사리의 딸이라는 것도 잊었을리 없다. 그럼 그가 일부러 피하는 걸까? 나를 보고 싶지 않은 걸까?

그렇다면 못 만난 게 다행이다. 그가 날 기억하지 못한다면, 아마 나는 역겨워서 토하다 죽었을 것이다.

그가 그런 사람이었나? 그 역시 새 시대의 청년이지만, 말하는 걸 보면 그렇지 않았다. 그의 취향을 봐도 알 수 있었다.

하지만 사람은 복잡하다. 사람의 겉모습은 알아도 마음은 알지 못한다. 옛 교훈이 그렇다. 이론에선 거인인 사람이 행동에선 소인인 경우도 아주 많다.

문득 어머니가 과거에 얽매이는 것과 자신을 괴롭히면서 한없이 중얼거리는 것도 이해가 됐다. 그녀는 답이 필요했던 게 아니다. 그녀는 내막을 알 필요가 없었다. 그저 상처를 어루만지고 싶었던 것이다. 그 비애를 음미하고 싶었던 것이다. 내막을 안다는 게 중요할까? 아픔은 아픔이고, 비애는 비애다.

과거의 것은 모두 다 지나가라. 어머니에게 하는 말이고, 내게 하는 말이다.

31.

결국 자신과 대면했다. 말을 꺼내기 어려워도 어쩔 수 없고, 사람을 만나는 게 부끄러워도 상관없다. 결국 피할 수 없었다. 손쉽게 엽삼호에게 책임을 떠넘기고, 그저 문화대혁명을 원망하면 정말 마음이 편해질까? 정말 그것이 모두 그들의 잘못이라고 장엄하게 선고할 수 있는가?

엽삼호는 너무 진지했다. 그는 사소한 걸 너무 중요하게 여겼다. 좌파 지지 시간이 너무 길었고, 신경은 마비되고, 애정엔 곰팡이가 슬었다. 하지만 넌? 넌 겨울잠이라도 자는 거야?

소명이 시골로 내려간 후, 그녀를 만나러 갔어야 했다. 나도 그러려고 했었다. 계획을 세워 놓고, 터미널에 가서 시간표도 봤다. 그녀가 있는 현은 그렇게 멀지도 않았다. 장거리 버스를 타고 5~6시간 정도 걸리는 거리였다. 그런데 결국 못 갔다. 이유가 뭘까? 일이 바빠서? 엽삼호가 우리 둘 사이에 가로막고 서 있어서? 소명에 대해 확신이 없어서? 그런 부분도 있고, 그렇지 않은 부분도 있다.

류사리의 문제가 터진 후, 한 번은 꼭 소명에게 편지를 써서 이곳의 상황을 알려주고 싶었다. 특히 그녀와 줄곧 연락하지 못한 이유를 알려주고 싶었다. 몇 번을 썼다 찢기를 반복했다. 쓰레기통엔 억울함이 가득했다. 애꿎은 쓰레기통만 억울함을 삼킬 뿐이었다. 이 이야기를 그녀에게 말하는 게 무슨 소용이 있나? 난 그녀를 원망하나? 그녀가 편지를 일부러 잃어버린 것도 아니었다. 엽삼호를 원망하나? 엽삼호는 임무를 집행한 것뿐이다. 편지는 결국 쓰지 못했고, 나는 관건이 될 한걸음을 내딛지 못했다. 도대체 왜?

나는 소명의 일기 중 한 단락에 낙담했고, 자주 멍해졌다. 탁자 앞에 앉아 햇빛이 오른손에서 왼손으로 기어오르는 걸 보면서 하루를 또 그렇게 보냈다. 새벽에 산에 오르는 것도 포기했다. 줄곧 지켜 온 습관이 싫어졌다. 스스로 건강한 생활 방식이라 생각했는데, 문득 식상함과 무료함이 고개를 들었다.

이 문제를 추적하는 걸 포기하는 건 아주 쉽지 않은가? 왜 좀 더 빨리 도피하고, 좀 더 빨리 넘어서지 않았지? 누구도 내게 역사에 대한 책임을 묻지 않았는데 말이다. 하지만 나는 벗어날 수 없다. 내 마음을 배신할 수 없다. 나는 독자들을 불러들여 또 다른 삶을 관찰하고 생각하게 할 희망을 품고 있다. 맞다. 우리는 소인물이다. 우리들 중 누구도 역사를 선택할 수 없다. 하지만 어떤 소인물로 살 건지 정말 선택할 수 없는 걸까? 한걸음 양보해서 세계가 거짓말을 반복할 때, 하나의 목소리를 더하면 적막감을 좀 덜 수 있지 않을까?

세월이 먼지를 씻어 내고 삶이 황혼에 접어들 때, 이 옹졸한 영혼은 비로소 전전긍긍하며 껍질 밖으로 나와 입을 열어 말한다. "앞길. 네가 원하는 게 이거 아냐? 네가 추구한 게 이런 거지? 안전. 편안. 안정. 이런 것들. 하물며 넌 저항도 해봤잖아? 튀어 봤잖아? 힘껏 몸부림쳐 봤다고 해도 좋아. 아니, 그런 적 없는데. 넌 규칙을 지키면서 살고 있을 뿐이야. 너는 그래 봤자 혼자 상상해 봤을 뿐이고, 몰래 건드려 본 것뿐이야. 사람들 뒤꽁무니를 따르며 마구 지껄였을 뿐이라고. '파시스트를 소탕하자. 자유는 인민에게 속한 것!' 파시스트를 소탕하자는 게 뭐가 틀렸지? 사실은 싸우지 않았다는 게 틀린 거야. 자유의 마음을 키우지 못했다는 게 틀린 거지. 자유가 와서 네게 구걸하며 '자유로워지세요'라고 할까?"

1970년 겨울 그 오후, 나는 엽삼호에게 재수 옴 붙은 사상휘보를 쓰고 있었다. 당직 사병이 외쳤다. "조 간사, 조 간사. 어떤 아가씨가 찾아왔어요!" 그때 내 안색은 분명 안 좋아 보였을 것이다. 피가 부족한 것처럼 창백하거나 멍든 것처럼 새파랬을 것이다. 머릿속이 마구 웅웅거렸다. 병사가 말했다. "안 만나면 후회할 겁니다. 정말 예뻐요." 나는 "가, 꺼져!"라고 욕하며 손을 저어 그를 보냈다.

그러나 이내 느낌이 왔다. 심장이 쿵쾅거렸다. 예감이 있었다. 역사인 이상 반드시 필연성이 있다. 오해일 수 없었다. 머리를 내밀어 보니 여전히 창문 쪽에 그녀가 서 있었다. 위층에서 보니 아주 잘 보였다. 소명이었다!

그 병사가 소명에게 몇 마디 하자 그녀는 입술을 깨물더니 몸을 돌려 떠났다. 소명은 전보다 더 건강해 보였다. 키도 큰 것 같았다. 머리는 여전히 고무줄로 묶은 양 갈래였다. 암홍색 체크무늬의 짧은 솜 외투를 입었고, 가죽 신발을 신었다. 그리고 늘 그녀에게 붙어 있는 황색 가방을 비스듬히 메고 있었다.

그렇게 그녀는 떠났다. 그녀는 뒤돌아보지 않았다.

햇빛은 그토록 강렬했다. 정면에서 비쳐 눈을 감지 않을 수 없을 만큼 따가웠다. 어쩌면 내가 눈을 뜰 용기가 없었을지도 모른다. 그날은 바람도 전혀 불지 않았던 것 같다. 그런데 이상하게도 폭죽 터지는 것 같은 폭발음이 귓가에 들렸다. 그리고 곧이어 타는 듯한 냄새가 덮쳐 왔다. 이건 한바탕 교전이다. 시체가 사방에 널브러져 있다. 피가 사방으로 튄다. 석양이 저녁을 비추고, 보이는 건 모두 상처투성이다. 뛰어 내려가고 싶었지만, 두 다리는 그토록 무거웠다!

그녀는 햇빛을 맞이하며 나아갔다. 마치 태양 속으로 들어가는 것처럼 보였다. 그러고는 사라졌다. 그녀의 발걸음은 그렇게 탄력 있었다. 양 갈래 머리카락은 춤을 췄다. 가만히 있지 못하는 작은 다람쥐가 뛰어 오르내리는 것 같았다. 그렇게 떠났다. 그녀의 몸에는 늘 활력이 있었다. 참 신기하다. 그런데 나는 이미 늙어 버렸다. 노인처럼 여러 가지를 생각할 뿐이었다. 나는 이것이 마지막 기회임을 잘 알고 있었다. 그녀가 이렇게 가면 다시는 뒤돌아보지 않을 것도 알았다.

그녀가 되돌아올 수 있다면, 그녀가 뒤돌아봐서 한 번이라도 더 볼 수 있었다면 결과가 달랐을까? 뛰어나가 그녀를 붙잡을 수 있었을까? 그녀에게 사과할 수 있었을까? 다른 사람들이 어떻게 보는지 개의치 않는다고 말했을까? 그 무엇도 우리를 갈라놓을 수 없다고 말했을까? 지금부터 영원히 계속…? 아마 그러지 못했을 것이다.

쫓아가 그녀를 붙잡아 세웠다면 모든 게 변했을까? 나는 최후까지 견뎌낼 수 있었을까? 우리는 이전의 즐거움을 되살릴 수 있었을까? 우리에게 닥칠 잔혹함과 고난을 감당할 수 있었을까…? 아마도 그러지 못했을 것이다.

맞다. 나는 좌파 지지의 기율을 위반했다. 맞다. 나는 지금 감찰을 받는 중이다. 맞다. 나는 꼬투리 잡힐까봐 걱정하고 있다. 맞다. 나는 엽삼호가 두렵다.

콧등이 좀 시큰해졌지만, 눈물이 고이진 않았다. 이것은 내 선택이지 누가 강요한 게 아니다. 그래, 진정한 이유는 내가 겁이 많아서다. '앞길'이라 불리는 가소로운 것에 눌려 무너진 것이다. 열애를 하던 시기에 그것은 아주 작았다. 감찰을 받는 시기에 그것은 맹렬하게 거대해졌다. 그것은 벽이었다. 나는 그것을 뚫고 나갈 용기가 없었다. 나는 군인이었지만, 혈관 속에는 겁쟁이의 피가 흐르고 있었다.

나는 시끄러운 군중 속에서 배회했다. 머릿속은 앞길에 대한 설교로 가득했다. 연애와 진정으로 관계를 확립하는 건 별개였다. 좋아하는 것과 그럴 수 있는가는 또 별개였다. 엽삼호를 감당할 수 있는지와 죽을 각오로 싸울 수 있는지도 별개였다. 너무도 많은 전철前轍의 거울이 거기에 있었다. 너무도 많은 교훈이 거기에 있었다. 너무 많은 부모의 신신당부가 귀에서 울렸다. "어른 말 안 들으면 금방 힘든 일을 겪게 된단다. 작은 일로 큰일을 그르치지 마라…."

나는 열일곱 살에 군대에 갔고, 열아홉 살에 부 중대장이 되었다. 그리고 스물한 살에 직공과 간사가 되었다. 출신 성분이 좋지 않은 아내를 맞이한다는 건 뭘 의미하는가? 그건 자발적으로 전역하겠다는 뜻이다….

부대 지도부가 신붓감을 소개해 준 적이 있다. 상관의 딸이었다. 군사 구역 병원의 간호사였고, 조잘대는 모습이 마음에 안 들었다. 하지만 소명은 내가 좋아하는 유형이었다. 강인하고, 순결하고, 활력으로 충만한….

좌파 지지 부대에서 나간다는 건 나가서 스스로를 단련시키라는 것임이 분명했다. 이것이 무엇을 암시하는지 모두가 알았다. 얼마 지나지 않아 전우에게 편지가 왔다. 내게 정치 교도원을 제안했다….

나의 앞길. 앞길이 중요해…. 하물며 그녀는 막 자살한 반동 기술 권위를 친부로 두고 있는데…. 앞길.

엿 같은 앞길!

x월 x일

이 모든 걸 잊고 싶었다. 류사리는 무엇이고, 해방군은 무엇인가. 다 잊으련다. 내게 그런 아버지가 있어 그저 재수 없다고 인정할 수밖에. 저팔계가 자궁을 잘못 선택했던 것이다. 그리고 고로장高老莊을 지나게 된 것이다.

나는 어두운 그늘에서 살 필요가 없다. 과거 속에서 살아갈 이유는 더욱 없다. 그건 하나의 이야기일 뿐이었다. 삽입곡이었다. 얼마간 처량하고 애석하긴 하지만.

“침몰한 배 옆을 천 척의 돛이 지나치고, 병든 나무 앞에는 만 그루 나무가 푸르도다.”

곽훼가 아들을 낳았다. 불그스레하고, 통통한 아들이다. 종일 쿨쿨

자다가 깨면 젖을 먹었다. 그런데 곽훼의 젖은 분수처럼 멈추지 않았다. 나와 어머니가 그녀를 도왔다. 서툰 솜씨로 아이를 씻기고, 옷을 갈아입혔다. 시끌벅적한 게 더할 나위 없이 즐거웠다. 만지면 아파할까봐 걱정될 만큼 아이는 부드럽고 말랑말랑했다. 정말 귀여웠다. 결국 대영의 어머니가 와서 문제를 해결했다. 그녀는 아이의 머리를 팔 안쪽으로 뉘이고, 둘이 쩔쩔매던 일을 혼자 해치웠다.

대영의 어머니는 곽훼를 참 잘 보살폈다. 침대에는 종일 난로가 있었고, 방 안에는 화로가 꺼지지 않았다. 때 맞춰 환기를 시켰고, 탄을 갈 땐 연기를 깨끗이 없애고 다시 들였다. 생산대에서 주는 목탄은 충분했다. 집집마다 조금씩 보태기도 했다. 계란도 있고, 고구마도 있고, 미주米酒도 있었다. 보양에 좋단다.

곽훼가 말했다. "아직 이름을 안 지었는데, 네가 지어줘." 나는 불쑥 말했다. "광영光榮. 예광영이라고 하자." 나는 아기의 열무 같은 코를 가리키며, "너는 광…영…!"이라고 말했다.

곽훼는 눈을 올려 뜬 채 잠시 멍하더니 나를 보며 눈물을 머금고 고개를 끄덕였다. 그녀는 요즘의 내 마음이나 진실된 내 생각을 잘 알고 있었다. 우리 둘은 어려서부터 지금까지 출신 성분의 압박 속에서 자랐다. 자신을 한 등급 아랫사람이라 느꼈고, 뭘 해도 늘 다른 사람을 먼저 생각해야 했다. 그런데 우리 아이도 그래야 하나? 절대 안 돼. 절대로.

반가워. 예광영! 환영한다. 상산하향 새 세대 작은 공민!

어머니가 설을 쇠고 집으로 돌아갔다. 여름휴가 때 다시 온다고 했다. 석문관에 대한 인상이 좋아보였다. 조금 추운 것만 빼면 말이다. 이곳 사람들의 인심은 참 따뜻하다. 그녀도 직접 봤다. 소박하고, 진실되고, 투명하다. 그래서 그녀는 마음 놓고 돌아가 출근할 수 있었다.

어머니가 내게 물었다. "우리가 도시에서 봤던 시골 사람들은 이렇지 않았지? 풍토가 달라 그런가?" 생각해 보니 정말 그랬다. 도시에서 그들은 옹졸하고, 지저분했다. 때론 좀 막돼먹은 경우도 있었다. 다시 생각해 보니 이해가 됐다. 도시에서 그들은 타향 사람이다. 표류하는 사람이다. 손 벌리는 사람이다. 확실히 풍토가 맞지 않는 것이다. 이곳에서 그들은 주인이다. 이곳은 그들의 집이다. 이 느낌은 다른 것이다. 사람은 자신감이 없으면 정신적으로도 달라진다.

x월 x일

안 씨 어르신은 내 생각이 당연한 건 아니라고 했다. "적어도 넌 일의 내막을 잘 알아야 해. 아버지에 대해 네가 감정이 없다는 건 이해할 수 있어. 하지만 넌 좀 더 깊이 생각하려고 하지 않아. 그러면 결국 설득력이 없어지지. 그가 우파로 찍힌 건 지금이 아니잖아. 비판 투쟁의 대상이 된 게 한두 번도 아니고. 왜 이전에 자살하지 않고, 형세가 좋아졌다는 지금 자살했을까?"

상점에 가서 화학비료를 산 후, 다시 안 씨 어르신 집에 갔다. 요즘 여전히 답답함을 느껴 참지 못하고 말했다. 말하고 나면 마음이 좀 편해졌다. 나는 류사리에 대해, 그리고 그 사람에 대해 이야기했다. 사실 안 씨 어르신과는 상관없는 얘기였다. 나는 오래 묵힌 이 옛이야기를 통쾌하게 내뱉어 버렸다. 눈물도 흘렸다. 내가 가진 모든 곤혹을 그에게 얘기하고 싶었다. 마치 정말 그가 내 정신적인 아버지 같았다.

"넌 자신을 속이고 있단다. 아가야! 어떻게 잊을 수가 있겠어?"

그걸 모르는 건 아니다. 내 답답함도 아마 이런 이치 때문일 것이다.

x월 x일

오늘은 왕홍원이 와서 일부 상황에 대해 경각심을 가져야 한다고 말했다. 며칠 전 장우도 편지를 보내왔다. 그들도 알고 있었다. 집에 찾아온 걸 보면 분명 이 일의 영향이 작지 않음을 알 수 있었다.

왕홍원은 나보다 두 살 많았다. 그의 아버지에게 문제가 생겼을 때, 그는 열네 살이었고, 집에선 맏이였다. 나보다 좀 더 일찍 철들어 보였지만, 겁도 좀 있어 보였다. 대체적으로 내 사람 보는 눈은 아직 무디지 않다. 위축된 그의 모습이 싫었다. 한참을 웅얼거렸지만, 제대로 말하진 못했다. "잘못된 거지. 아니겠지. 그럴 리가." 귀찮아 죽겠다.

내가 말했다. "하고 싶은 말이 뭐야? 말하기 싫으면 그냥 돌아가. 나 바쁘거든."

그제야 그가 입을 열었다. "류사리는 네가 말한 그런 사람이 아니었어. 네가 예전에 말했던 것과 전혀 다른 사람이더라고. 광산에서는 류공이 고집이 너무 세서 죽어도 잘못을 인정하지 않았다고 하더라."

"근거가 뭔데?"

근거는 없고, 단지 상식적으로 분석한 것이란다. "지난해 도시 전체가 '쌍3만'으로 미쳐 있었는데, 그를 어찌할 시간이 어디 있었겠어? 그의 영향력이 그렇게 크지 않았다면, 신문과 라디오에서 지지고 볶고 했겠어? 그의 고집이 세지 않았다면, 대중 독재 지휘부가 그를 죽음으로 몰아넣었겠어? 지금은 두 파벌이 다투는 시기도 아니고 모두가 같은 파인데, 그런 큰 원한이 있겠니?"

말이 된다는 걸 인정하지 않을 수 없었다. 마지막에 그는 자기 어머니가 나를 타이르라 했다고 말했다. 내가 류사리를 원망하지 않길 바란다는 것이었다. 그리고 류사리는 내가 생각하는 것처럼 그렇게 못난 사람이 아니라고도 했다.

그에게도, 그의 어머니에게도 고마웠다.

T시에, 유색공사에, 나이 든 그 사람들은 분명 살아 있다. 그들은 아마 동병상련일 것이다. 아마 어떤 정의감에서 뭔가 할 말이 있을 것이다. 그런데 나는 아무래도 좀 불편하고 답답하다. 내가 너무 이기적인 걸까? 류사리가 내게 초래한 해악을 늘 잊을 수 없다.

x월 x일

안 씨 어르신이 한 번 오라는 편지를 인편으로 보내왔다. 그도 할 말이 있는 거겠지.

어제는 아주 황당한 꿈을 꿨다. 꿈속의 나는 이미 내가 꿈꾸고 있다는 걸 의식하고 있었다. 그런데도 꿈에서 깨어날 수 없었다. 나는 너무 힘들고 무기력해서 발버둥치려 했다. 깨어날 수 있는 꿈은 무서운 게 아니라는 걸 알게 됐다. 무서운 건 꿈에서 깨지 않는 것이었다. 세상이 영원하다고 믿는 사람에게 죽음은 무엇을 의미할까? 자신에게는 당연히 시간이 소멸하는 것이겠지만, 타인에게는? 시간은 계속될까? 생명은 결국 무엇을 위한 걸까? 만약 시간이 계속되고 세상이 영원하다면, 생명의 본질은 무엇일까? 죽은 사람은 왜 산 사람에게 영향을 미치고, 산 사람은 왜 꿈속에서 생활하는 것 같을까?

나는 과학을 믿고, 인류의 미약함도 믿는다. 사실 우리는 이 세계의 전부를 알 수는 없다. 세계는 이렇게 파편화되어 있고, 우리는 영원히 세계의 작은 부분에서 생활하며, 영원히 이 세계의 아주 조금만 이해할 수 있을 뿐이다.

우리는 애써 광활한 우주를 상상하고, 드넓은 하늘을 바라보며, 비록 먼지에 지나지 않더라도 세상을 이해하며 살고 싶어 한다. 그래서 꿈속에서 유람하게 되는 것일 테다.

x월 x일

안 씨 어르신이 나를 보자마자 말했다. "일이 그렇게 간단한 게 아니야." 당시 T시의 신문을 찾아봤는데, 비판이 점차 고조되긴 했어도 처음엔 그 기운이 그리 대단하지 않았다고 했다.

"그게 뭘 설명해 줄 수 있나요?"

"네 아버지는 겁쟁이가 아니었고, 시류에 편승하는 사람도 아니었다는 걸 증명하지. 그는 승복할 수 없었어."

"어쨌든 사람이 죽었고, 나랑은 상관없어요."

"아닐 텐데?" 안 씨 어르신은 나를 한참 뚫어지게 쳐다보더니 말했다. "네 마음의 생채기가 갈수록 딱딱하게 굳어져 커지고 있단다. 얘야, 그러고 보니 너 좀 말랐구나."

나는 좀 난처해져서 얼굴을 계속 문질렀다. 요즘 잠도 잘 못자고, 늘 악몽을 꾸는 건 인정한다. 하지만 이 일이 그다지 중요하지 않다고 애써 생각하고 있었다. 게다가 출신 성분이 좋지 않다는 건 어제오늘의 문제도 아니었다. 크게 영향 받지 않고, 그것과 분명하게 마주할 수도 있다.

"과연 그럴까? 넌 그런 아버지가 있다는 걸 수치로 여기고, 그 짐은 갈수록 무거워지고 있어. 그런데 그가 죽어 버리기까지 했어. 게다가 자살이란 말이야!"

안 씨 어르신이 탄식하며 말했다. "난 산전수전 다 겪은 사람이야. 치욕이 사람을 다치게 한다는 것도 알아. 노동 개조 농장에 있을 때, 일 자체는 힘들지 않았어. 오리를 돌보면서 혼자 호수 변에 묵었지. 참 자유로웠어. 오리 알도 먹고. 그런데 마음이 편치 않았어. 마치 매일 벌레가 기어올라 심장을 파먹는 것 같았지. 그리고 눈알이 튀어나올 정도로 무거운 철모를 쓴 것처럼 머리가 짓눌렸어. 나는 그 경험을 해본 사람이라 잘 알아."

나는 참지 못하고 울음을 터뜨렸다. 그의 말이 다 옳았다.

"그럼 전 어떡하죠?"

"적어도 우선 잘 알아야 해. 자초지종을 살펴서 이유가 뭔지, 어디에 있는지를 알아야 해. 그걸 알고 나면 마음도 평온해져. 아니면 늘 답답해서 아프게 돼."

"제가 어떻게 아버지와 만날 수 있을까요? 날 길러 주지도 않았고, 친근한 정도 없고, 하다못해 사소한 도움을 받은 적도 없는데요. 죽어서도 이렇게 사람을 불편하게 하는데 말예요!"

안 씨 어르신이 말했다. "조사하고 연구하지 않으면 발언권도 없다고… 모 형이 말했잖아."

x월 x일

T시로 돌아가서 털가죽 구두와 열쇠 꾸러미를 챙겼다.

어머니는 이상하게 생각하는 듯했다. "왜 다시 돌아왔니?"

역시 석문관 사람들은 나를 이해했다. 대장은 내가 말을 끝내기도 전에 "가, 어서 가. 안 가면 마음을 다잡을 수 없을 거야"라고 했다. "봄 농번기도 대충 끝났으니 별로 문제될 것도 없어." 하지만 그의 눈빛엔 약간의 걱정이 있었다.

내가 물었다. "뭘 걱정하는 거예요?"

"네가 멍청한 짓을 할까봐 그런다."

"어떻게요?"

"예전에 예영무도 내막을 알고 싶어 한없이 시도했지만, 알 수 없었잖아? 오히려 자신을 망가뜨렸어. 세상일이 이해되지 않는다는 건 특별한 게 아니야. 그냥 밥 먹고 잠자는 거지. 넌 아직 나이도 어리잖아. 앞길이 창창한데 굳이 거기에 매달려 있을 필요는 없잖아? 예영무도 원래는 큰 산에서 떵떵거리던 영웅이자 호한이었어. 그런데 결국 어떻게 됐어?"

곽훼는 광영이를 안고 석문관 입구까지 나를 배웅했다. 그녀는 별 말이 없었다. 내가 멍청한 짓을 하지 않으리라는 걸 잘 알고 있었다. 예전에도 그랬고, 지금도 그렇다. 내가 차를 탄 뒤에도 입구에 서서 손을 흔드는 그녀의 모습이 보였다. 마음이 좀 찡했다. 내가 처음으로 연대 활동하러 외지에 갈 때도 그녀는 아무 말 하지 않았다. 그저 내게 10원을 찔러줬을 뿐이었다.

이들이 왜 이렇게 이 일을 중요하게 여기는지 모르겠다. 내가 그렇게 심각해 보였나?

안 씨 어르신도 터미널까지 나를 배웅해 줬다. 그가 말했다. "일찍 돌아오너라!"

"바람은 소슬하고 역수易水는 차갑도다." 나는 담담한데, 오히려 그들이 비장해져 있었다.

x월 x일

낡은 열쇠 꾸러미는 이미 형태가 변해 자물쇠를 열 수 없었다. 하지만 그것이 그의 거주지를 찾아보고, 그의 생활을 알아보라고 암시하고 있었다. 귀신이 있다면, 이 열쇠 꾸러미를 남겨 둔 것은 분명 미리 계획해 둔 것이리라.

기억 속에 난 어릴 때 늘 이사를 다녔다. 최초의 기억은 집에 뜰이 있었고, 방이 아주 많았다는 것이다. 방 전등을 잘 끄지 않아 한밤중에 방들의 전등을 끄는 벌을 자주 받았다. 나중에 알았지만, 그것은 소련 전문가들을 위해 지은 별장 지대였다. 중학을 다닐 때가 되어서야 안정이 됐다. 어머니는 나를 데리고 그녀의 조부모 집으로 갔다. 그 집에는 상수도도, 화장실도 없었다. 그래서 처음엔 매일 아침 공공 화장실에 가서 가래통을 비우는 일을 배웠다. 나중에는 우물에 가서 옷을 빨고 물을 긷는 것도 배웠다.

그리고 동시에 그 시절은 류사리 인생의 마지막 10년이었다.

x월 x일

노동자 신촌[140]에서 류사리가 마지막으로 머물던 집을 찾아냈다. 그곳은 T시에서 가장 흔한 형태의 노동자 주택이었다. 줄지어 서 있는 벽돌집이었고, 집 한 채에 여덟에서 열 가구가 살았다. 당연히 이곳에도 상수도와 화장실은 없었다.

내가 문을 두드리자 나이 든 노동자가 매우 경계하는 눈초리로 나를 훑어봤다. 내 소개를 하자 그는 방으로 나를 들이고는 반복해서 주택관리과에서 발급 받은 문서에 대해 설명했다. 자기 맘대로 이사 온 게 아니라는 것이다. 그가 말했다. "방에 가구는 탁자 하나랑 침상 하나 밖에 없었어. 필요하면 가지고 가도 돼."

"물건을 가지러 온 게 아녜요. 아버지의 예전 생활을 좀 알고 싶어서 왔어요." 그제야 그는 긴장이 풀린 것 같았다. 그는 원래 7동의 가건물에 살았는데, 너무 좁았단다. 내가 보기엔 지금도 너무 좁다. 방 한 칸에 침상이 네 개 놓여 있었다. 그가 말했다. "지금은 훨씬 좋아진 거야."

그는 고顧 씨였다. 고 씨 아저씨다. 그는 내게 이 일대 사는 사람들은 모두 류 공과 알고 지냈고, 본인도 류 공과 술을 마신 적이 있다고 했다. 그런 후 무겁게 한숨을 쉬었다.

---

140 1949년 혁명 이후 과거의 도시 구획을 조정해 노동자들의 집단생활 거주지를 중국 각지에 계획적으로 조성했는데, 이를 노동자 신촌(工人新村)이라 불렀다.

내가 물었다. "무슨 술을 마셨나요?"

"말린 고구마 술. 갱도 노동자들이 이 술 말고 마실 수 있는 술이 있나?" 그는 목청이 아주 컸다.

"류 공이 광산 탱크에 뛰어든 일로 모두들 마음이 너무 아팠어. 그렇게 점잖은 사람이 말이야. 그렇게 쉽게 갈 수가 있다니."

"모두들 이 사건을 어떻게 생각하나요?

그는 탄식하며 말했다. "류 공 고집이 너무 셌다고 봐야지. 비판을 받게 되면 좀 받고, 투쟁을 당하면 좀 당해 주면서 적당히 넘어가도 자기 자신이 없어지는 건 아니거든. 뭐 대단하다고 그렇게 강하게 나갔을까? 그렇게 강하게 나가서 이길 수 있는 것도 아니잖아?

결국 지식인은 낯짝이 얇은 거야. 견뎌 내지 못했지. 우리 같은 노인네들처럼 얼굴이 두껍지 못했어. 우리는 벌써 낯짝이 아예 없어진 사람들이거든. 우린 얼굴 가죽을 벗겨 내서 땅바닥에 놓고 3일을 밟아도 상관없어. 칼로 찔러도 끄떡없지. 우린 칼로 썰어도 잘 안 썰리는 질긴 고기란 말이야."

애초 부모님이 이혼할 때, 내가 아버지와 살았으면 어땠을까 하는 생각이 문득 들었다. 그랬으면 나와 아버지는 그 좁은 침실 안에서 살았겠지. 집에 하나밖에 없는 탁자는 아마 나 혼자 썼을 테고, 밥은 부뚜막에 걸터앉아 먹었겠지. 당시엔 아버지도 글 쓰는 공간이 필요하지 않았을 것이다. 노동자 신촌의 어떤 남자와도 다르지 않았을 것이다. 그저 고무장화와 우비만 사용했을 것이다. 갱도에 들어갈 때 필요하니까. 그 밖에 싸구려 소주가 많이 필요했을 것이다. 그는 거친 말을 했을까? 주먹질도 했을까?

이런 상상이 나를 두근거리게 했다. 이전에 갖고 있던 아버지의 인상이 뒤집혔기 때문이다. 나는 그 뒤집힘이 기분 좋았다. 그것은 하나의 관점을 증명했다. "류사리는 겁쟁이가 아니다." 그들은 "강하다"고 표현했다. 오늘은 정말 수확이 있는 편이다.

어머니가 신문을 가지고 왔다. "다 그 시기 신문이야." 어머니는 내가 하는 조사에 대해 왈가왈부하지 않았다. 그러나 분명 나를 돕고 있었다.

x월 x일

신문에 실린 비판 글을 읽었다. 기본적으로 이런 논리였다. '쌍3만'에 반대하는 것은 문화대혁명에 반대하는 것이고, 군사관리위원회에 반대하는 것이며, 곧 모 주석의 혁명 노선에 반대하는 것이다. 따라서 그 대갈통을 박살내야 한다.

그러나 도대체 어떻게 반대했다는 건가? 왜 반대했는가? 이건 명확하지 않았다.

오늘 나는 전직 간부 두 명을 만났다. 그들은 매우 의외인 듯 어찌할 바를 몰랐다. 그들은 이미 은퇴했지만, 내가 돌아올 수 있게 된 걸 매우 기뻐했다. 내가 류사리에 대해 조사하고 이해하려는 걸 알고는 명단을 뽑아줬다. "이 사람들은 류 형을 잘 아는 사람들이야. 유색공사에서 있었던 과거의 은원恩怨도 잘 알고."

"류 형은 좋은 사람이야. 자살은 자살이고, 양심에 대해서는 얘기해야지. 우리는 그런 말을 꺼내기가 어렵지만, 너는 유족이니 달라."

그중 한 분은 절대 사심이나 잡생각에서 하는 말이 아니라며, 오히려 자신은 과거 류 형과 싸우기도 해서 개인적인 정이 들었다 할 정도는 아니라고 했다. 하지만 한 사람이 그토록 모욕을 당하는 걸 보면서, 또 죽고 나서도 가족조차 그를 용서하지 않는 걸 보면서 너무 괴롭고 마음이 아팠단다.

다른 한 분은 조심스럽게 말했다. "류 형은 여공 하나와 좀 특별한 관계였어. 너와 네 어머니가 받아들일 수 있을지 모르겠네."

"두 분은 이미 부부가 아니었어요. 게다가 그건 사생활이에요. 저는 자살의 진상을 이해하려는 것뿐이에요."

그러나 그들은 모든 진상에 대해서는 잘 알지 못했다. 그들은 이미 은퇴했다. 내 짐작에 분명 그들은 과거 유색공사의 은원으로 인한 피해자였다. 우파 아니면 우경이었을 것이다. 그래서 마음속으로 늘 류사리의 편에 섰던 것이다. 그러나 이건 분명 한쪽 주장일 뿐이다.

x월 x일

명단에 있는 일고여덟 명을 방문했다. 그들 가운데 일부는 기술 간부고, 일부는 지도 간부였다. 그중 하나는 명성이 혁혁했다. 그들 모두 매우 신중했고, 주로 이미 알려진 일에 대해서만 말했다.

과거의 일들은 얘기하지 않아도 나 역시 알고 있었다. 문화대혁명이 이미 명명백백하게 드러냈기 때문이다. 중앙 기업과 지방 당 위원회 사이의 다툼이자 갱도의 방향에 대한 다툼이며, 재정 곤란에 관한 다툼이었음이 분명했다.

하지만 새로운 정보도 드러났다. 그것은 바로 옛일과 새로운 일 모두 같은 이치라는 것이다. 과거엔 갱도의 방향에 관한 문제가 있었다면, 지금은 생산량의 적고 많음의 문제고, 이 모두가 하나의 본질을 바꿀 수는 없었다. "생산량도 필요하고, 돈도 필요하다." 단지 그들이 직접적으로 설명하지 않았을 뿐이다. 그들은 내가 이해하지 못할까봐 예를 들었다. "넌 시골에 가서 농사를 지어 봤으니 잘 알 거야. 토지에 곡식이 자라게 하려면 윤작을 해야 하거든. 여자가 아이를 낳으면 산후조리를 하듯이 말이야. 광산이라고 해서 어떻게 들어가는 것 없이 계속 나오기만 하겠어?"

나는 이것이 3급 광량의 균형임을 알고 있었다. 그리고 류사리가 누구를 반대한 게 아니라 광산 엔지니어로서의 책임을 다했음은 그들도 분명히 알고 있었다.

"그 광석들은 모두 지하에 매장돼 있는데, 그것들이 도망이라도 가겠어? 천천히 꺼내고, 계획적으로 꺼내고, 깔끔하게 꺼내면 더 좋잖아. 사람은 모두 결점이 있는 법이야. 류사리라고 해서 결점이 없었겠냐고. 그는 말할 때 딱 부러질 때도 있고 아닐 때도 있고, 태도도 좋은 편이었다가 나쁘기도 했는데, 그게 그렇게 중요해?"

하지만 내 의문은 갱도의 방향이 기술적인 문제고, 생산량은 계획의 문제인데, 그것들이 어떻게 정치 문제로 전화됐는지다. 이 질문에 그들은 모두 대답하려 하지 않았다. 그들은 고개를 저으며 쓴웃음만 지었다. 자신들도 잘 모르겠으니 잘 알아 갔으면 좋겠단다.

사실 그들은 다 알고 있었다. 그저 말하려 하지 않을 뿐이다. 누구도 바보가 아니었고, 현실의 삶을 도모하는 사람들이라면 상황에 맞게 대처하는 법이다.

나는 지금 대략 오래된 갱도 앞에 서 있다. 이 갱도는 끝이 보이지 않을 정도로 깊고, 오랫동안 유지 보수되지 않았으며, 낡고 황량하다. 조심하지 않으면 시체를 밟을 수도 있다. 이 갱도에 50년대 한 무리가 들어갔고, 60년대 또 한 무리가 들어갔다. 70년대 다시 한 무리가 들어갔고, 그들은 들어간 뒤 다시 나오지 못했다. 류사리도 들어갔다. 지금 나도 들어서려는 걸까?

x월 x일

어머니가 말했다. "그 사람에게 여자가 있었어. 너도 아니?" 내가 말을 흐리자 어머니가 재빨리 말했다. "난 신경 쓰지 않아. 그 여자, 전족한 여자거든."

우스웠다. 만약 전족하지 않은 여자면? 지식인 여자면? 그러면 신경 쓸 건가? 이건 여자의 천성이다. 불편해 할 것도 없다. 나도 그렇다. 그 얘길 막 들었을 땐 나도 마음이 불편했다. 단지 특별하게 생각하지 않았을 뿐이다.

어머니는 사실 "당연히 그 전족한 여자한테 가봐야지. 무슨 일이 있었는지 자세히 좀 알아봐"라고 말하고 싶었을 것이다. 하지만 무의식중에 이 일을 신경 쓰고 있다는 걸 내게 들켜 버렸다. 류사리, 이 사람에 대해서는? 그건 더 말할 나위도 없다.

하지만 나는 애써 어머니를, 그들의 세대를 이해하려 한다.

1957년의 반우파에 대해 어머니는 이렇게 묘사했다.

"사실 그 시절에 두 파벌이 이미 형성됐었어. 소련 전문가 집단이 있건 없건, 두 파벌은 대립하고 있었지. 고양문高揚文이 가 버린 후 유색공사 쪽이 계속 압력을 받았고, 1953년엔 반당 집단을 적발해 내서 더 고개를 들지 못했거든. 단지 그 시절에 이런 투쟁은 상층에만 있었고, 비밀이 엄격하게 유지됐기 때문에 누구도 잘 알지 못했어. 그 시절엔 나도 어려서 아무것도 몰랐지. 지도부가 비판하면 모두들 따라서 비판했어. 류사리는 내부 상황을 알고 있었지만 집에선 아무 말 없었고, 끝까지 나한테 말하지 않았지. 그래도 명색이 내가 섭외처 부주임이고, 기관의 단위원회 서기였는데, 아무것도 모르고 있었던 거야. 1957년 성 위원회에서 공작조를 내려보내 대명대방大鳴大放[141]을 하면서 비로소 이 모순이 공개됐지.

그때 류사리는 확실히 소련 전문가를 우습게 봤어. 소련 전문가랑 자주 말다툼했고, 나는 중간에서 화풀이 대상이 됐지. 대명대방 시기에 사람들이 집에 와서 회의를 했는데, 관료와 교조에 반대한다며 모두들 매우 격앙돼 있었어. 결국 반우파 운동이 벌어지자 모두 난처해졌지. 나중에 지도부가 나를 동원해 폭로하게 했고, 류사리와 선을 그으라고 했어. 내가 사실을 말하지 않을 수 있었겠니?"

"누가요? 누가 어머니를 끌어들였나요?"

"누구겠어? 기관 당 위원회 서기인 양량재지."

---

141 문혁 시기 4대 자유 가운데 하나로, 자유로운 토론과 논쟁을 지칭한다.

"나중엔요? 그래서 이혼한 거예요? 분명하게 선을 긋고?"

"이혼은 내가 직접 제기했어. 차분하게 들어 봐. 지도부는 내 이혼을 반대했어. 선만 분명히 그으라고 했지. 이혼한 건 그가 나를 믿지 못했기 때문이야. 그는 나와 소련 전문가 사이에 관계가 있다고 생각했거든. 물론 미래를 고려하기도 했어. 너를 위해서, 그리고 나 자신을 위해서."

"소련 전문가와는 도대체 어떻게 된 거예요?"

"너무 자주 말다툼한 게 핵심이지. 서로 감정이 상했어. 나는 기술을 이해하지 못하기 때문에 소련 전문가랑 네 아버지 중에 누가 옳고 그른지 알 수가 없었어. 그런데 섭외처는 해야 할 임무가 있거든. 당연히 소련 전문가를 위로해 주러 가야 했어. 춤도 추고, 여행도 가고, 일상생활도 보살펴 주고… 그런 일들이었어. 안드레이라는 사람이 있었는데, 그는 내게 확실히 좀 딴마음이 있었어. 나를 좀 건드렸지. 그러면 좀 어떤가 싶어서 그가 나를 꾀길래 같이 춤도 췄어. 그런데 안드레이가 정말 날 믿고 있는 줄 누가 알았겠어? 나를 창녀라고 욕하더라."

"그래서 나중에 우파가 됐어요?"

"내가 우파가 돼도 그는 별로 상관하지 않았어. 집도 그대로고, 임금도 그대로였거든. 그저 너와 나 우리 둘만 고생했지. 나는 널 데리고 기관의 기숙사로 이사했고, 식당 창고에서 살기도 했어. 나중엔 이 조부모님 집으로 돌아왔지. 그가 정말 힘들어진 건 선별적 우파 복권이 이뤄진 후였어. 임금이 내려가고, 집은 회수되고. 정말 공농병工農兵이 됐어. 하지만 여전히 우리 생활보다는 훨씬 나았지. 소련 전문가들이 떠난 뒤 수정주의 반대와 예방이 있었는데, 모든 죄를 그에게 물었어. 사람들은 마치 내가 그를 우파로 몰고, 유색공사의 재난을 초래한 것처럼 말하는데, 내가 그런 능력이 어디 있었겠니?"

어머니는 이야기를 하면 할수록 화가 치미는 것 같았다. 그래서 말을 할수록 주제에서 벗어났다. 지난 수년 간의 억울함은 사흘 밤을 새며 말해도 부족한 것 같았다. 나는 당시 그녀가 겪은 고통을 완전히 이해할 수 있었다. 하지만 그것이 류사리에게 원한을 갖는 이유가 될 수 없다는 점은 그녀 자신도 분명히 알고 있었다.

우파로 몰리게 된 원인은 그때 사라졌는데, 류사리는 왜 낙담하게 됐을까? 우파 딱지를 떼어 버렸는데, 왜 더욱 자신감을 갖지 못하게 됐을까? 어머니는 적극적으로 분명히 선을 그었는데, 왜 우파보다 더 비참해졌을까? 소련 전문가가 떠나 버렸는데, 왜 어머니는 오히려 투쟁 대상이 되고, 사람들은 왜 그녀에게 침을 뱉었을까? 이 속의 논리는 도대체 무엇일까? 어쩌면 내가 그녀보다 진실을 더 잘 볼 수 있을 것이다.

내가 물었다. "매번 하소연해도 아무 소용없던 이유가 뭔가요?"

"당연히 그 무리들이 있었기 때문이겠지. 그들이 존재하는 이상 내가 머리를 들 수 있는 날은 오지 않았어. 양량재가 가장 나쁜 놈이었지. 처음엔 그가 나를 이용했고, 나중엔 그가 나를 하방시켰지. 그는 오히려 내가 정확하게 대응하지 못했다고 했어. 자기는 다 맞고, 나는 다 틀렸다는 거야. 그가 막 왔을 땐 나랑 별 차이도 없었어. 우리는 과科 급의 간부였지. 그는 3인 소집단 사건을 꿰어 내 기관 당 위원회 서기가 됐고, 우파를 소탕해 상임위원이 됐고, 4청운동을 해 시 위원회 부서기가 됐어. 문화대혁명이 성공하면 아마 그는 시 위원회 서기가 될 거야!"

"그건 맞아요. 어머니! 그 말은 정말 맞아요!"

"이건 너와 류사리 사이의 개인적인 원한이 아니야. 너와 양량재 사이의 사소한 시비도 아니고. 이건 관료 통치 계급 전체의 문화야. 이 문화가 중국을 수천 년간 통치했어. 권력이 교체될 때 잠시 틈이 드러날 뿐, 금방 봉합돼 버려서 그 어느 때보다 더 강대해져 버려. 이 문화의 불변의 공식은 이런 거야. '네가 내게 동의하지 않으면 곧 나를 반대하는 것이고, 네가 나를 반대하면 그것은 나를 조반하는 것이며, 나를 조반하면 너는 영원히 복귀불능이 된다.' 제국주의 반대 또는 수정주의 반대, 좌파 반대 또는 우파 반대, 모두 구실에 불과해. 시대적 특징일 뿐이지. 이건 하극상 문화를 만드는 거야. 또, 소인小人과 순민順民을 길러 내는 문화이기도 해. 이 문화가 있는 한 관료주의 계급은 계속 있을 거고, 선량과 정직은 산산이 부서지겠지."

어머니는 조반유리를 경험하지 못했고, 자신이 자신을 해방시키고 자신이 자신을 교육한다는 걸 경험하지 못했기 때문에 이렇게 생각하는 것이다. 그런데 나는 일찍부터 그렇게 생각하지 않았다.

제 11 장

33.

비판은 기관에서 시작됐다.

되짚어 보면, 대중이 대자보를 붙이는 것이 시 전체를 동원할 만큼 큰 힘을 갖는 건 아니었다. 당시의 조반파 또한 그 내부 상황을 제대로 이해하지는 못했다.

더 깊이 생각해 보면, 긴장, 피동, 낙후라는 여섯 글자는 비록 대단한 울림이 있고, 이론과 강령을 가진다고 할 만했지만, 생산에 임하는 태도의 문제일 뿐이었다. 그리고 이에 동의하지 않으면 모른 체 하는 것이 류사리의 방식이었다. 류사리가 야금부에 예비 경고 전보를 보냈던 것에 오류가 있었다 치더라도 사실은 이미 예비 경고가 필요했다는 걸 증명하기도 했다. 계급투쟁의 새로운 동향이니 뭐니 갖다 붙일 게 아니었다. 게다가 처음 며칠간 류사리가 총통제실에서 일하며 원래처럼 차를 타고 갱도로 들어갈 때에도 별 다른 이상은 발생하지 않았다.

그러면 비극은 도대체 어떻게 초래된 걸까?

1970년 10월을 자세히 회고해 봤다. 태양은 원래대로 떴고, 지구도 원래대로 자전했다. 첫 번째 인공위성이 쏘아 올려진 걸 제외하면 기억할 만한 큰일은 많지 않다. 1970년 '1타3반 운동'[142]이 있었다. 그러나 T시에서는 구

---

142 중공 중앙은 1970년 1월 31일 〈반혁명 파괴 활동을 타격하는 것에 관한 지시〉를, 이어 2월 5일 〈겉치레 낭비 반대에 관한 통지〉와 〈부패와 절도 및 투기 행위 반대에 관한 지시〉를 발표했다. 세 문건이 합쳐져 '1타3반' 운동이 됐다. 이 운동 과정 중 현행 반혁명분자라는 죄명으로 사형에 처해진 사람은 우라극遇罗克과 왕패영王佩英 등이다.

호만 몇 번 외치고 넘어갔다. 왜냐하면 혁명을 움켜쥐고 생산을 촉진해야 했고, '쌍3만'을 해야 했기 때문이다. 10월에 큰 사건이 하나 있었다. '비진정풍'[143]이었다. '진'백달을 '비'판해야 했기 때문에 류사리 비판의 바람이 분 것이었을까? 하지만 류사리와 진백달은 어떤 관련이 있는가? 왜 류사리와 진백달이 동일 선상에서 이야기됐을까? 내 기억은 어디서부터 꼬인 걸까?

당시 강 정치위원이 성으로 가서 전달 사항을 받았고, 돌아온 후 당의 핵심 소조 회의를 열어 이를 전달했다. …맞다. 바로 이 회의에서 1953년과 1957년의 옛 원한을 다시 제기한 사람이 있었다. 어떤 사람은 류사리가 한두 번이 아니라 일관적으로 밀고를 해 왔다고 생각했다. 그리고 또 어떤 이는 비꼬듯 말했다. "그 양반은 야금부의 전문가지. 오뚝이야." 결론은 "유색공사가 더 이상 류사리의 독재에 놀아나지 않게 됐다"였다.

그런데 당시 군사관리위원회 앞에 놓인 가장 큰 현실은 1971년 생산계획 보고가 상달되지 않고 있다는 것이었다. 일부 광산은 이미 더 이상 파 나갈 수 없었다. 만약 임무 완성을 위해 생산을 강행하면, 이듬해 문을 닫을 수밖에 없는 처지였다. 다시 말해 현실은 새로운 엔진을 필요로 했다. 류사리를 적발해 낸 것은 현실적 돌파구였다. 혁명을 움켜쥐어야 생산을 촉진할 수 있다는 것이다.

아마 그 회의에서 류사리는 정직 및 감찰 처분을 받은 것 같다.

당시 모두가 운동 중이었고, 혁명위원회는 아직 성립되지도 않았으니 류사리에겐 아무런 직무가 없었다. 그는 그저 약간의 실제적 영향력이 있을

143 문혁 시기 핵심 이론가였던 진백달 비판을 중심으로 하는 기풍 정돈 운동.

뿐이었다. 그래서 새로운 개념이 발명됐다. "권력을 잡지 않은 주자파가 권력을 잡은 주자파보다 더 음흉하다. 그들은 사람들의 사상을 통제함으로써 '쌍3만'을 반대하고, 해방군의 좌파 지지를 반대하면서 문화대혁명을 반대한다." 강 정치위원의 말에 따르면, 진백달은 국가 주석의 자리를 설치하며 모 주석을 반대했고[144], 그의 강령은 '천재론'이었다. 류사리는 '쌍3만'을 반대함으로써 모 주석의 혁명 노선을 부정했고, 그의 강령은 '긴장, 피동, 낙후'라는 여섯 글자였다.

이런 말장난 같은 논리는 누구도 이해할 수 없는 것이어서 사람을 혼란스럽게 만든다. 즉, 이 논리는 류사리를 적발해 제대로 묵사발을 만들어 버리면, '쌍3만'이 실현된다는 것이다.

처음에는 비교적 점잖았다. 대자보를 붙이고 변론회를 열어 진백달과 류사리를 연관지었다. 국가 주석 설치와 긴장, 피동, 낙후를 결합시켰고, 혁명 대 비판과 '쌍3만' 실현을 결합시켰다. 기관 내부에서는 사람을 조직해 매일 오후 비판회를 열었고, 신문과 라디오는 이를 밀착 보도했다. 그 파장은 매우 컸고, 각 광산은 참관 학습활동을 조직했다. 제목은 매우 자극적이었으나 사실 내용은 없었다.

류사리는 운동 경험이 많았다. 그 또한 자신의 반동 가정과 반동 출신, 반동사상을 자아비판했고, 역시나 겉으로 보기엔 대단했지만 내용은 별 게

144 문화대혁명 시기 중공중앙정치국 상임위원과 중앙문혁소조 조장이었던 진백달은 1970년 8월 23일 여산에서 열린 중공 9기 2중전회에서 임표와 함께 '천재론'과 국가 주석 설치를 제기했으나, 모택동 등에 의해 비판받았다. 이로 인해 진백달은 정치 무대에서 사라졌다.

없었다. 류사리는 바보가 아니었다. 대항해 봤자 별로 좋을 게 없다는 걸 그도 알고 있었다. 처음에는 비교적 협조적이었고, 스스로를 무참히 욕했다. 회의가 끝나면 그 무리들을 따라다니며 함께 식당으로 가 밥을 담고, 도시락에 숟가락을 꽂았다. 시끌벅적했다.

다시 말해 처음에 그는 죽고 싶지 않았었다.

그런데 어느 날 갑자기 그의 태도가 바뀌었다. 그는 주저앉아 말했다. "나는 '쌍3만'을 반대하지 않습니다. 내가 그걸 반대할 이유가 어디 있습니까? '쌍8만'을 한다고 해도 난 이견이 없습니다. 나는 해방군도 문화대혁명도 반대하지 않습니다. 내가 왜 반대를 하겠습니까?" 이런 갑작스런 발언으로 회의장엔 찬바람이 불었다. 게임이 끝났으니 더 이상 당신들과 놀아 주지 않겠다는 일방적 선언 같았다.

그러자 투쟁 수위가 한층 높아졌다. "류사리가 투항하지 않는다면, 그를 몰락시키자."

당시 나는 비서조를 이미 떠나 있었지만, 소식지는 볼 수 있었다. 한번은 소식지의 제목이 〈류사리의 난폭한 반격을 보라〉였다. "류사리는 말끝마다 '쌍3만'을 반대하지 않는다고 한다. 그가 어떻게 자신을 변호하는지 보자. '조금 과장해서 비유하자면, 세 개의 새 광산을 가동시키는 건 정말 자식을 키워 낸 것과 같다. 지금 이 아이들이 모두 성장해 힘써 일할 수 있는 상황이라면 누구보다 내가 먼저 기뻐할 일인데, 왜 그걸 반대하겠는가?'"

그리고 〈하늘 같은 공을 탐내는 것은 자신의 소유를 위함이다〉라는 소식지도 있었다. "류사리는 인민의 광산을 개인 재산으로 삼았다. 그는 심지어 그것을 일생의 자랑으로 삼으며, 자신의 삶을 지탱하는 것도 바로 세 개의 광산이라 말했다. 한평생 좌절을 거듭하고, 수차례 모욕을 당하고, 처자식과 이별한 뒤 근신하면서 지켜 낸 것이 바로 세 광산이었다. 이는 절대 용납할 수 없다."

당시 신문에는 매우 영향력 있던 평론가의 글 〈매화는 쏟아지는 눈을 즐기거니, 파리 얼어 죽는 건 이상할 것 없어라梅花歡喜漫天雪, 凍死蒼蠅未足奇〉[145]가 실렸다. 풍자적이고 냉소적인 이 글을 보자마자 강 정치위원의 솜씨임을 알 수 있었다. 모 주석의 시詩와 사詞를 인용해 류사리가 주제를 모른다고 비꼰 건 매우 세련된 표현이었다. "시 전체 인민이 마음을 모아 수많은 곤란을 극복하고 쌍3만을 쟁취하는 것이 관건인데, 그 시기에 류사리가 뛰쳐나온 것은 확실히 의미심장하다. 마지막으로 묻는다. 류사리는 조반을 하려는 것인가? 당신은 누구를 조반하려는 것인가?"

곧 이어 〈노동자 계급은 허락하지 않는다〉라는 사설도 나왔다. 그 후 노동자 조반 총사령부, 연합 조반 총사령부가 연이어 엄중한 성명을 내 대중 앞에 류사리를 끌어낼 것을 요구했다. 즉, 류사리를 각 공장과 광산에 데리고 다니면서 비판 투쟁을 하겠다는 것이었다. 유색공사에는 다섯 개의 광산과 십여 개의 공장, 스무 개가 넘는 현급 단위가 있었다. 하루에 한 곳씩 해도 한 달이 걸린다. 이 요구는 정말 예상 밖이었다. 이 때문에 양 참모장이 화를 내기도 했다.

양 참모장은 줄곧 강 정치위원이 하찮은 일로 요란을 떨고, 귀를 잡지 못하면 코를 비튼다고 생각했다. "염병할 강요 당신, 뭘 하려는 거요? 죽이려

145 이 제목은 모택동의 시 〈칠률 동운七律 冬雲〉(1962년 12월 26일)에서 인용됐다.

고 작정한 거요?" 그는 류사리가 공로는 없지만, 고생은 했다고 생각했다. 그는 열심히 일하는 자가 벌 받는 걸 두고 볼 수만은 없었다. "그저 여섯 글자를 잘못 말한 것뿐이잖아? 잘 반성하면 되는 거 아냐? 본인도 잘못했다고 하잖아. 니미 염병할 흑심은!" 양 참모장은 류사리를 보호하고 싶었다. 하지만 그 역시 군인이었다. 복종하지 않을 수 없었다.

당시 상황에선 군사관리위원회가 직접적으로 류사리를 비판할 수 없었다. 류사리를 조반파에게 넘기는 것도 적절치 않았다. 그래서 노동자주비위원회가 통일적으로 처리하도록 했다. 노동자주비위원회는 노동자대표대회를 주비하는 임시 기구로, 원래 총연맹에 속해 있었다. 하지만 두 파벌의 조반파 조직 대연합이 시종 성공하지 못했기 때문에 실제로는 빈 껍데기였다. T시의 정세가 안정된 이후 노동자주비위원회가 한가롭다고 생각하는 사람도 있었다. 그래서 두 파벌에서 차출한 문예 골간들로 모택동 사상 문예 선전대를 조직해서 핵심 공작에 협조하도록 했다. 군사관리위원회에서는 군사 대표를 보내 지도하기도 했다. '1타3반' 이후 각 지역에 대중 독재 지휘부가 세워졌고, 이는 T시에도 없어서는 안 되는 것이었다. 이렇게 다시 몇 명의 기간 민병을 빼내 세력을 만들었지만, 몽둥이만 나눠 주고, 총은 주지 않았다. 그래서 노동자주비위원회는 문과 무 두 다리를 더하게 됐고, 결국 죽도 밥도 아닌 대중조직이 됐다. 객관적으로 말하면, 애초의 이러한 배치 또한 류사리를 보호하겠다는 뜻이었다. 대중들이 마구 쳐들어올 것을 걱정했던 것이다. 그래서 류사리의 자살을 특히 방지해야 한다고 설명했고, 야간에는 당직을 세웠다.

그러나 류사리가 오면서 이 대오는 더욱 황당무계해졌다. 그들은 류사리 또한 하나의 프로그램으로 만들어 공장과 광산을 다니며 공연했다. 처음엔 비판을, 그 다음엔 공연을 했다. 나중엔 별로 관심을 끌지 못했고, 대중들은 비판회가 끝나고 나서야 공연을 보러 왔다. 그래서 비판회를 사이에 끼워서 공연 순서대로 노래하고 춤추다가 갑자기 선포했다. "다음 프로그램은 반동 기술 권위 류사리를 비판하는 것입니다. 비판이 끝나면 다시 공연하겠습니다." 마지막에는 류사리를 민병대에 압송해 감시했다.

당시의 창작 프로그램은 적지 않았다. 문예 골간들은 모두 재주꾼이었고, 류사리의 이야기도 당연히 쾌판快板[146], 상성相聲[147], 수래보數來寶[148]로 만들어졌다.

"참으로 희한한 사람이 있는데, 류사리라는 서양 이름을 가졌어…."

누군가 "그에게 물어보시오. 왜 이런 괴상한 이름을 지었지?"라고 외치면, 민병은 그를 무대 입구에 세워 답변하도록 했다. 그러면 류사리는 눈을 흘겨 떴다.

> "나무는 고요하고자 하나 바람은 그치지 않고, 양파 머리 가죽이 마르고 살이 짓눌려도 심장은 죽지 않네…."
>
> "겉으로는 3급 광량이 균형을 이뤄야 한다면서 실제로는 '쌍3만'의 목숨을 내놓으란다…."

---

146 중국 민간 예능의 일종으로, 대나무로 만든 타악기의 다소 빠른 리듬에 맞춰 구어 가사에 대사를 섞어 노래하는 것이다.

147 중국 화북 지역의 민간 설창 문예의 일종으로, 우리의 만담과 유사하다.

148 설창 문예의 일종으로, 한 명이나 두 명이 대나무 판이나 구리 방울이 달린 소 넓적다리 뼈로 박자에 맞춰 노래하는 것이다.

"1천이라고 말하면 1만이라고 대꾸하니, 그는 인민에 맞서는 자다…."

당시엔 문화생활이라 할 만한 게 없어서 광산에서 영화 상영이라도 하면, 20리 밖의 농민들도 찾아왔다. 하물며 류사리처럼 살아 있는 과녁은 어땠겠는가. '쌍3만'을 쟁취하는데 이로울 뿐 아니라 대중의 여가 문화생활도 풍부하게 해줬다. 이 반면교사는 이 공장 저 광산 불려 다니며 순회공연을 했다. 류사리는 처음엔 몇 마디 변명이라도 했지만, 나중에는 말할 기운도 없었다. 그의 절망은 극에 달했다.

류사리가 자살한 뒤, 양 참모장이 핵심 소조에서 의자를 집어던졌다는 얘기를 들었다. 강 정치위원을 손보려던 것이다. 당시 참모장은 허리에 총을 차고 있지 않았는데, 만약 총이 있었다면 정말 꺼냈을지도 모른다.

좀 더 지난 후, 양 참모장도 부대로 돌아가 병원에 입원했다. 그러고는 다시는 얼굴을 드러내지 않았다. 그는 군인이었다. 복종 외에 무엇을 더 할 수 있었겠는가?

34.

x월 x일

나는 또 다른 세계에 다가서고 있다. 완전히 낯선 세계. 아버지라 불리는 세계. 내 생명은 그와 어머니의 결합으로 태어났다. 내가 원망할 이유가 없다. 이해를 거부할 이유는 더더욱 없다.

이전에는 이유가 있었다. 나를 세상에 데려다 준 사람이 해서는 안 될 방식으로 나를 다치게 했기 때문이다. 그에 대한 경멸을 표현하기 위해, 그리고 사사로움에 대한 나의 저항을 표현하기 위해, 나는 여러 번 선언했다. "나는 아버지가 없다." 이제 그는 이미 죽었다. 그래서 그 이유는 거의 사라졌다. 분명 그는 내 아버지다. 모두들 그렇게 말한다. 나는 그의 사생활을 엿보는 게 아니라 그가 자살한 원인을 찾고 있는 것이다.

스러져간 생명을 연민해야 하는 걸까? 하느님은 할 수 있겠지만, 나는 할 수 없다. 나는 그 이유를 알아야 한다.

이미 나는 멀리서 그 전족한 여인을 관찰했다. 그녀는 어린아이들과 씨름하며 89동에 살고 있다. 그녀는 아이들의 콧물을 닦아 준다. 그들은 그녀를 6호 엄마라 부른다. 나는 이미 노동자 신촌을 이틀간 돌아다녔다. 하지만 그녀에게 접근할 방법이 생각나지 않았다.

산 위에서 본 그녀는 이미 많이 늙었고, 내 상상과는 아주 달랐다. 그녀는 엉덩이를 곧추세우고 부지런히 팔을 움직이며 공공 수돗가에서 빨래를 하고 있었다. 젊은 여자들은 그런 자세를 취하지 않고, 보통 쪼그리고 앉는다. 나도 우물가에서 옷을 빨아 봐서 그녀의 그런 자세는 당연히 나이 든 사람의 동작임을 안다. 세월은 조각가다. 더욱이 훌륭한 연출가다.

류사리는 왜 이런 여자를 좋아하게 됐을까? 궁금해졌다. 어쩐지 어머니가 신경쓰지 않는다고 말하더라니. 서양에 유학을 다녀온 박사이자, 한때 휘황찬란했던 총엔지니어가 젊지도 않은 전족한 여자와 사귄다는 걸 생각해 봤는데, 정말이지 서로 어울리지가 않았다.

그런데 어떻게 그녀에게 접근해야 할까? 어떻게 해야 그녀의 입을 열 수 있을까?

x월 x일

오늘은 류사리가 살던 집에 다시 가서 고 씨 아저씨에게 부탁했다. 고 씨 아저씨는 내 난처함을 듣더니 외쳤다. "그게 뭐가 어려워?"

"6호 엄마의 자존심을 상하게 할까봐 그러죠."

"아이고!"

그는 내게 6호 엄마는 마음 좋은 산동山東 여자인데, 이 일대 사람들은 다 그녀를 안다고 알려 줬다. 그녀는 류 공만 보살펴 준 게 아니라, 구걸하는 걸인을 봐도 따뜻한 음식을 주는 사람이었다.

"한동안 류 공이 그녀에게 혼인신고를 하자고 했는데, 그녀는 원치 않았어. 서로 어울리지 않는다는 거야. 류 공도 방법이 없었지. 그래서 그냥저냥 살았어. 그런데 나중에 그런 일이 날 줄 누가 알았겠어? 나중에 그의 처지가 그리 될 줄 누가 알았겠냐고. 어쩌면 류 공 자신은 알고 있었을까? 그 여자가 알았더라면 어떻게든 류 공이 억울한 길을 가도록 두지 않았을 거야."

"고 씨 아저씨는 아는 게 참 많으시네요. 제가 사람을 잘 찾았어요."

"모두 이웃사촌인데 어찌 모르겠어? 다들 한 넝쿨에서 나온 쓴 오이거든. 우리는 죽는 건 겁 안 내. 램프를 걸고 갱도에 들어가면 돌아올 수 있을지 알 수 없거든. 그래서 남겨둔 처자식을 걱정하게 되지. 내가 보기에 류 공도 마찬가지야. 가자, 가 보자. 내가 널 데리고 가 줄게."

가는 길에 물었다. "류사리가 비판받을 때, 괴롭힌 사람은 없었나요?"

"왜 안 그랬겠어? 무대에 세워 놓고 때리기도 했어."

"6호 엄마는 류사리를 적발하거나 폭로하지 않았어요?"

고 씨 아저씨가 멈춰 서더니 나를 뚫어지게 보며 말했다. "그게 사람이 할 짓이야? 아무리 살기 각박해도 그 여자는 천한 사람은 아니야! 그녀를 만나면 절대 그렇게 말하지 마."

몇 마디 말에 경계심이 허물어졌다. 나는 평생 이런 무식한 사람들을 좋아할 것이다.

그녀를 만나 내 소개를 했다. 우리 둘 다 조금 조심스러웠다. 고 씨 아저씨가 먼저 돌아가려고 하자 그녀는 붙잡고 놓아주지 않았다. 고 씨 아저씨가 "여자가 잡는 거 안 좋아해"라고 말하자 그제야 팔을 풀었다.

겉으로 보기엔 그녀가 아버지와 어울리지 않는다는 게 맞다. 내가 봐도 어울리지 않았다. 주름 가득한 얼굴에, 전족을 했고, 교육도 받지 못했으며, 심지어 이름도 없었다. 그녀 또한 자신의 친정집이 장 씨고, 전 남편이 여余 씨라는 것만 알았다. 그래서 호구 명부에 '여장 씨'로 적어 넣었다. 이 '여장 씨'가 류사리의 마지막 길에 남은 아쉬움이었던 것이다.

그녀는 계속해서 눈물을 흘렸다. 자기 때문에 류 공이 벌을 받게 되었다고만 말했다. 나도 마음이 아파 깊은 얘기를 할 수 없었다. 그녀는 자신이 아주 못났다고 말했지만, 사실 나도 아주 못났다. 나는 그녀에게 다시 오겠다고 약속했다. 서로 얼굴을 알았으니 이제 어렵지 않을 것이다.

사랑이란 뭘까? 이게 사랑인가?

나는 지난 수년 간 권세가 있고 없음에 사람도 왔다가 떠나는 시절을 겪으며 성장했지만, 아직도 제대로 이해할 수가 없다. 채광 엔지니어이자 서양 박사인 그가 당시에 정말 필요했던 건 누명을 벗고 명예를 회복하는 게 아니었을지도 모른다. 그저 자기 옆에서 관심을 가져주는 여자가 필요했는지도 모른다. 이 여자가 교육을 받았는지, 전족인지, 심지어 이름이 있는지는 별로 중요하지 않았을 것이다. 이렇게 이해하면 되는 걸까?

x월 x일

어젯밤엔 집에 돌아가지 않았다. 노동자 신촌에 가 그녀의 침대에서 잠들었다. "집에 안 가고 같이 얘기하고 싶어요. 밤새 수다나 떨어요." 그녀는 부뚜막 아래 앉아 일어나지도 않고, 여러 번 얼굴을 씻었다.

여대경余大慶이라는 그녀 아들이 제 어머니를 타일렀다. "어머니는 매일 혼자서도 중얼거리더니 정작 사람이 왔는데 왜 그래요?"

"늙으면 다 그래."

"장 씨 아주머니라고 부를게요. 친정집이 장 씨라고 하지 않았나요? 6호 엄마라고 부르는 건 듣기 좋지 않아서요. 여장 씨는 더 듣기 안 좋고요. 여자도 사람인데."

그녀가 웃으며 말했다. "편한 대로 부르렴." 그녀도 이름을 갖게 된 걸 기뻐했다.

사실 그녀는 그렇게 나이가 많지 않았다. 어머니보다 두 살 어렸다. 그런데 벌써 흰 머리가 많았고, 얼굴은 호두알보다 더 주름졌다. 나를 보면서 전족한 발끝으로 뛰어다니는 모습이 매우 기뻐 보였다.

사람들이 돌아간 다음, 나는 그녀의 이불 위에 누웠다. 나는 그녀가 나뭇가지 같은 손으로 내 머리를 만지게 두었다. 하마터면 내 계모가 됐을지도 모르는 사람이 지금 내 머리맡에 앉아 친어머니처럼 어루만져 주고 있다. 나는 눈을 감고 그녀와 류사리가 함께 있는 모습을 상상해 봤다. 어떤 모습이었을지 모르겠다.

어머니가 만약 이런 모습을 보면 분명 마음이 편치 않을 것이다. 그녀가 상처받을지도 모른다. 내가 배신했다고 생각할지도 모른다. 하지만 그렇지 않을 것이다. 나는 어머니도 동의할 거라 생각한다. 이 사람은 가까이할 만한 여자다.

괴이한 생각이 많아질수록 어떻게 시작해야 할지 더 모르겠다.

그녀가 말했다. "무슨 어려운 문제라도 있는 거니?"

나는 고개를 끄덕였다. "제 마음을 다스릴 수가 없어요."

그녀가 한숨을 쉬었다. "울고 싶으면 울어. 펑펑 울고 나면 좋아진단다. 여자는 물로 만들었거든." 그녀는 잠시 멈췄다가 혼잣말하듯 말했다. "사실 어릴 때 넌 잘 울지 않았어. 남자아이 같았지. 넌 어릴 때부터 영웅이 되고 싶어 했거든."

"무슨 말이에요? 전부터 나를 알았단 거예요?"

그녀가 고개를 끄덕이며 말했다. "기관 유치원에 불이 났던 걸 기억하니? 그때 아이들은 모두 밖에서 불 끄는 걸 구경했는데, 유난히 너만 사람들을 헤집고 갑자기 뛰어 들었지. 아마 일요일이었을 텐데. 막 머리를 감은 넌 얼굴에 화상을 입어서 기포가 여러 개 생겼었어."

나는 깔깔 웃었다. "정말요? 난 아무 기억도 없는 걸요."

장 씨 아주머니는 일찍부터 우리 집 사람들을 모두 알고 지냈다. 그녀는 기관 유치원에서 일했고, 1960년에 비로소 하방됐다. 그녀의 남편 여 씨 아저씨는 1961년에 붕괴 사고로 죽었다. 그해 그녀는 겨우 스물아홉 살이었다. 이렇게 보니 모든 게 우연이 아니었다.

맞다. 은연중에 조금씩 기억이 나기 시작했다. 아주 예쁜 유치원이었고, 동화 속에 나오는 오래된 성 같았다. 그곳엔 많은 목재 완구가 있었다. 나는 유치원에 맡겨졌고, 일주일에 한 번 집에 갔다. 불이 났을 때 나는 현장에 있지 않았다. 내가 도착했을 땐 이미 불은 꺼져 있었다. 사실 나는 불이 꺼진 잿더미 속에 뛰어든 것이었다. 그날 아버지가 서둘러 병원에 도착해 나를 안고 집으로 돌아갔다. 아버지가 물었다. "넌 영웅이라도 되고 싶은 거니?" 내가 대답했다. "네." 아버지는 두 눈만 내놓은 내 얼굴을 보면서 말이 없었다. 그저 무겁고 긴 한숨을 쉬었다.

맞다. 그거다. 기억이 났다. 그가 류사리다. 아버지다. 그건 아련한 가운데 떠오른 아버지에 대한 첫 번째 기억이었다. 그는 나와 이렇게 가까웠고, 호흡은 그렇게 무거웠다…. 그리고 이런 장면이 더 있었던가? 몇 개만 더 있으면 좋을 것 같다.

장 씨 아주머니가 말했다. "눈 감고 한숨 잘 자고 나면 다 좋아질 거야. 네가 힘들어서 그래." 나는 다시 일어나 앉아 그녀의 손을 잡아끌며 말했다. "난 우리 부모님 이야기를 듣고 싶어요. 많을수록 좋아요." 그녀는 한참을 멍하게 있더니 웅얼거리며 말했다. "나도 아는 게 많진 않아."

장 씨 아주머니의 목소리는 허스키했다. 황막한 고비 사막에서 부는 바람 같았다. 그녀는 대약진을 이야기했고, 대식당을 이야기했다. "네 어머니는 늘 예뻤어. 너보다 더 예뻤지. 젊었을 땐 멜빵바지 입는 걸 좋아했어. 때론 원피스도 입었고. 네 어머니는 잘 웃었어. 웃을 때 목소리가 작은 방울 소리 같았지. 노래 부르는 것도 좋아했어. 소련 노래를 불렀고, 춤도 췄어. 당시 기관 식당에선 토요일마다 무도회가 열렸거든. 네 어머니는 발표할 때 목소리도 참 듣기 좋았어. 조목조목 잘 말했지. 대학생이었잖아. 그때 난 유치원에 있었는데, 섭외처에 있는 그녀를 우리는 일찍부터 알고 있었어. 그녀가 나를 몰랐을 뿐이야. 그땐 말이야. 모든 사람들이 그녀에게 눈독을 들였어. 선녀가 세상에 내려왔다고 생각했거든. 네가 유치원에 막 왔을 땐 요만했는데, 큰 여행 가방 안에 담아서 들고 왔더라. 네 어머니는 아이를 돌볼 줄 몰랐어. 간부들은 다 아이를 돌볼 줄 몰랐지. 네 어머니는 지식인이었고, 보통 사람이랑 달랐어."

"왜 달랐죠? 그녀도 여자잖아요?"

"여자도 사람마다 다르잖아. 네 어머니는 간부였어. 네 아버지와 이혼할 때, 그녀는 연단에 올라 그와 선을 분명히 긋는다고 선포했어. 유색공사에서 회의를 열어 선포했던 거야. 보통 사람이 그렇게 할 수 있겠니?"

마음이 칼로 한 번 베인 것 같았다. 처음에는 별것 아닌 것 같았는데, 그 고통이 영혼에서 사지四肢로 퍼져 나갔다. 점차 손발이 차가워졌다.

어린 시절 여행 가방에 누워 있던 게 어떤 느낌인지 모르겠다. 아마도 당시의 나는 그저 울음으로 항의할 수밖에 없었을 것이다. 어쩌면 그때부터 내 인생이 사방으로 표류했고, 안정된 거처가 없는 운명으로 정해졌는지도 모른다. 나는 장 씨 아주머니가 어머니를 별로 동정하지 않는다는 걸 예전에 들어서 알고 있었다. 보통 사람은 그렇게 할 수 없다고 그녀가 말한 건 보통 사람은 이혼이라는 방식으로 자신의 결백을 주장하지 않는다는 뜻이다. 그녀는 사실 어머니를 경멸하는 것이다. 그녀는 노동자다. 내 어머니를 통상적인 인륜으로 평가할 뿐이다.

나는 냉정을 되찾았다. "어머니가 아버지를 배신한 적이 있나요?"

"배신이 뭔데?" 그녀는 주저하며 경계했다. 눈이 동그래졌다.

"내 말은요, 혹시 다른 남자와 왕래한 적이 있냐고요."

"그런 말은 하면 안 돼." 그녀가 나를 툭 쳤다. "얘는. 어떻게 그런 생각을 함부로 하니?"

"난 잘 모르겠어요. 이미 두 분이 분명히 갈라섰는데, 왜 사람들은 어머니를 싫어했던 거죠?"

그녀가 나를 쳐다봤다. 한참을 보더니 말을 이었다. "넌 기억 못하는구나."

"뭘요?"

"얘는…. 갈라서는 게 무슨 소용이니? 이혼하면 끝이야? 넌 아직 세상을 모르는구나." 그녀가 급해졌다. 하지만 자세히 설명하진 않았다. 그녀는 "잘 생각해 봐. 다시 생각해 보렴!"이라고 말할 뿐이었다.

사실 이미 나는 다 알고 있었다. 그녀가 말하려는 건 그것이 일종의 분위기였고, 환경이었다는 것이다. 아이 있는 여자가 낮에는 다른 사람을 비판하고, 밤에는 자신을 자책하고, 사람들 앞에서나 뒤에서 논란의 대상이 되고, 또 어쩌면 남자에게 희롱의 대상이 되고. 그리고 더 염치없는 유혹도 있었을 것이다.

젊었을 때 어머니는 분명히 허영심 많고 드러내기를 좋아하는 사람이었을 것이다. 대중의 앞 열에 서고자 갈망했던 사람이었을 것이다. 그녀는 시대에 의해 버려질까봐 두려워했다. 이런 소자산계급의 열광과 동요는 내게서도 느낄 수 있다. 나도 늘 억울해 하고, 지지 않으려고 하지 않던가? 전면적인 압박을 느낀 어머니는 어떻게 해야 할지 몰랐다. 앞길이 보이지 않았다. 그녀의 자기 원망과 우울, 그리고 의심은 이유가 있었던 것이다. 나는 마땅히 어머니를 이해해야 한다고 생각하게 됐다.

"넌 잊은 거야." 그녀가 다시 한 번 말했다.

나는 그녀의 품에 기대어 중얼거렸다. "어릴 때 일은 일찌감치 기억이 나질 않아요."

"그래. 그때 넌 너무 어렸어. 네 아버지 일도 아마 기억이 안 나겠지. 네 아버지가 네 어머니보다 그렇게 잘 살았던 건 아니야. 그저 사람이 좀 쓸 만하니까 밥은 먹여 준 거였지. 그 사람, 마음이 맑고 착했어. 그가 막 이사 왔을 때, 넌 많아야 열 살이었을 거야. 그러니 네가 어떻게 기억하겠니?"

노동자 신촌에서 나오자 좀 어지러웠다. 그녀는 좀 더 자고 가라 했지만, 그러지 않았다. 연합 조반 총사령부의 사람과 만나기로 했기 때문이다. 이런 피로는 한숨 잔다고 나아질 성질의 것이 아니었다. 흑설탕물에 계란을 풀어 한 그릇 가득 먹었다. 그녀는 이 음식에 대해 "우리 산동 사람들이 산후 조리할 때 먹는 거야. 보양식이지"라고 말했다.

마음이 가까워졌으니 제일 궁금했던 건 천천히 물어보면 된다.

x월 x일

"아버지는 왜 우리 모녀가 국민당에 가입했다고 거짓말했나요?" 오늘은 그녀를 만나자마자 이 문제를 꺼냈다.

장 씨 아주머니는 말이 없었다. 그녀는 침대 아래의 나무 상자를 꺼내면서 말했다. "이건 네 아버지 물건이야. 네가 왔으니 줄게."

"나는 물건을 받으러 온 게 아녜요. 이유를 알고 싶어 왔죠."

"그 이유는 나도 명확하게 얘기할 수가 없어. 하지만 네가 언젠가 올 거라고 늘 생각했단다. 내가 그 사람 대신 네게 줄게. 그러면 나도 마음이 한결 가뿐해질 것 같아." 그녀는 진지했고, 또 솔직했다. 그러고는 나를 뚫어지게 쳐다봤다.

상자엔 갈아입을 옷 몇 벌과 몇 권의 기술 서적, 그리고 한 덩어리의 광석이 있었다. 신문 스크랩북도 한 권 있었다. 살펴보니 아버지가 쓴 건 하나도 없었다. "이게 뭘 설명할 수 있나요?"

"이 광석은 보통의 황동광이 아니야. 한쪽 면이 반투명이거든. 등불에 비추면 안쪽에 잠자리 같은 곤충이 보여. 이건 공작석孔雀石이란 거야. 아주 희귀하지. 이전에 대경이가 가지고 나가서 자랑했는데, 다들 좋은 물건이라고 했대. 네 아버지가 떠난 후론 내가 간직했어." 그녀는 이것이 그가 내게 남겨준 물건이라 생각했던 것이다. "류 공은 마음속으로 늘 너를 꼬마 아가씨로 여겼거든."

나는 울음을 터뜨렸다.

그는 왜 내가 이런 물건을 좋아할 거라 생각했을까? 어릴 때 내가 이런 작은 장난감을 좋아했던 걸까? 유리구슬이나 서양 인형 같은 것 말이다. 내 마음은 일찌감치 까칠해져서 딱딱하고 드세고 활발한 성격이 되었다. 난 이런 걸 좋아하지 않는다.

그것보단 오히려 스크랩북에 관심이 갔다. 앞면은 인민일보 사설 몇 편이었고, 뒷면은 모두 내가 편집했던《전쟁터의 국화》였다! 내가 편집했던 간행물과 내가 썼던 글들이지만, 나도 다 기억하진 못한다. 일찌감치 까맣게 잊어버렸다. 그러나 지금 온전한 모습 그대로 내 앞에 놓여 있다. 아버지는 이 간행물들에 글을 남기진 않았지만, 테두리를 치거나 어떤 곳에는 느낌표와 물음표를 적어 넣기도 했다. 이것은 무엇을 설명할까? 그가 늘 내게 관심을 가졌다는 걸 말해 주는 걸까? 그의 눈빛이 늘 딸을 따라다녔다고 설명하는 걸까? 그는 아마도 내 관점에 찬성하지 않았을지도 모른다. 내 글을 좋아하지 않았을지도 모른다. 그렇지만 진귀한 광석처럼 그것들을 아껴 보관해 두었다!

내 심장이 마구 뛰었다. 등사용 줄판 새기는 걸 배웠던 낮과 밤들, 그 유치한 송대 판각본 글씨체. 진리를 추구했던 젊은이의 갈망과 격정이 문득 류사리라고 불리는 복권된 우파와 만나고 있었다. 그는 나와 그토록 멀었지만, 또 그토록 가까웠다!

이건 정말 어떤 마음일까? 나를 그리워했으면서 왜 날 찾지 않았을까? 내가 원망하고 있다는 걸 알면서 왜 해명하지 않았을까? 멸시하는 내 눈빛을 견딜 수 없었을까? 아니면 아버지로서의 존엄을 조금이라도 지키고 싶었을까?

주체할 수 없이 눈물이 흘러내렸다.

장 씨 아주머니는 계속 눈물을 닦아 주면서 옆에 앉아 나를 꼭 안아줬다. 한참을 그렇게 조용히 앉아만 있었다. 할 말이 생각나지 않았다. 그녀의 방 창밖으로 아주 높은 도르래가 보였다. 도르래는 돌지 않은지 꽤 됐지만, 불빛은 매우 밝았다. 그 불빛과 달빛이 비스듬히 땅에 비쳤고, 이른 봄의 찬바람, 그리고 우리의 호흡과 어우러졌다.

날이 또 저물었다. "오늘은 꼭 집에 가야 해요. 오늘도 정신없이 마구 얘기했네요. 엉망진창이에요. 내일 다시 올게요."

그녀는 길가까지 나를 배웅했다. "더 이상 원망하지 마라. 그 사람도 어쩔 수 없었어."

x월 x일

요 며칠 알게 된 것들을 어머니에게 말했다. 어머니는 한참 말을 잇지 못하다가 밥 먹을 때가 돼서야 내게 한 마디 건넸다. "전족한 여자, 침대는 깨끗하니?"

나는 이것이 질투임을 잘 안다. 차별적인 시각이기도 하다. 하지만 나는 어머니와 다투고 싶지 않았다.

저녁때가 되어 돌아왔는데, 어머니는 여전히 안정을 되찾지 못했다. "너, 거기 또 갔었니?"

"채굴 관련 기술자 두 명을 만났어요." 내가 말을 마치기도 전에 어머니가 소리쳤다. "어쨌든 그런 관계는 도리에 어긋나는 거야."

어머니가 흥분하는 모습에 나는 몇 마디 위안이 되는 말을 할 수밖에 없었다. 이런 이치를 그녀도 모르지 않는다. 그저 극복하지 못할 뿐이다. 원한이기도 하고, 질투이기도 하다. 그녀는 진상을 알고 싶어 하지만, 진상을 두려워하기도 한다.

어머니. 당신은 불행한 거예요. 아주 고통스러웠겠죠. 하지만 그게 전부는 아녜요. 우리는 개인적인 시각에서만 문제를 볼 순 없어요. 그러면 우린 영원히 해방될 수 없어요.

x월 x일

이하는 장 씨 아주머니의 해석이다.

"지난번에 물었지? 그가 왜 너희 모녀를 폭로했냐고? 나도 어떻게 답해야 할지 모르겠어. 하지만 그 후 그가 머리를 찧었다는 건 알아. 벽에 부딪쳐서 말이야. 그는 후회했어. 죽을 마음까지 먹었지. 그때 그는 죽고 싶어 했어. 늙은 이웃들이 발견하고 말렸지만.

나중에 그에게 물었어. 왜 그렇게 말했냐고. 그가 말했어. '그건 내가 말한 게 아니라 그 무리들이 그렇게 말하도록 시킨 거야.' 문화대혁명이 시작되자 그는 상황이 안 좋아질 거라는 걸 알았고, 숨지 못하게 될까봐 두려워했어. 투쟁의 대상이 되는 걸 두려워하지 않는 사람은 없잖아? 그는 두려웠어. 그들이 물었어. '당신은 왜 국민당에 참여했지?' 그가 말했어. '어려서 잘 몰랐습니다.' 그들이 말했어. '성실하지 못하군.' 그는 인정했어. '맞아요. 맞습니다.' 그들은 '누가 더 있지? 솔직하게 말해. 아내도 참가했나? 아이도?'라고 물었지. 그는 다시 고개를 끄덕이며, '맞아요. 맞습니다'라고 했어. 그들이 뭐라 말하든 고개를 끄덕이면 성실한 거였어. 고개를 끄덕이지 않거나 대답하지 않으면, 성실하지 않은 거였지. 사실 그는 그것이 말도 안 된다는 걸 잘 알면서도 동문서답했던 거야.

이런 일들은 노동자 신촌에서 웃음거리가 됐어. '류 공, 오늘 비판 받았지? 아내와 아이에 대해 해명했다던데? 아이가 뱃속에서부터 국민당에 참여했다지?' 누구도 그걸 사실이라고 생각하지는 않았어. 하지만 그게 아이를 다치게 할 거라고 누가 알았겠니? 그걸 알았다면 고개를 끄덕이지 않았겠지. 그런데 그가 고개를 끄덕이지 않았다면, 그들이 그를 봐줬을까?

그들은 단 한 번도 그를 봐주지 않았어. 선별 복권으로 우파 모자를 벗겨 줬지만, 사실 그 전보다 더 못하게 됐어. 나중에 안 거지만, 그건 모자를 손에 쥐게 했다가 불성실해 보이면 언제든 다시 씌우는 거였어. 계속 쓰고 있는 것만 못해. 적어도 안절부절못하며 살지는 않을 테니까. 당시에 그는 전문가 마을에 살았고, 집 안팎에 대자보들이 가득했지. 소련 전문가가 떠난 지 이미 두 해가 지나서 아무도 청소를 하지 않았어. 대자보가 바람에 파닥거렸어. 마치 초혼 의식 같지 않았겠어? 그런 묘지에 사는 건 노동자 구역에 사는 것만 못했어. 그런데 그가 얘기하자마자 이사할 수 있게 해 줄 거라고는 생각지 못했지.

그는 노동자 신촌으로 이사하면 노동자와 같아질 거라 생각했어. 일 년 사계절 갱도에서 살았지. 먹고 입는 것도 같았어. 눈에서 멀어지니 마음이 편해진 거지.

사실 노동자와 같아진다는 게 별 건 아냐. 노동자의 삶을 그가 못 살

이유도 없잖아? 그 사람 스스로도 말했어. 그 시절이 제일 좋았다고. 그는 임금은 많은데 쓸 데가 없어서 어려운 사람들에게 돈을 빌려줬지. 빌려줬다고 하지만, 돌려받지 못해도 신경 쓰지 않았어. 글을 못 쓰게 하니, 그는 라디오 조립을 배웠어. 당시 이 동네 라디오는 다 류 공이 조립한 거야. 나중에 그것도 죄가 될 줄은 몰랐어. 그들은 그가 라디오를 만든 게 아니라 라디오 방송국을 만들었고, 영국 첩자라고 몰았지. 문혁이 다시 올 줄 누가 알았겠니? 돈 빌려준 게 죄가 될 거라고는 또 누가 알았겠어?

그러고는 조반이 시작됐어. 과거 류사리를 억압했던 사람도 그와 같은 처지가 됐지. 나중에 군사 대표가 와서 그에게 출근하라고 했어. 그런 다음 '쌍3만'을 하게 됐지….

이번엔 달랐어. 그는 겁먹은 척 하지 않았지. 그는 그동안 너무 겁먹은 척을 많이 했다고 말했어. 자신도 조반을 하겠다는 거야. 세 개의 광산을 이미 완성했으니 별로 마음 쓸 일도 없다고 했어. 이번엔 죽어도 죄를 인정하지 않았어. 대회에서 말 한 마디 나오면 열 마디로 대꾸했어. 이 일대 사람들이 그 사람 때문에 마음이 급해졌지. 말하지 말라고 하면 오히려 더 하려고 했으니까.

고집을 부리다가 맞았지. 나중엔 나도 끌려갔어. 그 사람은 더 화가 나서 그들에게 짐승이라고 욕했어. 대중 독재 무리들은 아주 지독했어. 류 공은 당뇨병이 있었는데, 손도 풀어 주지 않고 플라스틱 컵에 소변을 보게 했어. 그 짐승들은 그에게 소변을 마시게도 했지. 마시지 않으면 매달았어. 두 손을 깍지 끼게 하고, 몸을 매달았어. 발끝이 땅에 약간

닿을 정도로. 네 아버지는 지식인이야. 그걸 참아 낼 수 있었겠니? 그걸 보고 나도 그를 설득했어. '말을 좀 안 하면 안돼요?' 그가 말했어. '안 돼요. 반대를 하려면 제대로 해야지. 대단할 것도 없어요.'"

장 씨 아주머니는 이 이야기들을 하면서 더 이상 흥분하지 않았다. 눈 흰자가 드러나게 허공을 보다가 기억이 나면 곧 천천히 한 마디씩 말했다. 이야기를 마치면 다시 생각을 떠올렸다. 길에 흩뿌려진 노란 콩을 천천히 주워 한 톨 한 톨 만져 보는 것 같았다. 그녀는 조급해 하지도, 그다지 열심이지도 않았다. 줍지 못해도 그만이었다. 과부로 수절하는 여인의 이야기엔 얼마간의 경박함도 있다. 그런데 지금 그녀는 진지하다.

그녀에게 오래도록 먼지 쌓인 옛이야기는 길가다 이리저리 부딪히는 것과 별로 다를 게 없었다. 그저 재수 없는 것이었다. 내가 묻지 않았다면, 이 일들은 아마도 영원히 마음속에 짓물러져 있었을 것이다. 이런 무심함은 참으로 견고하다.

내가 물었다. "그가 전에는 겁먹은 척 했었다고 말했다고요? 그게 무슨 뜻인가요?"

"미친 척하며 바보짓을 한 거지. 그렇게 머리 숙이고 죄를 인정한 거야."

"마음으론 승복이 되지 않으면서 겉으론 승복하는 모습을 보였다는 건가요?"

"그가 내게 말한 적이 있어. 그런 척하지 않으면 안 된다고. 그런 척하지 않으면, 그에게 일을 시키지 않을 거였거든. 그가 외국에 나간 것도 이걸 배우려 했던 것이고, 귀국한 것도 이걸 하기 위한 거였어. 한평생 그의 꿈은 직접 광산을 만드는 거였어. 그는 벌써 세 개의 광산을 만들었으니 어떤 나라의 광산 엔지니어도 이보다 운이 좋을 수는 없다고 해야겠지. '득이 있으면 실이 있다'고 그가 말했어.

생각해 봐. 사람이 그렇게 많이 죽고, 우파를 그렇게 많이 만들어 냈는데, 어떤 지도부든 책임진 적 있어? 이걸 돌이킬 수 있나? 정말 힘들게 소련 전문가가 떠나길 기다렸는데, 책임을 소련 수정주의에 떠넘길 수 있어? 보통 사람들도 아는 이치를 그가 몰랐겠니? 그는 이를 악물고 참은 거야.

그는 1953년에 한 번 일을 못하게 될 뻔 했어. 갱도 회사의 우두머리가 총으로 자살하는 바람에 그는 자기 목숨을 건질 수 있었지. 당시 지도부는 모두 총을 가지고 있었어. 1958년에 또 한 번 거의 일이 중단될 뻔 했어. 나중에 몇 명이 죽고 나서야 좀 나아졌지. 그때 그 사람은 자기 차례가 되었다고 생각하지 않았을까?

너희 모녀에 대해 폭로한 건 고의가 아니었어. 그 사람도 죽도록 후회했지. 네가 학교에서 억압을 많이 당했다는 얘길 듣고, 그 사람 얼굴이 짓뭉개졌어. 사람인 이상 제 자식을 감싸지 않는 사람이 어디 있겠니? 너희 생활이 힘들다는 건 그도 알고 있었어. 그도 힘들어 했어. 하지만 그 사람은 너희를 직접 도울 수가 없었지. 겁먹은 척하려면 끝까지 그래야 했고, 천하가 모두 그를 바보로 여길 정도로 겁먹은 척해야 했으니까. 자기가 미워하는 사람은 다른 사람이 아니라 네 어머니라는 걸 세상 모든 사람이 알게 했지."

나는 길 입구에 서서 고개를 돌려 그 광산을 다시 살펴봤다. 익숙한 도르래를 보니 갑자기 두 눈에 눈물이 가득 찼다. 도르래 위에 은근히 호광弧光이 빛났다. 그 빛 속에 어렴풋이 류사리와 류사리 이전에 죽어 간 원혼들이 서 있었다. 한 세대 한 세대를 거치면서 노동자도, 농민도, 간부도, 지식인도 있었다. 그들은 사실 상식을 지키기 위해 죽었다. 자원을 합리적으로 이용하자고 주장하고, 파괴적 채굴을 반대했다. 이건 보통의 상식이 아닌가?

도대체 어찌된 걸까? 이것이 평화로운 시대의 이야기란 말인가?

류사리는 또 다른 도르래 밑에서 죽었다. 류사리는 뼈와 잔해도 남기지 않았다. 그저 한 켤레의 털가죽 구두만 남겼다. 나는? 어디에서 죽을까? 죽을 때 무엇을 생각해 낼 수 있을까? 화약 냄새가 났다. 갱도 입구에서 불어온 것은 아니었다. 다이너마이트를 터뜨린 것도 아니었다. 그것은 가슴속에서 뿜어져 나온 것이었다. 이건 일종의 감화感化라고 생각됐다.

나는 이것이 숙명이라고 믿는다. 그것이 나를 이곳으로 돌아오도록 했던 것이다. 이름을 바꾸고, 호구를 말소해 버리면서까지 이 모든 걸 잊으려 했지만, 불가능했다. 그게 아니라면 어떻게 한 바퀴를 빙빙 돌아 결국 다시 이 도르래 아래 서게 되었을까?

35.

거꾸로 강 정치위원의 입장에서 생각해 보면, 그는 당시 확실히 퇴로가 없는 상황에 직면했었다. 그와 양 참모장은 모두 군인이었다. 외나무다리에서 만나면 용자가 승리한다는 이치를 알고 있었다. 연말이 가까워 왔다. 두 달 남았다. 만약 기운을 북돋아 박차를 가하지 않으면 '쌍3만'은 분명히 불가능해질 것이었다. 그리고 T시와 유색공사 안에 '새 신 신고 옛길을 걷는' 게 아닌지 의심하는 사람이 이미 생기기 시작했다. 그래서 이는 생산지표의 문제가 아니라 방향과 노선, 전체 좌파 지지의 대 국면과 상관이 있었다. 적어도 강 정치위원 자신만큼은 그렇게 봤다. 예닐곱 글자의 오류와는 무관했고, 심지어 류사리의 조반과도 무관했다.

강 정치위원의 눈에 양 참모장은 얼뜨기에 불과했다. 전체적 국면이라는 걸 전혀 보지 못했고, 대세를 따를 뿐이었던 것이다. 이 일에 대해서도 양 참모장이 내보인 태도는 계산하기 귀찮아하는 자태였다. "양 형 이 사람은 말이야. 전투력은 괜찮은 편이야!" 그 뜻은 당 정치의 일인자로서 투쟁에 기대어서만 지낼 수 없다는 것이었다. 강 정치위원은 아주 많은 하릴없는 걱정을 갖고 있었다. 백정이 죽었다고 고기를 못 먹는 건 아니다. 분투하다 보면 희생이 따르는 것이다. 희생을 치르더라도 이 집은 계속 지켜야 했다. 사람은 먹고, 마시고, 싸고, 잔다. 그가 어떻게 내버려 둘 수 있겠는가?

T시라는 이곳에선 당나라 때부터 관리를 파견해 제도를 정비했다. 그 시기의 관리는 하나의 임무만을 가졌다. 바로 조정에 화폐를 주조해 바치는 것이다. 그래서 이 광산은 천관산天官山이라 불린다. 첫 번째 동전은 천관전이라 불렸다. 채굴에서 주조까지 공예와 관련되는 부분은 매우 넓었다. 하지만 모든 생산 활동과 사회 활동은 동전 주조라는 단일한 목적을 둘러싸고 이뤄졌다. 당시의 보통 사람들도 당연히 먹고, 마시고, 싸고, 결혼하고, 아이를

낳았다. 그러나 당시 이곳은 농업 발전조차 허락되지 않은 것 같다. 대 시인 이백이 이곳으로 유랑 왔을 때, 야생 줄풀 줄기로 만든 죽도 감사하다는 말만 반복할 뿐 차마 먹지 못했다는 일화에서 당시의 고생을 잘 알 수 있다.

약 천 년 동안 T시가 중앙에 얼마나 많은 동전을 바쳤는지 이미 고증할 길이 없다. 그런데 천여 년을 거치면서도 T시에 일정한 규모가 되는 지방 기업이 하나도 없던 것도 사실이다. 큰길과 도로도 있고, 학교와 상점도 있지만, 그럴 듯한 경제생활은 없었다. 보통 시민의 십중팔구는 만져보기만 해도 어떤 광석인지 알았다. 하지만 장사를 논하면, 얼굴이 하얗게 질리고 머릿속은 꽉 막혔다.

해방 이후, 특히 제1차 5개년 계획 이후, 이곳은 국가의 대규모 개발 프로젝트로써 전략적 지위가 높아졌다. 그렇지만 경제 발전 모델은 여전히 과거와 같았다. 국제적 봉쇄로 구리 자원은 전쟁 물자로 간주됐고, 지방 경제는 더욱 압력을 받았다. 모든 경제활동이 광산을 둘러싸고 전개됐다. 그래서 모든 정치투쟁 또한 당연히 광산을 둘러싼 피 터지는 싸움이었다.

강 정치위원은 "구사회 정부가 제공한 공공서비스가 너무 적었다. 성 정부 하나에 몇 사람이나 있는가? 경찰, 세무, 재정, 문화 네 개의 청을 두고, 성의 장과 비서장까지 더하면 한 식탁에서 밥 먹기도 좁다. 하물며 T시에는 간부가 얼마나 되는가? 현급 간부만 쳐도 강당에 다 못 앉을 정도다. 우리 같은 군인은 자기 돈으로 좌파 지지를 한다. 그들에게 급여를 줘야 하는데, 급여는 돈이 있어야 줄 수 있다. 우리는 신사회다. 많은 사업을 해야 하고, 많은 보통 사람의 눈이 우리를 똑바로 향해 있다. 그런데 돈이 없으면 어떡하는가? 참모가 참모장을 대동하지 않으면 방귀도 소리가 나지 않는다고 했다. 정치위원이 돈이 없으면 속수무책일 수밖에 없다"라고 했다.

결국 돈 때문이다. 재정적으로 돈이 없었다.

만약에 돈이 있었다면, '쌍3만'을 했을까? 비극을 막을 수 있었을까? 아마도 다른 이야기가 만들어졌을 것이고, 분명 다른 모습이었을 것이다.

강 정치위원은 류사리가 얼간이에, 멍청이에, 책상물림이라 했다. 류사리는 아마 죽을 때까지 우리가 왜 자신을 비판하는지, 평생 심혈을 기울여 만든 광산이 왜 자신을 배반했는지, 그가 보호하고자 했던 목숨이 왜 자신을 학대하는지, 광산 재해 유가족들이 왜 그의 주둥이를 후려쳤는지 제대로 이해하지 못했을 거라고 했다. 류사리는 스스로 인민과 끊어졌고, 자기 자신과 끊어졌다.

물론 이는 화가 많이 나 제정신이 아닌 상태에서 한 말이다. 류사리의 죽음을 듣고 그도 화가 나서 미칠 지경이었다. 그가 생각하기에 류사리가 생각을 조금만 했다면, 자신을 비판하는 게 목적이 아니라 '쌍3만'이 목적이라는 걸 알았을 것이었다. 그는 류사리라는 얼굴을 잠시 빌렸을 뿐이었다. 마치 조조가 양초糧草관의 사람을 이용했던 것처럼 말이다. 그런데 류사리는 체면을 살려 주긴커녕 강 정치위원의 체면을 깎아 내렸다. 양 참모장은 의자를 던졌을 뿐이다. 만약 양 참모장이 총을 꺼냈더라도 강 정치위원은 숨지 않았을 것이다. 사실 우리 모두 역사의 무대 위에 놓인 관객이다. 역사는 한 번도 옷을 입고 모자를 쓰는 것처럼 간단한 적이 없었다. 이 무대엔 절대적으로 긍정적인 인물도 없다. 어떤 선한 인물도 자신의 반대편으로 향할 수 있다. 강 정치위원은 '쌍3만'에 너무 많은 감정을 쏟았고, '쌍3만'을 회의하는 사람을 용인할 수 없었다. 어떤 비판의 목소리도 그에게는 아주 쉽게

계급투쟁으로 간주됐다. 이로부터 그 자신도 이성을 잃어버렸다.

당시 그도 자신의 묘지를 팔 사람을 스스로 키우고 있음을 예감했을까?

모르겠다.

36.

x월 x일

오늘은 공총사 사람 몇 명을 만나 식사 대접을 받았다. 그들이 말했다. "노 전우가 돌아왔군." 그들은 내게 술 시합을 제안했다. 내가 한 사발씩 마시며 "나랑 술 시합을 하려면 사발로 해야죠. 한 사발씩"이라고 하자 그들은 겁을 먹었다.

이들은 원래 '좋다'파의 우두머리들이었기에 당연히 '쌍3만'을 지지한다. 얘기하다가 말다툼이 벌어지고 했지만, 나는 그것들에 관심이 없었다. 그래서 그저 류사리의 죽음을 그들이 어떻게 보는지 물어봤다. 보편적인 생각은 이랬다. '비판은 당연히 해야 한다. 쌍3만을 비판하지 않으면, 그것은 완성되지 않는다. 그러나 비판이 도를 넘으면 좋지 않다. 사람 목숨을 잃으면 더욱 그렇다.' 그들은 내가 류사리의 딸이라는 것과 내가 그와 선을 분명히 그었다는 것도 알고 있었다. 그럼에도 여전히 어느 정도는 꺼리는 바가 있었지만, 간극은 명확했다. 생산량은 늘 적은 것보다 많은 게 좋고, 발전은 느린 것보다 빠른 게 좋다는 식이다. 그들의 생각은 이처럼 단순했다.

겉보기에 그들은 별로 나아진 게 없었다. 여전히 파벌 싸움을 했고,

적이 반대하는 것이라면 무조건 지지했다. 그들과 연합 조반 총사령부의 우두머리는 똑같았다. T시의 역사에 대해, 역사의 논리에 대해 기본적으로 일자무식이었다. 그들이 관심을 갖는 건 좌인지, 우인지였다. 그런 다음 각자 순서대로 자기 자리를 찾아가 앉는 것이었다. 그들이 현실적으로 더 관심을 갖는 건 시 혁명위원회의 자리였다.

물론 내게는 정중히 예의를 차렸다. 그들은 내가 누구의 딸인지, 내가 무엇을 생각하는지 개의치 않았다. 그들은 내가 구 조반파라는 걸 알고 있었다. 그것으로 충분했던 것이다. 친하고 안 친하고는 노선에 의해 나뉜다.

나 역시 그들과 토론할 필요는 없었다. 그저 내가 봉황령의 갱도 탱크에 가 볼 수 있도록 그들이 배려해 주기를 바랐을 뿐이다. 상층에 거슬리지 않으면서 말이다. 그들은 관리 행세를 하며 말했다. "그건 작업이 좀 필요한데. 여자가 갱도에 들어가는 건 눈길을 끌기 쉬우니까." 정말 관리가 다 됐다.

x월 x일

내가 부산히 움직이자 어머니가 경계하기 시작했다. 내게 늘 사람이 찾아왔고, 집에 자주 들어가지 못했다.

"뭘 하려는 거니?" 어머니가 물었다.

나는 어머니의 목을 감싸 안으며 애교를 부렸다. 예전에 비하면 지금은 애교도 참 잘 부린다. "자초지종을 제대로 알아보려고 그러죠."

어머니가 돌연 울기 시작했다. 눈물이 주르륵 흘렀다. "그건 나도 반대하지 않아. 하지만 아무래도 이건 아닌 것 같아. 나한텐 너밖에 없어."

"뭘 걱정하는 거예요? 어머니."

"네가 애먼 짓을 할까봐 그래. 지금은 2년 전과 달라. 조반파는 이미 인기가 없어."

"내가 조반할까봐 걱정이에요? 사람들이랑 싸울까봐? 안 그래요. 어린 아이도 아니고. 내가 그렇게 바보인가요? 난 그저 궁금할 뿐이에요. 그저 그 사람 생각을 알고 싶은 거예요. 뭘 할 건지, 왜 해야 하는지는 잘 모르겠지만."

"그 일에 대해 잘 알아보는 건 좋아. 어찌 됐든 네 아버지니까. 그러면 나름 할 도리를 하는 거지. 하지만 사람은 죽으면 돌아오지 않아. 그 사람에게 면목이 서면 그걸로 된 거야. 그가 만약 살아 있었더라면, 그 사람도 네가 애먼 짓 하는 걸 바라진 않을 거야. 넌 여자아이에 불과해. 본분을 잘 알아야 한단다. 여기까지만 해. 듣고 있니? 여기까지만이다."

여자가 어쩌고? 나는 이런 말을 듣는 게 제일 싫다. 화가 났다.

하지만 어머니는 기어코 "여자가 그 나이가 되면 마땅한 짝을 찾아서 애를 낳아야 해. 류사리가 살아 있었다면, 그도 똑같이 그걸 바랐을 거야"라고 말했다.

어머니와 더 다투고 싶지 않았다. 할 말도 없었다.

"어머니를 화나게 하고 싶지 않아요. 정말로. 어머니와 류사리는 지식인이면서 나한테 원하는 게 자식 낳아 기르고, 단순히 대가 끊기지 않는 것밖에 없어요? 그렇다면 차라리 태어나지 말 걸 그랬어요. 그건 사람이 아니라 동물이에요.

이왕 세상에 온 이상 나 자신에 대해 떳떳해야죠. 물론 원대하고 비현실적인 이상으로 나를 포장할 필요는 없지만, 적어도 약간의 정의감은 있어야 해요. 내가 어디에서 왔는지는 중요하지 않아요. 중요한 건 내가 어디로 가는가죠. 또 내가 얼마만큼 할 수 있는지보다 내가 무엇을 할 수 있는지가 더 중요해요."

이제 나는 그녀가 무엇을 두려워하는지 알았다. 정치. 그녀는 정치 때문에 겁먹었고, 흐리멍덩해졌다. 류사리도 겁먹었다. 그러나 그 사람은 분명 자신의 목표가 있었다. 그래서 최후까지 도망치지 않았다. 겁먹은 부인이 도망치자고 해도 갈 곳이 없었기 때문이다. 누군가에게 붙잡혀 가면, 그 누군가를 물고 늘어질 뿐이었다.

x월 x일

장 씨 아주머니에게 물었다. "두 분은 함께 있을 때 행복했나요?"

"행복이 뭐야?" 그녀가 웃었다. "힘든 밑바닥 생활이었지, 뭐."

나는 그녀의 목을 감싸 안았다. "둘이서 가장 즐거울 때가 언제였는지 얘기해 주세요. 늘 울고만 있진 않았을 거 아녜요? 즐거울 때도 있었죠?"

그녀가 멍해졌다. 그러고는 볼이 조금씩 붉어져 작은 목소리로 말했다. "이 녀석."

"어디서부터 얘기해야 하나? 잘 기억이 안 나네. 암튼 난 그의 빨래를 해 줬어. 그 사람 살림하는 게 참 서툴렀거든. 빨래를 참 못해서 내가 도와 줘야 했지. 그러다가 밥도 해 줬고. 그 사람은 오랫동안 광산만 돌아다녀서 생활이 뒤죽박죽이야. 언제 오는지도 알 수 없어. 나중엔 아예 내가 있는 곳에 와서 함께 살았어. 세월이 흐르다 보니 그렇게 됐지. 이 일대 사람들도 다 알아. 다들 오랜 이웃이니까. 아무도 비웃거나 하진 않았어.

처음엔 그 사람이 내 손을 잡아끌었어. 난 숨어 버렸지. 심장이 쿵쾅쿵쾅 뛰더라고. 좀 지나서 그 사람한테 재수 없는 일이 생겼어. 아마 라디오 만든 일 때문일 거야. 다시 돌아온 그가 또 내 손을 잡아끌었는데, 그땐 나도 그를 원했지. 세상 물정을 아는 대경이는 계속 나더러 혼인신고를 하랬어. 우리 집은 작아서 그 사람이 오면 대경이는 특근을 했지.

사람은 말이야. 어찌 살아도 한평생이야. 꼭 그 종이 한 장을 받아서 그럴듯해 보여야 하는 건가?

물론 즐거울 때도 있었어. 그 사람은 기분 좋을 때 꼭 아이 같아. 싸우기도 하고, 소리도 지르고, 무서운 얼굴을 하기도 하고. 그게 어떤 모습이었냐고? 볼 살을 입 안에서 물고 오물거리는 거야. 토끼 입처럼. 기분 좋을 땐 두 손가락을 펴서 머리 위에 세우기도 하고. 어쩔 땐 두 손을 세워 흔들면서 집을 뱅뱅 돌아. 그랬었지."

나는 그것이 영어의 V자라는 걸 안다. 그는 즐거운 토끼를 연기한 것이다. 아마 장 씨 아주머니를 웃게 하려고 그랬을 것이다. 나는 할 말을 잊었다. 드디어 살아 움직이는 아버지를 보게 된 것이다. 나는 그것이 그의 진실된 성격과 잃어버리지 않은 동심이 자연스럽게 표현된 것이라 믿는다. 그런 행동은 예전에 어머니 앞에서도 했을 것이다. 아쉽게도 어머니의 기억은 너무나 가라앉고, 너무나 어두워서 이러한 색채들이 종적을 감추어 버렸다.

"그 사람은 결혼 수속을 밟자고 했어. 내가 싫다고 했지. 왜냐고? 솔직히 말해서 나도 그러고 싶었어. 안 그랬겠어? 대경이도 권하고. 하지만 난 그럴 수 없었어.

나는 그 사람과 어울리지 않아. 정말 어울리지 않았어. 난 그 사람 말을 일부는 알아듣고, 일부는 못 알아들었거든. 그와 어울리는 사람은 네 어머니야. 결혼 수속을 밟고 안 밟고는 겨우 종이 한 장 차이야. 그게 있어도 이 모양이고, 없어도 이 모양이지. 때론 상상해 보기도 했어. 좀 지나면 식어 버리겠지. 그 사람도 맘이 변해서 너희 모녀를 찾아가겠지.

그 사람은 나와 달라. 국가는 그런 사람을 필요로 해. 그 사람이 그 고비를 넘기지 못할 거라는 걸 미리 알았다면, 난 어떤 수를 써서든 그런 마음을 품은 채 길을 나서도록 하진 않았을 거야. 어떻게든 흡족한 기분으로 떠나게 했을 거라고!"

가슴 찢어지는 이야기를 들으면서 마음속으로 생각했다. 이 전족한 여인이, 교육도 받지 못하고 이름도 없는 이 여인이 사랑을 가장 잘 아는구나. 그녀는 아버지에게 마지막 즐거움을 선사했고, 그도 기뻐했다. 이미 그녀는 그를 위해 이 작은 집에 참된 궁전을 지어 준 것이었다.

장 씨 아주머니는 행복할까? 적어도 그 시절은 행복했었다. 그녀는 여러 번 과거를 음미했고, 곰곰이 생각했다. 아니면 그녀가 이렇게 차분하게 얘기하지 못했을 것이다. 그녀의 얼굴 주름이 펴졌고, 눈에서는 빛이 났다. 나는 고난이 빚어낸 이 꽃이 일찌감치 그녀의 마음속에서 왕성하게 큰 나무로 자랐을 거라 믿는다.

이 얘기를 기록하면서 나는 어머니 대신 부끄러움을 느꼈다.

어머니. 제가 당신에게 잘 설명해 드릴게요. 꼭 그럴게요. 만약 삶이 당신을 기만하고, 역사가 당신을 공평하게 대하지 않는다 해도 더욱 정신을 또렷하게 하세요. 똑같이 무고한 사람에게 화풀이하지 말아요.

37.

거꾸로 류사리에 대해 생각해 봤다. 만약 그가 조반하지 않고 겁약한 태도로 순순히 겁먹은 척했다면 결과는 어땠을까?

그는 분명히 살아남았을 것이다. 게다가 아주 그럴 듯하게.

1970년 '쌍3만'을 실현하고, 강 정치위원이 원했던 그의 역할을 완성하면서 고난도 끝났을 것이다. 그는 총통제실로 돌아갔을 것이고, 계속해서 직무가 없는 권력을 행사했을 것이다.

1980년에 그는 분명히 유색공사의 지도부가 됐을 것이다. 그는 정책 실행 부분을 전문가 구역으로 가져왔을 것이다. 그러나 그는 비교적 조심스러워하며, 자주 '아이고, 부끄럽습니다'라고 말했을 것이다.

1990년엔 성 정치 협상 회의의 지도부였을 것이다. 그는 자주 해외출장을 가고, 가끔은 학술 보고도 했을 것이다. 자동차가 지급되고, 식사에 생선도 나왔을 것이다.

2000년에 그는 이미 유명 인사가 됐을 것이다. 통상적인 인터뷰엔 응하지 않고, 특별히 중요한 시기에만 텔레비전에 출연해 문화대혁명을 비난할 것이다.

그런데 역사에는 가정이 없다. 류사리는 오늘까지 살 수 없었고, 조반을 선택했다.

조반의 내용은 처음엔 근본적 쟁점을 둘러싸고 전개됐다. 묵중한 역사와 절박한 현실, 3급 광량과 객관적 법칙, '쌍3만'과 방향 노선에 관한 것이었다. 그러나 조반이 진행될수록 이런 문제들은 중요하지 않게 돼 버렸다. 중요한 건 그의 태도였고, 마치 일부러 그들을 화나게 하려 한 것 같았다. 그들이 한마디 하면 그는 열 마디로 되받을 수 있었다.

그는 조반을 위해 조반을 했다. 그는 이미 절정에 올랐다. 형태를 갖췄고, 높은 위치에 있었다. 나중에 문예 비판으로 전환되고 나서는 그의 태도도 중요하지 않았다. 문예 선전대는 그의 태도에 신경 쓰지 않았다. 그저 그가 협력만 하면 됐다. 압송해 올릴 때 따라 올라오고, 압송해 내릴 때 따라 내려가면 그의 역할은 끝났다. 그러나 그는 이 임무조차 따르지 않았다. 그는 몇 마디 말을 꼭 덧붙였다. 두 마디 말을 하기 전에 그는 모 주석 어록을 암송하려 했다. 물론 그는 자신에게 유리한 말을 골랐다. 공개적 장소에서는 그의 발언을 막을 수 없었다. 그래서 대중 독재 대원들은 방망이로 여러 번 그를 내리쳤다. 때론 협박하기도 했다. 그는 크게 외쳤다. "문투를 해야지, 무투를 해선 안 된다!"

군사대표 류 간사의 말에 따르면, 류사리는 요리하기가 참 어려웠다고 한다. "밑에서 일할 때는 눈길을 돌리고 말없이 일하더니 한 번 무대에 오르면 천태만상이었어. 딱 한 번 고분고분했는데, 봉황령 광산 사건 유족이 무대에 올라 그의 뺨을 때릴 땐 저항하지 않고 때리는 대로 맞더라고. 그 사람은 기어코 자신을 영웅으로 삼았어. 조국을 위해 고난을 감수하려 했지. 그러니 유족이 그를 때리지 못하게 할 수 있었겠는가?"

그는 나중에 인격 문제를 제기하기도 했다. 그는 선전대의 행위가 자신의 인격을 모욕한다고 생각했고, 말을 못하게 하는 건 불공평하다고 했다. 이 말은 상부로 보고됐고, 강 정치위원은 비웃었다. "그에게 무슨 인격이 있나? 그래서 처자식이 국민당에 가입했다고 고발했나?"

비판 투쟁은 갈수록 수위가 높아졌다. 노동자주비위원회가 새로운 대자보를 붙여 운동 초기의 일을 끄집어냈다. 생활 부패의 문제였다. 이는 날뛰는 그의 기운을 다스리기 위한 것이었다. 류사리의 조반도 새로운 단계로 진입했다. 그는 군사대표에게 묻기도 했다. "내가 대자보를 쓸 수 있소?"

1970년 겨울은 특히 추워 11월에 대설이 내렸다. 빈 광산의 무대에선 입김이 하얀 안개가 되었고, 눈썹엔 흰 서리가 내려앉았다. 비판 투쟁 대회로 사람들의 주의를 끌기가 쉽지 않았다. 그런데 선전대가 천관산 광산에서 전대미문의 성공적인 연출을 해냈다고 한다.

그날 그들은 타락한 가속공을 데려왔다. 류사리의 날뛰는 기운을 잠재워 엄숙하고 진지한 그 허울을 벗겨 내려는 의도였다. 그해 곤욕을 치르게 하는 가장 좋은 무기는 남녀 관계였다. 오늘날 부패 분자가 얼마나 많은 정부情婦를 두고 있는지에 관심을 갖는 것과 같은 이치였다.

전족한 그 여인이 무대에 올려졌다. 그녀는 머리를 숙인 채 사람들의 얼굴을 감히 보지 못했다. 머리도 산발이라 누구도 그녀의 얼굴을 제대로 볼 수 없었다. 가장 눈에 띈 것은 그 여자가 전족을 했고, 흰 양말을 신었고, 밧줄로 묶인 솜 신이 목에 걸려 있었다는 것이다.

그녀는 비틀거리며 무대 입구로 밀쳐졌고, 류사리와 함께 섰다. "고개 들어!"라고 외치는 사람도 있었다. 하지만 그녀는 고개를 들지 않았다. "류사리가 투항하지 않으니 그를 몰락시키자"라고 구호를 외치는 사람도 있었다. 류사리는 손을 들었지만, 그녀는 미동도 하지 않았다. 전부 조용해졌고, 모두들 어리벙벙했다.

류사리가 갑자기 무릎을 꿇더니 그녀를 부축하며 주저앉았다. 그는 솜신을 들고 그녀에게 신겨 주려 했고, 시릴 것 같은 그녀의 전족한 발을 자기 품으로 끌어안았다. 한참 동안 조용하더니 사람들이 반응을 보이기 시작했다. 산발적이었다. 박수를 치는 사람도 있었다. 흐느껴 우는 사람도 있었고, 날카롭게 외치는 사람도 있었다. 곧이어 우레와 같은 박수 소리가 들렸다. 이때 전족한 여인이 고개를 들었다. 그녀가 웃는 걸 본 사람이 있었는데, 예쁘다고도 했다. 눈물이 글썽글썽한 그녀의 얼굴은 보통 사람과는 달랐다.

관중은 그날의 연출에 모두 박수를 보냈다. 대회의 모든 프로그램이 박수를 받았다. 비판과 투쟁을 봐 온 사람들에게도 이런 투쟁은 처음이었던 것이다. 조반을 봤던 사람들도 이런 조반은 처음이었고, 공연을 봤던 사람들도 이런 공연은 처음이었다. 그 시대에 두 사람이 공개적으로 손을 잡는 경우는 아주 적었다. 무대에서 이렇게 친밀한 모습을 그 누가 본 적이 있었던가? 조반의 자세가 이렇게 우아한 경우를 그 누가 보았던가?

이 일의 영향은 매우 좋지 않은 방향으로 흘렀다. 기관 내부에서도 의견이 분분했다. 우리 소조에서 한 여성 동료는 종일 중얼댔다. 무슨 일이냐고 묻자 그녀가 말했다. "우리 영감이 한 번만이라도 나를 그렇게 대해 주면,

매일 비판당해도 같이 살 거야."

그해 연말 또 한차례 큰 눈이 내렸다. T시 전체가 하얗게 변했다. '쌍3만'이 실현됐고, 문예 선전대도 계속 공연했다. 그저 그 공연에서 특별 프로그램이 없어졌을 뿐이다.

성省에서도, 야금부에서도 축하 전보가 왔다. 그저 강 정치위원만 흥분하지 않았을 뿐이다. 그는 라디오 연설도 취소해 버렸다.

나중에 들어 보니 대중 독재 지도부가 철수했고, 몇 명의 민병은 처벌을 받았다고 한다. 그들이 기율을 위반하고, 사적으로 류사리에게 체벌을 가했다는 이유였다.

38.

x월 x일

공총사의 이 형이 직접 나를 데리고 갱도로 내려갔다. 다행히 가는 길에 아무도 마주치지 않았다. 그들은 사전에 여러 가지를 준비해 줬다. 안전모, 작업복, 고무장화, 램프도 나 대신 받아 왔다. 수송차를 타고, 다시 전기차를 탔다. 그런 후 구리 광산 갱도 특유의 유황수 냄새가 진동하고, 귀청이 터질 것 같은 호랑이 입 앞에 섰다. 이 길에서 우리는 아무도 만나지 못했다.

이 형은 말이 많지 않다. 원래는 약간의 해명을 준비했던 것 같은데, 나를 보자마자 아주 심각한 모습을 하면서 더 말하려 하지 않았다. 나는 그에게 말했다. "공업을 배울 때 갱도에 내려가 본 적이 있어요. 봉황령에만 와 보지 못했을 뿐이에요." 그는 알겠다며 고개를 끄덕였다.

호랑이 입은 속칭이다. 그것은 사실 광석이 합쳐지는 큰 탱크다. 거대한 입으로 매일 채굴된 광석을 삼킨다. 작은 광석은 직접 목구멍으로 들어가고, 큰 광석은 2~3톤 되는 철 이빨로 분쇄된 후 삼켜진다. 씹혀서 분쇄된 후의 광석은 아래층의 갱도에서 깔때기를 거쳐 광차에 실리고, 다시 수송 차량에 실려 위로 올려 보내진다. 그런 다음 분쇄되어 선별 과정으로 진입한다.

나는 난간에 서서 관 자재 같은 아래쪽의 철 이빨이 위아래로 엇갈리는 모습을 봤다. 귀를 찢을 듯한 우렁찬 소리 속에 광석들이 한 덩어리씩 굴러떨어져 분쇄됐다. 나는 애써 류사리의 모습을 상상했다. 작업복을 입고 있었나? 안전모는 쓰고 있었나? 무슨 호언장담을 남겼을까? 하지만 그의 얼굴에 공포는 없었을 것이다. 그는 분명히 결연하고 침착하게 그리고 간결하게 탱크로 향했을 것이다. 심지어 얼굴엔 약간의 단호한 미소도 띠었을 것이다.

두 개의 광차가 우르릉거리며 다가왔다. 이 형이 나를 잡아끌었다. 전기 차량 앞머리가 두 개의 광차를 티플러[149]에 맹렬히 밀어 넣었다. 티플러가 한 번 기울어지자 아래쪽의 궤도를 따라 회전하기 시작했다. 광차는 아래에서 위로 뒤집혔고, 광석은 시끄럽게 탱크로 들어갔다. 이 과정은 1~2분간 지속됐다. 티플러가 다시 뒤집히고, 빈 광차가 다시 전기 차량에 끌려갔다.

---

149 광차에 적재된 석탄이나 경석을 내리기 위해 광차를 전도시키는 장비.

조금 멍해졌다. 이 형이 돌연 내게 말했다. "그날 류 공은 사람들의 눈을 피해 티플러에 뛰어올랐어."

"무슨 말이죠?" 분명 그가 뭔가를 숨기는 것 같았다.

이 형이 나를 보며 말했다. "겁먹지 마. 류 공은 직접 전기 차량에 올라타고 티플러로 들어갔어. 확실히 자살이었어."

"방금 사람들의 눈을 피했다고 한 건 무슨 뜻이에요?"

"시 대중 독재 지휘부의 민병이 감시하고 있어서 기회가 없었어. 전기 차량이 올라오자 민병들의 시선이 분산됐는데, 그때 그가 올라탄 거야."

"왜 민병을 써서 감시했죠?"

"당시 그를 비판하고 있었잖아. 그는 감금된 상태였어. 그런데 갱도에 생긴 문제를 해결하려고 그를 불렀거든. 그래서 우리 광산으로 와서…"

"알겠어요!"

나는 내 눈으로 이미 이 장면을 본 것 같았다.

류사리는 황혼의 갱도로 끌려 들어갔다. 몽둥이를 든 두 명의 민병이 뒤따랐다. 그는 탱크 아래로 와서 기술적 문제를 해결하려 했다. 문제가 해결되자 민병도 경계를 풀었다. 갑자기 그가 광차를 향해 잽싸게 뛰어나갔다. 그는 광차에 매달려 티플러로 들어갔다. 이 동작은 정말 놀라울 만큼 빨랐다. 민병이 미처 대처할 수 없을 정도였다. 아마 그들은 소리를 질렀을지도 모른다. 그러나 그 목소리는 호랑이 입 옆에선 아무것도 아니었다.

최후의 찰나에 그는 어떤 표정이었을까? 어쩌면 팔을 들고 무언가를 외쳤을지도 모른다. 자신만만한 얼굴은 진흙 범벅이었을 것이고, 녹슨 홍색과 푸른 회색의 광석 사이를 치고받으며 굴렀을 것이다. 그는 분명 자신의 몸놀림에 매우 만족했을 것이다. 그 동작은 철도 유격대처럼 세련된 것이다. 그는 다시 한번 자신의 뜻에 따라 이 동작을 완성했다. 누구도 생각지 못했던 것이었다. 이는 참신하고 특별한 의미를 갖는 순수한 형식이다. 겁약하고, 순박하며, 바보라 조롱받고, 자신을 망가뜨리는 방식으로 작업 권력을 얻었던 이 지식인은 분명 최후에 득의양양하게 웃었을 것이다. 그는 어떤 자세를 취했을까? 두 손가락을 머리 위에 세워 왔다 갔다 했을까? 분명히 그랬을 것이다!

충격과 압력으로 후회할 겨를은 없었을 것이다. 그는 신속하고 통쾌하게 해체돼 사라졌다. 그저 뇌수와 피가 조그만 지반 위를 적셨을 뿐이다. 최후의 순간 그의 눈앞에 빛은 없었다. 아마 뭔가를 봤을지도 모른다. 혹은 아무것도 보지 않았을지도 모른다. 그는 이미 모든 것을 또렷하게 볼 수 있었다. 그는 아마 크게 외쳤을 것이다. 평생 한 번도 내뱉어보지 못한 강한 음성이었을 것이다. 그런 다음 넋을 뒤흔드는 우렁찬 소음 속에 묻혔을 것이다.

신문 스크랩을 꺼냈다. 그에게 위안이 됐던 《전쟁터의 국화》를 한 조각 한 조각 찢어 천천히 그 대형 탱크에 날려 버렸다. 이 작은 꽃들이 수난당한 영혼을 따라 그의 심장박동에 최대한 다가가 내가 이해할 수 없었던 고충을 이해한 후 하늘나라로 들어갈 수 있기를 바랐다.

나는 우스운 동화 하나를 기억해 냈다. 동화 속 아가씨는 모두의 목숨을 살리기 위해 구리종이 되어 자신을 버리고 용광로에 뛰어들었다. 그녀는 잃어버린 신발을 되찾기 위해 대대로 종소리 안에 슬픈 울음소리를 담았다. '신발~ 내 신발~.'

아버지의 털가죽 구두는 자신이 남겨 둔 것인데, 광석 선별 공장의 광석 부스러기 속에 있었다. 자신은 이미 신발이 필요치 않다고 모두에게 알리고 싶었을 것이다. 그토록 뜨겁게 사랑하는 광산에 이미 스스로를 녹여 버렸다고.

갱도에서 올라와 이 형에게 물었다. "올해 생산량은 여전히 작년 정도 되나요?"

그의 안색이 무거워졌다. 그는 한동안 말을 잇지 못하다가 작년의 절반만 돼도 좋겠다고 인정했다. "광산은 사람과 같아서 원기를 잃으면 몇 년 안에 회복되기 어려워."

"류사리를 원래 알았나요?"

"알았지. 어떻게 모를 수가 있나? 그는 '다리 잠'[150]을 잤거든. 예전엔 광산에 초대소가 없었기 때문에 내려와서 노동자들과 '다리 잠'을 잤어. 류 공. 참 좋은 사람이었지. 융통성이 좀 없긴 했지만. 그는 시대의 임무를 몰랐어."

x월 x일

나는 누구도 꺼내고 싶어 하지 않는 역사 속에 완전히 침잠해 버렸

150 '다리 잠(通腿)'은 난방시설이 부족해서 노동자들이 서로의 다리를 품에 안고 잤던 수면 방식을 말한다.

다. 그들은 모두 알고 있었지만, 아무도 말하고 싶어 하지 않았다. 대강 넘어가거나 겉핥기 식이었다. "그래. 알아. 그렇게 된 거야. 지난 일이니 그걸로 됐다고." 그들을 원망할 수도 없었다. 그들은 너무 많은 걸 봤고, 말해 봐야 소용없었다. 이미 정해진 결론이 있었기 때문이다.

지금의 나는 류사리라는 영혼을 이해하기보다는 각각의 역사적 인물과의 만남을 통해, 그리고 진정한 방법을 찾아 그 속에서 살아가는 역사에 진입하려는 것이다. 역사를 인식할 수 없다면, 류사리도 이해할 수 없을 것이다.

모든 사람이 자신의 시대와 자기 자신을 성실하게 마주한다면, 기존의 사유와 결론에 기댈 수만은 없을 것이며, 결국 몇 가지 '왜'를 질문하게 될 것이다. 나는 어떤 종류든 간에 사유나 결론을 미리 정해 놓지 않는다. 물론 내게도 감정과 입장이 있지만, 결국 실사구시하려는 것이다. 기나긴 내 일생 동안 곤혹이 생기는 건 피할 수 없을 것이다. 사유가 틀리거나 결론이 허위인 경우도 있을 것이다. 그런데 말할 용기조차 없다면, 그건 얼마나 더 고통스러울까! 만약 내가 틀렸다면, 누구라도 나를 설득해 줬으면 좋겠다. 말하는 것 자체가 죄가 된다면, 난 그저 감옥에서 썩는 게 낫다! 인류는 불안과 걱정 속에서 진보를 모색해 왔다. 기성의 제도와 규범에 만족하지 않는 것이 진보의 전제이기도 하다. 마치 우거진 숲 속의 미로에 빠져 없는 길을 만들어 내는 것과 같다.

노신이 말했다. "걷는 사람이 많아지면, 곧 길이 된다."

x월 x일

이렇게 쓰련다 이렇게 쓰련다

우리의 일기는 이렇게 쓰련다

이렇게 쓰련다 이렇게 쓰련다

우리의 인생은 이렇게 쓰련다

사람은 마땅히 어떻게 살아야 하나?

길은 마땅히 어떻게 걸어야 하나?

–하경지賀敬之, 〈뇌봉雷鋒의 노래〉

물이 빠지고 돌이 드러나듯 뭍에 올라서야 두 발의 진흙이 드러나는 법이다. 진정한 영웅은 퇴조의 시기에 그 시대의 가장 간난한 문제를 어깨에 짊어지고, 죽음과 수난에 진심으로 임하며, 의식적으로 그 고난 속에서 버티기를 자처한다. 수난은 혁명이 반드시 치러야 하는 대가이고, 누군가 꼭 짊어져야 하는 것이다.

-혁명 노인 안명원安明遠

39.

소명이 내게 보여준 일기는 세 권이다. 그녀는 마지막 페이지의 하단까지 써 내려 갔다. 분명 다음 이야기가 더 있겠지만, 내겐 주지 않았다. 아마도 그녀는 그 다음 이야기는 나와 큰 관련도 없고, 내가 관심 없을 거라고 생각했을 것이다. 어떻게 돌아가서, 어떻게 결혼을 하고, 어떻게 아이를 낳았는지는 분명 그녀의 사생활이다.

지금은 소명의 방법이 총명한 것이었다고 생각하진 않는다. 그녀가 화를 삭이고, 조용히 시국의 변화를 기다렸거나 혹은 최대한 손해 볼 일을 하지 않았다면 더 좋지 않았을까? 물론 누구도 미래를 예지할 수는 없다.

1971년 11월 하향한 지 이미 3년 된 소명이 갑자기 전체 성省의 악질 우두머리 학습반에 나타났다. 그 학습반은 원래 그녀와 아무 관련이 없었다. 그저 국면을 안정시키기 위해 조반파 우두머리를 모아 놓은 것 뿐이었다. 누구도 그녀가 중요한 인물이라고 얘기하지 않았다. 그녀는 조반파 관계를 이용해 탄약을 품고 들어간 것이었다. 그녀는 상층과 접촉할 이 기회를 이용해 강 정치위원이 오래 감춰진 역사적 반혁명임을 적발하려 했다.

소명, 이 마녀는 반년의 시간 동안 하루도 쉬지 않았다. 그녀는 집에 돌아가지도 않은 채 부단히 일했고, 피도 팔았으며, 멀리 귀주에도 다녀왔다. 그래서 결국엔 강 정치위원을 파헤쳐 냈다.

이와 같은 시기에 소명이 강 정치위원에게 쓴 공개 서신이 대자보와 선전물, 그리고 구두 토론으로 바이러스처럼 신속하게 전 시의 방방곡곡에 전파됐다.

존경하는 강 정치위원.

당신이 이 편지를 볼 때 즈음, 나는 이미 성의 시내에 도착했을 것입니다. 나는 학습반에 학습하러 온 게 아닙니다. 나는 그런 자격이 없습니다. 나는 당신을 폭로하기 위해 왔습니다. 나는 당신이 삼청단三青團

(삼민주의 청년단) 구區 분부分部 서기를 담임했던 일을 폭로합니다. 당신도 잡아떼지 않을 것입니다. 내겐 이미 충분한 증빙 자료와 순의順義 중학의 《교무기사校務紀事》가 있습니다. 나는 반드시 당신을 저지해야 하고, 당신은 반드시 T시를 떠나야 합니다.

당신이 악질이라고는 생각하지 않습니다. 한 인간으로서 당신은 존경받을 만합니다. 당신의 박학과 언변, 당신의 지혜와 유머, 당신의 격정과 박력은 많은 여성 동학을 도취시키고 뒤흔들었습니다. 하지만 미안합니다. 내가 이렇게 하는 건 다른 선택의 여지가 없기 때문입니다.

당신의 후배로서 나는 학문이 부족하고 재주가 미천함을 잘 압니다. 사회 경험이든 책에서 얻은 지식이든, 나는 매우 유치합니다. 나는 아이의 눈으로 사람이 옷을 입고 있는지 판별합니다. 혁명의 후대로서 나의 투쟁 경험은 거의 없습니다. 나는 서툴지만 강고한 방식으로 항의합니다. 하향 지식 청년으로서 높은 지위의 수장인 당신에게 대항합니다. 역량의 차이가 이렇게 현격하지만, 문화대혁명을 통해 작은 인물도 조반의 권력이 있고, 파리코뮌 원칙의 정수가 선거가 아닌 파면에 있다는 것도 이해하게 되었습니다.

문화대혁명을 거치면서 뚜껑은 열렸습니다. T시 역사에 관심이 있는 사람은 누구나 잘 알게 되었습니다. 지하의 귀중한 자원 때문에 얼마나 많은 노 혁명가와 기술 간부가 막중한 정치적 대가를 치러야 했는지, 심지어 목숨을 내놓아야 했는지. "금, 은, 동, 철, 주석, 모두 하나같이 좋은 것들이고, 멀리 긴 강물이 붉음을 보니 수줍은 사내 참으로 대단하도다." 이것은 당신이 스스로 한 말입니다. 좌파 지지 초기에 자산계급 반혁명 노선을 비판하는 대회에서 당신은 선명한 입장을 가진 바 있습니다. 당신은 왜 자신을 배반했습니까? 당신이 비판했던, 문드러져 악취가 났던 놈을 어떤 힘이 다시 주워 담게 했습니까? 당신은 스스로에게 물어봤습니까?

그것은 바로 야심입니다. 인정하는 것을 부끄러워 마십시오. 공功을 세워 역사에 이름을 남기는 건 틀린 게 아닙니다. 문제는 공公을 위한 것인지, 사私를 위한 것인지입니다. 공을 위한다면, 마음에 거리낌 없이 실사구시해야 하고, 용감하게 나아가 취하고 잘못을 고쳐야 할 것입니다. 사를 위한다면, 감추느라 우물쭈물할 것이고, 허장성세하며 비판을 거부할 것입니다. 당신은 이미 '치우치지 않는다'는 것에 만족하지 않습니다. 당신은 더욱 많은 휘황을 위해 길을 닦았던 것입니다. 왜 꼭 '쌍3만'이어야 했나요? 5천이 모자라면 안 됩니까? 2천이 모자라면 안 됩니까? 안되겠죠! 왜냐하면 이미 당신의 말 한마디는 천 냥만큼이나 무겁기 때문입니다. 당신은 이미 자신의 체면을 노동자의 목숨보다 중요하게 여깁니다. 눈앞의 이익을 자손 후대의 행복보다 더 중요하게 봅니다. 특히 지난해 하반기 사고가 빈발하면서 더욱 곤란한 상황에 직면했음에도 고집부리며 잔혹한 투쟁 방식도 불사하며 생산량을 달성하려 했습니다. 많은 늙은 노동자가 큰일이 터질 것을 예상했는데, 당신은 왜 몰랐습니까? 많은 기술 간부가 객관적 법칙을 위배할 경우의 위험을 지적했는데, 당신은 안 들렸습니까? 당신의 개인적 야심은 이성을 잃을 정도까지 팽창해 T시에 막중한 후과를 초래했습니다. 초보적인 예측에 의하더라도 설계 수명이 90년인 봉황령 광산은 채굴 능력이 이미 60년도 안 된다고 합니다. 이제 막 산출을 시작했는데 말이죠. 마음이 아프지 않습니까? 노압령 광산의 설계 수명은 70년인데, 이미 50년을 못 넘기게 되었습니다. 이게 바로 닭을 죽여 계란을 취하는 것이 아니고 무엇입니까?

당신의 개인적 야심이 구체적으로 무엇인지 관심 없었습니다. 하지만 성의 시내에서 당신이 성 군구에서 활동한 적이 있음을 우연히 알게 됐습니다. 아마도 부 군급[151] 대우를 받고 싶었겠지요. 만약 당신이 거리낌 없는 공산당원이라면, 마땅히 해명해야 합니다. 산간의 인민들은 알 권리가 있습니다. 이 모든 것은 도대체 어찌된 것인가요?

나는 원래 당신의 역사를 조사할 계획이 없었습니다. 그저 격분해 여러 곳을 다니다가 시내에서 당신이 빌붙어 이익을 취하는 얘기를 들었고, 당신이 삼청단에 참가한 적 있다는 걸 기억해 냈습니다. 나는 멀리 귀주까지 가서 루산관婁山關에 올라 바다처럼 푸른 산과 피 같은 석양을 보았습니다. 그러자 비로소 내가 무엇을 해야 하는지 깨달았습니다. 나는 당신의 고향인 작은 마을에서 한 달을 묵었습니다. 부두에서 허드렛일을 하고, 병원에서 피를 팔았습니다. 위험한 일도 많았지만, 나는 시골 사람들에게 감동받았습니다.

당신은 분명 억울해할 것입니다. T시의 재정이 곤란하다느니, 해보지 않으면 땔감과 쌀이 비싼 줄 모른다느니, 재정 수입이 증가해도 강모라는 사람의 허리춤엔 들어가지 않았다느니. 맞습니다. 그것들은 사

151 중국 군사 체계에서 소장 또는 대령이 수장이 되는 군사 단위.

실입니다. 게다가 설날에 당신은 T시 사람들에게 내몽고에서 가져온 양고기를 먹을 수 있도록 했습니다. 이런 것들은 이미 광범위하게 선전됐습니다. "물을 마실 때 우물을 판 사람을 잊어서는 안 되고, 고기를 먹을 때 강 모 씨를 잊어서는 안 된다. 특히 고기를 실컷 다 먹고 젓가락을 내려놓았으면서 욕을 해서는 안 된다." 그런데 당신은 생각해 봤나요? 이러한 소란을 피우면서 당신은 이미 자신이 구세주라고 생각했지, 인민 대중의 일원이라는 것은 이미 망각했습니다. 당신은 이미 칭송받는데 익숙해졌고, 비난 받는 것을 두려워합니다.

재정적 곤란은 T시의 오랜 문제이고, T시의 역대 정치 박해의 근원 중 하나입니다. 과거 당권파는 그런 식으로 소란을 피웠고, 분명 새로운 당권파도 문제를 이렇게 생각합니다. 그런데 이러한 사유는 정식으로 논의에 상정되지 않았습니다. 광산 매장량은 국가의 자원이자 전체 인민에 속하는 것이며, 더욱이 자손 후대의 것이기도 합니다. 함부로 채굴하는 것은 범죄입니다. 만약 이것이 큰 이치라면, 나는 당신의 작은 이치에 감탄할 수밖에 없습니다. 당신이 동원 대회에서 말했습니다. "우리는 사회주의 국가다. 우리는 타인을 침범하거나 착취해선 안 되고, 좋은 날을 맞이하기 위해 부지런한 노동에 기댈 수밖에 없다." 이 말은 참 잘한 것입니다. 당신이 인민 대중과 함께 부지런히 노동하기를 원한다면, 노동이 힘든 과정이자 자산 축적의 과정이며, 충분히 좋은 날이라는 것은 어쩌면 몇 대에 걸쳐 노력해야 실현될 수 있다는 걸 모르지 않을 것입니다. 이것이 바로 사회주의의 참뜻입니다. 전체 인민이 사회의 생산수단을 공동으로 점유하고, 사회적 자산을 공동으로 향유하는 것입니다. 그런데 당신들은 그것을 기다릴 수 있었습니까? 당신들 스스로 큰 공로가 있다고 생각해서 좋은 날을 먼저 누리려 했지요. 당신들은 기다리지 못했습니다. 당신들은 벌써부터 가마에 타고 만인의 사람이 떠받들어 주기를 기다렸지요. 당신들은 이미 작은 비판도 들을 수 없게 됐고, 작은 진실도 볼 수 없었습니다. 낮은 지위의 사람의 건의는 두말할 것 없었지요.

그러나 당신들은 내면의 곤혹에서 벗어나지 못했습니다. 단지 개인의 좋은 날을 위한 것이었다면, 당신들이 혁명에 참가할 이유가 무엇이었던가요? 예를 들어 당신, 존경하는 강 정치위원, 당신의 가정은 원래부터 좋은 날을 살았습니다. 혁명이 단지 새로운 무리가 어르신이 되는 것에 불과하다면, 혁명의 의의는 또 어디에 있는 것인가요? 인민 대중은 왜 당신들을 따라 피 흘리며 희생해야 했나요?

이제 내 아버지 류사리에 대해 이야기해 보겠습니다.

먼저 나는 이하의 입장에 개인적인 감정 요인이 있다는 것을 부인하지 않습니다. 그러나 마르크스주의는 한 번도 감정을 부정한 적이 없습니다. 사회주의 또한 개인성을 배척하지 않습니다. 류사리의 죽음은 T시에서 이미 공적인 사건이기에 나는 이 사건을 명백하게 추궁할 권리를 갖습니다.

어떤 철학자가 말한 건지 기억하지 못하지만, 아버지는 딸의 전생의 연인이라 했습니다. 그러나 나를 아는 수많은 동학은 내가 늘 그런 아버지가 있다는 걸 원망해 왔음을 알고 있습니다. 그가 우파로 몰린 적이 있어 가정의 곤란을 초래해서가 아닙니다. 그가 운동 초기 나와 어머니를 폭로해 반혁명으로 몰려서도 아닙니다. 근본적인 이유는 우리가 같은 도시에서 생활하면서도 부성애를 조금도 경험하지 못했고, 아버지의 가슴에 보통 사람과 같은 온기가 있음을 알지 못했기 때문입니다. 나는 아버지의 여하한 표정도 알지 못하고, 심지어 그의 모습도 기억하지 못합니다!

이제 나는 아버지에 대한 공정한 평가를 구하고, 아버지의 존엄을 회복할 수 있길 바랍니다.

아버지 일생의 궤적을 자세히 조사한 뒤 나는 안도의 한숨을 쉬었습니다. T시에 일찍이 이러한 채광 엔지니어가 있었다는 게 자랑스럽습니다. 왜냐하면 그는 극도로 곤란한 환경 속에서도 대의를 위해 희생하는 방식으로 자신이 열렬히 사랑하는 사업에 투신했고, 자신의 몸과 마음을 모두 조국에 헌신했기 때문입니다.

한 늙은 혁명가가 내게 알려줬습니다. 진정한 영웅은 겉으로 근사한 사람이 아니라 자각적으로 시대의 갑문을 어깨에 짊어 멘 사람이며, 마음에서 우러나와 거대한 장애와 곤란을 감당하는 사람입니다. 류사리도 영웅이 될 수 있었습니다. 그가 순종했다면 말이죠. 적어도 그는 낙심하지 않았을 겁니다. 왜냐하면 T시는 그의 지식이 필요했고, 이용 가치가 있었습니다. 그런데 그는 '총명'한 길을 선택하지 않았습니다. 많은 사람이 영웅이 될 때, 그는 귀에 거슬리는 말을 내뱉었습니다. 그것이 자신에게 어떤 후과를 가져올지 몰랐을까요? 그는 정말 바보라서 계란으로 바위를 깨려고 했을까요? 아닙니다. 그는 T시의 커다란 장애와 곤란을 알았습니다. 자신의 어깨에 지워진 책임을 의식했습니다. 피 흘리는 희생 없이 진정한 각성이 있을 수 없다는 것을 깨달았습니다. 정말 류사리가 비판대회에서 "나는 중국인이며, 국가를 사랑한다. 만약 국가에 여전히 고난이 있다면, 그것을 피할 이유가 어디에 있는가?"라고 말한 대로였습니다. 당시 이에 대한 대답은 정면에서 날아든 몽둥이세례였습니다. 사람들은 모두 그가 매우 좋은 형세를 모욕했고, 사회주의 국가에 고난이 있다고 공격한 거라 생각합니다. 냉정하게 생각해 보십시오. 이 말이 틀렸습니까?

1953년 류사리는 도피한 적이 한 번 있습니다. 갱도의 방향이 시 위원회 지도부의 의도와 맞지 않았고, 갱도 공사의 경리 양소梁霄 동지가 총으로 자살하는 방식으로 전체 책임을 다했을 때였습니다. 류사리는 화를 피했지만, 이 때문에 깊이 자책했습니다.

1957년에도 류사리는 도피하려 했습니다. 여전히 갱도의 방향, 갱도의 부산품, 그리고 지방 재정 곤란 때문이었습니다. 50여 명이 우파로 몰렸습니다. 그는 재난을 모면하지 못했고, 자책으로부터 벗어날 수도 없었습니다.

1960년 선별적으로 복권돼 딱지를 뗐지만, 그의 가정은 파괴됐습니다. 그는 소련 전문가 집단의 시비 때문에 아내에게 책임을 묻는 방식으로 쓰디쓴 과실을 먹고, 자신의 일할 권리를 보전했습니다. 이 때문에 그는 더욱 고통스러운 자책에 빠져들었습니다.

1966년 그는 이미 무감각해졌고, 더 이상 도피할 수 없었습니다. 그러나 딱지를 뗀 우파였던 그는 다시 한 번 죽은 호랑이가 되어 표적이 됐습니다. 그의 무성의함으로, 그리고 공작조의 우둔함으로, 자신의 딸이 반혁명 작은 우파로 몰렸을 때 그가 어떤 자책을 했을지 당신은 상상이나 할 수 있습니까?

1970년 그는 더 이상 도피하고 싶지 않았습니다. 그는 더 이상 자책하고 싶지 않았습니다. 그는 이미 직접 세 개의 광산을 설계하고 건설에 참여해 마음속의 이상이 완성됐고, 어떻게 해명해도 소용없다는 걸 알고 있었기 때문입니다. 그는 객관적 법칙을 위배해선 안 된다는 걸 극단적인 방식으로 사람들에게 일깨워줄 수 있었습니다. 그는 누구에게 대항한 것이 아닙니다. 그저 진심으로 자신의 피와 살을 제물로 삼고자 했을 뿐입니다. 이는 그가 할 수 있는 유일한 일이었습니다. 그의 영혼은 이미 높은 도르래를 따라 승화했습니다.

류사리에게 결점이나 오류가 없었을까요? 물론 있습니다. 그도 보통 사람입니다. 어떻게 매 한 마디 말이 모두 정확하고, 매 한 번의 일이 모두 완벽할 수 있겠습니까? 그러나 그는 노동자 농민과 철저하게 결합하고자 한 지식인이었습니다. 그는 노동자 계급의 생활 논리에 완전히 융합됐습니다. 임금은 높았지만, 그는 저축하지 않았습니다. 그는 일생동안 주변의 곤란한 사람들을 도왔습니다. 술 마시는 법도 배웠고, 노동자의 언어도 배웠습니다. 매번 작업을 나가면 노동자와 '다리 잠'을 잤습니다. 기관으로 출근한 것을 빼면 그는 진정한 광산 노동자였습니다. 그에겐 애정도 있습니다. 그는 소박하고 선량한 여성 노동자를 사랑했습니다. 묻고 싶습니다. 이런 엔지니어를 본 적이 있습니까?

류사리에게 다른 의견을 제출할 권리가 있습니까? 당신들을 조반할 권리가 있습니까? 물론 있습니다. 류사리는 다른 공민과 마찬가지로 헌법이 부여한 4대 자유를 누립니다. 자신의 의사를 말하고 반박할 권리가 있습니다. 이른바 비판 대회에서라도 말이지요. 아Q에게 혁명을 불허하는 조 씨 영감들은 분명히 그가 마음에 안 들었을 것입니다.[152] 순종하고, 화를 참고, 말을 잊은 채 평생을 지낸 사람이 기어코 조반을 하려 했기 때문입니다!

류사리는 애국자일까요? 당연히 그렇습니다. 그는 자신의 조국을 진정으로 사랑했고, 웅장하고 화려한 고산대천高山大川을 사랑했고, 유구한 역사 문화를 사랑했고, 풍요로운 물산 자원을 사랑했고, 부지런하고 선량한 노동 인민을 사랑했습니다. 그가 사랑하지 않은 건 관료뿐입니다. 이게 잘못입니까? 어떤 사람들은 조국에 대한 사랑과 지도 간부에 대한 사랑을 섞어 버리고, 그렇게 혼란을 틈타 이익을 취해 태평을 누릴 수 있다고 생각합니다. 하지만 손중산의 시대에 이미 명확한 애국주의가 제시되었음에도 불구하고 왜 지금까지도 그것이 당당하게 확립되지 못했을까요? 문화대혁명을 거치면서 '공작조 당 지부에 반대하면, 당 중앙을 반대하는 것'이라는 자산계급 반혁명 노선은 이미 당신이 스스로 비판하지 않았나요? 당신은 이 논리가 썩어 문드러져 냄새도 못 맡겠다고 선포하지 않았던가요?

존경하는 강 정치위원. 가슴에 손을 얹고 스스로에게 물어보세요. 지금도 당신은 정말 류사리가 '쌍3만'을 반대하고, 문화대혁명을 반대했다고 생각하나요? 당신은 기술 문제, 생산량 문제, 재정 문제를 정치

152 노신의 소설《아Q정전》에 나오는 조 씨 영감은 전통 체제를 대변하는 인물이다.

화한 인물들이 당신을 옹호한다고 믿나요? 당신은 정말 이 관료들이 계속 당신을 지지할 거라고 생각하나요? 그들은 그저 모든 정치 구호를 이용해 자신을 보호하는 것일 뿐입니다. 모든 정치적 풍파를 이용해 이익을 취하려는 것입니다. 당신을 비판하고, 당신에게 죄과를 전가하고, 당신을 내몰 사람들이 바로 그들이라고 나는 단언합니다!

존경하는 강 정치위원. 이 공개편지가 내게 어떤 후과를 가져올지 알고 있습니다. 앞으로 어떤 원한을 마주하게 될지 깊이 알고 있습니다. 왜냐하면 나는 T시에서 십여 년 간 숨겨져 온 비밀과 대중이 명백히 알고 있는 비리를 폭로했습니다. 솔직히 말해 나도 주저했습니다. 두려웠습니다. 몸부림쳤습니다. 이 편지를 쓰면서도 온몸이 떨리고, 찬바람이 거듭 가슴 속을 스칩니다. 하지만 회피할 수 없습니다. 나는 류사리의 딸입니다.

귀향한 지식 청년 하나가 늘 입에 달고 사는 말이 있습니다. "너희가 아무리 지독해도 우리 농민을 내쫓을 수 있을 것 같아?" 어쩌면 정말 '농민이 내쫓기는' 상황에 처할 수도 있을 것입니다. 나는 이미 충분히 마음의 준비를 했습니다. 비판 투쟁? 체포? 총살? 기다리겠습니다.

내 주소는 xx현, xx공사, xx대대입니다.

애국 엔지니어 류사리의 딸 소명.

40.

사흘 후인 1971년 11월 20일, T시 좌파 지지 지휘부는 현지에서 해산하라는 명령을 받았고, 좌파 지지 간부는 모두 철수해 귀대했다. 강 정치위원이 부대를 데리고 '개입'한 이후, T시의 좌파 지지 부대는 4년 5개월 6일의 세월을 함께 보냈다.

류사리 사건 이후, 유색공사에는 이미 어두운 기류가 용솟음쳤다. '쌍3만' 이후 T시의 열광은 이미 신속하게 가라앉았다. '9.13' 임표 사건 이후 부대는 이미 동요하고 있었다. 일련의 사변이 없었다면, 소명의 공개 서신은 아마 그렇게 큰 힘을 갖지 못했을 것이고, 한차례 투쟁의 시작에 불과했을 것이다. 그러나 이 모든 상황은 신속하게 벌어졌고, 귀대할 우리에게 날마다 격세지감을 느끼게 했다. 도미노 게임은 최근 들어본 새로운 이름의 게임이다. 아마도 처음으로 막대를 밀어 쓰러트린 사람이 소명은 아닐 것이다.

사실상 강 정치위원은 자신을 이해하지도, 정세를 이해하지도 못했다. 그가 사람을 잘 이용하고, 매우 세련되고 이론적이긴 하지만, 사실 그의 마음은 줄곧 번민했을 것이다. 그의 모든 행동은 그 국면을 지탱하기 위한 것에 불과했다.

인정하든, 인정하지 않든 결과는 똑같았다.

군사관리위원회 주임인 강 정치위원 또한 피할 수 없었다. 그에게도 떠나라는 통지가 왔고, 귀대해 격리 감찰을 받게 됐다. 그의 얼굴은 잿빛이 되었다.

실은 내게 양심이 좀 남아 있었나 보다. 그를 만나러 갔다.

“나가서 좀 걸을까요?” 그는 고개를 끄덕였다. 그렇게 고분고분할 수가 없었다.

그는 아는 사람을 만나도 감히 눈을 들지 못했다. 우리는 시 중대의 채소밭을 지나 강변에 우뚝 섰다. 강변은 욕하기 좋았다.

원래 간석지였던 이 채소밭은 10여 무畝에 달해 시 중대가 여유 있게 채소를 자급할 수 있었다. 확실히 강 정치위원의 공로였다. 멀리서 2소대장이 병사 몇 명을 데리고 야한 이야기를 하고 있었다. 누구누구가 불알 놀리기를 좋아하다가 붙잡혔다는 얘기였다. 막 즐거웠던 차에 2소대장이 우리를 보고 벌떡 일어나 경례를 했다.

“무슨 얘기 중이야?” 강 정치위원이 억지웃음을 지어냈다.

“정치위원께 보고합니다. 방금 ‘무산계급 정치가 우선되지 않으면, 오류를 피할 수 없다’고 말하고 있었습니다.”

개 같은 2소대장이다. 이 병사는 강 정치위원이 직접 선발해 잘 가르치고 잘 써먹은 적극 분자였다. 그는 약간의 교육도 받았고, 임기응변에도 능해 미래에 지도원이나 정치위원이 될 것이다. 나는 강정치위원이 선발한 이들이 이런 물건들뿐일 수밖에 없다고 생각한다.

여기에 생각이 미치자 엽삼호 때문에 슬퍼지지 않을 수 없었다. 만약 지금 중대에 엽삼호와 같은 뛰어난 병사가 있었다면, 이런 자는 절대로 두각을 나타내지 못했을 것이다.

“좋다, 좋아. 계속해서 비판하도록!” 강 정치위원의 얼굴은 참담했다. 그는 황급히 자리를 떠났다.

나는 병사들에게 손을 저으며 따라올 필요 없다고 했다. 재미난 장면이 그들 때문에 어지러워져서는 안 된다. 내가 아직 등장하지 않지 않았는가.

"네가 무슨 생각을 하는지 알아."

"이견이라면 몇 푼짜리 생각은 있죠." 나는 우아하게 담배 연기를 뿜었다. "그런데 이제는 중요하지 않게 됐어요. 중요한 건 자신의 생각입니다. 이야기해 봐요. 영혼 깊은 곳에서 혁명이 폭발한다고."

"조 간사…."

"됐어요. 나는 간사가 아니에요. 당신도 수장이 아니고. 지금은 평등합니다. 모두 꼬리를 말고 있는 이리일 뿐이니까요. 아니지, 당신은 평등에도 못 미치죠. 역사적인 반혁명 사실을 그렇게 깊이 숨겨 두었으니, 내 조수가 되기에도 과분하지요!"

숨기엔 이미 늦었다는 걸 그도 알고 있었다. 그는 내 유효 사정권 안에 완전히 들어와 있었다. 벌벌 떨며 빌어도 소용없었다. 나는 그가 흩어져 녹아 고름으로 변하는 걸 직접 보고 싶었다. 자신을 위해, 엽 참모를 위해, 숨을 참았던 모든 사람들을 위해. 나의 이 빌어먹을 선량이란.

그는 나와 내 발밑의 바위를 슬쩍 보았다. 그는 앉고 싶었지만, 감히 그러지 못했다. 그는 한 번에 자신을 보낼 방법을 찾아달라고 했다. 정말 하느님도 보는 눈이 있다. 오후에 소식을 듣자마자 나는 이상하리만치 흥분됐다. 2년이 넘었다. 나는 늘 말도 안 되는 생활 작풍 문제로 얼굴을 들지 못했다. 그래서 벌써부터 발작을 일으키고 싶었다. 나는 그 사람들처럼 잿빛 얼굴을 한 채 사람을 볼 낯이 없는 것 같진 않았다. 나는 그렇지 않았다. 나는 숨은 패를 아는 게 적당히 지는 것보다 좋다고 생각했다. 그때부터 나는 마지막 한 번의 만찬을 어떻게 충분히 누릴지 궁리했다. 정말 생각지 못했다.

정말이다. 삼청단 구 분부의 서기 강 정치위원이 이 관문을 통과할 수 있을까? 그러면 좋겠다. 나는 당신이 때려도 죽지 않는 오청화吳清華인 줄 알았으니까.

"얘기해 보세요. 하지 않으면 안 될 걸요." 나는 담배를 한 대 꺼내 알바니아 유격대원의 자세로 혀끝으로 핥아 천천히 성냥불을 켰다.

"난 삼청단에 가입했었어. 그때는 삼청단도 항일운동을 했지. 중국을 구하려고 했거든."

"당신은 독을 퍼트렸어요![153] 말해 봐요. 더 깊은 걸 말해야죠. 다칠까 두려워하지 말고."

그는 차갑게 웃으며 말했다. "당신은 역사를 전혀 몰라. 당시 구 분부는 학교 안에 있었어. 서기는 학교 선생님이었고. 나중에 선생님이 철수하자 내가 대리를 하게 됐지. 전체 다해 봐야 넉 달이었다고."

"겨우 그 정도였다고요? 너무 겸손 떨지 말고요."

"그 역사에 대해선 나도 일찍이 조직에 해명했어. 내가 군대에 갈 땐 열일곱 살도 안 됐어. 이런 기록들은 다 찾아 낼 수 있는 것들이야. 물론 나는 오류도 많고, 문제도 많아. 나는 조직의 심사를 받아들일 거야."

"너무 겸손한 거 아녜요? 당신은 다른 사람들에게 이렇게 겸손하지 않았죠."

153 반동적 언사를 내뱉는 것을 '독을 퍼트린다'고 표현한다. 중국의 작가 파금巴金은 〈수상록 · 문학의 작용〉에서 다음과 같이 말한 바 있다. "나는 책을 읽는 나쁜 습관이 있다. 게다가 소일거리로 여러 종류의 책을 읽는 습관도 있다. 여러 인물과 사상이 내 머릿속에서 싸움을 벌이는데, 모두 독을 퍼트리고, 서로 소독한다."

"난 조직을 믿어…."

"난 당신을 믿지 않아요!"

"당신이 날 믿지 않는다는 걸 알아…."

"우리는 당신을 믿지 않아요! 우리 무산계급은 당신을 믿지 않아! 당신의 조직은 삼청단이고, 삼청단이 당신을 믿겠죠! 연기가 정말 대단하네요. 마침내 본색을 드러내는군요. 지금 당신은 당신이 있어야 할 자리로 간 거예요!"

그는 진주만을 습격하는 듯한 내 폭격에 완전히 멍해졌다. 그 얼굴은 장마철에 절인 돼지고기를 능가했고, 핏기 없는 흰 땀구멍 위엔 농도 짙은 물방울이 가득 맺혔다. 움직이려 해도 움직일 수 없었다. 이건 준비운동에 불과했다. 나는 지난 수년간 배운 솜씨로 그를 바보로 만들 수 있었다. 한 꺼풀씩 그의 허물을 벗겨 내고, 한 줄기씩 근육을 떼어 낸 다음 피가 낭자한 영혼을 두 손으로 받쳐 들고 내 식탁에 올려놓는 것이다. 나는 그가 이를 기억하며 평생 구역질이 나도록 할 수도 있다.

그는 넋이 나가 있었다. 깜짝 놀라서 두 눈이 튀어나올 듯했다. 곧 그는 바보처럼 허허거렸다. 입꼬리가 한쪽으로 치우친 채 웃었고, 비곗살은 부들부들 떨렸다. 맷집 좋은 인간.

"자업자득이네, 자업자득! 허허, 자업자득." 그는 웃었고, 나는 해 줄 말이 더는 없었다.

"넌 당연히 할 말이 없겠지! 불을 가지고 노는 자는 분신을 하거든. 돌을 들어서…. 자신의 발을 내리찍지. 맞아, 맞아. 자신의 발을 내리찍어."

죄를 시인하는 속도가 너무 빠르면 오히려 리듬을 망친다. "나는 진탕 먹고 즐길 테니 당신은 입 닥쳐!"

하지만 그는 입을 닫지 않았다. 그가 주저앉으며 말했다. "솔직히 말하지. 네가 나를 어떤 식으로 괴롭혀도 상관없어. 어차피 그 작은 일 때문이잖아?"

"웃기지 말아요. 무산계급은 가장 대공무사大公無私[154]해요. 가장 철저하게 혁명을…."

"나를 힘들게 하는 건 나 자신이야."

"당연히 당신 자신이겠죠. 이것이 모든 반혁명의 공통적인 논리에요."

나는 진작 철수했어야 했다. 하지만 귀신에 홀린 듯 한사코 멈추지 못했다. 재미를 붙인 것이다! 여기 말로 뭐라더라? 귀신을 밟았다? 맞다. 분명 귀신을 밟은 것이다.

"당신, 쇼를 하겠다는 거야?"

그는 기괴한 모습으로 나를 쳐다봤다. 두터운 입술이 어긋났고, 눈썹, 눈, 코, 입이 우습게 하나로 뭉쳐졌다. 마치 말린 조롱박 같았다. 그 순간 김이 샜다. 갑자기 지겨웠다. 내가 그를 어찌할 수 있나? 그를 어떻게 하면 나는 또 어떻게 되나? 참 재미없다.

강물이 혼탁해졌고, 무리 지어 언덕으로 밀려왔다.

그가 말했다. "사실 너는 진작 철수했어야 했어. 널린 게 여자야. 그 계집애는 미쳤어. 너는 폭탄을 안고 잠자는 거라고. 겁도 안나?"

관직을 맡은 사람이 자백하게 하는 가장 좋은 방법은 그를 타도하는 것

---

154 매우 공평하고 사사로움이 없다.

이다. 이는 내가 찾아낸 방법이다.

소명의 공개서한에 확실히 나는 겁먹었다. 그녀의 미친 기세는 그녀의 도취된 기세보다 더욱 빠르고 강렬했다. 그러나 그렇게 많은 날 동안 나는 한 번이라도 철수하고 싶지 않은 적이 있던가. 그럴 수 없었던 것뿐이다. 이 땅을 떠나지 않고는 그럴 수 없었다. 당신들이 우리를 놔주지 않았다. 이제 어디든 똥통은 가득 찼다. 나를 어디로 보내려는가? 나는 으아아~하고 크게 소리쳤다. 체온을 품은 자갈을 던졌다. 저녁 안개가 아래로 기우는 강 위에 예쁘게 까만 곡선을 그렸다. 그러고는 몇 번 튀어 오른 후 가라앉았다. 나는 바닥에 누웠다. 입가에 조금씩 쓴맛이 느껴졌다.

"왜 웃나?"

"내가 웃었나요?"

"웃었어." 그도 올라와 나와 나란히 누웠다. 바람이 불기 시작했다. 강바람은 습하고 비렸지만 차갑진 않았다. 우리는 한참을 그렇게 누워 있었다.

"솔직히 말해서 여긴 좋은 곳이야. 산도 있고, 물도 있고, 강에 인접해 있고, 도로도 있고. 단지 사람들이 많이 음흉해. 너무 음흉해."

나는 반박했다. "사실 백성들은 가련할 정도로 착실하죠."

그의 목이 멨다. "맞아. 파벌 의식이란 걸 하지 않았으면 좋았겠지."

"무슨 파벌 의식이요? 그건 다 사람들이 만들어 낸 것 아닌가요? 당신은 이제 끝났어요."

그는 얼이 빠져 있었다. "누가 만들었지?"

그는 요 몇 년간 뇌수를 다 짜냈고, 수염도 다 세어 버렸다. 가엽기도 했다. 그는 무엇을 얻었는가? 사실 그는 아무것도 얻지 못했다. 아내마저 버리지 않았던가. 격리 감찰은 아마 그가 생각하는 것처럼 간단치 않을 것이다.

그가 말했다. "사실 난 오래전부터 고향에 가 보고 싶었어. 거기 산이 진짜 산이야."

"운귀雲貴 고원. 제법 운치 있죠."

"우리 고향에선 원숭이를 어떻게 잡는지 알아? 나무 궤짝을 하나 만들어서 거기에 구멍을 몇 개 파내. 먹물 통 만한 구멍 말이야. 궤짝에는 나무 막대를 몇 개 놓고, 막 볶은 참깨와 강냉이를 넣어서 구수한 냄새가 나게 하지. 원숭이가 와서 손을 뻗으면 잡을 수 있는데, 막대를 한번 잡으면 손을 놓지 않아. 죽어도 손을 놓지 않는다고. 그때 천천히 가서 잡으면 돼. 도망가는 녀석이 거의 없어."

"걔네들은 왜 강냉이를 챙기지 않고, 나무 막대만 잡고 있죠?"

"설명할 순 없어." 그는 우물쭈물하더니 더 이상 대답하지 않았다. 잠시 후 몸을 일으켜 세우며 물었다. "모 주석은 원래 석 달만 하려고 했다지. 길어야 반 년. 들어본 적 있나?"

"당신들 문제가 바로 그거예요. 늘 뒤에 뭔가 있다고 생각하죠. 있긴 뭐가 있어요? 모 주석도 모르는데 우리가 어떻게 알아요? 모 주석이 그랬어요. 자신의 말은 좌파도 사용할 수 있고, 우파도 사용할 수 있다고."

그는 눈을 크게 떴다. "함부로 말하지 마. 우리의 이해에 문제가 있는 거야. 집행에 문제가 있는 거라고."

"그동안 난 매일 최고위층의 지시를 전달하느라 분주했어요. 모 주석의 문화대혁명에 대한 매 한 마디 말은 모두 다른 말로 반박될 수 있어요. 못 믿겠으면 직접 해 봐요."

"어떻게 감히 그런 생각을 하는 거지?"

"해 보면 곧 알 거예요." 내 생각에 이것은 학습을 통해 얻은 약간의 깨달음이었다. 엽삼호는 모 주석 초상의 오묘함을 발견했고, 나는 모 주석 어록의 오묘함을 발견한 것이다.

그는 잠깐 생각하더니 말했다. "인민 해방군은 광범위한 좌파 대중을 지지해야 한다."

"좌파는 자폐적이지 않다. 노동자 계급 내부에 근본적인 이해 충돌은 없다."

"모 주석은 무리가 있는 곳이면 좌 · 중 · 우가 있다고 우리를 가르치고 인도했다."

"모 주석은 진정한 영웅은 대중이며, 우리가 왕왕 우스울 만큼 유치하다고 우리를 가르치고 인도하기도 했다."

"그러나 모 주석은 진리는 왕왕 소수의 손에 있다고 했다."

"그러나 모 주석은 '누가 역사의 창조자인가? 수억의 인민 대중이다'라고 말하기도 했다."

"모 주석은 수억의 선량한 인민은 잘 알지 못한다고도 했다."

"그래서 모 주석은 95퍼센트 이상의 간부와 대중을 단결시켜야 한다고 했다."

"모 주석은 단결은 무원칙한 것이 아니며, 투쟁 속에서 단결을 추구해야 한다고 강조했다."

"투쟁은 병을 고치고, 사람을 구하기 위한 것이다! 단결의 목적에서 출발한다!"

"당과 정부 그리고 군대 내에 한 무리가 잠입했다! 흐루시초프와 같은 인물이 우리 옆에 잠자고 있다!"

"대화를 해보니, 당신은 제대로 이해하지 못하고 있군요. 단편적인 부분만 골라 마음대로 해석하고 있을 뿐이에요."

"당신이야말로 그렇지!"

모 주석은 말했다! 모 주석은 말했다! 모 주석은 말했다! 우리는 당당하고 엄숙한 말로 상대방을 반박했고, 스스로 진리를 장악하고 있다고 여겼다. 그런 후 돌연 입을 다물고 더 말하지 않았다.

수십 년 후 다시 이 장면을 떠올렸을 때, 온갖 복잡한 감정이 교차했다. 진실했던 그 시대 우리에겐 이러한 토론이 얼마나 많았던가? 그것은 도대체 뭘 의미했던가? 목적의 합리성, 과정의 간난艱難, 노선의 협애狹隘, 감정의 침중沉重, 그리고 각종 어쩔 수 없던 것들, 이것들은 모두 불필요했던 것일까? 아니다. 아마도 그것이 바로 한차례의 민주 수업이었을 것이다. 칠판에 이렇게 쓰여 있었다. "자신이 자신을 교육한다."

우리는 한참을 조용히 누워 있었다. 이 놀이는 우리를 매우 가깝게 해 줬다. 평정을 되찾자 우리의 마음은 훨씬 홀가분했다. 밝은 달과 성긴 별이 매력적으로 변했다.

그가 말했다. "여기까지 하지. 절대 선을 넘어선 안 돼."

그의 설백의 성긴 머리털, 계단식 밭처럼 생긴 얼굴 주름, 그리고 두 개의 풍경 같은 눈 혹이 보였다. 문득 이것이 그가 얻은 모두라는 걸 깨달았다. 그의 학문, 지혜, 박력, 고투는 그의 어두움, 연약함, 공명심과 함께 오늘 오전 이미 웃음거리가 됐다. 몇 년 후, 사람들은 그저 그해 이곳에 능력 있는 광대 하나가 나타났었다고 얘기할 것이다.

소명의 공개서한에는 그가 줄곧 성 군구에 직위를 걸어 놓고 있었다고 했다. 보좌직이라 하더라도 단서가 될 만한 것이었다. 지금 그 부군급副軍級 또한 원숭이의 나무 막대가 돼 버렸다. 진보도의 손옥국은 전투라도 겨우 한 번 했지만,[155] 우리는 오히려 미국이 베트남의 늪에 빠졌던 것보다 더 낭패다. 이제 하늘의 무지개라도 뚫을 기세였던 인물이 결국 무너졌다. 앞으로 그는 보통 사람보다 더 숙명적인 생각을 하게 될 것이다. 그는 너무 많은 걸 봤다. 지금 그를 다시 세우는 방법은 하나다. 전쟁을 일으키는 것이다. 그는 군인이다. 어떻게 할지 알고 있다.

돌아오는 길에 밤이 깊었다. 깊은 가을 달빛이 정말 좋았다. 맑고, 투명하고, 순수했다.

그가 말했다. "여학생이 좋으면 다시 하나 찾아보게."

"그야 물론이죠. 당신도 몸 잘 챙겨요." 우리는 손을 마주쳤다. 안녕이라는 말은 하지 않았다.

채소밭을 지나자 그가 크게 소리쳤다. "노래 부르자. 군인이 의기소침해서야 되겠나."

나는 고개를 들었고, 우리는 함께 노래를 불렀다.

모 주석의 전사는 당의 말을 제일 잘 듣는다

어디서든 원하면 달려간다

---

155 1969년 중국과 러시아 사이에 있는 진보도에서 중소분쟁이 벌어졌는데, 손옥국은 이 전투를 이끈 영웅이다.

어디서든 원하면 평안을 가져다준다!

그 후 아주 오랫동안 우울할 때면 휘파람 불듯 이 노래를 마음속으로 불렀다. 가사는 이미 잘 기억나지 않지만, 서역의 포도주 향이 사막의 바람과 눈을 품은 듯한 선율은 늘 뇌리에 떠나지 않아 한 번도 잊은 적이 없다.

라두어사오미 라두어사오미 라라라 사오라시라

1995년 여름, 강 정치위원의 셋째 아들이 회사를 하나 차렸다. 어디에서 내 얘기를 들었는지, 돈을 좀 벌 수 있게 해 달라고 부탁했다. 하지만 나는 규정대로 했다.

그의 아버지에 대해 물었다. 잘난 체하던 녀석이 갑자기 풀이 죽었다. 요즘 강 정치위원은 퇴직 간부 휴양소에서 고독하게 지내면서 혼자 연극 공연을 하는데, 딱 한 구절만 부른단다.

성루에 앉아 산 풍경을 보니, 들리는 것은 성 밖의 어지러운….

성 밖은 확실히 어지러웠고, 확실히 해석되지 않았다. 하지만 이 모든 것이 그들 세대, 그리고 우리 세대와 아무런 관련이 없다고 할 수 있는가?

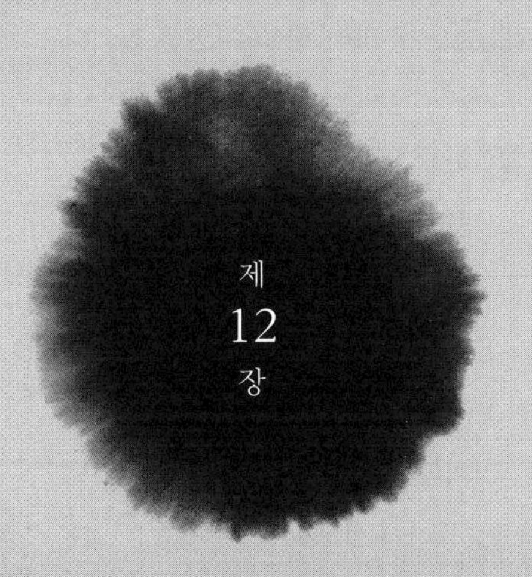

제 12 장

41.

나는 이미 늙었다. 격정을 잃었다. 무슨 일을 해도 원만하려 하고, 어떤 사람에게도 경각심을 유지한다. 그래서 모든 미감美感을 잃었다.

이런 마음을 엽삼호는 분명 이해할 수 있을 것이다. 그 모든 놀이 속에서, 그 모든 계략 속에서 그는 당연히 누구보다 깊이 이해했다. 그렇지 않다면 그 스스로 어떻게 한 번도 돌아가 보지 않았겠는가? 내 마음을 움직이고 격려해 줬던 그는 분명히 한 모퉁이에서 몰래 웃었을 것이다!

엽삼호, 당신은 도대체 사람인가, 귀신인가? 내 눈을 믿어야 하나? 아니면 귀를 믿어야 하나? 그것도 아니면 아무것도 믿지 말아야 하나?

우리는 늘 자신을 위로한다. 과거는 이미 지나갔으니 과거의 일은 세세히 알 필요 없다는 식이다. 그냥 '귀신을 밟았다!'라고 하면 되는 것이다. 우리는 반복해서 기세등등하게 선포한다. "어쨌든 내일은 오늘보다 낫겠지!"

하지만 나는 왜 여전히 이렇게 의심과 걱정이 많을까? 엽삼호는 수련을 거쳐 시인이 되었고, 요괴로 변해 버렸다. 그런데 나는 왜 아직도 멍청이인가?

그래서 엽삼호에게 말했다. "당신이 하고 싶은 대로 해. 다만 내 아이는 절대 건드리지 말고. 그리고 소명의 딸도."

내 아들딸은 늘 내가 낙오됐다고 조소한다. 그들에겐 감각이 있다. 미디어가 그들을 '신 신인류'로 부풀렸다. 얼마 전 내 아들과 한 패가 된 젊은이들이 당당하다는 듯 까르푸를 습격했다. 그리고 내 딸은? 베컴을 왜 숭배하는지 모르겠지만, 머리를 노랗게 물들이고, 영양실조에 걸린 듯한 모습으로 거리를 배회한다….

이는 모두 우리가 놀다 남긴 유희다. 역사가 정말 반복된다면, 그들은 반드시 누구보다 더 미쳤을 것이다. 하지만 그들은 절대 엽삼호나 소명만큼 훌륭하지 못할 것이다. 정말이지 너무 걱정이다.

…벌써 멀리 떠나왔지만, 여전히 계속해서 돌아가 보려 한다. 그 작은 도시는 알아볼 수 없게 된 지 오래다. 무쇠처럼 시퍼런 빛깔을 띤 강둑의 거대한 절벽만이 우울하고 묵묵하게 오롯이 서 있을 뿐이다. 마치 영원히 이해되지 않는 천서天書와 같이. 맞다. 나는 이 땅을 잊을 수 없다. 내가 무수히 저주했던 내 청춘처럼. 나 자신을 결산하기엔 아직 한참 멀었다. 하지만 무의식중에 그 작은 도시와 여러 번 엇갈렸다. 자신을 감출 순 없을까? 반드시 되돌아가서 내 발자취를 헤아려야 하나? 모르겠다.

나는 비행기 타는 걸 여전히 좋아한다. 나는 구천의 하늘 위를 선회할 수 있을 뿐이다. 옛 사람과 옛일이 구름과 안개 속일 수도 있고, 어쩌면 한눈에 들어올 수도 있다. 나 자신이 소인물이라는 것도 인정한다. 과거의 일을 모두 명확하게 드러낼 능력도 없고, 그럴 필요도 없다. 그저 이 포부를 배신하지 않고, 나의 황혼에 들어서고 싶을 뿐이다. 아마도 이런 마음은 강 언덕의 그 거대한 절벽이 만든 환영이겠지? 너무 많이 생각해서 머릿속이 점령당한 걸까? 거대한 절벽은 그토록 우울하게 존재하면서, 기형적인 모습으로 움직이면서, 까마득하고 해석 불가능한 혼돈 속으로 부단히 나를 데리고 들어간다. 반복해서 스스로에게 말했다. 이것은 한 덩어리의 암석일 뿐이야. 그건 생명이 없어서 절대 누구도 다치게 할 수 없어. 대단한 명분을 갖지도 못해. 그뿐이야. 하지만 아무리 쓸모없다고 해도 그것은 집요하게 내 두 눈을 가득 메우고, 내 대뇌를 잠식하고, 나를 편히 두지 않았다.

재밌는 건, 많이 생각하면 정말 현실이 된다는 것이다.

2002년 어느 날, 누군가 회사 1층으로 나를 찾아왔다. 누구냐고 물었더니 나이 든 어르신 한 분과 아가씨 한 명이란다.

심장이 미친 듯이 뛰었다. 한눈에 엽삼호임을 알아봤다.

"맞아, 맞아. 나 엽삼호야. 지금은 호치국胡治國이라 부르지. 귀신일 리가 있나? 귀신이 그림자가 있어? 이 이름은 뭐냐고? 그냥 아무렇게나 지었어. 호구에 올려 신분증을 받으려면 이름이 없으면 안 되잖아? 어쨌든 예전의 그 이름은 너희도 믿지 않았고, 너도 가명일 거라고 생각했잖아." 그의 농담 한 마디가 과거 무장부 작은 뜰에서의 오해와 예측, 그리고 상처를 줬던 쾌락과 고통을 불러왔다. 나는 그의 어깨를 감싸 흔들며 치고받았다.

"사실 우리는 이미 널 알고 있었어. 너희 회사의 잠수등을 산 적이 있거든! 네게 연락하지 않은 건 널 방해하고 싶지 않아서야. 우리는 네 상황을 아주 잘 알고 있었어!" 그가 반복해서 '우리'라고 말하니 마치 오래전부터 감시당하고 있던 것 같았다.

"이번엔 여자 때문이야. 이 계집애가 널 꼭 보고 싶대서!"

그제야 그의 옆에 있는 아가씨에게 관심이 갔다. 예쁘고 몸매가 늘씬했다. 나는 이 아가씨를 엽삼호의 딸로 짐작했다. 아니면 아가씨를 이런 식으로 소개할 리가 없을 것이다. "따님이 이렇게 컸어요? 내 딸이랑 비슷한 또래네요."

여자아이는 고개를 삐딱하게 기울이며 말했다. "하, 당신이 내 아빠가 될 뻔한 사람이군요!"

어지러웠다. 호치국, 엽삼호, 그리고 나를 아빠라고 부를 뻔했던 여자아이.

엽삼호가 말했다. "자세히 봐. 얘가 누군지."

다시 보니, 세상에! 청바지를 입은 소명이었다. 그 몸매, 그 얼굴, 그 두 눈, 미간의 영민하고 용맹한 그 기운…. 그저 과거의 소명은 양 갈래 머리를 했고, 이 여자아이는 말총머리를 하고 있을 뿐이다.

엽삼호가 말했다. "그 당시 너희를 엉망으로 만들었었지. 미안해."

"무슨 그런 말이 있어요?" 나는 거듭 손을 저었다. "결국 인연이 닿지 못한 것뿐이에요. 내가 못났던 거죠. 너무 철이 없었어요."

생명은 이렇게 기묘하게 두 세대 사이를 관통한다. 기억은 이렇게 불가사의하게 나를 과거로 돌아가게 만드는 것 같다. 나는 연약한 사람이 아니다. 하지만 그 순간 참지 못하고 눈시울이 붉어졌다. 영광스러운 순간이었다. 매우 행복했다. 정말이다. 나는 정말 행복했다. 이 여자아이는 기어코 나를 만나러 왔다!

그녀는 요즘 중대한 결정을 하려고 하는데, 그 전에 나를 한 번 보고 싶어서 호 씨 아저씨에게 부탁했단다. 그녀는 어머니의 일기 전부를 읽었다고 했다. 그녀는 어머니의 마음속에 깊이 새겨진 그 사람을 꼭 만나야 했다고 말했다.

중대한 결정이란 뭔지, 애정 문제와 관련된 건지 그녀에게 물었다. 그녀가 크게 소리를 질렀다. "어른들이랑은 정말 말이 안 통해요!" 말투가 정말 내 딸과 똑같다.

엽삼호는 죽지 않았다. 그는 죽으려 했지만, 한 노인에게 끌려 나왔다.

노인이 그에게 말했다. "죽는 게 뭐가 어렵나? 사는 게 어렵지." 살아 있었다. 살아 있었어. 모두 살아 있었다. 그의 아내도 살아 있었다. 단지 다른 방식으로 살 뿐이었다. 그가 말했다. "추우면 오줌이 마렵고, 배고프면 방귀가 나오고, 가난하면 거짓말을 한다잖아. 모든 이야기는 다 청중을 위해 지어지는 거야! 그래서 엽삼호는 죽었고, 호치국은 살았지. 거기서부터 유랑을 떠나게 된 거야." 1983년 그는 장모를 만나러 갔다가 소명을 봤다. 1985년 그는 소명의 회사인 '호조 이사'에 들어갔고, 지금은 그 회사의 감사위원장이다. 지난번에 기차에서 만난 건 확실히 우연이었다고 했다. 그러나 그들의 회사가 유명한 대기업이 된 건 필연이었단다. "소명은 정말 대단해. 소명의 회사는 지금 운수 업계에서 대단한 존재가 됐어. 수하에 수십 개의 차대車隊와 선대船隊를 갖추고 있지." 그들의 친구들이 천하를 누빈단다.

그가 죽지 않은 건 분명한 사실이었다. 그는 헛살지 않았다. 지금 그의 전화 한 통이면 전국 방방곡곡에 그의 목소리가 울려 퍼진다. 그래서 그는 시인이 됐고, 매우 당당했다. 군단장을 하는 것보다 더 신나는 것 같았다.

소명의 딸 왕아아王婭婭 동지는 정말로 중대한 결정을 했다. "중화 민족은 더 이상 외부로 확장할 수 없어요. 이미 다른 나라를 침략하는 시기는 지났단 말예요. 식민주의라는 건 더 이상 통하지 않죠. 그렇다면 내부를 넓히는 수밖에 없어요. 내부로 향하는 데 가장 큰 곤란이 뭐죠? 물이에요. 물 부족. 중화 민족이 수자원 문제를 해결하지 못하면, 결국 목말라 죽을 수도 있어요!" 그래서 그녀가 세운 계획은 중화 지리의 3급 낙차를 이용해 청장青藏 고원의 물을 중원으로 끌어와 다시 몇 개의 황하와 장강을 만들어 내는 것이었다. 그녀의 중대한 결정을 간단히 말하면, '서수동조西水東調'라는 민간 조사대에 참가하는 것이었다. 이를 위해 그녀는 사직했고, 어머니와 크게 싸웠다. 그녀는 역사학과를 나왔고, 이제는 수리水利와 관련된 일을 하려고 한다. 보아하니 과거의 제 어머니보다 더 미쳐 있었다.

내가 말했다. "다투는 건 어쨌든 좋은 방법이 아니야. 어머니를 잘 설득해야지."

"어머니는 미쳤어요!"

"어떻게 그렇게 말하니? 네 어머니는 그리 만만한 사람이 아니야."

그녀가 소리쳤다. "어머니는 우리 조사대에 참가하고 싶어 해요. 그게 가능하기나 한 일인가요?"

그랬구나. 내가 또 잘못짚었다.

나는 한숨을 쉬었다. "너희 모녀는 중남해中南海에 앉아 세계를 보는 사람들이구나."

여자아이는 눈을 동그랗게 뜨고 말했다. "우리 같은 사람이 그러면 안 되나요? 보통 사람은 국가 대사를 토론할 수 없나요? 자리만 차지하고 녹을 받아먹는 사람들만 자격이 있어요? 모두가 국가에 책임을 지고, 모두가 정부를 감독해야 이 나라에 희망이 있죠."

엽삼호가 탁자를 치며 말했다. "봐봐. 대단하지?"

그들의 고담준론과 원대한 포부를 보며 내가 무슨 말을 할 수 있겠나? 그저 텔레비전 단막극의 단역처럼 혼자 탄식할 뿐이었다. '사람과 사람의 차이가 어떻게 이렇게 클 수 있지?'

또 다른 소명이 자신만만하게 외치고, 거리낌 없이 강산을 지휘하는 모습을 보는 것 같았다. 그녀는 양 갈래 머리 대신 말총머리를 했고, 황색 군복 대신 청바지를 입었다. 발아래에 용수철을 밟은 듯 늘 통통 튀고, 가슴을 똑바로 세우고 빠르게 걷는다. 그 활력이 사방으로 퍼진다….

떠날 때쯤 그녀는 복사한 종이를 내게 찔러주며 말했다. "어머니가 옛날에 쓴 건데, 영원히 부치지 않으려 했던 편지 두 통이에요." 그녀가 내게 윙크를 했다. 비밀이라는 뜻이다.

그녀는 와인 잔을 흔들며 시를 암송했다. "갈대는 푸르고, 흰 이슬 서리 되어, 그이는 바로 물 건너편에 있네.[156] 아, 시에서 묘사하는 곳이 어디인 줄 아세요? 바로 지금의 황하 유역이에요."

42.

사랑하는 친구에게.

미안해요. 당신을 어떻게 불러야 할지 정말 모르겠네요. 한때 사랑했고, 또 친구였으니 우선은 이렇게 부를게요. 나는 스스로를 배신하려 하기 때문에 당신에게 설명하려고 해요.

내일이면 나의 이 집, 정확히 말하면 생산대의 집이 신혼집이 될 거예요. 맞아요. 나 결혼해요. 상대는 왕홍원이예요. 아마 당신은 기억 못 하겠죠. 그는 우리 동학이었어요. 그는 다른 공사에 있었는데, 내일 정식으로 석문관에 전입해요. 우리 생산대는 날 위해 특별한 혼례를 준비하고 있어요. 신부를 맞이하거나 데릴사위를 들이는 게 아니에요. 그저

156 《시경詩經 · 진풍秦風》의 〈겸가蒹葭〉에서 인용. 원문은 "蒹葭蒼蒼, 白露為霜, 所謂伊人, 在水一方."

둘이서 뿌리를 내리는 거죠. 그들은 영화도 상영하려 해요.

혼례는 남자와 여자가 결합하는 의식이에요. 다른 사람들은 이 의식이 필요하다는데, 그건 혼인을 더욱 성대하고 아름답게 하기 위해서겠죠. 그런데 나는 혼례가 의식 자체라고 생각해요. 나는 전입해서 뿌리 내리겠다는 내 결심을 이 혼례로 증명하려 해요. 상산하향을 재난이라 생각하고 시골 사람들도 그런 눈으로 나를 볼 때, 지식 청년들이 차별을 받더라도 도시로 돌아가 농민이 되려 하지 않을 때, 나는 반드시 이렇게 해야 해요.

세 가지 이유가 있어요.

먼저 어머니 때문이에요. 당신들 좌파 지지 부대가 철수하기 전에 나는 아버지 류사리 일로 강 정치위원에게 공개편지를 썼어요. 이 일로 T시가 매우 시끄러웠죠. 아마 당신도 잘 알 거예요. 과정은 얘기하지 않을게요.

이 일이 지나간 다음 어머니가 편찮으셨어요. 지난해엔 병원에서 어머니의 병이 위중하다는 통지를 받기도 했죠. 나 때문인지 아버지 때문인지는 잘 모르겠지만, 어쨌든 어머니는 줄곧 결혼해서 아이를 낳으라고 재촉했어요. 그녀는 생명이 이어지는 걸 보고 싶어 했어요. 그렇지 않으면 눈을 감을 수 없다고 했죠. 일종의 절망이겠죠. 자신에 대해서도, 딸에 대해서도 자신감이 없으니 그저 생명의 번식만이 가장 실재적인 안위였던 거예요. 심지어 그녀는 병원에서 무릎 꿇고 내게 머리를 조아렸어요. 그녀가 어쩌다 이렇게 됐는지 정말 모르겠더라고요. 나로부터 시작된 일이고, 내 고집 때문에 어머니는 충격을 받았죠. 그녀는 나를 불효자라 생각했어요.

하지만 어머니를 설득할 수 없었죠. 그녀는 많은 고난과 억울한 일을 당했고, 희망을 볼 수도, 끝이 보이지도 않았어요. 어머니는 자신을 하나의 동물로 환원하려는 거죠. 어미 소가 송아지를 핥는 정은 세상을 감동시켜요. 지금 그녀는 세상을 떠나려고 해요. 그래서 난 어머니에게 꼭 보여줘야 해요. 나는 어머니에게 순종하고, 법에 따라 짝을 지어 새끼를 쳐야 하죠.

그 다음 이유는 곽훼가 떠났기 때문이에요. 곽훼는 내 동학이자 내 마음을 가장 잘 아는 친구예요. 그녀는 현 전체의 중학생 가운데 첫 번째로 농민에게 시집갔죠. 그녀가 갑자기 떠나서 지인들만 마음이 아픈 게 아니라 생산대 전체가 놀랐어요. 난 고개를 들 수가 없어요. 분명 우리 모두 이곳에 뿌리내리기로 굳게 맹세했는데 말이죠. 게다가 출신 성분 때문에 차별받던 우리가 이곳에서 안녕과 즐거움을 찾았거든요.

요즘은 그녀 아들의 울음소리가 나에 대한 질타 같아요. 시골 사람들은 말로 표현하지 않아요. 하지만 이미 그들의 눈빛에서 분노와 경멸이 느껴져요. 아마 우리 같은 도시 사람들은 못 미덥다고 생각할 거예요. 그들은 외부에서 무슨 일이 벌어지는지 잘 몰라요. 하지만 인륜의 가장 기본적인 원칙을 잘 알죠. 곽훼의 결혼 생활이 행복했다고 할 수 없고, 그녀의 남편인 대영에게도 결점과 잘못이 있어요. 하지만 자기가 낳은 아이를 버린 어머니는 하늘로부터도 동정을 얻긴 어려울 거예요.

1974년 중미 관계가 개선된 후, 곽훼에게 하늘에서 고모가 뚝 떨어졌어요. 이 고모는 아마 지위가 좀 있는 것 같은데, 금세 곽훼를 데려갔죠. 그녀가 보기에 곽훼가 농민에게 시집간 건 지옥에 시집간 거나 마찬가지였어요. 그녀는 곽훼를 구하려고 했죠. 곽훼도 처음엔 원하지 않았을 거예요. 마음고생도 했겠죠. 난 곽훼를 잘 알아요. 그녀는 그렇게 무정한 사람이 아니에요. 하지만 결국 그녀는 잠적이라는 방법으로 현縣 정부를 통해 혼인 관계를 끝냈어요. 게다가 우리가 연락을 해도 답이 없었죠.

내가 무슨 말을 할 수 있겠어요? 그저 난 떠나지 않겠다고, 여기서 살림을 차릴 거라고 이곳 시골 사람들에게 말할 수밖에 없어요. 우리가 처음 하향할 때, 시골 사람들은 우리를 그냥 좋은 구경거리나 '하방'[157] 된 학생이라 여겼어요. 심지어 두려워하고 경계하기도 했죠. 하지만 그들은 이제 우리가 믿을 만한지, 세상인심을 이해하는지 다시 따져 보고 있어요. 그들은 이미 무감각해졌어요. 위에서 다시 무슨 꽃을 만들어 보일지 모르겠어요. 그들이 편협하고, 보수적이고, 이기적이라고 탓할 순 없어요. 그들이 사람으로서 최소한의 양심을 지키려는 건 인정해야죠.

그리고 난 당신의 상황을 몰라요. 사랑하는 친구, 당신은 도대체 어디에 있나요? 사랑하는 사람을 찾았나요? 왜 아무 말도 하지 않나요?

물론 내게도 잘못은 있어요. 난 늘 너무 일찍 사랑이라는 함정에 빠지면 안 된다고 생각했어요. 이 모두가 소자산계급 사상이 말썽을 부리는 거라고 생각했죠. 격정적이었고, 질식할 뻔했고, 마음 깊이 새기기도 했지만, 늘 정면으로 마주하지 못했어요. 세월이 흘러 어느덧 나도

---

157 관료화를 방지하기 위해 당이 간부를 농촌이나 공장에 보내 노동에 종사하게 했던 운동이다.

스물일곱 살이 됐어요. 이곳 사람들이 말하길 여자가 서른셋을 넘기면, 인생 절반은 버린 것이나 다름없다고 해요. 나도 4분의 1을 버렸어요.

너무 많은 짐작은 의미가 없어요. 당신에게 다른 여자가 생겨 마음이 변했을 거라곤 생각하지 않아요. 당신에게도 분명 고충이 있겠죠. 이 편지를 쓰는 지금도 과거의 일이 생생하고, 기억은 여전히 촉촉해요. 아름답던 그 순간을 난 영원히 버리지 않을 거예요. 두근거리던 가슴, 불타오르던 눈빛, 알 수 없던 암시, 이유 모를 웃음소리, 그리고 골치 아팠던 작은 다툼들, 음미할 만한 작은 전략들. 이것들은 당신과 내 삶에서 한 차례 산책이었고, 당신의 좌파 지지 생애의 한 부분이었어요. 그리고 내가 참여한 문화대혁명의 한 부분이기도 했죠. 비밀이었고, 드라마이기도 했어요. 그 수많은 사랑의 감정을 누구와 얘기할 수 있겠어요? 그저 써 놓을 수밖에요. 하지만 누구에게도 부치진 않을 거예요.

어머니는 지금 잠들었고, 호흡도 정상이에요. 그녀는 이제 마음을 놓았어요. 어머니가 안심했으면 좋겠어요. 이렇게 말이 많은 게 억울하다는 뜻은 아니에요. 분명 결혼이 인생의 전부는 아니죠. 난 할 일이 아주 많아요. 난 더 충실하게 살 거예요. 왕홍원은 참 성실해요. 늘 내게 마음이 있었죠. 그저 내가 그에게 조금의 격정도 없을 뿐이에요. 어머니가 말했어요. "네가 사랑하는 사람을 찾지 못하면, 널 사랑하는 사람을 찾아야 해." 그들의 호만 공사에서 우리 사하 진까지는 30리 길이에요. 나룻배를 타고 오면 십여 리를 덜게 되죠. 뱃삯은 1모毛예요. 왕홍원은 지난 수년 간 나를 만나러 올 때마다 매번 길을 돌아 산길로 왔죠. 1모의 돈도 쓰기 아까워했거든요. 그런데도 그는 내게 책을 사 줬어요. 내게는 한 번도 인색한 적이 없어요. 이게 증명이 될 수 있을까요? 사랑을 가치로 따질 수 있다면, 이 1모의 돈은 천만 원을 능가하겠죠.

우리 석문관엔 상사수라는 절경이 있어요. 두 그루가 강을 건너 서로 포옹하는 느릅나무예요. 사람들은 이걸 사랑에 비유하죠. 난 이것을 비유해 결혼을 설명하죠. '뿌리를 동여매야 서로 사랑할 수 있다.' 이는 왕홍원이 나를 받아들인 선결 조건이에요. 우리는 이곳에서 계속 꿋꿋이 살아갈 거예요. 물론 마음속엔 여전히 많은 혼란과 괴로움이 있지만, 도시로 돌아가 사람들의 무시를 받는 것보다는 훨씬 낫겠죠. 당연히 농촌이 도시보다 힘들지만, 농민들은 야유하며 말해요. "도시에서는 많이 봐도 적게 얻지만, 이곳에서는 보는 만큼 얻을 수 있어." 농민은 조상 대대로 이곳에서 살았고, 그들에게도 자신의 존엄과 즐거움이 있어요. 우리라고 안 될 이유가 뭐겠어요?

우릴 축복해 줘요, 사랑하는 친구! 나도 당신과 당신의 부인을 축복할게요!

1975년 노동절 전야에
소명 씀.

사랑하는 친구에게.

나를 만나러 와 줘서 고마워요! 나에 대한 염려도 고마워요! 이렇게 나이를 먹고, 상전벽해 같은 변화도 겪어서 이미 언어의 결핍을 알게 됐어요. 감정의 복잡함도 이해하게 됐죠. 노선의 편협함과 청춘의 짧음도 알게 됐어요. 사실 무슨 말을 해도 궁색해요. 당신이 나를 만나러 온 건 모든 걸 설명해 줬어요. 그것 외에 더 많은 걸 요구해서도, 요구할 수도 없어요. 우린 모두 부모가 됐으니까요. 난 이미 충분히 만족해요.

이렇게 흥분되는 건 아마도 인생의 또 다른 문턱에 다다랐기 때문일 거예요.

당신이 떠난 후 거듭 생각해 보니 하지 못한 말이 많네요. 난 말이 너무 많아요. 당신의 미움을 사서는 안 되겠죠. 그래서 지금 그것들을 기록해 두려고요. 그냥 다 털어놓으려는 것뿐이에요. 물론 부치지는 않을 거예요. 당신에게 부담 주지 않으려고요.

먼저 도시로 돌아온 것에 대해 이야기할게요. 난 평생 농촌에 뿌리를 내리려고 결심했었어요. T시라는 아픔의 땅을 멀리 떠나려고 했죠. 결혼, 아이, 부모의 명예 회복, 직장, 대학 입학 등의 유혹들도 나를 흔들진 못했어요. 하지만 결국 난 돌아왔죠. 농촌에서 버텨 낼 현실적 기초가 이미 사라졌기 때문이에요.

나는 사회주의 농촌에 지식 청년이 필요하다고 굳게 믿었어요. 지식 청년이 충분히 능력을 발휘하기 위한 전제가 집체화 노선이었죠. 약자를 도와 곤란에서 구제하고, 함께 시대의 어려움을 극복한다는 것이죠. 집체 경제를 떠나면, 과학·문화·지식은 뭐가 되나요? 현대 문명은 뭐가 되나요? 그저 개인이 이익을 취하는 도구가 될 뿐이에요. 이 전제가 존재하지 않을 때, 나 또한 개체 농민이 될 수 있게 됐을 때, 그 결심은 익살극으로 변했어요. 외로운 가수는 박수 소리가 없는 건 참을 수 있지만, 아무 의미 없는 내용을 노래할 수는 없다고 하죠.

우리 현의 서기가 친히 나를 찾아왔어요. 그는 아주 솔직하게 말했죠. 개체 생산을 하지 않으면 자리에서 내려와야 한다고. 그는 회북淮北 농촌 사람인데, 농민의 화법을 잘 이해해서 봉양鳳陽이 밥 구걸을 예술로 생각하는 곳[158]이라는 걸 알아요. 집단적으로 피를 묻혀 손도장을 찍으며 개체 생산을 하자고 소란 피우는 건 연출이고, 농담이라는 것도 알죠. 그런데 농담이 행정명령이 되자 그는 내게 조류에 순응하라고 했어요.

나는 조류가 강대하다는 걸 알았죠. 만약 1971년 임표 사건이 아니었다면, 내 공개서한으로 강 정치위원을 내쫓지는 못했을 거예요. 당시 나 또한 조류를 탔던 거죠.

우리 대장이 말했어요. "흩어져, 흩어지자고. 다른 사람들도 다 하는데 우리라고 안 되겠나? 우리가 누굴 무서워하겠어?" 사실 능력을 따지자면, 그는 목공이든 기와공이든 다 잘했어요. 벌써 큰돈을 벌었겠죠. 그도 화가 나서 말한 것뿐이에요. 지난 수년 간 그는 생산대에서 그렇게 애를 태웠고, 생산대의 집체 경제도 확실히 미래가 보였어요. 적지 않은 기계가 추가됐고, 산림 경제도 회복되고 있었어요. 우리가 옮겨 심은 은행으로 적수애 위의 노모수도 열매를 맺었죠. 지난 수년 간 흘린 피땀이 수포로 돌아가는 걸 보면서 마음이 아팠어요. 대장이 내게 말했죠. "너희도 도시로 돌아가. 너희가 어디에 가든 먹고 살 몇 푼 못 벌겠어? 1~2

---

158 중국 안휘성 봉양현은 전통적으로 빈곤이 심각한 곳으로 알려졌는데, 1980년대 초 개체 생산의 일환으로 전국적으로 실행됐던 농가별 생산책임제의 전신이 1978년 봉양현에서 자구책으로 시행된 '도급제'에 있었다고 해석된다.

무의 땅을 받아 봐야 너희에겐 아무 소용없어." 그 말이 맞아요.

떠나기 전 우리는 산에 올라 예영무 부부와 안명원 부부의 무덤에 성묘를 했어요. 그 혁명 노인들은 우리의 우상이었어요. 난 그들의 무덤을 우리 천문산의 주 봉우리에 만들어서 그들이 영원히 일출을 볼 수 있게 하자고 주장했죠. 묘비는 대대에서 돈을 내서 세웠고, 비문은 내가 썼어요. 그들이 일생 동안 모욕을 참으며 무거운 임무를 맡고, 혁명을 추구하면서 사심 없이 헌신했던 것에 대한 마땅한 대우였어요. 이제 이상은 수모를 당하고, 주의도 퇴조기에 있지만, 그들은 본받을 만한 사람이에요.

그러고 나서 난 이혼했어요. 그날 난 당신에게 이 이야기를 하고 싶지 않았어요. 정말이지 별로 할 말이 없어서였어요. 왕흥원은 좋은 사람이지만, 나와 맞지 않았어요. 그도 내가 좋은 친구는 될 수 있지만, 좋은 아내는 될 수 없다고 생각했고요. 몇 년은 함께 살았어요. 하지만 그의 체감은 맞았죠. 난 확실히 이런 사람이에요. 생각이 너무 많고, 일상은 너무 작죠. 그때부터 당신과 내가 잘 됐다 해도 결과는 똑같았을 거라고 생각하기도 했어요. 나는 열정 없이 사랑할 수가 없어요.

도시로 돌아온 다음 그는 당시 농촌 현장 경험을 함께한 친구 소개로 식품 공장에 들어갔어요. 노동국 규정이 두 명 중 한 명에게만 일자리를 줄 수 있다고 해서 나는 부두로 가 허드렛일을 할 수밖에 없었죠. 고생스러운 건 상관없었어요. 우리는 집이 있기도 했고요. 평범한 것도 별 문제가 되지 않았어요. 난 원래 보통의 노동자였어요. 솔직히 말해서 나는 조상 은덕에 기대 기세등등한 사람들을 대수롭지 않게 여겼어요. 진정한 시련은 멍청하게 목표 없이 사는 거였죠.

하루는 음식을 준비해서 그를 위로했어요. 그런 다음 이혼 얘기를 꺼냈죠. 그에게 좋은 아내를 찾아 주고, 생활은 알아서 하겠다고 약속하면서 딸은 내게 달라고 했어요. 당연히 그는 며칠 동안 화를 냈죠. 하지만 결국 동의했어요. 그도 이게 최선이라는 걸 알았어요. 또 이것이 나와 그에게 해방이라는 것도 알았죠. 우리는 모두 새로운 생각과 새로운 시작이 필요했어요. 이제 그도 잘 살고 있고, 아들도 있어요. 어르신이 다 됐죠. 설을 쇨 때마다 우린 여전히 왕래하고, 딸은 가끔 그를 보러 가기도 해요. 과거에 그가 나 때문에 '1모'의 돈을 아꼈던 건 사랑이었죠. 난 그걸 잊지 않을 거예요.

나와 노동자 친구들은 최근 두 해 동안 이삿짐 회사를 하며 잘 지내고 있어요. 많은 걸 배우기도 했죠. 당신이 온 뒤 요 며칠 그들은 회사를 차릴 때라고 날 부추겼어요. 아마 농촌에서 회계를 맡은 경력이 요즘 '하청 도급' 시대에 장점이 되는 것 같네요. 그래서 이 젊은 친구들은 내가 앞장서기를 바라죠. 그런데 회사에 속한 노인, 약자, 병든 사람, 장애인을 어떻게 할지 고민이었어요. 규모가 작아서 많은 사람을 보살필 수가 없거든요. 규모를 크게 하려 해도 자본금이 없고요. 그런데 당신이 온 뒤로 갑자기 충전되는 느낌을 받았어요. 권위를 무시하고 기존 규범에 도전했던 예전의 기세가 되돌아온 것 같았어요. 이 세대의 청년은 우리 때보다 속박이 훨씬 적고, 책임도 훨씬 적어요. 변하지 않는 건 영원히 현재 상태에 만족하지 않는다는 거죠.

천하라는 건 우리의 천하고, 국가라는 건 우리의 국가다. 우리가 말하지 않으면 누가 말하겠어요? 우리가 하지 않으면 누가 하겠어요?

어느덧 마흔이 코앞이네요. 아마 모든 게 아직 늦지 않았겠죠? 수영을 배우려면 물에 들어가야 하는 거죠? 사실 난 진정한 무산자예요. 잃을 게 없어요.

사랑하는 친구. 내게 힘을 줘요!

사랑하는 친구. 과거는 이미 지나갔어요. 소중한 건 영원히 소중하게 여겨요. 내 생각엔 사랑의 귀중함과 갈대의 아름다움은 바라볼 순 있지만, 얻을 순 없는 것 같아요. 그래서 그건 기이한 전설과 상징으로 바뀌었죠. 나쁠 건 없어요. 아마 결혼보다 몇 배는 좋을 거예요.

사랑하는 친구. 우리의 영원한 청춘을 위해.

1983년 여름

소명 씀.

43.

사랑하는 친구에게. 안녕!

먼저 생일 축하해요! 기억이 틀리지 않는다면, 오늘 당신은 예순 생일이죠. 건강하고 행복하길, 백세까지 살길 바라요! 세월 참 빠르죠. 눈 깜짝할 사이에 나도 쉰다섯 살이 되었어요. 한평생이 이렇게 흘러갔네요.

당신이 이 편지를 받을 때면, 나는 이미 학을 타고 서쪽을 유람하고 있을 거예요. 걱정 말아요. 내 말은 비행기를 타고 청장 고원에 간다는 말이에요. 건강은 아직 괜찮아요.

지난번 왕아아와 호 형이 당신을 보러 갔었죠. 난 몰랐어요. 다행히 당신을 곤란하게 하지는 않았네요. 이 계집애는 내가 어릴 때보다 더 미쳐 있어요. 난 이 아이에게 어떤 제약도 하지 않았죠. 그래도 괜찮아요. 그렇죠? 한 세대의 새 사람이 이미 다 컸네요. 세계도 그들 손에 넘어갔죠. 내겐 확신이 있어요. 그들이 일하고 질문하는 법이 우리와 다르긴 하지만요. 그 애는 내 편지를 몰래 복사했어요. 아마 당신이 이미 봤겠죠. 마음껏 다 얘기해 볼게요. 듣고 싶지 않으면 그냥 나 혼자 떠든다고 생각하세요.

내게 이건 한 번 더 몸을 씻고 출가하는 것과 같은 일이에요. 깨끗하게 뒷일을 남기지 않으려고요. 이렇게 해서 왕아아와 그의 동료들에게 내가 조사대에 참여할 결심을 했음을 증명하려고요. 그들은 늙은 어머니를 거절하려고 하지만, 그건 불가능해요. 내가 전문적인 일은 못해도 밥은 할 수 있지 않겠어요? 자료 정리 정도는 가능하겠죠? 고원에는 여러 번 가봐서 겁나지 않아요. 5천 미터 이상은 조금 힘들겠지만, 조심하면 괜찮아요. 어쨌든 난 갈 거예요. 만약 목숨을 거기서 버리게 된다면, 사탕처럼 달콤하게 받아들일 거예요. 그들의 일은 참 동경할 만해요. 이 세대가 무너졌다고 하지 마세요. 희망은 그들에게 있어요. 우리가 이 세계를 원망할 때, 이 청년들은 여전히 조국의 미래를 위해 출구를 찾고 있어요. 그들은 사랑 노래를 흥얼거리며 집을 나서고, 우리 영혼을 계승하고, 우리 시대를 쇄신할 거예요.

내가 '몸을 씻었다'고 했죠. 그건 이런 거예요. 첫째, 모든 직무에서 사임하고, 회사의 직무에 영원히 관여하지 않는다. 둘째, 내 이름으로 된 주식은 현금으로 전환해 모두 석문관 촌의 집체에 기부한다. 셋째, 이 자금들은 전체 촌민의 소유이고, 석문산 개발의 관광 프로젝트에 쓰이며, 발생하는 이윤은 평등하게 분배한다.

나는 변호사에게 이 일들을 위임했어요. 이렇게 단호한 조치를 하지 않으면, 그들은 영원히 나를 놔주지 않을 거예요. 이런저런 구실을 들겠죠. 당신의 전우를 포함해서요. 그들은 심지어 아이디어도 냈어요. 회사가 투자하는 방식으로 석문산 관광에 주식 참여를 하려고 했죠. 물론 이 또한 악의는 없어요. 그들은 나를 붙잡아 두고 싶었던 거죠. 하지만 아무래도 그건 예영광 쪽 사람들을 믿지 못해서인 것 같아요. 가장 좋은 방법도 아니고요.

예영광은 곽훼와 예대영의 아들이에요. 지금은 사내가 됐어요. 잘 됐죠. 대학을 졸업하고 석문산으로 돌아와서 지금은 석문관 촌장이 됐어요. 이 아이는 패기도 있고, 양심도 있어서 줄곧 아버지와 함께 지냈어요. 곽훼가 여러 번 미국으로 데려 가려 했는데, 거절당했던 모양이에요. 그 사이에서 난 그들을 화해시키려 했어요. 곽훼는 분명 그 아이의 어머니니까. 그런데 이 아이는 고집이 참 세요. 놀러 가는 건 괜찮은데, 석문산을 떠나라는 건 헛꿈이라네요. 곽훼도 어쩔 수 없었죠. 참 불쌍하게 말하더군요. “저 아이, 꼭 네 아들 같아.”

사실 나도 이 아이를 줄곧 내 아들처럼 아꼈어요. 시골에 있을 때나, 도시에 있을 때나 늘 그랬죠. 그 아이는 그 시대의 이상의 결정이었으니 난 당연히 그 아이를 지지했어요. 이번에도 그는 내게 도와달라고 했죠. 그때 기회를 틈타 내 일을 결단했던 거예요.

지금 석문관은 행정촌인데, 과거의 관내 대대와 관외 대대를 합병해 모두 사하 진에서 관리해요. 지난 몇 년 간 농촌 사정이 안 좋아졌고, 인심도 박해졌어요. 사하 진에서도 중학교와 소학교 건물이 압류당하는 일이 빈번하게 발생했어요. 이번에는 투자 회사가 석문산의 아름다운 풍경에 끌렸던 모양이에요. 나도 기업을 운영하는 사람이니 그 오묘한 의미를 잘 알죠. 그가 한마디 하니 알겠더라고요. 회사와 농가의 결합이라는 게 까놓고 말해서 토지를 원하는 거지, 농민을 원하는 건 아니거든요. 도시화라는 것도 노동력을 원하는 거지, 시민을 원하는 건 아니죠. 지난 수년 간 그 어떤 예쁜 구호라도 자본을 위해 설계되지 않은 게 있나요? 과거 모택동의 걱정이 이제 하나 둘 시험대에 오르고 있어요.

대영이 내게 말했어요. "당신이 온다면 우린 믿을 거예요. 당신은 석문산의 친척이니까. 당신들이 올 수 없다면, 이번에 우린 끝까지 싸울 거예요."

하지만 우리 회사도 어찌 자본이 아니라고 할 수 있겠어요? 자본인 이상 자본의 흡혈적인 속성에서 벗어날 수 없죠. 짧은 시간 안에 최대한의 이윤을 내는 것 말예요. 그가 이렇게 말하는 건 희망을 개인에 대한 신뢰에서 찾는 거예요. 비록 내가 돈을 집체에 기부했다고 해도 예영광과 그의 후대가 공적 권력을 사적으로 사용하지 않는다고 어떻게 보장할 수 있겠어요? 역시 제도에서부터 문제를 해결하지 않을 수 없죠. 나의 진정한 곤혹은 여기에 있어요.

우리는 서로 상의해서 변호사를 통해 협의서를 만들었어요. 어떻게 사용하고, 공개하고, 분배하고, 감독하고, 파면할지를 넣었어요. 내 생각엔 이렇게 하는 게 최선이에요. 한 세대는 한 세대의 일만 할 수 있을 뿐이죠. 앞으로의 일은 미래의 더욱 총명한 이들만이 완성할 수 있어요. 우리는 우리가 할 수 있는 일을 하는 거예요.

이 일을 마치고 나니 홀가분해졌어요. 마틴 에덴은 평생 '대단한' 사람이 되고 싶어 했죠. 그는 자존, 자립, 분투, 성공에 상류사회의 승인을 더하면 '대단'해진다고 생각했어요. 그래서 상류사회에 들어갔지만, 더욱 많은 허위와 부패를 보며 절망했죠. 그렇지만 그는 스스로 '돌아갈 수 없다'고 느꼈어요. 그는 이미 상류 사람이 됐고, 죽음으로서만 그것을 끝낼 수 있었어요. '돌아갈 수 없다'는 건 개인적으로 분투하는 사람의 허망이에요. 하지만 내가 돌아갈 수 있는 건 한 번도 노동을 떠난 적이 없었기 때문이에요. 나는 한 번도 그들을 떠난 적이 없어요. 앞으로 내가 죽어서도 이 땅에 영원히 잠들 수 있다면, 그건 내게 정말 큰 행복이죠. 《마틴 에덴》을 한번 읽어 보세요. 잭 런던이라는 작가가 썼어요.

사실 모택동은 아주 일찍 이 문제들을 예견했어요. 단지 이 문제를 해결하는 방법이 틀렸을 뿐이죠. 내부 투쟁에 기대는 건 일시적인 곤란과 마음속 걱정을 극복할 뿐이지, 장기적인 문제를 해결하진 못해요. 생산력의 문제는 생산의 발전과 완만한 축적에 기댈 수밖에 없어요. 생산관계의 문제도 순서에 따라 점진적으로 해야지, 하루아침에 해결하려고 하면 안 돼죠. 민주의 문제는 민중의 정신적 자주를 기다려야만 해요. 싹을 잡아당기는 건 오히려 성장을 망치죠. 누구도 역사의 한계로부터 비껴갈 수 없어요. 그 한 세대 또한 한 세대의 역사적 사명을 완성할 수 있을 뿐이죠. 중국 농민이 평등을 추구한지 이미 수천 년이 됐고,

인류 대동大同의 이상理想도 수천 년이 됐어요. 세계의 노동자 운동도 몇 백 년이 됐고, 민주복지 제도도 백여 년이 됐어요. 하지만 모두 이 길을 찾지 못했어요. 조급해 봤자 무슨 소용이 있겠어요?

공산주의 운동이 세계적으로 이미 퇴조기에 빠져 있다는 걸 부인할 수는 없어요. 중국의 문화대혁명도 실패로 끝났죠. 그런데 이게 이상을 포기할 이유는 아니에요. 역사 운동에는 고조기도 있고, 퇴조기도 있어요. 고조기에는 투기꾼이 있고, 퇴조기에는 진정한 영웅이 있죠. 이게 바로 파란만장한 역사죠. 실패했다고 해서 뭐 대단할 거 있나요? 이 세상에 생산수단 사유제와 계급 대립이 존재하는 한, 마르크스가 말한 법칙은 반드시 각종 형태로 표현되리라는 걸 난 조금도 의심하지 않아요. 노동 인민이 진정한 역사의 주체라는 건 더더욱 의심하지 않고요. 노동 인민이 이러한 요구를 가지기만 한다면, 그들은 반드시 조직되어 지식을 장악하고, 역사의 진보를 추동하며, 마지막엔 자신에게 속하는 문화를 창조할 거예요. 과정은 고통스럽겠지만, 방향은 변하지 않을 거예요.

미안해요. 난 공산당원이 아녜요. 이 이야기가 당신이 보기에 우습진 않나요? 그러나 난 공산주의자예요. 조금도 보태지도, 빼지도 않고. 내 생각엔 요즘의 시대를 해석할 수 있는 사람은 여전히 마르크스예요. 많은 주의와 학설 가운데 인류의 합리적 생존 방식을 그려 낼 수 있었던 건 여전히 공산주의예요. 당에 가입하지 않은 건 당의 권세가 소인물의 부패 집단에 장악되어 있고, 추종자가 부족하지 않기 때문이죠.

나는 늘 터무니없는 생각을 해요. 혁명은 도대체 무엇을 위한 걸까? 개혁은 또 무엇을 위한 걸까? 바뀐 한 무리가 어르신이 되는 것이 혁명이 아니라면, 혁명의 의의는 어디에 있을까? 만약 개혁이 그저 또 다른 무리가 다시 어르신이 되는 거라면, 개혁의 의의는 또 어디에 있는 걸까? 어찌해서 대가는 늘 인민이 치르고, 성과는 늘 소수가 빼앗을까?

말이 참 많았네요. 요즘 좀 자극받아서 그래요.

최근 한동안 논쟁을 자주 듣게 돼요. 말이 어눌한 당신의 전우도 변론에 자주 참여하죠. 아마 당신이 있는 그곳도 마찬가지일 거예요.

며칠 전 곽훼가 돌아왔어요. 우린 한바탕 크게 싸웠죠.

곽훼는 지난 수년간 국내에서 지냈어요. 그녀는 의류 회사를 여러 개 차렸는데, 올 때마다 우리 집에 묵었죠. 그녀는 요즘 보석으로 온몸을 치장해요. 완전히 귀부인이죠. 매번 작은 선물들을 사오는데, 루이비통이니 오메가니 하는 것들이에요. 나는 쓰지도 못해서 다른 사람에게 줘 버렸어요. 그녀가 자기 아들과 내가 협정을 맺었다는 걸 듣고 기분이 안 좋은 건 당연해요. 이해할 수 있어요. 참여하려고 하면 환영해야겠죠. 그런데 그녀는 사는 건 강간당하는 것과 같으니 저항할 수 없으면 눈을 감고 즐기라는 거예요. 그땐 이 말을 듣고 웃었어요. 매우 멋지고 세련돼 보였죠. 어떤 일들은 확실히 어쩔 수 없다는 걸 말해 줬죠. 그런데 곰곰이 음미해 보니 노재奴才의 철학이 느껴지더군요. 그래서 물어 보니 과연 사람을 현혹하는 미국식 사상이었어요.

곽훼는 원망하는 여자들처럼 개인의 불행이 객관적인 환경 탓이라고 해요. 문화대혁명이 없었으면 어쩌구저쩌구, 상산하향을 안했으면 어쩌구저쩌구. 과거에는 정 때문에 직접 뭐라 할 수가 없었죠.

정말로 문혁이 발생하지 않았다면, 소련과 미국이 패권을 다투는 구도 속에 중국은 없었을 테고, 오늘날 개혁 개방의 중국도 있을 수 없었을 거예요. 원인과 결과가 존재하지 않으면, 당신의 오늘은 어디에 있겠어요? 이런 논리적 관계도 명확히 못하면서 부자만 되면 되나요? 지금의 곽훼는 이미 민주 인사이자 자유 투사예요. 입만 열면 인성과 박애를 말하면서 전제 독재에 대해서는 입 다물죠. 마치 자신만이 자유를 열렬히 사랑하는 사람이라는 것 같아요. 그런데 난 가련한 스톡홀롬 증후군 환자예요. 그녀가 나한테 붙인 딱지예요. 신좌파라고. 물어볼 필요도 없어요. 이것도 미국식 딱지니까요. 그녀는 지금 어느 지역의 정치협상회의 상임위원이 됐어요. 그녀야말로 정치가 뭔지 이해하고 있어요.

내 딸은 내게 그녀와 진작 절교했어야 했다고 해요. 하지만 우리는 소학교 때부터 함께 지냈죠. 유사한 가정환경과 공통의 인생 경험 때문에 청춘 시기 우리는 동병상련했고, 의기투합했어요. 난 그 우정을 소중하게 생각해요. 지천명의 나이에 가치관과 인생관으로 서로 어긋나리라곤 생각지 못했네요. 마음이 여전히 아파요.

우리의 논쟁은 외부 사람들이 보기엔 매우 우스웠을 거예요. 마치 문화대혁명 중에 어떤 관점 때문에 부부가 반목했던 것처럼. 그런데 우리에겐 역사의 상처와 형용할 수 없는 고충, 애증이 복잡하게 얽혀 있어요.

난 이처럼 개인의 부침과 영욕, 득실로 역사를 판단하는 사람이나 지도부 사생활의 공과와 시비로 개인의 입장을 정하는 사람을 줄곧 무시해 왔어요. 공공성에 대한 시각이 없는 사람, 독립적 인격이 없는 사람이 무슨 자유를 이야기하나요? 그런데 이런 사람이 현실에서는 매우 유행이라더군요. 강간에도 감히 저항하지 못하면서 자유는 어디서 오겠어요? 강간도 향유하면서 무슨 전제에 반대한다는 거죠?

내가 말했죠. "애초에 예대영이 널 강간했니, 지금의 예대영이 널 강간하니? 넌 언제 저항했어? 넌 언제 자유로웠니? 넌 가장 힘든 곳에서 자유롭니, 아니면 가장 안전한 곳에서 저항하니? 외모를 바꿨으니 널 못 알아본다고 생각하지 마. 남들 덕을 봤으면서 인정할 줄도 몰라? 네가 자유를 바라는 게 진실이라면, 왜 노동자 농민의 자유는 바라지 않아? 네가 민주를 찬성하는 게 진실이라면, 왜 다수의 민주를 찬성하지 않아? 네가 폭력을 반대하는 게 진실이라면, 왜 식민과 침략을 반대하지 않아? 네가 전제에 반대하는 게 진실이라면, 왜 착취와 억압에 반대하지 않아?

우리는 모두 보통 사람이야. 우리에게 문제가 있을 수도 있고, 약점이 있을 수도 있어. 겁먹을 수도 있고, 도망갈 수도 있어. 하지만 흑백을 뒤집을 수는 없어. 자기 마음대로 말하면 안 되지. '丑'자가 다섯 획이라고 하면 안 되는 거야. 난 미려한 수사로 음흉한 일을 꾸미는 사람을 너무 많이 봤어. 그래서 사람을 조롱하는 수작을 특히 경계하는 거야. 다른 사람에게 포용을 요구하기 전에 먼저 자신에게 물어봐. 자신이 남을 포용한 적이 있었는지. 너는 네 아들도 감싸안지 못하잖아.

나는 민주를 반대하지 않고, 자유도 반대하지 않아. 문명을 반대하지 않고, 진보는 더욱 반대하지 않아. 하지만 우리의 토론과 논쟁에는 하나의 전제가 있어야 해. 그것은 국가가 잘되길 바라는 거야. 잘된다는 건 주권이 독립되고, 민족이 단결하며, 인민의 생활이 안정되는 거야. 이러한 전제가 없으면, 망국의 노예가 돼도 상관없어. 매국노가 돼도 상관없지. 민족이 분열해도 상관없고. 전쟁이 나도 상관없을 테고. 그럼 민주와 자유를 토론해서 뭐해?

사실 난 이런 문제들을 토론하는 게 좋아. 추상적인 개념들을 음미하는 것도 좋고. 그저 지난 수년 간 공부할 시간이 없었을 뿐이야. 나는 늘 사상에는 금기가 없다고 생각해. 누구든지 어떤 일이든 토론할 수 있어. 중국이 어떤 길을 가야 할지 마땅히 전체 인민이 참여해서 토론해야 하고, 이익과 폐단을 모두 공개해야 해. 소수가 '대의'하는 게 아니야. 진리는 논쟁을 두려워하지 않아. 진리는 또한 반드시 뚜렷해야 해. 네가 이미 스스로 생각이 있는 사람이라고 여기는 이상 다른 사람의 사상도 인정해야 해. 다른 사람의 질의에 단련돼야 해. 넌 말할 수 있는 자유를 지키겠다고 맹세하지 않았니? 뭘 근거로 나의 자유에 불쾌한 얼굴을 하는 건데?"

그래서 이 민주 인사는 가방을 들고 가 버렸죠. 다시는 나를 보러 오지 않겠다고 했어요. 사실 난 곽훼의 마음을 알아요. 그녀는 자신이 지금 부자에 상류층이라고 생각해요. 그래서 마땅한 정치적 지위가 있어야 한다고 생각하고, 지난 수년 간 이룬 발전의 성과를 공고히 하려고 하죠. 그녀는 '출세하더니 사람이 달라지는' 그런 부류예요. 정말로 무슨 민주 같은 걸 하려는 것도 아니고요. 그녀는 그렇게 할 수도 없죠. 결론적으로 그녀는 민주가 뭔지 몰라요.

민주가 무엇인가요? 민주는 강산을 호령하며 용감히 분노하고 욕할 수 있는 자기 믿음이자, 평등하게 참여해 말하는 게 효과를 갖는 작은 일상적 분위기이자, 자기 집처럼 주인이 되는 책임감이죠. 보통 사람들이 이를 얻지 못하면, 가위바위보로 X표시를 해 주인을 고를 수 있을 뿐이죠. 그들은 농락당하는 느낌밖에 들지 않을 거예요. 내게 만약 부친에 대해 공정한 처리를 요구한 경험이 없었다면 몰랐을 거예요.

두서없이 쓰다 보니 여기까지 왔네요. 이미 새벽 한 시예요. 아직도 난 이렇게 흥분되네요.

사랑하는 친구. 난 오늘 출발해요. 오늘부터 새로운 생활을 시작하려고 해요. 청장 고원엔 몇 번 가 봤는데, 갈 때마다 빠져들어요. 성결함과 광활함, 황량함과 자연의 소리, 청정과 야성, 그리고 설백과 동토, 영양羚羊과 야크. 모두 다 내가 정말 좋아하는 것들이에요. 아마도 내 천성에 자연이 많이 보존되었나 보죠? 어쩌면 난 본질적으로 도시 문명을 배척하는 걸까요? 모르겠네요.

고원에서 내 영혼이 돌아갈 곳을 찾으면 좋겠어요. 그러면 젊고 활력이 충만한 정령이 아무런 구속 없이 자유롭게 유랑하게 될 거예요. 나는 우리의 일이 의미 있다고 믿어요. 왕아아와 친구들은 벌써 1차 보고서를 냈어요. 난 지질 수리 방면의 서적을 모았는데, 내가 보기엔 논리에 맞아요. 적어도 계단식의 점진적 개발은 가능해요. 실패하더라도 뭐 어떻겠어요? 적어도 조국의 미래를 위해 탐색해 보는 거죠.

진정으로 영혼이 있다면, 그 영혼은 나이가 없고, 늙지도 않을 거라 믿어요. 그 진실한 영혼들, 조국을 위해 걱정하고, 분투하고, 헌신하고, 피 흘려 희생한 영혼들이 낮과 밤마다 우리와 함께 있어요. 과거에도 함께 있었고, 지금도 여전히 함께 있어요. 이것은 이상의 영혼이에요. 이 영혼은 이 고토故土와 산하를 깊이 사랑하고, 혈맥이 서로 이어진 역사 문화를 깊이 사랑하고, 이 땅 위에서 힘들게 노동하며 고난을 거듭한 인민을 깊이 사랑해요. 그들은 개인적인 은원恩怨을 따지지 않아요. 지도자의 공과와 시비에 얽매이지 않아요. 왜냐하면 그들은 한 개인을 위해 일하는 게 아니기 때문이에요. 그들이 하는 모든 일은 자신의 이상을 실현하기 위해서죠. 그들은 역사 속에서 역사를 창조해요. 곤란, 좌절, 실패, 유치함, 오해, 억울함 그리고 충격 등은 자주 발생할 거예요. 하지만 그들은 이 때문에 하늘과 남을 탓하며 책임을 방기하지 않아요. 그래서 이렇게 진실하게 우리와 같은 마음이에요. 그들이 바로 '대단'한 사람이죠. 그들이 존재하기에 비로소 인성이 새롭게 측정되고, 극치에 올려지죠. 야만과 저급한 취지는 갈수록 적어지고요. 긍지 있고, 끈질기며, 낭만적이고, 아름다운 꽃이 나날이 많아질 거예요. 이러한 인성은 추상적인 게 아니죠. 이러한 큰 사랑은 늘 구체적이고 진실해요. 그것은 방지민의 청빈 속에, 조일만의 지조 속에, 사재동渣滓洞[159]의 가죽 채찍 아래 형장의 혼례에 있어요. 이러한 인성이 앞에 있기에 우리 같은 후대 사람들은 스스로 부끄러워하죠. 하지만 그들은 영원히 살아 있어요. 우리가 살아 있기에 그들도 살아 있어요. 그들은 우리 마음속에 살아 있고, 우리 심장과 함께 뛰고, 우리의 뜨거운 피와 함께 세차게 흐르니까요.

사랑하는 친구. 당신이 한 갑자를 산 시각, 난 조용히 당신에게 옛 노래를 불러 주고 싶어요. 나의 축복을 보내며.

159 국민당 정부가 운영한 구치소.

혁명하는 이는 영원히 젊네

그는 큰 소나무가 겨울 여름 늘 푸른 것과 같아

바람이 불고 비가 내리쳐도 두려워 않네

그는 하늘이 차고 땅이 얼어도 두려워 않고

흔들리지 않고 움직이지 않네

영원히 산꼭대기에 서 있지[160]

벌써 거리를 청소하는 소리가 들려요. 새벽이 오려나 봐요. 작은 새들도 지저귀기 시작했어요. 짐을 싸야겠어요. 안녕!

2004년 가을

소명.

조정로曹征路

2011.4.30 탈고.

160 1950년 12월 동북 노신문학관에 의해 하얼빈에서 초연된 가극《성성지화星星之火》제1막에 나오는 노래 〈혁명하는 이는 영원히 젊네〉이다.

《민주 수업》 그 이후

성근제(서울시립대학교 중국어문화학과 교수)

조정로(차오정루, 曹征路)는 한국의 독서 시장에 처음 소개되는 작가다. 중국에서는 제법 지명도 있는 작가에 속하지만, 그렇다고 해서 이른바 '잘 나가는' 작가라고 하기는 어렵다. 그의 작품 가운데 상업적으로 큰 성공을 거두었다고 할 만한 작품이 거의 없기 때문이다. 하지만 조정로의 작품이 상업적인 성공을 거두지 못한 데에는 나름의 이유가 있다. 그의 작품은 기본적으로 최근 독서 시장의 트렌드에 어울리지 않는다. 조정로는 거의 정통파에 가까운 리얼리스트이고, 그가 써 낸 작품들은 개혁 개방 이후 중국 소설 시장의 큰 흐름으로 볼 때 상당히 '이질적'인 것들이기 때문이다.

조정로는 1949년 9월, 그러니까 중화인민공화국이 수립되기 직전 상해에서 태어났다. 청소년 시절에 상해의 문화대혁명을 겪고, 지식 청년 운동에 가담해 농촌으로 하방을 가기도 했으며, 해방군에 입대해 군 생활을 한 적도, 공장 노동자와 기관 간부로 일한 경험도 있다. 문화대혁명 기간이었던 71년에 단편소설을 발표했고, 79년에는 안휘성의 작은 도시에서 작가협회 주석을 역임한 바도 있지만, 본격적인 전업 작가로 활동하기 시작한 것은 대략 80년대가 다 지나서부터였다. 전업 작가가 된 후에는 안휘성 예술연구소에 재직하다 93년에 심천대학 사범대 중문과 교수로 부임하여 정년이 될 때까지 교수 겸 작가로 활동했다. 어쨌든 처음 작품을 발표한 것부터 따지면 비교적 일찍 문단 생활을 시작한 셈이지만, 조정로의 작품이 세간의 주목을 받기 시작한 것은 그의 나이 오십 대 중반이던 2004년, 단편소설 〈그곳(那兒)〉을 발표하면서부터였다.

〈그곳〉은 발표와 동시에 중국 문단과 학계에서 격렬한 논쟁과 의미 있는 반향을 불러일으킨 작품인데, 이는 《민주 수업》의 창작 맥락을 이해하는 데에도 도움이 될 수 있으므로 잠시 살펴보기로 하자. 〈그곳〉은 이른바 '저층문학底層文學'의 시작이자 대표작으로 분류되는 작품이다. '저층'이라는 용어가 중국어 표현을 그대로 한국어로 읽은 것이어서 어색할 수 있지만, 맥락에 맞는 번역어를 한국어에서 찾기란 그리 쉽지 않은 관계로 일단 용어의 본의를 살리기 위해 중국식 표현 그대로 사용하기로 한다. '저층' 개념은 1996년에 현 상해대학 교수인 채상(차이샹, 蔡翔)이 〈저층(底層)〉이라는 글을 발표한 것을 계기로 중국의 각종 매체에서 널리 사용되기 시작했다. 여기에는 확실히 개혁 개방 이후 중국 사회의 주요한 고민 한 자락이 담겨 있다.

주지하다시피 중국은 개혁 개방 이후에도 사회주의 국가임을 주장하고 있으며, 사회주의적 제도를 상당 부분 유지하고 있는 것 또한 사실이다. 그러나 제도와 법률이 어찌되었든 간에 어떤 나라가 사회주의 국가라고 주장한다면, 궁극적으로 그 나라가 노동자의 나라, 노동자가 주인인 나라라고 말할 수 있어야 한다. 노동자가 그 사회의 주인이라는 것이 구체적으로 어떤 상태인지에 대해서는 그야말로 다양한 쟁점이 존재하기 때문에 한마디로 정의 내리기 쉽지 않지만, 관점의 차이나 견해의 분기와 상관없이 1990년대 이후 중국 사회에서 노동자의 사회적 지위가 과거에 비해 현저히 하락했다는 것만큼은 누구도 부정할 수 없다.

문제는 바로 여기에 있다. 개혁 개방 이전 사회주의 사회에서 노동자와 농민이 핵심인 '무산계급'은 비록 무산계급이었을망정 하층계급은 아니었다. 그 사회에서는, 적어도 관념적으로는, 무산계급이라는 사실이 사회적으로 소외된 '빈민', '하층계급'이라는 개념과 맞닿아 있지 않았다. 그런데 1990년대 중반에 이르러 대규모 구조구정과 함께 공장에서 쫓겨난 노동자와 (노동자인 것 같기도, 노동자가 아닌 것 같기도 한) 농민공이 대거 출현하면서 이른바 사회주의 사회의 주도 계급이었던 '무산계급'이 실제로는 사회적 생산과정과 분배 구조에서 철저히 소외된 하층계급, 즉 빈민이라는 사실이 명확해지고 말았다. 이것은 90년대 중국 도시에 출현한 이 새로운 사회적 존재들에 대해 이들이 처한 역사적 조건을 더 이상 사회주의 국가의 주인, 혹은 사회주의 사회의 주도 계급이라는 관념으로 단단히 포장되어 있는 '무산계급', '노동자(工人)'라는 개념으로 포착하기가 불가능해졌음을 의미한다. '저층'이라는 개념은 바로 이런 과정에서 고유한 사회적 맥락과 유용성을 획득하게 된다. 그것은 사회주의 이데올로기에 의해 분식되어 있던 노동자들의 실제 사회적 지위와 그들의 현실을 눈을 비비고 다시 바라보게 된 일종의 새로운 인식표와도 같은 것이었다.

조정로의 〈그곳〉이 이 '저층' 개념을 구체적인 문학적 형상으로 빚어낸 첫 작품으로 받아들여지는 것은 무엇보다 이 작품이 1990년대 중국 사회의 노동 현실을 소재적이고 감상적 방식으로만 다루던 여타 작품과 다르게 '저층' 노동자들의 현실 인식과 저항을 그들의 시각을 통해 성공적으로 재현하고 있기 때문이다. 〈그곳〉은 국영기업 매각과 민영화 과정에서 발생한 노동자들의 대규모 실직 사태, 이에 대한 실직 노동자들의 저항과 의식 변화 과정, 그리고 그 저항이 불가항력적인 한계에 도달하게 되는 과정 전체를, 싸움을 주도하다 결국 자살로 생을 마감하는 한 노동조합 간부의 눈을 통해 그리고 있는데, 이 때문에 작품이 발표되자마자 평단의 특별한 주목 대상이 되었다. 다양한 아류 모방작이 쏟아져 나왔고, 평단은 일순간 이 작품의 성과와 한계를 논쟁하며 달아올랐다. 이 논쟁을 계기로 중국에서는 '좌익 문학'의 새로운 가능성에 대한 논의까지 등장했으며, 이 작품으로 인해 환기된 중국 노동 현실의 엄혹함은 중국 신좌파 지식인들의 중국 사회 분석에 일정한 힘을 실어 주기도 했다.

흥미로운 점은 〈그곳〉 이후로 단편 〈네온사인(霓虹)〉(2006), 〈진상(真相)〉(2006), 〈콩알 선거 사건(豆選事件)〉(2010)[1] 등과 장편《창망한 대지에 묻노니(問蒼茫)》(2009) 등 일련의 문제작을 쏟아내면서 조정로의 관심과 사고 맥락이 중국 사회(그리고 중국 혁명)의 나아갈 길에 대한 질문으로 심화되고, 그 질문이 결국 오늘날 중국 사회가 안고 있는 핵심적 문제(곤혹)의 역사적 뿌리를 더듬어 나아가는 방향으로 깊어지고 있다는 점이다.[2] 문화대혁명

1 '콩알' 선거는 중국 혁명 과정에서 출현했으며, 식자층이 많지 않던 상황에서 창안된 직접 민주 선거 방식 가운데 하나였다.

2 이와 관련하여 볼 때,《창망한 대지에 묻노니(問蒼茫)》 역시 특별히 주목할 만한 작품 가

시기 조반의 경험과 기억을 다룬《민주 수업》은 바로 이와 같은 작가의 문제의식에서 나온 작품이다. 〈그곳〉부터《창망한 대지에 묻노니(問蒼茫)》까지 이어진 그의 주요 작품들이 대부분 개혁 개방 이후, 특히 2000년 이후 중국 당대의 사회문제를 다룬 것과 달리《민주 수업》에서는 현재적 사회문제의 의미와 연원을 문화대혁명 시기의 사건들로 거슬러 올라가며 되묻고 있는데, 이 부분이 매우 의미심장하다.

《민주 수업》은 중국 공산당이 공식적으로 문화대혁명을 전면 부정한 뒤에 창작된 문학작품 가운데 장편소설로서는 유일하게 문화대혁명의 실제적 전개 과정을 묘사한 작품이라는 측면에서 우선 그 가치가 인정된다.

그러나 다른 문학작품(영화를 포함하여)에서 상당히 치밀하게 은폐, 왜곡된 문화대혁명과 조반의 '진상'을 재현했다는 점보다 더 주목하고 높이 평가해야 할 대목은 바로 이 작품이 문화대혁명의 역사를 '현재' 중국 사회의 문제 및 과제와 연결시키고 있다는 데에 있다. 이 작품은 문화대혁명의 진상에 접근하기 위해 "이제는 말할 수 있다"와 같은 회고담을 늘어놓거나 지나간 역사적 사건에 대한 진상 조사 차원의 정치적으로 안전한 접근로를 경유

운데 하나이다. 〈그곳〉에서 시작된 저층 서사가 이 작품에 이르러 중국의 나아갈 길에 대한 고민으로 심화되고 있기 때문이다. 지면 관계상 세세한 설명은 어렵겠지만, 일단 작품의 제목부터가 의미심장하다. 이 제목은 1925년 모택동이 체포령을 피해 급히 고향을 떠나면서 쓴 〈심원춘 · 장사(沁園春 · 長沙)〉라는 사詞 작품 가운데 한 구절인 "問蒼茫大地, 誰主沉浮?"로부터 따온 것이기 때문이다. 이 사는 젊은 시절의 모택동이 중국 혁명의 나아갈 길에 대해 소회한 작품으로 널리 알려져 있는데, 그 가운데 위 구절을 의역하자면 '창망한 대지에 묻노니, 너의 흥망과 성쇠를 주재하는 진정한 역사의 주인이 과연 누구인가'라는 의미를 담고 있다. 조정로가 2000년대 중국의 노동 현실과 노사간 모순을 파헤친 소설에 이와 같은 제목을 달았다는 것은 상당히 흥미로운 일이다.

하지 않는다. 그렇기에 작품 곳곳에서 문화대혁명 시기 조반의 역사와 경험, 그리고 조반자들의 문제의식은, 비록 개혁 개방 이후의 주류 역사 서사에 의해 은폐되고 잊혔음에도 불구하고, 여전히 저 수면 아래에 생생하게 살아 꿈틀대는 중국 사회의 현재적인 정치적 과제 가운데 하나라는 사실이 작중 인물들의 발화를 통해 문득문득 환기된다. 조정로가 상당 기간 공들여 구상하고 손질한 이 작품을 정년퇴직으로 공직에서 물러난 직후에 발표한 것도, 그리고 그의 작품 가운데 유일하게 중국에서 발간하지 못하고 대만에서 발간하게 된 것도 바로 이 작품이 지닌 농후한 '현재성'과 관련이 있을 것이다.

한편 이러한 '현재성'은 이 작품이 지닌 '이질성'과도 깊이 관련되어 있다. 이 작품은 여러 측면에서 개혁 개방 이후 창작된 사회주의 시기에 대한 주류적 재현 서사들과 구분된다. 흔히 개혁 개방 이후 중국 문학의 주류이자 신성新聲으로 일컬어지는 이른바 '상흔傷痕 문학'과 '반사反思 문학', 그리고 '선봉先鋒 문학' 류의 문화대혁명 시기에 대한 재현 방식은 철저하게, 그리고 일관되게 문혁이 종료된 1976년 이후 '신시기新時期'의 문법을 따르고 있다. 한국의 독자에게 비교적 널리 알려진 작가들, 예를 들면 노신화(루신화, 盧新華), 장현량(장셴량, 張賢亮), 염련과(옌롄커, 閻連科), 대후영(다이허우잉, 戴厚英), 여화(위화, 余華) 등의 소설(〈상흔〉, 《남자의 반은 여자》, 《사람아, 아 사람아》, 《인생》, 《형제》 등)은 물론이거니와 장예모(장이머우, 張藝謀)나 진개가(천카이거, 陳凱歌)의 영화(〈인생〉, 〈패왕별희〉, 그리고 최근 개봉한 〈5일의 마중〉 등) 역시 개혁 개방 이전 시기에 대한 모든 서사와 묘사가 그 시절과 개혁 개방 이후의 차별성과 단절성을 부각시키는 '신시기'의 문법으로부터 조금도 벗어나 있지 않다. 그러나 《민주 수업》은 작품 구상의 과정과 동기 자체가 두 시기를 관통하는 근본적인 문제의 동질성과 연속성을 드러냄으로써 혁명의 기억과 역사를 현재의 시간 속으로 다시금 호출하는 데에 있는 것이었기 때문에 불가피하게도 이 신시기 서사의 문법을 상당 부분 위배한다. 따라서 《민주 수업》은 개혁 개방 이후의 주류 작품들과 분명히 구분되는 몇 가지 이질적인 성격을 지니고 있다.

첫째, 문화대혁명 시기 조반에 가담했던 사람들의 내면과 조반의 동기, 그리고 조반의 과정과 그 결과 등이 비교적 상세히 그려지고 있다. 상흔 문학류의 주류 서사 속에서 '조반'은 대개 문혁 초기 보수파 홍위병들의 난동과 동일한 것처럼 얼버무려져 있으며, 나아가 '조반'의 실체와 흔적 자체가 철저히 지워져 있는 경우도 다반사다. 필자는 다른 지면에서 이러한 현상을 가리켜 '조반의 소실'이라 칭한 바 있다. 한국의 독자에게 비교적 널리 알려져 있는 《인생》, 《형제》, 〈패왕별희〉 등의 작품 속에서 문화대혁명은 비이성적인 홍위병들의 난동과 지식인에 대한 탄압으로 치환되어 묘사될 뿐, 조반의 과정이나 내용은 아예 그려져 있지 않다. 따라서 이러한 작품들을 통해 독자들이 문화대혁명이라는 역사의 의미를 이해한다는 것은 그야말로 불가능한 일이 아닐 수 없다.

이러한 작품들의 경우보다 더 아쉬운 것은 《사람아, 아 사람아》와 같이 진지하고 성실한 작가 정신이 돋보이는 작품의 경우다. 《사람아, 아 사람아》는 상당한 수준의 미학적, 사상적 성취를 보여 주는 작품이며, 그렇기에 한국 독자로부터 깊은 공감을 이끌어 낸 바 있다. 그러나 이 작품에서도 역시 '조반'은 철저히 은폐되어 있다. 작가의 실제 경험에 근거한 자전적 소설임에도 불구하고, 작가의 작품 속 투영물이라 할 수 있는 주인공(쑨웨, 孫悅)은 작가인 대후영이 상해 조반파의 핵심 조직에서 활동했던 것과는 정반대로, 시종일관 철저한 보수파였던 것으로 그려진다. 물론 작품 속에는 또 다른 조반파 인물(쉬헝중, 許恒忠)이 등장한다. 그러나 그 인물은 혁명 의지나 사상적인 성찰 능력은 고사하고, 정상적인 인간으로서 갖춰야 할 인간적 내면조차 성숙하지 못한 허약하고 기회주의적인 인물로만 그려지고 있다.

따라서 이러한 작품을 통해 조반에 가담했던 사람들의 내면과 사상이 어떠한 것이었는지 파악하기란 불가능하며, 나아가 문화대혁명의 실제 전개 과정에 대한 이해가 없는 독자들이라면 '조반'을 지식인과 문화인에 대한 홍위병의 비이성적이고 반문화적인 폭력과 구분하기조차 쉽지 않다. 그러나 본격적인 조반 운동이 시작되기 전인 1966년 여름과 가을에, 이른바 '혈통론'을 내세우며 주로 당 외부의 교사와 지식인, 과거 사회에서 지주나 부르주아였던 사람들의 가택을 수색하고, 그 가족들에게 무차별적인 폭력을 행사하거나, 문화재와 사찰 등을 파괴하며 거리를 휩쓸던 '노홍위병'들의 운동은 실질적으로는 조반 운동과 명확한 대척점에 서 있는 운동이었다. 초기 홍위병들의 '난동'이 다소 수그러든 1966년 가을에 이르러서야 본격화되는 '조반 운동'은 사회주의 정권 수립 이후 17년만에 당 간부와 인민대중 사이에서 새롭게 성장하고 있던 권력관계의 불균형과 모순을 해소하고, 자신들에게 가해졌던 부당한 폭력에 저항하고자 했던, '권력에 대한 저항'으로서의 성격을 지닌 것이었기 때문이다. 앞서 언급한 바와 마찬가지로 당과 인민, 간부와 대중 사이의 권력적 불균형이라는 문제는 문화대혁명도 개혁 개방도 해결해 내지 못한 역사적인 문제임과 동시에 철저히 '현재적'인 문제에 해당한다. 그것은 사회주의라는 이념의 본질이 과연 무엇인가라는 질문, 그리고 사회주의 사회의 건설 및 발전 방향, 즉 혁명의 궁극적 목적이 무엇인가라는 근본적인 질문과 깊이 관련되어 있다.

이 작품이 기존의 문화대혁명 서사 작품들의 서사 관행과 다르게 가장 열렬한 조반파 리더가 탄생하게 되는 배경과 동기, 그들의 사상과 정신적 내면세계에 주목하고 그들의 지난한 투쟁과 박투의 과정 전체를 긴장감을 잃지 않은 채 조밀하게 추적하고 재현하는 데에 성공한 것은 그것이야말로 오늘날 새로운 민주의 위기에 직면한 중국 사회가 아프게 반추하고 복원하지 않으면 안 되는 민주주의에 대한 학습과 경험의 과정, 즉 '민주 수업'의 소중한 출발점이 아니겠냐는 작가의 역사적 물음이 바탕이 되었기에 가능했을 것이다.

둘째, 하방된 지식 청년들과 농촌 간부 및 농민들 사이의 관계가 매우 사실적으로 묘사되고 있다. 문화대혁명 시기에 관한 서사물 가운데 상당 부분을 차지하는 것이 바로 하방 지식 청년들의 회고록이다. 국내에는 그리 많이 소개되어 있지 않지만, 중국에서는 하방의 경험을 일종의 무용담처럼 후술하는 것이 1980~1990년대에 크게 유행한 바 있다. 이런 작품들을 보통 '지청 서사', 혹은 '지청 소설'로 분류하곤 하는데, 이 지청 서사에도 역시 보편화된 유형이 존재한다. 첫째는, 하방되기 이전 이들이 도시에서 홍위병으로 활동하던 초기 문혁 과정, 조반과 무장투쟁 시기의 이야기는 거의 다루지 않거나 다루더라도 아주 축약하거나 낭만화했다는 것이다. 대표적인 지청 서사 가운데 하나이면서 국내에 소개된 몇 안 되는 작품이기도 한 노귀(라오구이, 老鬼)의 《혈색황혼(血色黃昏)》[3]이 대표적이다. 이 작품은 정확히 하방을 가기 위해 북경역에서 기차를 타는 장면부터 시작된다. 둘째는, 하방 생활 과정에서 일관되게 지식 청년들이 약자, 피해자로 그려져 있으며, 마침내 고난을 이겨 내고 도시로 복귀하는 영웅서사의 유형을 반복하고 있다는 점이다. 주목할 만한 것은 이러한 서사 유형 속에서는 종종 '하방 지식 청년-현지 농민(유목민), 혹은 현지 간부'의 관계가 일방적인 '피해-가해'의 관계인 것처럼, 하방된 지역에서 지식 청년들이 약세弱勢 집단인 것처럼 그려지는 경우가 대부분이라는 점이다. 그러나 《민주 수업》에서는 하방 지식 청년에 대한 현지 농민과 간부들의 반응이 매우 구체적이면서도 사실적으로 그려져 있다. 예를 들어 하방된 지식 청년들에게 보이기 위해 갑자기 평소에 전혀 하지 않던 '혁명적 의례'들을 고안해 내거나 심지어 비판 투쟁 대회까지도 지식 청년들의 눈 밖에 나지 않도록 '연출'하는 상황 묘사 등은 소설의 스토리 전개 전체를 두고 보자면 비록 작은 에피소드에 불과하지만, 농촌에서 하방 지식 청년들이 어떤 지위를 차지하는 집단이었는지를 단적으로 보여주기에 부족함이 없다. 일반적인 지청 서사들 속에서 농민과 그들의 시각이 철저히 무시되거나 혹은 타자화되어 있는 것에 비추어 본다면, 이러한 묘사들은 언뜻 사소해 보일지 모르지만 상당히 이례적이라 할 수 있다.

셋째, 문화대혁명 시기의 실천과 사고에 대해 전면적인 역사적 반성이 수행되고 있다. 1980년대 중국에서는 문화대혁명을 반성한다는 의미에서

3 이 작품은 국내에서는 동일한 번역(박재연 역)이 《불타는 영혼》, 《시린호트에 지다》라는 제목으로 서로 다른 출판사에서 출판된 바 있다.

이른바 '반사 문학'이라 불리는 작품이 대거 출현했다. 그러나 앞서 언급한 것처럼 이러한 작품들에서는 조반과 탈권, 그리고 무장투쟁과 해방군에 의한 진압 과정 등은 거의 다뤄지지 않았다. 이런 의미에서 볼 때, 반사 문학에 의해 수행된 반성은 문화대혁명의 가장 핵심적인 실천에 대한 반성을 결여했다고 할 수 있다. 그러한 결여가 자발적인 것이었다면 충실하고 진실된 역사에 대한 반성에 미치지 못한 것이겠지만, 만일 그러한 결여가 일종의 금기에 의한 것이었다면 미학적 반성조차도 허락되지 않는 서사와 기억의 공백이 문혁 서사 속에 여전히 존재하고 있음을 의미하는 것으로 받아들일 수 있다. 물론 둘 중 어느 경우이든 '반사 문학'에 의해 수행된 문화대혁명 시기의 실천과 경험들에 대한 반성이 전면적인 반성에 이르지 못한 것이라는 점에서는 크게 다를 게 없다.

이러한 측면에서 본다면 이 작품의 역사적 실천에 대한 반성의 시야와 폭, 그리고 깊이는 기존의 문혁 서사 작품들이 결여한 부분의 회고와 반성을 수행하고 있다는 점만으로도 분명히 의미 있는 한 걸음을 내딛은 것이라고 평가할 수 있다. 조반의 과정과 내면적 동기에 대한 일기 형식의 세세한 묘사 자체도 역사적 반성으로서의 가치를 지닌다고 할 수 있지만, 무엇보다 말년의 여주인공의 회한 섞인 회고로 진행되는 조반과 지청 운동의 역사적 한계 지적은 문화대혁명과 조반 운동에 대한 그 어떤 격렬한 부정과 폄하보다도 훨씬 깊은 현재적 울림을 전해 준다. 따라서 이 작품이야말로 '반사 문학'이라는 이름에 걸맞은 전면적 반성을 수행한 최초의 작품이라 해도 결코 과언이 아니다.

문화대혁명에 대한 기존의 대중적 서사물들이 지니고 있는 여러 가지 한

계와 문제점으로 인해 항간에는 문화대혁명에 대한 잘못된 상식이나 이미지가 널리 퍼져 있는 게 사실이다. 예를 들어 홍위병 운동이 문화대혁명의 유일한 운동이었다거나, 홍위병이 문화대혁명 운동의 유일한 주체였고, 홍위병 운동은 문화대혁명 10년 동안 지속적으로 전개되었으며, 홍위병은 전국적으로 단일한 대오를 갖춘 정치적으로도 단일한 성격을 지닌 정권의 하수인 집단이었다는 등의 오해가 의외로 널리 퍼져 있는데, 아마도 이러한 수준의 오해들은 이 작품을 꼼꼼히 따라 읽는다면 자연스럽게 해소될 수 있을 것으로 보인다. 이 역시 이 작품이 한국의 독서 시장에서 발휘할 미덕 가운데 하나임이 분명하다.

혹시나 조반과 탈권, 무장투쟁의 과정에 대한 좀 더 구체적인 묘사가 아쉬운 독자라면, 이미 국내에 소개되어 있는 호남성 조반파 노동자의 회고록인 《문화대혁명, 또 다른 기억》(그린비, 2008)을 함께 읽어 보는 것도 도움이 될 것이다. 이 책은 엄밀히 말하자면 소설이 아닌 회고록이기 때문에 《민주 수업》과는 서사 방식과 초점 등에서 약간의 차이가 있다. 하지만 한 지역의 문화대혁명이 전개되는 역사적 과정과 흐름 전체를 일련의 사건들을 통해 일목요연하게 재구성해 내고 있으며, 특히 《민주 수업》과 마찬가지로 조반의 동기와 과정, 그것의 정치적 결과들을 세세히 그려 내고 있다는 점에서는 상당히 유사한 성격을 지니고 있다. 중국 내에서 출간되지 못하고 (《문화대혁명, 또 다른 기억》은 홍콩에서 출간되었다) 국외에서 출간되었다는 점 역시 같다.

소설 작품 한 편이 사회적으로 미치는 영향이라는 것은 사실 정확히 계측될 수 있는 성격의 것이 아니다. 그러니 작품이 미칠 사회적 영향을 예측

한다는 것은 더더욱 어려운 일일 수밖에 없다. 이 작품의 경우도 역시 마찬가지다. 기존 중국 문학계의 작품들에 비해 파격적이고 이질적인 것은 분명하지만, 그렇다고 해서 섣불리 과장하거나 호들갑 떨 일은 아니다. 다만, 문화대혁명이라는 역사에 대한 작가적 인식과 반성의 폭과 깊이, 즉 작품 자체의 문학적, 미학적, 사상적 성취라는 차원에서만 이야기하자면, 확실히 이 작품은 표현 그대로 '획기적'인 작품임에 틀림없다. 이 작품이 지닌 이질성에 대해 중국과 한국의 독자들이 보여줄 반응과 토론, 그리고 '《민주 수업》 이후' 중국 문학계와 사상계에서 일어날 반응과 변화가 이 작품 자체 못지않게 궁금하고 기대되는 이유다.

역자 후기

역자는 '중국은 어떻게 한국의 역사를 대신 살았나'라는 문제의식을 통해 중국 역사를 주체적으로 우리의 역사 인식 안에 들여올 수 있으리라고 믿는다. 그 과정에서 '낯선' 중국을 경유해 우리의 망각된 역사를 대면하게 될 수도 있다. 나아가 스스로에게 물어볼 수도 있을 것이다. '우리는 어떻게 중국의 역사를 대신 살았나.' 역자는 이 물음이 '20세기 동아시아 역사'를 대안적이고 비판적으로 재구성하는 출발점이 되어야 한다고 본다. 물론 이는 21세기 새로운 연대의 역사를 쓰기 위한 전제다.

– *《모택동 시대와 포스트 모택동 시대 1949~2009(상/하): 다르게 쓴 역사》, 한울, 2012. 〈역자 후기〉 중에서.*

지난 2012년 첫 번째 번역서를 한국에서 출판하면서 역자는 위와 같이 동아시아와 '중국'에 접근하는 나름의 문제의식을 제시한 바 있다. 이는 우리가 '역사의 무게'를 함께 감당할 수밖에 없는 현실적 곤경을 인식하고, 이를 돌파해야 한다는 고민에서 도출된 것이다. 주지하다시피 20세기 중반 이후 식민주의를 계승한 '국민국가'적 시야에서 '민족'적 전통이 외재적으로 부정되면서 아시아 지역에 존재했던 다원적 국제주의의 상은 형해화된 바 있다. 결국 '중국인', '대만인', '홍콩인', '한국인', '북한인', '일본인' 등으로 분열된, 이른바 '현대'적인 '국민' 주체들은 서로의 삶이 서로에게 역사적으로 전제됨을 알 수 없었고, 스스로 감당할 수 없는 역사의 무게 속에서 원인도 모른 채 신음하고 있다.

지금 당장 우리에게 절실한 것은 아마도 '역사의 무게' 자체를 자각하는 것일 테다. '국민국가'적 주체의 가상적인 자기 인식은 그 자족성에 대한 자부심에서 '역사의 무게'를 인정하지 않거나, 또는 비주체적인 방식으로 외재적인 것에서 원인과 해답을 찾아왔다. 그에 따라 지식과 정치는 모순을 부정하거나, 또는 낙관/비관주의적 해결 방안을 제시할 뿐, 사실상 위기는 다수의 민중에게 전가되어 왔다. 그러나 더 나은 삶을 위한 인간의 지적인 노력은 자기 인식, 타자 인식, 세계 인식의 한계를 불충분하더라도 자각할 수밖에 없고, 이는 민중의 실천에 있어 사상적 근거가 된다.

번역은 이러한 인식의 혁신을 꾀하는 실천의 일환이다. 특히, 새로운 지식 생산으로서의 번역은 그에 적합한 새로운 지식 나눔의 방식을 요청하는데, 올바른 중한 번역은 기존 지식의 '국민주의'적 번역의 맹점을 드러내는 핵심적 계기가 된다. 다시 말해, 우리는 식민주의의 연속선상에서 20세기를 경과하며 언어의 소실과 타락의 역사를 살아왔는데, 중한 번역은 역사적이고 유기적인 언어문화 자원으로서 '한자'의 재도입이라는 역사 복원의 계기를 통해 언어문화의 식민성 문제를 날카롭게 제기하기 때문이다.

역사 과정에서 지식은 지속적인 자기 인식과 타자 인식을 동시에 진행함으로써 역사와 현실에 충실한 언어생활을 가능하게 한다. 그러나 우리가 과거 또는 전통과의 식민주의적인 단절을 통해 표면적으로는 방대한 언어의 범람 속에서 생활하는 것처럼 보이지만, 사실상 그 언어들은 파편화되어 '민족'적 언어로서의 기능을 하지 못하고 있다. 그 이유는 식민주의적 단절의 '현대'적 표현이 바로 '음성 중심주의'였기 때문이다. 이는 문자 언어의 한글 전용과 번역의 원음주의로 실천되고 있다. 즉, '문자'가 역사에 해당한다면, '음성'은 현실에 해당할 텐데, 외재적 단절로서의 식민주의 언어문화적 표현인 음성 중심주의는 '역사' 없는 '현실주의'였던 것이다. 역자는 이 작품의 번역에 이와 같은 문제의식을 반영하고자 했다.

조정로曹征路 선생의 《민주 수업》은 20세기를 살아 낸 중국인의 곤혹을 문학적으로 여실히 형상화한 의미 있는 시도 중 하나다. 특히, 이 작품은 '죽음'을 통해 '민주'를 이야기한다. '민주'는 '살아 있는/살아남은' 자들만의 '민주'일 수 없다. 왜냐하면 역사와 단절된 수평적 '민주'만으로는 '윤리'를 담보하지 못하고, 폭력적 관계가 재생산되기 때문이다. 여기에서 '죽은 자'가 의미 있는 것은 우리가 그들을 통해 '역사' 안에 설 수 있는 윤리적 관점을 확보하게 되기 때문이다. 그러나 우리가 이를 기존의 인식론적 구도에서 읽는다면, 중국 사회에 대한 '동정론'이나 '낭만화'라는 외재적 접근을 넘어서지 못하게 된다. 문학작품이 표현하는 삶의 구체성과 풍부함을 열린 마음으로 대하고, 작품의 말 걸기에 자신을 내어 주는 것이 진정한 소통의 가능성을 보증할 것이고, 궁극적으로 우리의 현실을 내리누르고 있는 '역사의 무게'를 자각하는 데도 도움이 될 것이다. 그런 후에야 중국인의 곤혹 또한 외재적인 '동정'이나 '평가'가 아니라 관계성을 바탕으로 한 우리 자신의 고민으로 전화될 수 있을 것이다.

이 책의 번역은 대만에 체류하던 2014년 여름에 시작해 그 해 가을 초고를 완성했고, 편집 과정을 거쳐 2015년 8월 출간하게 됐다. 번역 과정 중 도움을 주신 수많은 분께 감사드린다.

우선 문학 작품의 번역 경험이 일천한 역자에게 번역 기회를 주신 저자 조정로 선생님과 대만에서 중문판 출간을 기획하고, 작품의 문제의식을 소개해 주신 대만 세신世新대학의 진신행陳信行 선생님께 감사드린다.

성근제 선생님은 귀중한 시간을 내어 한국 독자들을 위한 이 책의 해제를 맡아 주셨다. 또, 중국에서 늘 비판적 지식인으로서 모범적인 학술 활동을 하고 계신 왕휘汪暉, 손가孫歌 선생님, 대만을 근거지로 아시아와 제3세계로 뻗어 나가는 탈식민주의 지식 실천을 주도하고 계신 진광흥陳光興 선생님, 한국에서 중국 연구의 새로운 지평을 열고자 분투하시는 백승욱 선생님은 이 책의 추천사를 써주셨다. 한편, 책의 완성도를 높이기 위해 진행한 세미나에 참석했던 이성현, 정규식 동학은 부족한 점을 수정하고 개선하는 데 많은 도움을 줬다. 완운연阮芸妍, 이육진李育真, 첨역령詹力穎과의 토론은 원문 해석과 관련해 여러 문제를 해결하는 데 큰 도움이 되었다. 아울러 나름북스 편집진은 역자가 독자와 저자 사이의 적절한 거리를 확보하는 데 매우 중요하고 훌륭한 역할을 담당해 줬다. 도움을 준 모든 분께 다시 한 번 감사드린다.

마지막으로 이 책의 완성은 성공회대 동아시아 연구소와 백원담 소장의 정신적, 물질적 지원이 없었다면 불가능했을 것이다. 진심으로 감사드리고, 앞으로 더욱 정진하는 모습을 보여드릴 것을 약속드린다.

첫 번째 문학 작품 번역서를 내놓으며 두려움이 앞서지만, 늘 그래 왔듯 번역은 정세의 요청 속에서 이뤄진 과감한 선택의 결과물이다. 모든 부족함은 역자가 감당할 몫이다.

2015년 7월, 서울 항동港洞에서

연광석延光錫